FRANCKE
Lesereise

Judith Pella

Rückkehr nach Stoner's Crossing

Texas Lady — Band 2

FRANCKE
Verlag der Francke-Buchhandlung GmbH

Die Deutsche Bibliothek – CIP-Einheitsaufnahme

Pella, Judith:
Texas-Lady / Judith Pella. – Marburg an der Lahn : Francke.
(Francke-Lesereise)
Bd. 2. Rückkehr nach Stoner's crossing / [Übertr. aus dem Amerikan.:
Agentur Lardon ; Klaus Reimer]. – 1995
ISBN 3-86122-182-9

Alle Rechte vorbehalten
Originaltitel: Stoner's Crossing
© 1994 by Judith Pella
Published by Bethany House Publishers, Minneapolis, USA
© der deutschsprachigen Ausgabe
1995 by Verlag der Francke-Buchhandlung GmbH
35037 Marburg an der Lahn
Deutsch von Agentur Lardon/Klaus Reimer
Umschlaggestaltung: Reproservice Jung, Wetzlar
Umschlagillustration: Joe Nordstrom
Satz: Druckerei Schröder, 35083 Wetter/Hessen
Druck: St.-Johannis-Druckerei, 77922 Lahr   30133/1995

Francke-Lesereise

Inhaltsverzeichnis

Teil I

Die Vergangenheit kehrt wieder

1

Die Hochebene lag vor dem stattlichen Reiter wie eine endlose Landschaft des glühenden Todes. Und es war erst Mai, noch nicht einmal Sommer.

Die Palominostute bewegte sich, gezügelt von ihrem ängstlichen Reiter, langsam und vorsichtig über den felsigen, unebenen Boden. Der Reiter mußte sich zwingen, das Tier nicht zu größerer Schnelligkeit anzutreiben, seinen Schritt nicht dem Rhythmus seines wild klopfenden Herzens anzupassen. Oft blickte er zurück, aber er sah nur die wogenden Hitzewellen, die ihm so unerbittlich wie nur irgendein menschlicher Verfolger nachsetzten.

Wenn er sich nur um seinen Wasservorrat gekümmert hätte, bevor er zur Flucht gezwungen war! Dumm war er gewesen wie ein Grünschnabel oder wie einer der ahnungslosen Städter, die sich seit einiger Zeit als Rancher versuchten. *Er* hätte es besser wissen müssen. Er kannte dieses wilde Land schon so lange er denken konnte.

Er griff nach seiner Feldflasche, nur um zu sehen . . . vielleicht . . .

Ihm wurde sofort klar, daß sie nur noch halb voll war und daß sein Wasservorrat nie und nimmer bis über die Llano Estacado reichen würde. Aber beim Himmel hoffte er, daß er nicht so weit reiten mußte.

Vielleicht konnte ein Gebet jetzt nicht schaden, aber das war nicht seine Art. *Ja, wenn der Prediger hier wäre*, dachte der Reiter, *ich würde ihn sicher nicht daran hindern, ein Wort in Richtung Himmel zu richten.*

Der Reiter mußte sich eingestehen, daß er nicht in diese Lage gekommen wäre, wenn er von Anfang an auf den Prediger gehört hätte, auf dem geraden Weg geblieben wäre und all das. Aber er hatte darauf gebrannt zu handeln und erst später über die Folgen nachzudenken — wenn überhaupt. Gewöhnlich war die gefährliche Herausforderung stärker als jede Vergeltung, die folgen mochte. In den alten Tagen hatte es ihn nie von irgend etwas abgehalten, daß die Gesetzeshüter hinter ihm her waren; die Schlinge hing immer über ihm. In Wahrheit hatte das für ihn nur die Spannung erhöht. Sicher, seit damals war er ruhiger und seßhafter geworden. Was tut ein Mann nicht alles, wenn er sein Alter zu spüren bekommt und seine Sterblichkeit nicht länger verleugnen kann?

Aber unglücklicherweise war Griff McCulloch kein Heiliger. Und er zweifelte, ob er je einer werden würde.

Griff drehte sich erneut in seinem Sattel um. Nichts. Nur die Hitze folgte ihm, und Hitze lag auch vor ihm – sengende Hitze und für viele Meilen keine Aussicht auf Wasser. Er hatte den Geschmack von Staub und vertrockneten Blättern im Mund, aber er durfte noch nicht trinken. Das Wasser würde er später noch nötiger brauchen.

Gerade wollte er seinen Blick wieder nach vorn richten, als er sah, was er seit Stunden gefürchtet und erwartet hatte. Es war kaum zu sehen, aber unzweifelhaft sah er südöstlich etwa fünf Meilen entfernt eine Staubwolke. Griff war fast sicher gewesen, daß er ihn abgeschüttelt hatte, aber Pollard war doch besser, zumindest ein besserer Spurenleser, als Griff gedacht hatte.

Wahrscheinlich war es so am besten. Seit sich ihre Wege neunzehn Jahre zuvor zum ersten Mal gekreuzt hatten, war alles auf dieses letzte Zusammentreffen hinausgelaufen. Schon einmal, als er ihn vor etwa zehn Jahren in Fort Griffin gesehen hatte, hatte er geglaubt, es sei zu Ende. Aber nichts war damals geschehen. Griff war es gelungen, mit Deborah unerkannt zu entkommen. An jenem Tag war er bereit gewesen, Pollard zu töten, aber der ehemalige Sheriff war verschwunden und erst vergangene Nacht im Double Eagle Saloon in Danville plötzlich wieder aufgetaucht.

Griff grub die Sporen in die Flanken des Palomino. Jetzt war nicht die Zeit, über alte Fehler nachzugrübeln. Pollard war ihm auf den Fersen und holte rasch auf. Wenn es schon einen Zusammenstoß geben mußte, dann wollte Griff wenigstens selber den Ort wählen. In etwa einer Meile Entfernung konnte er einige große Felsbrocken erkennen, die ihm bei einem Schußwechsel Deckung bieten konnten.

Er zweifelte nicht daran, daß es zu einem Kampf kommen würde. Vor zehn Jahren hatte er geschworen, Pollard zu töten, wenn er Deborah in Gefahr brachte, und er war jetzt nicht weniger entschlossen als damals.

„Komm schon!" trieb Griff die Stute an. Das Pferd war vorsichtig, denn es wußte genau, daß der unebene Boden gefährlich war. Auch Griff war nicht verrückt; er wußte –

Es geschah schneller als gedacht, schneller als er über seine eigene, unvernünftige Panik in Zorn geraten konnte. Das Pferd stürzte, ein Huf war in der trockenen, rissigen Erde steckengeblieben. Griff rollte sich von dem stürzenden Tier weg, aber wenn sein Pferd sich verletzte, nützte es ihm auch nichts mehr, wenn er selber unverletzt blieb. Es war ein feines Tier — besser sogar als der Palomino, den er vor Jahren in der Schlacht mit den Comanchen verloren hatte.

Jetzt hatte er eine Rechnung mehr mit Pollard zu begleichen. Das Pferd wäre sofort wieder auf den Beinen gewesen, wenn es unverletzt geblieben wäre. Als Griff sich näherte, hob es den Kopf und schüttelte seine helle Mähne, als ob es seinen Reiter trösten wollte. Aber es versuchte nicht aufzustehen.

„Bist du okay, Mädchen?" murmelte Griff, als er die Beine des Pferdes untersuchte. Er stöhnte innerlich, als die Knochen ihres rechten Vorderbeines unnatürlich knirschten. Das Tier wieherte leise, und er legte seinen Huf sanft auf den Boden zurück.

Griff fluchte bitter. Er wollte Pollard verantwortlich machen, aber er wußte, es war sein eigener Fehler. Wäre er nicht in Panik geraten . . . hätte er sich nicht von diesem Gammler am Abend zuvor so in Wut bringen lassen . . . hätte er nicht getrunken . . .

Aber es hatte eine Feier gegeben. Einer seiner Kumpel von einer anderen Farm heiratete und wollte zum letzten Mal seine Freiheit auskosten. Und Slim war in Fort Worth, um Pferde zu verkaufen und konnte Griff nicht im Auge behalten. Griff hatte gewußt, daß er vorsichtig sein mußte, aber eins führte zum anderen, und bevor es ihm klar wurde, war er betrunken. Schnaps machte ihn immer unausstehlich. Als dieser Gammler behauptete, er spiele falsch, konnte er nicht an sich halten.

„Das nimmst du zurück, du gemeine Klapperschlange!" war aus Griff hervorgebrochen.

„Willst du's wissen?" provozierte ihn der andere.

„Forderst du mich?"

„Da kannst du Gift drauf nehmen!"

Alle Gäste im Double Eagle waren zurückgewichen, und jemand holte den Sheriff.

Obwohl Griff leicht zwanzig Jahre älter war als sein Gegner, besiegte er ihn mühelos.

Als Pollard erschien, war Griff noch immer betrunken — aber nicht zu betrunken, um den Mann zu erkennen, der als Vertreter des Gesetzes Deborah Stoner, jetzt Deborah Killion, hatte hängen wollen. Als die Türen des Saloons aufflogen und Pollard erschien, stand Griff noch immer über den toten Mann gebeugt, seine rauchende Waffe in der Hand. Beide Männer sahen sich schockiert an. Griff wollte gar nicht wissen, ob Pollard ihn erkannt hatte oder ihn mit Deborah in Verbindung brachte. Er steckte seinen Colt ein und verschwand.

Er war wirklich zu betrunken gewesen, um klar zu denken. Wahrscheinlich wäre es besser gewesen, er hätte sich irgendwo in der Nähe versteckt, aber statt dessen ritt er nach Westen, um Pollard in die Prärie zu locken und ihn dort zu töten. Niemand hätte herausgefunden, wer er war.

In all den Jahren — man schrieb nun das Jahr 1884 — war es Deborah und ihm gelungen, allen aus dem Weg zu gehen, die irgend etwas mit der Geschichte in Stoner's Crossing zu tun hatten. Sie gingen so selten wie nur möglich in die Stadt, Deborah zeigte sich so gut wie nie dort und er nur, wenn es unbedingt nötig war und manchmal, um sich zu vergnügen. Ein Mann konnte schließlich nicht wie ein Einsiedler leben. Deborah schien die Einsamkeit der Ranch vorzuziehen, aber Griff brauchte wenigstens drei oder vier Mal im Jahr Aufregung um sich herum.

Sie hätten ewig so weiterleben können. Wer hätte auch ahnen können, daß Pollard ausgerechnet in Danville einen Job als Sheriff fand, kaum einen Tagesritt von der Ranch entfernt?

Er dachte daran, daß Pollard jemandem von ihm und Deborah erzählt haben könnte, aber Griff hatte jetzt keine Zeit, sich darüber Gedanken zu machen. Für den Augenblick mußte er seine Gedanken auf Pollard konzentrieren. Krieg ihn ... oder stirb. Und zu sterben, das war nun eine sehr reale Möglichkeit, denn ohne Pferd hatte er kaum eine Chance zu überleben.

Er durfte so nicht denken, wenn er sich nicht aufgeben wollte. „Noch bist du nicht tot, du alter Halunke!" sagte er sich. „Los, beweg dich!"

Er nahm seine Satteltasche und sein Gewehr vom Rücken des Pferdes. Noch hatte er eine Chance, Pollard auszuschalten. Vergangene Nacht hatte er es nicht auf eine Schießerei abgesehen gehabt, so wenig wie auf einen langen Ritt über die ausgedörrte Prärie. Aber wie er mit einem Blick feststellte, hatte er genügend Munition für Gewehr und Colt, um diesem Sheriff ordentlich einzuheizen. Etwa zweihundert Yards entfernt war ein Felsen. Er war kaum einen halben Meter hoch und kaum breiter, aber eine bessere Deckung konnte er jetzt nicht finden. Er lud sein Sharps Büffelgewehr, das es mit jeder Waffe aufnehmen konnte, die der Sheriff haben mochte.

Eins blieb ihm noch zu tun, bevor er sich zurückzog und sich auf den Kampf vorbereitete.

Griff zog seinen Colt aus dem Halfter und ließ die Trommel kreisen, um sicher zu sein, daß sie voll war. Er würde nur eine einzige Kugel brauchen. Er befeuchtete seine trockenen Lippen. Alles Wasser der Welt hätte ihm in diesem Augenblick nicht geholfen.

Er stand über seinem verletzten Palomino. „Du warst ein feines Pferd", sagte er mit erstickter Stimme. „Wenn ich je noch einmal eins wie dich haben sollte, werde ich es besser behandeln."

Er drückte den Abzug durch, und der Schuß hallte in seinen Ohren. Er wischte sich mit dem Ärmel über die Augen, aber nie hätte er zugegeben, daß die Feuchtigkeit dort etwas anderes als Schweißtropfen war.

Dann setzte er sich in Bewegung und ging zu dem Felsen, um zu warten.

Pollard mußte den Schuß gehört haben. Falls er nicht genau gewußt hatte, in welche Richtung er zu reiten hatte, jetzt wußte er es. Es konnte nur Minuten dauern, bis er in Schußweite kam.

Griff war bereit.

2

Es dauerte nicht lange, bis die ferne Staubwolke die Gestalt eines Mannes auf einem Pferd annahm. Griff spähte über den Rand des Felsblocks und sah den Reiter näherkommen. Es war Pollard, und er kam genau auf ihn zu.

Pollard hielt an, blinzelte in die Sonne und schien den Platz ins Auge zu fassen, wo das Pferd gestürzt war. Dann schweifte sein Blick umher und richtete sich auf eine Gruppe kleinerer Felsen ähnlich denen, hinter denen Griff sich verborgen hatte.

Griff lächelte verstohlen, stützte sein Gewehr auf die Felskante und zielte sorgfältig. Offensichtlich argwöhnte der Sheriff nichts. Er schien zu glauben, daß er außerhalb der Schußweite jedes normalen Gewehrs war. Aber die Sharps hatte eine fast doppelt so große Schußweite wie eine Winchester. Griff konnte Pollard abschießen wie eine Ente auf einem Teich. Aber selbst in seiner Zeit als Outlaw hatte er nie ohne Not getötet. Der Sheriff sollte zuerst eine Chance haben zu sagen, was er zu sagen hatte. Vielleicht würde Griff so erfahren, ob irgend jemand anderer in der Stadt von seinem und Deborahs Geheimnis wußte.

„Wenn Sie kein Pferd mehr haben", rief Pollard, „haben Sie keine Chance. Gebens Sie's jetzt auf, das ist leichter für Sie."

„Sie haben nichts gegen mich in der Hand, Sheriff. Die Schießerei in Danville war sauber und offen."

„Warum laufen Sie dann weg?"

„Wer sagt, daß ich weglaufe?"

„Ich werde Sie verhaften, McCulloch. Schätze, nach neunzehn Jahren ist es auch Zeit. Ich habe Sie doch noch erwischt."

Griff starrte auf sein Büffelgewehr, dann drückte er ab. Knapp neben dem Sheriff wirbelte eine Staubwolke auf. Pollard sprang überrascht zurück und sank dann auf die Knie. Aber als Griff noch einmal schießen wollte, klemmte der Abzug, und Pollard hatte Zeit genug, sich hinter einem der Felsblöcke in Deckung zu bringen. Nun war Griff auch in Schußweite der Winchester. Aber Pollard schoß nicht.

„Was haben Sie da für ein Gewehr, Mann? Gegen eine Kanone wie die hat keiner eine Chance."

„Glauben Sie, ich sollte Ihnen eine Chance geben?"

„Ich mache nur meine Arbeit."

„Und die wäre?"

„Ich glaube nicht, daß ich Ihnen das erklären muß. Ich verhafte Sie wegen früherer Verbrechen, McCulloch, und ich kriege meine Revanche dafür, daß sie Caleb Stoners Schwiegertochter vor dem Galgen gerettet haben."

„Vergangene Taten sind eine Sache, Pollard; Deborah Stoner ist eine ganz andere. Sie ist unschuldig, und das wissen Sie auch."

„Sie wurde von einem ordentlichen Gericht des Mordes für schuldig befunden."

„Welche Rolle spielt das für Sie, Pollard? Wollen Sie berühmt werden, indem Sie eine Frau hängen?"

„Das würde nur ausgleichen, was diese Frau mir für Scherereien gebracht hat. Ich habe drei Jahre im Gefängnis verbracht, weil Caleb Stoner das Gericht überzeugt hat, daß ich mit Ihnen unter einer Decke stecke. Caleb sorgte auch dafür, daß ich als Gesetzeshüter unehrenhaft entlassen wurde. Ich habe jahrelang Saloons gewischt, um die Drinks zu bezahlen, die mich am Leben hielten. Diese Medaille hier ist nur der Stern eines Hilfssheriffs. Ich habe ihn bekommen, weil kein anderer ihn wollte. Jetzt zahlen Sie zurück. Die fünftausend Dollar Belohnung, die Caleb immer noch bietet, sind ein hübsches Sümmchen."

Griff hatte nie etwas von der Belohnung gehört, aber er hatte sich auch nie erkundigt, aus Angst, in ein Wespennest zu stechen. Wenigstens wußte er jetzt, weshalb Pollard ihn ganz allein verfolgt hatte. Er dachte, Griff könnte ihn zu Deborah führen, und ganz sicher hatte er nicht die Absicht, die Belohnung mit irgend jemandem zu teilen. Also hatte er ziemlich sicher niemand von seinem Verdacht erzählt.

„Sie brauchen mich nur zu Deborah Stoner zu bringen", fuhr Pollard fort, „und wir beide können uns vielleicht einigen."

„Sie wissen nicht, wo sie ist?"

„Ich habe eine ziemlich genaue Vorstellung", sagte Pollard. „Ich habe mich gestern in der Stadt über Sie erkundigt. Leute sagten mir, Sie arbeiten für eine Frau namens Deborah Killion. Schätze, die Namen sind nicht zufällig dieselben. Aber ich nehme an, Sie kommt viel friedlicher mit, wenn ich Sie bei mir habe. Ich schlage also vor, daß Sie vernünftig sind. Sonst werden Sie ganz einfach hier draußen sterben, und ich werde Deborah Stoner dennoch zurückbringen."

„Yeah, ich werde vernünftig sein", rief Griff und zog seinen Colt. „So!" Er gab einige Schüsse ab.

Diesmal zielte er nicht auf die Erde. Aber Pollard ging rechtzeitig in Deckung, und die Kugel sauste über ihn hinweg, wenige Zentimeter über seinem Kopf.

Pollard erwiderte das Feuer. Seine Kugel sprengte ein Stück Felsen ab. Steinchen flogen Griff ins Gesicht, und ein größerer Splitter ließ einen blutigen Riß auf seiner Wange zurück.

Griff feuerte wieder, den Kopf diesmal etwas höher erhoben, um besser zielen zu können. Das war genau der Fehler, auf den Pollard gewartet hatte. Sein Schuß durchbohrte Griff mit einem brennenden Schmerz. Griff verbiß sich ein Aufstöhnen; er wollte seinen Gegener nicht wissen lassen, daß er verletzt war. Die Kugel hatte ihn nur gestreift, aber die Wunde brannte wie Feuer in Griffs Arm. Wenigstens war es nur der linke Arm. Griff nahm sein Halstuch ab und preßte es auf die Wunde. Dann schoß er erneut.

Sie tauschten noch mehrere Schüsse, aber Griff wurde schnell klar, daß sie bei ihren gegenwärtigen Positionen in ein klassisches mexikanisches Duell gerieten. Es war durchaus denkbar, daß sie sich solange gegenseitig in Schach hielten, bis einem von ihnen die Munition ausging — oder bis einer von ihnen verdurstete. Griff hatte keine Ahnung, wieviel Munition oder wieviel Wasser Pollard bei sich hatte, aber selbst dieser erledigte Hilfssheriff hatte mehr Zeit gehabt, sich auf die Konfrontation vorzubereiten als Griff. Griff war klar, daß er es war, der die Situation entscheiden mußte. Der beste Weg war, sich außerhalb der Schußweite von Pollards Winchester zu halten und doch nahe genug, um die überlegene Schußweite der Sharp zu nutzen. Aber selbst wenn die Sharp nicht noch einmal klemmte, gab es einfach keine Deckung, die diesen Plan durchführbar machte.

Das Nächstbeste war, Pollard aus der Deckung zu locken. Aber auch dazu mußte Griff sich selber zeigen. Immerhin hätten sie dann beide denselben Nachteil. Es gab keinen anderen Weg.

Griff bog seinen verwundeten Arm durch, um sicher zu sein, daß er in einem Nahkampf bestehen konnte, falls es dazu kam. Der Arm schmerzte und war schwach, aber er konnte eine Faust machen und wäre in der Lage, dem alternden Pollard zu begegnen.

Griff leerte ruhig seinen Colt und ließ die restlichen Kugeln in seine Hand fallen. Dann zielte er und schoß über den Felsen in Pollards Richtung. Das leere *Klick* mußte dort hinter dem anderen Felsbrocken deutlich zu hören gewesen sein. Er hoffte, Pollard hatte seine vorgetäuschte Botschaft verstanden.

„Okay Pollard, ich lasse mit mir reden", rief Griff, während er geräuschlos seinen Colt nachlud.

Pollard kicherte. „Das ist wirklich klug von Ihnen, McCulloch, ich habe nämlich genug Munition, um es tagelang hier auszuhalten — und Wasser auch."

„All right! Ich verstehe schon. Machen Sie einen Deal oder nicht?"

„Darauf können Sie wetten. Werfen Sie Ihre Waffen vor den Felsen, so daß ich sie sehen kann, und dann kommen Sie mit erhobenen Händen heraus."

„Und was springt für mich dabei heraus?"

„Wie ich gesagt habe, Sie sind frei; ich will nur die Frau."

Griff zögerte so lange, bis er alle Kugeln aus dem Revolvergürtel entfernt und in seine Tasche gestopft hatte, um Pollard glauben zu machen, daß er keine Munition mehr habe. Wenn alles gut ging, konnte er später zurückkommen, um die Tasche und seinen Sattel zu holen. Dann warf er sein Gewehr und seinen Colt vor den Felsen in den Staub. Er warf sie an eine Stelle nur wenig nach links von der Mitte des leeren Platzes zwischen sich und seinem Gegner, so daß er sie noch leicht erreichen konnte.

„Okay, und jetzt Sie, McCulloch", befahl Pollard.

„Yeah, aber denken Sie dran, ich bin lebend mehr wert für Sie als tot."

„Keine Sorge. Und jetzt bewegen Sie sich."

Griff nahm die Hände hinter den Kopf, leise stöhnend, als er den linken Arm hob; dann stand er auf und trat langsam hinter dem Felsen hervor. Er hielt weit genug entfernt von seinen Waffen, um kein Mißtrauen zu erregen, aber nah genug, um sie schnell zu erreichen.

Kurz darauf trat auch Pollard aus seiner Deckung, offensichtlich, nachdem er sich überzeugt hatte, daß Griff unbewaffnet und ungefährlich war.

Griff verstand den Sheriff. *Ich bin unbewaffnet*, dachte er, *aber hoffentlich nicht ungefährlich.*

Pollard sah ziemlich selbstzufrieden aus. Schließlich war dies für ihn ein großer Tag. Er war nicht nur auf dem besten Weg, fünftausend Dollar einzustreichen, er war auch dabei, eine alte Rechnung zu begleichen, die ihn fast zwei Jahrzehnte lang nicht losgelassen hatte. Griff sah deutlich, daß die Jahre nicht spurlos an Pollard vorübergegangen waren. Die vielen Drinks standen ihm ins Gesicht geschrieben, seine Wangen und seine Nase waren gerötet, und seine Augen waren glasig. Das Vigilante Komitee in Danville, das für die Einstellungen und Entlassungen von Gesetzeshütern verantwortlich war, mußte in ziemlicher Not gewesen sein, als es diesen alten Trinker als Hilfssheriff anheuerte. Die neue Houston und Texas Eisenbahn brachte langsam etwas Zivilisation in die Stadt, aber Danville gehörte immer noch zu den wilderen Städten in Texas, und Gesetzeshüter hatten dort keine allzu hohe Lebenserwartung. Wenn es nach Griff ging, sollte das auch für Pollard gelten.

Der alte Hilfssheriff machte gleich einen dummen Fehler — er ging direkt zu Griffs Waffen, bevor er sich um seinen Gefangenen kümmerte. Aber er hielt seinen sechsschüssigen Colt auf Griff gerichtet, während er sich bückte und die Sharp aufhob. Er beförderte den Colt mit einem Fußtritt einige Schritte weiter, sehr zu Griffs Mißfallen.

„Das ist wirklich ein schönes Gewehr, was Sie hier haben", sagte Pollard bewundernd. „Schätze, Sie werden's nicht mehr brauchen." Er fuhr mit der Hand über den polierten, handgeschnitzten Griff.

Eine solche Gelegenheit würde nicht wiederkommen — jedenfalls wollte Griff sich nicht darauf verlassen. Während sich Pollards Aufmerksamkeit auf das Gewehr konzentrierte, nutzte Griff den günstigen Augenblick.

Mit einem verzweifelten Sprung schnellte er vorwärts. Pollard ließ das Gewehr fallen, und bevor der überraschte alte Mann seinen Colt gebrauchen konnte, hatte Griff ihn schon zu Boden geworfen. Der Schuß ging ins Leere.

Pollard fluchte.

Sie wälzten sich im Staub. Pollard versuchte, einen weiteren Schuß abzufeuern. Griff versuchte, die Waffe zu fassen, aber der Hilfssheriff war stärker als er vermutet hatte. Sein Gewicht erdrückte Griff beinahe. Es wäre leichter gewesen, wenn sein linker Arm nicht verletzt gewesen wäre, aber jetzt brauchte er all seine Kraft, um den Colt niederzuhalten.

Einen Moment später gelang es Griff, seine rechte Hand lang genug zu befreien, um Pollard einen harten Schlag aufs Kinn zu versetzen, aber der alte Trunkenbold gab nicht nach. Unmöglich, daß nur körperliche Stärke den Hilfssheriff jetzt so zäh machte, es mußte da noch eine andere Kraft sein. Haß, Rache, Gier — was immer es war, Pollard kämpfte mit der Bösartigkeit eines verwundeten Koyoten.

Obwohl der Colt ihm weiter gefährlich war, riskierte Griff eine andere Strategie. Viel Zeit hatte er nicht, er mußte auf jeden Fall schneller sein, als Pollard schießen konnte. Aber in diesen Bruchteil einer Sekunde warf Griff all seine Kraft. Er war beinahe ebenso überrascht wie Pollard, daß es ihm gelang, den Sheriff abzuschütteln, aber Pollards Stärke ließ nach. Griff rollte sich nach oben und gewann einen leichten Vorteil. Jedenfalls konnte er jetzt etwas gegen den bedrohlichen Colt tun. Er schlug Pollards Hand auf den Boden, so hart er konnte.

Pollard hielt die Faust geschlossen. Zu viel stand für ihn auf dem Spiel, um aufzugeben. „Sie entkommen mir nicht", keuchte er.

Die vergebliche Anstrengung, Pollard den Colt zu entwinden, ließ Griffs Arm im Schmerz explodieren und einen Strom frischen Blutes hervorsprudeln. Pollard hatte mit Sicherheit das Blut gesehen und wußte, daß der Verwundete nicht mehr lange durchhalten konnte. Auch er wartete nur auf den richtigen Moment.

Und der kam zu früh für Griff.

Pollards Hand schoß voran, noch nicht ganz von Griffs Umklammerung befreit, aber noch eine einzige Wendung — plötzlich ging der Revolver los.

Die Gewalt des Schusses riß die beiden Männer auseinander. Pollard hielt die Waffe noch immer in der Hand, und er richtete sie jetzt auf Griff. Er wollte nicht noch einmal einen Fehler machen.

„Sie wissen einfach nicht, wann Sie verloren haben, McCulloch", sagte Pollard, selber überrascht, daß er die Oberhand gewonnen hatte. Es dauerte einen weiteren Augenblick, bis ihm klar wurde, wie sehr er tatsächlich die Oberhand gewonnen hatte.

Griff lag ausgestreckt im Staub und bewegte sich nicht.

„Hey, McCulloch! Sie sind doch nicht tot, oder?"

Wahrscheinlich konnte er Deborah Stoner auch ohne Griff ausliefern, aber mit ihm wäre es sehr viel einfacher. Pollard richtete sich auf, die Waffe noch immer auf Griff gerichtet. Er stieß mit dem Fuß an Griffs Bein.

Griff stöhnte und hob den Kopf, aber vor seinen Augen war alles verschwommen, und der Mann, der über ihm stand, schien merkwürdig zu schwanken. Ihm wurde klar, daß er für einige Sekunden das Bewußtsein verloren hatte. Wenn er Pollard noch einmal zum Sturz bringen konnte, hätte er vielleicht noch eine Chance.

Aber als Griff versuchte, sich zu bewegen, durchflutete ein Schmerz, wie er ihn noch nie erlebt hatte, seinen ganzen Körper. Das konnte nicht der Arm sein ...

Instinktiv bewegte sich seine Hand zu der Stelle, wo die Quelle des neuen Schmerzes liegen mußte. An seiner rechten Seite fühlte er strömendes Blut. Er versank erneut in Schmerz.

O, Deborah! Ich habe dich im Stich gelassen. Es tut mir so leid ...
Dann wurde alles schwarz.

Teil II

Gefangenschaft

3

Die gescheckte Stute konnte mit dem mächtigen weißen Hengst nicht
Schritt halten, offensichtlich einem Vollblüter, kein Mustang aus der
freien Wildbahn. Vielleicht war er aus dem Stall eines wohlhabenden
spanischen Caballero geflohen, oder er stammte von einem solchen
Pferd ab, eine stolze und freie Kreatur von Geburt an. Welchen
Stammbaum er auch hatte, er war hochgewachsen und überragte seine
Stuten bei weitem. Die Kraft des Hengstes war deutlich zu sehen, an
seinen spielenden Muskeln und an seinen langen Beinen, die ihn leicht
und mühelos über die Prärie trugen.

Deborah Killion saß auf der Stute und bewunderte den Hengst. Dieser Ausritt war weniger ein Rennen, er diente dazu, die ganze Pracht
des weißen Hengstes zu entfalten. Seit drei Tagen waren sie nun dieser
Herde wilder Mustangs gefolgt, von Tagesanbruch bis Sonnenuntergang und versuchten, die wilden Pferde einzufangen und in eine eigens
gebaute Koppel zu treiben. Deborah und ihre Männer hatten den Vorteil, zwei- oder dreimal täglich frische Pferde zu bekommen. Der
Hengst dagegen hatte nur die Nacht, um sich auszuruhen.

Die Mustangherde raste über eine Büffelweide, und Schlamm
bedeckte die Flanken des Weißen. Die Stuten der Herde waren der
Erschöpfung nahe, aber der Hengst galoppierte hinter ihnen, trieb sie
voran, duldete keine Nachzügler und drängte sie fast bis über die
Grenze ihrer Kraft. Er selbst zeigte keinerlei Anzeichen der Ermü-
dung. Eine ungebrochene Energie sprühte aus dem großen Tier,
dachte Deborah. Sie erinnerte sich an den Grauen von Gebrochener
Flügel und wünschte, er wäre noch am Leben, um sich mit dem Weißen zu messen. Das wäre ein Rennen geworden, das so schnell niemand vergessen hätte.

Deborah atmete tief durch, als auch sie durch die Büffelweide galoppierte. Dann lachte sie. Langsam wurde sie für diese Rennen doch zu
alt.

Sie klammerte sich an ihre Stute. Es wurde spät, und die Sonne
neigte sich im Westen schon. Es war klar, daß diese Herde noch einen
oder sogar zwei Tage laufen würde, bis sie reif für die Gefangenschaft
war. Deborah schüttelte sich bei diesem Gedanken. Gewöhnlich
genügten zwei oder drei Tage, um eine Herde unter Kontrolle zu bringen und sie in die Koppel zu treiben.

Deborah strich sich eine Strähne schweißfeuchten Haares aus den Augen und sah zu, wie der Hengst seine Herde wieder auf die trokkene Prärie trieb. Er war langsamer geworden, so als ob er wüßte, daß die Jagd für jetzt vorüber war. Einige Minuten später hielt die Herde an und begann zu grasen, während der Hengst sie von einer kleinen Erhebung aus im Auge behielt, schützend und herrschend zugleich. Er stampfte mit den Hufen und warf seinen langen, schlanken Hals in die Richtung, von wo Deborah ihn auf ihrer Stute sitzend beobachtete.

„Nächstes Mal, schöner Bruder", murmelte Deborah.

Selbst aus der Entfernung von zweihundert Yards konnte sie den ungebrochenen Hochmut in den schwarzen Augen des Tieres sehen. Er würde sich nicht leicht fangen lassen, so viel war sicher. Und in Wahrheit wollte Deborah ihn auch eigentlich nicht einfangen. Sie verstand nur zu gut, wie er sich verzweifelt an seine Freiheit klammerte. Es mochte sehr lange her sein, über zwanzig Jahre nun, aber sie würde niemals vergessen, was Gefangenschaft bedeutete.

Aber Deborah hatte auch die Wahrheit im göttlichen Paradoxon begriffen: die Unterwerfung unter Gott bedeutete Freiheit − nicht nur die körperliche Freiheit des offenen Raumes, sondern die Freiheit des Geistes und der Seele.

Mit der Zeit war ihr die Bedeutung jener Jahre in Stoner's Crossing für ihr Leben bewußt geworden. Sie füllten nur zwei von Deborahs neununddreißig Jahren. Sicher, sie waren schrecklich gewesen und hatten einen tiefen Eindruck in ihrem Leben hinterlassen. Aber dennoch, es waren nur zwei Jahre gewesen. Die folgenden neunzehn Jahre der Ruhe und des Glücks wogen sie vielmals auf.

Der Hengst trabte die Anhöhe hinunter, wohl um seine Stuten zusammenzutreiben und einen sicheren Platz für die Nacht zu suchen. Deborah warf ihren eigenen Braunen herum. Es war Zeit, ins Lager zurückzukehren.

Ihr war nicht danach, lange über ihre Vergangenheit nachzugrübeln. Nur die lieben Erinnerungen kamen ihr immer wieder in den Sinn.

„Was eigentlich zählt, ist die Zukunft", flüsterte sie leise in den Wind. „Die Zukunft bringt immer Wachstum und Besserung und auch Glück."

Sie dachte an Sam und an das Glück, das ihre Ehe bedeutete. Nach fünf Jahren waren sie noch immer wie frisch Verliebte. Selbst wenn ihre Kinder inzwischen fast erwachsen waren − Carolyn war achtzehn und Himmelchen sechzehn − war sie doch noch immer jung. Die Schönheit, die viele damals an ihr so bewundert hatten, war in den langen Jahren in der rauhen Prärie noch nicht ganz verblaßt. Sam sagte, in ihren Augen spiegele sich noch immer der endlose blaue Frühlingshimmel über der Prärie, und das Gold ihrer Haare verbarg das erste Grau. Nur ihre Haut zeigte die Spur der Jahre. Sie war vom vielen Draußensein gebräunt, Krähenfüße waren um ihre Augen sichtbar und feine Linien um ihren sanften, ausdrucksvollen Mund. Manchmal dachte sie, sie ähnelte jetzt mehr ihren Cheyenneschwestern von damals, als sie bei den Indianern gelebt und Felle gegerbt hatte.

Aber das Leben jetzt war zu vollkommen, um lange über die Vergangenheit zu grübeln, und sie hatte auch kein Interesse daran. Sie mußte sich um ihre Ranch kümmern, sie mußte Pferde einfangen und zureiten, und sie hatte eine Familie.

„Du hast keine Zeit für Tagträumereien, Deborah", sagte sie zu sich selbst. Sie setzte ihr Pferd in Bewegung und ritt in leichtem Trab zum Lager.

Als das Camp in einer Viertelmeile Entfernung sichtbar wurde, sah sie aus der anderen Richtung einen Reiter darauf zugaloppieren. Sie spürte sofort, daß etwas nicht stimmte, und sie grub die Fersen in die Flanken ihres Pferdes und trieb es zum Galopp an. Sie erreichte das Lager nur wenige Augenblicke nach dem Reiter.

Es war Jasper, einer der jungen Stallhilfen, schweißgebadet und mit weit aufgerissenen Augen.

„Miz Killion, Sie müssen schnell kommen!"

Inzwischen hatte sich fast das ganze Camp versammelt. Longjim strich dem Pferd übers Fell und schüttelte verärgert den Kopf über den Jungen. „Hoffentlich ist es wirklich so dringend. Du hast dieses Pferd fast umgebracht. Steig ab, damit es sich ausruhen kann."

„Ja, Sir", sagte Jasper gehorsam. Longjim Sands, Deborahs Vorarbeiter, widersprach man nicht, erst recht nicht Jasper, der fast noch ein Kind war. Jasper sprang vom Pferd und sagte noch einmal: „Es ist wirklich wichtig, Miz Killion!"

Deborah stieg ebenfalls ab und wollte Jasper gerade auffordern, in Ruhe zu berichten, als ihre Tochter Carolyn dazukam.

„Was ist los, Ma?", fragte sie. „Stimmt etwas nicht?"

Deborah war ungeduldig. „Das werden wir gleich wissen, wenn wir den armen Jungen endlich zu Wort kommen lassen", sagte sie verärgert. Dann sagte sie in sanfterem Ton zu dem Jungen: „Erzähl's uns, Jasper, was ist passiert?"

„Ein Gesetzeshüter, Ma'am. Er kam zur Ranch; er hat Griff, nur Griff geht es schlecht, sehr schlecht."

„Schlecht?" wiederholte Deborah und bemühte sich, die unzusammenhängende Rede des Jungen zu verstehen. „Wie meinst du das?"

„Er ist angeschossen, Ma'am, schlimm verwundet. Aber der Hilfssheriff bedroht ihn immer noch mit der Waffe. Er hat mir gesagt, ich soll Sie holen — und Sie sollten nicht versuchen zu fliehen, wie Sie es schon einmal getan hätten, wenn Ihnen etwas an Griff liegt. Ma'am, was meint er damit, nicht versuchen zu fliehen? Als ob Sie das Gesetz zu fürchten hätten."

Deborah erblaßte, als ihr die volle Bedeutung dieser Worte klar wurde. Sie wußte nicht, wie es geschehen war, aber auf irgendeine Weise war ihr Geheimnis ans Licht gekommen. Und Griff war verwundet, lag vielleicht im Sterben.

Ohne einen weiteren Gedanken wandte sich Deborah wieder ihrem Pferd zu und wollte schon einen Fuß in den Steigbügel setzen, als Longjim ihr eine Hand auf die Schulter legte.

„Deborah, überstürzen Sie jetzt nichts!" sagte er. „Sie müssen nicht dorthin gehen. Ich und die Jungs werden Griff helfen. Sie verschwinden einfach von hier, weit weg."

„Nein, Longjim, ich bin zu alt, um noch einmal davonzulaufen." Ihre Stimme war kaum hörbar. Sie konnte nur an eins denken, an ihren alten Freund Griff McCulloch, tödlich verwundet. Wahrscheinlich hatte er versucht, Sie zu verteidigen und war dabei angeschossen worden. Nie in der ganzen langen Zeit ihrer Freundschaft hatte er sie im Stich gelassen, und sie würde auch ihn nicht im Stich lassen.

Carolyn drängte sich in die Mitte der Menschengruppe. „Wovon redet ihr alle? Wovor solltest du weglaufen?"

Deborah sah ihre Tochter an, und das Herz tat ihr weh. Dann kam Sky näher, den früher alle Himmelchen gerufen hatten. An seinem sechzehnten Geburtstag hatte er behauptet, er sei nun erwachsen und bestand darauf, daß er von nun an Sky gerufen wurde. Er war verwirrt und unsicher.

„Ich werde euch beiden alles erklären, bald", sagte sie. „Aber zuerst müssen wir Griff helfen." Zu Longjim gewandt fügte sie hinzu: „Bringen Sie mir ein frisches Pferd. Kommen Sie mit, wenn Sie wollen. Aber keine Schießerei."

„Wir sind viele, Deborah", sagte Longjim, „und jeder von uns würde für Sie kämpfen. Wir werden mit ihnen fertig."

Mehrere Männer stimmten ein, und Deborah war gerührt, besonders weil keiner außer Longjim wußte, worum es eigentlich ging.

Sie schüttelte bestimmt den Kopf.

26

„Ich glaube, es ist Zeit, daß das alles vorbei ist, Longjim. Es mußte eines Tages so kommen."

Sie schwieg, etwas ruhiger nach dem anfänglichen Schock, in den Jaspers Botschaft sie versetzt hatte. „Sky", sagte sie zu ihrem Sohn, „würdest du nach Beaumont reiten und Sam suchen? Du weißt besser als irgend jemand, wo er sein könnte."

Sky zögerte, dann fragte er: „Du ... du wirst doch hier sein, wenn wir heimkommen ...?"

„Hoffentlich. Wenn nicht, wirst du wissen, wo ich zu finden bin."

„Ma!" Carolyn sah ihre Mutter entgeistert an. „Du kannst nicht gehen — nicht ohne mich!"

Deborah suchte nach einem Vorwand, um Carolyn wegzuschicken. Sie sollte die Verhaftung ihrer Mutter nicht mit ansehen. Aber ihr fiel nichts ein. Carolyn hätte sich ohnehin nicht leicht davon abbringen lassen, ihre Mutter zu begleiten. Dazu hatte sie einen viel zu großen Dickkopf.

„Gehen wir, Longjim", sagte Deborah. Sie wandte sich an ihre Tochter. „Carolyn, ich hätte lieber, daß du hierbleibst —"

„Wozu? Was kann ich denn hier für dich tun?" Carolyn preßte die Lippen zusammen und sah ihre Mutter offen an. „Ich komme mit."

Deborah machte sich klar, daß sie Carolyn nicht überzeugen würde und zuckte mit den Schultern. „All right. Aber du tust, was ich dir sage."

Carolyn lief davon, um ihr Pferd zu satteln.

Deborah gab hastig noch einige Anweisungen. „Jungs, ihr bleibt hier und verfolgt die Herde weiter. Ich will nicht, daß jemand uns nachkommt." Sie wandte sich wieder an Jasper. „Hat jemand einen Arzt für Griff geholt?"

„Yeah, Ma'am, aber der kommt wahrscheinlich nicht vor morgen."

Fünf Minuten später waren Deborah, Longjim und Carolyn unterwegs. Sky begleitete sie noch ein paar Meilen und bog dann nach Süden ab. Die drei anderen ritten weiter nach Osten, einer ungewissen Zukunft entgegen.

4

Als die drei Reiter auf einer Anhöhe hielten und die Ranch überblickten, nahm Longjim seinen sechsschüssigen Revolver aus dem Halfter und ließ die Trommel kreisen, um sicherzugehen, daß er durchgeladen war.

Deborah sah zu ihm hinüber und schüttelte leise den Kopf.

„Wir müssen da nicht wie die Schafe zur Schlachtbank hineingehen, Deborah", sagte er.

„Keine Sorge, Longjim", sagte Deborah zuversichtlich, „das brauchen wir auch nicht." Während des ganzen zweistündigen Ritts hatte sie gebetet. Sie wußte, daß sie nicht allein waren; der Herr war ein besserer Schutz als Longjims Colt.

Longjim zuckte die Achseln und steckte widerwillig seine Waffe ins Halfter.

Deborah ließ ihren Blick über die Ranch schweifen. Alles sah in der Dämmerung ruhig und friedlich aus. Ein Licht brannte im Haus der Arbeiter und einige im Haupthaus, aber sonst war es dunkel und still. Trotz der Zuversicht, die sie einen Augenblick zuvor gespürt hatte, zögerte Deborah und wünschte verzweifelt, sie könnte dieser Konfrontation aus dem Weg gehen. Sollte ihr ganzes Leben über ihr zusammenstürzen? Würde sie ihre Freiheit verlieren, ein zweites Mal unter dem Galgen stehen? War sie denn all die Jahre blind gewesen, zu glauben, ihr glückliches Leben könnte endlos so weitergehen?

Aber vor allem, konnte sie dem ins Auge sehen, was nun unwiderruflich vor ihr lag? Wie konnte sie je die geliebte Ranch aufgeben, ihr geliebtes Leben? Und ihre Familie ...? *Lieber Gott, wie könnte ich sie aufgeben?* Sie und Sam hatten ihr gemeinsames Leben doch gerade erst begonnen. Wie konnte sie sich von dem Mann trennen, den sie so sehr liebte? Und Sky ... und Carolyn ...

Deborah warf ihrer Tochter einen heimlichen Blick zu. Carolyn hatte die ganze Zeit lang ihre Mutter angesehen und vielleicht die plötzliche Furcht und Trauer in ihren Zügen bemerkt. Ihre Blicke trafen sich für einen Moment. Carolyns große, ausdrucksstarke Augen ruhten auf ihr und verlangten still und fest nach irgendeiner Antwort. Während des Ritts hatte Carolyn geschwiegen, aber es war nicht ihre Art, lange still zu sein.

Eine plötzliche Erinnerung an den Tag von Carolyns Geburt überkam Deborah. Gebrochener Flügel hatte ihr mit seiner sanften, einfachen Art geholfen, das Kind anzunehmen, das sie mit so viel Angst in sich getragen hatte. Über die Jahre war es wirklich oft schwer mit Carolyn gewesen, aber Deborahs Geduld mit der launischen und dickköpfigen Tochter, deren Herkunft so sehr von Tragik überschattet war, Deborahs Geduld und Liebe waren aufrichtig und stark. Und es war diese Liebe, die sie daran gehindert hatte, Carolyn ihre Vergangenheit zu offenbaren. Vielleicht war das ein Fehler gewesen. Sam war immer für vollkommene Aufrichtigkeit gegenüber Carolyn gewesen, aber er hatte Deborah nie zu etwas gedrängt. Deborah wollte ehrlich sein, aber wenn sie daran dachte, welche Qual ihre Verbindung mit Carolyns Vater gewesen war, wie dunkel die Umstände seines Todes, und daß sie noch immer unter der Anklage seiner Ermordung stand, dann brachte sie den Mut nicht auf, offen mit ihrer Tochter zu sprechen.

Und jetzt sollte Deborahs Feigheit sie einholen. Sie hatte das Unvermeidliche hinausgeschoben und alles nur noch schlimmer gemacht. Nun mußte Carolyn nicht nur die Wahrheit über ihre Herkunft ertragen, sie mußte auch noch auf den Trost und die Unterstützung ihrer Mutter verzichten.

Aber noch war nicht die Zeit für diese Enthüllungen. Griff lag vielleicht im Sterben ... war vielleicht schon tot. Deborah konnte nicht allem zugleich begegnen.

Ihre Hände schlossen sich fest um die Zügel, und sie drückte die Knie in die Flanken des Pferdes. Immer wieder sagte sie sich, daß sie nicht allein war, daß Gott ihr in dieser Krise beistand.

Dennoch fühlte sie ihr Herz pochen, als sie den Hügel hinabritten.

5

Griff ahnte, daß ihm nicht mehr viel Zeit blieb. Er lag auf der hübschen Couch, die Deborah vergangenes Jahr gekauft und den langen Weg von Boston hatte bringen lassen. Selbst in seinem Schmerz und in seiner Angst noch dachte er daran, daß er den Stoff mit seinem Blut verdarb. Yolanda hatte versucht, die Wunde zu verbinden, aber es half nicht viel. Sein Blut durchtränkte die Verbände schneller, als sie sie wechseln konnte. Griff hatte Pollard gebeten, ihn in eins der Betten im Hinterzimmer zu bringen, aber Pollard wollte die Eingangstür im Auge behalten. Er wollte Griff nicht aus den Augen lassen.

Griff dachte daran, den Mann erneut anzugreifen, aber sobald er sich bewegte, wurde er vor Schmerz fast ohnmächtig.

„Wissen Sie, Pollard", sagte Griff, „Sie sind verrückt, wenn Sie glauben, sie spaziert einfach so zu dieser Tür herein. Ihre Leute werden alles tun, um sie zu schützen."

„Wir werden ja sehen."

„Wahrscheinlich wird sie nicht einmal zurückkommen. Sie ist bestimmt schon auf dem Weg nach Mexiko."

„Wäre besser für Sie, wenn das nicht stimmt, McCulloch, weil Sie sonst ein toter Mann sind."

Unglücklicherweise wußte Griff nur zu gut, daß Deborah ihn niemals im Stich lassen würde — diese verrückte Frau! Sie würde nicht einmal daran denken, nach Mexiko zu fliehen.

„Was tun Sie, wenn ich sterbe, bevor sie kommt?", fragte Griff.

„Das werde ich sehen, wenn sie da ist."

„*Wenn* sie kommt."

„Sie ist nicht die Art Frau, die einen Freund im Stich läßt, und wenn Sie all die Jahre mit ihr zusammen waren, wissen Sie das genau, und vielleicht noch mehr, eh?" Pollard zog eine unverschämte Grimasse.

„Sie dreckiger —" Griff keuchte und wollte sich auf Pollard stürzen, aber um ihn herum wurde alles schwarz, und er fiel zurück auf die Couch. Er fühlte einen neuen Strom warmen Blutes an seiner Seite.

Pollard lächelte Griff an und schüttelte ohne großes Mitleid den Kopf. Dann leckte er sich die trockenen Lippen. „Hey!" rief er zur Küchentür hin. „Sie da drin, was haben Sie zu trinken im Haus?"

Yolanda, blaß und verängstigt, erschien mit einer Kanne Kaffee.

„Ich meine was Stärkeres als das", fuhr Pollard sie an.

„Wir haben keinen Alkohol in diesem Haus, Senor", sagte sie mit zitternder Stimme.

„All right, dann eben Kaffee."

Yolanda füllte seine Tasse, stellte die Kanne ab und wandte sich an Griff. „Senor Griff, sind Sie ... in Ordnung?" Seine Augen waren geschlossen, und sein Atem klang so hohl, daß sie nicht sicher war, ob er überhaupt noch lebte. Sie beugte sich über ihn und fühlte einen schwachen Hauch aus seinem Mund. Sanft fuhr sie ihm mit einem Tuch über die Stirn und hob dann die Decke hoch, um nach dem Verband zu sehen. Sie schüttelte mißbilligend den Kopf. Der Verband, den sie erst vor einer Viertelstunde gewechselt hatte, war erneut blutgetränkt.

„Lebt er noch?", fragte Pollard und nippte an seinem Kaffee, als ob es ihn eigentlich nicht weiter interessierte.

„Er wird sterben, wenn er nicht richtig versorgt wird." In ihrer tiefen Sorge fand Yolanda den Mut, mit fester Stimme zu sprechen. „Wenn Sie ein Gesetzeshüter sind, dürfen Sie nicht zulassen —"

In diesem Moment ging die Tür auf. Yolanda sprang auf und lief in die Richtung. Deborahs Anblick erleichterte sie sofort, als ob Deborah durch ihre bloße Anwesenheit alles wieder in Ordnung bringen konnte, als ob sie Griff am Leben halten und diesen schrecklichen Hilfssheriff aus ihrem Haus vertreiben konnte. Schluchzend fiel Yolanda Deborah in die Arme.

„Oh, Deborah, ich ... ich ..." Sie brach in Tränen aus.

Deborah hielt Yolanda sanft im Arm, diese treue Frau, die so lange ihre Dienerin, ihre Freundin und ein Mitglied der Familie war. Während sie sie noch hielt, machte sie sich ein Bild von der Lage. Sie erkannte Pollard, obwohl er stärker gealtert war als durch die bloßen Jahre zu erklären war. Damals, während der Gerichtsverhandlung und den Minuten unter dem Galgen war er nicht unfreundlich zu ihr gewesen. Aber auf seinem harten, zerstörten Gesicht war keine Spur mehr von Mitgefühl.

„Ich hatte also recht", sagte Pollard mit einer Stimme, die wie der trockene Wüstenwind klang.

Der Klang seiner Stimme schien Yolanda in die Wirklichkeit zurückzurufen. Jedenfalls trat sie zur Seite, so daß Deborah sich ein Bild machen und alles in Ordnung bringen konnte.

Deborah beachtete Pollard nicht und ging direkt zu Griff. Aber Pollard richtete sofort seine Waffe auf sie und zwang sie, in der Mitte des Raumes stehenzubleiben.

„Nicht so schnell, Ma'am", sagte er warnend. Er nickte Carolyn und Longjim zu. „Ich will, daß ihr alle diesen Raum verlaßt."

„Sie können nicht —", begann Longjim zu protestieren.

„Sagen Sie mir nicht, was ich kann und was nicht", fuhr Pollard ihn scharf an. Er mochte seinem Ziel nahe sein, aber das machte ihn nur unsicherer und gereizter.

„Tut, was er sagt", sagte Deborah.

Carolyn, sonst so unerschütterlich, schien den Tränen nahe. Sie liebte Griff wie den Vater, den sie nie hatte, und sie ertrug offensichtlich die Unsicherheit nicht, ob er lebte oder tot war. „Mir ist egal, was passiert", sagte sie trotzig, „ich lasse Griff hier nicht einfach allein —"

„Du gehorchst deiner Mutter", ließ sich eine schwache Stimme von der Couch hören.

„Griff!" riefen drei Stimmen gleichzeitig.

„Na los schon!" brüllte Pollard. „Raus hier. Und keine Tricks, sonst erschieße ich McCulloch zuerst und frage dann, was Sie wollen."

Longjim, Carolyn und Yolanda zogen sich langsam zurück und schlossen die Tür hinter sich. Pollard schien sich etwas zu beruhigen. Longjims Anwesenheit hatte ihn beunruhigt, er hielt ihn für gefährlich. Mit einer Frau und einem sterbenden Mann konnte er leicht fertig werden.

„Nun, Mrs. Stoner — aber Sie heißen ja jetzt Mrs. Killion, nicht wahr? Ich nehme an, Sie haben genug vom Weglaufen."

„Bitte", sagte Deborah, „lassen Sie mich nach Griff sehen."

„Ist es nicht rührend? Langsam tut's mir leid, daß ich damals vor neunzehn Jahren auf Ihrer Seite stand", sagte Pollard mit kalter Stimme. „Wahrscheinlich hatten sie damals recht, was Sie betrifft; Sie und McCulloch hatten wohl die ganze Zeit was miteinander. Deshalb hat er Sie wohl gerettet, und deshalb ist er immer noch hier."

„Ich schwöre Ihnen, Pollard", sagte Griff, dem es irgendwie gelang, Stärke in seine Stimme zu legen, „bevor das hier alles vorbei ist, werde ich Sie töten."

„Wenn Sie's noch so lange machen."

Deborah ignorierte Pollard und ging zu Griff hinüber. Sie kniete sich auf den Boden vor ihm, nahm das Tuch, das Yolanda auf dem Tisch hatte liegenlassen und wischte den Schweiß von Griffs Stirn.

„Warum sind Sie zurückgekommen, Deborah?", fragte er.

„Das fragen Sie, Griff?"

„Nein ... ich wünschte nur, Sie hätten's nicht getan. Das war verdammt verrückt von Ihnen ... verdammt —" Er verstummte und rang nach Luft; ein stechender Schmerz durchbohrte ihn.

Deborah schwieg einen Moment und versuchte, seinen Zustand einzuschätzen. Sie mußte kein Arzt sein, um zu sehen, wie kritisch es um ihn stand. Seine sonst so blühende Gesichtsfarbe war jetzt aschfahl, selbst unter seinem Zweitagebart. Der Verband an seiner Seite war von Blut durchtränkt. Sie wußte sehr genau, daß Männer mit solchen Wunden, besonders hier draußen, normalerweise nicht überlebten. Deborah wollte weinen. Nie hatte sie Griff so schwach gesehen, so hilflos, so verletzlich. Ihr wurde klar, wie sehr sie sich immer auf seine

Stärke verlassen hatte, auf seinen Schutz. Und nun mußte sie ihn schützen.

Deborah sah Pollard an. „Griff braucht einen Arzt und frische Verbände."

„All right", sagte Pollard. „Holen Sie die Mexikanerin zu Hilfe, aber niemanden sonst, verstehen Sie? Sie können einen Arzt rufen, wenn wir weg sind."

„Weg? Wohin gehen wir?"

„Ich bringe Sie heute noch nach Danville."

„Das wird die ganze Nacht dauern!" protestierte Deborah. „Es ist dunkel dort draußen und gefährlich. Und wann sollen wir schlafen?"

„Ich habe ein paar Stunden die Augen zugemacht, bevor Sie kamen", antwortete Pollard. „Sie können im Sattel schlafen, wenn Sie wollen. Mir ist es zu riskant, hier länger zu bleiben als unbedingt nötig."

Deborah rief nach Yolanda, aber als sie kam, hatte Pollard zuerst etwas anderes für sie zu tun. Er warf ihr einen langen Strick zu.

„Fesseln Sie Mrs. Killion", befahl Pollard. „Und fest, ich beobachte Sie."

Als Yolanda zögerte, richtete er seine Waffe auf Griffs Kopf. Deborah nickte ihr zu und drückte ihr zärtlich die Hand. „Es ist in Ordnung, Yolanda, tue, was er gesagt hat."

„Oh, Deborah, wie kann er das nur tun ...?"

„Alles wird gut." Deborah versuchte, zuversichtlich zu lächeln. „Wir brauchen nur dem einen zu vertrauen, der wirklich Macht hat."

„Ja, Senora."

„Wenn ich fort bin, Yolanda, tu alles für Griff. Denk nur an ihn und hab keine Angst um mich."

Yolanda nickte wieder, und Tränen rannen ihr aus den Augen. Als sie den Strick festband, genau nach Pollards Anweisung, schmerzte sie jeder Knoten, jedes Festzurren mehr als Deborah. Aber schließlich war Pollard zufrieden. Deborahs Hände waren fest nach vorn gebunden, und von den Händen lief der Strick um ihren Hals. Sie konnte sich kaum noch bewegen, genau wie der Hilfssheriff es gewollt hatte.

Griff stöhnte auf seinem Bett, als er sie gefesselt sah wie ein wildes Tier. Wut stand ihm ins Gesicht geschrieben, aber er war so schwach, daß er sich nur selber wegen seiner Hilflosigkeit verfluchen konnte.

„Okay, und jetzt", sagte Pollard zu Yolanda, „soll jemand zwei frische Pferde satteln."

„Was ist mit Griff?" fragte Deborah.

„Dafür ist Zeit genug, wenn wir weg sind."

Fünf Minuten später standen die Pferde bereit. Deborah fühlte sich leer und etwas zittrig. Die Fesselung erinnerte sie an den furchtbaren Tag, als sie in Stoner's Crossing den Galgen hinaufstieg. Wieder war sie eine Gefangene, und wieder war sie in den Händen dieses Mannes. Wieder stand ihr ein Galgen bevor, aber kein Griff McCulloch würde sie diesesmal retten.

Einen wichtigen Unterschied zu damals gab es allerdings. Diesmal konnte sie auf mehr denn auf einen menschlichen Retter hoffen. Und deshalb wollte sie nicht, daß ihre Freunde ihr Leben für sie aufs Spiel setzten. Als Griff erneut Anstalten machte, sich von der Couch zu erheben, beruhigte sie ihn.

„Griff, denken Sie im Moment nur an sich, Sie müssen gesund werden. Mir wird nichts geschehen." Aber als sie ihn ein letztes Mal ansah, nützte ihr all ihr Mut nichts, sie brach in Tränen aus. Sie hatte genug von Tod und Sterben gesehen, um zu wissen, daß Griff nur noch wenig Zeit blieb. Vielleicht würde sie diesen teuren Freund niemals wiedersehen. „Oh, Griff!" rief sie. Ein letztes Mal ließ sie sich neben ihm nieder, und da sie ihn nicht umarmen konnte, küßte sie ihn auf die Wange. „Du weißt, ich liebe dich, Griff, du bist mein teuerster Freund."

„Ich weiß, Deborah, und ich weiß, du wirst jetzt stark sein, wie du es immer warst."

Als Yolanda die Eingangstür öffnete, drängte Longjim sich ins Haus. Man konnte klar sehen, daß er Pollard angreifen wollte, aber der Hilfssheriff richtete seine Waffe auf Deborah. Eine schnelle Bewegung konnte gefährlich für sie sein.

„Longjim, versuchen Sie nicht, uns zu verfolgen", sagte Deborah. „Ich möchte nicht, daß noch jemand in Gefahr gerät. Wir werden auf Gerechtigkeit hoffen. Mr. Pollard bringt mich nach Danville, bevor ich nach Stoner's Crossing zurückgebracht werden kann."

„Ich werde nicht zulassen, daß sie Sie hängen, Deborah!"

„Bitte, Longjim!" sagte Deborah mit einem Seitenblick auf Carolyn, die in der Nähe stand und ängstlich zuhörte.

„Ma, was meint er?"

„Carolyn, wenn Sam auf die Ranch kommt, möchte ich, daß er mit dir und Sky nach Danville kommt. Dort werde ich euch alles erklären."

„Gehen wir", sagte Pollard.

Er faßte Deborahs Arm und führte sie hinaus, genau wie er es neunzehn Jahre zuvor schon einmal getan hatte.

6

Sam verlor keine Zeit, nach Danville zu kommen. Dennoch waren schon drei Tage seit Deborahs Verhaftung vergangen. Sky hatte die ganze erste Nacht und einen Teil des folgenden Tages grbraucht, um Sam zu finden, so daß sie vor Sonnenuntergang des nächsten Tages nicht einmal bis zur Ranch kamen. Dort hielten sie nur lange genug, um die Pferde zu wechseln, sich alles noch einmal ausführlich erzählen zu lassen und nach Griff zu sehen.

Ein Arzt kümmerte sich jetzt um McCulloch, der erst kurz vor Sam und Sky eingetroffen war. Er hatte keine gute Botschaft für sie. Der Patient hatte sehr viel Blut verloren, und alles sah nach einer zusätzlichen Entzündung aus. Das einzige gute Zeichen war, daß er einen glatten Durchschuß erhalten hatte, so daß keine Operation nötig war.

„Wir müssen abwarten", sagte der Arzt.

Aber Sam war ungeduldig. Er kniete neben dem halbbewußtlosen Griff nieder und betete zu Gott um ein Wunder für ihn.

Dann verließen sie die Ranch — Sam, Carolyn und Sky. Ein weiterer langer, anstrengender Ritt lag vor ihnen. Sie trieben die Pferde bis an den Rand der Erschöpfung und unterbrachen den Ritt nur für wenige Stunden Schlaf, als Carolyn vor Müdigkeit fast aus dem Sattel fiel. Aber keiner von ihnen wollte Zeit verlieren, denn sie wußten nicht, wie lange Pollard Deborah im Gefängnis von Danville behalten würde.

Mit schmerzenden Knochen und tief besorgt erreichten sie an diesem Nachmittag das staubige texanische Städtchen.

Deborah war noch im Gefängnis von Danville. Sam schnürte es die Kehle zu und Tränen stiegen ihm in die Augen, als er sie so sah, aber er war stolz darauf, wie stark und ruhig sie aussah. Sie war kein hilfloses, verlorenes Wesen mehr, den Launen und der Gnade anderer ausgesetzt. Erst als Pollard Sam in die Zelle ließ und Deborah in seine Arme flog, zeigte sich etwas von ihrer Verletzlichkeit. Schließlich war sie auch nur ein Mensch, und ihre Lage war gefährlich und beängstigend. Er fuhr ihr mit einer Hand über das seidige Haar und flüsterte ihr beruhigende Worte ins Ohr. Ein paar Minuten später hatte sie sich wieder beruhigt.

„Nun, Sam", sagte sie und ließ ihn sich neben sich auf die niedrige

Liege setzen, die als Bett diente. „Mein Vater sagte immer, die Hühner kommen heim, um gebraten zu werden. Ich schätze, das hier ist so was Ähnliches."

„Ich bin ganz sicher, Deborah, daß dir nichts geschehen wird. Ich werde es nicht zulassen."

„Der Sheriff sagt, eine Verurteilung wegen Mordes verjährt nicht. Sie besteht heute noch genau wie damals."

„Hör zu, Deborah, in Texas ist noch niemals eine Frau offiziell hingerichtet worden, und sie werden nicht mit dir den Anfang machen. Es ist mir gleich, was Caleb Stoner tut."

„Er ist heute sogar noch mächtiger als er es damals war."

„Du auch, vergiß das nicht! Du hast Freunde, und du bist seinen Machenschaften nicht mehr schutzlos ausgeliefert. Nur so konnte er damals tun, was er getan hat. Du warst allein, er hatte alle Karten allein in der Hand. Heute ist das anders."

Keiner von ihnen sprach davon, daß die Todesstrafe nicht die einzige Angst war, die über ihren Köpfen schwebte. Gefängnis konnte schlimmer sein als der Tod, besonders für eine Frau. Sie umklammerten sich, als ob sie die Angst auf diese Weise bannen könnten.

Einige Augenblicke später sagte Deborah: „Sam, etwas macht mir noch mehr Angst als all das. Es ist Carolyn. Ich habe nie gewollt, daß sie die Wahrheit auf diese Weise erfährt. Ich habe nie gewollt, daß sie die Wahrheit überhaupt erfährt, aber daß sie jetzt so plötzlich . . . Ich hätte es ihr lange sagen sollen. Und Sky auch, aber er macht mir weniger Sorge als Carolyn."

„Soll ich sie holen?"

„Ja, aber ich werde zuerst mit Sky reden. Ich glaube, es ist besser, wenn ich dann mit Carolyn allein bin."

Sam nickte.

„Bevor wir weiterreden, Sam . . . Wie geht es Griff?"

„Ein Arzt ist bei ihm, es sieht nicht gut aus. Aber du kennst Griff — er ist ein zäher alter Cowboy. Ich schätze, er hat noch ein paar Jährchen vor sich."

„Ich hoffe es. Wenn du ihn wiedersiehst, sag ihm, ich bete für ihn. Vielleicht wird Gott ihm helfen."

„Dafür bete ich auch, Deborah."

Sie schwiegen einen Moment, um Gottes Ruhe und Frieden zu spüren, dann fuhr Sam fort. „Pollard sagt, morgen wird ein Texas Ranger kommen, um dich nach Stoner's Crossing zu bringen. Er sagt, es sei ihm zu riskant, dich allein dorthin zu bringen."

„Schätze, ich bin ein verflucht gefährlicher Kerl", erwiderte sie mit schwachem Humor. Sam verzog kaum die Lippen.

„Er behandelt dich besser nicht wie irgendeinen Gesetzesbrecher."

„Aber ich bin eine verurteilte Mörderin, Sam. Was sollen sie schon tun?"

„Ein Blick sollte ihnen genügen, um deine Unschuld zu sehen."

Deborah seufzte. „Ich habe das Gefühl, das wird nicht genügen."

Sam schwieg. Er wußte, daß all seine einfachen, zuversichtlichen Antworten hier schwer geprüft würden. Der Glaube würde letztlich siegen, aber sie konnten nicht einfach darauf bauen.

„Sollen sie doch gleich sämtliche Ranger von Texas anschleppen", sagte Sam trotzig.

„Sam, ich weiß, du meinst es nicht ernst, aber ich fürchte, Pollard hat allen Grund zur Sorge. Ich rechne auf dich, Sam, sieh zu, daß Longjim und die Jungs ruhig bleiben. Ich habe es in Longjims Augen gesehen; er will mich nicht nur retten, er will auch Rache für Griff. Meine Sache muß vor Gericht geregelt werden. Ich will freigesprochen werden — für mich und für Carolyn."

„Du hast recht, und ich werde ein Auge auf Longjim haben. Aber es ist mir gleich, was geschieht, ich werde nicht zulassen, daß man dich hängt oder einsperrt. Und wenn ich wieder zur Waffe greifen muß!" Seine Stimme war fest, er meinte es ernst.

„Oh, lieber Sam!" Weinend umarmte Deborah ihn und hielt ihn fest; sie liebte ihn so sehr. Auch sie brauchte ihn, nicht so sehr wegen seines Schutzes, sondern wegen seiner Seelenstärke und seiner tiefen Liebe für sie. Das tröstete sie mehr als jeder körperliche Mut.

Bevor Sam ging, gab er ihr eine Bibel, dieselbe einfache Ausgabe, die sie in Hardee Smiths Laden in Fort Dodge gefunden hatte. Sie war schon ziemlich abgegriffen.

Dann küßte Sam Deborah und schickte Sky in die Zelle.

7

Eine halbe Stunde später war Carolyn an der Reihe. Als das Mädchen vor der Zellentür wartete, während Pollard aufschloß, sah Deborah sie liebevoll an, als sähe sie sie zum ersten Mal. Ihr war vollkommen klar, daß Carolyn nach diesem Tag vielleicht nie mehr dieselbe sein würde, ebenso wenig wie ihre Beziehung zueinander.

Carolyn trug noch immer ihre Arbeitskleidung. Ein staubiger Hut mit breiter Krempe bedeckte ihr dunkles Haar, das streng zurückgebunden war. Ein ausgebleichtes Baumwollhemd, früher einmal rot, jetzt zu einem blassen Rosa ausgewaschen, trug sie über einem langen Hosenrock mit einem Flicken über dem linken Knie. Carolyn klagte oft, daß sie nicht die viel praktischeren Levis tragen konnte. Natürlich gab es keine so kleinen Größen, und von Frauen wurde sogar draußen auf den Ranches erwartet, daß sie diese dummen Röcke trugen. Deborah und Carolyn hatten sich darauf geeinigt, daß sie ihre Röcke in der Mitte teilten und zusammennähten, sodaß eine Art weiter und bequemer Hosen daraus wurde.

Kein Zweifel, diese junge Frau war durch und durch ein Produkt des Westens, ein weibliches Wesen, das sich auf einer Ranch so gut wie irgendein Mann auskannte. Ihr Gang hatte etwas Schwadronierendes, und Deborah fürchtete manchmal, sie könnte ihre Tochter eines Tages an einem Pokertisch vorfinden, mit einem Stumpen zwischen den Lippen. Deborah hatte Carolyn zur Unabhängigkeit erzogen, und sie war sicher in der Lage, für sich zu sorgen. Das war kein Land für die Schwachen und Hilflosen. Wenn die Männer das wollten — und Deborah zweifelte daran —, dann gab es anderswo genug schwache Frauen, aber sehr selten draußen in der Prärie. Deborah wollte, daß die Männer ihre Tochter achteten, nicht von oben herab betrachteten oder gar zu beherrschen suchten.

Aber jetzt hatte Carolyn nichts Trotziges und Schwadronierendes an sich. Deborah nahm sie in die Arme. Sollte Carolyn ahnen, daß ihre sichere kleine Welt zusammenzubrechen drohte? Etwas in ihren verängstigten Augen schien über mehr erschreckt als nur darüber, ihre Mutter hinter Gittern zu sehen.

Sie setzten sich auf die Liege, und Deborah nahm Carolyns Hände in ihre, um ihre Tochter und sich selber zu beruhigen.

„Tut mir leid, daß du warten mußtest", sagte Deborah, die das erklären wollte. „Aber ich wollte dich allein sehen, und ich wollte, daß wir viel Zeit haben."

„Schon gut, Ma' ... aber was ist hier eigentlich los? Wirst du's mir sagen?" Carolyn konnte ein so gutes Englisch sprechen wie ihre Mutter, aber meistens zog sie das flapsige Englisch der Cowboys vor.

Deborah korrigierte sie nicht, wie sie es normalerweise tat. Es schien jetzt so unwichtig. Trotz ihrer groben Kleidung und ihrer männlichen Haltung war Carolyn ein sehr hübsches Mädchen, und Deborah war stolz auf sie. Nein, das Stonerblut in ihr war unübersehbar. Ihr Wuchs — sie überragte Deborah bereits um mehrere Zentimeter — und ihre drahtige Erscheinung, die sich im Lauf der Jahre schon etwas gerundet und an Weichheit und Fraulichkeit gewonnen hatte. Auch ihr dunkles Haar erinnerte an den Vater. Das helle Haar, das sie als kleines Kind gehabt hatte und das im Cheyennelager so oft Gefahr bedeutet hatte, weil man sie für eine Gefangene hielt, war völlig verschwunden. Ihre Augen, obgleich braun wie die ihres Vaters, hatten die Form und den Ausdruck von Deborahs Augen. Je nach ihrer Stimmung konnten sie warm wie ein Sommertag sein oder eisig wie ein Nordwind im Winter. Sie waren ein Spiegel ihres geheimnisvollen Inneren.

Deborah und ihre Tochter gerieten vielleicht öfter aneinander als es Deborah lieb war, aber in Wahrheit fand Deborah an ihrer Tochter in allem, worauf es wirklich ankam, nur wenig auszusetzen. Wenn sie launisch und fordernd war und manchmal selbstbezogen, war sie doch ebenso auch einfühlsam, großzügig und hilfsbereit. Griff hatte oft gesagt, sie sei ein sturer Dickkopf, aber sie war ein guter Mensch. Alle Ängste Deborahs, als Carolyn geboren wurde, hatten sich als grundlos erwiesen. Das Blut allein genügte nicht, um ihr die gewaltsamen, niederträchtigen und harten Züge ihres Vaters einzuprägen. Nur der Hochmut der Stoners schien in ihr manchmal durch, aber der wurde gemildert durch ihren Glauben an Gott.

Deborah zwang sich, an die noch immer unbeantwortete Frage zu denken, die zwischen ihnen im Raum stand. Sie konnte ihr nicht länger ausweichen.

„Ja, Carolyn", sagte sie langsam und bestimmt, „es ist Zeit, daß du erfährst, was eigentlich los ist. Ich hätte es dir schon lange sagen sollen, und jetzt tut es mir leid, daß ich es nicht getan habe. Aber du mußt mir glauben, ich habe geschwiegen, um dich und mich zu schonen. Diese Dinge sind sehr schmerzhaft, und ich dachte, du würdest dich vielleicht selbst weniger achten — und mich. Jetzt scheint mir das falsch. Ich glaube, es war einfach alles zu schrecklich, um es einem Kind zu erklären —"

„Ich bin kein Kind mehr, Ma."

Deborah seufzte schwer. „Nein, du bist kein Kind mehr. Wirst du mich bis zu Ende anhören, bevor du irgend etwas sagst? Wirst du versuchen zu verstehen, daß ich dir die Wahrheit nicht gesagt habe, weil ich dich liebe?"

„Ich werde es versuchen", antwortete Carolyn mit der gleichen Bestimmtheit, mit der ihre Mutter jetzt sprach.

Deborah erzählte die tragische Geschichte ihrer unglücklichen Ehe und ließ nur schlimmste Einzelheiten aus. Sie erzählte von Leonhards Tod und von Calebs Entschlossenheit, Deborah für das Verbrechen bestraft zu sehen. Als sie eine Vietelstunde später fertig war, erfüllte eine schreckliche Stille die Zelle. Deborah versuchte, in den ausdrucksvollen Augen ihrer Tochter zu lesen, aber sie waren überschattet, mit Absicht verschlossen. Sie wollte etwas sagen, etwas, das alles leichter machte, aber die tröstenden Worte einer Mutter für ein kleines Mädchen, das sich die Knie aufgeschürft hatte oder sich traurig fühlte, konnten jetzt nichts mehr helfen. Mit aller Wucht hatte Carolyn erfahren müssen, daß ihr Vater ein gefühlloses Ungeheuer gewesen war und daß ihre Mutter angeklagt war, ihn getötet zu haben. Es gab keine einfachen Worte, die solche Wunden heilen konnten.

So sehr sie auch um irgendeine Antwort flehen wollte, um ein Zeichen des Verständnisses von ihrer Tochter — sie schwieg und hielt ihre Tochter nur fest im Arm, umgeben von einer undurchdringlichen Stille. Deborah fühlte die Tränen des Mädchens, und Carolyn weinte nicht oft. Ihr wurde klar, wie tief ihre Tochter getroffen sein mußte. Aber dennoch sschwiegen sie beide.

Fünf Minuten vergingen, bevor Carolyn sich aus der Umarmung ihrer Mutter befreite. Verlegen wischte sie sich mit dem Ärmel die Tränen von den Wangen.

„Was nun, Ma?", fragte sie mit einer Stimme, die fest klingen sollte.

„Ich hoffe, wir finden einen Weg", war alles, was Deborah sagen konnte. Sie hatte eine solche unbestimmte, unpersönliche Frage nicht erwartet.

„Aber du bist im Gefängnis, und dieser Pollard wird alles tun, damit das Urteil vollstreckt wird."

„Das macht mir jetzt keine Sorge, Carolyn. Ich bin in Gottes Händen." Deborah verstummte und schaute ihre Tochter an. „Du bist es, die mir Sorge macht."

„Schätze, ich bin auch in Gottes Händen." Carolyn war gefaßt — zu gefaßt.

„Carolyn!" Plötzlich enttäuscht, konnte Deborah nicht an sich halten. Sie wollte Carolyn Zeit geben, aber sie fürchtete auch, das Mädchen würde alles in sich einschließen. „Willst du mir nicht sagen, wie du dich bei alldem *fühlst*?"

„Fühlen ...?" Carolyn sprach das Wort aus, als ob es ihr zum erstenmal begegnete. „Das ist doch nicht wichtig. Wichtig ist, daß du hier herauskommst."

Deborah schüttelte traurig den Kopf und sagte ruhig: „Nicht für mich, für mich ist das nicht das Wichtigste."

„Naja ... ich ..." Carolyn zögerte, versuchte es noch einmal. „Ich rede später mit dir, Ma ... ich ... ich gehe jetzt besser und sehe ... nach Sky. Es muß auch für ihn schwer sein."

Ohne ein weiteres Wort an ihre Mutter rief Carolyn nach Pollard, der ihr die Zellentür aufschloß. Ihre Augen glühten, und ihre Lippen zitterten.

Deborah sah ihr traurig, bedauernd nach und fragte sich, wie sie es ihrer Tochter hätte leichter machen können. Jetzt trennte sie mehr als die Gitterstäbe einer Gefängniszelle.

Teil III

Leonhards Tochter

8

Eine Stunde vor Sonnenaufgang erwachte Carolyn, und unfähig, still zu liegen, verließ sie ihr Bett in der Pension in Danville, wo sie, Sam und Sky untergekommen waren. Sie zog sich rasch und geräuschlos an, schlich sich aus ihrem Zimmer wie ein Dieb und schlug die Richtung zum Stall ein, in dem ihre Pferde standen. Niemand war um diese Zeit schon auf den Beinen, aber Carolyn brauchte auch keine Hilfe, um ihren Schimmel Patch zu satteln, ein Fohlen des wunderbaren Grauen von Gebrochener Flügel. Sie ritt nach Nordwesten, weit weg von allen Zeichen der Zivilisation.

Carolyn liebte das einsame, spärliche Grasland, die zerzausten Büsche und die tiefen Schluchten, die die trockenen Hochebenen zerfurchten. Diese Weite konnte dem Unerfahrenen gefährlich werden, aber Carolyn betrachtete sich nicht als unerfahren. Sie konnte so gut reiten und schießen wie die Männer der Ranch — vielleicht einen oder zwei ausgenommen. Sie dachte, niemand könnte je so gut darin sein wie Griff und Longjim, und über Sam hatte sie auch viel erzählen hören, obwohl er sein Talent nie gezeigt hatte. Jedenfalls mangelte es Carolyn nicht an Vertrauen in ihre Fähigkeiten; sie war immer die erste, die sich einer Herausforderung stellte, die das Abenteuer suchte, die ihre Kräfte messen wollte. Vielleicht fühlte sie tief in ihrem Inneren, daß sie etwas zu beweisen hatte, nicht nur, weil sie kein Mann war, sondern aus Gründen, die ihr selbst kaum bewußt waren. Konnte es sein, daß ihre trotzige Selbstsicherheit nur eine tiefere Unsicherheit verbarg, irgendwie doch unterlegen zu sein, eine düstere Herkunft zu haben, die ihre Position schwächte und sie manchmal mit nagender Angst erfüllte? All die Andeutungen, all die unverständlichen Kommentare über die Vergangenheit, hatten sie sie doch im Innersten verunsichert?

Und jetzt war der Schleier gelüftet worden. Die Gründe für die ewige Geheimniskrämerei waren zutage gefördert, und ihre schlimmsten Ängste hatten sich als begründet erwiesen.

Sie dachte an ihre Kindheit zurück, an ihre Anstrengung, eine Phantasiewelt um ihren toten Vater herum aufzubauen, den kaum je jemand erwähnte. Sie wollte, daß er so gut war wie Skys Vater. Die Geschichten über Gebrochener Flügel, den großen Cheyennekrieger, waren nie abgerissen. Einmal hatte er ganz allein ein Camp der Pawnee überfallen und fünfzehn Kriegsponies erbeutet. Ein andermal hatten er und Sam einen gefährlichen Whiskyhändler aus dem Cheyennelager vertrieben. Einmal hatte er an einem einzigen Tag zwei riesige Büffel erlegt und einen davon an eine Familie in Not verschenkt.

Carolyn liebte ihren Bruder, aber sie beneidete ihn, und ihre Erinnerung an seinen Vater war klarer als die seine. Gebrochener Flügel war Skys Vater, ganz gleich wie oft alle sagten, er hätte sie als seine wahre Tochter angenommen. Und nie zögerte jemand, von ihm zu erzählen.

Aber das Leben ihres eigenen Vaters war immer mit ein paar wenigen Sätzen zusammengefaßt worden. *Wir waren nur kurz verheiratet. Ich kannte ihn kaum. Er war ein Rancher, ein guter Mann. Er kam im Krieg ums Leben.* Selbst als Kind hatte sie hinter den wenigen Worten mehr erahnen können. Das Zögern, wenn ihre Mutter sagte „ein ... guter Mann" mochte kaum merklich sein, aber es war deutlich, daß sie es ohne Überzeugung sagte. Unbewußt hatte Carolyn immer vermieden, der vagen Unruhe nachzuspüren, die sie jedesmal empfand, wenn von ihrem Vater die Rede war. Irgendwie hatte sie immer gefürchtet, daß die Wahrheit schrecklich sein könnte. Und jetzt lag es offen zutage.

Ihr Vater war ein Ungeheuer.

Ihre Mutter war eine verurteilte Mörderin.

Ja, sowohl ihre Mutter wie Sam beteuerten, sie sei unschuldig, aber als ihre Mutter vom Tag des Verbrechens erzählt hatte, war ihre Stimme unsicher geworden. Sie sagte, alles sei ein einziger Alptraum gewesen, und sie hätte nicht immer unterscheiden können, was Traum und was schreckliche Wirklichkeit war.

„Aber ich hätte ihn niemals töten können. Ich habe ihn nicht getötet!" hatte Deborah gesagt. „Ich sah jemanden ... jedenfalls einen Schatten oder irgend etwas ... am Fenster; ich dachte daran, ihn zu töten; wochenlang dachte ich jeden Tag daran, ihn zu töten. Ich glaubte, wahnsinnig zu werden. Und vielleicht ... war ich es eine Weile."

Kein Wunder, daß sie verurteilt worden war, mit einer Aussage wie dieser, dachte Carolyn. Selbst sie, Deborahs eigene Tochter, wußte nicht, was sie glauben sollte.

Aber was, wenn sie ihn tatsächlich erschossen hatte? Hatte er es nicht verdient? Niemand hatte das Recht, einen Menschen so zu behandeln, wie er ihre Mutter behandelt hatte. Und Carolyn machte sich keine Illusionen; ihre Mutter hatte ihr nur eine stark gemilderte

Schilderung ihrer Ehe gegeben. Er hatte sie schlimmer als ein Tier behandelt.

Aber er war Carolyns Vater!

Wie konnte sie solche Dinge über ihren eigenen Vater glauben? Sie dachte an all die kleinen Phantasien, die sie um ihn herum gesponnen hatte, der strahlende Kriegsheld. Er kam in ihrer Einbildungskraft selbst an Gebrochener Flügel heran. Sie hatte ihn sich vorgestellt als den geliebten Kommandanten, der seine Soldaten in die Schlacht führt und ums Leben kam, als er versuchte, seine Kameraden zu retten, betrauert nach seinem Tod von unzähligen Menschen und öffentlich für seine Tapferkeit gelobt. Als Carolyn dann älter wurde und ihre Persönlichkeit vielschichtiger, stellte sie sich manchmal vor, ihr Vater sei in Wahrheit gar nicht tot, sondern eines Verbrechens beschuldigt, an dem er unschuldig war — ähnlich wie Robin Hood —, und er sei um der Sicherheit seiner Familie willen geflohen. Aber eines Tages würde er zurückkehren, um seine Tochter zu holen, die er natürlich niemals vergessen und immer geliebt hatte. Kein Wunder, daß sie nie in ihre Mutter gedrungen war, ihr mehr von ihrem Vater zu erzählen. Die Wahrheit könnte es nie mit ihren Phantasien aufnehmen. Ihre Vorstellungen von einem Vater, der Robin Hood ähnelte, endeten, als ihre Mutter Sam Killion heiratete; selbst eine naive Dreizehnjährige wußte genau, daß ihre Mutter nicht wieder heiraten würde, wenn ihr früherer Mann noch lebte. Natürlich hatte Carolyn nie Gebrochener Flügel in ihre Rechnung einbezogen. Ohnehin hörte sie mit vierzehn Jahren auf zu phantasieren und wollte ihren Vater einfach nur noch vergessen.

Jetzt wünschte sie, sie könnte sich noch einmal in die Sicherheit ihrer früheren Traumwelt flüchten.

Aber es war andererseits nie Carolyns Art gewesen, einer Herausforderung auszuweichen, außer in diesem einen Fall, der ihren Vater betraf, und es war höchste Zeit, daß sie sich auch dieser Herausforderung offen stellte. Sie konnte nicht länger leugnen, daß sie nicht mehr weglaufen konnte. Sie konnte nicht die Augen davor verschließen, daß ihre Mutter im Gefängnis saß, mit dem Strick drohend über ihrem Kopf.

Nur eins mußte sie jetzt entscheiden: was sie selber in diesem Moment tun konnte.

Am dringendsten war, die Unschuld ihrer Mutter zu beweisen und sie aus dem Gefängnis herauszubringen ...

Plötzlich wurde Carolyn klar, daß es da doch noch etwas Wichtigeres gab als die Freilassung ihrer Mutter, etwas, um das sie sich zuallererst kümmern mußte. Ihre Mutter hatte im Gefängnis darauf angespielt, aber Carolyn hatte es einfach ignoriert und ihre Mutter damit wahrscheinlich sehr verletzt. Carolyn mußte sich darüber klar werden, was sie *fühlte*, und dann mußte sie sich bei ihrer Mutter entschuldigen.

Was fühlte sie?

War sie wütend auf ihre Mutter, weil sie ihr nie etwas gesagt hatte? Sie wollte wütend sein, und im ersten Moment, als sie aus dem Gefängnis stürzte, war sie es auch ... ein wenig. Aber sie war selbst beinahe eine erwachsene Frau, und sie begann den Wunsch einer Mutter zu verstehen, ihre Kinder zu schützen. Mehr als das kannte Carolyn ihre Mutter gut genug, um zu wissen, daß sie nicht grausam oder selbstsüchtig war. Nie würde sie Carolyn mit Absicht verletzen. Und Carolyn mußte ihrer Mutter sagen, daß sie das wußte, bevor sie irgend etwas anderes tat.

Und ihr Vater? Haßte sie ihn? Sie kannte ihn nicht einmal, aber er hatte ihre Mutter verletzt, die sie liebte. Sollte sie ihn dafür nicht hassen? Aber vielleicht hätte er Carolyn geliebt und sie wie ein richtiger Vater behandelt. Vielleicht ...

Vielleicht mache ich mir nur wieder etwas vor, dachte sie unwillig. *Aber wie soll ich einen Mann hassen, den ich gar nicht kannte, den ich seit achtzehn Jahren zu schützen und zu lieben versuche?*

Es war leichter, an das zu denken, was sie tun mußte als an das, was sie fühlen sollte. Aber was sollte sie denn tun? Was sollte sie jetzt bloß tun? Ihre Mutter freibekommen, natürlich, aber was dann?

War es so wichtig? Warum sollte sie überhaupt etwas tun? Warum sollte das Leben nicht weitergehen, wie es immer gewesen war? Sie mußte zugeben, daß sie ein gutes Leben hatte, eins, das sie nicht aufgeben wollte. Die meiste Zeit war sie glücklich und zufrieden. Manchmal, besonders wenn ihre Ängste sie plagten, konnte sie launisch und reizbar sein. Dennoch liebte sie das Leben auf der Ranch. Sie liebte ihren Bruder, der ihr bester und vielleicht einziger wirklicher Freund ungefähr in ihrem Alter war. Sie genossen es, zusammen auszureiten, um die Wette zu reiten, zusammen zu arbeiten. Und sie liebte Griff, der ihr beigebracht hatte, wie man in dem harten und manchmal unberechenbaren Land überlebte, das ihre Heimat war. Die anderen Arbeiter auf der Ranch akzeptierten sie und begegneten ihr mit Respekt wie einem Gleichgestellten. Sie liebte Sam aufrichtig, ihren Stiefvater. Er hatte ihr die geistliche Seite des Lebens erschlossen und sie zu ihrem eigenen Glauben an Gott geleitet und hatte ihr damit ein Ziel im Leben gegeben, das über den dunklen, nebelverhangenen Abgrund ihrer Vergangenheit hinausreichte.

Auch ihre Mutter liebte sie, obwohl ihr klar war, daß sie es nicht immer zeigte, wie eine Tochter es tun sollte. Die Lügen über die Vergangenheit hatten ihre Beziehung beeinträchtigt, aber sie hatten sie nicht beherrscht. Mutter und Tochter hatten ihre guten Zeiten zusammen, wenn sie auch beide ihren eigenen starken Willen hatten und nicht selten aneinandergerieten. Aber das war kein Grund für Carolyn, alles zu zerstören —

Aber blieb ihr eine Wahl? War nicht schon alles zerstört? Wie konnte irgend etwas je wieder so sein wie früher? Wie konnte sie je wieder dieselbe Person sein? Wer auch immer Leonhard Stoner gewesen war, was auch immer er getan hatte, eins stand fest — er hatte einen unauslöschlichen Einfluß auf Carolyns Existenz. Und nach dem, was ihre Mutter erzählte, hatte sie auch einen Großvater irgendwo dort draußen. Aus der Sicht ihrer Mutter war er nicht gerade ein guter Mensch, aber sollte Carolyn ihn einfach aus ihrem Gedächtnis streichen? Konnte sie das überhaupt? Was bedeutete er ihr? Haßte er nicht ihre Mutter, wünschte er nicht ihren Tod? Carolyn zweifelte nicht, wem ihre Loyalität gehörte. Dennoch war er ... ihr Großvater.

Carolyn zügelte Patch. Die Sonne war aufgegangen, ihre warmen Strahlen trafen sie. Alles war still, als ob sie und ihr Pferd die einzigen lebendigen Wesen im Umkreis vieler Meilen waren. Vielleicht waren sie es ja auch. Aber der innere Aufruhr in Carolyns Gefühlen paßte nicht zum äußerlichen Frieden der Landschaft.

Was würde nun geschehen?

Was sollte sie tun?

„Ich weiß es nicht ... ich weiß es einfach nicht."

Sie beugte sich vor und strich über Patchs schwarze Mähne. Seine Nähe tröstete sie irgendwie.

„Mein Gott, was soll ich tun? Ich will meine Mutter nicht verletzen ... Ich will gar niemanden verletzen. Ich will nicht, daß sich mein Leben ändert, aber es wird sich ändern. Zeig mir den Weg, Gott, zeig mir den Weg!"

9

Als Carolyn am hellen Vormittag zurück in die Stadt ritt, war sie nicht
in der Stimmung, irgend jemanden zu sehen. Sie wollte mit Sky sprechen, aber noch nicht gleich. Zuerst einmal wollte sie allein sein.

Aber ihr Wunsch sollte sich nicht erfüllen. Eine kleine Menschenmenge hatte sich vor der Pension versammelt, wo sie wohnten. Rufe
und Schreie waren zu hören.

„Paß auf, Kleiner!"

„Hast du ihn, Billy?"

„Nimm das, Halbblut!"

Der Sheriff — nicht Pollard, sondern der richtige, der nach einer
Woche gerade in die Stadt zurückgekehrt war — vertrieb die Menge
rasch mit drohenden Rufen. Als die Gaffer sich zerstreut hatten, sah
Carolyn zwei Gestalten, die miteinander kämpften. Eine war ihr Bruder, die andere war Billy Yates.

Wann immer Billy in Skys Nähe kam, fand er irgendeinen Vorwand
zum Streit. Billy war drei Jahre älter als Sky, und in der Vergangenheit
hatte er wegen seiner Größe immer einen Vorteil gegenüber Sky
gehabt. Aber mit sechzehn überragte Sky seinen Gegener schon um
einige Zentimeter. Billy war noch immer schwerer als Sky, aber jahre-
lange Farmarbeit hatten Sky muskulös gemacht. Er war weit stärker
und ausdauernder als es seinem Alter entsprach. Das hier war das
erstemal seit ein paar Jahren, daß die beiden miteinander kämpften,
und Carolyn sah mit Stolz, wie ihr Bruder dem bulligen Gegner
schwer zusetzte.

Den Sheriff beeindruckte das dagegen nicht im geringsten. Es war
schwer genug, in dieser wilden Gegend Frieden zu halten, mit all den
Gaunern, die hier durchkamen. Er wollte seine Zeit nicht mit streitenden Halbwüchsigen vergeuden. Es war nicht einfach, die beiden
Jugendlichen zu trennen, aber schließlich bekam er Billy zu fassen,
schüttelte ihn unsanft und zog ihn vom Boden hoch.

„Kannst du den armen Indianerjungen nicht einfach zufrieden lassen?" fragte der Sheriff.

„Ich mag sein Aussehen nicht, und ich will nicht die selbe Luft
atmen wie er", zischte Yates. Er war neunzehn, aber störrisch wie ein
Kind.

Sky, der ebenfalls aufgestanden war, wollte sich wieder auf Billy stürzen. Der Sheriff stieß ihn zurück zu Boden, wo Sky angespannt sitzen blieb.

„Okay Billy", sagte der Sheriff, „du verziehst dich jetzt, wenn du nicht in die Stadt kommen kannst, ohne Ärger zu machen, denn sonst werde ich dir ganz verbieten, hierher zu kommen, hast du das verstanden?"

Billy zuckte die Achseln, als ob ihn das überhaupt nicht beeindruckte. Aber er gehorchte und zog sich zurück, nicht ohne Sky eine letzte Beleidigung entgegenzuschleudern.

Der Sheriff half Sky auf die Füße. „Gut, Junge", sagte er in strengem, aber nicht unfreundlichem Ton, „du bist fast so schlimm wie dieser Yates. Du kannst wohl nicht in die Stadt kommen, ohne in Schwierigkeiten zu geraten?"

„Ich habe nicht angefangen", protestierte Sky.

„Du bist nicht der erste Indianer, der das behauptet, aber es spielt auch keine Rolle. Ärger bleibt Ärger, und du lernst besser bald, deinen Hitzkopf im Zaum zu halten."

Carolyn war inzwischen herangekommen und hörte zu. Sie konnte nicht still bleiben. „Mein Bruder hat keinen Hitzkopf, Sheriff!" fuhr sie ihn wütend an. „Aber ein Mann muß sich gegen Abschaum wie den da zur Wehr setzen —" Sie deutete mit einer Kopfbewegung dem abziehenden Billy Yates nach. „Besonders, wenn das Gesetz ihn nicht schützt!"

„Nun sieh sich einer dieses Mädchen an!" rief der Sheriff, jetzt ohne jede Freundlichkeit in der Stimme. „Ich glaube, Ihre Familie hat schon genug Ärger, auch ohne daß Sie neuen anfangen. Und jetzt, ihr beiden, verschwindet, bevor ich euch zu eurer Ma ins Gefängnis stecke!"

Carolyn trat einen drohenden Schritt auf den Sheriff zu, aber Sky legte ihr eine Hand auf die Schulter und hielt sie zurück. „Komm, gehen wir", sagte er bestimmt. Er mußte sie ein oder zweimal zwicken, bevor sie sich bewegte.

„Irgendwer sollte diesen Billy Yates abknallen!" sagte sie aufgebracht, als sie schon ein gutes Stück gegangen waren.

„Vielleicht wird's eines Tages jemand tun", erwiderte Sky, „aber ich werde es nicht sein."

„Ganz egal, was Sam sagt, ein freundliches Wort ist nicht immer genug, Sky."

„Ich glaube, was Sam uns sagt, ist richtig, aber nicht jeder ist berufen oder in der Lage, wie er zu leben. Das ist nicht der Grund, warum ich Ärger vermeiden will. Ich fürchte, wenn ich einmal anfange, mich wirklich mit Leuten wie Billy zu schlagen, kann ich nicht mehr aufhören.“ Er schwieg und schüttelte den Kopf, noch immer angespannt, die Hände noch immer zu Fäusten geballt. „Aber wenn sie schlecht von meinem Vater reden, dann *könnte* ich töten!“

„Naja, wenn dich das tröstet, Sky, wenigstens ist das, was sie über *deinen* Vater sagen, nicht wahr.“ Die Bitterkeit, mit der sie das gesagt hatte, tat ihr sofort leid.

„Es tut mir leid“, erwiderte Sky mitfühlend, „ich habe einen Moment lang nicht daran gedacht.“

Ganz gleich, wie wütend Carolyn manchmal auf die ganze Welt war, für ihren Bruder und besten Freund hatte sie immer einen zärtlich gehüteten Platz im Herzen.

Mit sanfterer Stimme antwortete sie: „Ist schon gut, Sky, ich wünschte, wir alle könnten all das einfach vergessen.“

„Dazu ist es zu spät. Solange Ma in Gefahr ist, müssen wir alles tun, um ihr zu helfen.“

„Ich weiß, aber das könnte bedeuten, daß wir noch tiefer in der Vergangenheit graben müssen. Wer weiß, was noch alles zutage kommt.“

„Genug, um die Unschuld unserer Mutter zu beweisen!“ erklärte Sky bestimmt.

„Ich glaube ...“

Skys Augenbrauen hoben sich, und er sah seine Schwester mit einem seltsam harten Blick an. „Du klingst, als ob du Ma nicht glaubst.“

„Ich glaube ihr, aber ... Sky, so wie du Angst hast zu kämpfen, weil du nicht mehr aufhören kannst, so habe ich Angst, noch mehr zu erfahren, das ist alles. Ich bin mir nicht sicher, ob ich noch mehr wissen will.“

„Das über deinen Vater zu erfahren, das ist hart, Lynnie, aber wie ich dich kenne, bist du viel zu dickköpfig, um nicht alles herauszufinden.“

Sie versuchte zu lächeln und nickte zustimmend. „Wahrscheinlich hast du recht, ich werd's ausbuddeln. Konnte noch nie etwas liegen lassen.“

Sie trennten sich am Stall, wo Carolyn ihr Pferd ließ. Sky kehrte in die Pension zurück, um etwas aufzuräumen, bevor er zu seiner Mutter ging. Als Carolyn ihn weggehen sah, spürte Carolyn den intensiven Wunsch, er zu sein, trotz des Schmerzes, den sein Mischlingsblut ihm manchmal bereitete. Er hatte ein Erbe und eine Vergangenheit, auf die er stolz sein konnte, ganz gleich, wie sehr Leute wie Billy Yates versuchten, alles zu beschmutzen.

Aber sie konnte nichts daran ändern, wer sie war und wer ihre Eltern waren. Sie mußte es annehmen und weiterleben. Niemandem, besonders ihrer Mutter nicht, wäre geholfen, wenn sie voller Selbstmitleid durch die Gegend liefe und jedem das Leben schwer machte. Vielleicht standen ihr noch einige schmerzvolle Wahrheiten aus der Vergangenheit ihrer Eltern bevor; vielleicht hatte ihre Mutter ihren Vater wirklich getötet; vielleicht würde sie auf ihren Großvater und seinen Haß treffen.

Was immer geschehen würde, sie mußte die Dinge nehmen, wie sie kamen, etwas mehr Gott vertrauen und stark sein. Nur so konnte sie von Nutzen für andere sein.

10

Als ihre Mutter nach Stoner's Crossing gebracht werden sollte, bestand Carolyn darauf, sie zu begleiten. Deborah flehte sie fast an, daheim zu bleiben, und Carolyn hörte eine Verzweiflung in ihrer Stimme, die von etwas anderem als von den Gefahren der Reise herrühren mußte. Aber Carolyn blieb stur. Sam nahm sie schließlich beiseite und sagte ihr, sie sollte sich einmal überlegen, wieviel schwerer sie es ihrer Mutter nur zusätzlich machte. Schließlich gab Carolyn widerwillig nach.

Ein anderer Grund kam hinzu. Wenn Sky sich um die Arbeit auf der Ranch kümmerte, sollte außer Yolanda, die so schon überlastet war, noch jemand von der Familie da sein, um sich um Griff zu kümmern. Für Griff hätte Carolyn alles getan, und so gab sie schließlich nach und blieb. Aber sie schwor sich, wenn bis dahin nicht alles geklärt war, nach Süden zu reiten, sobald Griff wieder gesund war.

Die ersten Wochen, nachdem Sam und Deborah verschwunden waren, waren furchtbar einsam für Carolyn. Sky und Longjim und fast alle anderen Arbeiter der Ranch hatten mit den Frühjahrsviehtrieben zu tun. Yolanda war da, aber alle ihre Unterhaltungen drehten sich um Heim und Herd, und Carolyn langweilte das schrecklich. Sie wollte draußen mit den Männern arbeiten, reiten, die Landschaft in sich aufnehmen, die sie so liebte. Sie wollte zwar auch bei Griff bleiben. Sie liebte ihn, und solange er sie brauchte, würde sie ihn nicht allein lassen. Aber dennoch blickte sie sehnsüchtig aus dem Fenster und ging manchmal unruhig auf und ab.

Und Griff war nicht in der Verfassung, sie zu unterhalten und ihr die Langeweile zu vertreiben. Sein Zustand blieb kritisch. Der Doktor, der regelmäßig alle vierzehn Tage kam, war erstaunt, daß er überhaupt noch lebte, besonders nach der schlimmen Infektion, die alles noch kompliziert hatte. Griff lag die ganze Zeit entweder im Koma oder er redete irre im Fieber, und Carolyn hatte schreckliche Angst um ihn. Ein Cowboy, der einmal hereinschaute, sagte ihr, er habe noch nie von jemand gehört, der einen Bauchschuß überlebt hätte. Carolyn sagte sich, daß Griff keinen wirklichen Bauchschuß abbekommen hatte, daß die Kugel weiter seitwärts eingedrungen war. Aber das beruhigte sie nicht.

Griff sah so elend aus, daß sie weinen wollte. Und vielleicht war das ein weiterer Grund für ihre Unruhe; sie war einfach irritiert durch ihre eigene Verletzlichkeit und durch die Gefühle, die sie nicht mehr unter Kontrolle hatte.

An einem bestimmten Tage ging es ihm besonders schlecht. Seine Haut war fahl, und er war bis auf die Knochen abgemagert. Seine Augen, die immer in boshaftem Humor geleuchtet hatten, waren tief in die Höhlen versunken und von schwarzen Rändern umgeben. Er sah aus wie der leibhaftige Tod. Plötzlich wurde Carolyn bewußt wie nie zuvor, daß Griff wirklich sterben konnte. Dann begann sie zu weinen.

So sehr sie sich auch dagegen wehrte, sie wußte, sie mußte sich mit dem Gedanken vertraut machen, Griff zu verlieren.

„Herr, werde ich wirklich auf Wiedersehen sagen müssen?", murmelte sie. „Es scheint mir einfach nicht gerecht. Griff ist noch nicht so alt; er hat noch eine Menge vor sich."

Sie schwieg und ließ die tiefe Stille auf sich einwirken, die nur von Griffs schweren Atemzügen unterbrochen wurde. Sie hoffte nicht auf irgendeine Antwort auf ihr Gebet. Sie wußte, das war nicht Gottes Art. Die Antworten auf ihre Gebete kamen meist in stiller, unmerklicher Weise. Manchmal erhielt sie gar keine Antwort, oder, wie Sam sagte, Gott dachte noch nach und bat sie zu warten. Oft hoffte sie einfach das Beste, wenn sie betete und vertraute darauf, daß Gott sie hörte und zur richtigen Zeit antworten würde.

Deshalb war sie nicht wirklich vorbereitet auf das plötzliche Gefühl der Sicherheit, das sie durchströmte. Sie fühlte mit einmal überrascht eine tiefe innere Ruhe, als sie Griffs hinfälligen Körper betrachtete. Fast fühlte sie sich dafür schuldig. Aber eine Stimme in ihr — in ihrem Herzen, in ihrem Verstand, tief in ihrer Seele, sie wußte es nicht — sagte ihr deutlich:

Griff wird leben.

Das war alles. Eine Ruhe, die nicht aus ihrer eigenen unruhigen, ängstlichen Seele kommen konnte. Gott selbst hatte für gut befunden, sie mit einer Geste zu segnen.

Ihre Tränen machten der Aufregung Platz, nicht nur Griffs wegen, sondern auch, weil sie einmal mehr erfahren hatte, daß Gott sie liebte. Am schwierigsten Punkt ihres ganzen bisherigen Lebens gab er ihr diese Zuversicht wie ein Wunder, diesen himmlischen Frieden. Sie fühlte von neuem, daß Gott für sie da war, wenn sie ihn brauchte. Und er war auch für Griff da.

Danach sah sie die Zeit, die sie bei Griff verbrachte, mit ganz anderen Augen. Sie fühlte sich nicht mehr einsam und verlassen, und ihr wurde klar, daß sie vorher schon begonnen hatte, sich von Griff zu trennen, daß sie sich hatte schützen wollen, indem sie ihre Gefühle für Griff lockerte. Jetzt redete sie die ganze Zeit zu ihm, obwohl er nicht antwortete. Sie plapperte immer weiter, über all die Neuigkeiten aus der Umgebung, über die neuen Pferde, oder sie erzählte ihm komische Geschichten, die sie von den Cowboys gehört hatte.

Yolanda war zuerst besorgt darüber, vielleicht, daß das arme Mädchen der übermäßigen Anspannung erlegen war. Es war einfach nicht normal, wie das Kind dort zu der ohnmächtigen Gestalt redete. Aber als ihr klar wurde, daß Carolyn nun in viel besserer Stimmung war als seit langem, hörte Yolanda auf, sich zu sorgen.

Eines Tages zwei Wochen später versuchte Carolyn, Griff etwas Kraftbrühe einzuflößen. Der Arzt sagte, solange er schlucken könnte ohne zu husten, müßten sie versuchen, ihm etwas Nahrhaftes zu geben. Eine große Portion von Yolandas ausgezeichneter Hühnerbrühe lief Griffs Kinn hinunter, aber Carolyn dachte, er hätte genug zu sich genommen, um am Leben zu bleiben.

Wie sie es sich angewöhnt hatte, führte sie ihre einseitigen Gespäche ohne Unterbrechung weiter. „Meine Güte, Griff! Wenn du dich bloß sehen könntest. Schlimmer als ein Baby! Whoops! Und noch mehr. Ich werde dir einen Latz besorgen müssen."

„Paß bloß auf, Mädchen!" kam eine unerwartete und kaum hörbare Antwort. „Deine Ma will nicht, daß du in dem Ton mit den Cowboys redest."

„Ah, sie will —"

Plötzlich hielt Carolyn inne. Die Stimme kam von ihrem Patienten, der seit zwei Wochen kein deutliches Wort gesprochen hatte!

„Griff? Hast du was gesagt, oder höre ich Gespenster?"

„Mich natürlich. Wer soll denn hier sonst was sagen?"

„Oh, Griff, du bist aufgewacht!" Sie stellte die Schüssel hin, legte den Löffel auf den Tisch und sprang auf.

„Wo gehst du hin?"

„Yolanda holen. Sie wird das auch sehen wollen."

„Und was ist mit dem Rest der Suppe da? Hat mächtig gut geschmeckt."

Carolyn lachte, beugte sich nieder und küßte zärtlich Griffs Wange.

Das nächstemal, als der Doktor kam, war er mehr als nur ein wenig erstaunt, welche Fortschritte der Patient gemacht hatte. Er war fest überzeugt gewesen, daß er diesmal nur auf die Ranch kam, um ein frisches Grab zu sehen. Aber Griff war nicht nur nicht tot, er nahm auch wieder etwas Farbe an, und, obwohl er noch keine feste Nahrung zu sich nehmen konnte, aß er Yolandas Hühner- und Rinderbrühe mit großem Appetit.

„Laßt ihn essen, was er will", wies der Arzt sie an. „Wechselt den Verband zwei bis dreimal am Tag, und immer schön die Reinigungslösung benutzen, die ich dagelassen habe. Und vor allem muß er mindestens noch zwei Wochen fest liegen — und ich meine fest! Danach kann er ein oder zweimal am Tag aufstehen, aber nicht öfter! Bringt ihn nach und nach wieder auf die Beine." Unter Griffs Protest fügte der Doktor hinzu: „Sie brauchen danach für mindestens einen Monat ein Pferd nicht einmal anzusehen! Dann, und nicht früher, werden wir sehen, wie es Ihnen geht."

„Ein Monat! Sie machen wohl Witze! Hätte ich gleich den Löffel abgeben sollen, statt mich vier Wochen nicht rühren zu dürfen!"

Der Arzt wandte sich an Carolyn. „Sie müssen dafür sorgen, junge Frau, daß er den Anweisungen folgt. Wenn er zu früh aufsteht und die Wunde wieder aufbricht, dann wird er wieder da sein, wo er angefangen hat."

„Keine Sorge, Doc", sagte Carolyn mit strengem Blick zu Griff. „Ich sorge dafür, daß er im Bett bleibt, und wenn ich ihn dort festbinden muß."

Griff erwies sich als störrischer Patient. Er haßte es, im Bett zu liegen, und das sagte er auch jedem, der in Hörweite kam. Das schlimmste war, er konnte absolut nichts daran ändern. Alles, was er tun konnte, war, sich mühsam aufzurichten, zu essen und langsam seine Kraft zurückzugewinnen. Einmal, als er sich besonders stark fühlte, setzte er die Beine auf den Boden, als niemand ihn sah. Aber er wurde ohnmächtig.

„Ohnmächtig!" beklagte er sich, als er wieder wach war. „Wie eine Frau! Was wird nur aus mir werden, Lynnie? Mit mir ist's vorbei. Ich bin fertig, ich gehöre zum alten Eisen."

Carolyn versuchte, ihn aufzumuntern, und es gelang ihr schließlich, als sie mehrere Spiele Poker gegen ihn verloren hatte.

11

Das erste, was Griff wissen wollte, als er wieder bei Bewußtsein war: was mit Deborah geschehen war. Seine letzte Erinnerung war die an Deborahs Fesseln. Als Carolyn ihm alles Weitere erzählte, verfluchte er Pollard und schwor, daß er ihm alles heimzahlen würde.

Er wußte am besten, was die Rückkehr nach Stoner's Crossing für Deborah bedeuten konnte. Nicht nur die Hinrichtung, auch daß sie Caleb Stoners Haß ausgesetzt sein würde. Unglücklicherweise war Griff nicht klar, wie sehr er Carolyn in Angst versetzte.

„Nicht dorthin!" rief er, als Carolyn ihm alles gesagt hatte. „Das ist schlimmer als Daniel in der Löwengrube. Nie und nimmer wird sie dort fair behandelt werden."

„Wie meinst du das, Griff?"

Griff versuchte, seinen Fehler wieder gutzumachen. „Ach, nichts. Du weißt ja, was ich vom Gesetz halte."

„Griff!" drängte Carolyn. „Sag mir, was los ist, sofort! Alle haben mich die ganzen Jahre lang belogen, und ich werde das nicht länger hinnehmen. Ich will alles wissen, alles!"

Griff stöhnte und fuhr sich mit der schwachen Hand über die Stirn. „Später, Lynnie, Liebes, ich muß mich jetzt ausruhen —"

„Oh, nein, das mußt du nicht! Du hast den ganzen Tag geschlafen. Jetzt raus mit der Sprache!"

Griff lächelte gegen seinen Willen. Er und Carolyn hatten schon immer ein ganz besonderes Verhältnis zueinander gehabt. Er hatte nie so recht verstanden, weshalb sie ihn bewunderte, aber wenn er mehr darüber nachgedacht hätte, wäre ihm vielleicht klar geworden, daß er nie versucht hatte, ihr Liebe und Respekt abzugewinnen, und daß sie ihn dafür bewunderte. Sie war ein geborener Rebell, dieses Mädchen, sie hatte immer ihren eigenen Willen gehabt, wie ihre Mutter oft sagte. Griff vermutete, daß sie sich darin sehr ähnlich waren. Sie verstanden einander und zwangen den anderen nicht, sich zu verstellen. Griff hatte nie erwartet, daß Carolyn sich am Maßstab der anderen messen würde, auch wenn ihre Eltern ihr eben dies aus Liebe beizubringen suchten.

Aber dieses fraglose Verständnis verhinderte auch, daß sie sich gegenseitig irgend etwas vormachen konnten. Sie würde sofort merken, wenn er sie jetzt mit irgendeiner harmlosen Geschichte bloß beruhigen wollte, und sie würde das nicht hinnehmen. Aber er fragte sich, wie viel Deborah ihrer Tochter schon erzählt hatte von den Ereignissen vor neunzehn Jahren. Er war Deborah ebenfalls eine gewisse Loyalität schuldig.

Nun, dachte er resigniert, Carolyn würde nicht aufhören, Fragen zu stellen, und sie würde auf Antworten bestehen. Er konnte sie ihr genauso gut gleich geben, bevor sie ihn wahnsinnig machte.

„Hat deine Ma dir erzählt, wie ich in diese ganze Geschichte hineingeraten bin?", fragte Griff.

„Sie hat gesagt, daß du sie vor dem Galgen gerettet hast und daß sie sich mit dir versteckt hat, bis die Gesetzeshüter euch fanden und ihr alle fliehen mußtet. Ich vermute, Sam hatte auch irgend etwas damit zu tun, aber ich weiß es nicht genau."

„Schätze, das ist klar genug. Setz dich einen Moment, Lynnie." Er deutete auf den Stuhl neben seinem Bett. Als sie sich hingesetzt hatte, nahm er unter leisem Stöhnen eine bequemere Position ein. „Deine Ma wollte dich mit all den Einzelheiten sicher nicht langweilen, und wahrscheinlich wollte sie einigen von uns vor dir das Gesicht wahren. Jedenfalls, du bist jetzt beinah eine erwachsene Frau und kannst dir selber ein Urteil bilden. Wenigstens ist es das, was du jetzt tun mußt. Aber ich vertraue dir."

„Wird auch langsam Zeit, daß jemand anfängt, mich wie einen Erwachsenen zu behandeln!"

„Daß es dir bloß nicht zu Kopf steigt, Lynnie. Du hast noch eine Menge zu lernen."

„Okay, aber was wolltest du mir erzählen?"

Griff seufzte und rieb sich nachdenklich das Kinn. „Ich werde mich an die Tatsachen halten, die ich selber erlebt habe, weil ich nicht will, daß irgend jemand sagen kann, ich hätte jemand böswillig verunglimpft. Du weißt ja, daß ich in alten Tagen einiges getan habe, was nicht gerade dem Gesetz entsprach." Carolyn nickte, und Griff fuhr fort. „Ich und ein halbes Dutzend Männer waren es, wir überfielen mal eine Bank, mal einen Geldtransport oder stahlen das eine oder andere Stück Vieh. Was wir taten, war falsch, und wir verdienten alle eine Strafe dafür. Und ich weiß, daß wir in einigen Gegenden dafür aufgehängt worden wären. Wo es kein Gesetz gab, nahmen die Männer das Gesetz eben selber in die Hand; ist ja hier draußen auch nicht schwer zu verstehen. Trotzdem muß man jemanden zuerst einmal anhören, auch wenn es noch so weit von jedem Gesetz ist, und ich muß sagen, meistens hat einer wenigstens diese Chance bekommen. Es gab da eine Ausnahme — einen Mann, der immer zuerst handelte und nie auch nur eine Frage stellte; ein Mann, der Verdächtige sofort aufknüpfen ließ. Die meisten Viehdiebe mieden seine Herde schon aus bloßer Angst vor ihm. Dieser Mann heißt Caleb Stoner, er ist dein Großvater.

Ich weiß, daß das wahr ist, weil Stoner ein paar von meinen Jungs auf seiner Ranch erwischt und beschuldigt hat, sein Vieh zu stehlen. Ohne sie vor Gericht zu bringen oder auch nur anzuhören, ließ er sie am nächsten Baum aufhängen. Stoners Ranch liegt ja nicht in der Wildnis, wo es überhaupt kein Gesetz gibt. Nur wenige Meilen entfernt hat er seine eigene Stadt und wenigstens eine Art Gesetz. Egal, ich weiß ganz sicher, daß meine Jungs unschuldig waren, weil sie zu mir gehörten und Stoners Vieh in Ruhe ließen."

Carolyn hörte gespannt und aufmerksam zu, aber was sie sagte, überraschte Griff. „Griff, wie du selbst gesagt hast, kommt das in diesem Land ziemlich oft vor. Du weißt ja, was die Leute sagen: daß der Strick manchmal das einzige Gesetz ist, das da ist."

Fast klang es, als wollte sie Caleb Stoner verteidigen. Für Griff war so etwas undenkbar. Für einen Augenblick vergaß er, was die Stoners für Carolyn waren.

„Mädchen!" rief er und mußte schmerzhaft husten. Als er sich wieder erholte, fuhr er bestimmt fort: „Das ist nur *eine* Geschichte von vielen — es gibt noch mehr. Die Stoners waren bekannt als die gewissenloseste Bande weit und breit. Was für ein Mann soll das denn sein, gegen den seine eigene Frau sich nicht anders wehren kann als dadurch, daß sie ihn tötet! Und dann besticht und bedroht ihr Schwiegervater eine ganze Stadt und ein ganzes Gericht, um die arme Frau zu verurteilen! Es ist noch eine freundliche Beschreibung, wenn man sie als wilde Löwen bezeichnet."

„Griff, meine Ma hat gesagt, sie hat meinen Vater nicht getötet", sagte Carolyn.

„Was ich sagen wollte ist, es ist ein Verbrechen, eine Frau überhaupt auf die Weise anzuklagen." Noch während er sprach, merkte er, daß Carolyn seine hastige Berichtigung nicht reichen würde.

„Als sie es mir sagte, klang es nicht völlig überzeugt — ich meine nicht, daß sie log, eher, daß sie selbst nicht ganz sicher war."

Für einen Augenblick sah sie so zerbrechlich aus, daß Griffs Herz sich zusammenzog. Er nahm ihre Hand und hielt sie fest in seiner — eine Geste, die normalerweise beiden sehr peinlich gewesen wäre, die aber in diesem Moment richtig und notwendig war.

Sie richtete einen flehenden Blick auf ihn. „Hat sie ihn getötet, Griff?"

Der rührende Ausdruck ihrer Augen zusammen mit dieser hilflosen Frage tat ihm im Innersten weh und ermattete ihn auch. Er wollte sie umarmen und beschützen, aber zugleich hatte er auch Lust, sie übers Knie zu legen und für ihr stures Beharren zu versohlen. Aber was immer er tat, er mußte ihr die Wahrheit sagen.

„Das habe ich immer gedacht", sagte er. „Schätze, sie hat es niemals gesagt, nicht einmal angedeutet. Aber darum geht es auch nicht, Lynnie. Wenn sie es getan hat, dann hat sie es völlig zu Recht getan, das glaube ich jedenfalls."

„Kannst du das beweisen?"

„Wovon zur Hölle redest du?"

„Naja, wenn man das beweisen könnte, müßte sie freigesprochen werden."

„Das habe ich doch gemeint; Caleb hat das Gericht bestochen. Unschuldig oder schuldig in Notwehr, deine Ma hat nie ein faires Verfahren bekommen."

„Dann muß jemand das beweisen", sagte sie mit eiserner Entschlossenheit.

Griff war froh, daß sie etwas vom Charakter der Stoners, Caleb und Leonhard, abgekommen hatte. So sehr er sie verachtete, so wenig wollte er vor Carolyn seinen Haß auf sie zeigen. Schließlich war sie mit den Stoners verwandt, hatte ihr Blut in den Adern.

„Ich glaube, genau das wird Sam versuchen", erwiderte Griff.

„Glaubst du, es wird ihm gelingen, Griff?"

„Wenn irgend jemand es kann, dann ist er es. Er kennt das Gesetz, und er ist beinahe so starrköpfig wie du."

Teil IV

Sams Suche

12

Deborah hatte immer versucht, Aufsehen zu vermeiden. Es hatte nichts genützt, und Sam würde nicht zurückzuhalten sein. Er wollte Stoner's Crossing wie ein Tornado heimsuchen, wenn es sein mußte.

Unglücklicherweise traf dieser Tornado auf menschlichen Widerstand von einer Stärke, die er sich nicht hätte träumen lassen. Als er versuchte, mit den Leuten zu reden, die vor zwanzig Jahren Zeugen des Geschehens gewesen waren, stieß er nicht nur auf Ablehnung, sondern auf offene Feindseligkeit. Zwei Tage lang kämpfte er dagegen an, gegen Leute, die sich plötzlich an nichts mehr erinnern konnten, gegen Leute, die ihm sagten, es würde ihm noch leid tun, sich in Dinge zu mischen, die ihn nichts angingen.

Schließlich mußte er einsehen, daß der einzige Mensch, der offen zu ihm reden würde, Caleb Stoner war. Caleb hatte sich seit Deborahs Ankunft noch nicht gezeigt. Nicht einmal einen Blick ins Gefängnis hatte er geworfen. Aber wenn Caleb der Konfrontation mit seiner früheren Schwiegertochter auswich, dann mußte Sam eben die Konfrontation mit ihm suchen.

Sam ritt entschlossen durch die Tore der Stoner Ranch und wurde prompt unter dem hölzernen Bogen mit der Aufschrift ‚Stoner Bar S Ranch' aufgehalten. Sie mußten ihn erwartet haben, denn Sam kannte sonst keine Rancher, die Wachen an ihren Toren aufstellten. In einiger Entfernung konnte er das Haus sehen, aber drei schwerbewaffnete Cowboys hinderten ihn am Näherkommen.

„Was haben Sie hier zu suchen?" Der Mann war groß und sah ihn hart an, einen sechsschüssigen Colt an jeder Hüfte und ein Büffelgewehr lose über dem Sattel. Seine Aussprache klang merkwürdig melodiös, wie Britisch und Texanisch gemischt.

„Ich heiße Sam Killion. Ich möchte mit Caleb Stoner sprechen."

„Erwartet er sie?"

„Würde mich wundern, wenn er mich nicht erwartet." Sam hielt dem harten Blick des Mannes stand. Er hatte schon gefährlicheren Männern gegenübergestanden.

„Was soll das heißen?"

„Sagen Sie ihm nur, früher oder später muß er doch mit mir reden, warum also nicht jetzt? Mehr will ich gar nicht."

„Er will aber nicht mit Ihnen reden. Mr. Stoner sagt, er wird im

Gerichtssaal reden, wenn es sein muß — oder vielleicht bei der Hinrichtung dieser Mörderin."

Sam zuckte, und er mußte sich zusammenreißen, um dem Mann nicht an die Gurgel zu springen. „Und wer sind Sie, daß ich auf Sie hören sollte?"

„Ich bin der Vorarbeiter, Toliver, und hier bestimme ich."

„So oder so, ich werde ihn treffen." Sams Worte kamen zwischen zusammengepreßten Zähnen hervor.

„Bestimmt nicht heute."

Sam dachte einen Moment über den nächsten Schritt nach. Er wußte, er konnte diese Mauer aus bewaffneten Männern im Augenblick nicht durchbrechen. Widerwillig lenkte er sein Pferd um und ritt davon.

Sams Onkel hatte ihm immer gesagt, quietschende Räder müssen geölt werden. Sam dachte, das würde vielleicht auf Stoner passen, und so ritt er drei Tage lang jeden Tag hinaus zur Ranch. Deborah wollte ihn davon abbringen, wollte ihm klarmachen, was für ein skrupelloser, gewalttätiger Mann Stoner war. Aber Sam mußte etwas tun; er war nicht der Mensch, der tatenlos herumsaß, während ein geliebter Mensch in Gefahr war.

Jeden Tag stand er vor denselben drei bewaffneten Cowboys. Caleb ließ sich nicht erweichen oder überzeugen. Am vierten Tag drehte sich dann das Rad doch ein wenig — aber nicht ganz so, wie sein Onkel es gemeint hatte.

Als Sam an diesem vierten Tag das Tor erreichte, waren die drei Wachen nirgends zu sehen. Sam dachte, er hätte es schließlich geschafft. In dem Moment aber, als er seinem Pferd die Sporen gab, um die Schwelle zu überqueren, schlug ihm ein Kugelhagel entgegen. Die Schüsse zielten nicht direkt auf ihn, also blieb er am Tor stehen, obwohl es nicht einfach war, das scheuende Pferd zu halten.

„Stoner!" rief Sam, als die Schüsse nachließen. Er wußte, Caleb war nicht in der Nähe, aber irgendwer würde die Botschaft schon hören und an ihn weitergeben. „Sie tun sich keinen Gefallen, wenn Sie mich töten. Ich will nur mit Ihnen reden. Vielleicht können wir gemeinsam herausfinden, wer Ihren Sohn wirklich erschossen hat. Deborah war es nicht, so viel steht fest; also läuft der wirkliche Mörder frei herum."

Die einzige Antwort war eine neue Salve. Sam hatte keine andere Wahl als sich zurückzuziehen, bevor ein Querschläger ihn womöglich traf.

Entmutigt kehrte er in die Stadt zurück. Aber er war nicht bereit aufzugeben. Wenn er nicht frontal angreifen konnte, mußte er sich etwas anderes einfallen lassen. Er dachte daran, sich an das Haus heranzuschleichen. Wenn er nur in Calebs Nähe kommen konnte, konnte er den Mann dazu bringen, mit ihm zu reden. Die Idee, ein fremdes Grundstück und ein fremdes Haus heimlich zu betreten, gefiel ihm zwar nicht, aber darauf konnte er keine Rücksicht nehmen, wenn Deborahs Leben auf dem Spiel stand.

Als er Deborah nach dem Grundriß der Stoner Ranch und nach geheimen Zugängen ausfragte, erzählte sie ihm zögernd von einem Pfad, den sie entdeckt hatte, als sie auf der Ranch lebte. Er war wie für sie gemacht gewesen — sie konnte hinter dem Stall zu ihm gelangen, und sie konnte sich auf ihm ein ganzes Stück von der Ranch entfernen, ohne daß man sie vom Haus aus sah. Es war ein langer Pfad, und obwohl sie ihm immer nur ein oder zwei Meilen lang gefolgt war, hatte sie sich immer gefragt, ob er schließlich abbiegen und zurück zur Stadt führen würde. Er hätte ihr sicher als Fluchtweg dienen können, aber bevor sie das hatte herausfinden können, war sie praktisch zu einer Gefangenen im Haus geworden.

Mit dieser Auskunft im Kopf machte Sam sich am nächsten Morgen gleich bei Sonnenaufgang auf die Suche nach dem Pfad. Es war kein einfaches Vorhaben, weil er das andere Ende des Pfades finden mußte, das vielleicht irgendwo in der Nähe des Städtchens lag. Fast den ganzen Morgen geriet er immer wieder in Sackgassen, aber seine Ausbildung als Ranger zahlte sich schließlich aus, als er ein Stück nördlich der Stadt einen kaum benutzten Pfad fand, der nicht plötzlich vor einem Felsen zu Ende war. Er schien in die richtige Richtung zu führen, und so betete er, daß es nicht wieder umsonst sei und folgte ihm. Bald merkte er, daß es sich um ein ausgetrocknetes Bachbett handelte, aber das hieß nicht, daß er nicht das Richtige gefunden hatte. Seit mindestens hundert Jahren war hier kein Wasser mehr geflossen, also war er wahrscheinlich nicht der erste, der hier entlangritt. Auch nachdem er nach seiner Schätzung schon auf Stoners Land sein mußte, gaben die Steine und Felsen links und rechts keinen Blick frei.

Er ritt mehrere Meilen, und die Sonne stand schon im Zenit und neigte sich bereits nach Westen, als die Seiten des Pfades niedriger wurden und das felsige Bachbett in weicheren Grund mit Gras und Büschen überging und schließlich in offenes Land mündete. Der Pfad verlief in vielen Windungen, und auf ihm brauchte man viele Stunden mehr, um zur Ranch zu gelangen als auf dem direkten Weg von der Stadt. Er schätzte seine Entfernung von Stoners Haus noch auf mehrere Meilen. Seine Vermutung bestätigte sich, als er an einen alten abgestorbenen Baum kam, den Deborah als Wegmarke erwähnt hatte. Bis dorthin war sie selber damals dem Pfad gefolgt.

Er war jetzt ungeschützter und behielt wachsam seine Umgebung im Auge. Aber in dieser Entfernung vom Haus erwartete er nicht, beobachtet zu werden, falls sie überhaupt noch nach ihm Ausschau hielten. Dennoch wollte er nicht durch einen dummen Zufall entdeckt werden. Er ritt eine weitere halbe Stunde, ohne auf Anzeichen menschlichen Lebens oder auf Widerstand zu stoßen. Vielleicht würde er Caleb Stoner heute noch zu sehen bekommen.

Nach Deborahs Beschreibung konnte das Haus jetzt nicht mehr weit entfernt sein. Wahrscheinlich lag es hinter der nächsten Anhöhe, dachte Sam. Er stieg ab, um sich mit größter Vorsicht zu nähern. Kaum hatten seine Füße den Boden erreicht, erschienen auf der Anhöhe Reiter und begannen zu schießen.

Sam war ein ausgezeichneter Reiter und war sofort wieder auf dem Rücken seines Pferdes. Mit gesenktem Kopf galoppierte er den Hügel wieder hinunter und in die Richtung, aus der er gekommen war. Diesmal zielten sie nicht über seinen Kopf hinweg. Eine Kugel schoß kaum einen Zentimeter an ihm vorbei und riß ihm den Hut vom Kopf. Hätte er aufrecht gesessen, hätte die Kugel ihn ins Herz getroffen.

Seine Verfolger setzten ihm eine Viertelmeile nach und schossen immer wieder auf ihn. Die meiste Zeit gelang es ihm, außer Schußweite zu bleiben. Sein Colt war in der Satteltasche, eine Waffe, die er zum Schutz vor Schlangen und wilden Tieren mit sich führte, aber noch war seine Lage nicht so verzweifelt, daß er sie gegen Menschen richten würde. Diese Männer waren seine Feinde, und sie wußten sehr genau, wer er war — und sie waren entschlossen, ihn um jeden Preis aufzuhalten. Sehr wahrscheinlich dachten sie, sie könnten ihn hier auf dem abgelegenen Pfad einfach aus dem Weg räumen, ohne daß Caleb je in Verdacht geriet.

Als Sam sich Deborahs totem Baum näherte, traf eine der Kugeln doch noch ihr Ziel und durchbohrte Sams Schulter von hinten wie eine glühende Lanze. Er wurde nicht das erste Mal verwundet und wußte, wie man in solchen Fällen den Kopf behielt, wenn nur der Schmerz und der Blutverlust ihn nicht ohnmächtig werden ließen. Aber er wußte nicht, wie lange er mit dieser Verletzung das halsbrecherische Tempo durchhalten konnte, in dem er ritt.

Als Sam den toten Baum passierte, blieben die Verfolger zurück. Vielleicht war hier die Grenze der Stoner Ranch, und es war ihnen zu gefährlich, ihn außerhalb der Ranch zu töten. In dieser Gegend war unbefugtes Betreten ein Grund, jemanden zu erschießen.

Sam zügelte das Pferd zu einem langsamen Trab, bis er das Bachbett wieder erreichte und wußte, daß er für den Augenblick außer Gefahr war. Er hielt an, nahm sein Halstuch ab und preßte es auf die Wunde, bevor er umkehrte und wieder in Richtung Stoner's Crossing ritt.

13

Es war schon dunkel, als Sam zur Stadt zurückkam. Er ritt hinter dem Gefängnis vorbei, weil Deborah ihn in seinem Zustand nicht sehen sollte. Sie würde sich nur Sorgen um ihn machen, das wußte er, und er würde sich besser zuerst einmal zusammenflicken lassen.

Bei seinen früheren Gängen durch die Stadt hatte Sam an einem Haus ein Schild mit der Aufschrift: ‚Doktor R. Barrows, Arzt und Zahnarzt, Pfarrer, Beerdigungen' bemerkt. Sam hatte im Büro im zweiten Stock geklopft, aber der Doktor war nicht dagewesen. Jetzt betete Sam inniglich, daß er da war. Ein Licht im Fenster machte ihm Hoffnung. Er betete auch, daß der ‚Dr.med.' echt war, denn im Augenblick brauchte er mehr medizinische als geistliche Hilfe.

Er war schon so geschwächt, daß er Mühe hatte, die vielen hohen Stufen an der Außenseite des Gebäudes hinaufzusteigen. Als er es schließlich geschafft hatte, lehnte er sich an die Wand, klopfte an die Tür und wartete.

Als die Tür aufging, sagte Sam: „Ich brauche einen Arzt."

„Das glaube ich auch", sagte der Mann, der ihn prüfend betrachtete. Dr. Barrows war durchschnittlich groß. Seine Gesichtszüge flößten einem Verwundeten nicht eben Vertrauen ein. Er hatte einen Zweitagebart, und seine Zähne waren gelb und faulten vor sich hin — schlechte Werbung für einen Mann, der sich auch Zahnarzt nannte. Seine Augen waren gerötet und verquollen, als ob er zu lange ins Whiskyglas gestarrt hätte. Und obwohl er nicht älter als fünfzig schien, zitterten seine Hände leicht.

„Sieht aus, als hätten Sie 'ner Kugel im Weg gestanden", fuhr er fort. „Naja, hier sind Sie ganz richtig." Im Vergleich zum Rest seiner heruntergekommenen Erscheinung war seine Stimme fest und klar. Was immer er von Medizin verstand, er konnte sicher reden, und tatsächlich zog Doc Barrows das Predigen dem Praktizieren vor. Aber er war nicht der Mann, der einen zahlenden Kunden abwies. „Kommen Sie rein, und ich werde sehen, ob ich sie wieder hinkriege. Wenn ich's nicht kann, kann's auch niemand anderes."

Falsche Bescheidenheit war dem Mann jedenfalls nicht vorzuwerfen. Sam trat ein und setzte sich auf die hohe Liege. Als er sein Hemd ausgezogen hatte, fummelte der Doc an der Wunde herum.

„Ist nicht tödlich", sagte er schließlich und schien beinahe enttäuscht darüber. Schließlich war er ja auch noch der Beerdigungsunternehmer der Stadt. „Wo haben Sie sich das Stück Blei denn eingefangen?"

„Ich muß wohl zugeben, daß ich ein fremdes Grundstück betreten habe", antwortete Sam, „aber ich hatte auf einen besseren Empfang gehofft."

„Hier draußen haben die Leute es nicht gern, wenn man ihnen zu nahe kommt —" Der Doktor verstummte und schien an etwas anderes zu denken. „Wie heißen Sie überhaupt?"

„Sam Killion."

„Ah, jetzt verstehe ich. Sie sind der Mann dieser Stoner, nicht wahr?"

„Das stimmt." Sam hielt sich zurück, was den korrekten Namen seiner Frau betraf.

„Und Sie haben bei den Stoners herumgeschnüffelt?"

„Auf der Suche nach ein paar Antworten, auf der Suche nach der Wahrheit über den Tod von Leonhard Stoner. Waren Sie damals schon hier?"

„Ja", sagte Barrows kurz und sprach weiter, bevor Sam etwas sagen konnte. „Ich muß diese Kugel da rausholen. Legen Sie sich auf den Bauch, aber vorher nehmen Sie besser was hiervon."

Barrows hielt ihm eine Whiskyflasche hin.

„Haben Sie keine anderen Betäubungsmittel?", fragte Sam.

„Nichts wirkt besser, und es ist billiger als das ganze moderne Zeug."

Ohne andere Wahl trank Sam die beiden vollen Gläser. Die langen Jahre der Abstinenz, sein leerer Magen und der Blutverlust ließen den Alkohol sofort wirken. Der Raum drehte sich, als er sich hinlegte, und er betete, daß der Schmerz genauso betäubt würde wie sein Gleichgewichtssinn.

Er war nur vorübergehend von der Information abgelenkt, daß der Doktor schon damals in Stoner's Crossing gewesen war, als Leonhard

Stoner starb. Das war das Beste, was Sam an diesem Tag widerfahren war, besonders da der Doktor nicht mit offener Feindseligkeit auf sein Interesse reagierte.

„Als Arzt", sagte Sam, als Barrows die Wunde mit Whisky reinigte, „müssen Sie seinerzeit Leonhard Stoner behandelt haben." Sam sprach die Worte langsam und mit Anstrengung, unterbrochen von Stöhnen, als der Alkohol in die Wunde drang. Seine Zunge fühlte sich geschwollen und ungelenk an.

„Einen Toten kann man nicht mehr behandeln", erwiderte Barrows. „Aber ich habe mich um die Leiche gekümmert." Der Doktor nahm ein langes, spitzes Instrument und begann, in Sams Wunde herumzustochern.

Ein wahnsinniger Schmerz fur Sam durch den Arm und den Rücken, aber er war entschlossen, diese vielversprechende Unterhaltung fortzusetzen.

„Man sagt, es war eine . . . Schußwaffe — ich meine, ein . . . Colt, mit dem Leonhard getötet wurde, stimmt das?" Sam hatte größte Mühe, seine Gedanken beieinander zu halten.

„Stimmt schon. Steht aber alles in den offiziellen Gerichtsakten."

„Keine Akten . . . keiner weiß, wo . . . sie sind", stieß Sam hervor, während das Instrument des Doktors tiefer bohrte.

„Tatsächlich?"

„Vielleicht . . . können Sie . . . mir sagen . . ." Für einen Augenblick vergaß Sam alles, und nur sein Wille hielt ihn noch aufrecht. „. . . Aus . . . medizinischer Sicht . . . wie . . .?" Mit jedem weiteren Moment fühlte er, wie sein Kopf leichter wurde und sein Blick dunkler und dunkler.

„Er hatte nicht so viel Glück wie Sie, Killion", sagte der Doktor fast zu freudig. „Der junge Leonhard hat seine Kugel genau ins Herz bekommen. Dort habe ich sie bei der Autopsie gefunden, mitten in seinem Herzen steckte sie. Komisch, nicht, wenn man bedenkt?"

„Ist . . . ist . . . sie von vorn oder von hinten eingedrungen . . .?" Aber Sam hörte die Antwort auf die wichtigste Frage nicht mehr.

Schwach, wie aus großer Entfernung, hörte er: „Da ist sie! Wußte ich's doch, daß ich sie kriege!"

Dann war alles um Sam herum schwarz.

Er erwachte nur eine halbe Stunde später, wie er mit einem Blick auf die Uhr auf dem Kaminsims feststellte. Sam lag noch immer auf dem Bauch, und der Doktor war gerade dabei, ihm einen Verband umzulegen.

„Fertig", sagte Barrows, „alles wieder zusammengeflickt. Sie können ein paar Stunden hierbleiben, wenn Sie nicht lieber nach Hause gehen wollen."

Sam rollte sich herum. „Helfen Sie mir mal, dann werde ich sehen." Mit Hilfe des Doktors setzte er sich auf. Der Raum drehte sich nur noch ein paar Minuten. Als er sich sicher fühlte, sagte er: „Was schulde ich Ihnen?"

„Naja, Sie sind neu in der Stadt, und wie ich höre, sind Sie auch Geistlicher; sie kriegen Rabatt." Er rieb sich das stoppelige Kinn. „Fünfzehn Dollar sollten in Ordnung sein."

Selbst in seiner Betäubung und Erschöpfung riß Sam die Augen über diesen sogenannten Rabatt auf.

Barrows fügte hinzu: „Wenn Sie über Nacht hier bleiben wollen, kostet Sie das bloß einen Dollar mehr."

„Danke", sagte Sam, „aber ich glaube, ich schaffe es zurück zur Pension."

Sam stand vorsichtig auf. Seine Knie waren etwas weich, aber er konnte allein stehen. Er zog sich das Hemd über, und Barrows legte seinen Arm in eine Schlinge. Dann bezahlte er den Arzt und wandte sich zur Tür. Aber bevor er nach dem Türgriff faßte, zögerte er wie bei einem nicht zu Ende gebrachten Gedanken, der seit der Operation an ihm nagte und ihm schließlich wieder voll zu Bewußtsein kam. Er drehte sich wieder zu Barrows um. „Ich habe Sie nicht deutlich hören können, Dr. Barrows, aber haben Sie gesagt, die Kugel, die Leonhard Stoner tötete, traf ihn von vorn?"

„Ich glaube nicht, daß ich das gesagt habe, ich glaube nicht, daß ich überhaupt etwas gesagt habe." Barrows wusch sich die Hände in einem Becken. Er hielt inne und sah Sam direkt an. „Ich erinnere mich einfach nicht mehr so genau."

Etwas im festen Blick des Mannes machte Sam klar, daß er sich nur zu gut erinnerte. Wie alle anderen in der Stadt war er nicht bereit, dem Ehemann der Frau zu helfen, die Caleb Stoners Sohn umgebracht hatte.

„Ich gebe ihnen aber einen freundschaftlichen Rat", sagte der Doktor, während er sich die Hände mit einem nicht allzu sauberen Handtuch trocknete. „Caleb Stoner wird alles tun, um Ihre Frau für das hängen zu sehen, was sie getan hat. Sie sollten sich einen guten Anwalt besorgen."

Sam ging, entmutigter als seit langem. Er hatte sich solche Hoffnungen gemacht — zuerst der Pfad, dann der Doktor, der so viel offener zu sein schien als die anderen Leute in der Stadt. Vielleicht, wenn er nicht ohnmächtig geworden wäre und weiter gefragt hätte ...

Nun, er würde nie erfahren, was dann passiert wäre.

Und noch dazu sah es jetzt aus, als würde er nie eine Möglichkeit haben, mit Caleb Stoner zu reden. Es war ziemlich klar, daß Stoners Jungs das nächstemal besser treffen würden. Stoners Botschaft war unmißverständlich: *Geben Sie auf oder Sie sind ein toter Mann.*

Sam war nicht der Mann, der leicht die Flinte ins Korn warf, aber er hatte einfach keine Karten mehr im Ärmel.

Zurück in der Pension schickte er den Sohn des Besitzers mit einer Nachricht an Deborah zum Gefängnis. Nichts wollte er lieber, als sie selber sehen, aber er wußte, in seinem jetzigen Zustand würde er sie nur unnötig in Angst versetzen. Er nahm all seine Kraft zusammen, um die Treppe hinaufzusteigen und zu Bett zu gehen. Er betete noch, schlief aber ein, lange bevor er geendet hatte.

14

Am folgenden Morgen schlief Sam lange. Er fuhr hoch, und ein stechender Schmerz durchzuckte seinen ganzen Körper. Die Sonne schien schon hell ins Zimmer, und er sprang aus dem Bett — jedenfalls wollte er das, aber es wurde mehr ein Kriechen und Stolpern daraus. Er ließ das Frühstück ausfallen und trank nur rasch eine Tasse Kaffee, bevor er zu Deborah ging.

Wenn er geglaubt hatte, ihr unnötige Sorgen zu ersparen, indem er erst am nächsten Morgen zu ihr ging, dann hatte er sich gründlich getäuscht.

„Sam! Was ist mit dir passiert?", rief sie ihm in dem Moment entgegen, als der Sheriff die Zellentür aufsperrte.

Nicht nur die Schlinge, in der sein Arm lag, auch sein kreideweißes Gesicht machten ihr angst. Sam blieb nichts anderes übrig, als ihr alles zu erzählen, was geschehen war.

„Ich will nicht, daß du noch einmal dorthin gehst, Sam."

„Schätze, es wäre auch reiner Wahnsinn, es noch einmal zu versuchen."

„Caleb wird in dieser Sache niemals nachgeben. Er würde lieber umkommen als mir zu helfen."

„Es ist fast, als ob . . .", begann Sam, aber der Gedanke schien so weit hergeholt, daß er ihn kaum aussprechen mochte.

„Als ob was?"

„Naja, ich dachte, vielleicht will er in seinem eigenen Interesse gar nicht, daß die Wahrheit ans Licht kommt, oder er will jemand anderen schützen. Vielleicht war er selbst es, der Leonhard getötet hat, oder sogar sein jüngerer Sohn, wie war noch sein Name . . .? Laban, nicht wahr?"

„Caleb hätte Leonhard niemals getötet, es sei denn durch einen Fehler, einen Unfall." Deborah schüttelte bei diesem unglaublichen Gedanken den Kopf. „Und was Laban angeht, ich habe daran gedacht, aber . . . ich weiß es einfach nicht. Egal, selbst wenn er es getan hat, wir können nichts beweisen, solange Caleb jeden unserer Schritte behindert."

„Die Antworten liegen auf dieser Ranch, Deborah —"

„Versprich mir, daß du nicht noch einmal dorthin gehst, Sam. Ich könnte es nicht ertragen, wenn dir irgend etwas geschehen sollte."

„Mach dir um mich keine Sorgen, Deborah. Denk daran, daß Gott uns hilft, alles zu ertragen."

Deborah öffnete den Mund und wollte gegen sein Ausweichen protestieren. Aber sie schwieg und umarmte ihn nur fest.

Mehrere Minuten lang sagte keiner ein Wort, dann sagte Sam ernst: „Ich werde nichts Verrücktes tun, Deborah. Aber ich habe das Gefühl, wenn wir irgendwie an Caleb herankämen . . . wenn wir bloß mit ihm reden könnten, ihn zu irgendeiner Antwort bewegen könnten, dann würden wir der ganzen Sache auf den Grund kommen."

Deborah nickte. Es gab so viele wenns, aber nichts Sicheres. Manchmal schien es ihr, als kämpften sie gegen Schatten.

* * *

Zwei Tage später bekamen sie eine Antwort von Caleb, aber es war nicht ganz das, was Sam sich gewünscht hätte. Er aß mit Deborah in ihrer Zelle zu Mittag, als der Sheriff den hinteren Teil des Gefängnisses betrat, wo die beiden Zellen lagen. Er hielt ein Stück Papier in der Hand und schien nicht sehr erbaut, daß er derjenige war, der die Botschaft überbringen mußte.

„Ich habe hier eine Anweisung des Gerichts", sagte er.

„Ist der Richter jetzt in der Stadt?", fragte Sam. Er wartete ungeduldig darauf, mit einem Richter zu sprechen.

„Nein. Jemand ist bis nach Austin geritten, um das hier zu bekommen", antwortete der Sheriff. „Jedenfalls steht hier, daß Sie, Mrs. Killion, ins Landesgefängnis überstellt werden sollen."

Sam sprang protestierend auf. „Was! Das können Sie nicht tun! Es ist — es ist illegal! Meine Frau hat ihre Rechte!"

„Es ist völlig legal", sagte der Sheriff, „besonders wenn es Grund zu der Annahme gibt, daß dieses Gefängnis für einen Gefangenen nicht sicher genug ist."

„Sicher! Ich kann nicht glauben —"

„Sam", unterbrach ihn Deborah und legte beruhigend eine Hand auf den Arm ihres Mannes. „Ich glaube, das ist bloß noch einer von Calebs Tricks." Zum Sheriff gewandt fügte sie hinzu: „Es war doch Caleb, der die Anweisung erwirkt hat?"

„Schätze, das ist kein Geheimnis. Er war nervös, daß ihr Mann überall herumschnüffelt, und er weiß Bescheid über seine Vergangenheit als Texas Ranger. Er war auch beunruhigt über andere Leute, die Ihnen früher geholfen haben. Die Behörden in Austin gaben seinem Antrag statt. Und sie glauben auch, daß es zu Ihrem eigenen Besten ist, wenn man bedenkt, daß niemand in dieser Stadt etwas für Sie übrig hat. Es ist auch sicherer für Sie, wenn Sie nicht hierbleiben."

„Wann ist es soweit?", fragte Deborah gefaßt.

„Sobald sie jemanden herschicken können. Vielleicht morgen."

„All right", sagte Deborah. „Können mein Mann und ich noch eine Weile allein sein?"

„Warum nicht?"

Der Sheriff ging, und Deborah wandte sich an Sam. „Komm schon, Sam, setzen wir uns und besprechen alles in Ruhe."

Sam knirschte vor Wut mit den Zähnen, aber er atmete tief durch und versuchte, sich zu beruhigen. Er setzte sich wieder auf die Pritsche.

Deborah fuhr fort: „Das ist gar nicht so schlimm. Dieser Sheriff hat auf eine Art auch recht. Ich meine, niemand weiß, was Caleb tun könnte. Er könnte die Stadt zum Lynchen aufstacheln. Der Sheriff meint es nicht schlecht mit mir, aber wie alle anderen hier würde er Caleb nicht entgegentreten." Sie verstummte einen Moment. „Übrigens, ich habe von Pollard gar nichts mehr gehört. Ist er noch da?"

„Hab' ihn nicht gesehen, hab' aber gehört, die meiste Zeit verbringt er im Saloon. Ich glaube, es reicht ihm nicht, dich verhaftet zu haben;

er will die Sache zu Ende gebracht sehen." Sam stockte bei dem Wort *Ende*, und er und Deborah sahen sich in die Augen.

Einen Augenblick wollte Deborah in Panik geraten, aber sie schüttelte die Angst ab. Jetzt war nicht die Zeit zusammenzubrechen. Sie hatte Gott; sie hatte Sam; und sie hatte noch immer reichlich Hoffnung. Als sie ihren Blick wieder auf Sam richtete, war er fest und entschlossen.

„Sam, ich dachte gerade an das, was Dr. Barrows über einen Anwalt gesagt hat. Vielleicht ist es jetzt Zeit dafür."

„Ich will, daß du freigesprochen wirst." Sam war aufgeregt, enttäuscht und wütend, aber er zwang sich, ruhig zu bleiben. „Wenn wir so einen Kerl brauchen, der das Gesetz ein wenig verdreht, damit wir dich frei kriegen, gut, dann suchen wir uns einen. Wir müssen den wirklichen Mörder finden, aber du hast recht, zuerst müssen wir dich von dieser Anklage befreien. Niemand wird dir eine Schlinge um den Hals legen oder dich im Gefängnis behalten."

„Glaub mir, das will ich auch nicht!" Deborah fuhr sich unwillkürlich mit der Hand an den Hals. Selbst wenn in diesem Staat noch nie eine Frau ‚legal' gehängt worden war, mochte Caleb das Gesetz in die eigene Hand nehmen. Er war vor neunzehn Jahren beinahe schon einmal damit durchgekommen.

Sam nahm sie in die Arme und küßte zärtlich ihren lieblichen, kostbaren Nacken. Sie bedeutete ihm mehr als sein eigenes Leben, und er war bereit, sich für sie zu opfern. Das Problem war, er war ein viel zu praktisch veranlagter Mensch, um nicht zu sehen, daß Wille allein nicht ausreichte. In seinen schlimmsten Momenten — und jetzt war einer davon — hatte er sich manchmal vorgestellt, wie er beim Galgen stand und ihrer Hinrichtung zusehen mußte, unfähig, wie Griff McCulloch etwas zu unternehmen, sie mit dem Colt in der Hand zu retten. Er fragte sich manchmal, wie weit er ihre Freunde gehen lassen würde, um sie zu retten, und wie weit er selber gehen würde. Würde er all seine christlichen Prinzipien über Bord werfen? Würde er lügen, stehlen, töten? Er hatte gebetet, daß er nicht derart auf die Probe gestellt würde; aber wenn es so weit kommen sollte, hatte er Gott angefleht, ihm Stärke zu geben, wo er schwach war. Das war alles, was er tun konnte.

„Deborah", sagte er ruhig, als ob diese Entschlossenheit schon ausreichte, „ich werde nach Austin reiten, wenn sie dich wegbringen, und ich werde einen Anwalt suchen."

Er war noch immer mutlos, als er an diesem Tag das Gefängnis verließ. Der Gedanke, daß seine Deborah im Landesgefängnis eingesperrt war, war schwerer zu ertragen als alles, was bis jetzt geschehen war. Er hatte als Ranger solche Gefängnisse von innen gesehen, und er wußte, welche elenden Löcher das waren. Sie waren nicht nur schmutzig und voller Krankheiten, sondern auch voller anderer Gefangener, solche von der schlimmsten Sorte darunter, selbst unter den Frauen.

Diese Gedanken quälten ihn, als er den Kindern das erste Telegramm nach Hause schickte. Lieber hätte er ihnen gar nichts gesagt als das, aber er wußte, Schweigen war für Deborahs geliebte Kinder ebenso grausam wie schlechte Nachrichten.

15

Sam hatte Caleb Stoners Einfluß in der Landeshauptstadt nicht bedacht. Er hatte geglaubt, weit weg von Calebs unmittelbarer Umgebung in Stoner's Crossing würde es leicht sein, Gerechtigkeit für Deborah zu erreichen. Das war ein Irrtum. Stoner war offensichtlich vor Sam in Austin gewesen, er hatte seinen Schritt vorausgesehen und neue, entmutigende Hindernisse errichtet.

Sam hatte Deborah widerwillig im Landesgefängnis etwa dreißig Meilen südlich von Stoner's Crossing und fünfzig Meilen westlich von Austin allein gelassen. Sie wußten beide, daß er ihr in der Hauptstadt mehr nutzen konnte, als wenn er im Landesgefängnis täglich die Besuchsstunden abwartete.

Als Sam in Austin ankam, wurde ihm klar, daß Caleb es ihm nicht leicht, vielleicht sogar unmöglich machen würde, irgend etwas für Deborah zu tun. Zuallererst erfuhr Sam, daß Stoner eng mit dem Gouverneur befreundet war, so daß jede Hoffnung auf Hilfe von dieser Seite von vornherein ausschied. Dann war da das Problem mit den Richtern. Selbst die mitfühlendsten unter ihnen schreckten vor einem Fall zurück, der solches Aufsehen machen würde und so sehr in die Politik verflochten war. Einer von ihnen riet Sam, sich einen guten Anwalt zu suchen. Aber dieser Rat war gar nicht so einfach zu befolgen.

Die angesehenen Anwälte, besorgt um ihre Karrieren und ihre zukünftige Stellung in der Justizhierarchie, wollten sich nicht mit einem Fall beschäftigen, der sie in direkten Konflikt mit dem Gouverneur selbst brachte. Einer wollte Deborah verteidigen, aber Sam mochte nicht, wie er redete und auftrat. Ihn schien nur die Neuigkeit zu reizen, eine Frau zu verteidigen, die des Mordes angeklagt war; ihre Unschuld interessierte ihn nicht. Er sagte, Deborahs beste Aussichten bei einer Revision des Verfahrens bestünden darin, auf schuldig und unzurechnungsfähig zu plädieren und sich der Gnade des Gerichts auszuliefern. Mit besonderer Betonung sagte er ‚ausliefern‘.

Kein einziger Anwalt in der Stadt schien an Deborahs Unschuld glauben zu wollen. Entweder hatte Caleb sie beeinflußt, oder sie glaubten, daß Deborah ihren Mann in Notwehr erschossen hatte. Sam wäre bereit gewesen, dieses Plädoyer zu akzeptieren, wenn es Deborah retten konnte, aber ihm war klar, daß Deborah schon um Carolyns willen wollte, daß ihre Unschuld bewiesen wurde, und zwar über jeden Zweifel erhaben.

Nach mehreren ermüdenden Tagen voller Gespräche mit Anwälten kehrte Sam eines Abends niedergeschlagen in sein Hotel zurück. Während er auf sein Essen wartete, nahm er beiläufig eine Zeitung in die Hand, die sein Vorgänger auf dem Tisch hatte liegen lassen. Die Titelseite berichtete über die Nominierungskonvente zur Präsidentenwahl, bei denen Grover Cleveland und James G. Blaine zu Kandidaten ihrer beiden Parteien gekürt worden waren. Ein anderer Artikel beschäftigte sich mit verschiedenen Kriegen in Afrika. Sam bemerkte, wie wenig er in letzter Zeit die Nachrichten verfolgt hatte. Aber wenn seine eigene Welt zusammenzubrechen drohte, wie sollte er da Interesse für andere Ereignisse aufbringen.

Er blätterte geistesabwesend die Seiten um, las hier und da eine Schlagzeile, ohne wirklich zu verstehen, was er da las. Der Artikel, der ihm schließlich in die Augen sprang, war klein und unscheinbar, irgendwo auf der fünften Seite versteckt. Das Wort Rechtsanwalt erregte seine Aufmerksamkeit, und als er zögerte und genauer las, hieß es dort: *Bekannter Rechtsanwalt aus Philadelphia gibt seinen Rückzug aus dem Berufsleben bekannt.* Der Artikel beschrieb dann das Leben und die Verdienste des Mannes, der nicht nur über dreißig Jahre lang eine erfolgreiche Kanzlei geführt hatte, sondern auch gleich nach dem Bürgerkrieg zwei Amtszeiten als US-Senator gedient hatte und sogar einmal für das Amt des Präsidenten im Gespräch gewesen war. Nachdem er einige Jahre zuvor in seine Privatkanzlei zurückgekehrt war, hatte er erneut Schlagzeilen gemacht, als er einen Mann verteidigte, der angeklagt war, drei Frauen ermordet zu haben. Das hatte ihm harte öffentliche Kritik eingebracht, bis er ohne jeden Zweifel die Unschuld des Mannes bewies und den wahren Mörder überführte.

Sam hatte schon von Jonathan Barnum gehört und erinnerte sich vage, in texanischen Zeitungen Berichte über dieses Verfahren gelesen zu haben. Aber er wußte kaum etwas über den Mann selbst. In dem Artikel hieß es, er sei ein zäher Kämpfer, der mit Vorliebe die Ausgestoßenen verteidigte und immer wieder scheinbar aussichtslose Fälle übernommen hatte.

Sam dachte sofort an Deborahs Fall. Er wollte ihn nicht als *aussichtslosen* Fall betrachten, aber selbst er mußte sich eingestehen, daß es zunehmend schlechter aussah.

Er überflog den Artikel noch einmal, um zu sehen, ob die Adresse des Anwalts genannt war, aber er fand nichts. Sam vergaß sein Abendessen, faltete die Zeitung zusammen, klemmte sie sich unter den Arm und eilte aus dem Hotel. Er hielt eine Kutsche an und wies den Fahrer an, ihn zum Gebäude des *Austin Globe* zu fahren.

Zum ersten Mal in dieser Woche fühlte er einen Keim von Hoffnung. Es mochte wie eine haarsträubende Idee aussehen. Welcher berühmte Rechtsanwalt aus dem Osten würde sich schon für den Fall irgendwelcher unbekannter Einwohner von Texas interessieren, besonders, wenn er sich gerade aus dem Berufsleben zurückgezogen hatte? Selbst wenn der Mann wie durch ein Wunder — und Sam hatte seinen Glauben an Wunder noch nicht verloren — etwas für Deborahs Fall übrig hatte, wie konnte man von einem älteren Herrn erwarten, daß er die anstrengende Reise in den Westen antrat, um diesen Fall zu übernehmen? Es schien sehr unwahrscheinlich, ja unmöglich.

Aber als seine Kutsche vor dem Gebäude der Zeitung hielt, erinnerte sich Sam an etwas, das ihn leichtfüßig aussteigen ließ.

‚Mit Gottes Hilfe ist nichts unmöglich!‘

Selbst zu dieser späten Stunde herrschte hier noch Betrieb. Er erhielt die Anschrift von Barnums Büro und eilte hinüber zum Telegrafenamt, wo er eine lange Botschaft nach Philadelphia abschickte.

Die Antwort kam zwei Tage später. Sie besagte, daß Mr. Barnum nicht zu erreichen war, weil er Ferien machte. Barnums Sekretär, ein gewisser Chester Duncan, hatte die Antwort geschickt. Er fügte hinzu, daß Barnum keine Fälle mehr annahm. Er riet Sam, sich an einen anderen Anwalt zu wenden und wünschte freundlich alles Gute.

Merkwürdigerweise drückte diese negative Antwort Sams hoffnungsvolle Stimmung nicht. Er bezweifelte, daß seine Bitte Barnum überhaupt persönlich erreicht hatte. Sehr wahrscheinlich beantwortete der Sekretär im Auftrag alle eingehenden Briefe in der Kanzlei und wollte den Anwalt mit so etwas nicht belästigen. Zudem hatte Sam nicht wirklich mit einer positiven Antwort in schriftlicher Form gerechnet. Er hatte gleich gewußt, daß er einem Mann von dieser Bedeutung persönlich gegenübertreten mußte, um ihn zu bewegen, über Deborahs Fall nachzudenken. Vielleicht hatte er nur kostbare Zeit mit dem Telegramm verschwendet, aber er hatte diesen Versuch für unbedingt nötig gehalten, bevor er sich auf eine Reise machte, die leicht ganz umsonst sein konnte. Dennoch fühlte Sam in diesem Fall die Hand Gottes über sich. Es konnte kein reiner Zufall sein, daß ihm dieser Zeitungsartikel aufgefallen war.

Diese Zuversicht machte es ihm jedoch nicht leichter, Deborah allein zu lassen. Er mochte zwei oder drei Wochen weg sein. Er hatte nur sechs Wochen Aufschub erhalten, um vor Gericht Berufung einzulegen. Und die Zeit lief stetig ab.

Er nahm sich nicht einmal die Zeit, Deborah noch einmal im Gefängnis zu besuchen, bevor er nach Philadelphia aufbrach. Statt dessen schrieb er einen Brief, in dem er alles erklärte und warf ihn auf dem Weg zur Postkutschenstation ein, wo er seine fünfzehnhundert Meilen lange Reise beginnen würde. Außerdem gab er noch rasch ein weiteres Telegramm auf, diesmal an die Wind Rider Ranch.

16

Sams zwei Telegramme an die Ranch waren zeitlich ungünstig gekommen. Das erste traf ein, nachdem Griff das Bewußtsein wieder erlangt und erste Anzeichen der Erholung gezeigt hatte.

DEBORAH INS LANDESGEFÄNGNIS GEBRACHT STOP STONER FÜRCHTET NEUEN FLUCHTVERSUCH STOP BIN HIER AUF FEINDSELIGKEIT GESTOSSEN UND DESHALB NACH AUSTIN GEGANGEN UM EINEN ANWALT FÜR DEBORAH ZU FINDEN STOP STONER IN DIESEM TEIL DES LANDES SEHR EINFLUSSREICH UND BEHINDERT

JEDEN UNSERER SCHRITTE STOP HALTE EUCH
AUF DEM LAUFENDEN STOP BETET FÜR UNS STOP
SAM

Alle waren schockiert bei dem Gedanken an Deborah in einem so
schlimmen Gefängnis. Schlimmer noch war, daß Sam resigniert klang.

Carolyn brach das betretene Schweigen, nachdem alle das Telegramm gelesen hatten.

„Das ist es! Ich reite hin, und niemand wird mich davon abbringen!"

Sie hatte das seit Griffs Besserung angedeutet, aber keiner war darauf
eingegangen. Griff sah, daß sie genug von Andeutungen hatte, und mit
derselben Bestimmtheit gab er zurück: „Du bist ja verrückt, Mädchen!"

„Du würdest genau dasselbe tun, wenn du könntest, Griff."

„Ich bin auch keine achtzehn mehr, Kind."

„Sky, du verstehst mich, oder?"

Carolyns Bruder hatte schweigend dagestanden und dem Wortwechsel zwischen seiner Schwester und Griff zugehört. Er zweifelte
nicht daran, wer das Wortgefecht gewinnen würde. Er glaubte auch,
für seine Schwester ginge es um mehr als nur darum, ihrer Mutter zu
helfen. Und er hatte ihren Gründen nichts entgegenzusetzen.

Sky nickte und antwortete in seiner ruhigen, nachdenklichen Art:
„Griff, du und ich müssen beide auf der Ranch bleiben. Ich habe meiner Mutter versprochen, mich hier um alles zu kümmern, und du
mußt in deinem Bett bleiben. Wenn ich überzeugt wäre, daß ich ihr
dort unten mehr helfen würde als hier, würde ich sofort aufbrechen.
Ich glaube aber, Lynnie hat recht zu gehen. Außerdem wußten wir
beide, daß sie früher oder später dorthin gehen muß, um diese Stoners
zu treffen. Sie sind auch ihre Familie."

Griff rollte die Augen und schüttelte den Kopf. „Gegen euch beide
komme ich doch nicht an."

Carolyn lächelte triumphierend. „Ich nehme zwei Pferde, dann bin
ich schneller —"

„Du willst doch nicht etwa allein reiten?", fragte Griff.

„Solange du noch liegen mußt und Slim in Fort Worth ist, kann
mich sicher niemand begleiten. Es ist sowieso besser, ich reite allein.
Wenn ich zur Stoner Ranch komme, werden sie sich wenigstens nicht
bedroht fühlen."

„Als Freiwild, meinst du!"

„Du glaubst nicht im Ernst, daß mir etwas passiert, Griff, oder? Caleb Stoner ist mein Großvater. Er würde doch nicht ... ich glaube, es könnte ihm sogar gefallen, mich zu sehen. Er hat seinen Sohn vor neunzehn Jahren verloren, vielleicht fühlt er sich durch mich ein bißchen über diesen Verlust getröstet. Vielleicht kann ich sogar sein Herz erweichen, das ihr alle für einen Stein haltet."

„All right! Aber es kommt gar nicht in Frage, daß du den ganzen Weg allein reitest."

„Du kannst gar nichts dagegen tun, Griff."

„Wenn ich nur aus diesem verdammten Bett herauskönnte, würde ich dir den Hintern versohlen, daß du eine ganze Woche lang nicht reiten könntest!"

Carolyn tat ihre Respektlosigkeit plötzlich leid. „Ich habe es nicht so gemeint, Griff. Ich mache mir nur Sorgen um Ma, und ich habe das Gefühl, ich halte es nicht länger aus, einfach nichts zu tun."

„Ich weiß, Kind, mir geht es genauso."

Als Yolanda Carolyn wegen ihrer Unvernunft Vorhaltungen machte, Hunderte Meilen ganz allein durch das gefährliche Grenzland zu reiten, gab Carolyn schließlich nach. „Das ist keine Art für eine Dame zu reisen, Senorita. Was würde deine arme Mama dazu sagen? Ich könnte ihr nicht mehr gegenübertreten, wenn ich das erlaube."

Carolyn war einverstanden, den Zug zu nehmen, der von Danville abfuhr. Das dauerte zwar länger, war aber besser, als alle gegen sich zu haben.

Griff machte keine Einwände mehr und fing sogar an zu glauben, daß Carolyns Schritt vielleicht der richtige war. Außerdem wäre Sam da, um das Mädchen zu zügeln.

* * *

Nach Carolyns Abreise kam Sams zweites Telegramm, erneut zur falschen Zeit. Darin informierte er alle über seine Absicht, nach Philadelphia zu reisen, um mit einem Rechtsanwalt zu sprechen.

Griff stöhnte, als er es las. „Was wird Lynnie jetzt ganz allein dort unten machen? Wir können es Sam nicht mehr sagen."

„Carolyn kommt schon allein zurecht", sagte Sky.

„Ihr Kinder glaubt immer, ihr kommt mit allem zurecht!"

„Du hast uns fast alles beigebracht, was man wissen muß, Griff."

„Nun, das reicht nicht." Griff murmelte und fluchte noch einige Minuten vor sich hin, bis er plötzlich innehielt und zufrieden dreinsah. „Ich hätte dran denken sollen, bevor Carolyn gegangen ist. Im Bett zu liegen macht mich ganz dumm."

„Woran denken sollen?"

„Ich habe einen Freund bei den Stoners — wenn er noch dort ist."

„Das ist unglaublich, Griff. Wie sollte das möglich sein, wo du die ganzen Jahre versucht hast, unerkannt zu bleiben?"

„Ein Kerl, dem Sam und ich vor einigen Jahren einmal begegnet sind. Er war unterwegs zur Stoner Ranch, um dort einen Job anzunehmen." Griff grinste vor sich hin, als er sich an den Zwischenfall erinnerte. „Er hat sich nichts dabei gedacht, als Sam ihn bat, auf der Ranch den Mund zu halten über unsere Begegnung. Er dachte, es hätte was damit zu tun, daß man über gute Taten nicht redet und so. Jedenfalls war es auch zu seinem eigenen Vorteil."

„Gute Taten?", fragte Sky neugierig.

„Ist eine lange Geschichte. Es reicht zu sagen, daß er mehr als zufrieden wäre, sich um Carolyn zu kümmern."

„Ich glaube nicht, daß Lynnie das gefallen würde."

„Sie muß es ja nicht wissen! Und jetzt gib mir mal einen Stift und Papier, ich muß ein Telegramm schicken. Und ich will, daß du es so schnell du kannst in Danville aufgibst."

17

Carolyn war nach drei Tagen im Zug nicht gerade in guter Laune. Sie war östlich durch Fort Worth gefahren, dann nach Süden bis Waco; dann mußte sie zwei Tage südlich und westlich mit der Postkutsche bis Austin fahren. Den ganzen Weg über hatte sie sich schlecht gefühlt. Und um alles noch schlimmer zu machen, hatte Yolanda darauf bestanden, daß sie ein Kleid trug und auf der Reise wie eine Lady aussah. Die Kutsche war besonders schlimm gewesen, vollgestopft mit mehreren zigarrerauchenden Männern, die ihr den Rauch direkt ins Gesicht bliesen und ununterbrochen redeten.

In Austin lief sie einen halben Tag herum und suchte nach Sam, bevor sie schließlich erfuhr, daß er sein Hotel verlassen hatte und nach

Osten abgereist war. Das verwirrte sie, aber statt noch mehr Zeit zu verlieren, entschloß sie sich, ins Landesgefängnis zu gehen, um ihre Mutter zu besuchen.

Das Gefängnis lag fast eine weitere Tagesreise von Austin entfernt. Sie fuhr mit einer Kutsche, und zum hundertsten Mal, seit sie die Ranch verlassen hatte, bereute sie, nicht mit ihrem treuen Patch geritten zu sein.

Trotzdem war Carolyn aufgeregt, ihre Mutter zu sehen. Trotz ihrer Streitereien hatte sie in den Wochen ihrer Trennung gemerkt, wie sehr sie die Liebe und Klugheit ihrer Mutter brauchte. Und dann schimpfte sie mit sich selbst, daß sie jetzt an ihre eigenen Bedürfnisse denken konnte, wo ihre Mutter im Gefängnis war und um ihr Leben kämpfte.

Als Carolyn das Gefängnis betrat, war sie entschlossen, alles zu tun, um ihrer Mutter Mut zu machen und sie aufzuheitern.

Aber als die Wache sie dann in das abgesicherte Besucherzimmer ließ und Carolyn ihre Mutter erblickte, waren all ihre guten Absichten wie weggeblasen. Sie brach in Tränen aus und warf sich ihrer Mutter in die Arme.

Aber die Wächterin trat dazwischen und führte Carolyn zu einem Stuhl auf der gegenüberliegenden Seite des Tisches. Erschüttert und irritiert setzte Carolyn sich hin. Sie schniefte, versuchte, sich die Tränen abzuwischen und sich zu fassen.

„Ist ja gut, Carolyn, Liebes", sagte Deborah mit sanfter Stimme und ließ sich den Schock nicht anmerken, ihre Tochter an diesem unwahrscheinlichen Ort zu sehen. Sie streckte ihre Hände über den Tisch, und Carolyn nahm sie mit einem kurzen Blick auf die Wache. Diese Berührung stärkte sie. Sie atmete tief ein und beruhigte sich langsam.

„Ich mußte kommen", brach es aus ihr heraus. „Als ich hörte, daß sie dich an diesen Ort gebracht haben, konnte ich nicht mehr einfach still bleiben. Sky wäre auch gern gekommen, aber er weiß, du würdest dir um die Ranch Sorgen machen, wenn er nicht da ist."

Carolyn schwieg einen Moment und sah ihre Mutter verstört an. Schon nach wenigen Wochen im Gefängnis war sie sehr blaß. Die abgewetzte graue Gefangenenkluft ließ sie nicht gerade gesünder aussehen. Und wie sie so lose an ihr herabhing — wie viel Gewicht mußte sie seit dem Beginn dieser Leidensgeschichte schon verloren haben? Aber ihre Augen strahlten dennoch untrüglich Zuversicht aus, wie Carolyn sie sich auch für sich selbst jetzt so sehr wünschte.

„Du hättest nicht kommen sollen", sagte Deborah.

„Ich mußte einfach."

„Gut, reden wir nicht davon. Ich nehme an, ich hätte an deiner Stelle das gleiche getan." Deborah zögerte ein wenig, bevor sie die Frage aussprach, die sie am meisten beschäftigte. „Was ist mit Griff?"

„Er hat einen Dickschädel wie ein Maultier. Der Doc sagt, er muß einen Monat im Bett bleiben, aber jeden Tag versucht er aufzustehen: Ich mußte ihn fast festbinden, damit er nicht mit mir kam."

„Ich bin so froh, das zu hören. Er wird also wieder gesund werden?"

„Oh, klar. Griff ist ein zäher Kerl."

Deborah lächelte. Ihre Tochter versuchte, genauso zäh zu erscheinen wie Griff.

„Und Sky?", fragte Deborah.

„Du wärst stolz auf ihn, Ma, wie gut er sich um die Ranch kümmert. Wie gesagt, er wäre mitgekommen, wenn es möglich gewesen wäre. Außerdem dachten wir, es ist wichtiger für mich."

„Wichtiger für dich . . .?"

„Weil ich die ältere von uns bin und so."

„Und das ist alles?"

Carolyn sah weg. Sie wollte nicht so schnell auf den eigentlichen Grund ihrer Reise in den Süden kommen. Sie wußte, ihre Mutter würde genauso protestieren wie Griff. Aber jetzt, da sie daran dachte, wie lange sollte sie denn warten? Sie hatte lange den Gefängnisdirektor bitten und anflehen müssen, damit sie an diesem Tag ihre Mutter sehen durfte, und wenn sie nicht von so weit her gekommen wäre, hätte er es wohl gar nicht erlaubt. Besuchszeit war normalerweise Sonntags, und das war erst in drei Tagen. Carolyn hatte keine Zeit zu verlieren, jeder Tag zählte jetzt. Wenn sie voranpreschen mußte wie eine Viehherde, dann würde sie das eben tun.

Sie atmete durch und sagte dann plötzlich: „Ich werde nach Stoner's Crossing gehen, Ma, und ich werde herausfinden, was eigentlich los ist." Carolyn fragte nicht, sie bestand auch auf nichts, sie stellte einfach nur fest.

Deborah erwiderte in genau demselben Ton: „Das wirst du nicht."

„Zwing mich nicht, dir zu widersprechen, Ma, nicht jetzt. Das ist etwas, was ich tun muß, und ob du es glaubst oder nicht, ich tue es auch für dich. Ich glaube, ich kann Dinge in Erfahrung bringen, die niemand anders —"

„Sie haben versucht, Sam zu töten, als er das letzte Mal auf die Ranch ritt", unterbrach Deborah sie.

„Ma! Ist er in Ordnung? War er deshalb nicht mehr in Austin?"

„Ja, es geht ihm wieder gut." Deborah erzählte kurz, was Sam auf der Ranch geschehen war und daß er jetzt auf dem Weg nach Philadelphia war. „Siehst du jetzt ein, warum du dich von Caleb Stoner fernhalten mußt?"

„Aber ich kann das, Ma, ich kann es!" Wollte sie nicht nur ihre Mutter, sondern auch sich selbst überzeugen? „Wenn er erst weiß, wer ich bin —"

„Und warum denkst du, sie werden dir glauben?", warf Deborah ein.

An dieses Problem hatte Carolyn überhaupt nicht gedacht, aber sie hatte darauf eine Antwort. „Ich werde schon dafür sorgen, daß sie mir glauben. Und ich werde die Wahrheit herausfinden."

Deborah seufzte. In diesem Moment ähnelte sie wie niemals sonst ihrem Vater. Vielleicht konnte sie es wirklich.

„Carolyn, sie wollen nicht, daß die Wahrheit ans Licht kommt. Deshalb haben sie auf Sam geschossen. Was glaubst du, was sie mit dir machen, wenn sie erfahren, daß du meine Unschuld beweisen willst?"

„Ich glaube einfach nicht, daß irgend jemand mir etwas antun wird. Sam war ein Fremder. Ich bin ... Ich bin Caleb Stoners Enkeltochter. Aber wenn du dich so besser fühlst: ich brauche ja niemandem zu sagen, daß ich versuche, dich freizubekommen. Ich brauche ihnen nicht einmal zu sagen, wer ich wirklich bin. Vielleicht geben sie mir einfach einen Job auf der Ranch, und ich kann mich ein bißchen dort umsehen."

„Carolyn, du verstehst nicht, wie es dort zugeht." Es war das einzige, was Deborah noch einwenden konnte. Wie sollte sie Worte finden, um die Bösartigkeit und den Haß zu beschreiben, mit denen Caleb Stoner sie vor zwanzig Jahren behandelt hatte? Und selbst wenn sie es versuchte, würde Carolyn ihr glauben? Deborah hatte vom ersten Moment an, als sie Carolyn die Wahrheit sagte, gespürt, daß das Mädchen von der Familie ihres Vaters das beste glauben wollte. Deshalb hatte sie ihr längst nicht alles erzählt. Vielleicht war das beste, was Carolyn jetzt für ihre Tochter und für ihre Beziehung zu ihr tun konnte, sie selber herausfinden zu lassen, was für Menschen das waren. Sie konnte sie ohnehin nicht davon abhalten. Sie saß hinter Gittern eingesperrt, und Carolyn war ein eigenwilliges, unabhängiges Mädchen. Wenn Deborah ihr verbot zu gehen, wäre Carolyn zum Ungehorsam gezwungen, und Deborah wollte ihre Tochter nicht in diese Lage bringen. Ihr war auch klar, wenn das geschah, würde zwischen ihnen eine Mauer entstehen, die keiner von ihnen wollte.

In vollem Bewußtsein, daß sie ihre Tochter möglicherweise einer

Gefahr aussetzte, nickte sie schließlich zustimmend. „All right, Carolyn, ich werde dir nicht im Weg stehen. Aber wirst du wenigstens einen Rat von mir annehmen?"

„Oh ja, Ma!"

„Versuch nicht, Caleb hinters Licht zu führen. Es wird einfacher sein, wenn du ihm die Wahrheit sagst. Wenn er einen Beweis will, zeig ihm das Muttermal an deinem Arm. Dein Vater hatte genau das gleiche. Das ist natürlich kein zwingender Beweis, aber zusammen mit allem anderen wird er akzeptieren müssen, daß du seine Enkeltochter bist. Und vor allem, Carolyn, sei vorsichtig. Vielleicht ist dort draußen noch immer ein Mörder, der alles tut, um seine Entdeckung zu verhindern. Sam wird dir nicht helfen können, also bitte, sei vorsichtig!" Diese letzten Worte drückten nur einen kleinen Teil der Angst aus, die Deborah erfüllte.

„Werde ich, Ma, und ich werde nicht aufgeben, bevor ich nicht die Wahrheit herausgefunden habe und du frei bist."

Dann sah sie verstohlen zur Wache hinüber, und bevor die Frau etwas unternehmen konnte, sprang sie auf und fiel ihrer Mutter in die Arme.

„Ich liebe dich so sehr, Ma!"

„Ich liebe dich auch, mein Liebes! Und ich werde jeden Tag für dich beten."

Mutter und Tochter umarmten und küßten sich ein letztes Mal, bevor die Wächterin dazwischentrat und sie trennte.

Teil V

Carolyns Erbe

18

Das Crystal Hotel in Stoner's Crossing war für eine junge Dame nicht gerade der geeignete Platz. Aber es war die einzige Übernachtungsmöglichkeit in dem Städtchen, und der erste Stock war wenigstens kein Saloon. Wie der Rest des Ortes war es heruntergewirtschaftet und schäbig, als ob sein Besitzer keinerlei Stolz oder Ehrgeiz besaß, aber wenigstens war es ein richtiges Hotel mit Halle und Rezeption.

Carolyn hatte mehr von der Stadt erwartet, die den Namen ihres Großvaters trug. Sie wußte, daß er ein wohlhabender Rancher war und hatte gedacht, daß mit dem Reichtum auch ein gewisser Luxus verbunden sein mußte. Reiche Rancher in Texas waren nicht gerade für ihre Bescheidenheit berühmt. Aber diese Stadt war so roh und ungehobelt wie nur irgendeine draußen in der Prärie, wo Carolyn aufgewachsen war. Stoner's Crossing besaß eine einzige lange Hauptstraße, auf der sich das Leben hauptsächlich abspielte, aber auch in einer Reihe von Seitenstraßen fanden sich Fachwerkhäuser und einige Geschäfte. Die Hauptstraße war gesäumt von zwei Reihen ungleichmäßiger und baufälliger Gebäude.

In dem Städtchen mit etwa fünfhundert Einwohnern, die Bewohner der draußen liegenden Ranches eingeschlossen, gab es vier Saloons und eine Art Bar. Dort war es mitten am Tag, als Carolyn mit der Postkutsche ankam, ziemlich still, aber sie zweifelte nicht, daß es abends dort heiß hergehen würde. Sie machte einen großen Bogen um diese Gebäude.

Außer den Saloons und dem Hotel gab es auf der Hauptstraße einen Laden, eine Arztpraxis darüber, ein Immobilienbüro, ein Büro der Vereinigung der Viehzüchter und ganz am Ende eine Bank und das Büro des Sheriffs. Diese waren in zwei zusammenhängenden Häusern untergebracht, vor denen ein knöchelhoher Gehsteig aus Holz verlief.

Carolyn sah sich besonders das Büro des Sheriffs an und versuchte, sich die Szene vor zwanzig Jahren vorzustellen, als ihre Mutter von dort aus zum Galgen geführt worden war. Der Galgen stand nicht mehr, das Holz hatte sicher in all den Jahren irgendwo eine bessere Verwendung gefunden.

Carolyn betrat das Hotel und verlangte nach einem Zimmer. Der Angestellte, ein junger Mann von etwa fünfundzwanzig Jahren mit einer teigigen Gesichtsfarbe und einer Metallbrille auf der Nase, schob ihr das Gästebuch hin. Sie zögerte nur einen Augenblick, bevor sie schrieb: *Carolyn Stoner.*

Der Angestellte stand verdutzt da, als er das Buch umdrehte und sich die Unterschrift ansah. Aber Carolyn ließ ihm keine Zeit für einen Kommentar. Sie zahlte einen Extradollar für ein Bad, das sie dringend nötig hatte und fragte: „Wo ist mein Zimmer?"

„Uh ... die Treppe rauf, den Gang entlang dritte Tür rechts."

Der Raum enthielt nichts als ein rostiges Eisenbett mit einer durchgelegenen Roßhaarmatratze, einen wackligen Holzstuhl, ein Waschbecken auf einem Gestell und eine Kommode, der eine Schublade fehlte. Sie zuckte nur die Achseln, sie hatte es eilig, ihr Bad zu nehmen. Vielleicht würde sie hier ohnehin nur kurze Zeit bleiben.

Sie stellte ihre beiden Reisetaschen ab und nahm frische Kleider heraus. Sie war dankbar, daß Yolanda ihr ein Handtuch und Seife eingepackt hatte, denn beides stellte das Hotel nicht zur Verfügung. Mit diesen Dingen ging sie den Gang hinunter zu dem Raum, in dem das Bad sein sollte.

Ein Bad zu nehmen erwies sich aber als gar nicht so einfach. Obwohl es im Badezimmer eine Wasserpumpe gab, mußte Carolyn das Wasser selbst auf dem Ofen heiß machen, wozu sie zuerst einmal Feuer machen mußte. Es dauerte lange, bis sie endlich ihren müden Körper in die nur halbvolle Wanne mit lauwarmem Wasser sinken ließ. Aber es war immerhin Wasser, und es fühlte sich gut an. Bei der Sommerhitze draußen und der Hitze des Ofens war sie ganz froh, daß das Wasser nicht heiß war.

Die Zeit, als sie ihr Bad vorbereitete und sich dann einseifte, nutzte sie, um sich einen Schlachtplan zurechtzulegen, jetzt, da sie endlich in Stoner's Crossing war. Sollte sie eine Nachricht auf die Ranch hinausschicken, Caleb Stoner ihre Ankunft mitteilen und ihn ins Hotel einladen, um sie zu treffen? Griff sagte immer, einem Gegner trat man besser auf seinem eigenen Territorium gegenüber, nicht auf seinem. Aber war Caleb Stoner ein Gegner? Ihre Mutter fürchtete den Mann offensichtlich, und Griff haßte ihn. Sollte sie sich nicht dennoch ein eigenes Bild von ihm machen, ihre eigenen Schlüsse ziehen? Wenn er wirklich glaubte, ihre Mutter hätte seinen Sohn getötet, dann hatte er natürlich keine Liebe für Deborah übrig, aber das mußte noch nicht heißen, daß er immer ein rachsüchtiger, bösartiger Mensch war.

Es mochte angebrachter sein, wenn sie zur Ranch hinausging, um ihn zu treffen, um ihren guten Willen zu beweisen. Sie durfte nicht feindselig auftreten. Wenn das ein wenig Verstellung nötig machte, entgegen dem Rat ihrer Mutter, dann mußte es eben sein. Aber warum sollte sie sich verstellen müssen? Sie war nicht feindselig. Oder doch?

Alles war noch immer so verwirrend!

Sie kam sich vor, als ob sie mitten in einer Fehde wäre. Sie liebte ihre Mutter und wünschte sich verzweifelt, daß sie von Schuld freigesprochen und freigelassen würde. Dennoch hatte sie jetzt auch eine neue Familie, die sie um alles in der Welt nicht vorschnell verurteilen wollte. Und diese neue Familie schien entschlossen, ihre Mutter im Gefängnis zu lassen, bis sie hingerichtet wurde. Plötzlich stimmte nichts mehr in Carolyns Leben zusammen. Das einzige, was sie mit Sicherheit wußte, war, daß irgend jemand verlieren würde, gleich was geschah — und daß sie auf jeden Fall verlieren würde, egal, wer schließlich siegte.

Carolyn stieg aus der Wanne, trocknete sich ab und zog sich an. Sie zog einen ihrer speziellen Röcke an, ein rotes Flanellhemd und Stiefel, dazu ihren alten, breitkrempigen Präriehut. Und als sie den Ledergürtel um die Taille schnallte, wurde sie sich bewußt, daß sie sich zum Reiten angekleidet hatte. Vielleicht hatte sie die Entscheidung also schon getroffen. Sie würde Caleb Stoner auf seinem eigenen Gebiet gegenübertreten und ihm hoffentlich klarmachen, daß sie die besten Absichten hatte.

Carolyn sammelte ihre Sachen ein, verließ das Bad und ging über den Gang zurück zu ihrem Zimmer. Sie steckte den Schlüssel ins Schloß und wollte eben aufschließen, als sie schwere Stiefeltritte auf der Treppe hörte.

Drei Männer kamen auf sie zu, einer von ihnen eindeutig der Anführer. Er trug einen teuren schwarzen Anzug, feine Lederstiefel und einen schwarzen Sombrero, der an einem Band hinter seinem Nacken hing. An jeder Hüfte glänzte ein perlmuttbeschlagener Colt in einem fein gearbeiteten Halfter. Abgesehen von einer frischen Staubschicht war seine ganze Erscheinung makellos sauber. Er war etwa Mitte dreißig, hatte aber noch immer tiefschwarzes Haar und einen tiefschwarzen Bart ohne ein einziges graues Haar. Seine dunkle Haut wies auf indianisches oder mexikanisches Blut hin — eher mexikanisch, nach seiner Kleidung zu urteilen. Sein Gesichtsausdruck schien immer so finster zu sein. Seine Lippen, dünn und unter dem Schnurrbart fast nicht zu sehen, waren ironisch oder böse verzogen, das konnte Carolyn nicht entscheiden.

Die beiden anderen Männer waren Cowboys. Auch sie trugen Colts und sahen nicht so aus, als ob sie zögern würden, sie zu benutzen.

„Wie heißen Sie?", fragte der erste Mann in barschem, strengem Ton.

„Carolyn ... Stoner."

„Warum zögern Sie?"

Carolyn stemmte eine Faust in die Hüfte und sah ihn herausfordernd an. Sie war nicht bewaffnet, aber sie hatte keine Angst vor diesen Fremden. „Und wer sind Sie, und warum stellen Sie mir diese Fragen?"

„Ich bin Laban Stoner, und ich habe keine Verwandte Ihres Namens."

„Wer sagt denn, daß ich verwandt mit Ihnen bin?"

Labans Lippen verzogen sich zum Anflug eines Lächelns. Er zögerte einen Augenblick, als ob er an eine ferne Erinnerung dachte.

„Sie kommen in eine Stadt namens Stoner's Crossing", sagte er schließlich, „und unterschreiben als Carolyn Stoner, und wir sollen das für einen bloßen Zufall halten? Und das wenige Wochen, nachdem eine Frau aus der Vergangenheit, die ebenfalls einmal Stoner hieß, verhaftet wurde? Sagen Sie, kann das reiner Zufall sein?"

„Ich habe nicht gesagt, daß es Zufall ist. Ich habe nur bezweifelt, ob ich mit *Ihnen* verwandt bin. Ich bin mit jemand namens Caleb Stoner verwandt. Zufällig bin ich seine Enkeltochter. Von einem Laban habe ich nie etwas gehört."

Labans Grimm vertiefte sich, als er das hörte, als ob sie ihn schlimmer beleidigt hätte als wenn sie ihn glattweg ignoriert hätte. Carolyn mochte diesen Mann überhaupt nicht. Sie mochte noch weniger, was er als nächstes sagte.

„Sie werden mit uns kommen."

„Was?"

„Kommen Sie."

„Das werde ich nicht! Halten Sie mich für verrückt, einfach so mit fremden Männern wegzugehen, die bis an ihre gelben Zähne bewaffnet sind? Vergessen Sie's."

„In dieser Stadt gehorcht man, wenn ein Stoner einen Befehl erteilt!" Grimmiger und dunkler konnte Laban nicht mehr werden.

Carolyn zitterte ein wenig, aber sie hielt seinem Blick stand.

„Nun, mein Name ist ebenfalls Stoner, Mister! Und ich sage Ihnen, ich gehe nicht, bevor mir danach ist."

Die beiden Cowboys wechselten schockierte und etwas amüsierte Blicke über ihre Dreistigkeit — Blicke, die Laban mit einer bloßen Wendung des Kopfes sofort unterband.

Laban sprach jetzt in ruhigem, höflichen Ton und unterdrückte seine wachsende Wut. „Sie wünschen nicht, Caleb Stoner zu sehen, dessen Enkeltochter sie zu sein behaupten?"

„Nun, Sie haben nicht gesagt, daß Sie mich zu ihm bringen wollen. In diesem Fall, denke ich, werde ich mitkommen."

Und so ritt Carolyn, noch bevor ihr erster Tag in Stoner's Crossing zu Ende ging, an den Ort, an dem ihre Mutter einst gelebt hatte und an dem ihr Vater ermordet worden war.

19

Laban Stoner schien das Ranchhaus mit demselben Widerwillen zu betreten wie Carolyn. Er hatte sogar zuerst an die Tür geklopft. Ihr war erst später klargeworden, daß dies einer der halb mexikanischen Söhne Caleb Stoners sein mußte, die ihre Mutter in ihrer Erzählung über jene Zeit kurz erwähnt hatte. Aber Deborah hatte ihre Namen nicht genannt, und Carolyn hatte nicht weiter über sie nachgedacht, bis sie mit diesem Laban und den beiden Cowboys zur Ranch hinausritt und sich fragte, wer dieser unangenehme Mann war und wie er mit Stoner verwandt war. Er hatte ihr gesagt, daß er Calebs Sohn war, aber für einen Sohn, dachte sie, war sein Verhalten im Haus ungewöhnlich.

Aber hatte Carolyns Mutter nicht etwas von der schlechten Behandlung der jüngeren Söhne erwähnt? Carolyn wünschte, sie hätte ihrer Mutter mehr Fragen gestellt, hätte versucht, tiefer in diese geheimnisvolle Familie einzudringen. *Ihre Familie.*

Carolyn wurde von einer älteren mexikanischen Frau in den Salon geführt, während Laban — ihr Onkel? — ging, um Caleb zu holen.

Auf dem Weg hierher hatte Laban wenig gesprochen, aber Carolyn erfuhr, daß er die Bar in der Stadt besucht hatte, als sie im Hotel ankam. Der Angestellte, der nichts gegen den Willen des Beherrschers der Stadt tun wollte, dachte, die Stoners müßten sofort von der Ankunft einer Stoner informiert werden, nachdem die Geschichte mit der anderen Frau gerade erst passiert war. Er hatte sich in den Saloons nach jemandem von der Stoner Ranch umgesehen, der die Nachricht überbringen konnte. Es war reiner Zufall, daß er Laban selbst angetroffen hatte. Laban entschied sich, sofort zu handeln, statt erst zur

Ranch zurückzukehren. Daher erfuhr Caleb erst in dieser Minute, daß eine junge Frau, die seine Enkelin zu sein behauptete, in seinem Salon wartete.

Was würde er denken? Deborah sagte, er hatte von ihrer Schwangerschaft nichts gewußt. Würde er wütend sein? Zweifeln? Vielleicht beides.

Carolyn ging im Zimmer umher, um ihrer wachsenden Nervosität Herr zu werden. Wenn sie gehofft hatte, aus der Einrichtung des Raumes mehr über Caleb und seine Familie ablesen zu können, wurde sie enttäuscht. Vielleicht sagte die sehr karge und unpersönliche Einrichtung selber etwas aus. Die Möbel, obwohl alt und abgenutzt, waren von guter Qualität, und zwei oder drei wahrscheinlich wertvolle Gemälde hingen an den Wänden. Aber es gab keine Familienfotographien, keine Bücher, nicht einmal ein wenig Krimskrams, an dem irgendwelche sentimentalen Erinnerungen haften mochten. Vielleicht erklärte das Übergewicht der Männer in diesem Haushalt alles. Vielleicht —

Das Öffnen der Tür ließ sie zusammenfahren, und sie fuhr schneller herum, als sie gewollt hatte.

Den Mann, der den Raum betrat und die Tür hinter sich schloß, schien nicht im mindesten zu kümmern, daß er sie erschreckt hatte. Er machte auch nicht die Andeutung einer Entschuldigung, begrüßte sie nicht. Er betrachtete sie so eindringlich, daß es Carolyn gegen ihren Willen schauderte. Sie stand wortlos da, den Mund etwas geöffnet, die Augen weit aufgerissen.

Der Mann war wahrscheinlich in den frühen Siebzigern, groß und mager und grau. Seine dunklen Augen waren klar und durchdringend, aber tief in dunklen Höhlen verborgen; sein Mund, genau derselbe Mund wie Labans — außer daß sein Schurrbart dünner war und die seltsame Mischung aus Jähzorn und Sarkasmus deutlicher zu sehen war. Seine Gesichtszüge waren scharf, schlau und einschüchternd, aber bei genauerem Hinsehen erkannte Carolyn, wie sehr ihn das Alter gezeichnet hatte. Seine Schultern waren leicht gebeugt, und sein Gesicht war von tiefen Falten durchzogen, seine Haut farblos und voller Altersflecken und sichtbarer Äderchen. Er hielt sich so gerade er konnte und schien offen gegen die Macht der Zeit anzukämpfen.

„Ich rede gewöhnlich nicht mit Frauen, die sich wie Männer kleiden", sagte er mit einer Stimme, die die Stille zerriß wie ein Hammer, der auf einen Amboß niederfährt.

Carolyn öffnete den Mund, schloß ihn aber gleich wieder, denn die Erwiderung, die sie auf den Lippen hatte, war für eine andere Begrüßung gedacht gewesen. Aber Carolyn war keine unschuldige Schöne des Südens. Sie war sehr wohl an die rauhe und manchmal gefühllose Welt der Männer gewöhnt und hatte früh gelernt, sich darin zu behaupten.

„Nun", sagte sie so sanft sie unter diesen Umständen konnte, „Sie haben sich ja noch nicht mit mir unterhalten! Auch haben Sie sich nicht vorgestellt, wie es sich gehört, aber ich nehme an, Sie sind Mr. Caleb Stoner. Ich bin Carolyn, wie Sie sicher bereits wissen."

Nur eine flüchtige Überraschung über die Kühnheit dieser Frau huschte über sein Gesicht.

„Carolyn Stoner haben Sie gesagt, wenn ich mich nicht irre", erwiderte er.

„Ja."

„Sie wissen, ich habe drei Söhne, und jeder könnte ein Kind in Ihrem Alter haben."

„Meine Mutter ist Deborah, und mein Vater war Leonhard."

„Sind Sie sicher?"

„Das ist es, was meine Mutter mir gesagt hat, und ihr Wort ist so gut wie heilig."

Caleb schnitt eine Grimasse bei diesen Worten und ließ keinen Zweifel, daß er hier anderer Meinung war.

„Ich denke, die Frage, Mr. Stoner, ist nicht, ob ich mir sicher bin, sondern ob Sie es sind. Ich weiß, dies kommt sehr überraschend für Sie. Mich hat es auch aus heiterem Himmel getroffen, als ich es herausfand."

„Wann war das?"

„Kurz nachdem meine Mutter vor einigen Wochen verhaftet wurde."

„Vorher ist Ihnen nie etwas gesagt worden?"

„Nein." Carolyn ließ ihre Antwort bewußt zweideutig, um sich die Möglichkeit offen zu halten, Calebs Sympathie zu gewinnen, indem sie ihren Ärger andeutete, daß man ihr früher nichts von ihrem Vater gesagt hatte.

„Weshalb sind Sie gekommen?"

„Ich weiß nicht genau. Ich wollte Sie einfach selber sehen, nachdem ich herausgefunden habe, daß ich einen Großvater habe. Wenn meine Mutter gehängt werden sollte, sind Sie die einzige Familie, die mir bleibt."

„Sie wissen, daß ich ihre Verhaftung unterstützt habe?" Als Carolyn nickte, fuhr er fort: „Und das stört Sie nicht?"

„Doch, das tut es. Ich muß zugeben, ich verstehe es nicht. Ich wünschte, es könnte Frieden geben zwischen euch, und ein wenig hoffe ich vielleicht, daß ich als Brücke dienen kann, um euch zu versöhnen."

„Sie hat meinen Sohn getötet."

„Ich glaube nicht, daß sie das getan hat."

Er begegnete ihren Worten mit erneutem Erstaunen. Sie bedauerte sofort, ihm so schnell widersprochen zu haben. Aber Täuschung war nicht Carolyns Sache.

„Natürlich. Sie ist Ihre Mutter, was sollen Sie schon anderes denken?" Sein Ton war noch immer nicht freundlich und erst recht nicht sanft, aber Carolyn spürte, er ließ ihr einen Spielraum. Wenn er dazu einen tieferen Grund hatte, konnte Carolyn ihn jedenfalls nicht erkennen. Er fuhr fort: „Um auf Ihre frühere Frage zurückzukommen, ob ich Ihre Geschichte glaube, das hat mit der Frage nach der Schuld oder Unschuld Ihrer Mutter nichts zu tun."

„Vielleicht müssen wir darüber gar nicht diskutieren. Ich meine, die Entscheidung über Schuld oder Unschuld ist doch letztlich Sache eines Gerichts, nicht wahr?"

„Ein Gericht hat diese Frage schon vor neunzehn Jahren entschieden."

Dieser Satz traf Carolyns Herz. Caleb hatte recht.

„Aber wir kommen wieder vom Thema ab", sagte Stoner. Wenn er Carolyns plötzliche Erschütterung bemerkt hatte, ließ er es sich jedenfalls nicht merken. „Können Sie Ihre Identität beweisen?"

„Was wäre, wenn ich es könnte? Wäre ich ein Freund oder ein Feind?"

Er antwortete nicht gleich. Statt dessen schlenderte er zu einem kleinen Fenster und sah hinaus in den blauen Himmel und auf den staubigen Vorplatz vor dem Haus. In seinem Zögern, ihre Frage zu beantworten, erkannte Carolyn auf merkwürdige Weise etwas von sich selber in diesem Mann. Genau wie sie zwischen ihrer Mutter und ihrem Großvater hin und hergerissen war, war auch er nicht ganz und gar sicher. Carolyn konnte sehr wohl die Tochter seines geliebten Sohnes sein, des Sohnes, auf den Caleb all seine Hoffnungen für die Zukunft gesetzt hatte. Aber sie war zugleich die Tochter der Frau, von der er glaubte, daß sie diesen Sohn getötet hatte. Er würde sie lieben und verfluchen wollen zur selben Zeit.

„Es ist schwer, nicht wahr?", sagte Carolyn ruhig, voller Verständnis. „Ich glaube, ich habe dasselbe gefühlt. Du bist mein Großvater — ich hatte nie zuvor einen Großvater — und ich möchte so gern, daß wir uns nahe kommen. Dennoch weiß ich, daß du meine Mutter hassen mußt. Ich weiß einfach nicht, was ich für dich empfinden soll. Können wir die Vergangenheit nicht einfach ruhen lassen? Ich habe meinen Vater nie gehaßt. Ich habe nie seinen Tod gewollt. Ich —" Aber Carolyn verstummte, als ihr plötzlich die Tränen kamen. Sie hatte sie unterdrücken wollen, hatte sich geärgert, daß sie ihre Gefühle so offen zeigte. Sie spürte bereits, daß dieser Mann nicht viel von Frauen hielt, sie für hilflose, gedankenlose Kreaturen hielt. Sie wollte nicht, daß er das auch von ihr dachte. Verzweifelt wollte sie, daß er sie respektierte. Und ganz offenbar respektierte Caleb Stoner nur Stärke.

„Was wollen Sie also von mir, Fräulein Stoner?", fragte er hart, als er sich ihr wieder zuwandte. „Wollen Sie mein Mitgefühl wecken, um Ihre Mutter freizubekommen? Oder gibt es noch etwas anderes, was Sie wollen?"

„Ich habe schon gesagt, ich will gar nichts, ich will Sie nur kennenlernen. Ich hoffte, Sie wollen das auch. Aber vielleicht —"

„Was ich will, ist ein Beweis."

Ohne ein weiteres Wort schob Carolyn den Hemdsärmel ihres rechten Arms hoch. Immer noch schweigend drehte sie den Arm um, so daß er das Muttermal am hinteren rechten Oberarm sehen konnte. Caleb sah es lange an. Da Carolyn sich von ihm abgewendet hatte, konnte sie sein Gesicht nicht sehen.

Schließlich sagte er: „Das ist kein zwingender Beweis."

„Nein, das ist es nicht", sagte Carolyn. „Aber warum sollte ich lügen?"

„Kommen Sie schon, Fräulein Stoner, erzählen Sie mir nicht, sie wüßten von der beträchtlichen Erbschaft nichts, die ich meinem Enkelkind hinterlassen würde!"

Wenn ihre Worte ihn nicht überzeugten, dann hätte ihr schockierter Gesichtsausdruck ihn überzeugen müssen. Carolyn hatte daran tatsächlich nicht einen einzigen Augenblick lang gedacht. Jetzt plötzlich sah sie, daß Caleb mehr als nur Rache als Grund hatte, sie zurückzuweisen, und sie fühlte sich mit einemmal sehr hilflos. Wenn er sie für eine Art Erbschleicherin hielt, dann wären ihre Motive für ihn immer zweifelhaft. Wie könnte sie ihn je vom Gegenteil überzeugen?

Aber offensichtlich war Caleb kein Idiot ohne jede Menschenkenntnis. Er sah Carolyn direkt an. Seine Züge waren hart, so schrecklich,

schrecklich hart. Kaum wahrnehmbar jedoch zeigte sich in seinem granitenen Gesicht ein winziger Riß. Vielleicht mußte er in ihr gegen seinen eigenen Willen eine Ähnlichkeit mit seinem ältesten Sohn erkennen, dem Sohn, den er geliebt hatte. Carolyn entschloß sich, dieses Zögern als Andeutung einer unwillkürlichen Zärtlichkeit zu verstehen. Ganz gleich, wer ihre Mutter war, er konnte das an ihr nicht zurückweisen, was Teil seines geliebten Sohnes war.

„Bis wir über all dies Klarheit gewonnen haben, halte ich es für das Beste, wenn Sie hier auf der Ranch bleiben ... als mein Gast", sagte er mit einer Kühle, die nichts von dem Gefühl verriet, das Carolyn wahrgenommen zu haben glaubte. Dies letztere fügte er, wie Carolyn glaubte, auf ihre Frage nach Freund oder Feind bei.

Carolyn wußte, damit war ihre Frage nicht vollständig beantwortet, aber ihr war klar, daß sie besser die Gelegenheiten nutzte, die Caleb Stoner ihr geben würde. Er war nicht der Mann, der leichten Herzens etwas aus der Hand gab, besonders nicht, was seine Gefühle anging.

Carolyn war froh, an diesem Abend wenigstens eine kurze Nachricht an ihre Mutter schreiben und ihr sagen zu können, daß die Begegnung mit Caleb nicht schlecht verlaufen war.

20

Laban konnte nicht glauben, was sein Vater sagte. Der Mann nahm tatsächlich dieses Mädchen in sein Haus auf und nahm ihr offenbar die Geschichte ab, daß sie seine Enkeltochter war. Laban hätte seinen Vater niemals für einen so sentimentalen alten Dummkopf gehalten.

Aber selbst Laban mußte zugeben — obgleich er das nie seinem Vater gegenüber getan hätte — daß das Mädchen wirklich eine unheimliche Ähnlichkeit sowohl mit Leonhard als auch mit Deborah hatte. Er hatte es im ersten Augenblick schon bemerkt, dieses überhebliche Aufblitzen, das er so gut von Leonhard gekannt hatte. Dennoch erbitterte es Laban, daß sein Vater sie so bereitwillig und zu so großzügigen Bedingungen in sein Haus aufnahm.

,Werde ich den tückischen Geist meines Bruders Leonhard niemals los?', dachte Laban bitter.

Er fragte sich, ob seine Hoffnungen von den sogenannten besseren

Weißen auf immer zerstört werden mußten. Er schien dazu verdammt, für immer ein halblegitimer Sohn zu bleiben. Caleb würde fast alles tun, um ihm nicht sein Vermögen hinterlassen zu müssen, aber daß er so weit ging, das Kind dieser Mörderin aufzunehmen?

Laban würde das nicht einfach so hinnehmen. Zu hart hatte er geschuftet, zu lange hatte er sich unter Calebs Mißachtung und Gemeinheit versklaven lassen, um jetzt einfach aufzugeben.

Er warf seinem Vater einen harten, kalten Blick zu, als sie sich im Arbeitszimmer gegenübersaßen. „Du machst einen schweren Fehler, sie hier zu behalten."

„Ich habe dich nicht nach deiner Meinung in dieser Sache gefragt", fuhr Caleb ihn an. „Ich wollte dich nur über die neue Lage informieren, das ist alles."

„Du hast immer bereut, ihre Mutter aufgenommen zu haben — mit der Tochter wird es nicht anders kommen. Denk an meine Worte."

„Ich habe nur noch einen einzigen Sohn zu verlieren." Caleb ließ keinen Zweifel daran, wie wenig ihn der Verlust Labans treffen würde.

„Sie wird sich nicht an meine Stelle drängen, hörst du?" Labans Stimme zitterte vor Erregung.

Caleb lachte. „Glaub mir, ich bezweifle, ob sie das will. Wenn sie eine echte Stoner ist, dann wird sie mit Sicherheit *höhere* Ansprüche haben."

Seine Betonung des Wortes ‚höher' machte Laban rasend.

„Du wagst —", brach es drohend aus ihm heraus.

„Untersteh dich nicht, in diesem Ton mit mir zu sprechen!" schnitt Caleb dem jüngeren Mann scharf das Wort ab. „Ich bin noch immer dein Vater!"

„Gott gnade mir deswegen."

„Geh jetzt! Ich will dich nicht wieder sehen, bevor du dich nicht betragen kannst."

Laban schnaubte verächtlich. „Ich werde das nicht mehr viel länger hinnehmen, *Vater*." Das letzte Wort sprach er voller Verachtung aus. „Paß nur auf, daß dieses Mädchen mir nicht zu nahe kommt." Er stand auf und schlenderte zur Tür.

Calebs Stimme ließ ihn in dem Moment innehalten, als er den Türknauf schon in der Hand hielt. „Wenn ihr etwas geschieht, wirst du dafür bezahlen, Laban. Denk an *meine* Worte!"

Laban riß wütend die Tür auf und schlug sie krachend hinter sich zu. Sein Gesicht war vor Wut gerötet.

Wie können sie es wagen, mir mein gerechtes Erbe zu stehlen!

In diesem Augenblick hätte Laban Stoner sie alle töten können – seinen Vater, das Mädchen, jeden, der ihm im Weg stand. Aber er wollte sich nicht seiner Leidenschaft hingeben. Am Ende würde ihn das nur unter den Galgen bringen. Statt dessen stürmte er hinaus und reagierte seine Wut an den Arbeitern der Ranch ab. Besonderen Spaß machte es ihm, den jungen mexikanischen Stallburschen zu schlagen.

Sollte Caleb seinen Willen haben. Lange würde er nicht glücklich damit sein. Laban hatte seit Jahren gewußt, daß sein Erbe nicht sicher war. Caleb hatte mit Laban nie über sein Testament gesprochen und hatte ihm immer wieder gedroht, daß er keinen Cent erben würde. In den vergangenen Jahren hatte Laban unermüdlich daran gearbeitet, sich sein gerechtes Erbe zu sichern. Nun, wo das Mädchen aufgetaucht war, mußte er seine Pläne beschleunigen. So oder so würde die Stoner Ranch einmal ihm gehören.

21

Caleb grinste seinem Sohn sarkastisch nach, bevor er sich in seinem Sessel zurücklehnte und begann, über die jüngste Entwicklung nachzudenken.

Er spürte eine bösartige kleine Freude an Labans Aufregung. Es war ein kleiner Ausgleich für all die Jahre, in denen er sich vor Labans Gier hatte in Acht nehmen müssen. Nicht daß Caleb wirklich glaubte, daß sein mißratener, charakterloser halbblütiger Sohn je den Mut aufbringen würde, ihn zu töten; aber solange auch nur die kleinste Möglichkeit dazu bestand, mußte Caleb auf der Hut sein.

Und aus diesem Grund kam Caleb die Ankunft seiner Enkeltochter gar nicht ungelegen. Er zweifelte nicht eine Minute daran, wer sie war. Das Muttermal, das exakt dem Leonhards und seiner Mutter glich, war nur ein erster Anfang seiner Gewißheit gewesen. Sie hatte die Augen seines Sohnes, was besonders deutlich sichtbar wurde, wenn sie in der gleichen Leidenschaft aufblitzten, wie er es von Leonhard so gut kannte.

Oh, Leonhard! Warum wurdest du mir in der Blüte deiner Jahre genommen, als ich so viele Pläne für deine Zukunft hatte?

Ist es wirklich möglich, daß ein Teil von dir weiterlebt? Daß ich dich doch nicht so vollkommen hoffnungslos verloren habe? Aber warum konntest du nicht einen Sohn zeugen, einen Mann, an den ich all meine Kraft, mein ganzes Leben weitergeben könnte, wie ich es an dich weiter- gegeben habe? Wenn ich nicht wüßte, daß das nicht in menschlichem Ermessen liegt, würde ich deine mörderische Frau dafür verantwortlich machen. Ich wette, sie war froh, daß sie nur ein Mädchen zur Welt brachte, weil sie wußte, wie wenig Freude es mir machen würde, mein Erbe einer Frau zu hinterlassen. Falls ich mich dazu entschließen sollte.

Frau oder nicht, sie hat mein Blut — und das Blut meines Sohnes. Und Deborah weiß genau, daß ich meinen Besitz lieber einer Frau hinterlasse als diesem mißgünstigen Taugenichts, der mir die Luft zum Atmen nicht gönnt.

Caleb seufzte schwer. Er nahm eine Daguerreotypie seines Sohnes zur Hand, die immer auf seinem Schreibtisch stand. Der Schmerz über den Verlust seines Sohnes ergriff wieder von ihm Besitz, als sei er ganz frisch und läge nicht schon neunzehn Jahre zurück. Caleb war ein kalter, skrupelloser Mann, aber selbst ein solcher Mann konnte Gefühle haben. Laban mochte diese Gefühle seines Vaters als Versagen betrachten und sie nutzen wollen, um seinen mächtigen alten Vater zu Fall zu bringen. Carolyn auf der anderen Seite mochte sie für Calebs ‚weiche Stelle' halten, die man pflegen und vergrößern konnte, bis Liebe und Vergebung seine Überheblichkeit und Skrupellosigkeit überwanden. Aber ganz gleich, wie Calebs tiefste Gefühle aussahen, sie waren da, und sie konzentrierten sich auf seinen toten Sohn, den er auf seine Weise geliebt hatte.

Und nun war da Carolyn, Leonhards leibliche Tochter. Sollte es ihm möglich sein, auch sie zu lieben?

Dennoch war Carolyn ganz offensichtlich auch Deborahs Tochter. Besonders ihr Mangel an Respekt und ihr starker Wille machten das deutlich. Sie benahm sich wie ein grobschlächtiger Cowboy und erwies ihm den Respekt und die Bescheidenheit, die man einem Stall- jungen gegenüber an den Tag legen würde. Aber Caleb mußte auch zugeben, daß hier ihre größte Ähnlichkeit mit Leonhard lag.

In vieler Hinsicht war Caleb ebenso verwirrt wie Laban. Er war noch nicht ganz bereit, das Mädchen zu akzeptieren, aber genauso wenig war er bereit, sie einfach abzuweisen. Sie würde zahmer wer- den, so viel stand fest. Ihr rebellischer Geist mußte gebrochen werden wie man den Eigenwillen eines Fohlens brechen mußte. Aber am Ende mochte in ihr sein Traum in Erfüllung gehen, sein Reich Leonhards Blut zu hinterlassen. Das war sicher ein besserer Ausblick in die

Zukunft, als er ihn noch gestern gehabt hatte. Seit Monaten nun hatte er genau hierüber nachgegrübelt, seit —

Nein, er durfte sich jetzt nicht darauf einlassen! Er mußte sich nur darauf konzentrieren, daß seine Zukunft sich aufgehellt hatte. Nicht nur war Deborah wieder im Gefängnis, darüber hinaus hatte Caleb jetzt einen annehmbaren Erben.

Mit Laban konnte es bei der Erbschaftsangelegenheit natürlich Schwierigkeiten geben. Er mochte nicht den Mumm haben, Caleb zu töten, aber wenn es sich um ein junges, hilfloses Mädchen handelte, würde Laban seine Augen offen halten. Es konnte nicht schaden, wenn Caleb jemand beauftragte, das Mädchen im Auge zu behalten, jemanden, dem er trauen konnte. Er ahnte schon, daß sie, so wenig wie damals ihre Mutter, ans Haus zu binden war. Sobald er sie allein gelassen hatte, war sie zum Stall gegangen, um nach den neuen Pferden zu sehen. Sie war noch immer draußen. Was sollte er auch von einem Mädchen anderes erwarten, das sich weigerte, ein anständiges Kleid zu tragen, wenn sie ihrem Großvater zum ersten Mal gegenübertrat?

Caleb rieb sich das knochige Kinn. Es gab eigentlich nur einen einzigen Mann, dem er diese heikle Aufgabe anvertrauen konnte.

Eine halbe Stunde später stand sein Vorarbeiter Sean Toliver vor ihm. Toliver war kaum dreißig Jahre alt, aber trotz seiner Jugend war er ein ausgesprochen fähiger Mann. Er war vor Jahren aus England gekommen, ein fünfzehnjähriger Junge, aber er hatte sich in genügend Abenteuer gestürzt, um sehr bald für das Leben hier draußen bestens gerüstet zu sein. Er hatte zu der Zeit, als die Indianer noch eine Bedrohung darstellten, an mehreren Viehtrieben teilgenommen. Er hatte unter Ranald Mackenzie im Kampf gegen die Comanchen als Scout gedient. Im Jahre '75 hatte er an den großen, gefährlichen Büffeljagden teilgenommen, die diese Tiere praktisch ausgerottet hatten. Als er vor zwei Jahren auf die Ranch kam, hatte er sich schnell unentbehrlich gemacht. Toliver war ein richtiger Mann, wie Caleb sie schätzte, und er hatte oft daran gedacht, ihm die Ranch zu hinterlassen. Sie hatten ziemlich dieselben realistischen, illusionslosen Ansichten über das Leben.

„Danke für's Kommen, Toliver", sagte Caleb, als ob sein Vorarbeiter eine andere Wahl gehabt hätte. „Setzen Sie sich."

Caleb verließ seinen Sitz hinter dem Schreibtisch und ging zu einem mit Leder bezogenen Stuhl neben einem kleinen Tisch, auf dem eine Auswahl alkoholischer Getränke stand. Tolivers muskulöse Gestalt saß Caleb gegenüber. Er schien in Gegenwart seines strengen, oft barschen Arbeitgebers nicht verlegen. Das war auch etwas, was Caleb an dem Mann mochte — er hatte Mumm.

„Was kann ich für Sie tun, Boss?", fragte Toliver mit einem britischen Akzent, in den sich auf merkwürdige Art der texanische Tonfall mischte.

„Ich nehme an, Sie haben inzwischen meinen neuen Gast bemerkt?"

„Sie ist schwer zu übersehen, der reinste Blickfang. Wo haben Sie ein Fohlen wie dieses aufgegabelt, Mr. Stoner?" Er zwinkerte Caleb vieldeutig zu.

„Zufällig ist sie meine Enkeltochter", erwiderte Caleb in einem Ton, der Toliver an ihrer beider Verhältnis zueinander erinnern sollte.

„Tut mir leid, ein Mißverständnis, Mr. Stoner. Ich wollte nicht respektlos sein."

„Schon gut. Ich habe Wichtigeres mit Ihnen zu besprechen." Caleb schwieg, beugte sich zum Tisch und nahm eine Karaffe in die Hand. „Whisky, Toliver?"

„Nichts dagegen."

Caleb füllte zwei Gläser und gab eines davon Toliver, bevor er sich bequem in seinem Stuhl zurücklehnte.

„Ich möchte über eine sehr heikle Angelegenheit mit Ihnen sprechen, Toliver, und ich wäre gern ganz sicher, daß das völlig unter uns bleibt." Toliver nickte zustimmend, und sie besiegelten ihre Übereinkunft mit einem Schluck Whisky. „Bis zum heutigen Tag", fuhr Caleb fort, „hatte ich keine Ahnung, daß ich ein Enkelkind habe, die Tochter meines ältesten Sohnes, der vor neunzehn Jahren getötet wurde."

„Und Sie sind sich sicher, daß sie Ihr Enkelkind ist?"

„So sicher, wie es im Augenblick nötig ist."

„Wo liegt dann das Problem?"

„Ich bin über den Gedanken sehr erfreut, daß mein Sohn Leonhard ein Kind hatte, dem ich mein Erbe übergeben kann. Mir wäre natürlich ein Junge lieber gewesen, aber ich könnte mich auch an diese Umstände gewöhnen. Unglücklicherweise gibt es jemanden, für den bei dieser neuen Entwicklung der Dinge sehr viel auf dem Spiel steht."

„Laban, nehme ich an?"

„Ja. Das Mädchen ist noch keinen vollen Tag hier, und er ist bereits voller Ablehnung gegen sie, obwohl kein Wort über die Erbschaftsfrage gefallen ist. Ich glaube, er könnte versuchen, Carolyn Schwierigkeiten zu machen, während sie auf der Ranch ist."

„Ich verstehe, weshalb Sie das befürchten."

„Hier kommen Sie ins Spiel, Toliver. Ich möchte, daß Sie die junge Dame im Auge behalten. Ich habe das Gefühl, Sie werden sie so oft sehen wie ich."

„Sie machte den Eindruck, als ob sie sich auf einer Ranch ganz gut zurechtfindet."

Caleb zog eine Augenbraue hoch, um seine Mißbilligung von Carolyns undamenhaftem Verhalten zum Ausdruck zu bringen. „Ihre Mutter hat sie schlecht erzogen."

„Wollen Sie, daß ich ihr ein wenig Manieren beibringe?"

Calebs dünne Lippen verzogen sich zu einem humorlosen Lächeln. „Es ist mir gleich, was Sie tun, solange Sie für ihre Sicherheit sorgen."

„Oh, bei mir ist sie gut aufgehoben, Boss, da können Sie ganz beruhigt sein."

„Danke, Toliver."

„Ich glaube, ich habe Ihnen zu danken. Diese Aufgabe wird mir ein Vergnügen sein."

„Denken Sie nur daran, daß es eine Aufgabe ist, und ich erwarte, daß Sie sie gut erledigen."

„Machen Sie sich darüber keine Sorgen, Boss. Ihre Enkeltochter wird so sicher sein wie in den Armen einer Mutter." Toliver schwieg, nippte an seinem Whisky, ließ ihn einen Moment genüßlich auf der Zunge kreisen, bevor er schluckte und sagte schließlich: „Was ist mit meiner anderen Arbeit. Es ist gerade eine Menge zu tun, wissen Sie."

„Ich weiß, Sie können ihr nicht auf Schritt und Tritt folgen, aber behalten Sie sie im Auge, so gut Sie können, und Laban auch."

Caleb war sicher, daß alles gutgehen würde. Vielleicht würden Sean Toliver und Carolyn eines Tages einmal ein hübsches Paar abgeben? Nichts würde Caleb besser gefallen, als seine Ranch Carolyn *und* einem Mann wie Toliver zu hinterlassen.

Nur etwas mußte er noch zu Ende bringen, um sein Leben abzuschließen und als glücklicher Mann zu sterben: Er wollte die Mörderin seines Sohnes hängen und sterben sehen.

Dieser verzehrende Wunsch hatte seit dem Tag vor neunzehn Jahren nicht im mindesten nachgelassen, als dieser Bandit sie unter dem Galgen befreit hatte. Caleb hatte die Hoffnung auf Vergeltung beinahe aufgegeben und wollte es nicht glauben, als dieser Niemand Pollard im vergangenen Monat plötzlich mit ihr in der Stadt erschien. Nichts hätte er lieber getan als sofort in die Stadt zu reiten, nur um das Vergnügen zu haben, sie wieder hinter Gittern zu sehen. Aber er hatte sich aus einem sehr praktischen Grund zurückgehalten. Die Zeiten hatten sich geändert. Vor zwanzig Jahren war die Stadt kleiner und abgelegener gewesen, und Caleb hatte ihre Bewohner fester im Griff. Er war sich seines Einflusses noch immer sicher, der sich sogar bis auf die Hauptstadt des Staates Texas erstreckte. Aber heutzutage waren die Leute empfindlicher, was das Gesetz betraf. Es war schwer genug, ein Gericht dazu zu bringen, einen Mann zu hängen, und natürlich war alles noch viel schwieriger, wenn es sich um eine Frau handelte. Es mochte zu einer neuen Verhandlung kommen, und Caleb mußte sein Ansehen wahren. Er wollte nicht riskieren, daß sich wegen seines offen zur Schau getragenen Rachegelüstes Sympathien für Deborah regten. Er mußte diesmal geschickter vorgehen. Heute hatte Deborah mehr Vorteile auf ihrer Seite als damals. Es war durchaus möglich, daß die Todesstrafe in Gefängnis abgemildert wurde.

Aber Caleb Stoner würde nicht eher zufrieden sein, als bis er Deborah hängen sah.

Es störte ihn nicht, daß seine Enkelin auch ihr Kind war und daß sie ihre Mutter betrauern würde. Er war zuversichtlich, daß er mit dem Mädchen zurechtkommen würde, genau wie er mit der Stadt und mit seinen Freunden in der Hauptstadt zurechtkam. Wenn Carolyn an die Schuld ihrer Mutter glaubte, hätte sie vielleicht nicht viel Mitleid mit der Frau, die ihren Vater getötet hatte.

Es würde nicht lange dauern, und er hätte dieses Mädchen gezähmt. Sie würde die Dinge mit seinen Augen betrachte, in gar nicht langer Zeit.

Teil VI

Keimende Hoffnung

22

Durch das schmutzige Glas und die in den Rahmen eingelassenen Gitterstäbe vor dem Fenster drang nur ein schwacher Lichtstrahl in den feuchten grauen Raum.

Auf dem Bett sitzend, die Bibel aufgeschlagen im Schoß, achtete Deborah nicht auf den unnatürlich düsteren Morgen. Sie gab sich angestrengt Mühe, ihre Umgebung möglichst nicht zu beachten, den Schmutz und die Häßlichkeit; sie versuchte, nicht daran zu denken, daß vor den trostlosen, undurchdringlichen Mauern des Gefängnisses das weite, offene Land lag. Manchmal brauchte sie all ihre Kraft, um nicht an die sanften Hügel und die zahllosen Farbtupfer wilder Blumen zu denken, die sie wie ein Teppich bedeckten, oder an das endlose Grasland der Prärie, das sie so liebte — frei, grenzenlos und schön.

Die meiste Zeit gelang es ihr, die Augen dem Herrn zuzuwenden, in dem allein sie Trost und Hoffnung fand. Aber oft schweiften ihre Gedanken ab und beschäftigten sich mit ihrem Zuhause, mit ihrem Lieblingspferd, mit dem sie sorglos das Land überflog, den Wind im Gesicht und mit wehendem Haar. Dann fühlte sie ihre Gefangenschaft, die Enge der Zelle und die Ausweglosigkeit mit ungemilderter Stärke.

Deborah hatte seit gestern gegen dieses Gefühl angekämpft, als es plötzlich über sie hereingebrochen war. Tiefe Traurigkeit hatte sie ergriffen, und sie lag in der Dunkelheit ausgestreckt auf der Pritsche und betete, bis sie einschlief. In der Morgendämmerung erwachte sie, noch immer schweren Herzens, und suchte Trost in der Bibel. Die Psalmen hatten ihren düsteren Geist aufgehellt, und schließlich hatte sie sich etwas besser gefühlt.

Sie durfte sich einfach nicht in sich selbst vergraben; von all ihren Lieben war sie im Augenblick diejenige, die am wenigsten einer direkten Gefahr ausgesetzt war.

Sam reiste Tausende von Meilen in der schwachen Hoffnung, einen berühmten Anwalt aus dem Osten zu überreden, ihren Fall zu übernehmen. Sie betete, daß er nicht den Mut verlor und seine Hoffnung sich erfüllte.

Sie betete auch für Griff, der zwar auf dem Weg der Besserung, aber noch nicht wieder gesund war. Jeder kleine Rückschlag konnte katastrophal, ja tödlich für ihn sein.

Sky trug für einen Jungen von erst sechzehn Jahren eine riesige Last auf seinen Schultern. Sicher, Slim und Longjim waren eine große Hilfe, aber sie kannte Sky und wußte, wie genau er es mit seiner Verantwortung nahm und daß er mehr von sich verlangte als irgend jemand sonst.

Und Carolyn ... Deborah wollte gar nicht daran denken, was sie ihrer Tochter erlaubt hatte. Die kurze Nachricht, die sie gestern von Carolyn erhalten hatte, war zwar beruhigend, aber Deborah konnte Caleb Stoner nicht trauen. Sie fragte sich, ob sie ihr nicht hätte verbieten müssen, auf die Stoner Ranch zu gehen. Vielleicht hätte Carolyn ihr doch gehorcht.

Bei diesem Gedanken mußte sie lächeln. Carolyn war entschlossen gewesen; nichts hätte sie aufhalten können. Nun war sie am gefährlichsten aller Orte, und Deborah konnte nichts mehr tun.

Nichts als beten.

Und das mußte sie tun. Solange sie diese eine Waffe hatte, war sie nicht völlig hilflos. Vielleicht hielt Gott sie an diesem Ort fest, damit sie ihre ganze Kraft dieser Aufgabe widmen konnte.

An diesem Ort, wo die Nöte so vieler anderer sie umgaben, konnte sie viele Stunden damit zubringen, für sie zu beten. Eigentlich sollte ihr gar keine Zeit für Selbstmitleid bleiben.

Deborah dachte an ihre beiden Zellengenossen. Nell James war in Deborahs Alter und war praktisch seit ihrer Kindheit kriminell. Jetzt hatte sie die Hälfte einer sechsjährigen Haft für Pferdediebstahl und versuchten Mord verbüßt. Nell gab zu, daß sie ‚schuldig wie die Sünde selbst‘ war, was den Diebstahl anging, aber der Mann, den sie hatte erschießen wollen, verdiente es, weil er sie bedrängt hatte und ihre Tat verhindern wollte. Er war nicht angeklagt worden, er behauptete, er hätte sie nur dem Gesetz überstellen wollen.

Die andere Frau war ein siebenundzwanzigjähriges, rothaariges Saloonmädchen namens Lucy Reeves. Sie war vor fünf Jahren aus Boston in den Westen gekommen, auf eine schriftliche Heiratsannonce hin, aber ihr zukünftiger Bräutigam war bei einer Schießerei ums Leben gekommen. Allein und verzweifelt heiratete sie einen anderen Mann, der sich als gewalttätige Bestie erwies. Sie floh nach einem Jahr, und als er sie verfolgte, wurde er während eines Gewitters vom Blitz erschlagen.

Lucy trauerte ihm nicht nach, aber sie mußte da wieder anfangen, wo sie bei ihrer Ankunft im Westen gewesen war. Sie mußte ihren Lebensunterhalt verdienen, was für eine Frau fast unmöglich war ...

jedenfalls auf anständige Weise. Sie bekam ohne Mühe einen Job in einem Saloon. Sie wollte nur so lange arbeiten, bis sie das Geld für die Zugfahrt zurück nach Boston gespart hatte. Und dann beging sie ihr schreckliches Verbrechen: sie stahl ihrem Boss fünfzig Dollar. Sie sagte, das Geld gehörte ihr rechtmäßig, er hätte es ihr vorenthalten. Niemand glaubte ihrer Aussage gegen einen ziemlich einflußreichen Mann in der Stadt. Sie wurde zu zwei Jahren Gefängnis verurteilt, von denen sie nur noch wenige Tage abzusitzen hatte.

Deborah bekam solche Geschichten hier im Gefängnis andauernd zu hören. Einige der Frauen waren Opfer wie Lucy; andere verdienten vielleicht ihre Strafen. Aber sie waren alle in Not. In den meisten Fällen blieb ihnen keine Hoffnung mehr, je wieder Fuß zu fassen. Und was sie an Hoffnung noch besaßen, wurde durch das Gefängnis endgültig zerstört.

Deborah dachte, es könnte keine niedrigere Form des Lebens geben als das Gefängnisleben. Obgleich die zwei Dutzend Frauen von den hundert männlichen Häftlingen streng getrennt waren, lebten sie doch nicht unter besseren Bedingungen. Die Verpflegung und die ganzen Umstände waren weit schlimmer als damals, als Deborah mit den Cheyennefrauen in Fort Dodge in Gefangenschaft gelebt hatte. Wenigsten hatte es damals einen Zusammenhalt unter den Frauen gegeben, der allen geholfen hatte. Hier schien jede ganz auf sich gestellt, in ihre eigenen Gitter eingeschlossen. Die Starken suchten die Schwachen zu beherrschen, die ängstlich und mißtrauisch wurden. Die Frauen achteten darauf, keine Freundschaften zu schließen; vielleicht wollten sie mit diesem Alptraum später nichts mehr zu tun haben.

Deborahs Gedanken wurden durch ein scharrendes Geräusch im gegenüberliegenden Bett unterbrochen. Lucy Reeves wachte auf. Sie seufzte elend, als sie sich auf einen Ellbogen stützte und sich mit der freien Hand die schlaftrunkenen Augen rieb.

„Schon Morgen?", fragte sie mit belegter Stimme.

„Erst kurz nach Sonnenaufgang", gab Deborah zurück.

„Das hasse ich am meisten hier, man kann nie ausschlafen. Wo ich vorher war, haben wir bis spät gearbeitet und konnten morgens lange schlafen, hinter dicken, schweren Vorhängen. Das ist das erste, was ich machen werde, wenn ich draußen bin — bis mittags schlafen.

„Klingt gut, Lucy. Das erste, was ich machen werde, ist soweit wie möglich von hier weg reiten — wenn ich meinen Mann geküßt und meine Kinder umarmt habe."

„Du glaubst also wirklich, daß du eines Tages hier herauskommst, Deborah?"

Lucy war die einzige, die offen und freundlich zu ihr war. Sie hatten sich ihre Geschichten erzählt und über ganz Persönliches miteinander geredet. Lucy wußte, daß ihre Freilassung bevorstand. Sie wollte wieder wie ein zivilisierter Mensch leben, nicht länger wie ein eingesperrtes Tier.

„Ich muß hoffen, Lucy. Die einzige andere Möglichkeit ist Verzweiflung, und daran denke ich gar nicht erst."

„Es gibt noch andere Möglichkeiten, Deborah. Und ich an deiner Stelle würde darüber nachdenken."

„Was meinst du damit?"

Lucy setzte sich auf ihrem Bett auf. Dann sah sie sich vorsichtig um. Zufrieden, daß sie keine Lauscher sah, näherte sie sich Deborahs Pritsche. Sie war eine hübsche Frau. Ohne das dicke Make-up, das sie als Saloonmädchen hatte tragen müssen, war ihr sommersprossiges Gesicht nett anzuschauen. Vom Gefängnisleben war sie blaß geworden und hatte dunkle Ränder unter den Augen bekommen, aber dennoch, dachte Deborah, sah sie schon besser aus. Lucy klagte, daß sie im Gefängnis auch ihre gute Figur verloren hatte, die einmal rund und voll gewesen war und die Männer angezogen hatte. Sie war dünn, und die weite Gefängniskluft konnte das nicht verbergen.

Lucy neigte sich vertraulich zu Deborah. „Ich habe mit Nedra gesprochen, weißt du, in der dritten Zelle vorn. Ich verrate dir was, Deborah, weil ich dich mag und glaube, du wirst es für dich behalten." Sie sah wieder zur Zellentür. „Nedra plant eine Flucht. Sie hat mich gefragt, ob ich mitmache."

„Wie kannst du an Flucht denken, Lucy, wo du sowieso bald frei bist."

„Ich bin vielleicht verrückt, aber nicht so verrückt. Ich dachte an dich."

„Mich?"

„Klar, oder willst du den Rest deines Lebens hier verbringen?"

„Nein, das will ich nicht. Aber ich hatte gehofft, durch die Vordertür zu gehen, nicht durch die Hintertür."

„Das klingt, als ob dein Fall noch gar nicht entschieden wäre. Hast du nicht gesagt, du bist verurteilt?"

„Doch, aber mein Mann ist unterwegs in den Osten, um mit einem Anwalt zu sprechen —"

„Anwälte! Trau ihnen nicht, Deborah. Die meiste Zeit während meiner Verhandlung war mein Anwalt halb betrunken — und den Rest der Zeit war er ganz betrunken. Du wirst mit Nedra mehr Glück haben. Sie hat einen guten Plan, aber sie kann's nicht allein tun. Sie braucht jemanden mit klarem Kopf, deshalb hat sie mich gefragt. Sie dachte, du wärst auch in Ordnung."

„Danke, Lucy, aber ich bin noch nicht bereit, dieses Risiko einzugehen. Wenn ich das versuche —"

Über Deborah regte sich Nell in ihrer Pritsche. Lucy legte rasch einen Finger auf den Mund und spähte zu ihrer Zellengenossin.

„Verrate ihr nichts", flüsterte sie, „Nedra will nichts mit ihr zu tun haben, weil sie so unbeherrscht ist."

„Ich werde kein Sterbenswort sagen", versicherte Deborah.

„Und ich meine es ernst, was ich über Anwälte gesagt habe. Du bist besser dran, wenn du fliehen kannst."

„Wer redet hier von fliehen?", fragte Nell mit schläfriger Stimme.

„Ich sagte, vor diesem verdammten Tageslicht kann man nicht fliehen", antwortete Lucy rasch.

„Das ist wahr. Sie müssen etwas vor diese Fenster hängen." Nell drehte sich um und schnarchte nach kurzer Zeit weiter.

Lucy ging zu ihrem Bett zurück und setzte sich für ein paar Minuten, dann stand sie auf und ging unruhig umher. Ihre Unruhe steckte Deborah bald an, die sich kaum noch auf ihre Lektüre konzentrieren konnte. Sie wollte auch aufstehen und sich ein wenig bewegen.

Sie dachte über das nach, was Lucy gesagt hatte. Deborah hatte schon einmal versucht zu fliehen, und hier saß sie und war wieder eingesperrt. Es stimmte, sie hatte neunzehn wunderbare Jahre in Freiheit verbracht, zwei feine Kinder großgezogen, zwei außergewöhnliche Männer geheiratet, eine ergiebige Ranch erworben und vor allem ihren Glauben an Gott gefunden. Sie konnte nicht leugnen, daß Gott ihr viel geschenkt hatte in all den Jahren, und dennoch war sie wieder an dem Punkt —

Deborah wies sich lautlos selbst zurecht. Sie war *nicht* wieder am selben Punkt. Vor neunzehn Jahren war sie allein gewesen, hilflos und ohne Hoffnung. All das war jetzt anders. Menschen, die sie liebten und sich um sie sorgten, waren dort draußen und versuchten, sie freizubekommen. Der arme Griff wäre beinahe für sie gestorben, von den Hilfen auf der Ranch zu schweigen, die alle bereit waren, sich für sie in Gefahr zu begeben. Das war ein fernes Echo der jungen Deborah Stoner, die in der ganzen Welt keinen Freund gehabt hatte und die noch nicht einmal einen Anwalt gehabt hatte, der sie vor Gericht verteidigen konnte.

Sie durfte nicht vergessen, wie viel besser ihre Lage jetzt war, wie viel größer ihre Hoffnung.

Sie dachte an die Aufregung, mit der Sam ihr geschrieben hatte, bevor er nach Philadelphia abreiste. Er sagte, er glaube aufrichtig, daß Gott ihn in diese Richtung führte. Er wollte nichts versprechen, aber er war sicher, wenn Gott ihn lenkte, würden seine Bemühungen Früchte tragen.

Sie mußte das mit ihm glauben und alle Gedanken an Flucht vertreiben. Fliehen hieß, der Verzweiflung und Hoffnungslosigkeit nachzugeben. Und sie hatte noch Hoffnung.

23

Sam war entmutigt.

Er war am Donnerstag in Philadelphia angekommen und direkt zur Kanzlei von Jonathan Barnum gegangen. Dort war er auf einen wenig hilfsbereiten Angestellten gestoßen, Chester Duncan, der Sam das Telegramm nach Austin geschickt hatte.

Mr. Duncan war unverbindlich höflich, in der Tat sogar ziemlich herablassend gegenüber diesem ländlich gekleideten Mann mit Südstaatenakzent gewesen. Sam trug seinen besten Anzug, aber eine Woche in der Reisetasche hatten ihn nicht gerade eleganter gemacht. Er war hier nicht in seinem Element, in dieser großen Stadt, in einem vornehmen Büro, vor einem Mann mit Bildung und Manieren. Aber Sam hatte einen Auftrag, und er würde sich nicht so leicht abwimmeln lassen.

„Sehen Sie, Mr. Duncan", sagte Sam respektvoll aber bestimmt, „ich habe eine lange Reise gemacht, um Mr. Barnum zu sehen —"

„Ich hatte gehofft, Ihnen mit meinem Telegramm diese Mühe zu ersparen."

„Und ich danke Ihnen dafür. Aber sehen Sie, meine Frau ist in einer schlimmen Lage, an der sie nicht schuld ist, und sie braucht wirksame Unterstützung. Natürlich gibt es auch in Texas Anwälte, aber sie braucht den besten, und ich habe einfach das Gefühl, Mr. Barnum ist der richtige für uns."

„Aber wie ich Ihnen schon telegraphisch erklärte, Mr. Barnum hat sich aus dem Berufsleben zurückgezogen, er ist im Augenblick nicht einmal in der Stadt."

„Ist er vielleicht kränklich?"

„Natürlich nicht! Ich habe nie einen robusteren Mann seines Alters gesehen."

„Da haben wir's ja!" sagte Sam triumphierend. „Wahrscheinlich hat er gar nichts dagegen, aus seiner Ruhe gerissen zu werden. Ich wette, er brennt geradezu darauf, einen Fall zu übernehmen."

„Vor einem Monat sprach er von nichts anderem als vom Fischen. Er hat sein ganzes Leben lang hart gearbeitet und sich einen ruhigen Lebensabend redlich verdient."

„Das bezweifle ich nicht. Alles was ich will ist eine Möglichkeit, mit ihm zu sprechen, ihm von meiner Frau zu erzählen und *ihn* entscheiden zu lassen, ob er den Fall übernehmen will oder nicht."

Duncan schüttelte verständnislos den Kopf. „Er hat mir die Aufgabe übertragen, die Geschäfte hier abzuschließen, die restliche Korrespondenz zu erledigen und keinen neuen Fall anzunehmen. Ich bin Mr. Barnum ganz allein verpflichtet. Es tut mir leid, Mr. Killion."

Sam kratzte sich am Kopf und dachte einen Augenblick nach. „Vielleicht könnten Sie ihn —"

„Unmöglich."

„Können Sie mir sagen, wo —"

„Es tut mir wirklich leid."

Sam seufzte, ein wenig geknickt, aber noch nicht entmutigt. Er verabschiedete sich von dem unerbittlichen Angestellten und ging in sein Hotel zurück. Nach einem guten Essen und einem erholsamen Schlaf wollte er seine Bemühung fortsetzen.

Er ging ins Büro zurück in der Hoffnung, diesmal vielleicht jemand anderen anzutreffen, aber er traf nur wieder auf Mr. Duncan, der das Büro behütete wie eine Henne ihre Brut. Sam versuchte noch einmal, den Mann zu erweichen, aber ohne Erfolg. Er hatte mit betrunkenen Cowboys schon mehr Glück gehabt.

An diesem Punkt begann seine Zuversicht zu schwinden. Zurück im Hotel fragte ihn der Angestellte an der Rezeption, wie lange er das Zimmer noch haben wollte. Sam konnte es ihm nicht genau sagen. Es war jetzt Freitag Nachmittag; er mußte ein ganzes Wochenende ausharren, bevor er irgend etwas Neues unternehmen konnte. Vielleicht wußten einige von Barnums Kollegen, wo er sich aufhielt. Aber das konnte er nicht vor Montag herausfinden.

Er machte aus dem Samstag und Sonntag, was er eben konnte. Er besuchte die Unabhängigkeitshalle und sah sich die Stelle an, wo die Gründerväter die Unabhängigkeitserklärung unterschrieben hatten. Mehrere Stunden verbrachte er damit, die Schiffe im Hafen zu betrachten. Am Sonntag fand er eine kleine Kirche, um am Gottesdienst teilzunehmen. Aber er konnte all das nicht genießen, solange Deborah in diesem schrecklichen Gefängnis saß. Jeder Tag, den er verlor, war ein verlorener Tag für Deborah.

Früh am Montag morgen machte er sich auf den Weg durch die Straßen von Philadelphia. Er ging in mehrere Anwaltskanzleien nahe derjenigen von Barnum, in der Hoffnung, daß jemand ihm sagen konnte, wo Barnum war. Jeder kannte Jonathan Barnum, weil er unter seinen Kollegen eine Art lebende Legende war. Aber Sam sprach nur mit Angestellten und Juniorpartnern. Keiner der etablierten Anwälte wollte ihn ohne Termin empfangen, und den frühesten Termin hätte er für Mittwoch bekommen können, in zwei Tagen. Er ließ sich schweren Herzens diesen Termin geben.

War seine ganze Reise die reine Zeitvergeudung? Hätte er in Texas bleiben und sich weiter an Caleb Stoner halten sollen?

Oh Gott, betete er lautlos, als er müde und mit schmerzendem Kopf die Straße hinunterging. *Ich war so gewiß, daß du mich hierhergeführt hast. Habe ich mich getäuscht? Zeig mir deinen Willen, Herr. Vielleicht habe ich mich zu sehr auf meine eigenen Kräfte verlassen, vielleicht war ich nicht geduldig genug? Nun, ich gebe es auf! Ich bin einfach nicht der Richtige für diesen Kampf. Ich brauche dich, Gott! Ich schaffe es nicht allein!*

Um ein Uhr waren die meisten Büros über Mittag geschlossen. Sam hatte eigentlich keinen Hunger, aber er brauchte eine Ablenkung von seiner Hoffnungslosigkeit und ging in ein kleines Café in der Nähe einer der Kanzleien, die er gerade besucht hatte. Er bestellte ein Sandwich und Kaffee und wollte sich gerade mit der Zeitung im Stuhl zurücklehnen, als ein Mann aufstand und sich ihm näherte.

Sam erkannte ihn, er war ein Angestellter, mit dem er eine Stunde zuvor gesprochen hatte. Er war etwa Mitte zwanzig, und Sam erinnerte sich, weil er anders war als die meisten anderen etwas arroganten jungen Männer in dieser Stadt, mit denen er bis dahin gesprochen hatte. Er war ihm ruhiger, ernster erschienen, und er hatte wirkliches Verständnis für Sams Anliegen gezeigt.

„Mr. Killion, ich weiß nicht, ob Sie sich an mich erinnern —"

„Ich habe mit Ihnen gesprochen in — nun, ich weiß nicht mehr, in wessen Kanzlei, aber ich erinnere mich an Sie, Mr. —" Sam lächelte verlegen. „Nur Ihren Namen habe ich vergessen."

„Ich heiße Robert Allen." Er streckte Sam die Hand hin und drückte sie fest. „Ich möchte Sie nicht beim Essen stören, aber ich würde mich geehrt fühlen, wenn Sie sich zu mir setzen wollten."

Sam war dankbar für die Aussicht auf ein freundliches Gespräch und zögerte nicht, die Einladung anzunehmen. Er ging mit seinen Sachen hinüber zu Allens Tisch.

„Ihr Problem ist mir nicht mehr aus dem Kopf gegangen, Mr. Killion", sagte der Mann mit sanfter, ernster Stimme nach einigen belanglosen Worten.

„Nennen Sie mich bitte Sam."

„Danke, Sam. Es muß furchtbar für Sie sein, mit Ihrer Frau im Gefängnis. Ich bin selbst verheiratet, und ich kann mir vorstellen, wie schlimm das für mich wäre."

„Manchmal frage ich mich, was ich tun würde, wenn ihr etwas geschehen sollte. Aber ich bin sicher, Gott wird sie aus dieser Lage befreien — jedenfalls die meiste Zeit bin ich da sicher. Es gibt Momente, in denen ich wirklich um sie fürchte."

„Das ist nur normal, nehme ich an. Zumindestens hilft Ihnen der Glaube, einen großen Teil der Last zu tragen."

„Ich danke Gott dafür! Sind Sie denn ein gläubiger Mensch, Robert?"

„Ganz gewiß bin ich das. Aber ich muß sagen, das macht das Leben manchmal nicht leichter für mich, besonders nicht in diesem Beruf. Ich werde jeden Tag mit Fragen der Aufrichtigkeit und des Skrupels konfrontiert. Ihre Lage ist das beste Beispiel."

„Was meinen Sie damit?"

„Nun ja, als ich heute in Mr. Thomsons Büro mit Ihnen sprach, war ich nicht ganz offen zu Ihnen. Zu meiner Verteidigung darf ich sagen, daß ich den Schutz anderer im Auge hatte. Ich meine, ich kannte Sie überhaupt nicht, und obwohl ich Ihr Anliegen sehr gut verstehe, hielt ich es für ziemlich unfair, andere ohne ihre Zustimmung in diese Sache hineinzuziehen. Ich habe mit dieser Entscheidung seitdem gehadert. Ich habe um Gottes Rat gebeten, wie ich mich in dieser Sache verhalten soll. Sie können sich meine Überraschung vorstellen, als ich Sie dann in mein Lieblingsrestaurant kommen sah, wo ich dachte, ich würde Sie nie wiedersehen."

Sam lächelte. „Ich nehme an, das ist sehr bemerkenswert. Halten Sie das für eine Art Antwort auf Ihr Gebet?"

„Es könnte sehr wohl eine sein. Jedenfalls bin ich mir jetzt sicherer, daß ich Ihnen in dieser Sache helfen sollte."

„Woran denken Sie dabei?"

„Ich bin nicht mehr beunruhigt. Ich habe das Gefühl, Sie sind mir nicht mehr fremd. Ich muß allerdings gleich sagen, mein einziges Bedenken ist jetzt, in Ihnen falsche Hoffnungen zu wecken. Was ich Ihnen anbieten kann ist sehr wenig, ein Schuß ins Dunkle sozusagen."

„Ich habe in letzter Zeit so viele Fehlschläge erlebt, Robert, daß einer mehr mir nichts mehr ausmacht."

„Gut, dann, es ist folgendes: Meine Frau ist mit Jonathan Barnums Tochter zur Schule gegangen. Sie sind nicht eng befreundet, weil sie sich jetzt in ziemlich verschiedenen sozialen Kreisen bewegen. Aber sie sind als alte Freundinnen über die Jahre locker in Kontakt geblieben. Es wäre also möglich, daß meine Frau mit Fräulein Barnum spricht. Vielleicht wäre sie auf unsere Bitte hin bereit, Ihnen den Ferienort von Mr. Barnum zu verraten."

Sam hätte aufspringen und den jungen Angestellten umarmen mögen. Statt dessen schenkte er ihm ein breites, warmes Grinsen. Er fand keine Worte, um seine Dankbarkeit auszudrücken – und seine Erleichterung.

24

Sam verlor zwei weitere Tage mit dem Versuch, Jonathan Barnums Tochter zu treffen. Verständlicherweise war sie mißtrauisch, als Robert Allens Frau ihr von Sam erzählte. Als sie ihn aber traf und mit ihm sprach, empfand sie Sympathie und war bereit, ihm den Aufenthaltsort ihres Vaters zu nennen.

Unglücklicherweise hielt sich Barnum in seiner Fischerhütte in New Jersey auf, und es gab keinen anderen Weg, ihn zu erreichen, außer per Post. Sam wußte, daß er persönlich schneller war als die Post, und Fräulein Barnum gab ihm ihren Segen, ihren Vater persönlich aufzusuchen. Dazu würde er mindestens einige weitere Tage brauchen.

Zuerst mußte er mit dem Dampfer den Delaware hinunterfahren, bis zu einem Ort namens Salem. Das dauerte fast den ganzen Tag, so daß er eine weitere Nacht in einem Hotel verbringen mußte. In der frühesten Morgendämmerung bestieg er ein gemietetes Pferd und machte sich nach den Anweisungen von Barnums Tochter, die der Pferdebesitzer wiederholte, auf den letzten Abschnitt seines langen Weges, wie er hoffte.

Die Beschreibung des Pferdebesitzers galt für die erste Stunde des Ritts. Dann mußte er Leute auf der Straße fragen oder in Farmhäusern anklopfen. Putnam Creek war nicht gerade leicht zu finden, und vielleicht hatte sich Barnum genau deswegen hierhin zurückgezogen. Es lag gut dreißig Meilen von Salem entfernt, und eigentlich hätte Sam es an einem Tag schaffen sollen. Aber er hatte oft auf Seitenwege ausweichen müssen, um Leute zu finden, die er nach dem Weg fragen konnte, und er hatte auch zu oft den falschen Weg eingeschlagen. Als Texas Ranger hatte er Indianer und Banditen im Schneesturm aufgespürt, nach mehreren Tage alten Spuren. Aber einen Rechtsanwalt aus der Stadt zu finden, schien über seine Möglichkeiten zu gehen.

Allerdings mußte er zugeben, daß die Landschaft hier sehr hübsch war. Wellige Hügel, saftige grüne Wiesen, Eichen- und Ahornwälder, Ulmen und andere Laubbäume. Das war etwas ganz anderes als die Prärie, in der er sein ganzes Leben verbracht hatte. Keine von der Sonne ausgedörrten, knorrigen Stämme und halbvertrocknete Büsche, alles war voll und lebendig. Dennoch konnte er es nicht erwarten, wieder nach Hause zu kommen. Ihm fehlte die Dürre und Kargheit, das von der Sonne gebleichte Gras und die ewigen Staubwolken. Und ihm fehlten Deborah und Carolyn und Sky — selbst dieser ungehobelte alte Cowboy Griff McCulloch fehlte ihm. Er wollte, daß sie alle wieder an dem Platz zusammen waren, an den sie gehörten, und daß das Leben seinen wunderbar eintönigen, ruhigen Gang weiterging. Aber um das zu erreichen, mußte er jetzt seinen einsamen Weg weiter verfolgen, noch eine Nacht an einem fremden Ort verbringen, und dann noch einen Tag — noch viele Tage, wenn es sein mußte — um Jonathan Barnum aufzuspüren.

Eine Nacht unter dem offenen Sternenhimmel, mit dem süßen Duft der Wälder in der Nase, heiterte Sams Gemüt wieder auf. Er machte die vielen Nächte in muffigen Hotelzimmern und das viele komische Essen aus den Restaurants für seine Niedergeschlagenheit mitverantwortlich. Kaffee am Lagerfeuer, harter Zwieback, ein frischer Fisch, in einem nahen Bach gefangen, das war alles, was er brauchte.

Am nächsten Morgen war er bereit, seine Suche fortzusetzen. Nach einem etwa zweistündigen Ritt traf Sam auf einen alten Farmer, der eine Fuhre Heu zur Stadt brachte. Der Mann hatte sein ganzes Leben in dieser Gegend verbracht und kannte Putnam Creek sehr gut. Er kannte auch die besten Fischplätze am Bach.

„Wenn dieser Anwalt aus der Stadt eine Ahnung hat", sagte der Mann zu Sam, nachdem er vom Wagen gestiegen war, „dann fischt er eine halbe Meile oberhalb der Bachbiegung. Dort ist das Falstead's Hole oder Buzzard's Quay. Sonst ist er wahrscheinlich an der kleinen Gabelung."

Heiter erwiderte Sam, daß er genau diese kleine Gabelung suchte. Der Farmer beschrieb ihm genau den Weg dorthin. Sam sagte sich, wenn ein früherer Texas Ranger mit dieser Beschreibung in der Tasche den Weg nicht finden konnte, dann durfte er nicht allein frei herumlaufen.

Eine halbe Stunde später fand er Putnam Creek, und eine weitere Stunde später kam er zu der Gabelung. Von dort aus hatte Barnums Tochter ihm den Weg zur Hütte beschrieben. An der Gabelung mußte er absteigen und das Pferd am Zügel führen, weil der Wald und das Unterholz zu dicht zum Reiten waren. Mittag war vorbei, als er endlich die Hütte erreichte.

Es war eine Blockhütte, sehr einfach, aber solide, die einen warmen und anheimelnden Eindruck machte. Eine dünne Rauchsäule stieg aus dem Schornstein. Sam band sein Pferd an einem Ast fest und näherte sich gespannt, in Erwartung nicht nur des Endes seiner Suche, sondern vielleicht auch eines guten Mittagessens. Auf sein mehrmaliges Klopfen antwortete allerdings niemand.

Sam ging zur Rückseite, sah aber niemanden. Er suchte die nähere Umgebung ab und gelangte schließlich wieder an den Bach. Er hatte das Ufer noch nicht erreicht, als er eine Stimme hörte.

„Ich krieg dich schon noch, du hinterhältiges Biest, wart's nur ab!"

Etwas beunruhigt vom verärgerten Ton und den unfreundlichen Worten ging Sam dennoch voran. Wenn die Stimme nicht Jonathan Barnum gehörte, dann bestimmt jemandem, der wußte, wo er zu finden war; aber selbst wenn sie einem Grizzlybär gehörte, war Sam entschlossen, ihm gegenüberzutreten. Bevor er sich jedoch wieder in Bewegung setzte, erinnerte sich Sam an die Gewohnheiten draußen im Westen, wo ein Mann, der sich näherte, ohne Zeichen zu geben, sehr wohl damit rechnen mußte, von einer Kugel empfangen zu werden. Er rief einen Gruß.

„Hallo, ist da jemand?"

„Ho! Was ist das?", erwiderte eine überraschte, aber nicht unfreundliche Stimme.

Einige Augenblicke später verließ Sam das dichte Unterholz und trat auf eine grasbewachsene Lichtung hinaus, die bis ans flache Ufer des Baches hinunterführte. Dort saß auf einem Felsen am Wasser ein Mann von etwa sechzig Jahren mit einer Angelrute in der Hand, deren Schnur weit ins Wasser hinausreichte.

Der Mann drehte sich um, legte einen Finger an die Lippen und sagte leise: „Tritt leise auf, Junge, sonst fällt das Mittagessen heute mager aus."

Sam gehorchte, und mit der Vorsicht eines Commanchenkriegers näherte er sich lautlos dem Ufer. Er hätte sofort mit diesem konzentrierten Fischer reden wollen, um zu sehen, wer er war und ob seine Suche schließlich zu Ende war. Aber er hielt sich zurück, auch wenn es ihn all die Selbstbeherrschung kostete, die er noch übrig hatte.

Es schien ewig zu dauern, aber es mochten kaum fünf Minuten vergangen sein, als es an der Leine zurrte. Mit einer geübten Bewegung zog der Fischer die Schnur leicht und hart an, um den Haken zu verankern, dann begann er, die Leine einzuholen. Sein Fang war nicht unbeträchtlich. Der Fisch lieferte ihm einen wilden Kampf und gewann ein gutes Stück Leine zurück, bevor der Fischer schließlich die Oberhand gewann und die Angelschnur aufspulte. Der Mann war aufgesprungen, er schwitzte in der Mittagssonne, war aber sichtlich vergnügt.

Er lachte, als der Fisch, ein breitmauliger Barsch, auf dem sandigen Ufer zappelte. „Sehen Sie sich den Prachtkerl an!"

„Ein feiner Fang", sagte Sam anerkennend und betrachtete über die Schulter des Mannes hinweg die zuckende Kreatur.

Der Mann sprach weiter, während er den Haken löste und den Fisch in einen Sack steckte. „Jawohl, aber Sie hätten den sehen sollen, der mir entwischt ist!" Er grinste Sam an. „Der Opa von dem hier, doppelt so groß. Ich bin schon seit Jahren hinter ihm her, und fast hatte ich ihn — bevor Sie gerufen haben, um es offen zu sagen."

„Tut mir leid, wenn er Ihnen meinetwegen entwischt ist." Sam verstand nun die merkwürdigen Worte, die er gehört hatte.

„Ist nicht Ihr Verschulden. Dieser Kerl ist einfach gewieft. Man muß eine solche Kreatur bewundern."

„Einen Kerl wie den sollte man vielleicht auch gar nicht aufessen."

„Um Himmelswillen! Den würde ich ausstopfen." Der Mann band seinen Sack zu, der noch drei kleinere Fische enthielt, richtete sich auf und sah Sam an. „Glaube nicht, daß ich Sie in der Gegend schon mal gesehen habe." Er streckte Sam die Hand entgegen. „Mein Name ist Jonathan Barnum."

Er sah aus wie ein Herkules aus dem Karneval, groß, stattlich und wohlgenährt, aber nicht dick. Er war wie ein Farmer gekleidet — Overall, ausgeblichenes Hemd, grobe Stiefel und einen nicht mehr ganz neuen Strohhut. Sam hätte ihn nie für einen gebildeten — und berühmten — Anwalt von der Ostküste gehalten. Seine matten Augenlider und etwas hängenden Wangen verliehen ihm eher das Aussehen eines treuen alten Hundes. Die Hand, die er Sam entgegenstreckte, war groß und fest und zeigte die Spuren körperlicher Arbeit.

Sams breites Grinsen und freudige Begrüßung mußten den Mann erstaunt haben. „Es ist mir ein Vergnügen, Sie kennenzulernen! Ich heiße Sam Killion. Ich bin aus Texas hierhergekommen, um Sie zu sehen, Mr. Barnum."

„Wirklich? Nun, Sie müssen mir das genau erzählen. Aber nicht auf leeren Magen. Ich weiß nicht, wie es Ihnen geht, aber ich muß etwas essen."

„Wenn es diesen Barsch geben soll, Mr. Barnum, sage ich nicht nein."

„Noch etwas", sagte der Anwalt, als Sam ihm half, seine Ausrüstung zusammenzupacken. „Hier draußen legen wir keinen Wert auf Formalien. Sie nennen mich Jonathan, und ich nenne Sie, wenn ich darf, Sam."

„Sehr gern, Mr. — das heißt, Jonathan!" Sam nahm die Angel und betrachtete sie bewundernd. „Ich habe solche schon gesehen, aber noch nie selbst benutzt. Muß phantastisch sein!"

„Ich sage immer, eine gute Ausrüstung ist eine halb gewonnene Schlacht."

„Nun, diese hier ist die beste, die ich je gesehen habe." Sam bewegte die Leinenrolle, die aus feinem Holz geschnitzt war, und sie drehte sich ohne jeden Widerstand. „Die ist nicht in einem Laden gekauft, oder?"

„Ich habe sie tatsächlich selbst gemacht. Schnitzen ist eine Art Leidenschaft von mir."

Das erklärte die Spuren an seinen Händen. Als sie die Blockhütte betraten, sah Sam weitere Beispiele von Jonathan Barnums Talent in den Möbeln, die alle so fein und meisterlich gearbeitet waren, daß Sam ganz eingeschüchtert war. Er zweifelte nicht, daß Barnum auch die solide Hütte selbst gebaut hatte. Irgendwie erweckte all das mehr Vertrauen in Sam als aller fachliche Ruf und selbst eine Nominierung für das Präsidentenamt.

Während Jonathan sich daran machte, den Fang zu säubern, machte Sam Feuer im Steinherd. Sie sprachen bei der Arbeit.

„Nun, Sam, was hat Sie den weiten Weg von Texas zu mir geführt? Es muß etwas Wichtiges sein, denn leicht war ich bestimmt nicht zu finden."

„Das ist wahr, Jonathan! Und übrigens, dieser Kerl in Ihrem Büro verdient eine Gehaltserhöhung. Er verteidigt Sie besser als eine Bärin ihre Jungen."

„Oh, Chester!" kicherte Jonathan warmherzig. „Er nimmt seinen Job wirklich sehr ernst. Aber er ist ein guter Mann, seit zwanzig Jahren bei mir."

„Schätze, ich kann das verstehen, und mir war auch nicht ganz wohl, ihn so zu bedrängen. Ich meine, Sie haben sich zurückgezogen und verdienen Ihre Ruhe und all das."

„Wie haben Sie ihn schließlich rumgekriegt?"

„Gar nicht. Ich traf zufällig jemanden, der Ihre Tochter kennt. Von ihr habe ich schließlich erfahren, wo ich Sie finde."

Jonathan lächelte. „Das überrascht mich nicht. Sie hat es nie für richtig gehalten, daß ich mich aus dem Berufsleben zurückziehe; sagte, das würde mich verrückt machen. Ich habe das Pensionärsleben jetzt einen Monat lang gekostet — jeden Tag fischen, an meinen Schnitzereien arbeiten, wann immer ich Lust dazu habe — und wissen Sie was? Sie hatte recht!"

„Wollen Sie damit sagen, daß Sie gern wieder Fälle annehmen wollen?"

„Hätte nichts gegen den Gedanken." Barnum schwieg und sah Sam bedeutungsvoll an. „Sie hätten nicht etwa etwas für mich zu tun, Sam, oder?"

„Das hätte ich tatsächlich, Jonathan . . . das kann man wohl sagen!"

Teil VII

In den Kampf

25

Alles war neu, und die Leute waren ihr nicht vertraut, aber abgesehen davon war es eine Ranch wie viele andere in Texas ... nicht viel anders als die Windreiter Ranch. Jedenfalls versuchte Carolyn, sich das einzureden.

Der Hauptunterschied war jedoch, daß sie sich zu Hause nie langweilte oder nicht wußte, was sie tun sollte. Das ganze Jahr über war dort viel zu tun. Carolyn hatte nie die verwöhnte Tochter des Hauses gespielt, oder gar — Gott behüte! — das Dienstmädchen. Sie und ihre Mutter arbeiteten Seite an Seite mit den Männern draußen auf der Ranch oder in der Koppel. Yolanda kümmerte sich um den Haushalt und das Kochen. Manchmal halfen ihr Carolyn und Deborah, wenn sie Zeit dazu hatten, aber meistens standen sie Yolanda dann bloß im Weg, denn weder Mutter noch Tochter waren sehr gut in der Hausarbeit.

Auch auf der Stoner Ranch gab es genug Arbeit. Selbst als Carolyn am frühen Morgen im ersten Sonnenschein auf der Veranda stand und hinaussah, waren sämtliche Männer schon draußen, um das Vieh zusammenzutreiben. Nur ein paar Stallburschen waren zurückgeblieben.

Und Carolyn.

Caleb hatte ihr nicht gerade seinen Segen gegeben, falls sie nach draußen zu den Männern wollte. Er hatte schon geschluckt, als sie ihm in Reitkleidung gegenübergetreten war, und sie hatte das Gefühl, ihn etwas beschwichtigen zu müssen. An den beiden folgenden Tagen hatte sie deshalb einen richtigen Rock getragen und war im Haus herumgeschlichen, war Maria im Weg gestanden und vor Langeweile fast gestorben. Caleb hatte sie in dieser Zeit kaum zu Gesicht bekommen, fast nur bei den Mahlzeiten, und sie fragte sich schon, was das alles eigentlich sollte. Vielleicht mied er sie, obwohl er nicht unfreundlich war, wenn sie beisammen waren. Sehr wahrscheinlich ging er einfach seinen Geschäften nach und nahm an, sie würde sich schon zurechtfinden.

Vielleicht war es auch Zeit dazu. Das jedenfalls hatte sie gedacht, als sie an diesem Morgen aufgestanden war und ihre Arbeitskleidung angezogen hatte — den Hosenrock, ein Flanellhemd und hohe Reitstiefel. Vielleicht sorgte sie sich zu sehr um Caleb Stoners Erwartungen, nach allem, was ihre Mutter ihr erzählt hatte. Und wenn nicht, wurde es Zeit für ihn einzusehen, daß er sie nicht nach seinem Willen formen konnte wie eine Wachspuppe.

Sie setzte ihren breitkrempigen Hut auf. Ihr dunkles Haar war zu einem Pferdeschwanz gebunden, der ihr lang den Rücken hinabfiel. So mochte sie es am liebsten, einfach und praktisch. Sie ging zum Stall hinüber und hoffte, daß sie eins von den Pferden nehmen durfte. Das Pferd, das sie in der Stadt gemietet hatte, um auf die Ranch zu reiten, war von jemandem in seinen Stall zurückgebracht worden, der gleich ihr Gepäck aus dem Hotel mitgebracht hatte.

Sie steckte den Kopf durch die halboffene Stalltür, konnte aber im Halbdunkel niemanden sehen.

„Kann ich Ihnen helfen, Senorita?"

Die Stimme ließ sie herumfahren.

„Tut mir leid, wenn ich Sie erschreckt habe."

„Das macht nichts. Ich dachte, ich bin allein. Es macht wirklich nichts", erwiderte sie. „Du bist einer der Stallburschen, nicht?"

Er war in Carolyns Alter und nur wenig größer als sie, aber kräftig gebaut und sichtlich an harte Arbeit gewöhnt. Seine dunkle Hautfarbe war nur zum Teil mit seiner mexikanischen Herkunft zu erklären; das meiste davon ging auf Kosten der texanischen Sonne. An seinen Wangenknochen und seinen hellen, braunen Augen glaubte sie weiße Eltern zu erkennen. Seine hübschen, jungenhaften Züge wurden von dem großen Sombrero in Schatten gehüllt, und er schien freundlich, auch wenn er nicht lächelte.

Er nickte auf ihre Frage und stieß die Tür weiter auf, um mehr Licht in den Stall zu lassen, als sie hineingingen. „Wenn Sie den Patron suchen, der ist heute Morgen schon früh in die Stadt geritten."

„Nein, ich suche ihn nicht." Sie zögerte einen Moment, was sonst nicht ihre Art war, dann ging sie rasch weiter. Er hätte ihr ohnehin nur verbieten können, was sie vorhatte, und dann hätte sie es trotzdem getan — und sich später um die Folgen Gedanken gemacht. „Eigentlich", sagte sie, „würde ich gern ein Pferd für mich satteln. Ich nehme an, niemand wird etwas dagegen haben."

„Der Patron hat keine Anweisungen gegeben, Senorita —"

„Oh, nenn mich bitte Carolyn. Und wie heißt du?"

„Ramon."

„Nun, Ramon, ich bin sicher, Mr. Stoner hätte nichts dagegen." Sie schüttelte alle restlichen Zweifel ab und ging entschlossen zu den Boxen. „Was haben wir denn hier?"

Ramon erklärte, daß die meisten Pferde, die Zuchttiere, für die Caleb berühmt war, die Kutschgäule und die meisten Reitpferde, soweit sie nicht zum Treiben gebraucht wurden, schon auf die Weide geführt worden waren. Nur drei Reitpferde für die Hilfen, die in der Nähe arbeiteten, waren zurückgeblieben. Eine große Auswahl hatte Carolyn nicht, die zu Hause aus einer vollen Koppel auswählen konnte. Eine braune Stute schien das beste der drei Tiere zu sein, und sie gab ihm einen freundlichen Klaps und flüsterte ihr beruhigend ins Ohr.

„Dieses hier ist schon recht", sagte sie plötzlich. „Ich kann sie selbst satteln, wenn du mir sagst, wo ich alles finde."

Ramon hatte gehört, daß dieses Mädchen die Enkeltochter des Patrons war, aber niemand hatte ihm erlaubt, sie in den Stall zu lassen. Alle hier wußten, daß Caleb Stoner Frauen nur im Wohnzimmer seines Hauses und nicht draußen duldete. Und nun fühlte sich seine eigene Enkelin — überdies noch in Hosen! — im Stall wie zu Hause. Er hatte schon zu oft Schläge vom Patron und dessen Sohn bekommen, um noch einmal ein Risiko eingehen zu wollen. Wie sollte er dieses Mädchen aufhalten, ohne sie mit einer Waffe zu bedrohen? Es war ganz klar, daß sie sich von einem Stallburschen schon gar nichts verbieten lassen würde.

Als der Braune gesattelt war, stieg das Mädchen mit Schwung und Anmut auf, als ob sie schon ihr ganzes Leben mit Pferden verbracht hätte.

„Wenn der Patron fragt, was soll ich sagen, wohin Sie — wohin du geritten bist?"

„Nur ausgeritten ... Wo arbeiten die Männer?"

Er sah sie besorgt an. „Senorita Carolyn, ich glaube nicht —"

„Komm schon, Ramon, ich langweile mich hier zu Tode. Ich helfe zu Hause jedes Jahr beim Treiben, und keiner verschwendet auch nur einen Gedanken deshalb."

„Ich glaube, das wäre hier anders."

„Ich kann schon auf mich aufpassen. Du brauchst mir nur zu sagen, in welche Richtung ich reiten muß."

„Nach Norden, zehn bis fünfzehn Meilen."

Carolyn lächelte ihn dankbar an und ritt davon.

Ramon zuckte die Achseln. Wenn der Patron das erfuhr, würde das Mädchen solchen Ärger bekommen, daß Senor Stoner gar nicht daran denken würde, ihn an den Ohren zu ziehen.

* * *

Zu Hause beteiligten sich meistens vier oder fünf Güter am Frühjahrs-
treiben, und machmal schickten sogar Ranches aus Neu Mexiko
Leute, wenn sich Tiere aus ihren Herden so weit verirrt hatten. Im
Herbst und Winter weideten alle Herden zusammen. Die Cowboys
hatten deshalb im Frühjahr immer alle Hände voll zu tun, ihre jeweili-
gen Tiere wieder getrennt zusammenzutreiben, die neugeborenen
Kälber mit einem Brandzeichen zu versehen und diejenigen Tiere, die
reif für den Markt waren, von den anderen zu trennen, die noch ein
weiteres Jahr weiden mußten. Es war die geschäftigste Zeit des Jahres
und, überflüssig, das zu betonen, Carolyns liebste Zeit im Jahr. Sie war
von zu Hause weggegangen, als der Viehtrieb gerade angefangen
hatte, deshalb war sie froh, daß sie jetzt auf der Stoner Ranch dabei
sein konnte. Hier verteilten sich die Herden nicht auf eine so große
Fläche, und alles würde sich in kleinerem Rahmen abspielen, aber
zumindest gab es etwas zu tun.

Die Sonne stand hoch am Himmel, und viele Meilen war sie durch
einsame Prärie geritten, ohne andere lebende Wesen zu sehen als hier
und da ein Kaninchen. Das Land war doch weiter als sie erwartet
hatte, aber jetzt, da sie daran dachte, war Caleb doch ein Mann, der alt-
modischen Methoden verhaftet war und besonders die modernen Sta-
cheldrahtzäune verabscheuen mußte.

Ihre Gedanken wurden von einem sich nähernden Reiter unterbrochen. Sie verlangsamte zu einem Trab. Es war Sean Toliver, Caleb Stoners Vorarbeiter. Carolyn war ihm am ersten Tag auf der Ranch
begegnet, ein freundlicher, gutaussehender Mann.

„Hallo!" rief er und brachte seinen Fuchs zum Stehen. „Haben Sie
sich verirrt, Miss Stoner? Sie sind ziemlich weit geritten." Sie hatte seinen interessanten Akzent vergessen, fremdartig, mit einem Anklang
der texanischen Aussprache vermischt.

„Nicht, wenn das da vorn das Treibercamp ist." Je näher sie gekommen war, desto deutlicher war das Brüllen des Viehs schon zu hören.

„Das ist es, aber was wollen Sie denn hier draußen?"

„Nur Erlösung von meiner Langeweile, nehme ich an. Wissen Sie,
ich bin auf einer Ranch aufgewachsen. Ich bin nicht für ein häusliches
Leben geeignet."

Sean sah sie bewundernd an, seine Augen musterten sie offen von
Kopf bis Fuß. „Das dachte ich auch nicht." Er lächelte ein offenes,

sehr persönliches Lächeln, das eine erfahrenere Frau nervös gemacht hätte. Carolyn errötete nur ein wenig, wofür sie sich haßte, und sagte sich, daß Sean Toliver sogar noch hübscher war als sie zuerst bemerkt hatte.

Um ihr, wie sie glaubte, unreifes Verhalten auszubügeln, nahm sie die lässige Haltung eines Cowboys an und sagte: „Wollen wir hier noch lange herumstehen, oder wollen Sie mit mir ins Lager reiten? Muß langsam Essenszeit sein."

Lachend gab Sean seinem Pferd die Sporen, und sie ritten zusammen ins Lager.

26

Carolyn hatte nicht geplant, mit ihrer Ankunft im Camp Aufsehen zu erregen. Aber genau das tat sie, als sie nun zur Essenszeit ankam, wo die Arbeit ruhte und die Männer sich um den Verpflegungswagen versammelt hatten und aßen.

Alle Köpfe wandten sich ihr zu. Eine Frau auf der Ranch war schon außergewöhnlich genug, aber beim Viehtrieb — das war hier noch nie vorgekommen. Der Koch pfiff leise durch die Zähne, als er einen Teller mit Bohnen füllte, aber der Empfänger drehte sich genau im falschen Moment um, und die Bohnen landeten mit einem lauten *Platsch*! auf der Erde. Der Koch fluchte freundlich über den tapsigen Cowboy, unterstützt vom Gelächter der Umstehenden. Aber als die hübsche junge Frau im Hosenrock erschien, die nicht einmal einen Damensattel benutzte, war der Vorfall sofort vergessen.

„Sehen Sie, was Sie angerichtet haben, Carolyn! Ich werde diese Jungs den ganzen Tag nicht mehr zum arbeiten bringen können", sagte Sean.

„Machen Sie nicht mich für ihre Dummheit verantwortlich", gab Carolyn beißend zurück. „Bringen Sie *mich* dafür zum arbeiten, wenn es sein muß — und auch, wenn es nicht sein muß."

„Sie?"

„Wie ich schon gesagt habe, ich habe mein ganzes Leben lang auf einer Ranch gearbeitet."

„Hey, Mr. Toliver!" unterbrach sie einer der Männer. „Werden Sie's tun? Wir könnten noch Hilfe brauchen."

„Das wird ein Tag!" rief ein anderer.

„Hey, Moment mal!" protestierte ein anderer, „Meine Ma hat im Krieg unsere Ranch geführt, und sie hat das gut gemacht."

„Eine Frau kann einfach nicht dieselbe Arbeit tun, die ich —"

· „Sei nicht so engstirnig", ließ sich eine weitere Stimme vernehmen. „Wenn ein Mädchen dieselbe Arbeit machen *kann*, dann sollte man es ihr auch erlauben."

Etwas an dieser neuen Stimme zwang Carolyn, genauer hinzusehen. Der Sprecher lehnte nachlässig am Verpflegungswagen, die Hände in den Taschen, einen Grashalm im Mund. Die Stimme des Mannes, die Carolyn aufgefallen war, war sarkastisch und herausfordernd. Seine Augen, die in der Sonne blinzelten, lachten sie förmlich an. Carolyn kochte. Auf der Windreiter Ranch war sie vor solchen Vorurteilen geschützt gewesen. Nur manchmal mußte einem Neuen klargemacht werden, daß die Tochter der Rancherin sehr wohl ihren Mann stehen konnte. Das machte sie immer wütend, und jetzt war das nicht anders.

„Ich kann diese Arbeit tun, und ich nehme es mit jedem von euch Hasenherzen auf, der Manns genug ist, gegen mich anzutreten!" Sie sah die Männer herausfordernd an, besonders den am Wagen.

„Hey, Gentry, ich glaube, sie fordert dich!" rief einer der Cowboys.

Gentry spuckte seinen Grashalm aus und kicherte trocken, überheblich. „Hören Sie zu, Miss, das ist hier keine Wildwest Show; wir haben wirkliche Arbeit zu tun."

„Soso, Gentry, du Feigling!" sagte einer.

„Ich will nicht wegen so einer Dummheit meinen Lohn verlieren", sagte Gentry. „Aber Stanton, es steht dir frei, es mit dem Mädchen aufzunehmen."

Der Cowboy namens Stanton spuckte aus und sagte dann: „Weshalb sollte ich? Ich habe nichts gegen das Mädchen gesagt."

„Habe ich das vielleicht?", wandte sich Gentry an Carolyn.

Sie wollte gerade etwas antworten, als Toliver dazwischentrat. „Okay, Zeit, wieder an die Arbeit zu gehen. Wie Gentry richtig gesagt hat, bezahle ich euch nicht für Dummheiten."

Während Tolivers Aufmerksamkeit für einen Moment abgelenkt war, gab Carolyn ihrem Pferd die Sporen und ritt auf die friedlich grasende Herde zu. Sie hielt einen Moment inne und ließ den Blick über das Vieh schweifen. Ein Lasso und einige weitere Stricke waren an ihrem Sattel befestigt, ihr Pferd war also wahrscheinlich an diese Arbeit gewöhnt. Sie war diese überheblichen Männer leid, die sich über sie lustig machten. Sie würde sie ein für allemal zum Verstummen bringen, indem sie eins der Kälber einfing.

Sie erspähte ein ungebranntes, mittelgroßes Kalb, das an der Seite seiner Mutter graste und nahm das Lasso von seiner Befestigung am Sattel. Sie faßte es an der Schleife und setzte ihr Pferd in Bewegung. Die Tiere liefen auseinander, und auch das Kalb wollte weglaufen. Carolyn behielt es im Auge, und es mußte bemerkt haben, daß es das Ziel der Jagd war, denn es versuchte entschiedener zu fliehen als die anderen Tiere. Carolyn setzte ihm nach, als es schneller lief und ließ ihm nicht mehr als zwanzig oder dreißig Fuß Vorsprung. Sie ließ es nur so lange laufen, bis sie ihr Lasso in der richtigen Position hatte, es über ihrem Kopf schwang und dem Kalb um den Hals warf. Das ganze dauerte nur wenige Sekunden. Carolyn atmete auf, als alles so glatt ging. Ja, sie verstand etwas vom Handwerk, aber selbst die erfahrensten und besten Cowboys brauchten manchmal mehr als einen Versuch.

Nun betete sie, daß auch ihr Pferd wußte, wie es sich verhalten mußte, denn die Stute mußte mit dem Seil stillstehen, bis Carolyn das Kalb gebunden hatte.

„Okay du — ich weiß nicht mal, wie du heißt", sagte sie zu dem Braunen, „laß mich jetzt nicht im Stich."

Carolyn sprang vom Pferd und lief zu dem Kalb, das wild um sich trat und an dem Strick zerrte. Mit einer sicheren Bewegung ergriff sie einen Vorderfuß des Tieres, zog ihn zu sich, so daß das Kalb auf den Rücken fiel, warf dann die Schlinge eines zweiten Seils um dieses Bein, wickelte den Strick über die Hinterbeine und wieder nach vorn, mehrmals, bis drei Beine fest umwickelt waren. Der ganze Vorgang hatte keine Minute gedauert, und obwohl sie mit der Geschwindigkeit zufrieden war, wäre sie sogar noch schneller gewesen, hätte sie ihr vertrautes Handwerkszeug gehabt und ihr eigenes Pferd. Griff konnte das in weniger als zwanzig Sekunden tun.

Carolyn stand da und mied den Blick der Männer, die sie beobachteten. Nichts hätte sie lieber gesehen als ihre ungläubigen Gesichter, aber sie wollte sie nicht merken lassen, daß ihr daran etwas lag. Kaum hatte sie sich wieder aufgerichtet, als sie Stiefelschritte auf sich zu eilen hörte.

„Bringen wir das zu Ende. Ziehen Sie ihm die Hinterbeine stramm, daß ich ihm das Zeichen aufbrennen kann." Es war der Kerl namens Gentry, der ein glühendes Brandeisen in der Hand hatte. Während Carolyn damit beschäftigt gewesen war, das Tier einzufangen, hatte er das Zeichen im Fell des Muttertiers gesehen und das richtige Eisen vorbereitet.

Carolyn gehorchte prompt. Ein paar Sekunden später war alles erledigt, das Kalb wurde losgebunden und lief zu seiner Mutter zurück. Carolyn glättete das Lasso und rollte es wieder zusammen, während sie zu ihrem Pferd zurückging. Ganz bewußt wartete sie keinen weiteren Kommentar ab. Aber der kam ihr hinterher.

„Und was jetzt?", fragte er mit dem trägen Tonfall der Texaner.

„Ich nehme an, ich beherrsche diese Arbeit", erwiderte sie, unfähig, ihre Genugtuung zu verbergen.

„Glauben Sie also, daß Mr. Toliver Sie jetzt anheuert?"

„Was interessiert Sie das?"

„Eigentlich gar nicht, bloß Neugier." Er wollte sich entfernen, drehte sich aber noch einmal zu ihr um. „Übrigens, gar nicht schlecht ... für ein Mädchen." Dann schlenderte er davon.

Carolyn schnappte nach Luft, wütend über das infame Kompliment. Wenn er es wenigstens ernst gemeint hätte. *Für ein Mädchen*... so eine Frechheit!

Die Ankunft eines anderen Reiters lenkte sie ab. Es war Laban Stoner. Carolyn stöhnte innerlich, sie wußte nicht, ob in Erwartung der Auswirkungen ihres undamenhaften Betragens oder einfach wegen Labans bedrohlicher Gegenwart. Eines wußte sie gewiß: die Stoners hatten sie nicht so in der Hand, wie sie ihre Mutter in der Hand gehabt hatten. Sie war frei zu gehen, wann immer sie wollte, aber so leicht würde sie das nicht tun. Ein einziger düsterer Blick von Laban — Onkel Laban! — würde sie nicht umwerfen. Carolyn hatte einen sehr starken Grund, auf der Ranch auszuharren, so lange es sein mußte. Schließlich stand das Leben ihrer Mutter auf dem Spiel. Das allein mochte den Stoners Grund genug sein, sie zu zügeln. Sie wollte die Dinge aber nicht in dieser Weise betrachten. Sie wollte das Beste von ihrem Großvater glauben, und selbst von ihrem Onkel, wenn das möglich war.

Sie schlenderte zu der Stelle, wo Laban vom Pferd gestiegen war und mit Toliver sprach. Laban richtete seinen durchbohrenden Blick auf sie.

„Wer hat dir erlaubt, hier herauszureiten?", fragte er tonlos.

„Dachte nicht, daß ich eine Genehmigung dazu brauche", erwiderte sie.

„Das war dein erster Fehler."

Carolyn lächelte über die auftrumpfende Art des Mannes.

„Lach mich nicht aus, Mädchen", sagte er in scharfem Ton. „Andere haben diesen Fehler gemacht, und es war ihr letzter Fehler."

„Zwingen Sie mich nicht, weitere Fehler zu machen, indem Sie mich bedrohen, Mr. Stoner", sagte Carolyn erregt. „Und was mein Hiersein angeht, das ist offenes Ranchland, und ich habe dasselbe Recht wie Sie, mich frei darauf zu bewegen. Ich verstehe, daß Sie es nicht gern sehen, wenn jemand Fremdes den Viehtrieb stört, selbst wenn ich kein Grünschnabel darin bin. Ich werde für jetzt nachgeben, aber ich werde mit meinem Großvater sprechen — wenn ich wirklich eine Erlaubnis brauche, dann werde ich sie bekommen."

Sie hätte ebenso gut zu einer Wand reden können, so wenig Wirkung hatten ihre Worte auf Labans versteinertes Gesicht.

„Toliver", sagte Laban zum Vorarbeiter, „sehen Sie zu, daß sie nicht allein zur Ranch zurückreitet."

„Ich brauche keine Begleitung", protestierte Carolyn.

„Sie haben gehört, was ich gesagt habe, Toliver."

Der Vorarbeiter sah Carolyn entschuldigend an. „Ich werde Sie selbst zurückbegleiten."

„Nicht Sie", sagte Laban. „Ich habe mit Ihnen zu reden."

Mit einem kaum verhüllten Augenrollen wandte Toliver sich an die Männer. Die meisten hatten sich wieder an die Arbeit gemacht und waren mit Einfangen und Brennen beschäftigt, aber eine kleine Gruppe umlagerte noch immer den Verpflegungswagen und beendete ihr Mittagessen. An sie, und besonders an einen unter ihnen, richtete Toliver seine nächsten Worte. „Gentry, steigen Sie auf und bringen Sie das Mädchen nach Hause."

„Aber Boss!" beschwerte sich Gentry.

„Bewegen Sie sich!"

Gentry warf seinen Teller und seine Tasse in den Spülbottich. „Das hat man davon, wenn man herumsteht, statt zu arbeiten", murmelte er.

27

Beide entfernten sich verstimmt vom Camp. Carolyn kochte, nicht nur wegen der beleidigenden Behandlung durch ihren Onkel, sondern auch über die zusätzliche Demütigung, in der Obhut eines Mannes reiten zu müssen, als ob sie ihr nicht trauten oder ihr nicht zutrauten, sicher allein zurückzugelangen.

Und dann mußte Toliver von allen auch noch Gentry auswählen! Es war einfach zum Platzen. Und zu allem Überfluß hatte Gentry auch gar keine Lust, mit ihr zu reiten.

Sie ritt in raschem Trab, bis das Lager außer Sicht war. Gentry hielt Schritt mit ihr, obgleich er sich betont eine oder zwei Pferdelängen hinter ihr hielt. Als sie das Tempo verlangsamte, drehte sie sich im Sattel um. „Sehen Sie, wenn Sie meine Gesellschaft nicht mögen, können Sie zurückreiten. Ich kann allein auf mich aufpassen."

„Ich habe meine Anweisungen."

„Pfeifen Sie doch auf Ihre Anweisungen!"

„Wünschte, das könnte ich." Gentry ritt neben sie. Sie schwiegen einige Minuten, dann sprach er weiter: „Wer sind Sie denn eigentlich, daß Sie in diesem Ton mit Mr. Stoner reden können?"

„Ich bin seine Nichte, Caleb Stoners Enkeltochter."

„Was Sie nicht sagen! Trotzdem, wo ich herkomme, hätten wir mit Älteren nicht so reden dürfen."

„Nun, das tue ich auch gewöhnlich nicht", sagte sie verteidigend. „Aber dieser Mann kann einen rasend machen!"

„Da haben Sie recht."

Sie ritten schweigend weiter. Carolyns Ärger legte sich, aber sie hatte Gentrys gemeine Haltung ihr gegenüber nicht vergessen. Dennoch war es angenehm, mit jemandem derselben Meinung über Laban zu sein, also war sie für den Augenblick bereit, Gentrys andere Fehler zu übersehen.

„Wie heißen Sie?", fragte Gentry. „Mein Name ist Matt Gentry."

„Carolyn."

„Woher kommen Sie?"

„Nördlich von hier, nahe der großen Biegung des Brazos."

„Ziemlich wilde Gegend dort oben. Hat Ihr Pa dort eine Ranch?"

„Mein Pa ist tot. Meine Ma hat eine Ranch. Die Windreiter Ranch."

„Oh, hab davon gehört. Großes Gut. Also ist Ihre Mutter diese Ranchersfrau. Kein Wunder ..."

„Kein Wunder was?"

„Oh, gar nichts."

Carolyn brachte ihr Pferd abrupt zum Stehen. „Ich weiß nicht, was Sie von Ranchersfrauen halten und von weiblichen Cowboys, aber ich sage Ihnen, meine Mutter hat diese Ranch aus dem Nichts aufgebaut, und jetzt ist es eins der besten Güter in ganz Nordwesttexas. Sie könnte Sie zehnmal in die Tasche stecken, und sie weiß mehr über Vieh und Pferde als Sie jemals wissen werden. Und darüber hinaus ist sie eine der prächtigsten *Damen*, die Sie sich vorstellen können. Nun, in der Hinsicht mag ich nicht viel hermachen, aber Sie haben kein Recht, mit Ihren veralteten und komischen Maßstäben über uns zu urteilen."

Auch Gentry war stehengeblieben und sah sie nun direkt an. „Es tut mir leid", sagte er schlicht.

Seine völlige Aufrichtigkeit entwaffnete Carolyn. „Wie?"

„Ich sagte, es tut mir leid. Sie haben völlig recht, wissen Sie. Aber versuchen Sie zu verstehn, daß ich — und die meisten Jungs hier drau-ßen — einfach nicht an Frauen als Rancher gewöhnt sind, besonders nicht an solche, die fast so arbeiten können wie wir."

„Fast?"

„Nun kommen Sie, Carolyn! Sehen Sie mir mal etwas nach, ja? Das ist alles neu für mich."

Carolyn trieb ihr Pferd wieder an, ein verstohlenes Lächeln auf den Lippen. Gentry ritt neben ihr.

„Schätze, ich bin ganz schön empfindlich", sagte sie.

„Das wäre ich an Ihrer Stelle wohl auch. Werden Sie immer so behandelt?"

„Daheim sind alle an mich gewöhnt."

„Ich würde sagen, die allermeisten Jungs auf dem Stoner Gut haben in ihrem ganzen Leben noch nichts von einem Cowgirl gehört und noch weniger eins gesehen. Wir sind hier wirklich etwas zurückgeblieben."

„Ich nehme an, ich sollte es also nicht so schwer nehmen?"

Er nickte und lächelte, sagte aber nichts weiter.

Sie erwiderte das Lächeln, und sie ritten eine Weile in entspannterem Schweigen nebeneinander. Jetzt, da sie ihren Ärger überwunden hatte, konnte sie ihren Begleiter Matt Gentry mit mehr Ruhe einschätzen. Er war Anfang zwanzig, aber er machte den Eindruck, schon mit allen Wassern gewaschen zu sein. Seine weichen grauen Augen und sein dünner Mund waren bereits von Falten umgeben, die auf ein Leben unter der unerbittlichen Präriesonne hindeuteten. Seine Haare waren sandfarben und ausgebleicht, und sein Hut konnte die lockige Fülle seines Haars nicht ganz bedecken. Sein knochiges Kinn war mit einem Zweitagebart bedeckt, was die tiefe Sonnenbräune seines Gesichts noch unterstrich. Obgleich er bei weitem nicht so hübsch war wie Sean Toliver, fand Carolyn, daß er gar kein unangenehmer Anblick war.

Sie nahm sich vor, seine vorgefaßten Meinungen nicht überzubewerten. Viele Männer waren so, jedenfalls, was Frauen betraf. Sie hatte außergewöhnliches Glück gehabt, in einer Umgebung groß zu werden, wo man sie nach dem beurteilte, was sie war und was sie konnte, nicht nach ihrer Geschlechtszugehörigkeit. Sie fragte sich, was geworden wäre, wenn ihre Mutter Caleb Stoners Ranch nie verlassen hätte. Carolyn schauderte es bei dem Gedanken, was für ein Mensch aus ihr im Schatten Laban Stoners und unter der Strenge Caleb Stoners geworden wäre. Wie wäre ihr Vater gewesen? Nicht viel anders, nach dem, was ihre Mutter sagte.

Ihre Gedanken wurden unterbrochen, als Gentry sein Pferd zügelte. Sie folgte der Richtung seines Blicks und sah mehrere Gestalten in Richtung Camp reiten. Sie ritten ziemlich schnell.

„Wer sind sie?", fragte Carolyn.

„Sieht aus wie die Konkurrenz von Bonnell drüben."

Wenn im Frühjahr die Herden getrennt wurden, geschah es manchmal, daß eine der großen Ranches eine kleinere ausschloß, wenn deren Aktivitäten als nicht ganz lupenrein galten. Das konnte für das kleinere Gut sehr hart sein, das sich nicht leisten konnte, eine ganze eigene Mannschaft bereitzustellen. Oft wurde die kleinere Ranch so ganz aus dem Geschäft gedrängt. Oft versuchte ihr Besitzer dann, andere kleinere Rancher auf seine Seite zu bringen und mit ihnen zusammen am Viehtrieb teilzunehmen. Das wurde dann ein Haufengut genannt. Carolyn hatte bislang nur davon gehört, es aber noch nie gesehen.

„Haben die Stoners sie ausgeschlossen?", fragte sie.

„Die Bar S Stoner Ranch hat in letzter Zeit Vieh verloren, und vor etwa einem Monat fand Toliver einen unserer Stiere mit geänderter Markierung nahe Bonnell. Er hatte nicht genügend Beweise, um Jim Bonnell wegen Viehdiebstahls verhaften zu lassen, aber Caleb Stoner war das genug, ihn vom Treiben auszuschließen. Ein paar der anderen kleinen Rancher in der Gegend glauben, Caleb hat es auf die Bonnell Ranch abgesehen und auch auf die anderen kleinen Ranches und will sie deshalb aus dem Geschäft drängen. Das ist ihre Antwort auf Caleb."

„Glauben Sie, es wird Ärger geben?"

„Nicht, solange Bonnell keinen anfängt. Aber ich habe schon blutige Auseinandersetzungen wegen weniger gesehen."

Die Männer konnten einfach ihrer Arbeit nachgehen, ihr Vieh zusammentreiben und froh sein, wenn sie wenigstens das durften. Aber die Rancher, die sich betrogen fühlten, würden empfindlich sein, und die Lage wäre auf jeden Fall gespannt. Carolyn konnte sich nicht vorstellen, daß Laban Stoner oder Sean Toliver nur um der Ruhe willen vor einem Kampf zurückschreckten.

„Wollen Sie zurückreiten?", fragte sie.

„Nein, die anderen werden schon damit fertig. Und ich würde wirklichen Ärger kriegen, wenn ich Sie in die Nähe einer Schießerei bringen würde."

Carolyn wollte bei diesen Worten wieder hochfahren, aber sie versuchte, Gentrys Haltung zu verstehen. Auch sie mußte vernünftig sein. Sie hatte sich um andere wichtige Dinge zu kümmern und durfte sich nicht mutwillig in etwas verwickeln lassen.

„Gut", sagte sie, „ich habe keine Angst vor einem Kampf, aber wenn es nicht sein muß, lege ich auch keinen Wert darauf. Ich habe so schon genug Probleme."

„Und welche Art Probleme könnte eine junge Frau wie Sie haben?"

„Geht Sie nichts an", sagte Carolyn knapp.

Gentry grinste. „Da wären wir wieder, he? Ein engstirniger Mann. Tut mir leid."

„Okay, ich verzeihe Ihnen." Sie schwieg und dachte darüber nach, weshalb sie eigentlich nicht mit jemandem über ihr Problem sprechen sollte. Gentry mochte in der Lage sein, ihr zu helfen; er mochte Dinge über die Ranch wissen, die ihr bei der Suche nach dem Mörder ihres Vaters nützlich sein konnten. Aber Toliver wäre wirklich der bessere Vertraute, denn als Vorarbeiter mußte er eine ganze Menge mehr wissen als ein einfacher Cowboy. Die Tatsache, daß Toliver so hübsch und charmant war, hatte damit nur wenig zu tun. Weil sie nicht aller Welt von ihren Absichten erzählen wollte, sagte sie nichts weiter darüber zu Gentry. Wahrscheinlich hatte er ohnehin kein Interesse, ihre Last mitzutragen.

28

Carolyn sah ihren Großvater einige Stunden später beim Abendessen. Maria hatte eine würzige, gute Suppe serviert, besser als irgend etwas, was Yolanda je gekocht hatte. Aber Carolyns Gedanken waren nicht beim Essen; sie dachte daran, was sie an diesem Tag getan hatte und was Caleb davon halten mochte.

Als er fragte: „Was hast du heute gemacht?", spielte sie mit dem Gedanken, ihn zu belügen — oder jedenfalls die Wahrheit etwas abzumildern. Aber sie entschloß sich, sich nicht vor diesem Mann zu dukken, wie es ihre Mutter getan hatte.

„Ich war draußen im Camp", sagte sie mit unmißverständlicher Herausforderung in der Stimme.

„Wir sind es nicht gewohnt, Frauen draußen auf der Ranch zu sehen."

„Ich bin es aber nicht anders gewohnt." So sehr sie sich auch bemühte, sie konnte den Mangel an Respekt in ihren Worten nicht verstecken — und selbst sie haßte es, wie diese Worte geklungen hatten. „Es tut mir leid, Mr. Stoner, meine Ma hat mich wirklich nicht zur Unhöflichkeit erzogen. Aber manchmal denke ich einfach nicht, bevor ich etwas sage." Sie verstummte und begegnete Calebs Blick für einen Moment. War er wirklich das Ungeheuer, als das ihre Mutter ihn immer dargestellt hatte? Bislang war er einfach nur ernst und wortkarg gewesen. Aber weshalb sollte er sie anders behandeln?

„Wie hat sie dich denn erzogen?"

„Ich nehme an, sie hat mich zur Selbständigkeit erzogen, jedenfalls so weit, daß ich nicht vergesse, daß Gott es am Ende ist, der alle Dinge in der Hand hat. Sie hat mich auch dazu erzogen, meine Gedanken offen auszusprechen — und das bringt mich manchmal in größere Schwierigkeiten als mir lieb ist."

„Ich komme aus einer anderen Schule." Caleb hielt ihren Blick gefangen und schien sie genau zu studieren, während er sprach. „Ich habe gelernt, daß man sich um Frauen kümmern muß, sie vor den harten Realitäten dieser Welt schützen muß. Und daß sie gehorsam und bescheiden sein müssen — und willfährig."

„Wissen Sie, die Zeiten haben sich geändert."

„Für einige."

„Nun, ich hätte gedacht, ihr Männer seid froh, die Verantwortung los zu sein. Das sollte doch eine willkommene Veränderung sein. Aber trotzdem, Männer und Frauen brauchen sich noch immer gegenseitig. Ich weiß eine Menge über die Arbeit auf einer Ranch, aber es gibt einiges, was ich einfach nicht tun kann, weil ich nicht groß genug bin und nicht stark genug."

„Wir reden hier nicht von Muskelkraft, Carolyn." Er legte seinen Löffel hin und sah sie an. Er schien ein wenig befremdet über dieses ganze Gespräch. Sie fragte sich, wann er sich zuletzt mit einer Frau gestritten hatte, oder ob er das überhaupt je getan hatte. „Das ist eine Frage des moralischen Maßstabs."

„Wie?"

„Die Heilige Schrift sagt, daß Frauen den Männern untertan sind", sagte er höflich.

„Nun, Sam — das ist jetzt der Mann meiner Mutter, und er ist ein Geistlicher — er sagt, daß Gott Eva aus Adams Rippe geformt hat, weil ER wollte, daß Mann und Frau Seite an Seite als Gleiche durchs Leben gehen."

„Das ist absolute Häresie. Kein Wunder, daß du so geworden bist, wenn man dir solchen Unsinn eingetrichtert hat."

„Klingt, als ob das eine der Fragen in der Bibel ist, wo Gott sich nicht ganz klar ausgedrückt hat."

„Es ist klar genug für mich", erwiderte Caleb unnachgiebig.

„Ich weiß nur, daß ich bin, wie ich bin und daß Gott mich so liebt, und ich wünschte mir wirklich, Sie könnten das auch."

„Wie gesagt, ich komme aus einer anderen Schule."

„Ich nehme an, das wird für uns beide schwer, nicht wahr?" Sie zögerte und lächelte. „Ich habe das Gefühl, wir sind beide zu dickköpfig, um uns zu ändern — wir haben zu viel Stonerblut in uns! Aber können wir uns nicht gegenseitig akzeptieren, wie wir sind?"

„Das ist das Entscheidende, nicht wahr, das Stonerblut." Dann sah er sie plötzlich an, und sie hatte das Gefühl, er sah sie erst jetzt zum ersten Mal. Im guten oder bösen — sie *war* Leonhards Tochter.

Sie nickte auf seinen fragenden Blick hin; dann stiegen ihr aus keinem ersichtlichen Grund die Tränen in die Augen. Plötzlich sah auch sie Caleb Stoner in neuem Licht, so wie ihn niemand auf der Welt bis jetzt gesehen hatte. *Ihr Großvater.* Bevor der Impuls vorüberging, sprang sie auf, lief zu ihm an die Kopfseite des Tisches, schlang ihre Arme um seinen Hals und küßte ihn auf die Wange.

Caleb Stoner war in seinem ganzen Leben noch nicht so schockiert gewesen.

Über sich selbst erstaunt — sie zeigte ihre Zuneigung nicht leicht in Gesten — ließ Carolyn ihn los, leicht verlegen, und straffte sich.

„Verzeihen Sie, Mr. Stoner. Ich ... Ich weiß nicht, was in mich gefahren ist. Ich —"

„Großvater wird schon recht sein."

„Was?"

„Du darfst mich Großvater nennen."

Sie nickte stumm. „Da ... Danke, das würde ich gern."

„Iß dein Abendbrot auf. Maria sieht es nicht gern, wenn ihr Essen stehenbleibt."

29

Am nächsten Morgen beendeten Carolyn und ihr Großvater gerade ihr Frühstück, als Sean Toliver den Kopf durch die Tür steckte.

„Ich hoffe, ich störe Sie nicht beim Frühstück", sagte er, obwohl er offensichtlich genau das tat.

„Was gibt es?", fragte Caleb.

„Ich bin wegen der Sache hier, über die wir gestern abend gesprochen haben. Sie wissen schon, das Pferd."

„Ach ja. Nun, wir sind sowieso gerade fertig." Caleb sah Carolyn an. „Mr. Toliver hat einen Auftrag zu erledigen, Carolyn, und er möchte, daß du ihn begleitest."

„Ich?"

„Wenn es dir nichts ausmacht."

„Nein, ich denke nicht ... das heißt, wenn du mich nicht brauchst, Großvater."

„Nein, du hast meine Erlaubnis."

Carolyn wollte schon sagen, daß sie ihn gar nicht um eine Erlaubnis gebeten hatte, aber gerade noch rechtzeitig bremste sie sich. Schließlich gab Caleb sich ehrlich Mühe, versöhnlich zu sein. Seit dem erstaunlichen Zwischenfall am Abend zuvor war er ihr gegenüber besonders zurückhaltend. Es überraschte sie, daß sich die Dinge zwischen ihnen so gut entwickelten. Sie begann sich zu fragen, ob ihre Mutter, wie Griff manchmal sagte, noch viel dickköpfiger war als Carolyn. Wenn Deborah gegenüber Caleb eine absolut unnachgiebige Haltung eingenommen hatte, war es kein Wunder, daß die beiden aneinander geraten waren.

„Muß ich etwas anderes anziehen?", fragte Carolyn Sean. Sie trug an diesem Morgen einen blauen Kattunrock und eine weiße Bluse, um Caleb zu zeigen, daß auch sie nachgeben konnte.

Sean warf Carolyn einen seiner bewundernden Blicke zu und sagte dann mit einem angedeuteten Lächeln: „Nein, Miss Stoner, Sie sehen phantastisch aus."

Sie errötete. *Eines Tages, schwor sie sich, werde ich dem Blick dieses Mannes standhalten, ohne rot zu werden!*

Aber er hatte eine Art, die ein Kribbeln in ihr weckte, die sie wohltuende Wärme im ganzen Körper fühlen ließ und ihren Kopf leicht machte. Sie nahm an, es lag daran, daß sie zum erstenmal von einem Mann, von einem *richtigen* Mann, auf diese Weise angeschaut wurde. Zu Hause gehörten alle so sehr zur Familie, daß kein Mann wagen würde, ihr auf diese Art seine Aufmerksamkeit zu schenken. Wenn jemand Neues auf die Ranch kam, begriff er immer schnell, wie er sich in dieser Hinsicht zu verhalten hatte. Ein Junge, der vor kurzem eingestellt worden war, hatte sich ihr in der Scheune genähert, und sie hatte ihm sogar einen Kuß erlaubt. Aber das hatte nichts bedeutet, und selbst wenn, war er noch ein Junge. Als Griff es herausbekam, hätte er ihn beinahe entlassen; und nichts Derartiges war je wieder vorgekommen.

Merkwürdigerweise war Carolyn, was Männer anging, genauso unerfahren wie ihre Mutter es im selben Alter gewesen war, obwohl Carolyn die ganze Zeit mit Männern zu tun hatte. Jedenfalls war sie in der Liebe unerfahren. Falls Sean Toliver irgendwelche romantischen Vorstellungen über Carolyn hegte, dann würde er bald herausfinden, daß sie unschuldig wie ein neugeborenes Fohlen war, ohne die mindeste Schramme oder Narbe an ihrem arglosen Herzen.

Sie verließen gemeinsam das Haus und gingen über den Vorplatz in Richtung Stall. Aber sie gingen daran vorbei, um zur großen Koppel zu gelangen, wo gewöhnlich die Pferde zugeritten wurden. Im Moment waren etwa dreißig Tiere in der Koppel. Carolyn begutachtete sie mit Kennerblick und sah, daß es sich um eine ausgezeichnete Herde mit durchweg einwandfreien Tieren handelte. Natürlich verstand Carolyn genügend von Pferden, um nicht nach dem ersten Eindruck zu urteilen.

„Was meinen Sie?", fragte Toliver.

„Sie sind gut."

„Ist das alles?"

„Wollen Sie mein fachmännisches Urteil hören, oder wie?"

„Gestern abend hat Mr. Stoner mir aufgetragen, ein paar Dutzend seiner besten Pferde in die Koppel zu treiben und Sie eins auswählen zu lassen."

„Das hat er wirklich?" Als Sean nickte, fuhr sie fort: „Er ist ein komischer Mann, nicht? Ich meine, ich hätte nie gedacht, daß er so schnell weich wird."

„Vielleicht dachte er sich einfach, wen du nicht besiegen kannst, den mach dir zum Freund."

„Trotzdem, nach allem, was ich über ihn gehört habe ..." Sie verstummte nachdenklich und sah Sean dann offen an. „Was für ein Mensch ist mein Großvater, Sean? Was halten Sie von ihm?"

„Er ist ein harter, skrupelloser Mann. Ich möchte ihn nicht gegen mich haben, er wäre ein Feind zum Fürchten. Aber ich glaube, wenn er jemanden mag, dann kann dieser Mann — oder diese Frau — bei ihm weit kommen. Unglücklicherweise mag er nicht viele Leute . Das heißt, es gibt nur wenige, die er respektiert oder bewundert. Er ist freundlich zu Leuten, die er braucht, aber das ist nicht das gleiche."

„Mag er Sie, Sean?"

„Ich nehme an, das tut er, solange ich ihm nützlich bin. Wir haben so ziemlich dieselben Ansichten über viele Dinge."

„Wie meinen Sie das?"

„Wir wissen beide, was wir wollen, und wir wissen, wie wir es bekommen." Er sah Carolyn plötzlich mit solcher Eindringlichkeit an, daß sie sich unter seinem Blick zu winden begann.

„Nun, diese Pferde —" sagte sie mit leiser Stimme, während sie durch die Absperrung der Koppel schlüpfen wollte.

Sean legte ihr eine Hand auf die Schulter und näherte sich ihr auf wenige Zentimeter.

„Ihr Großvater will Sie nicht wieder verlieren", sagte Sean. „Und ich fühle genauso, Carolyn, ich will dich."

„Sean, ich — ich —" Ihr Herz raste wie eine Herde galoppierender Mustangs. Sie hatte Angst, daß er sie küssen würde — Angst, weil sie nicht wußte, wie sie einen Mann wie Sean küssen sollte.

Er schien ihr Zittern zu bemerken. „Du brauchst nichts zu sagen. Überlaß alles mir, Carolyn. Ich weiß, wie man ein Mädchen wie dich glücklich macht."

Seine Lippen berührten ihren Nacken und begannen, ihre weiche Haut zu küssen, bis sie vor Erregung zu sterben glaubte. Dann suchte er langsam ihre Lippen — zu langsam, dachte sie. Sie wollte, daß er sie küßte, aber er ließ sich Zeit, küßte ihre Wangen und ihre Ohren und wieder ihren Nacken, während seine großen, warmen Hände über ihren Körper strichen.

„Oh, Sean!" wisperte sie.

Er fuhr fort, sie zu berühren und zu küssen, mied aber noch immer ihre Lippen. Nie hatte sie sich so sehr gewünscht, daß ihr Mund den

144

eines Mannes berührte. Sie drehte den Kopf und bot ihm den Mund
zum Kuß, aber er schien mehr an ihrem Nacken interessiert. Dann,
gerade, als er ihrem Gesicht wieder näher kam —"

„Senor Toliver!"

Es war Ramon. Sean fluchte. Carolyn sank halb ohnmächtig gegen
das Gatter, als Sean herumfuhr und Ramon entgegensah, der um die
Ecke des Stalls gebogen war.

„Der verdammte Schleimer", grummelte er sanft, dann laut: „Was
willst du? Ich habe zu tun."

„Senor Laban sucht Sie. Er ist im Haus und sagt, Sie sollen sofort zu
ihm kommen."

„Was ist los?"

„Hat er nicht gesagt, aber es scheint, irgendwas stimmt nicht."

„All right! Mach dich wieder an deine Arbeit; ich komme gleich."
Als Ramon verschwunden war, wandte Sean sich wieder Carolyn zu.
Er strich ihr mit einem Finger über die weiche Wange und küßte sie
flüchtig. „Schätze, du hast etwas gut bei mir, Liebes."

„Oh . . . okay." Carolyn schluckte.

Er lächelte, und sie nahm nicht einmal wahr, wie sicher er sich seiner
selbst war. Das einzige, was zählte, waren seine warmen Lippen auf
ihrer Haut und der ungestillte Hunger ihrer eigenen Lippen.

„Du suchst dir ein Pferd aus."

„Wie?" Sie hatte die Pferde und Calebs Angebot ganz vergessen.

Sean lächelte wieder. „Keine Sorge, ich komme wieder."

Sie nickte gedankenlos und sah ihm sehnsüchtig nach.

Sie brauchte ein paar Minuten, um die Fassung wieder zu gewinnen.
Und in dieser Zeit kam sie sich sehr, sehr dumm vor. Was war sie denn
für ein Mädchen, daß kaum mehr als ein Blick genügte, um sie zu
einem Klumpen weichen Tons in der Hand eines Mannes zu machen
und ihm zu erlauben, alles mit ihr zu tun? Was wäre geschehen, wenn
Ramon sie nicht unterbrochen hätte? Sie hätte niemals gedacht, daß sie
sich dem erstbesten Mann an den Hals werfen würde, der sie wie ein
richtiger Mann ansah.

Aber was für ein Mann er war!

Wie konnte ein Mädchen einem Mann wie Sean Toliver widerstehen? Selbst jetzt, als sie sich ihr Verhalten vorwarf, konnte sie nur
daran denken, daß er ihren Mund küssen sollte, lang und leidenschaftlich. Fast konnte sie seine Lippen auf ihren schmecken. Der Gedanke
allein war schon köstlich.

Und dieser Mann begehrte sie! Das war fast zu viel für ihre Vorstellungskraft. Sie! Ein schlaksiges Cowgirl mit dem Staub der Prärie im Gesicht!

„Senorita Carolyn", sagte Ramon, der sich ihr genähert hatte. „Senor Toliver sagt, ich soll mit dem Pferd helfen. Hast du dir schon eins ausgesucht?"

Carolyn war um Ramons Störung jetzt dankbarer als noch wenige Minuten zuvor. Besser, sie dachte jetzt nicht weiter an Sean Toliver. Sie hatte andere wichtige Dinge auf der Ranch, um die sie sich kümmern mußte, und sie würde sich nicht ablenken lassen. Eine Romanze mit Sean würde ihre Mutter nicht befreien; ein eigenes Pferd andererseits konnte Carolyn mehr Freiheit verschaffen, sich auf der Ranch zu bewegen. Sie *mußte* einen klaren Kopf bewahren.

„Nein, ich habe noch keins ausgesucht, Ramon." Sie betrachtete die Pferde in der Koppel von neuem. Sie brauchte nicht lange, um sich für eine schwarze Stute mit weißen Flecken an drei Hufen und im Gesicht zu entscheiden. Nicht nur ihre Markierung war ungewöhnlich, sie hatte auch einen leichten Gang und einen stolzen, aufrechten Hals. „Ich nehme dieses da", sagte Carolyn, als sie zwischen den Balken in die Koppel schlüpfte.

Ramon gab ihr ein Seil, und sie ging auf die Herde zu. Es waren zahme Tiere, bereits zugeritten und an die Gegenwart von Menschen gewöhnt. Einige scheuten ein wenig, andere stießen sie im Vorübergehen sanft mit den Nüstern an. Sie streichelte sie und sprach zu ihnen, und sie fühlte sich hier noch wohler als vor wenigen Minuten in Seans Armen. Als sie die schwarze Stute erreichte, legte sie dem Tier das Seil um den Hals, ohne auf Widerstand zu treffen. Sie führte das Pferd zum Tor, das Ramon für sie offenhielt.

„Komm mit in den Stall, ich werde dir einen Sattel geben", sagte Ramon.

„Weißt du, ob dieses Pferd schon einen Namen hat?"

„Senor Stoner gibt den Pferden keine Namen, aber ich habe Namen für alle, die nicht den Männern gehören. Es steht mir wohl nicht zu, aber ... mir scheint, die Pferde sollten Namen haben."

„Das denke ich auch. Sie sind fast wie Menschen, nicht wahr?" Sie gab dem Schwarzen einen zärtlichen Klaps wie einer alten Freundin. „Wie hast du sie also getauft?"

„Tres Zapatos."

„Drei Schuhe ... das ist gut."

Ramon ging zu einer Wand des Stalls, an der mehrere Sättel an

Haken hingen. Er nahm einen herunter und trug ihn zu der schwarzen Stute.

„Das ist ein guter Sattel", sagte er, als er ihn auf den Rücken des Pferdes legte und mit Carolyns Hilfe begann, ihn festzuschnallen. „Vielleicht will der Patron einen besseren für dich, aber im Moment ist das der beste, den wir haben."

„Er ist prima."

Ramon sah Carolyn über den Sattel hinweg an. „Bist du wirklich die Enkeltochter des Patron?"

„Ja, das bin ich ganz gewiß."

„Die Tochter seines toten Sohnes Leonhard?"

Carolyn nickte.

„Vielleicht bin ich zu neugierig. Du weißt ja, wie schnell sich auf einer Ranch Gerüchte verbreiten. Man sagt, Senor Stoner habe nicht einmal von deiner Existenz gewußt, bis du kamst — da haben wir's wieder. Neugier! Meine Mutter sagt, das wird mir eines Tages großen Ärger einbringen."

„Das ist doch nicht schlimm, Ramon. Und es stimmt. Ich weiß es selber noch nicht lange."

„Es hat etwas mit der Frau zu tun, die in der Stadt im Gefängnis saß?"

„Das ist meine Mutter."

„Tut mir leid. Ich werde nichts mehr sagen."

„Es ist alles sehr kompliziert", sagte Carolyn. „Ich nehme an, ich weiß nicht einmal die Hälfte von allem. Aber ich werde es herausfinden."

„Wenn ich dir helfen kann, laß es mich nur wissen."

„Das ist nett von dir. Wie lange bist du schon hier, Ramon?"

„Auf der Ranch? Ungefähr drei Jahre. Aber ich bin in Stoner's Crossing aufgewachsen."

„Du mußt noch ein Baby gewesen sein, als mein Vater starb, vielleicht noch nicht einmal geboren. Ich muß mit Leuten reden, die damals erwachsen waren. Das Schwierige dabei ist, daß meinem Großvater das gar nicht gefallen wird."

„Vielleicht kann ich mich umhören."

„Ich möchte nicht, daß du in Schwierigkeiten gerätst."

„Ich würde vorsichtig sein."

Sie sah ihn einen langen Moment an, erstaunt und unsicher. „Warum willst du mir helfen, selbst wenn du dich dabei vielleicht gegen deinen Boss stellen mußt?"

Ramon zuckte mit den Schultern. „Hier sind nicht viele Menschen in meinem Alter, und ich möchte nett zu dir sein." Nach einem kurzen Zögern fügte er hinzu: „Ich meine nicht so wie Mr. Toliver."

Carolyn errötete. „Du hast uns gesehen?", brachte sie hervor.

„Es war keine Absicht. Es tut mir leid."

„Ach, vergiß es." Carolyn schwang sich auf das Pferd. „Ich reite aus."

„Carolyn", sagte Ramon, als sie sich in Bewegung setzte, „Du solltest vorsichtig sein mit Mr. Toliver."

„Ich kann schon auf mich aufpassen", sagte sie hochnäsig und ritt aus dem Stall.

30

In den folgenden drei Tagen blieb Toliver verschwunden. Offensichtlich hatte es draußen im Camp Ärger gegeben. Mit einigen der Leute vom Bonnell Gut war es zu Schießereien gekommen, und obgleich niemand verletzt wurde, war die Spannung groß. Caleb hatte Toliver angewiesen, im Camp zu bleiben.

Das war auch besser so, dachte Carolyn. Sie wußte einfach nicht, was sie von Sean und dem Zwischenfall an der Koppel halten sollte. Es war verwirrend und ein wenig beängstigend, und sie hatte mit genügend anderen Dingen zu tun, die ebenfalls verwirrend und beängstigend waren. Sie konnte jetzt keine Liebesgeschichte brauchen, die ihr Leben noch weiter komplizieren würde. Auch würde sie so etwas nur von ihrem Ziel ablenken. Wenn sie an Seans Berührungen und Küsse dachte, wurde ihr ganz mulmig, aber sie mußte sich einfach zusammenreißen. Das Leben ihrer Mutter hing von ihr ab.

Vielleicht rührte ihre Unruhe daher, daß sie gar nicht wußte, was sie hier draußen auf der Stoner Ranch für ihre Mutter eigentlich tun konnte. Als sie sich entschlossen hatte, hierher zu kommen, glaubte sie, alles würde sich irgendwie von allein richten, wenn sie erst hier war. Aber das geschah nicht. Die beiden Menschen, die ihr am besten helfen konnten, waren gerade die beiden, die sie am meisten fürchtete: Caleb und Laban. Mit ihrem Großvater kam sie so gut aus, daß sie das Erreichte nicht wieder verderben wollte, und sie war ganz sicher, genau das würde sie tun, wenn sie ihn über ihre Mutter und ihren

Vater ausfragte. Und an Laban war etwa so leicht heranzukommen wie an eine Klapperschlange.

„Nun, ich muß anfangen, etwas zu riskieren, das ist alles", sagte sie sich eines Morgens an ihrem fünften Tag auf der Ranch.

Dann hatte sie plötzlich eine Idee, als Maria an ihre Schlafzimmertür klopfte.

„Frische Wäsche, Senorita."

„Komm herein", sagte Carolyn. Sie war gerade mit Anziehen fertig und saß grübelnd auf ihrem Bett.

Maria kam herein und legte die saubere Wäsche auf eine Kommode. Dann begann sie, sie einzuräumen. Sie war eine alte Frau, wahrscheinlich über siebzig, rund und voller Runzeln. Aber Carolyn war von Marias Energie verblüfft. Sie kochte, putzte und bediente ganz allein. Und obwohl nur Caleb und Carolyn im Haus waren, war die Arbeit für eine alte Frau doch anstrengend.

„Wie lange bist du schon bei meinem Großvater?", fragte Carolyn, während Maria die Wäsche in den Schubladen verstaute.

„Viele Jahre! Ich kam zu ihm, gleich nachdem er nach Texas kam."

„Dreißig Jahre also."

„Oh nein, über vierzig Jahre."

Carolyn rechnete im Kopf. Sie glaubte, ihre Mutter hätte ihr einmal gesagt, daß Caleb die Ranch mit Geld aus dem Kalifornischen Goldrausch gekauft hatte. „Ist er nicht nach dem Goldrausch hierher gekommen?"

„Nein, nein. Ich begann für ihn zu arbeiten, kurz nachdem mein Mann gestorben war — das war 1843. Seine erste Frau starb um die gleiche Zeit. Es war eine sehr traurige Zeit; ich war froh, daß ich mich um ein Kleines kümmern konnte, und ich glaube, ihnen hat es auch geholfen."

„Du meinst meinen Vater Leonhard?"

„Si. Er war damals — oh, lassen sie mich nachdenken — vier Jahre alt."

„Wie war er, Maria?"

Maria lächelte, sortierte dann rasch das letzte Wäschestück ein und setzte sich auf den Stuhl neben dem Bett.

„Sie sind ihm sehr ähnlich, Senorita, wissen Sie das? Ich habe das gleich gesehen. Er war ein schlauer kleiner Kerl. Er ließ sich nie hinters Licht führen. Manchmal verbarg ich eine Süßigkeit in einer Hand und fragte ihn, in welcher sie war. Aber er ging einfach um mich herum und nahm sie sich. Und wie hübsch er war! Jede Frau konnte stolz darauf sein, ihn zum Mann zu haben —" Sie verstummte plötzlich, als ihr die Bedeutung ihrer Worte klar wurde. Verlegen fügte sie hinzu: „Vielleicht war er nicht vollkommen — welcher Mann oder welche Frau ist das schon? Aber er sah gut aus, hatte einen guten Namen und konnte einer Frau eine sichere Zukunft bieten."

„Maria, erzähl mir von ihm und meiner Mutter."

„Oh, Senorita, ich weiß nicht ..."

„Bitte! Ich habe ein Recht, es zu erfahren, und niemand will mir etwas sagen."

Die alte Haushälterin sah Carolyn sanft an; schließlich war sie das Kind ihres lieben Senor Leonhard Stoner. Wie konnte sie sie abweisen?

„Es war keine glückliche Zeit", sagte die Dienerin. „Es gab Streit, wissen Sie, und die Senora sperrte ihren Mann aus ihrem Zimmer aus. Einmal mußte er die Tür eintreten — aber Sie sind zu jung, um diese Dinge zu verstehen, Senorita."

„Hat er ... hat er sie je geschlagen?"

„Das wurde in der Verhandlung gesagt, aber ich habe es nie gesehen."

„Bist du sicher?"

„Weshalb fragen Sie mich aus?" Marias Stimme hob sich. „Und gibt das einer Frau das Recht, ihren Mann zu töten? Ich will nicht schlecht von Ihrer Mutter sprechen, Carolyn, aber mein armer Leonhard hat einen solchen Tod nicht verdient. Es war sehr, sehr schlimm." Sie verstummte und trocknete sich die Augen mit einem Schürzenzipfel. „Ich weiß, auch sie war unglücklich — und ich wunderte mich sogar, weshalb sie sich nicht das Leben nahm wie die andere. Leonhard hätte nicht sterben dürfen, es war nicht richtig."

„Die andere? Was meinst du damit, Maria?"

Die Frau sah sie irritiert und etwas verängstigt an. „Nada!" sagte sie rasch.

„Nein, Maria! Du wolltest etwas sagen! Was?"

„Es ist nicht gut, so viel zu fragen. Ich muß das Frühstück machen." Sie wollte sich erheben, aber Carolyn drückte sie sanft auf den Stuhl zurück.

„Es tut mir leid, Maria", sagte sie versöhnlich. Selbst Carolyn wußte, wenn sie es zu weit getrieben hatte, und bevor sie diese wichtige Informationsquelle einbüßte, wollte sie lieber eine vorsichtigere Taktik anwenden. „Ich will nur etwas über meinen Vater wissen. Was für ein Mensch war er vor alledem?"

„Wie ich schon gesagt habe." Marias Stimme klang nicht mehr so warm. „Er war hübsch und klug."

„Du hast ihm sehr nahegestanden?"

„Ich habe ihn praktisch großgezogen. Seine Mama war gerade gestorben, als ich kam."

„Dann kanntest du sie nicht?"

„Ich weiß nur, daß sie sehr schön war."

„Gibt es Bilder von ihr?"

„Ich erinnere mich an eins im Salon. Aber sie sind alle weggeräumt."

„Wohin?", fragte Carolyn begierig.

„Das kann ich Ihnen nicht sagen. Fragen Sie Ihren Großvater, Senorita Carolyn, das ist das beste. Ich glaube, er würde Ihnen gern von ihr erzählen. Er liebte sie sehr und litt schlimm, als sie starb."

„Warum soll ich ihn damit belästigen. Wenn du mir einfach sagen würdest —"

„Es ist spät. Du willst vielleicht nicht frühstücken, aber dein Großvater will."

„Maria." Carolyn sprang auf und ergriff den Arm der Haushälterin, als sie von ihrem Stuhl aufstand. „Bitte, hilf mir! Mein Großvater wird mir nicht helfen, nicht wenn er glaubt, daß es meiner Ma nützt."

„Und weshalb sollte ich? Was Ihre Mutter getan hat, war schrecklich, eine Sünde — ganz gleich, was ihr widerfahren ist."

„Aber was ist, wenn sie unschuldig ist? Was ist, wenn dein Wissen ein unschuldiges Menschenleben retten kann? Und wenn dein Schweigen dem wahren Mörder ermöglicht, frei zu bleiben? Könntest du damit leben, Maria?"

„Es ist nicht so ... Ich war dort, und ich glaube es nicht."

„Aber was kann es denn schaden, wenn ich mir Bilder meiner Großmutter ansehe? Das kann doch meiner Mutter nichts nützen —"

„Die Vergangenheit ist begraben, Senorita. Belassen Sie es dabei, es ist für alle besser."

„Aber Maria —"

„Es tut mir leid, Senorita, ich ... ich kann Ihnen nicht helfen ..."

Maria eilte aus dem Zimmer, und Carolyn sah ihr enttäuscht nach. Sie hatte das Gefühl, das ganze Gespräch falsch angefangen und nicht eine einzige wertvolle Information bekommen zu haben.

Ihr Vater war hübsch und klug. Aber das sagte ihr nichts darüber, was für ein Mensch er war, ob er zu dem imstande war, was ihre Mutter erzählte. Maria hielt ihn natürlich für einen Heiligen, aber sie hatte ganz klar eine vorgefaßte Meinung. Und selbst sie konnte nicht bestreiten, daß es Auseinandersetzungen zwischen ihrer Mutter und ihrem Vater gegeben hatte. Besonders ausweichend war sie gewesen, als die Rede von körperlicher Gewalt war. Verbarg sie etwas?

Und was hatte sie damit sagen wollen, daß Deborah sich nicht selbst das Leben genommen hatte? Wollte sie damit andeuten, daß es schlimm genug war, um Deborah beinahe in den Selbstmord zu treiben? Und dann die merkwürdige Erwähnung einer ‚anderen‘. was hatte das zu bedeuten? Maria würde darüber sicher kein Wort mehr sagen, denn sie schien sehr erschrocken zu sein, daß sie überhaupt etwas davon gesagt hatte. Aber was konnte es schaden, wenn Carolyn wenigstens ein paar alte Fotografien betrachtete?

„Wo soll das alles hinführen?“, murmelte Carolyn ins leere Zimmer. „In immer tiefere Verwirrung, das ist alles.“

Und selbst wenn Carolyn beweisen konnte, daß Deborah mißbraucht worden war. Das mochte ihrer Mutter bei einem Plädoyer auf Notwehr helfen, aber Carolyn wußte, ihre Mutter wollte von jeder Schuld freigesprochen werden. Auch Carolyn wollte das. Sie wollte nicht glauben, daß ihre Mutter wirklich ihren Vater getötet hatte, in Notwehr oder nicht.

War das zuviel verlangt? Versuchte sie etwas Unmögliches? Wo lagen die Antworten?

„Oh Gott! Hilf mir, dieses Geheimnis zu lüften. Hilf mir, die Dinge ins Lot zu bringen. Du kennst die Wahrheit, Herr, du weißt, was vor neunzehn Jahren geschehen ist. Und Sam sagte immer, die Wahrheit würde schließlich doch siegen. Laß es jetzt so sein.“ Carolyn unterbrach ihr Gebet, als ihr ein neuer Gedanke in den Sinn kam, dann fügte sie eifrig hinzu: „Und, Herr, gib mir die Kraft, die Wahrheit zu ertragen, was immer die Wahrheit sein mag.“

31

Carolyn war schweigsam beim Frühstück. Nach ihrem Gespräch mit Maria wußte sie, daß sie mit Caleb reden mußte. Aber sie hatte ein wenig Angst. Sie war nicht gerade der taktvollste Mensch. Und jetzt mußte sie ihren Großvater, ohne ihn zu erzürnen, dazu bringen, mit ihr über sehr delikate Angelegenheiten zu sprechen. Das würde nicht einfach sein.

Als sie bei ihrer letzten Tasse Kaffee waren, nahm Carolyn all ihren Mut zusammen und brach die Stille.

„Großvater, könntest du mir etwas über die Zeit erzählen, als du nach Texas kamst? Das muß eine aufregende Zeit gewesen sein."

„Das stimmt. Damals mußte man ein richtiger Trapper sein, um hier draußen überleben zu können. Das war kein Platz für Ängstliche."

„Aber du bist mit Frau und Kind gekommen. Oder wurde mein Vater in Texas geboren?" Carolyn schwieg einen Moment. „Ist doch komisch, nicht? Ich meine, ich weiß nicht einmal, wo mein eigener Vater geboren ist."

„Er wurde nicht in Texas geboren, sondern in Virginia. Er war zwei, als wir nach Texas kamen, noch bevor Texas Bundesstaat wurde. Wo wir uns jetzt befinden, das war damals weit vorgeschobenes Grenzland."

„Das muß ein hartes Leben gewesen sein."

„Es war nicht leicht. Meine Frau —"

„Meine Großmutter also?"

„Ja, das wäre sie jetzt. Sie stammte aus einer der allerbesten Familien Virginias und wußte nichts über die Art Leben, wie es uns in Texas erwartete."

„Warum seid ihr hergekommen?"

„Ich nehme an, die Enge und Langeweile des Lebens in Richmond, das war nichts für mich."

„Bist du deshalb im Goldrausch nach Kalifornien gegangen?"

„Wer hat dir denn so etwas erzählt? Ich bin nie in Kalifornien gewesen."

„Ich habe gehört, so bist du an die Ranch gekommen, mit Gold, das du gefunden hast."

„Ich wollte damals nach Kalifornien gehen, aber ich ... konnte Texas nicht verlassen. So habe ich Ausrüstung und Reise eines Freundes bezahlt mit der Abmachung, die Hälfte aller seiner Funde zu bekommen. Er stieß auf Gold und hat mich zu einem wohlhabenden Mann gemacht. Unglücklicherweise kam das Geld zu spät, um meiner Elizabeth das Leben leichter zu machen."

„Sie war zu dem Zeitpunkt schon tot?"

„Ja."

„Du wirfst dir ihren Tod doch nicht vor, oder?"

Sein Kopf schoß in die Höhe, und er sah sie scharf an. „Weshalb sollte ich das?"

„Manche Menschen tun das, das ist alles, was ich sagen wollte."

„Nun, das ist Unsinn, ein Mann muß tun, was er tun muß, und es ist die Pflicht der Frau, ihm zu folgen, gleich was geschieht."

Carolyn spürte, daß ihr Großvater erregt war. Sie fürchtete, er könnte das Gespräch abbrechen wie Maria, deshalb wechselte sie rasch das Thema.

„Hast du Fotografien von ihr, Großvater? Ich würde so gern sehen, wie sie ausgesehen hat."

Caleb stieß seinen Teller zurück und sagte: „Komm mit."

Sie ließ ihren Kaffee stehen und folgte willig. Es war gar nicht schwer gewesen. Vielleicht behandelte sie Caleb mit zu großer Zurückhaltung. Vielleicht brannte er darauf, ihr alles von seiner Seite der Familie zu erzählen. Vielleicht wäre er sogar freigiebig mit Auskünften über Deborah und jene Jahre und über Leonhards Tod. Vielleicht brauchte sie einfach nur zu fragen.

Sie verließen das Eßzimmer und gingen in Calebs Arbeitszimmer. Er schloß die Tür hinter ihnen, ging an seinen Schreibtisch und nahm die gerahmte Daguerrotypie in die Hand. Wortlos gab er sie Carolyn.

Das Bild war etwa achtzehn mal vierzehn Zentimeter groß, ziemlich alt und etwas vergilbt, und da es eine Ganzkörperaufnahme war, war sie nicht so scharf, wie Carolyn es sich gewünscht hätte. Ihr erster Eindruck war, daß der junge Mann auf dem Foto, etwa einundzwanzig Jahre alt, Caleb in seiner Jugend sein konnte. Vater und Sohn sahen sich sehr ähnlich. Wie Maria gesagt hatte, war er ein hübscher Mann, vielleicht noch hübscher als Caleb in seinem Alter. Aber sein schönes Gesicht sah sehr ernst aus, fast dramatisch. Er war hochgewachsen und hatte scharfe Gesichtszüge, und seine Augen wirkten selbst auf der verblaßten Fotografie noch außergewöhnlich und stechend. Carolyn hatte sofort das Gefühl, diese Augen schon gesehen zu haben und bemerkte fröstelnd, daß es die Augen Laban Stoners waren.

Sie suchte die plötzliche Kälte abzuschütteln und konzentrierte sich auf die anderen Einzelheiten des Bildes. Es war deutlich, daß er ein zuversichtlicher Mann war. Seine aufrechte, stolze Haltung schien jedermann herausfordern zu wollen. Und in diesem Moment erkannte sie sich mit einem leichten Zittern in ihrem Vater wieder. Sie mochte sich tausendmal gesagt haben, daß sie eine Stoner war, daß er ihr Vater war und daß dies ihre Familie war; aber es mit dieser Deutlichkeit auch vor sich zu sehen, das war etwas ganz anderes.

Tränen stiegen ihr in die Augen.

Es war ihr gleich, was für ein Mann ihr Vater war, es war nicht fair, daß sie ihn nie gekannt hatte. Sie richtete ihre feuchten Augen auf

Caleb. Und für einen Moment, als ihre Augen sich trafen, verstanden sie sich.

Dann sagte Caleb etwas, das die wachsende Zärtlichkeit in ihrem Herzen in tausend Stücke zertrümmerte.

„Siehst du nun, warum sie bestraft werden muß für das, was sie getan hat?"

„Ich — ich —"

„Sie hat ihn uns genommen, und sie wird dafür büßen."

„Aber was, wenn —" Ihre Stimme wurde von einem Schluchzen erstickt, Tränen rollten ihr die Wangen hinunter. „Was ist, wenn sie . . . es nicht getan hat?"

„Ich weiß, du willst es nicht glauben, weil sie deine Mutter ist, aber ich habe sie gesehen, Carolyn. Ich habe sie über meinem toten Sohn stehen sehen, seine Waffe in ihrer Hand. Ich sah die furchtbare Wunde in seiner Brust, sein Blut —"

Er hielt plötzlich inne und ging zu Carolyn. Etwas sehr Kaltes und Furchteinflößendes ging von ihm aus, und sie trat einen Schritt zurück. Er ergriff ihren Arm.

„Komm mit", sagte er und führte sie aus dem Arbeitszimmer.

Schweigend führte er sie am Salon und am Eßzimmer vorbei in den hinteren Teil des Hauses. Sie stolperte ihm nach, weinend und verängstigt, aber folgsam. Sie betraten einen kleinen, sonnendurchfluteten Raum, ein kleines Wohnzimmer mit großen französischen Türen, die nach Osten gingen und die Morgensonne hereinließen. Der etwas muffige Geruch des Zimmers zeigte, daß es selten betreten wurde.

Caleb hielt noch immer Carolyns Arm, und sie folgte ihm willenlos. Er führte sie um ein dunkelgrünes Sofa herum und deutete dann mit zitterndem Finger auf eine Stelle des Perserteppichs. „Dort!" sagte er mit einer Stimme, die fast ein Heulen war. „Sein Blut! Das Blut meines Sohnes. Und sie hat es getan."

Carolyn zwang sich, hinzusehen. Es war ein brauner Fleck auf dem Teppich, so groß wie eine Männerhand. Es sah nicht dramatisch aus, und die Sonne hatte den Fleck über die Jahre stark ausgebleicht. Carolyn hätte ihn kaum bemerkt, wenn er ihr nicht gezeigt worden wäre. Aber sie zitterte, und ihre Kehle schnürte sich zusammen, als ihr bewußt wurde, daß dies das Blut ihres Vaters war. Sie stand genau an dem Ort, wo er getötet worden war.

War das auch der Ort, an dem ihre Mutter ihn erschossen hatte?

Caleb drehte sie brüsk zu sich um. „Du kannst sie nicht beide lieben, Carolyn."

„Bitte! Tu mir das nicht an!" Dann wand sie ihren Arm los und rannte hinaus zu den Ställen. Sie mußte weg — von ihm, von der Ranch, von ihrem eigenen inneren Aufruhr — wenigstens für eine Weile.

32

Die Sonne neigte sich schon nach Westen, als Carolyn zur Ranch zurückritt.

Sie war jetzt ruhiger. Sie war noch immer verwirrt und betroffen über das, was geschehen war. Aber sie gleubte, sie konnte Caleb wieder gegenübertreten. Ob sie auch den Gespenstern der Vergangenheit gegenübertreten konnte, das wußte sie nicht. Wie hatte sie sich nur für stark genug halten können, mit dieser Lage fertig zu werden? Niemals hätte sie nach Stoner's Crossing kommen sollen. Dies war keine Aufgabe für ein aufgewühltes achtzehnjähriges Mädchen — einen neunzehn Jahre zurückliegenden Mord aufklären und zugleich das Herz eines verbitterten alten Mannes gewinnen.

Aber hatte sie nicht immer zu viel von sich gehalten — genau wie der Mann auf der Fotografie?

Gut, es ist dir nicht gelungen, Carolyn!, dachte sie. Du bist kein Detektiv, und du kannst auch keine Brücke aufbauen. Die Furchen des Hasses, der Angst und der Bitterkeit sind zu tief, um einfach weggewischt zu werden. Das einzige, was dir wahrscheinlich gelingen wird, ist, genauso wie sie zu werden.

Das war vielleicht ihre größte Angst — daß sie demselben Haß verfallen würde, der schon so viele Leben zerstört hatte. Ob sie Caleb hassen würde oder ihren Vater oder ihre Mutter — das machte keinen wirklichen Unterschied, denn all das würde sie umbringen. Sie waren alle ein Teil von ihr geworden.

Als sie an diesem Nachmittag das Haus betrat, war sie bereit, ihre Sachen zu packen und Stoner's Crossing zu verlassen. Es hatte keinen Sinn, eine Familie gewinnen zu wollen, wenn sie dabei die andere zerstörte. Caleb hatte das sehr deutlich gesagt. Vielleicht, wenn sie jetzt ging, ‚ihren Verlust in Grenzen hielt‘, wie Griff sagen würde, vielleicht konnte sie dann noch etwas retten. Zumindest konnte sie in ihr altes

Leben zurückkehren. Wenn sie sich zwischen diesen beiden verfeindeten Familien entscheiden mußte, dann mußte sie sich für ihre Mutter entscheiden. Sie konnte und wollte nichts anderes tun.

Den Mörder ihres Vaters zu finden . . . nun, das blieb besser anderen überlassen, deren Beruf es war. Sollten die Gerichte entscheiden. So hatte ihre Mutter es gewollt.

Aber so leicht konnte Carolyn nicht aufgeben. Sie wußte, es war hier mehr im Spiel als den Mörder ihres Vaters zu finden. Und sogar mehr, als ihre Mutter zu befreien.

Sie sah das Bild des geheimnisvollen Mannes auf der Fotografie wieder vor sich — ihren Vater. Hier ging es um ihn, darum, wer er wirklich war. Die kindischen Phantasien, mit denen sie ihn einst umwoben hatte, sagten ihr nun nichts mehr. Sie fühlte bereits, daß er nie der hochherzige Mann gewesen sein konnte, als den sie ihn sich vorgestellt hatte, aber etwas Gutes mußte auch an ihm gewesen sein, der ihr ein Teil seines Seins mit auf den Weg gegeben hatte.

Carolyn ging in ihr Zimmer, nahm ihre Reisetasche aus dem Schrank und warf sie aufs Bett — dann hielt sie inne und warf sich neben die Tasche aufs Bett. Nein, sie durfte nicht weglaufen. Sie mußte weitermachen, die Schleier zerreißen. Sie mußte herausfinden, wer sie wirklich war, um sich ihr eigenes Leben aufbauen zu können.

Sie dachte an Maria. Ja, die alte Haushälterin hatte ein geschöntes Bild von Leonhard Stoner, aber Carolyn hatte gleich gesehen, daß die Frau auch um dunklere Seiten dieses Mannes wußte, so sehr sie es zu verbergen suchte. Maria kannte die Geheimnisse der Familie, wenigstens einige davon. Und sie wußte auch, wo Caleb alle Überreste der Vergangenheit versteckt hatte.

Carolyn eilte aus dem Zimmer, um Maria zu suchen.

An der Treppe stieß sie beinahe mit Caleb zusammen.

„Warum so eilig, junge Dame?", fragte er in seinem gewöhnlichen strengen Ton.

„Ich suche Maria."

„Sie ist weg."

„Oh, macht nichts, hat Zeit bis heute abend."

„Sie wird heute abend nicht zurückkommen. Sie ist nach Waco gefahren, um ihre kranke Schwester zu besuchen."

„Das kommt aber plötzlich, nicht? Ich meine, ich habe erst heute morgen mit ihr gesprochen, und sie hat mir nichts gesagt."

„Offenbar ist nach dem Frühstück ein Brief aus der Stadt gebracht worden, und sie ist sofort aufgebrochen. Ihre Nichte Juana wird ihre

Arbeit übernehmen, solange sie nicht hier ist. Wenn du etwas brauchst, findest du sie in der Küche, glaube ich."

Warum war Maria so plötzlich verschwunden, ohne Carolyn eine klarere Antwort zu geben? War das ein Zufall, daß ihre Schwester gerade jetzt krank wurde und Maria verschwand, bevor Carolyn ihr weitere Fragen stellen konnte?

Wenn Maria die Familiengeheimnisse kannte, dann mußte die alte Dienerin gegangen sein, nicht nur, um sich selbst, sondern auch um die Familie zu schützen, der sie so lange verbunden war. Aber sie wovor beschützen? Und wen? Carolyn? Caleb? Laban? Vor der Wahrheit?

Vielleicht wußte Maria, daß Leonhards Tochter nicht ruhen würde, bis sie die verborgenen Wahrheiten ans Licht bringen würde. Und Maria hatte recht. Carolyn konnte die Ranch jetzt nicht verlassen, sie mußte die Augen offen halten. Trotz der Gefahr — sie konnte den einmal eingeschlagenen Weg nicht einfach verlassen.

Sie sah ihrem Großvater tief in die Augen. Er kannte viele Geheimnisse, aber sein eiserner Wille hütete sie, und er würde sie nicht leicht preisgeben. Aber Carolyn war nicht ganz und gar auf ihn angewiesen. Wenn Carolyn Maria richtig verstanden hatte, dann mußten irgendwo in Calebs Haus Dinge versteckt sein, die auf die Wahrheit hindeuten mochten. Vielleicht war es gar nicht nötig, ihren Großvater zum Reden zu bringen.

„Danke, Großvater, ich brauche im Moment nichts."

Aber als sie ging, weshalb fühlte sie sich so verletzlich und so durchschaut? Warum schien Caleb Stoners Blick ihren Rücken zu durchbohren?

Teil VIII

Zwei neue Freunde

33

Der Nachmittag war grau. Die Wolken hingen so tief am Himmel, daß sie fast die Gefängnismauern zu berühren schienen. In der Ferne zuckten regelmäßig Blitze auf. Deborah hatte schon viele Sommergewitter wie dieses erlebt und wußte instinktiv, daß es sich auf sie zu bewegte, daß der Regen und der Sturm in weniger als einer Stunde das Gefängnis erreichen würden.

Die Frauen beeilten sich, ihren täglichen Freigang zu absolvieren, bevor es zu regnen anfing. Mehr als ein Dutzend von ihnen gingen im Gefängnishof umher oder standen allein oder in kleinen Gruppen herum; viele blickten immer wieder zum Himmel hinauf. Im Gefängnishof herrschte eine fast mit Händen greifbare Spannung. Deborah, die rasch ausschritt und ihre Runde drehte, fühlte sich wie ein gefangenes Rennpferd; sehnsüchtig schätzte sie immer wieder die Höhe der sie umgebenden Mauern ab. Aber der Gedanke an Flucht war natürlich nichts als eine wilde Phantasie. Sie würde es niemals tun, und sie hatte das Nedra gesagt, als sie sie vor einer Woche angesprochen hatte.

Sam hatte aus Philadelphia über seinen Erfolg berichtet. Er hatte einen guten Anwalt gefunden, der bereit war, ihren Fall zu übernehmen. Sie waren zusammen nach Texas aufgebrochen und würden bald hier sein. Flucht war nur etwas für die Hoffnungslosen, und Deborah hatte wieder Hoffnung geschöpft.

Bei vielen ihrer Mitgefangenen war das ganz anders. Als Deborah stehenblieb, um etwas zu verschnaufen, kam Nell auf sie zu und musterte sie mit hartem Blick. Nell war nie sehr freundlich zu Deborah gewesen, machte sich über ihren Glauben lustig, wann immer sich Gelegenheit bot, beschwerte sich, zusammen mit Deborah und Lucy eingesperrt zu sein, den beiden ,Unschuldslämmern' des Gefängnisses. Sie hatte sogar versucht, sich in eine andere Zelle verlegen zu lassen.

„Hey, paß doch auf!" Nell tat, als ob sie stolperte. „Du bist so plötzlich stehen geblieben."

„Tut mir leid", sagte Deborah und trat einen Schritt zur Seite.

„Yeah, und nächstes Mal wird es dir wirklich leid tun."

Lucy kam heran. „Ach Nell, du bist hier nicht die einzige, weißt du."

„Halt den Mund", sagte Nell.

„Zwing mich doch." Lucy stemmte die Fäuste in die Hüften und reckte herausfordernd das Kinn in die Luft.

Nell war größer und schwerer und weit härter als Lucy, aber das Saloongirl aus Boston wich keinen Zentimeter, als Nell einen drohenden Schritt auf sie zu machte. Deborah trat zwischen die beiden.

„Hört zu", sagte sie rasch, „es wird bald regnen, und das ist unser letzter Freigang für eine Weile, also nutzen wir ihn."

Nell starrte sie an. Lucy starrte zurück.

„Ich mag euch alle beide nicht", sagte Nell. „Ihr geht mir besser aus dem Weg." Sie stakste davon.

Einige Minuten später kam der Regen. Er kündigte sich nicht an, sondern brach plötzlich mit Gewalt aus den Wolken nieder, als ob ein riesiger Wassereimer von oben in den Gefängnishof ausgeschüttet worden war. Deborah und Lucy standen nahe bei dem überhängenden Dach, das sie ein wenig schützte, bis die Wache die Türen aufschloß. Nell war auf der anderen Seite des Hofes und wurde völlig durchnäßt, als sie Unterschlupf suchte. Sie durchbohrte ihre beiden Zellengenossinnen mit ihrem Blick, als ob sie Schuld an ihrem Pech wären. Deborah sah weg, aber Lucy grinste die Rivalin unglücklicherweise schadenfroh an.

Deborah wußte, es würde Ärger geben. Seit Tagen war die Stimmung zum Zerreißen gespannt, und der Zwischenfall auf dem Hof bot das auslösende Moment für die Explosion.

Nach dem Abendessen, nachdem die Frauen in ihre Zellen zurückgebracht worden waren, wollte Nell vor dem Schlafengehen zu gern noch eine Zigarette rauchen. Deborah hielt ihr Gerede über das Rauchen für übertrieben. Tabak war im Gefängnis ein kostbares Gut, selbst für die Frauen, von denen viele aus purer Langeweile zu rauchen angefangen hatten. Gegenseitige Gefallen oder Gefallen der Wachen wurden oft mit Tabak bezahlt. Ein solcher Gefallen bestand zum Beispiel darin, die Schwachen gegen die Rücksichtslosen und Starken in Schutz zu nehmen, oder die Starken untereinander grenzten ihre Gebiete gegeneinander ab. Nell hatte daher immer genug Tabak, um zu rauchen, wann immer es ihr gefiel, aber auch, um die Wächterinnen zu dem einen oder anderen Gefallen zu bestechen.

Sobald sie zurück in ihrer Zelle waren, ging Nell zu dem kleinen Schränkchen, in dem sie ihren persönlichen Besitz aufbewahrte. Sie nahm den Schlüssel, den sie an einer Kette um den Hals trug, öffnete die Schublade und begann, darin herumzuwühlen. Plötzlich warf sie den Kopf hoch.

„Hey! Einer meiner Tabaksbeutel fehlt!" rief sie und warf ihren Zellengenossinnen einen anklagenden Blick zu.

„Weshalb siehst du uns so an?", fragte Lucy herausfordernd.

„Weil niemand anders ihn genommen haben kann."

„Nell, das ist unmöglich." Deborah versuchte, vernünftig mit ihr zu sprechen. „Deine Schublade ist verschlossen und der Schlüssel hängt um deinen Hals. Wie —"

„Ist mir egal, wie, ihr hinterhältigen, diebischen —" Sie stieß Deborah grob und schmerzhaft gegen die Zellenwand.

Dann begann sie, Deborahs Bettzeug auseinanderzureißen, riß die dünne Matratze von den Federn und schüttelte die Decke aus, bevor sie die kleine Schachtel ausleerte, in der Deborah ihre wenigen persönlichen Habseligkeiten verwahrte. Da sie nichts gefunden hatte, wandte Nell sich Lucys Bett zu.

„Eine Sekunde mal!" Lucy stand mit funkelnden Augen vor Nell.

„Geh mir aus dem Weg!" schrie Nell. Sie stieß Lucy zur Seite, beugte sich über ihr Bett und schleuderte das Bettzeug in die Zelle.

„Du bist ja reif für die Klapsmühle!" rief Lucy.

„Du wagst —" Nell drehte sich mit einem Ruck um und stürzte sich auf Lucy.

Der Lärm hatte die Wachen alarmiert, die gerade die letzte Gefangene eingeschlossen hatten. Eine von ihnen erschien an der Zellentür.

„Was ist hier los?", fragte sie.

„Eine dieser verlogenen Elstern hat meinen Tabak gestohlen."

„Das ist unmöglich", sagte Deborah. „Du warst heute morgen an deinem Fach und nichts hat gefehlt. Niemand hätte seitdem etwas herausnehmen können."

„Ich hatte es eilig heute morgen und konnte nicht darauf achten. Aber eine von euch könnte mir im Schlaf den Schlüssel abgenommen haben —"

„Ach, du bist ja völlig übergeschnappt", sagte Lucy.

Nell wandte sich an die Wächterin. „Sie soll ihr Fach öffnen", sagte sie und deutete auf Lucy.

„Machen Sie schon, Reeves, schließen Sie auf", sagte die Wache.

„Das werde ich nicht. Die ist ja —"

„Öffnen Sie ihr Fach!" befahl die Wächterin.

Lucy zuckte die Achseln und gehorchte. Sie schloß auf und zog die Schublade heraus. Nichts als ein halbes Dutzend Bücher, ein paar angefangene Strickarbeiten und einige persönliche Dinge.

„Ich sage Ihnen, ich bin bestohlen worden, und es muß eine von den beiden gewesen sein", beharrte Nell.

Während alle auf Lucys Fach sahen, bemerkte Deborah zwischen dem zerknüllten Bettzeug auf dem Boden einen Beutel. Ganz offensichtlich hatte Nell diese ganze Szene inszeniert, um sie und Lucy in Schwierigkeiten zu bringen. Deborah hob den Beutel auf und wollte ihn unter Nells Kissen schieben.

„Was haben Sie da?" Die Wache hatte sie gesehen, als sie den Beutel unter dem Bettzeug hervorzog. Es war offensichtlich, daß der Tabaksbeutel unter ihren oder Lucys Sachen gewesen war.

„Da ist er!" rief Nell triumphierend und griff nach dem Beutel.

„Woher weißt du, daß es deiner ist, sie sehen alle gleich aus." Lucy schwieg, als Nell ein eingesticktes N auf dem Beutel vorwies.

„Was haben Sie zu Ihrer Verteidigung zu sagen, Killion?", fragte die Wächterin.

Deborah hatte keine Antwort parat. Sie wollte nicht, daß es überhaupt Schwierigkeiten gab, aber wenn, dann sollte besser sie als Lucy die Probleme bekommen, die, davon war sie überzeugt, ebenso unschuldig war wie sie selber, aber mehr zu verlieren hatte.

„Ich habe nichts gestohlen." Aber sie bezweifelte, ob die Wache das glauben würde.

„Nell will uns nur Ärger machen", sagte Lucy.

„Ich muß Sie alle beide zum Direktor bringen."

„Das ist doch lächerlich", sagte Deborah. „Warum sollte Lucy so kurz vor ihrer Entlassung denn so etwas Dummes tun?"

„Ich habe schon Verrückteres gesehen", sagte die Wächterin. „Aber wenn sie es nicht war, dann bleiben nur Sie selbst übrig."

„Kommen Sie!" protestierte Lucy. „Ich sage Ihnen doch die ganze Zeit, Nell hat es seit Tagen auf uns abgesehen."

„Ich halte mich an die Fakten", sagte die Wache, „und dieser Tabaksbeutel befand sich zwischen Ihren oder Killions Sachen." Dann blickte sie Nell streng an. „Und wenn Sie nicht so voreilig gewesen wären, dann wüßte ich jetzt genau, in wessen Sachen der Beutel war."

„Lucy ist unschuldig", sagte Deborah.

„Dann haben Sie es also getan."

Deborah sagte nichts. Sollten sie doch glauben, was sie wollten.

„Nun, das leuchtet ein", sagte die Wächterin. „Lucy müßte verrückt sein, so etwas jetzt zu tun." Sie ergriff Deborahs Arm.

Lucy eilte zu ihnen. „Deborah kann es auch nicht getan haben!"

„Du brauchst mich nicht zu verteidigen, Lucy", sagte Deborah. „Denk drüber nach, es ist besser so."

Nell sah enttäuscht zu, wie Deborah aus der Zelle geführt wurde. „Was ist mit Reeves?"

„Sie hat es sehr wahrscheinlich nicht getan", antwortete die Wache.

Nell biß die Lippen zusammen und sagte nichts mehr. Das war nicht ganz das, was sie hatte erreichen wollen, aber es bereitete ihr dennoch ein gewisses Vergnügen, diese frömmelnde Deborah Killion in Schwierigkeiten gebracht zu haben.

Als die Wache Deborah wegführen wollte, ergriff Lucy Deborahs Arm und sagte: „Du mußt das nicht tun, Deborah."

„Ich weiß", sagte sie schlicht. Dann ging sie mit der Wächterin hinaus.

*　*　*

Lucy hätte nicht so leicht nachgegeben, hätte sie geahnt, welch harte Strafe Deborah bekommen würde. Solche Zwischenfälle waren gefährlich für das Gefängnis und mußten ernstgenommen werden. Deborah erhielt eine Woche Einzelhaft in einer winzigen Zelle, nicht größer als eine Pferdebox, ohne Fenster, ohne Bett, nicht einmal mit Stroh auf dem harten, kalten Steinboden. Sie bekam nur schimmliges altes Brot und Wasser, das ihr durch eine Klappe in die Zelle geschoben wurde, so daß sie die ganze Zeit keinen Menschen sah und mit niemandem sprechen konnte.

Als sie wieder herauskam, war sie blasser und magerer als je zuvor, und ihre Beine waren schwach und zitterten, obwohl sie sich bemüht hatte, auch in der engen Zelle einige Übungen zu machen. Sie fand die Zelle leer vor, als sie zurückkam. Lucy war entlassen worden, und Nell hatte schließlich erreicht, daß sie in eine andere Zelle verlegt wurde. Deborah war erleichtert.

In dieser Nacht fand sie zwischen Matratze und Bettlaken eine Nachricht.

Liebe Deborah,
Ich werde nie vergessen, was du für mich getan hast. Ich weiß
nicht, ob ich das je wieder gut machen kann, aber versuchen

*werde ich es. Ich denke jetzt sehr oft an deinen Gott — Er muß
schon in Ordnung sein, wenn ein so feiner Mensch wie du an Ihn
glaubt. Ich wünschte, ich hätte dich und Ihn besser kennenlernen
können. Deine Lucy.*

Deborah faltete den Zettel wieder zusammen und legte sich hin, ein
Lächeln auf den Lippen. Das Elend der vergangenen Woche war ein
geringer Preis für die Belohnung von Lucys Worten. Sie sagte sich wieder einmal, daß Gott seinen Gläubigen aus schlimmen Bedrängnissen
Gutes erwachsen läßt. Das war eine Wahrheit, an der sie festhalten
mußte, wenn sie dieses Gefängnis überstehen wollte.

Bevor sie einschlief, dankte sie Gott für den Zwischenfall mit dem
Tabak und was daraus entsprungen war. Sie betete auch für Lucy. Die
Entlassung hatte sicher nicht ihre Probleme gelöst, und sie würde es
nach dem Gefängnis nicht leichter haben als sie es vorher gehabt hatte.
Deborah betete, daß Gott ein Auge auf die tapfere junge Frau haben
möge.

34

Zwei Tage nach dem Ende ihrer Einzelhaft wurden Deborah Besucher
angekündigt. Sie flog fast zum Besuchszimmer. Es mußte Sam sein.

Die Wache öffnete die Tür und ließ sie ein, und zu Deborahs Erstaunen ging die Wächterin hinaus und schloß die Tür hinter sich. Deborah vergaß dieses ungewöhnliche Verhalten in dem Augenblick, als sie
Sam erblickte. Sie stürzte in seine offenen Arme, küßte ihn und hielt
ihn so fest, daß er kaum noch Luft bekam. Er erwiderte ihre stürmi-
sche Begrüßung.

Erst nach einigen Augenblicken merkte Deborah, daß sie nicht allein
waren. Dann erinnerte sie sich, daß die Wächterin mehrere Besucher
angekündigt hatte. Etwas beschämt über ihren Gefühlsausbruch vor
einem Fremden lockerte sie ihre Umarmung, ohne Sam aber ganz loszulassen. Sie spähte über Sams Schulter und lächelte den Fremden an.
Er grinste zurück.

„Verzeihung, Jonathan", sagte Sam, „aber es ist so lange her!"

„Vergessen Sie's, Sam. Ich bin noch nicht so lange Witwer, daß ich nicht wüßte, wie das ist, besonders wenn einige Zeit vergangen ist."

„Deborah", sagte Sam zu seiner Frau, „das ist Jonathan Barnum aus Philadelphia, unser neuer Rechtsanwalt."

„Mr. Barnum —", begann Deborah und streckte ihm die Hand entgegen.

Aber Barnum unterbrach sie gleich. „Bitte, mir liegen Formalien im Umgang mit meinen Klienten nicht, und Sam sagt mir, hier im Westen legt niemand Wert auf allzu formellen Umgang. Nennen Sie mich einfach Jonathan." Er schüttelte ihr fest die Hand. „Und nun", fuhr er fort, „ist es mir wirklich unangenehm, Sie stören zu müssen, aber ich fürchte, unsere Zeit ist begrenzt. Die Wache sprach von einer halben Stunde, und wir haben viel zu besprechen."

„Ja, das haben wir", sagte Deborah. „Warum setzen wir uns nicht."

Drei Stühle waren um den Tisch gestellt worden, und sie setzten sich hin, Deborah und Sam so dicht beieinander wie möglich. „Bevor wir anfangen, Jonathan, möchte ich Ihnen danken, daß Sie so weit hier herausgekommen sind, um mir zu helfen", sagte Deborah.

„Nach allem, was Ihr Mann mir über Sie erzählt hat, Deborah, kann ich aufrichtig sagen, daß es mir eine Ehre ist. Aus dem Pensionärsdasein zurückzukehren und den Wilden Westen kennenzulernen, das ist ein zusätzlicher Reiz." Er legte eine Ledermappe auf den Tisch und entnahm ihr einige Papiere. „Und nun zum Geschäft."

„Was möchten Sie gern wissen?"

„Sam hat mir bereits viele Einzelheiten des Falles berichtet, aber ich würde alles gern in Ihren eigenen Worten hören, Deborah. Ich weiß, es fällt Ihnen vielleicht schwer, darüber zu reden, und es kostet Zeit, aber ich denke, es ist absolut notwendig."

Deborah nickte. Die folgenden zwanzig Minuten erzählte sie von ihrer katastrophalen Ehe mit Leonhard Stoner und von allen Ereignissen bis zu seinem Tod. Jonathan machte sich ausgiebig Notizen und unterbrach sie gelegentlich, um eine Frage zu stellen oder eine Einzelheit zu klären. Ein oder zwei Mal warf Sam etwas dazwischen, was Deborah vergessen hatte. Am Ende war Jonathan ziemlich gut über die damaligen Ereignisse im Bilde.

Er sah von seinen Notizen auf. „Gut, gut, das ist alles sehr interessant. Sagen Sie mir, Deborah, glauben Sie, daß Sie ein faires Gerichtsverfahren hatten?"

Deborah lächelte. „Natürlich nicht. Welcher Verbrecher hat das schon?"

„Ich verstehe, was Sie meinen. Niemand hätte Ihnen geglaubt, auch wenn Sie Ihre Unschuld noch so sehr beteuert hätten."

„Damals nicht, und nicht in Caleb Stoners Stadt. Aber um die Wahrheit zu sagen, ich dachte gar nicht daran zu protestieren. Ich war so erschöpft und entmutigt von meinem Leben in Stoner's Crossing, daß ich froh war, dem zu entfliehen — selbst an den Galgen."

„Sam deutete an, der ganze Prozeß sei inszeniert gewesen. Was glauben Sie?"

„Ich glaube, niemand log offen, aber die Zeugenaussagen waren oft so zurechtgebogen, daß selbst die Wahrheit mich in schlechtem Licht erscheinen ließ. Ich weiß nicht, ob Caleb tatsächlich Zeugen bestochen hat, aber ich glaube, die Leute in der Stadt wußten genau, was von ihnen erwartet wurde."

„Und Sie hatten keinen Rechtsbeistand?"

„Oh nein. Wir konnten froh sein, daß ein Richter in die Stadt kam, um die Verhandlung zu leiten. Das ist fast zwanzig Jahre her, und ich würde sagen, der nächste Richter war damals in Austin. Darüber hinaus war der Bürgerkrieg gerade erst zu Ende, und viele Männer, auch Anwälte, waren noch nicht heimgekehrt. Es war schon erstaunlich, daß überhaupt eine Verhandlung stattfand. Caleb war dafür berüchtigt, daß er Missetäter kurzerhand an einer Eiche auf seinem Besitz aufhängen ließ. Wahrscheinlich, weil ich eine Frau bin, wollte er sichergehen, daß mein Tod wenigstens den Anschein von Rechtmäßigkeit hatte."

„Sein erster Fehler."

„Wie meinen Sie das?"

„Nun, wäre die Hinrichtung erfolgreich gewesen, würde es natürlich keinen Unterschied machen, aber aus jetziger Sicht können wir diese Farce von einer Gerichtsverhandlung so gut es geht zu unserem Vorteil nutzen."

„Sie meinen, weil die Verhandlung nicht korrekt geführt wurde, wird Deborah freigesprochen?", fragte Sam.

„Nicht ganz", antwortete Jonathan. „Wenn wir nicht Bestechung von Zeugen oder anderes illegales Vorgehen beweisen können, dann ist die Entscheidung des Gerichts nicht anfechtbar. Es wird uns aber vielleicht gelingen, aus anderen Gründen eine neue Verhandlung zu erwirken. Wegen der Abgelegenheit des Gebietes zu damaliger Zeit wurde Ihr verfassungsmäßiger Anspruch auf einen Rechtsbeistand mißachtet. Außerdem dürfte es uns nicht schwerfallen zu beweisen, daß Sie in einer feindseligen Umgebung vor Gericht gestellt wurden.

Hätten Sie einen Rechtsbeistand gehabt, er hätte zweifellos eine Verlegung des Verfahrens an einen anderen Ort beantragt, wo die Geschworenen über den Fall keine Vorabinformationen haben konnten. Ich bin zuversichtlich, daß wir das Gericht aus diesen Gründen überzeugen werden, Ihre Strafe aufzuheben und ein neues Verfahren anzusetzen."

„Auf mehr habe ich gar nicht gehofft", sagte Deborah.

„Ich hoffe noch auf ein paar weitere Dinge", sagte Jonathan. „Zum Beispiel werden viele der damaligen Zeugen nicht mehr da sein, und das könnte zu unserem Vorteil sein. Natürlich wollen wir keine feindseligen Zeugen, aber auf der anderen Seite werden wir nach so langer Zeit vielleicht auch keine eigenen Zeugen mehr finden. Ganz zu schweigen davon, daß das Gedächtnis nach all den Jahren nicht mehr frisch ist, und Beweise werden schwer zu finden sein. In diesem Fall werden wir es sehr schwer haben. Eine neue Verhandlung wird uns nicht viel nützen, wenn wir keine neuen Beweise vorlegen können. Das ist es, worauf ich am meisten hoffe, neue Beweise — zu Ihrer Entlastung natürlich! Wenn wir die alte Beweisführung hinreichend erschüttern können, entscheidet das Gericht vielleicht für uns. In unserem Staat liegt die Beweislast noch immer bei der Anklage, nicht beim Angeklagten."

„Das ist alles schön und gut", sagte Deborah, „aber *meine* tiefste Hoffnung ist, von der Schuld freigesprochen zu werden, ohne allen Zweifel. Ich habe eine Tochter, das Kind meines ermordeten Mannes, und ihr Wohlergehen könnte davon abhängen."

„In diesem Fall, Deborah, schlage ich eine offensive Verteidigung vor", sagte Jonathan.

„Aber wir brauchen trotzdem Beweise", sagte Sam.

„Das ist wahr", nickte Jonathan. „Gute, eindeutige Beweise. Das bedeutet, Deborah, Sie müssen versuchen, sich an alles genau zu erinnern, auch an das, was Sie möglicherweise vergessen haben, jedes Detail, jede winzige Einzelheit, die Sie vielleicht verdrängt oder nicht beachtet haben könnten, weil sie es für zu trivial hielten. Sie müssen neunzehn Jahre Spinnengewebe entfernen, meine Liebe, und alles noch einmal genau bedenken."

Sam schüttelte den Kopf. „Es hilft uns nicht gerade, daß die ganzen Gerichtsunterlagen verschwunden sind."

„Nein, das ist zu schade."

„Nicht für Caleb Stoner."

„Sam", sagte Deborah, „glaubst du, er hat etwas damit zu tun?"

„Es hat ihm bestens in den Kram gepaßt, das ist alles. Und niemand weiß, wie dieses Feuer entstanden ist. Es geschah nur ein Jahr nach deiner Flucht."

„Mr. Stoner kann sicher sein, daß wir ihn in diesem Punkt vorladen werden", sagte Jonathan mit Genugtuung.

„Das ist vielleicht auch der einzige Weg, überhaupt mit ihm zu sprechen. Bis jetzt hat er keinen von uns an sich herangelassen."

„Außer Carolyn", sagte Deborah.

„Was?" Sam sah sie ungläubig an.

„Sie ist nach Stoner's Crossing gegangen, Sam. Ich konnte sie nicht aufhalten; sie war entschlossen, meine Unschuld zu beweisen."

„Dieses Mädchen." Sam runzelte die Stirn, aber es lag mehr Besorgnis und Zärtlichkeit in seiner Geste als Verärgerung. „Hat sie seitdem Kontakt mit dir aufgenommen?"

„Ich habe vor einiger Zeit eine kurze Nachricht von ihr bekommen; sie schrieb, alles sei in Ordnung, aber ich müßte lügen, wenn ich sagen würde, ich bin nicht trotzdem in Sorge."

„Willst du, daß ich sie zurückhole?"

„Nein, Sam. Ich bezweifle auch, daß sie mitkommen würde. Wir müssen einfach hoffen, daß sie im Moment sicher ist. Wer weiß, sie ist Leonhards Tochter, vielleicht kann sie Calebs Sympathie gewinnen."

„Vielleicht", sagte Sam mit gezwungener Zuversicht. Er hielt sich zurück und erinnerte sie nicht daran, daß Carolyn auch ihre Tochter war. Aber es war schon Merkwürdigeres geschehen, und es war nicht unmöglich, daß Caleb in seinem steinernen Wesen doch ein Herz hatte.

„Wenn ich eine Zwischenbemerkung machen darf", unterbrach Jonathan sie. „In nächster Zeit werden Sam und ich nach Stoner's Crossing gehen müssen, um unsere Untersuchung voranzubringen. Wir werden dann ein Auge auf ihre Tochter haben, wenn auch vielleicht nicht ganz aus der Nähe."

„Ihr werdet vorsichtig sein, nicht?", sagte Deborah. „Er mag mit Carolyn Geduld haben, aber niemand weiß, was er mit irgend jemand sonst tut, der zu mir gehört."

„Machen Sie sich keine Sorgen, Deborah, wir werden Mr. Stoner mit der Feinfühligkeit behandeln, die man einer Riesenforelle an der Angel angedeihen läßt — behutsam und leicht, mit viel Geduld und mit noch viel größerer List."

Teil IX

Viele Fragen, wenige Antworten

35

In den folgenden Tagen dachte Carolyn oft über ihr Gespräch mit Maria nach. Sie sah keinen anderen Weg, im Haus etwas zu finden, als sich wie ein gemeiner Dieb heimlich durch die Zimmer zu schleichen. Sie hoffte, daß Maria zurückkam und ihr half, aber die Haushälterin kam nicht wieder. Also wartete Carolyn; im schlimmsten Fall konnte sie immer noch im Haus herumschnüffeln, aber zunächst wollte sie auf anständigere Weise mehr herausbekommen.

Nach ihren erfolglosen Gesprächen mit Maria und Caleb hätte sie besser zweimal nachgedacht, bevor sie sich Laban näherte. Aber er war der einzige andere, der noch mit dem Tod ihres Vaters in direktem Zusammenhang stand. Und ihrer Ansicht nach war er ein Hauptverdächtiger.

Es fiel Carolyn nicht leicht, ein Gespräch mit ihm anzuknüpfen. Als sie ihn im Stall sein Lieblingspferd striegeln sah, zog sich ihr der Magen zusammen und ihr Herz pochte laut. Aber er war allein, und die Gelegenheit schien günstig, ihm einige Fragen zu stellen. Sie bekam ihn nur selten zu Gesicht, und ob sie ihn mied oder er sie, die Gelegenheit würde nicht sehr bald wiederkommen.

„Onkel Laban", sagte sie und trat von hinten näher.

Er wandte den Kopf, um sie anzusehen, seine Lippen verächtlich verzogen. „Das Wort ‚Onkel' zu benutzen ist ziemlich dreist, findest du nicht?"

„Dein Vater hat mich gebeten, ihn ‚Großvater' zu rufen."

„Er ist ein tatteriger alter Mann und weiß nicht mehr, was gut für ihn ist."

„Ich kann dich auch einfach ‚Laban' rufen, wenn du dich dabei besser fühlst."

„Ich würde mich besser fühlen, wenn du von hier verschwändest. Wir brauchen dich hier nicht, um Ärger zu machen, wie deine Mutter es getan hat."

„Ich beabsichtige nicht zu gehen, solange mein Großvater mich nicht darum bittet." Carolyns Sturheit war offensichtlich, und obwohl sie wußte, daß sie ihn so nicht zum Reden bringen würde, konnte sie nicht anders.

Laban wandte sich wieder seinem Pferd zu. Carolyn ging um ihn herum, um ihm ins Gesicht zu sehen. „Hör zu, Laban, ich weiß nicht, warum du so feindselig gegen meine Mutter bist. Ich dachte, zwischen dir und Leonhard hätte es nicht gerade brüderliche Liebe gegeben."

„Und du glaubst, ich müßte froh sein, daß sie ihn umgebracht hat und ihr eher Beifall klatschen als sie hassen?"

„So ähnlich."

„Sie hat nicht nur Leonhard umgebracht – das hätte ich ihr vergeben können. Aber sie hat auch meinen Bruder Jacob zerstört."

„Ich verstehe nicht."

„Du weißt nichts von Jacob?"

„Nur daß er dein Bruder war, und daß auch er von Caleb und Leonhard nicht gut behandelt wurde. Was ist mit ihm geschehen?"

„Das hat sie dir nicht erzählt?" Als Carolyn den Kopf schüttelte, schnaubte Laban und verzog die Lippen zu etwas wie einem Lächeln. Er schien seine nächsten Worte mit Genuß zu sagen. „Mein Bruder mußte Stoner's Crossing verlassen, weil Leonhard ihn und deine Mutter zusammen erwischt hat. Sie hatten ein Verhältnis."

„Weshalb glaubst du das?"

„Sie ritten oft zusammen aus – allein. Ich habe das im Gericht bezeugt, und ich werde es wieder tun, wenn man mich fragt."

„Du wirst Beweise brauchen, wenn jemand dir glauben soll." Aber selbst Carolyn fragte sich, ob es wahr sein konnte. Warum hatte ihre Mutter ihr davon kein Wort gesagt? Aber weshalb sollte sie Laban Glauben schenken? Wenn er Leonhard getötet hatte, würde er nicht alles tun, um die Aufmerksamkeit von sich abzulenken?

„Ich weiß, was ich gesehen habe und was Leonhard gesehen hat. Sie mögen nicht auf frischer Tat ertappt worden sein, aber Leonhard hat genug gesehen, um Jacob beinahe zu töten und ihn zur Flucht zu zwingen, wenn er nicht sterben wollte. Viel geholfen wird ihm die Flucht nicht haben. Wahrscheinlich ist er von Indianern umgebracht worden – weshalb habe ich sonst nie wieder von ihm gehört?"

„Aber du weißt nichts davon mit Sicherheit! Man könnte genauso sagen, du hattest eine Menge zu gewinnen, wenn du meine Mutter so beschuldigtest. Und nachdem dein Bruder weg war, hattest du am meisten durch Leonhards Tod zu gewinnen."

„Das denkst du also. Nun, das hat vor neunzehn Jahren niemand geglaubt, und das wird auch heute niemand glauben."

„Damals glaubten alle, was Caleb ihnen sagte. Heute ist das anders; meine Ma steht nicht mehr allein da. Sie hat jetzt Menschen an ihrer Seite, die Fragen stellen und Antworten verlangen, und sie werden

Calebs Störungen nicht einfach hinnehmen. Was wirst du diesmal tun, Laban?"

„Ich werde die Wahrheit sagen."

„Hast du auch die Wahrheit gesagt, als du in der Verhandlung gefragt wurdest, was du in der Nacht von meines Vaters Tod getan hast?"

Er lachte. „Niemand hat danach gefragt, weil es keine Rolle spielte."

Diese Eröffnung schockierte Carolyn. „Gab es keine anderen Verdächtigen?"

„Deine Mutter stand mit der Mordwaffe in der Hand über die Leiche gebeugt. Was brauchten sie da weitere Verdächtige? Nein, Carolyn, der Fall deiner Mutter war damals aussichtslos, und er ist es auch heute."

„Nein, das ist er nicht, also sei auf der Hut, Laban — der wirkliche Mörder wird gefunden werden."

„Soll das eine Drohung sein?" Laban lachte laut, ein humorloses, trockenes Lachen.

„Versteh es, wie du willst." Carolyn hielt einen langen, schrecklichen Moment seinem Blick stand.

Ohne Warnung ergriff er ihren Arm und bog ihn schmerzhaft um. „Ich könnte dir ohne jede Mühe sämtliche Knochen brechen, also nimm dich mit Drohungen in Acht."

„Laß mich los!" Sie wand ihren Arm, und er lockerte seinen Griff. Sie drehte sich um und wollte gehen, aber sie erinnerte sich an die unbeantwortete Frage, die sie gestellt hatte. Sie hatte Angst vor Laban, aber sie war auch sicher, daß er ihr nichts Ernstes tun würde, weil er dann sehr großen Ärger bekommen würde. Sie entschied sich für das Risiko, ihn noch etwas mehr zu provozieren.

„Laban, was hast du in der Nacht getan, als mein Vater getötet wurde?"

„Ich bin kein Verdächtiger."

„Das warst du damals nicht, aber verlaß dich heute nicht darauf."

„Wir werden ja sehen, liebe kleine *Nichte*."

„Ja, das werden wir."

Laban wandte sich wieder seiner Arbeit zu, und Carolyn wußte, sie würde kein Wort mehr aus ihm herausbringen.

36

Am Samstag ihrer zweiten Woche auf der Ranch entschloß sie sich, Ramon in die Stadt zu begleiten. Caleb gab seine Erlaubnis, wollte aber nicht selber mit ihr fahren, weil er müde war. Er sah auch erschöpft aus, und Carolyn fragte sich, ob er in letzter Zeit schlecht geschlafen hatte.

Sie verließen die Ranch am frühen Nachmittag, als Ramon mit seiner Arbeit fertig war. Der Weg dauerte etwas weniger als eine Stunde, und sie kamen verschwitzt und durstig an.

„Komm", sagte Ramon, „wir können bei meiner Mutter etwas trinken."

Carolyn folgte ihm bereitwillig, bis Ramon vor der Bar anhielt. Ramon zögerte verwirrt. „Vor einer Minute hast du gesagt, du kommst um vor Durst. Was ist los?"

„Naja, Ramon, ich darf nicht an solche Orte gehen", antwortete Carolyn mit ungewohnter Schüchternheit.

Ramon lachte. „Das harte Cowgirl hat auch ihre Grenzen, stimmt's?"

„Hör schon auf! Meine Ma würde mir die Ohren langziehen, wenn sie hört, daß ich in einem Saloon war. Ich wundere mich, daß deiner Mutter das nichts ausmacht. Gehen wir einfach zu ihr. Sie wird uns wohl etwas zu trinken geben, oder nicht?"

„Natürlich wird sie. Das ist ihr Geschäft — den Durst der Cowboys zu stillen ... und der Cowgirls. Die Bar gehört ihr."

„Wirklich?"

Carolyn hatte alle möglichen Geschichten von Frauen gehört, die in Saloons arbeiteten, und keine sehr erfreulichen. Natürlich hatten ihre Mutter und Sam immer gesagt, man dürfe niemanden verurteilen, aber das war nicht einfach, wenn niemand ein gutes Wort über die Saloongirls zu sagen hatte. Der Gedanke, daß die Mutter ihres neuen Freundes eine solche Frau war, verlieh dieser Sache eine ganz neue Seite.

„Kommst du nun oder nicht? Es ist kein so verrufener Ort. Schließlich bin ich hier aufgewachsen, und ich bin doch kein so schlechter Mensch, oder? Außerdem ist jetzt kein Betrieb, und wir können verschwinden, bevor die Wochenendsauferei losgeht."

Carolyn schämte sich für ihre Dummheit, also nahm sie sich zusammen und ging hinein. Mit einem flüchtigen Lächeln auf den Lippen folgte Ramon.

Das Innere schien nach der brennenden Sonne dunkel, und der ganze Raum war erfüllt vom Geruch von abgestandenem Rauch, Whisky und Schweiß, vermischt mit dem besonders unangenehmen Duft billigen Parfums. Als Carolyns Augen sich an das dämmerige Licht gewöhnt hatten, sah sie einen ganz gewöhnlichen Saloon. Ein oder zweimal hatte sie in Danville einen Blick in solche Räume erhascht. Neben der üblichen langen Theke, den Tischen, den Stühlen und dem Klavier sah sie an den Wänden einige mexikanische Decken und Sombreros, die dem Raum Farbe und Wärme gaben, wie andere Saloons sie nicht hatten. Es waren keine Gäste da. Ein Mann stand hinter der Bar und spülte Gläser.

Carolyn hörte eine weiche, verträumte Musik, bevor sie sich zum Piano wandte und die Frau sah, die daran saß und spielte. Ramon berührte Carolyns Arm und legte einen Finger auf die Lippen.

Die Musik war ganz anders als die groben Melodien, die sie aus den Saloons von Danville hatte dringen hören. Sie dachte, die Frau spielte etwas Klassisches, obwohl Carolyn mit Musik nicht gut genug vertraut war, um sicher zu sein. Es war schön, so viel wußte sie. Es erinnerte Carolyn an eine sanfte Brise über dem Präriegras an einem Frühlingsmorgen. Sie wollte sich wiegen wie das Gras, und sie schloß die Augen, um sich einen bestimmten Ort nahe der Windreiter Ranch ins Gedächtnis zu rufen, wo sie an warmen Tagen gern hinging, um sich unter einer der wenigen großen Eichen ins Gras zu legen. Als die Musik schneller wurde, dachte sie an ein vorüberhuschendes Kaninchen. Die nächste Stelle des Stücks ließ sie an die im Wind raschelnden Blätter der Eichen denken.

Sie fragte sich, was Ramon wohl dachte und welche Bilder die Musik in seinem Geist weckte. Schließlich war die wunderbare Melodie zu Ende. Offenbar bemerkte die Frau erst jetzt ihr Publikum und sah die beiden jungen Menschen in dem Moment an, als Carolyn die Augen öffnete. Die Frau schien weder verlegen noch ärgerlich, und obgleich sie nicht lächelte, drückte ihr Gesicht ein warmes Willkommen aus.

„Ah, Ramon, mi muchacho!" sagte sie zärtlich.

„Mama, por favor! Ich bin kein kleiner Junge."

„Nun, du bist aber auch noch nicht ‚mi hombre'." Die Frau blinzelte ihrem Sohn gutmütig zu.

Er zuckte die Achseln und blickte zu Carolyn, als ob sie schon verstehen würde: Mütter! Dann sagte er: „Mama, ich habe einen Gast von der Ranch mitgebracht."

„Das sehe ich", sagte die Frau und sah Carolyn mit gehobenen Augenbrauen aufmerksam an, von denen Carolyn nicht sagen konnte, ob sie Ablehnung oder bloß Neugier bedeuteten. „Sie sind die Enkeltochter des Patron?" Auf Carolyns erstaunte Erwiderung fügte sie hinzu: „In einer kleinen Stadt spricht sich alles schnell herum."

„Ist ja auch kein Geheimnis", sagte Carolyn, ohne zu wissen, warum ihr Ton etwas Defensives annahm. Um das gleich wieder wettzumachen, streckte sie der Frau die Hand hin und sagte: „Ich bin Carolyn Stoner, Senora . . ." Dann erst merkte sie, daß sie nicht einmal Ramons Familiennamen wußte.

„Ich heiße Eufemia Mendez." Die Hand der Frau war weich und kühl.

Zum ersten Mal sah Carolyn Ramons Mutter genauer an. Sie war noch nicht alt — vielleicht Anfang vierzig — und sah noch ziemlich jugendlich aus. Ihre Haut war glatt, feine Linien hatte sie nur um Augen und Mund. Ihre Augen lagen weit auseinander, schwarz und sehr schön. Tatsächlich war Eufemia Mendez eine schöne Frau. Nur etwas irritierte Carolyn: ihre Schönheit hatte eine gewisse Härte, die ihr etwas Geheimnisvolles und sogar Kaltes verlieh, das in merkwürdigem Gegensatz zur Sanftheit ihres Klavierspiels stand. Erst als sie sich an ihren Sohn wandte, schien sie weicher zu werden. Anderen gegenüber schien sie sich mit einem Schutzschild aus Kälte zu umgeben. Die Berührung ihrer eisigen Fingern zusammen mit der Kühle ihrer Augen verursachte Carolyn Gänsehaut, aber sie lächelte trotzdem, als die Frau ihre Hand wieder losließ.

„Hat der Patron dir einen Nachmittag freigegeben?", fragte Eufemia ihren Sohn.

„Si, und morgen auch. Ich dachte, ich könnte heute hier bei dir bleiben, Mama."

„Und deine Freundin auch?"

„Oh, nein", sagte Carolyn. „Ich will nur ein wenig einkaufen und mich umsehen. Aber danke."

„Möchten Sie etwas trinken?"

„Gern", sagte Carolyn. „Es ist verdammt heiß da draußen."

Eufemia führte sie an die Bar. „Al", sagte sie zum Barkeeper, „hast du was für die jungen Leute?"

„Wie wär's mit Ingwerbier?" Er nahm große Gläser und füllte sie aus einem Hahn unter dem Tresen.

Als Carolyn und Ramon die eisgekühlten Drinks genommen hatten, bat Eufemia sie, ihr zu folgen. Sie führte sie durch eine Tür neben der Bar, die auf einen kurzen Flur mit zwei oder drei anderen Türen ging. Eine davon öffnete sie, und sie traten in ein einfach, aber nett möbliertes kleines Wohnzimmer.

„Hier ist es glaube ich angenehmer als in der Bar", sagte Eufemia und führte die beiden jungen Leute zum Sofa. Sie selbst setzte sich auf einen roten Sessel mit Samtbezug gegenüber.

„Danke", sagte Carolyn. Aber als sie sich umsah, nahm sie dieselbe Distanziertheit wahr wie in der Frau selber — geschmackvoll, hübsch, kühl, wachsam. Sie fühlte sich überhaupt nicht sehr wohl.

„Was führt Sie in unser kleines Städtchen?", fragte Eufemia.

„Hat sich das nicht auch schon herumgesprochen?"

„Nein. Man sagt, Sie sind die lange verschollene Enkeltochter des Patron; es wird gesagt, daß Sie vielleicht wegen Ihrer Mutter hergekommen sind, vielleicht um ihre Unschuld an einem Verbrechen zu beweisen, das vor vielen Jahren begangen wurde."

„Nun, das stimmt zum Teil. Meine Ma wollte nicht, daß ich hierher komme. Sie möchte lieber, daß die Gerichte ihre Unschuld beweisen. Aber ich will ihr helfen, so gut ich kann. Aber in erster Linie wollte ich auch meinen Großvater kennenlernen. Es ist komisch, wenn man plötzlich erfährt, daß man eine zweite Familie hat. Ich hatte keine Ruhe mehr, ich mußte herkommen."

„Ich kann mir vorstellen, wie überrascht der Patron war, als Sie auftauchten. Oder wußte er von Ihnen?"

„Nichts, er hatte keine Ahnung. Ich nehme an, er war genauso überrascht wie ich."

„Aber Sie verstehen sich gut?"

„Mama", unterbrach sie Ramon, „du solltest es sehen. Der Patron hat Carolyn ein Pferd aussuchen lassen und erlaubt ihr, überall herumzureiten. Sie ist sogar zum Camp hinausgeritten und hat ein Kalb eingefangen."

„Das ist erstaunlich. Jeder weiß, daß die Stoners Frauen nur als hübsche Dekoration im Salon dulden." Eufemias rechte Braue hob sich wieder, aber ihre Haltung blieb kühl und gelassen.

„Kennen Sie die Stoners schon lange?", fragte Carolyn, unfähig, ihre Neugier zu bezwingen.

„Ich lebe schon lange in dieser Stadt, und jeder kommt früher oder später einmal in meine Bar."

„Dann gehört die Bar also Ihnen, Senora? Das ist beeindruckend."

Eufemia zuckte die Achseln. „Beeindruckend, wenn schon nicht respektabel, nicht wahr?"

„Ich bin nicht dazu erzogen worden, die Leute zu beurteilen, Senora. Ich nehme an, Sie haben getan, was Sie konnten. Und Sie müssen hart gearbeitet haben, um so weit zu kommen."

„Da muß ich Sie enttäuschen. Ich habe den Laden mit einer kleinen Erbschaft gekauft, die ich vor achtzehn Jahren machte, als ich noch sehr jung war."

Ramon sagte: „Die Familie meiner Mutter in Mexiko ist nicht unbedeutend."

„Aber mein Sohn ist bloß ein Stallbursche." Die Bitterkeit in ihren Worten war deutlich, auch wenn Eufemias Haltung kühl und beherrscht wie immer blieb.

„Das macht mir nicht so viel aus", sagte Ramon. „Und ich werde bald einen besseren Posten bekommen."

„Wir sind alle ehrgeizig", sagte Eufemia vage. „Jedenfalls habe ich mir die Bar nicht erarbeitet. Und vielleicht hätte ich das Geld für etwas Besseres verwenden können. Aber eine alleinstehende Frau kann sich nicht so einfach selbst ernähren."

„Ist Ihr Mann gestorben?"

Eufemias Augen verdunkelten sich, als ob eine Wolke vorübergezogen wäre, dann wurden sie wieder heller, und sie sagte: „Ramons Vater ist tot."

In diesen Worten hörte Carolyn zum ersten Mal, daß die Frau Gefühle hatte — Bitterkeit. Aber das ging so schnell vorüber wie der Schatten, der einen Moment lang ihre Augen verdunkelt hatte, und ihr kühler Schutzschild war wieder vollkommen intakt.

„Er starb, bevor ich geboren wurde", fügte Ramon hinzu.

„Das tut mir leid, Ramon", sagte Carolyn. „Ich weiß, wie das ist."

„Was man nie gekannt hat, kann man auch nicht vermissen, oder?"

„Gute Frage. Ich glaube, es läßt nur ein wenig Leere im Inneren zurück, so sehr man es auch vergessen will. Die Eltern eines Menschen sind wichtig für jeden, sie sind Teil seiner selbst. Für mich jedenfalls ist es, als ob mir ein Stück von mir fehlt. Ich schätze, das ist ein weiterer Grund, weshalb ich hier bin. Ich will meinen Vater kennenlernen, auch wenn er schon lange tot ist."

„Das ist Leonhard Stoner?", fragte Eufemia.

„Ja, Senora. Haben Sie ihn gekannt?"

„Natürlich."

„Gut?"

Ihre Augenbraue hob sich erneut. „So wie ich die meisten meiner regelmäßigen Kunden kenne."

„Regelmäßig?"

„Carolyn, ich möchte das Bild, das Sie sich von Ihrem Vater vielleicht gemacht haben, nicht beeinträchtigen."

„Darum geht es nicht, Senora. Ich weiß, daß viele Männer im Westen in Saloons gehen. Es gibt ja hier draußen auch nicht viel für sie. Er war doch kein Säufer, oder?"

„Da können Sie unbesorgt sein. Er war ein respektabler, standhafter Bürger." Irgend etwas an Eufemias Beteuerung stimmte nicht, klang hohl.

„Wie war er?"

„Ihr Großvater hat Ihnen sicher schon alles über ihn erzählt."

„Nach dem, was er sagt, muß mein Vater fast ein Heiliger gewesen sein. Ich weiß, das kann nicht wahr sein."

„Wegen Ihrer Mutter?"

„Weil niemand so vollkommen ist. Wenn nur die Hälfte von dem stimmt, was meine Mutter sagt, dann gibt es eine ganze Menge mehr zu erfahren, als was Caleb oder meine Mutter mir gesagt haben."

Zum erstenmal blitzte in Eufemias dunklen Augen so etwas wie Vergnügen auf. Aber es war nur einen kurzen Moment lang zu sehen, bevor es hinter ihrer Schutzmauer aus kühler Distanz verschwand.

„Ich möchte da nicht hineingezogen werden —", begann Eufemia.

„Mama!" unterbrach sie Ramon.

„Nein", sagte die Frau, „es ist nie weise, sich in die Familienstreitigkeiten anderer Leute hineinziehen zu lassen."

„Ich respektiere das, Senora Mendez. Ich bin sicher, es muß andere Leute in der Stadt geben, die ich fragen kann."

„Erwarten Sie da nicht zu viel, Carolyn", sagte Eufemia. „Caleb Stoners Bild seines Sohnes Leonhard ist hier offizielles Bild. Es gibt keine anderen, es darf sie nicht geben."

„Ich kann nicht glauben, daß eine ganze Stadt, selbst eine kleine, von einem einzigen Mann kontrolliert wird. Es muß doch jemanden geben, der bereit ist, mir die Wahrheit zu sagen."

„Wollen Sie wirklich die Wahrheit wissen?"

„Ich *muß* die Wahrheit erfahren."

„Dann tun Sie mir leid, Carolyn Stoner."

Mit leicht geöffnetem Mund starrte Carolyn diese merkwürdige Frau an. Aber bevor sie etwas sagen konnte, erhob sich Eufemia.

„Hat mich gefreut, Sie kennenzulernen, Carolyn", sagte sie ohne Begeisterung. „Ich muß wieder an die Arbeit gehen."

„Ich — Ich . . .", stammelte Carolyn. „Danke." Sie stand ebenfalls auf, gefolgt von Ramon. „Ich hoffe, daß ich Sie wieder einmal besuchen kann." Alle Manieren, die ihre Mutter ihr eingetrichtert hatte, kamen ihr nun zu Hilfe. In Wahrheit wollte Carolyn Ramons Mutter nicht unbedingt wiedersehen, nicht mehr als nötig jedenfalls. Sie war eine außerordentlich beunruhigende Frau.

Ramon ging mit Carolyn auf die Straße hinaus. Das helle Tageslicht beruhigte Carolyn. Sie atmete tief ein.

„Tut mir wirklich leid", sagte Ramon.

„Du brauchst dich nicht zu entschuldigen. Deine Mutter war einfach ehrlich, und ich schätze das."

„Sie hat ihre Gründe."

„Was meinst du damit?"

„Sie hat nicht viel für die Stoners übrig, das ist alles."

„Hat das überhaupt jemand?"

„Diese Stadt verdankt dem Patron eine Menge. Loyalität spricht lauter als Zuneigung oder Abneigung."

Carolyn zuckte die Achseln. Wie sollte sie da je finden, was sie suchte? Enttäuscht und entmutigt verabschiedete sie sich von Ramon und ging die Straße hinunter zum Laden. Ramon ging zurück in die Bar.

37

Eufemia setzte sich gerade wieder auf ihren Klavierstuhl, als Ramon zurückkam.

„Mama, ich verstehe nicht, warum du Carolyn so behandelt hast. Sie ist eine Freundin von mir —"

„Sie ist eine Stoner — vergiß das nicht, Ramon."

„Wenn du die Stoners so haßt, ist das nicht ein Grund mehr, ihr zu helfen? Sie versucht, ihre Mutter freizubekommen, und das ist das Letzte, was Caleb Stoner will."

„Du verstehst das nicht."

„Nein, das glaube ich auch. Du warst hier, als ihr Vater getötet wurde. Du könntest ihr und ihrer Mutter vielleicht helfen."

„Warum sollte ich ihr helfen? Was gehen sie mich an? Und nach allem, was ich weiß, ist ihre Mutter eine Mörderin. Willst du, daß ich einer Mörderin helfe?"

„Was ist, wenn sie unschuldig ist, wie Carolyn glaubt? Ich kann dir sagen, Carolyn wird nicht aufgeben, bis sie die Wahrheit herausgefunden hat."

„Wie soll sie die Wahrheit herausfinden? Sie ist nur ein dummes Mädchen."

„Ich würde sie nicht unterschätzen, Mama. Genau das tut Senor Stoner, und er wird es bereuen."

„Ein Grund mehr für uns, uns von diesem Mädchen fernzuhalten." Ramon zuckte die Achseln. Vielleicht übertrieb er es hier ein wenig. Aber das tat auch seine Mutter, und das beunruhigte ihn. Vielleicht war es wirklich am besten, sich aus allem herauszuhalten.

„Was mir wirklich Sorge macht", sagte Eufemia mit kühler, strenger Stimme, „ist deine Haltung in dieser Sache. Ich möchte nicht, daß du dich mit diesem Mädchen einläßt, hörst du?"

„Und warum nicht?", gab er trotzig zurück. Seine Mutter sollte sich nicht in sein Leben einmischen. „Sie ist ein attraktives Mädchen, und ich mag sie —"

„Du bist ein Mexikaner, sie ist weiß."

„Bah! Carolyn ist bei den Cheyenne aufgewachsen, und ihr eigener Bruder ist ein halber Indianer. Sie haßt Scheinheiligkeit."

„Ich sage dir, laß dich nicht mit ihr ein!" Eufemias leidenschaftlicher Ton erregte die Aufmerksamkeit des Barkeepers und eines Gastes, der gerade eingetreten war.

„Gut", sagte Ramon, „kein Grund zur Sorge. Sie ist sowieso mit Toliver beschäftigt, dem Vorarbeiter auf der Stoner Ranch."

„Das ist auch besser so."

„Toliver wird sie ausnutzen und sitzenlassen. Er kümmert sich nur um sich."

„Das ist nicht dein Problem. Sie ist nichts für dich, und du bist nichts für sie. Darauf kommt es an."

„Und welche anderen Möglichkeiten habe ich hier, Mama? Zwei oder drei häßliche alte Senoritas. Vielleicht sollte ich woanders hingehen."

Eufemias harte Züge wurden für einen Moment weich. „Ach, mein Ramon! Vielleicht war es nicht richtig von mir, daß ich dich hier festgehalten habe. Und jetzt, wo sie da ist . . ." Sie zögerte und schien sich innerlich zurückzuziehen. Dann sprach sie wie zu sich selbst weiter:

„Es ist einen Gedanken wert. Vielleicht ist es deine einzige Wahl. Es sei denn …"

„Was, Mama?", drängte Ramon, als seine Mutter ihre Überlegung abbrach.

„Nichts. Und jetzt habe ich zu tun, Ramon. Könntest du mir von hinten ein paar saubere Geschirrtücher holen? Die Gläser müssen getrocknet werden."

Nach ein paar Augenblicken griff Eufemia in die elfenbeinernen Tasten und spielte eine traurige, ergreifende Melodie. Eine Träne rollte ihre Wange hinab, aber sie wischte sie nicht fort.

38

Als Carolyn mit ihren Einkäufen fertig war, rückte die Abendbrotzeit näher, und es war Zeit, zur Ranch zurückzukehren. Sie hatte das Gefühl, umsonst in die Stadt gekommen zu sein. Sie hatte gehofft, die Leute nach ihrem Vater ausfragen zu können. Senora Mendez hatte diese Hoffnung klar gedämpft.

Sie kaufte ein paar Kleinigkeiten im Laden und wollte zu ihrem Pferd zurückgehen. Sie überlegte gerade, ob sie noch mit dem Sheriff sprechen sollte, als mehrere Reiter die Straße entlang in die Stadt galoppierten. Sie erkannte sie sofort, Sean Toliver ritt an der Spitze.

Er hielt sein Pferd vor ihr an. „Guten Tag, Miss!" sagte er in seinem merkwürdigen britisch-texanischen Akzent. Er schwenkte seinen Hut.

„Hallo Sean! Warum habt ihr's so eilig, in die Stadt zu kommen?"

„Es ist Samstag abend", sagte Sean, „und noch dazu ist das Viehtreiben erledigt. Die Jungs wollen sich ein bißchen amüsieren."

„Haben sie wohl auch verdient."

„Und was bringt Sie in unsere wunderschöne Stadt?"

„Ich war nur einkaufen. Wollte mal andere Leute sehen."

„Warum kommen Sie nicht mit uns?", fragte er mit einem amüsierten Blitzen in seinen grauen Augen.

„Selbst ich bin nicht so fortschrittlich, Sean", sagte Carolyn lachend. „Auf der Ranch nehme ich es mit jedem Cowboy auf, aber das ist auch alles."

„Nun, ich bin schockiert, Miss Stoner, daß Sie annehmen, ich wollte Sie in ein Haus von zweifelhaftem Ruf führen!" Er grinste. „Ich dachte eher an etwas Respektables, etwa ein Gemeindefest."

Sie sah ihn belustigt an. „Was für ein Gemeindefest? Wo?"

„Die Damen der Gesellschaft — die ehrenwerten selbstverständlich — veranstalten jedes Jahr nach dem Ende des Viehtriebs einen netten Abend. Sie hoffen, den Cowboys nach der harten Arbeit eine Alternative zu den Saloons zu bieten. Sie machen sich zum Abendessen fein, das zieht die Jungs an, und dann unterhalten sie sich ein paar Stunden mit Tanz. Die hübschen Töchter der Ladies, wissen Sie. Die Saloons müssen deshalb nicht gerade zumachen, weil die meisten Jungs irgendwie auf beiden Hochzeiten tanzen. Jedenfalls wäre es mir eine Ehre, wenn Sie mich begleiten wollten."

„Mensch, Sean, das klingt nicht schlecht, aber ich bin für so etwas nicht angezogen. Und wenn ich zur Ranch zurückreite, mich umziehe und zurückkomme —"

„Kaufen Sie etwas im Laden und ziehen Sie sich gleich dort um."

„Etwas Neues? Das scheint mir so übertrieben. Außerdem müßte ich meinem Großvater Bescheid sagen, wo ich bin."

„Was das Übertreiben angeht, wann hat Ihr Großvater Ihnen das letzte Mal ein Kleid gekauft?"

„Noch nie."

„Nun, dann wird es Zeit. Wissen Sie denn nicht, daß Großeltern es lieben, ihre Enkel zu verwöhnen? Und das andere —" Er rief einem der Cowboys zu: „Hey, Joe, du reitest doch zurück zur Ranch, oder? Dann sag Mr. Stoner, seine Enkelin begleitet mich zum Scheunentanz."

Joe sah ein bißchen überrascht drein, und Carolyn fragte sich, ob er wirklich vorgehabt hatte, zur Ranch zurückzureiten. Aber er sagte: „Okay, Boss."

Sean drehte sich wieder zu Carolyn um. „Sehen Sie, alles geregelt! Nun lassen Sie uns nach dem Kleid schauen."

„Wir beide?"

„Natürlich. Ich habe zufällig einen sehr guten Geschmack."

Damit hatte er recht, aber er wählte nicht gerade, was Carolyn sich ausgesucht hätte. Es war ein blaßgelbes Gazekleid mit einem Gürtel, der auf dem Rücken mit einer großen Schleife gebunden wurde, und mit weißem, durchbrochenem Spitzensaum — kaum Carolyns Geschmack. Sie zog einfachere und unauffälligere Kleidung vor. Mit all dem Glitzern und Rascheln kam sie sich ein wenig dumm vor.

Er brachte ihren Protest zum Verstummen: „Ich bin es, der dich anschauen wird, Carolyn, also solltest du etwas tragen, was ich mag."

Der Gedanke an seine durchdringenden Blicke erregte wieder dieses merkwürdige Kribbeln in ihrem ganzen Körper, so daß sie nicht mehr nein sagen konnte. Außerdem konnte sie froh sein, daß es im Laden überhaupt ein Kleid zu kaufen gab. Sonst standen nur noch Kattunröcke und Blusen zur Auswahl. Dieses eine Kleid war von der Tochter des Bankiers bestellt worden, aber es hatte ihr nicht gepaßt, weil das Mädchen in den zwei Monaten, die die Bestellung aus New York gedauert hatte, dicker geworden war.

Das Kleid paßte Carolyn, obwohl es nach ihrem Gefühl hier und da ein paar Stiche brauchen konnte. Sie hatte nämlich das gegenteilige Problem, zu schlank zu sein. Nur zu gern hätte sie, besonders oben, ein paar Pfund zugenommen. An einigen Stellen mußte sie das Kleid mit etwas Stoff ausstopfen, damit es nicht ganz so auffiel, daß es ihr zu weit war. Sie fühlte sich wie ein Kind, das sich verkleidet hatte, als sie aus der Kabine trat.

„Oh, Sean, ich fühle mich lächerlich!"

„Du siehst entzückend aus, meine Liebe, einfach entzückend." Aber er warf ihr einen kritischen Blick zu und war offenbar nicht ganz zufrieden. Sie faßte sich an den Ausschnitt, aber er hatte eine andere Stelle im Auge. „Das Haar! Hier liegt das Problem", erklärte er triumphierend. „Mr. Wexler!" rief er den Ladenbesitzer. „Rufen Sie doch mal Ihre Frau."

Eine halbe Stunde mit Mr. Wexlers Frau schien Wunder zu wirken, wenigstens nach Seans Reaktion zu schließen. Carolyns dunkelbraunes Haar, sonst achtlos zurückgekämmt und zu einem Pferdeschwanz zusammengebunden, wogte jetzt frei um ihre Schultern, die Seitenlokken waren mit Ebenholzklammern zurückgesteckt. Mrs. Wexler hatte mit einer Lockenschere einen wunderbaren Effekt erzielt. Hübsch, süß, sittsam — alles, was Carolyn nicht war und nicht sein wollte.

Aber Sean war außer sich. Und Carolyn wollte ihn nicht enttäuschen. Sie kam sich dumm vor, aber es war absolut aufregend, wenn ein Mann wie Sean Toliver ihretwegen so aus dem Häuschen geriet.

Als sie das Geschäft verließ, fühlte sie sich wie ein anderer Mensch. Sie ging mit Sean zu der großen Halle, in der der Tanz stattfinden sollte. Nicht einmal ihre Mutter oder ihr Bruder hätten sie jetzt auf den ersten Blick erkannt, wenn sie auf der Straße an ihnen vorbeigegangen wäre. Aus ihr war die Art Frau geworden, die Menschen wie Sean und Caleb am ehesten bewunderten. Als sie an ihren Großvater dachte,

wünschte sie, er könnte sie so sehen . . . weshalb, das wußte sie auch
nicht genau.

39

Die Versammlungshalle war mit bunten Wimpeln geschmückt, und
zwei Dutzend Menschen saßen bereits an den langen Tischen, auf
denen eine Vielzahl warmer Gerichte aufgetragen waren, dazu Salate
und Desserts. Zunächst waren Leute von den Ranches und Leute aus
der Stadt etwa zu gleichen Teilen vertreten. Dann kamen kurz nach
Carolyn und Sean etwa zehn oder zwölf Cowboys, und im Lauf des
Abends kamen noch mehr. Bald waren viel mehr Männer als Frauen
da, und unter den Frauen war kein Mauerblümchen.
    Carolyn genoß es, obwohl sie sich anfangs ein wenig wie auf dem
Präsentierteller vorkam, als sie merkte, daß alle sie neugierig ansahen.
Schließlich war sie Caleb Stoners unerwartete Enkeltochter. Aber
sobald die Leute sich an ihre Gegenwart gewöhnt hatten, wurden sie
freundlich. Die Bankierstochter war froh, daß ihr Kleid so gute Verwendung gefunden hatte, und sie sagte sogar, es stünde Carolyn viel
besser als es ihr selbst gestanden hätte. Sie lud Carolyn zum Tee ein,
und Carolyn nahm höflich an.
    Fünf Musiker spielten Fiedel, Mundharmonika, Akkordeon,
Gitarre und Banjo. Sie spielten flotte Melodien, und Carolyn und Sean
tanzten, bis sie außer Atem waren. Sean war ein ausgezeichneter Tänzer, und sie fühlte sich neben ihm unbeholfen – auf der Windreiter
Ranch hatte es wenig Gelegenheit gegeben, tanzen zu lernen. Aber
ihm schien es nichts auszumachen.
    Obwohl die Frauen in der Minderzahl waren, behielt Sean Carolyn
ganz für sich. Wann immer ein Mann Carolyn aufforderte, wies Sean
ihn ab. Carolyn begann, sich darüber zu ärgern, denn sie hielt das
weder ihr noch den Cowboys gegenüber für fair. Aber sie sagte nichts,
trank einige Gläser Fruchtbowle, um sich abzukühlen und ließ sich
dann wieder von Sean auf die Tanzfläche führen.
    Als die Tänzer sich zu einem Virginia Reel formierten, fühlte Caro-
lyn eine andere Hand auf der Schulter. Sie drehte sich um und stand
vor Matt Gentry.

„Such dir ein anderes Mädchen, Gentry", sagte Sean. „Dieses hier ist nicht frei."

„Ich habe nichts dagegen, Sean", sagte Carolyn plötzlich. „Du bist der einzige Mann hier, der jeden Tanz mitgemacht hat. Das scheint mir nicht fair."

Sean brummte.

„Ach, kommen Sie, Boss", sagte Gentry. „Lassen Sie uns armen Kerlen auch eine Chance."

Bevor Sean etwas erwidern konnte, hakte Carolyn sich bei Gentry ein und reihte sich ein, als die Musik begann. Sie tanzte gern mit Sean, aber sein Versuch, sie zu kontrollieren, ärgerte sie. Am besten, ihm wurde früh klar, daß sie ein unabhängiges Mädchen war.

Gentry war trotz seiner rauhen, etwas bäurischen Art ein fast ebenso guter Tänzer wie Sean. Er tanzte den Reigen ohne jeden Fehler. Als die Musiker gleich danach den ersten Walzer des Abends zu spielen begannen, schaffte Matt den Übergang mühelos. Aber Carolyn hatte Schwierigkeiten damit. Ein Reigen war eine Sache, wenn man nur aufpaßte, konnte man ohne große Mühe mitmachen. Aber Carolyn war mit Pferden und Vieh aufgewachsen, nicht mit Tanzen — besonders nicht mit Walzer. Sie konnte einfach keinen Gleichklang mit Matt erreichen, und mehrmals versuchte sie, die Führung zu übernehmen. Schließlich, nachdem sie ihm ein Dutzendmal auf die Füße getreten war, hörte die Musik auf.

Sie lächelte verlegen. „Ich nehme an, jetzt schulde ich Ihnen ein neues Paar Stiefel."

„Nein, nein. Und ein Tanz mit dem schönsten Mädchen des Abends war es wert."

Gerade als Carolyn den Mund öffnete, um etwas zu antworten — obwohl sie kaum wußte, was sie auf ein so unerwartetes Kompliment erwidern sollte — erschien Sean, um sie wieder für sich in Anspruch zu nehmen. Sie konnte nicht mal dankeschön zu Matt sagen, da wurde sie schon wieder auf die Tanzfläche gezogen.

Nach diesem Tanz sah sie sich halbunbewußt nach Matt um. Hoffte sie auf einen weiteren Tanz mit ihm? Aber er war nirgendwo zu sehen.

„Gehen wir ein bißchen an die frische Luft", sagte Sean plötzlich und band ihre Aufmerksamkeit wieder.

Die Brise draußen tat gut. Carolyn atmete tief ein.

„Ich bin wirklich froh, daß du mich zum Mitkommen überredet hast, Sean. Es ist ein netter Abend."

„Wenn du nur nicht vergißt, mit wem du hier bist."

„Was willst du damit sagen? Du bist doch nicht wütend, weil ich mit Matt getanzt habe, oder?" Sie konnte nichts dafür, daß sie etwas eingeschüchtert war, auch wenn sein Besitzanspruch sie störte.

„Eins weißt du besser gleich über mich, Carolyn; ich teile nicht gerne, was mir gehört."

„*Dir gehört?* Ich bin nicht sicher, ob ich diesen Ton mag."

„Warum nicht? Ach ja, du bildest dir ja ein, eins von diesen *unabhängigen* Mädchen zu sein." Er sagte dieses Wort, als ob er von einer ansteckenden Krankheit spräche.

„So weit würde ich gar nicht gehen, Sean. Aber mir ist es lieber, wenn ein Mann etwas für mich übrig hat, ohne mich kontrollieren zu wollen. Ich denke lieber für mich selbst."

Er lachte trocken. „Das tust du wirklich, Carolyn! Aber du mußt über Männer noch viel lernen. Du wirst kaum einen finden, der es wert ist und der nicht gern die Oberhand hat. Das ist eben die Natur des Mannes."

Sie sah ihn streng an. „Bist du immer so sicher, im Recht zu sein?"

„Oh, ich bin im Recht. Glaub mir; ich kenne mich da ein wenig besser aus als du, mein liebes Mädchen."

Sie schwieg und sah ihn einen Moment an, um in seinen Augen zu lesen. Sie waren merkwürdig ausdruckslos. „Was genau hast du gemeint, als du sagtest ‚was mir gehört'?"

„Ich meinte, ich weiß, wenn etwas gut ist, und ich lasse mir das nicht von jemand anderem verderben. Und übrigens, Carolyn", fügte er rasch hinzu, offensichtlich, um das Thema zu wechseln, „wir müssen noch etwas zu Ende bringen."

„Und was?"

Statt zu antworten führte er sie in eine abgelegene Ecke hinter dem Gebäude. Die Versammlungshalle stand am Stadtrand fast in der freien Landschaft, wo nur noch einige hohe Büsche wuchsen. Der Halbmond spendete etwas Licht, aber es war noch immer ziemlich dunkel. Ohne die Geräusche des Festes, die leise herausdrangen, wäre es gerdezu unheimlich gewesen.

Carolyns Herz pochte. Sie dachte an die Szene bei der Koppel und wußte, sie sollte ihn besser bitten, mit ihr wieder hineinzugehen. Aber sie konnte nichts sagen. Er hielt inne, preßte ihren Rücken an die Wand, stemmte eine seiner starken Hände gegen die Mauer und legte ihr die andere um die Hüfte und zog sie an sich. Sie wußte, sie sollte das nicht zulassen, aber seine Hand an ihrer Seite war warm und nah, so fordernd. Diesmal hielt er sich nicht mit Zärtlichkeiten und Spielereien auf. Seine Lippen suchten die ihren und preßten sich mit solcher Leidenschaft auf sie, daß Carolyn kaum atmen konnte. Sein heißer Atem erstickte sie fast, und seine Hand griff nach ihr.

Niemals war sie auf diese Weise von einem Mann berührt worden, und sie wußte, es war nicht richtig. Aber er war entschlossener als sie sich vorgestellt hätte. Sein ganzer Körper preßte sie gegen die Wand, so daß sie sich nicht mehr bewegen konnte. Sie wollte etwas sagen, aber seine Küsse ließen sie nicht zu Wort kommen.

Sie wandte den Kopf zur Seite. „Bitte, Sean!"

„Du magst das, Liebes", sagte er und verstand ihre Worte ganz falsch.

„Das — das ist nicht — ich habe —"

„Keine Sorge, Liebling, ich zeige dir alles."

„Aber ich —"

„Komm, ich weiß einen Platz —"

„Nein, ich kann nicht."

Er beugte sich zurück, und seine Augen bohrten sich in ihre. „Es sollte so kommen, Carolyn. Und du weißt, du willst es genauso wie ich. Weißt du, du kannst nicht ewig ein unschuldiges Mädchen bleiben."

„Sean, ich mag dich wirklich, aber ich bin nicht bereit zu . . . nun zu *dieser* Art Beziehung."

„Oh, du bist sehr wohl bereit. Du wärst nicht mit hierhergekommen, wenn du nicht bereit wärst. Aber wie die meisten Frauen mußt du dich zieren, das ist in Ordnung. Ich verstehe das."

Er preßte sich von neuem an sie. Seine Lippen lagen auf ihren, und beide Hände berührten ihren Körper. Sie stöhnte und wollte sich bewegen, aber er war zu stark. Wieder wollte sie den Kopf zur Seite drehen und bekam ihn schließlich frei.

„Nein!" rief sie, vielleicht lauter als gewollt. „Bitte . . . Sean . . .!"

Aber er hörte nicht auf. Ihr Widerstand schien ihn nur zu ermutigen, ja zu freuen.

„Sean . . ."

Seine Berührung, die sich einmal so gut angefühlt hatte, schmerzte sie jetzt. Die Empfindungen, die sie zu ihm hingezogen hatten, verursachten ihr jetzt Übelkeit. Sie war kein schwaches Mädchen, aber jetzt fühlte sie sich hilflos wie ein Fohlen.

Hatte Sean recht? Sollte es wirklich so sein? Sean war so hübsch, und in seiner Nähe fühlte sie sich so komisch, aber —"

„Hey!" ließ sich plötzlich eine Stimme hören. „Was ist da los?"

190

Sean löste sich mit einer schnellen Bewegung von Carolyn und wandte sich um.

„Toliver?"

„Was machen Sie hier, Gentry?" Tolivers Stimme war voller Wut und Drohung.

„Nun, ich habe jemanden rufen hören, als ob jemand Hilfe braucht oder so."

„Niemand braucht Hilfe — außer vielleicht Sie in einem Moment!" Carolyn nutze die Gelegenheit und entfernte sich ein Stück von Toliver. Jetzt sah Gentry sie und verstand, was los war.

„Wollte nur helfen", sagte er.

„Helfen Sie jemand anderem. Ich brauche Ihre Hilfe nicht", sagte Sean.

Carolyn hatte das starke Verlangen, Gentry für sein Kommen zu danken, aber ihr Stolz — und die Scham, überhaupt in eine solche Situation geraten zu sein — hielten sie davon ab.

Statt dessen sagte sie so gelassen wie möglich: „Wir sollten sowieso jetzt zurückgehen, Sean, ich habe mächtig Hunger."

Ohne zurückzublicken schlenderte sie in Richtung Eingangstür.

40

Da Carolyn nur ihr Pferd bei sich hatte, bestand Mabel Vernon, die Tochter des Bankbesitzers, darauf, sie in ihrer Kutsche heimzubringen. Sean schien das nicht gerade zu gefallen; zweifellos hatte er gehofft, mit Carolyn auf dem Rückweg zur Ranch noch einmal allein zu sein. Aber Mrs. Vernon sagte, Caleb würde es nicht wollen, daß seine Enkeltochter mitten in der Nacht auf dem Pferd durch die Landschaft ritt, und das auch noch ohne angemessene Begleitperson. Sean mußte nachgeben.

Die nächsten Tage auf der Ranch verliefen friedlich. Carolyn sah Sean nicht, weil er für eine Woche geschäftlich nach Fort Worth mußte. Sie und Ramon ritten einigemal zusammen aus, und seine Gegenwart half ihr, die Abwesenheit ihres Bruders zu verschmerzen. Das Gespräch mit Sky fehlte ihr, und bevor sie es recht merkte, sprach sie mit Ramon, als ob er ein alter Freund von ihr sei. Sie gestand ihm ihre Verwirrung über die Situation mit ihrer Mutter und ihrem Großvater ein. Er bot sich erneut an, ihr zu helfen.

„Wenn du nur damals schon älter gewesen wärst", sagte Carolyn. „Das ist es, was ich brauche – ein Freund, der damals hier war, jemand, der mit mir darüber reden würde."

„Es tut mir leid, daß meine Mutter keine große Hilfe war."

„Das verstehe ich. Selbst ich sehe ein, daß niemand meinem Großvater gern in die Quere kommt. Sie muß für sich selber sorgen."

„Es muß noch andere Möglichkeiten geben als mit Leuten zu sprechen", sagte Ramon.

Carolyn fiel ihr Gespräch mit Maria wieder ein. Bevor sie darüber nachdenken konnte, erzählte sie es Ramon schon.

„Ich komme mir merkwürdig vor, im Haus meines Großvaters herumzuschnüffeln, besonders hinter seinem Rücken. Aber ich kann es ihm nicht sagen."

„Carolyn, ich glaube, dir bleibt keine andere Wahl."

„Aber ich brauche Zeit, und mein Großvater ist in letzter Zeit dauernd zu Hause."

„Morgen abend ist das Treffen der Viehzüchter. Es findet einmal im Monat statt, und Senor Stoner ist immer da."

„Ich weiß nicht . . ." Aber Carolyn wußte sehr gut, und sie konnte es nicht länger hinausschieben. „Ich glaube, du hast recht, mir bleibt keine Wahl. Es ist für meine Mutter." *Und für die Wahrheit,* sagte sie zu sich selbst.

„Ich stehe Wache für dich, wenn du dich dann sicherer fühlst."

Sie wollte Ramon nicht mit hineinziehen, aber der Gedanke an seine Hilfe erleichterte sie sehr.

Am folgenden Abend verließ Caleb die Ranch kurz nach dem Abendessen. Carolyn wollte sofort mit der Suche beginnen, aber sie zwang sich zu warten, bis Juana abgeräumt und das Haus verlassen hatte. Ramon bezog auf der Vorderveranda des Hauses Posten. Er sollte ‚The Yellow Rose of Texas' pfeifen, falls jemand kam. Er übte ein paar Takte, und wenn es auch nicht ganz den Ton traf, war es doch laut und deutlich zu hören.

Selbst mit dieser Vorsichtsmaßnahme pochte Carolyns Herz laut, als sie ihre Suche begann. Sie schloß die Küche und das Eßzimmer als unwahrscheinlich aus und ging direkt in den vorderen Salon. Das einzige Möbelstück, das hier ein Geheimnis bergen konnte, war eine Kommode mit einer einzigen Schublade. Sie war unverschlossen und enthielt nur Tischdecken. Weiter gab es hier nichts, also ging sie ins hintere Wohnzimmer.

Ihr Vater war hier getötet worden, und seit ihrer Konfrontation mit Caleb vor einigen Tagen hatte Carolyn den Raum nicht betreten. Sie hatte Angst, die Tür zu öffnen, tat es aber dann entschlossen. Der Raum sah jetzt ganz anders aus als im hellen Sonnenlicht. Dunkle Schatten statt der Sonnenstrahlen lagen im Zimmer. Jetzt war es nicht mehr schwer, sich einen toten Mann ausgestreckt vor den Glastüren vorzustellen. Ungewollt blickte sie mit einem Schauder in diese Richtung.

Sie machte das Licht an und drehte den Docht gerade groß genug, um sehen zu können. Da stand ein kleiner Schreibtisch mit verschlossener Schublade, aber ohne Schlüssel. Sie konnte sie nicht öffnen. Vielleicht hatte Juana Schlüssel? Da war auch ein Schrank, aber der obere Teil hatte Glastüren, hinter denen nur feines Porzellan und Gläser zu sehen waren. Dieser Schrank schien nicht zu der kargen, männlichen Einrichtung zu passen, die den ganzen Haushalt prägten, aber Carolyn überlegte nicht lange. Vielleicht hatten diese Dinge ihrer Großmutter gehört. Eines Tages würde sie sie genauer betrachten, aber jetzt war nicht die Zeit dazu.

Der untere Teil des Schrankes hatte einige Schubladen und auf einer Seite Holztüren. Carolyn brauchte etwa zehn Minuten, um sie durchzusehen, denn in den Schubladen befanden sich Papiere und verschiedene Kleinigkeiten. Nichts von Interesse war dabei, nur ein Stapel Zeitschriften, einige Briefe, vorwiegend geschäftlicher Art, und verschiedene alte Zeitungen, die Carolyn überflog, aber sie datierten alle Jahre nach dem Tod ihres Vaters.

Dann ging Carolyn in Calebs Arbeitszimmer. Sie verbrachte mehr als eine Viertelstunde dort. Mehrere Schubladen und Fächer waren abgeschlossen. Aber jetzt, wo sie schon einmal zur gemeinen Schnüfflerin geworden war, konnte sie der Versuchung nicht widerstehen, einen Blick in die nicht abgeschlossenen Teile der Möbelstücke zu werfen. Sie verbargen nichts Interessantes. Sie sah auch ein paar Papiere auf Calebs Schreibtisch durch. Er hielt sein Büro streng in Ordnung, und fast alles war schon in den Schubladen abgelegt worden. Ein Papier, das ihr auffiel, erwies sich als Rechnung über sieben Dollar von Dr. Barrows für zwei Arztbesuche. Beide Besuche lagen vor Carolyns Ankunft auf der Ranch. Über den Anlaß und den Inhalt der Behandlung ließ sich nichts erschließen, und plötzlich dachte Carolyn: *Das geht mich nun wirklich nichts an!*

Sie fühlte sich mit einemmal elend, so in den privaten Dingen ihres Großvaters herumzuschnüffeln. Sie versuchte, sich daran zu erinnern, daß sie es für ihre Mutter tat. Aber das beruhigte ihre zitternden Hände nicht. Sie eilte aus dem Arbeitszimmer und ging nach oben.

Neben ihrem und Calebs Zimmer gab es zwei Gästezimmer. Nach ihren Gewissensbissen im Arbeitszimmer mied sie das Zimmer ihres Großvaters und ging in eins der Gästezimmer. Das erste hatte die kärglichste Einrichtung und sah nicht eben vielversprechend aus, aber penibel sah sie in jede Schublade und in den Kleiderschrank. Sie dachte, das andere Gästezimmer wäre die gleiche Zeitverschwendung. Calebs Zimmer war als nächstes dran.

Sie zwang sich, zu seiner Tür zu gehen. Sie befeuchtete sich nervös die Lippen und starrte die Tür an, als ob dahinter ein Feind auf sie lauerte. Ramon hatte ihr gesagt, sie hatte keine andere Wahl, und sie hatte sich das seitdem oft wiederholt. Aber in das Schlafzimmer ihres Großvaters einzudringen? Das schien ihr noch schlimmer als in seinem Arbeitszimmer herumzuschnüffeln, wo er zumindest manchmal Gäste empfing.

Doch sie wußte, wenn die Geheimnisse, die Maria angedeutet hatte, irgendwo im Haus waren, dann mußten sie hier sein. Wenn sie die Wahrheit wirklich wissen wollte, dann mußte sie es tun. Aber leicht war es nicht. Die Hand an diesen Türgriff zu legen, war schwerer als ein heißes Eisen anzufassen. Sie atmete tief ein und drehte den Türknauf langsam.

Plötzlich vernahm sie leise die Melodie von ‚Yellow Rose of Texas‘.

Sie erstarrte, und ihr Herz schlug wie verrückt. Sie wußte nicht, sollte sie erleichtert oder enttäuscht sein. Aber sie sprang von der Tür zurück und lief in ihr eigenes Zimmer, als ob der Teufel hinter ihr her wäre. Erst als sie die Tür hinter sich geschlossen hatte und sich keuchend an sie lehnte, wurde ihr klar, daß Caleb noch nicht zurück sein konnte. Die Versammlung konnte Stunden, bis spät in die Nacht dauern.

Sie wartete fünf Minuten. Als ihr Herz sich beruhigte und ihre Gedanken wieder klarer wurden, ging sie hinunter, um zu sehen, was geschehen war.

Ramon war nirgends zu sehen.

Sie fand ihn auf der hinteren Veranda.

„Es tut mir leid, Carolyn, jemand ist auf das Haus zugeritten“, erklärte Ramon.

„Aber hat mein Großvater nicht die Kutsche genommen?“

„Ich schätze, ich hab's vermasselt. Es war nur einer der Cowboys, aber er ritt direkt auf das Haus zu. Wahrscheinlich hielt er es für verdächtig, daß sich hier jemand herumtrieb. Als er mich erkannte, fragte er, was ich hier mache, und ich sagte ihm, ich suchte Juana. Er sagte mir, als ob ich das nicht wüßte, daß der Patron es nicht mag, wenn die Leute seinem Haus zu nahe kommen. Hat mir gesagt, ich soll verschwinden. Bist du fertig geworden?"

„Nein."

„Ich passe weiter auf, wenn du noch suchen willst."

„Spinnst du? Ich bin um zehn Jahre gealtert, als ich dieses Lied hörte! Vielleicht ein andermal. Außerdem kriegst du wirklich Ärger, wenn dich nochmal jemand hier draußen sieht."

„Aber was machst du jetzt?"

„Ich weiß nicht. Ich habe die meisten Zimmer geschafft und nichts gefunden. Wahrscheinlich ist das Ganze sowieso ein Hirngespinst."

Als sie wieder in ihrem Zimmer war, ging ihr der Gedanke nicht aus dem Kopf, daß sie ganz allein im Haus war und eine solche Gelegenheit verpaßte. Etwa eine Stunde nach der Unterbrechung hatte sie wieder genügend Mut gefaßt und beschloß, es noch einmal zu versuchen; dann hörte sie die Kutsche vorfahren.

Carolyn wurde das Gefühl nicht los, daß sie versagt hatte, nicht nur sich selbst, auch ihrer Mutter gegenüber. Sie beschloß, das Schlafzimmer ihres Großvaters bei der nächstbesten Gelegenheit zu durchsuchen. Sie durfte jetzt nicht den Mut verlieren.

41

Am Samstag erhielten Caleb und Carolyn eine Einladung von den Vernons, der Bankiersfamilie, am Sonntag nach der Kirche zum Essen zu kommen.

Beim Frühstück am Sonntag morgen sagte Caleb: „Mir ist nicht danach, zu den Vernons zu gehen, aber du kannst der Einladung trotzdem folgen."

Er sah wirklich müde aus, sogar etwas blaß. Er bestand darauf, daß sie ging und sich gut unterhielt, und sie sah keinen Grund, weshalb sie das nicht tun sollte. Ramon machte die Kutsche fertig, denn zur Kirche konnte sie kaum auf dem Sattel erscheinen. Gleich nach dem Frühstück brach sie auf.

Die Vernons waren gute Leute. Mr. Vernon war ein wenig betulich und langweilig, aber nach der Kirche überließ er die Frauen die meiste Zeit sich selbst. Mabel und ihre Tochter Barbara waren angenehm, freundlich und redselig, und Carolyn genoß ihre Gesellschaft, besonders da sie so selten mit Frauen zusammenkam. Noch ungewöhnlicher für sie war, eine Freundin im gleichen Alter zu haben.

Als Mabel hinausging, um sich um etwas in der Küche des großen, wohlhabenden Hauses zu kümmern, kam Barbara übergangslos auf typische Mädchenthemen zu sprechen. Ebenfalls eine neue Erfahrung für Carolyn.

„Dieser Vorarbeiter der Bar S Stoner Ranch sieht ja so gut aus", sagte Barbara verträumt. „Und er schien beim Tanz letzte Woche absolut auf dich zu fliegen!"

„Das muß an deinem hübschen Kleid gelegen haben, Barbara."

„Nein, wie du darin ausgesehen hast!"

Carolyn seufzte. Heute trug sie nur einfach Rock und Bluse, und ihr Haar war wieder zurückgebunden. „Nun, ich bin es weder gewohnt, so auszusehen, noch daß ein Mann mich auf die Art betrachtet, wie Sean es getan hat."

„Du mußt dich dran gewöhnen, Carolyn. Hier draußen, wo es so wenige Mädchen gibt, ist es ganz normal, daß dir Dutzende Männer nachlaufen. Selbst mir laufen sie nach, ob ich will oder nicht – und so schlimm finde ich es gar nicht."

„Was meinst du mit ‚selbst mir'? Du bist viel hübscher als ich. Ich würde alles für dein schönes blondes Haar geben. Meine Mutter hat solche Haare, aber meine sind bloß so mausbraun."

„Ich wäre gern schlanker."

„Oh, Mädchen!" sagte Mrs. Vernon, als sie ins Wohnzimmer zurückkam. „Keine Frau ist je mit ihrem Aussehen ganz zufrieden. Aber ihr beide seid so hübsch wie ein Mann es sich nur wünschen kann."

„Das sagen Mütter immer", sagte Carolyn. „Meine Ma sagt das auch."

Mabel Vernon setzte sich neben ihre Tochter, aber sie sah Carolyn nachdenklich an. „Deine Mutter war eine der schönsten Frauen, die ich je gesehen habe", sagte sie, „und du siehst ihr sehr ähnlich."

„Sie kannten meine Mutter?"

„Ja, natürlich. Mein Mann ist hier schon vor Kriegsbeginn Bankier gewesen."

„Wirklich?"

„Ich kann nicht behaupten, daß ich sie gut kannte. Die meiste Zeit blieb sie für sich. Aber sie war eine so liebenswerte, tragische Frau. Ich habe immer bedauert, was ihr widerfahren ist. Und daß sich jetzt alles wiederholt . . ." Mabel seufzte, dann legte sie Carolyn mitfühlend eine Hand auf den Arm. „Du sollst wissen, Carolyn, wenn ich irgend etwas für dich tun kann — oder für deine Mutter —, verlaß dich auf mich."

„Sie würden meiner Mutter helfen?"

„Vielleicht ist das nur eine leere Versicherung, denn ich wüßte in Wahrheit nicht, wie, aber wenn ich könnte, ja, ich würde ihr helfen."

„Haben Sie keine Angst, daß mein Großvater aufgebracht sein könnte?"

„Er kann doch nicht immer noch so zornig sein. Ich nahm an, du hast ihn ein wenig erweicht."

Carolyn schüttelte den Kopf. „Nein, Ma'am. Er ist noch immer entschlossen, meine Ma hängen zu sehen. Die einzige Möglichkeit, ihn zu ändern, wäre, wenn ich die Unschuld meiner Mutter beweisen könnte."

„Aber kannst du das? Ist das möglich?"

„Es muß möglich sein, weil sie unschuldig *ist*."

„Ich weiß, was du fühlst, Carolyn, sie ist deine Mutter. Aber die Entscheidung des Gerichts —"

„Glauben Sie nicht, daß ein Gericht sich irren kann?", fragte Carolyn hastig. „Glauben Sie nicht, Calebs Macht könnte die Entscheidung des Gerichts beeinflußt haben?"

„Nun, darüber weiß ich nichts. Aber warum sollte Caleb das Gericht gegen seine eigene Schwiegertochter beeinflussen?"

„Sie wissen nicht viel über das, was passiert ist, Mrs. Vernon."

„Ich habe vor Gericht ausgesagt, aber mein Mann hat von mir verlangt, daß ich darüber hinaus der Verhandlung fern bleibe, weil er meinte, die ganze Sache sei nichts für die Ohren einer Lady. Ich war damals noch jung und wollte meinem Mann nicht widersprechen." Sie lächelte. „Er sagt, ich habe mich seitdem verändert und kann richtig dickköpfig sein."

Carolyn hörte die letzten Worte von Mrs. Vernon kaum noch, und sie konnte kaum abwarten zu fragen: „Sie haben ausgesagt? Warum, Mrs. Vernon? Ich dachte, Sie kannten meine Mutter nicht gut."

„Das stimmt auch. Wir hatten nur eine einzige Unterhaltung, die das Gericht wohl als wichtig für den Fall erachtete."

„Darf ich fragen, worum sich dieses Gespräch drehte?"

„Ach du lieber Himmel, das ist so lange her …"

Die Bankiersfrau schwieg so lange nachdenklich, daß Carolyn ihre Absicht mißverstand und sagte: „Mrs. Vernon, wenn Sie lieber nichts sagen wollen, verstehe ich das. Ich will nicht, daß Sie Schwierigkeiten mit meinem Großvater bekommen."

„Caleb Stoner mag neunzig Prozent von dieser Stadt besitzen, aber er besitzt *mich* nicht, mein Liebes! Ich fürchte, ich bin nicht mehr die schüchterne, gehorsame Ehefrau, die ich einmal war. Wenn Caleb versuchen sollte, uns zu ruinieren, weil wir die Wahrheit sagen — das würde er nicht, da bin ich sicher —, dann kann ich es eben nicht ändern."

„Darf ich Sie etwas fragen, Mrs. Vernon?" Die Frau nickte, und Carolyn fuhr fort: „Bitte verstehen Sie mich jetzt nicht falsch, aber ich muß diese Frage stellen. Haben Sie in der Verhandlung die Wahrheit gesagt?"

„Das habe ich", sagte Mabel etwas verteidigend, dann seufzte sie. „Nun, ich habe die Wahrheit *gesagt*, aber später stellte sich heraus, daß meine ‚Wahrheit' so oder so verstanden werden konnte. Ich habe mich immer gefragt, ob ich Deborah Stoner Unrecht getan habe. Aber ich weiß nicht, was ich hätte anders machen können."

„Meine Ma hat fast das gleiche gesagt — ich meine, daß sogar die Wahrheit so beleuchtet wurde, daß sie gegen sie sprach."

„Das tut mir so leid."

„Jetzt hat sie eine neue Chance, Mrs. Vernon."

„Mir ist noch immer nicht klar, wie mein Gespräch mit deiner Mutter eine Hilfe sein könnte. Es war sehr kurz. Ich erinnere mich, daß sie an dem Tag, an dem ich sie traf, sehr unglücklich aussah. Ich lud sie zum Tee ein, und sie nahm die Einladung ohne Zögern an, obwohl sie dabei einen scheuen Seitenblick auf den Cowboy warf, der sie begleitete. In meinem Haus war sie dann sehr schweigsam und reserviert, und es kostete sie offensichtlich große Mühe, das Gespräch auf ihre Ehe zu bringen. Sie tat das nur in ganz allgemeinen Begriffen. Ich erinnere mich noch ganz deutlich, wie sie mich fragte, ob es normal sei, daß Männer ihre Ehefrauen schlügen — das arme Ding! Ich hatte das Gefühl, sie war in diesen Dingen vollkommen unschuldig. Aber ich war natürlich schockiert, als ich die Bedeutung ihrer Frage verstand."

„Dann hat sie also gesagt, daß er sie schlug?"

„Das hat sie nie ausgesprochen, und während der Verhandlung hat das Gericht diesen Punkt sorgfältig untersucht."

„Aber weshalb sonst sollte sie gefragt haben?"

„Unglücklicherweise verlangt das Gesetz Fakten, Carolyn. Sie sagten, es sei reine Spekulation, aus ihrer Frage auf eine Tatsache zu schließen. Und selbst wenn bewiesen worden wäre, daß ihr Mann sie geschlagen hatte, ist das kein Grund für Mord. Und von Männern beherrschte Gerichte würden das nicht einmal als wirkliches Fehlverhalten betrachten. Damals herrschte die Auffassung: wenn ein Mann seine Frau schlug, dann mußte sie es verdient haben."

Es trat ein Moment Stille ein, als die drei Frauen dem Nachhall dieser Worte lauschten. Dann fragte Carolyn. „War das alles, was zwischen Ihnen besprochen wurde?"

Mrs. Vernon antwortete nicht sofort. Statt dessen sah sie lange Zeit auf ihren Schoß nieder. Als sie Carolyn wieder ansah, lag Scham in ihren Augen. „Ich fürchte, das war alles. Mir wurde erst später klar — zu spät —, daß sie meine Hilfe gesucht hatte, und ich habe ihr keine Hilfe gegeben. Sie brauchte eine Freundin, und alles, was ich ihr riet war, sich noch mehr anzustrengen, damit ihr Mann mit ihr zufrieden war —"

„Mama!" unterbrach Barbara sie erstaunt. „Wie konntest du? Du glaubst doch nicht, daß Frauen Schläge verdienen!"

Mrs. Vernons Lippen öffneten sich mit einem tiefen, schmerzlichen Seufzer. „Ich war damals selber noch jung, und das ist es, was man uns beigebracht hat. Ich weiß heute, daß es blanker Unsinn ist. Und Barbara, du kannst sicher sein, wenn dein zukünftiger Ehemann versucht, dich zu schlagen, dann wird er es mit einer sehr gefährlichen Schwiegermutter zu tun bekommen!" Sie versuchte zu lächeln, aber ihre Züge blieben traurig. „Unglücklicherweise war mein Rat für deine Mutter nicht hilfreich, Carolyn. Und meine spätere Aussage vor Gericht hat dazu beigetragen, sie unter den Galgen zu bringen. Das war eine Last, die ich all die Jahre mit mir herumtrug. Du kannst dir nicht vorstellen, wie froh ich war, als ich hörte, sie ist wieder verhaftet worden. Nicht, daß sie verhaftet wurde", fügte sie etwas verwirrt hinzu, „sondern, daß sie noch lebte und gesund war. Wir hatten sie alle für tot gehalten."

„Sie können sicher sein, Mrs. Vernon, meine Mutter trägt niemandem in dieser Stadt etwas nach, nicht einmal Caleb", versicherte Carolyn. „Sie hat ein wunderbares Leben geführt in all diesen Jahren, und ich bin ziemlich sicher, sie würde diese Jahre als glückliche Jahre bezeichnen. Sie brauchen sich also keine Vorwürfe zu machen. Außerdem würde meine Ma sagen, Gott hat all dies benutzt, um uns zu dem zu machen, was wir sind, hoffentlich bessere Menschen." Carolyn schwig, dachte einen Moment nach und fuhr dann fort: „Aber, Mrs. Vernon, Sie waren nicht der einzige Zeuge vor Gericht, oder?"

„Nein, das war ich nicht. Die Verhandlung dauerte drei Tage, aber ich könnte dir nicht sagen, wer die anderen Zeugen waren. Wie ich schon sagte, ich bin nach meiner Aussage sofort gegangen. Niemand hat mir vom Rest der Verhandlung erzählt — und keiner hat später darüber gesprochen, nicht einmal die wenigen Frauen in der Stadt. Über diese Sache war kein Geschwätz erlaubt."

„Erlaubt? Sie meinen von Caleb?"

„Ja. Und aus Respekt vor seiner Trauer respektierten wir das. Ich fühlte mich so schlecht bei der ganzen Sache, daß ich nicht zu fragen gewagt habe. Ich wollte einfach vergessen — was, wie du siehst, unmöglich war."

„Ich bin Ihnen wirklich dankbar, daß Sie mir das erzählt haben, auch wenn es Ihnen schwer gefallen ist. Alle anderen in der Stadt haben zu große Angst vor Caleb, um irgend etwas zu sagen. Ich habe noch eine Frage."

„Frag nur, Liebes", sagte Mrs. Vernon sanft. „Wenn ich dir mit meiner Erinnerung helfen kann, tue ich es gern."

„Wie war mein Pa? Und —", fügte Carolyn rasch hinzu, „sagen Sie mir nicht, er war hübsch und klug. Ich will die Wahrheit wissen."

„Aber das ist die Wahrheit, jedenfalls ein Teil von ihr. Wann immer ich ihm begegnet bin, war er charmant und ein perfekter Gentleman. Aber ... nun, es gab Gerüchte. Frauen wußten nicht viel, aber ich hörte, daß es auf der Stoner Ranch Lynchjustiz an Viehdieben und Indianern gegeben hat. Die Stoners waren skupellose Leute, glaube ich. Ich war einmal in der Bank, als dein Vater mit einem der kleinen Rancher verhandelt hat, der einen Schuldschein bei den Stoners nicht auslösen konnte. Bis heute besitzt dein Großvater Schuldscheine von den meisten Ranches dieser Gegend. Ich erinnere mich an mein Erstaunen, wie ein solcher Gentleman — und das war dein Vater in meiner Gegenwart immer — derart bedrohlich und gemein aussehen konnte. Mir lief es kalt den Rücken hinunter —"

Mrs. Vernon verstummte plötzlich, als sie den Schmerz in Carolyns Zügen sah. „Oh, Liebes!" sagte sie. „Es tut mir leid ... Ich wollte nicht —"

„Nein, Mrs. Vernon. Ich habe Sie darum gebeten. Ich will es wissen." Aber dann fügte sie leise hinzu: „Ich glaube ..."

Mrs. Vernon stand auf, beugte sich zu Carolyn nieder und legte einen Arm um sie. Die mütterliche Zärtlichkeit dieser Geste tat Carolyn wohl, die den Trost ihrer Mutter mehr vermißte, als sie gedacht hatte. Sie lehnte den Kopf an die Schulter der Bankiersfrau und war überrascht, daß ihr langsam die Tränen aus den Augen rannen. Sie versuchte, sie zurückzuhalten, ohne Erfolg.

„Liebes Kind, es tut mir so leid", sagte Mrs. Vernon.

„Es ist nicht Ihre Schuld. Ich bin ein solcher Dummkopf, das ist alles ... Ich will nicht nur die Unschuld meiner Mutter beweisen. Ich will auch die Unschuld meines Vaters beweisen. Aber ... ich weiß, das wird unmöglich sein!"

„Irgendwie wird alles gut werden", tröstete sie Mrs. Vernon. Aber selbst noch, als sie so sprach, konnte die Bankiersfrau nicht vergessen, daß sie Deborah alleingelassen hatte, und sie fürchtete, denselben Fehler bei Deborahs Tochter zu machen.

Teil X

Verwirrende Begegnungen

42

Als Carolyn an diesem Nachmittag zur Ranch zurückkam, war das Haus ruhig und friedlich. Sie ging durch mehrere Zimmer im Erdgeschoß und suchte ihren Großvater. Schließlich ging sie in der Hoffnung, jemanden zu finden, in die Küche. Als sie eintrat, kam auch Juana gerade durch die hintere Tür herein.

„Oh, Senorita Stoner", sagte die Frau, die etwa zehn Jahre älter war als Carolyn und ihrer Tante nur entfernt ähnlich sah. „Sie sind wieder da. Brauchen Sie etwas?"

„Ich suchte nur meinen Großvater."

„Er liegt im Bett."

„Im Bett? Mitten am Nachmittag?"

„Er hat sich nicht gut gefühlt."

Carolyn erinnerte sich, wie müde er ausgesehen hatte, als sie an diesem Morgen das Haus verlassen hatte. Nun fühlte sie sich schrecklich, daß sie gegangen war und ihn krank alleingelassen hatte.

„Was hat er? Es ist doch nichts Ernstes, oder?"

„Vielleicht nur ein wenig Fieber."

„Ist jemand nach dem Arzt unterwegs?"

„Oh, nein, Senorita. Der Patron will keinen Arzt."

„Nun, ich gehe zu ihm hinauf. Wenn er einen Arzt braucht, dann wird ein Arzt gerufen!" Carolyn dachte flüchtig an die Arztrechnungen, die sie auf seinem Schreibtisch gesehen hatte.

Carolyn verließ die Küche und ging die Treppe hinauf zu Calebs Zimmer. Sie klopfte leise an, und als niemand antwortete, öffnete sie die Tür einen Spalt und steckte ihren Kopf hinein. Caleb lag tatsächlich auf seinem Bett, die Decke bis zum Kinn hochgezogen, die Augen geschlossen. Sie wollte sich gerade zurückziehen, weil sie dachte, er schlief, als seine Stimme sie innehalten ließ.

„Wer ist da?"

„Ich bin es, Großvater."

„Carolyn?"

„Ja."

„Was willst du?" Seine Stimme klang heiser, aber eher streng als krank.

„Ich habe gehört, du fühlst dich nicht gut, und ich wollte nur sehen, ob ich etwas für dich tun kann. Darf ich hereinkommen?"

„Ich nehme es an . . .“ Dann mit festerer Stimme: „Ja, komm herein.“ Als sie eingetreten war, deutete er auf einen Stuhl, den sie ans Bett rücken sollte. „Es ist schön von dir, daß du gekommen bist“, sagte er.

„Aber natürlich bin ich gekommen! Glaubst du, es ist mir egal, ob du krank bist?“

Zum ersten Mal fühlte Carolyn sich in Calebs Gegenwart entspannt. Vielleicht lag es daran, daß er jetzt so anders wirkte, blaß und mit schwacher Stimme. Er war nicht mehr einschüchternd. Im Gegenteil schien er sehr verletzlich, und Carolyns weiches Herz fühlte sich umso mehr zu ihm hingezogen. Es war nicht schwer, für den Moment alles zu vergessen, was sie in der Stadt gehört hatte — Mrs. Mendez' Bitterkeit, als sie über die Stoners gesprochen hatte, Mrs. Vernons Aufrichtigkeit und Schmerz, als sie die Wahrheit ausgesprochen hatte. Es war leicht, weil Carolyn sich so sehr an ihre zärtlichen Hoffnungen auf einen geliebten und liebevollen Großvater klammerte. Wenn er so dalag und sie mit traurigen, mitleidigen Augen ansah, war es einfach unmöglich, in ihm einen gewissenlosen, bedrohlichen Patriarchen zu sehen, einen geschworenen Feind ihrer Mutter.

„Du bist ein gutes Mädchen, Carolyn, das muß ich zugeben. Es ist lange her, daß jemand sich um mich gesorgt hat.“ Er seufzte, und seine tiefliegenden, dunklen Augen, die vor Müdigkeit verschleiert waren, wurden für einen Moment weich, als erinnerte er sich einer lange vergangenen Freude.

„Ich sorge mich wirklich um dich, Großvater, und ich will, daß sich die Dinge zwischen uns klären.“

„Ich glaube, das werden sie.“ Er streckte den Arm aus und nahm ihre Hand in seine. So saßen sie einige Minuten lang schweigend. Dann sagte Caleb: „Carolyn, wenn ich sterbe, will ich, daß du die Ranch bekommst.“

„Großvater, jetzt ist nicht die Zeit, von so etwas zu sprechen. Du stirbst nicht, um Himmelswillen! Es ist noch genug Zeit, über all das nachzudenken. Außerdem ist es Laban, der ein Recht darauf hat, die Ranch zu erben — ich würde ihm nicht im Weg stehen wollen.“

„Bah! Der Kretin! Entschuldige meine Ausdrucksweise, aber das ist die einzige Art, in der ich an ihn denken kann. Er verdient nicht einen Quadratmeter der Ranch.“

„Du solltest nicht so über ihn reden, Großvater. Er ist dein Sohn und hat eine bessere Behandlung verdient.“

„Stell dich nicht auf seine Seite!“ stieß Caleb bitter hervor. „Ich hatte mich damit abgefunden, ihm die Ranch zu hinterlassen, aber jetzt, wo du hier bist, hat sich alles geändert." Er verstummte, als er ein Geräusch im Korridor hörte, aber als das Geräusch verschwand, fuhr er fort: „Lieber brenne ich hier alles nieder, als es ihm zu hinterlassen."

„Das ist nicht recht, Großvater, und ich könnte sie ihm nicht so wegnehmen."

„Wer sagt, daß es bei dir liegt? Der letzte Wille eines Mannes ist heilig."

„Nun, ich will aufrichtig zu dir sein, Großvater. Wenn du die Ranch mir statt Laban hinterlassen würdest, dann würde ich sie ihm einfach übergeben. Ich wäre nicht fähig, einem solchen Testament zu folgen."

„Du bist ein widerspenstiges Mädchen."

„Laban ist all die Jahre hier geblieben und hat hart gearbeitet; es ist nur gerecht."

„Er haßt mich! Und wenn er den Mumm dazu gehabt hätte, dann hätte er mich schon vor Jahren umgebracht."

„Aber er hat es nicht getan."

„Aber er hat jeden Tag daran gedacht."

„Vielleicht, wenn du ein wenig freundlicher zu ihm wärst —"

„Bah!" Caleb richtete sich auf und stützte sich auf einen Arm. Er sah Carolyn eindringlich an. „Würdest du die Ranch nehmen, um deine Mutter zu retten?"

„Wie meinst du das?"

„Wir können einen kleinen Handel abschließen, das ist alles. Du erklärst dich einverstanden, nach meinem Tod diese Ranch zu führen — wir würden das schriftlich festhalten —, und ich werde mein Möglichstes tun, um deine Mutter zu befreien."

„Was könntest du denn tun, Großvater? Was weißt du, das sie retten könnte?", fragte Carolyn mit wachsender Hoffnung.

„Ich muß nur beeiden, daß Leonhard sie mißhandelt hat —"

„Ist das wahr? Hat er das getan?"

„Das spielt gar keine Rolle. Sie werden glauben, was ich sage."

„Du meinst, du würdest lügen?"

„Sei nicht so naiv, Carolyn. Das ist die einzige Chance für sie."

„Du weißt nicht, was du da sagst." Carolyn starrte ihren Großvater entsetzt an. Plötzlich verschwand der hilflose, gebrechliche Mann und es erschien — sie wollte nicht wissen, was für einen Menschen sie jetzt mit einemmal vor sich hatte. „Du redest im Fieber, Großvater. Wenn es dir wieder besser geht, wirst du all das vergessen haben."

„Ich werde es nicht vergessen, und du auch nicht."

„Nun, ich würde es nicht tun."

„Nicht einmal, um deine Mutter zu retten?"

„Meine Mutter wird freikommen, weil sie unschuldig ist. Ich muß keinen Handel mit —"

„Mit dem Teufel, Carolyn?", unterbrach Caleb sie scharf. „Glaub mir, du hast keine Wahl."

„Großvater", sagte Carolyn so ruhig sie konnte, „ich werde jetzt gehen und dich ruhen lassen. Wenn es dir besser geht, wirst du anders denken."

Caleb sagte nichts mehr, und Carolyn verließ das Zimmer.

Es schien, sie verließ ihren Großvater jedesmal am Rande eines Tränenausbruchs, verwirrt und enttäuscht. Sie mußte eine Weile fort, ins Freie. Sie mußte nachdenken — oder vielleicht mußte sie gerade mit dem Nachdenken aufhören, alles vergessen. All das war ihr am besten auf dem Rücken eines Pferdes möglich.

Als sie den Flur entlang eilte, um aus dem Haus zu kommen, sah sie die dunkle Gestalt im Schatten vor Calebs Zimmer nicht.

43

Im Stall war niemand, Ramon war in der Stadt, um seine Mutter zu besuchen, und die anderen, fertig mit ihrer Arbeit, hatten den Sonntag nachmittag frei. Sie ging zu ‚Tres Zapatos' Box und sattelte die Stute. Aber als sie das Pferd hinausführen wollte, hörte sie, wie sich das Tor schloß. Das helle Tageslicht war ausgeschlossen.

Laban Stoner war gekommen.

„Guten Tag, Laban", sagte sie ohne jede Unruhe in der Stimme. Aber er war der letzte, dem sie in diesem Moment begegnen wollte.

Er sagte eine Weile lang nichts, starrte sie einfach nur aus seinen dunklen Augen an, die Calebs Augen so ähnlich waren.

„Wohin willst du?", fragte er schließlich.

„Nur ausreiten."

„Du hältst dich für besonders großartig, nicht? Die Frau, die Caleb Stoner um den Finger wickeln kann. Er gibt dir ein Pferd, er läßt dir freie Hand auf der Ranch ... er gibt dir alles."

„Ich — ich weiß nicht, was du meinst."

„Er wird dir diese Ranch nicht hinterlassen — hörst du?" Seine Augen blitzten, sein Mund verzog sich.

„Ich —"

„Spiel nicht die Unschuldige. Ich habe euer kleines Gespräch gehört — meine Belohnung dafür, daß ich nach meinem armen, kranken Vater sehen wollte."

„Nun, wenn du gelauscht hast, dann hast du ja gehört, daß ich die Ranch nicht nehmen werde. Es wäre nicht fair gegen dich."

Er schnaufte verächtlich, als ob eine solche ehrenhafte Geste ihm nichts bedeutete. „Du würdest sie schon nehmen, um deine Mutter zu retten."

„Er hat es nicht so gemeint; er war nicht bei sich. Nichts davon wird geschehen. Er wird mich nicht dazu bringen, dir die Ranch wegzunehmen, Laban. Du mußt mir glauben."

„Du hältst mich für einen hirnlosen Idioten wie alle anderen, nicht wahr?"

„Das ist nicht wahr."

Sie war selber verwundert über die Verzweiflung in ihrer Stimme. Aber eine schreckliche Angst hatte von ihr Besitz ergriffen. Sie sah Gewalt in Labans Gesichtszügen, hörte sie in seiner Stimme. Sie fürchtete sich davor.

„Du würdest dem Teufel die Füße küssen, um deine Mutter zu retten." Er ging einen Schritt auf Carolyn zu, und sie trat zurück, aber hinter ihr war nur die Wand. Er hob eine Hand, eine große, schwielige, starke Hand, und legte sie um ihren Hals. „Aber was würdest du tun, um deinen eigenen Hals zu retten? Ich glaube, du würdest sogar mit dem Teufel schlafen!"

„Hör auf!"

„Ich sage dir jetzt, Miss Carolyn Stoner, ich werde dich töten, wenn du dich zwischen mich und diese Ranch stellst."

„Laban, bitte, sag nicht Dinge, die du nicht meinst." Als er sie vorher einmal bedroht hatte, hatte sie nicht weiter darüber nachgedacht, aber jetzt wußte sie genau, daß er es ernst meinte.

„Ich hatte viele Gelegenheiten, ihn umzubringen", fuhr Laban fort. „Er glaubt, ich könnte es nicht tun, aber er irrt sich. Ich hatte es nicht eilig. Warum sollte ich meinen Hals riskieren, wo ich doch nur noch ein wenig abzuwarten brauchte? Du hast alles durcheinandergebracht. *Meine Geduld ist zu Ende!*" Seine Hand schloß sich enger um ihren Hals, als er sie fester an die Wand drückte.

„Du tust mir weh. Hör auf damit!" Sie schob ihn von sich weg, überrascht, wie leicht er nachgab.

Sie wollte sich ihrem Pferd zuwenden, aber er ergriff ihren Arm.

„Genau wie er denkst du, ich bin gar nichts, ein Bastard. Aber ich bin ein Mann, und ich bin sein leiblicher Sohn!"

„Das weiß ich, Laban." Aber ihre Stimme zitterte und klang nicht sehr überzeugend.

„Du hältst mich nicht für fähig dazu, habe ich recht? Du glaubst, ich habe nicht den Mumm, warum sonst wäre ich all diese Jahre hiergeblieben und hätte mir alles bieten lassen? Du fürchtest mich nicht genug, Carolyn."

„N — nein, du irrst dich, ich —"

Seine Hand schoß nach oben und versetzte ihr einen schmerzhaften Schlag ins Gesicht. Die Tränen stiegen ihr in die Augen. Er schlug sie noch einmal, und noch einmal.

„Bitte!" sagte sie. Sie schmeckte Blut auf ihren Lippen.

„Ich habe sechsunddreißig Jahre Haß in mir. Unterschätze das niemals. Ich kann töten! Ich werde töten!"

Seine Stimme bebte von diesem Haß, und Carolyn bezweifelte seine Worte keinen Augenblick. Dann, als ob irgend etwas in ihm erneut zugeschnappt hätte, warf er sie wieder hart gegen die Wand. Das Pferd schnaubte und ging unsicher zurück. Carolyn fiel auf den strohbedeckten Stallboden. Laban riß sie auf die Füße und wollte wieder zuschlagen, aber seine Hand hielt mitten in der Luft inne. Er schüttelte sich wie ein wildes Tier, seine Augen hatten nichts Menschliches mehr.

Anstatt sie noch einmal zu schlagen, warf er sie erneut gegen die Wand. Sie verlor den Atem und fiel halb bewußtlos wieder zu Boden.

„Vergiß das nie, Carolyn! Vergiß das niemals!"

Er drehte sich abrupt um und verließ den Stall.

Carolyn blieb eine Weile liegen. Ihr Körper schmerzte, und sie war in einem Schockzustand. Solcher Haß, solche Bösartigkeit überstieg einfach ihr Fassungsvermögen. Selbst Caleb hatte nicht so ausgesehen, wenn er von ihrer Mutter sprach. Es war fast, als ob Laban alles verkörperte, was sie über ihren Vater und Großvater gehört hatte. Laban war das — böse, grausam, rachsüchtig, bitter. Über Caleb und Leonhard hatte sie all das nur gehört — in Laban hatte sie es nun gesehen.

Sie brauchte fünf Minuten, bevor sie aufstehen konnte, sich den Staub und das Stroh vom Rock klopfen, Tres Zapatos Zügel ergreifen und den Stall verlassen konnte. Trotz ihrer Sonntagskleidung schwang sie sich leicht auf den Sattel.

Sie blickte sich um, und erleichtert, kein Zeichen von Laban zu sehen, ritt sie davon.

Vielleicht war es dumm, jetzt ganz allein auszureiten, aber sie wußte, sie konnte jetzt nicht ins Haus zurückkehren. Wenn jemand sie so sah, blutend und mit Schrammen überall, würde sie Fragen beantworten müssen. Es würde eine Katastrophe geben, wenn Caleb herausfinden sollte, was geschehen war.

Sie wollte Laban nicht schützen. Verdiente er nicht Strafe für das, was er ihr angetan hatte? Hatte er nicht gedroht, sie umzubringen?

Aber würde ihr jemand glauben? Sicher würde er alles abstreiten und sein Wort gegen das ihre setzen. Und zweifellos würde er sie beschuldigen, ihn in Mißkredit bringen zu wollen, um ihren Anspruch auf die Ranch zu sichern. Alles konnte so leicht gegen sie gewendet werden — genau wie in der Verhandlung gegen ihre Mutter.

Aber schlimmer noch als daß niemand ihr glauben würde, war die Möglichkeit, daß sie ihr doch glaubten, besonders Caleb. Nach allem, was sie heute gesehen hatte, wußte sie nicht, wer wen zuerst töten würde. Sie wollte nicht dafür verantwortlich sein.

Für den Moment war es am besten, sie behielt alles für sich. Aber das hieß nicht, daß sie Laban vergessen würde. Sie würde ihm auf den Fersen bleiben, ihn bedrängen, so oder so, bis sie bewiesen hätte, daß er und nicht ihre Mutter Leonhard Stoner getötet hatte.

Und sie würde sicher in Zukunft vorsichtig sein. Sie beugte sich vor und griff in ihre Satteltasche. darin war die sechsschüssige Remington. Caleb hatte darauf bestanden, daß sie sie bei sich trug, wenn sie ausritt. Laban Stoner würde sie nicht noch einmal so angreifen. So sehr sie Gewalt verabscheute, wußte Carolyn doch, sich zu verteidigen, und sie dachte nicht, daß sie sich dabei groß zieren würde. Sie hatte schon Klapperschlangen und andere wilde Tiere getötet. Einen Menschen zu töten war natürlich etwas ganz anderes, aber sie konnte gut genug schießen, um nicht gleich zu töten. Griff hatte ihr eingeschärft, niemals eine Schußwaffe gegen einen Menschen zu richten, wenn sie die Möglichkeit ausschließen wollte, ihn zu töten. Carolyn hielt das nicht für zwingend. Eine Kugel in den Arm würde Laban aufhalten, falls es nötig werden sollte.

Aber sie betete eindringlich, daß es niemals dazu kommen mochte.

44

Zwei Meilen von der Ranch entfernt hielt Carolyn an, um sich in einem Bach das Gesicht zu waschen. Ihre Lippe fing wieder zu bluten an, aber sie riß ein Stück von ihrem Unterrock ab und preßte es einige Minuten gegen die Wunde, bis es nicht mehr blutete. Ihr Spiegelbild im Wasser sah schrecklich aus. Eine geschwollene Lippe, ein Riß über einem Auge und eine wunde Stelle auf ihrer Wange würden niemals heilen, bis sie zurück zur Ranch mußte. Sie erinnerte sich, wie ihre Mutter ihr von Leonhards Schlägen erzählt hatte, die keine sichtbaren Male hinterließen. Carolyn wünschte, daß Laban ebenso raffiniert gewesen wäre.

Egal, dachte sie, *ich werde etwas erfinden. Mein Pferd hat gescheut und ich bin heruntergefallen. Das sollte reichen.* Dann fügte sie wie zur Rechtfertigung hinzu: *Das kann dem besten Reiter einmal passieren.*

Sie stieg wieder auf und ritt weiter. Sie hatte das Zeitgefühl verloren, aber mindestens drei Stunden mußten vergangen sein, und die Nacht brach langsam an. Ihr machte das nichts aus. Der Mond war fast voll, und es war hell genug.

Würde Caleb ihr Fragen stellen oder sich Sorgen machen, wenn sie so spät zurückkkam?

Obwohl es nicht ungefährlich war, liebte sie es, nachts zu reiten, wenn die Welt so still und friedlich war. Unter dem Sternenhimmel fühlte sie die Größe Gottes deutlicher, seine furchtbare Macht, seine Gegenwart. Das nächtliche Flackern eines Blitzes vergrößerte noch ihr spirituelles Bewußtsein. Das brauchte sie jetzt. Sie merkte, wieviel schwerer es ihr fiel, sich auf Gott zu konzentrieren, wenn die sanften Hinweise von Sam und ihrer Ma fehlten. Aber Carolyn war nun erwachsen, eine eigenständige Person, und sie mußte ihr eigenes Verhältnis zu Gott finden. Ihr Bedürfnis danach war größer denn je.

„Herr, bitte leite mich und mach, daß ich nichts Dummes tue. Du weißt so gut wie ich, daß das eine Schwäche von mir ist. Das und daß ich immer mehr will, als ich kann. Hilf mir, meinen Blick auf dich zu richten, nicht nur, wenn du mir deutlich bist, sondern auch in Momenten wie vorhin im Stall, oder wenn ich bei Großvater bin. Nichts wird gut, wenn du nicht dabei bist."

Im Mondlicht kam Carolyn an einen schmalen Pfad, der eine steinige Anhöhe hinaufführte. Oben konnte sie einige Bäume und Gestrüpp erkennen. Sie hatte diesen Hügelkamm vom Camp aus gesehen, also mußte sie jetzt viele Meilen vom Ranchhaus entfernt sein. Die Bäume auf der Spitze zogen sie jedoch an. Es sah wie ein hübscher Ort aus, an dem sie sich etwas ausruhen konnte, bevor sie sich auf den Heimweg machte.

Plötzlich war der Himmel voller Wolken, und das Mondlicht verschwand. Ein Sommergewitter braute sich zusammen, und selbst eine geübte Reiterin wie Carolyn wußte, daß das kein Wetter war, um draußen zu sein, erst recht nicht, um zu reiten. Wenn sie nicht bald nach Hause zurückkam, brauchte sie wegen ihrer Verletzungen gar keine Geschichte mehr zu erfinden.

Ein besonders greller Blitz schien den Himmel zu spalten; er erleuchtete ihn heller als jeder Mond. Tres Zapatos schnaubte und wurde unruhig, und Carolyn hielt an. Dann explodierte ein lauter Donnerschlag über ihr. Das Pferd stampfte ängstlich mit den Hufen. Carolyn zog die Zügel fester an.

Plötzlich durchdrang ein anderes Geräusch die Nachtluft. Aber das war kein Donner. Carolyn erkannte sofort, daß es ein Gewehrschuß war. Sie wollte gerade absteigen, als ein zweiter Schuß fiel, und er traf ihren Sattel mit einer solchen Wucht, daß sie glaubte, sie selber wäre getroffen worden. Tre Zapatos wieherte und scheute. Carolyn sprang und landete ohne großen Schaden. Auf den Knien kroch sie in Deckung.

Ein weiterer Schuß folgte, aber ihr Colt war in der Satteltasche, und sie wagte sich nicht hervor. Plötzlich ein Schuß aus einer anderen Richtung. Der Neuankömmling gab in schneller Folge zwei weitere Schüsse ab, und einen Moment später war das sich entfernende Galoppieren eines Pferdes zu hören.

„Hey, was ist hier los?", ließ sich eine vertraute Stimme vernehmen.

„Matt? Ich bin es, Carolyn. Jemand schießt auf mich."

„Ich glaube, ich hab' sie verjagt." Matt kam in Sicht, seinen Falben führte er am Zügel.

„Vielleicht holen wir ihn noch ein." Carolyn sprang auf, rannte zu ihrem Pferd und griff nach den baumelnden Zügeln.

Ein Blitz ließ sie innehalten, und dann fing es an zu schütten. In Sekundenschnelle war Carolyn durchnäßt.

„Dieses Gewitter mußte früher oder später losbrechen", sagte Matt, „und die Zeit zur Verfolgung hätte so oder so nicht gereicht. Wer immer auf Sie geschossen hat, ist entkommen."

„Auf mich?" Carolyn dachte — und hoffte —, daß die Kugeln vielleicht doch nicht für sie bestimmt waren.

„Auf wen denn sonst?"

„Vielleicht waren es Bonnells Jungs. Vielleicht waren sie hinter Ihnen her."

Matt deutete auf das Loch in Carolyns Sattel. „Das bezweifle ich. Der Mond schien hell genug. Jeder konnte sehen, auf wen er schießt. Nein, Sie waren die Zielscheibe, und sie mußten auch wissen, daß Sie eine Frau sind."

Carolyn schluckte. Obwohl sie es nicht wahrhaben wollte, wußte sie genau, daß die Kugeln ihr gegolten hatten. Und sie konnte nur an eins denken: an Laban Stoner und den mörderischen Ausdruck in seinen Augen, als er sie angegriffen hatte.

„Was um alles in der Welt machen Sie denn mitten in der Nacht und bei diesem Wetter hier draußen?"

„Ausreiten, nichts weiter. Ich wollte mir diesen Hügelkamm ansehen."

„Sind Sie wahnsinnig, Mädchen? Bleiben Sie bloß von dieser Hügelkette weg!"

„Ich gehe, wohin es mir paßt", sagte sie trotzig.

„Ich werde mich hier im Regen nicht mit Ihnen streiten, bis uns ein Blitz trifft. Kommen Sie mit mir."

„Wohin?"

„Müssen Sie immerzu fragen?" Er rollte entnervt die Augen. „Nicht weit von hier ist eine Hütte, wo wir warten können, bis das Gewitter vorbei ist. Es sind nur ein paar Minuten." Als sie zögerte, sagte er: „Ich nehme an, Sie wollen sofort auf die Ranch zurückreiten?"

Tatsächlich hatte sie das gerade in Erwägung gezogen, bevor sie die Nacht allein hier draußen mit einem Cowboy verbrachte. Aber es mochte noch immer jemand auf sie lauern. Und wenn das nicht Grund genug war, dann überzeugte sie ein weiterer greller Blitz, der so dicht bei ihnen einschlug, daß sie das Bersten eines Astes hören konnten. Tres Zapatos wieherte leise und ging rückwärts.

„Okay, gehen Sie voran", sagte Carolyn schließlich.

Fünf Minuten später waren sie in der Hütte, und Matt war damit beschäftigt, Feuer im Steinherd zu machen. Er hatte einen Regenumhang getragen, und nur die Beine seiner Levis waren naß. Carolyn dagegen hatte nicht einmal eine Jacke angehabt, denn es war ein warmer Sommerabend gewesen. Sie tropfte und zitterte. Aber es dauerte nicht lang und das Feuer wärmte den Raum.

Sie setzte sich dicht davor. „Das tut gut!" sagte sie und rieb ihre Hände aneinander.

„Sie werden schnell trocken werden. Vielleicht kommen Sie sogar ohne eine Erkältung davon. Das war ziemlich dumm von Ihnen, allein im Dunkeln herumzureiten — ganz gleich, wie gut Sie reiten." Dieses letzte fügte er hinzu, als sie den Mund öffnete, um zu protestieren.

„Nun, dasselbe könnte ich zu Ihnen sagen." Ihre Erwiderung klang nicht überzeugt. Sie wußte, er hatte recht.

„Ich habe gearbeitet."

Während sie sprachen, hatte er sich weiter um das Feuer gekümmert und Carolyn nicht weiter beachtet. Jetzt, wo es ordentlich zog, drehte er sich um und wollte sich neben ihr niederlassen. Als er ihr Gesicht im Schein des Feuers deutlich sehen konnte, hielt er inne.

„Was ist mit Ihnen passiert?"

In der ganzen Aufregung hatte Carolyn ihr verletztes Gesicht ganz vergessen; jetzt ärgerte sie sich über ihre Unvorsichtigkeit. Aber sie hatte eine Geschichte für Matt parat.

„Nun, mein Pferd warf mich — Sie haben ja das Loch im Sattel gesehen. Ich bin vornüber im Gestrüpp gelandet."

„Die Dornen dieser Büsche sind giftig", sagte er. „Lassen Sie mich mal sehen."

Er kam näher, aber sie rückte von ihm ab. Er wollte sie wieder ausschimpfen, hielt aber erneut inne. Sie wußte in diesem Moment — seine Augen zeigten es ihr —, daß er erriet, was geschehen war. Beschämt, obwohl sie dazu keinen Grund hatte, wandte sie den Kopf ab.

Sein sanfter Ton überraschte sie. „Das haben Sie nicht von einem Sturz, nicht wahr?"

Sie wußte, es hatte keinen Sinn, länger zu lügen, und vielleicht wollte sie das auch nicht. Wenn Laban Stoner oder sonstwer auf sie schoß, dann brauchte sie Hilfe. Vielleicht war Matt der richtige, denn er war an alldem nicht direkt beteiligt. Sie schüttelte den Kopf, aber bevor sie etwas erklären konnte, zog Matt seine eigenen Schlüsse.

„Es war Toliver, nicht wahr?" Matts Freundlichkeit verwandelte sich plötzlich in Zorn.

„Nein, er war es nicht. Beruhigen Sie sich!"

„Kommen Sie, Carolyn, warum verteidigen Sie ihn? Neulich waren Sie froh, als Sie sich von ihm befreien konnten, stimmt's? Das habe ich jedenfalls gehört. Er kam später wieder, nicht wahr?"

„Ich habe noch nie so etwas Lächerliches gehört!" schnaubte Carolyn. Sie wußte nicht, weshalb seine Beschuldigung sie so aufbrachte; er war nur in Sorge um sie. „Es stimmt, daß Sean neulich ein wenig die Kontrolle über sich verlor, und ich weiß nicht, was geschehen wäre, wenn Sie nicht gekommen wären. Aber er würde mich nie so schlagen."

„Wer war es dann —?"

„Warum sollte ich Ihnen das erzählen", sagte sie und kam sich dabei ziemlich dumm vor.

„Mir scheint, Sie sind ganz schön in Schwierigkeiten, Carolyn. Zuerst schlägt Sie jemand ins Gesicht, bis Sie bluten, dann schießt jemand auf Sie ... und selbst wenn beides nichts miteinander zu tun hat, sind Sie in Schwierigkeiten. Sie müssen es mir nicht erzählen, aber wenn Sie jemand verletzt hat, sollte zumindest der Sheriff es wissen."

„Woher wollen Sie wissen, daß ich es dem Sheriff nicht gesagt habe?"

„Weil diese Wunden noch ganz frisch sind. Sie hätten nie und nimmer die Zeit gehabt, in die Stadt und dann so weit hier heraus zu reiten." Er stand auf, und wie um seinen Satz zu bekräftigen, wischte er ihr einen Blutstropfen von der Lippe.

„All right, ich habe es niemandem erzählt, und ich habe auch nicht die Absicht dazu. Vergessen Sie's einfach."

„Sie sind die widerborstigste Person, die mir je begegnet ist!"

Carolyn schwieg eine Minute. Sie schämte sich für ihr Betragen gegenüber Gentry, der nur um ihr Wohl besorgt war. So behandelte man niemanden, der einem sehr wahrscheinlich das Leben gerettet hat, einen dann vor dem Gewitter in Sicherheit gebracht, ein warmes Feuer gemacht und schließlich noch versucht hat, freundlich zu sein. Sie hatte sich noch nicht einmal bedankt.

„Matt", sagte sie in nachgiebigem Ton, „es tut mir leid, daß ich so unausstehlich bin — schätze, das ist einfach eine schlechte Angewohnheit von mir. Ich danke Ihnen, daß Sie sich um mich sorgen und daß Sie diesen Schurken vertrieben haben, der auf mich geschossen hat."

„Ich bin froh, daß ich hier draußen war", sagte Matt.

Sie nickte nur zustimmend. Ihre Kehle schnürte sich zusammen, aber sie wollte nicht weinen — das tat sie in letzter Zeit viel zu oft.

Offenbar mit dem Waffenstillstand zufrieden, schwiegen sie beide eine Weile. Die Wärme war beruhigend, und Carolyns Blick verlor sich in den züngelnden Flammen.

In der Stille konnte Carolyn über das nachdenken, was Matt gesagt hatte. Sie war in Schwierigkeiten, und sie brauchte Hilfe. Aber zum Sheriff konnte sie nicht gehen, weil die Gefahr bestand, daß Caleb oder Laban es dann erfuhren. Genau wie bei ihrer Mutter würden die Leute eher Laban als ihr Glauben schenken. Aber sie konnte Laban auch nicht einfach erlauben, sie derart anzugreifen.

„Matt", sagte sie leise und in ungewöhnlich versöhnlichem Ton, „ich verstehe überhaupt nichts mehr. Ich weiß nicht, an wen ich mich wenden oder was ich tun soll. Sie lachen mich nicht aus, wenn ich sage, daß ich ein wenig Angst habe?"

„Carolyn, das ist wirklich zuviel. Wenn ich durchgemacht hätte, was Sie hinter sich haben, dann wäre ich jetzt ein Haufen zitterndes Gelee. Und wenn es Ihnen hilft, will ich ihnen sagen, daß ich für Sie da bin — ich meine, wenn Sie wollen, können Sie sich an mich wenden."

„Das ist sehr freundlich von Ihnen, Matt, besonders da Sie mich kaum kennen und gar nicht wissen, worum es hier eigentlich geht."

„Ich vermute, das alles hat mit Ihrer Mutter zu tun."

Carolyn nickte, und eh sie sich's versah, erzählte sie ihm die ganze Geschichte, auch den Zusammenstoß mit Laban.

„Dieser Kerl verdient mehr als eine Tracht Prügel — er verdient den Strick!" rief Matt, als sie zu Ende erzählt hatte. „Aber ich verstehe schon, warum Sie's Caleb oder dem Sheriff nicht sagen wollen."

„Wenn Laban meinen Vater getötet hat, ist es am besten, ihn einfach zu beobachten; vielleicht macht er einen Fehler oder liefert uns unfreiwillig irgendeinen Beweis. Aber ich will nicht, daß er ins Gefängnis kommt, weil er mich geschlagen hat und der Strafe für sein wirkliches Verbrechen entgeht."

„Was werden Sie tun, außer ihn beobachten?"

„Ich weiß es nicht."

„Und die Schüsse heute abend, Carolyn, die können Sie nicht einfach ignorieren. Laban oder wer immer Ihren Vater getötet hat, könnte nervös geworden sein und Sie beseitigen wollen, bevor Sie etwas entdecken."

„Es könnten auch bloß diese Viehdiebe gewesen sein."

Matt nickte, aber als sie sich ansahen, war beiden klar, daß es wahrscheinlich nicht die Viehdiebe gewesen waren, die auf sie geschossen hatten. Jedenfalls mußten sie davon ausgehen und wachsam bleiben.

„Nun, ich werde die Augen aufsperren und meinen Colt schußbereit halten", sagte Matt.

„Ich auch, Matt. Danke."

45

Nach etwa zehn Minuten Stille stand Matt auf und streckte sich. „Ich könnte was zu essen brauchen, und Sie?"

„Gibt es hier Vorräte?"

„Eigentlich nur im Winter, wenn jemand hier draußen das Vieh im Auge behält. Aber es müßte noch etwas da sein."

Er ging zu den Schränken in der Kochecke der kleinen, einräumigen Hütte und sah beiläufig durch das einzige Fenster.

„Es schüttet wirklich ganz schön da draußen", kommentierte er.

„Das ist Texas", sagte Carolyn. „Gestern noch alles staubtrocken und heute das."

„Ich schätze, General Sherman hatte recht."

„Der Yankee!" lachte Carolyn mit gespielter Empörung. „Worin könnte der wohl recht haben?"

„Er sagte, wenn er Texas und die Hölle besäße, dann würde er Texas vermieten und auf dem anderen Grundstück wohnen."

Carolyn lachte. „Das ist gut. Aber ich selber will nirgendwo anders wohnen."

„Ich auch nicht."

„Sind Sie also hier geboren?", fragte Carolyn.

„Yeah, drüben in Jacksboro. Und Sie?"

„Ich wurde auf Indianerland geboren, in einem Cheyennelager." Sie sagte das mit Stolz, obwohl sie immer etwas enttäuscht gewesen war, Texas nicht ihre Geburtsstätte nennen zu können.

Matt pfiff. „Was Sie nicht sagen! In einem Indianerlager? Wie kam denn das?"

Während Matt einige Dosen Bohnen öffnete und über dem Feuer warm machte, erzählte Carolyn ihm den Rest der Geschichte ihrer Mutter.

„Carolyn", sagte er, „ich bin beeindruckt. Sie müssen schon so einiges erlebt haben."

Sie lächelte, zufrieden mit dem Staunen dieses überheblichen Cowboys. Vielleicht würde er sie in Zukunft eher respektieren.

Matt nahm die heißen Büchsen vom Feuer und stellte sie zum Abkühlen auf den Boden. Carolyn dachte, es gibt keinen besseren Geruch als den von Bohnen, über offenem Feuer gekocht, wenn man lange nichts gegessen hatte. Unter freiem Himmel war es sogar noch besser, aber das hier tat es auch. Matt war noch nicht fertig, als er seinen Regenmantel umwarf und mit einem kleinen Eimer für ein paar Minuten nach draußen verschwand. Er kam mit dem Eimer voller Regenwasser zurück und begann, Kaffee zu kochen — der zweitbeste Geruch nach Carolyns Ansicht.

Sie fühlte sich überhaupt nicht unwohl, daß der Cowboy ihr Essen machte. Sie war so ungeschickt in der Küche, daß sie kaum eine Büchse öffnen konnte, ohne sich zu verletzen.

Als sie sich zum Essen setzten, nahm Carolyn das Gespräch wieder auf. „Also, Matt, meine Geschichte kennen Sie, jetzt lassen Sie mich Ihre hören."

„Ach, die ist egal. Sie wollen Sie nicht hören."

„Doch, das will ich, und jetzt ist auch ein passender Moment dazu, solange wir hier festsitzen."

„Nun, es ist keine sehr erfreuliche Geschichte, das ist alles. Keine, die ich gern erzähle." Er schwieg nachdenklich, als ob er sich an etwas erinnerte. Als er wieder anhob, entspannte er sich ein wenig. „Vielleicht ist ja das Ende ganz in Ordnung, also kann ich sie wohl erzählen. Irgend jemand hat mir auch mal gesagt, ich brauchte mich nicht zu schämen, wenn es um Gott geht."

„Gott?"

„Klar. Die Sachen, die Sie über Gott gesagt haben, als Sie von Ihrer Ma sprachen, und Sie ... nun, ich verstehe das sehr gut, obwohl ich nicht darüber rede."

„Was in unseren Herzen ist, ist Gott wichtiger als was wir sagen", ermutigte ihn Carolyn. „Sam sagt, einige haben die Gabe, geistliche Dinge in Sprache auszudrücken, andere haben sie nicht. Gott erwartet nicht, daß wir alle gleich sind, sonst hätte er uns alle gleich gemacht. Ich möchte Ihnen gern zuhören, Matt, aber wenn Sie lieber nicht wollen, verstehe ich das auch."

„Ich habe noch niemals mit jemandem darüber gesprochen", erwiderte Matt ernst. „Aber wie ich schon sagte, vor einigen Jahren änderte sich für mich vieles, und ich konnte die Vergangenheit etwas leichter annehmen. Sehen Sie, als ich ungefähr zehn Jahre alt war, war ich dabei, als meine ganze Familie von Commanchen umgebracht wurde. Ich war unten am Fluß zum Wasserholen, als sie kamen. Ich hörte die Schüsse, und als ich zurück war, setzten sie gerade das Haus in Brand. Meine Ma, mein Pa und zwei Schwestern waren schon tot. Sie hätten mich ebenfalls umgebracht, wäre ich kein Junge gewesen. Der Sohn des Häuptlings war kurz zuvor von Soldaten getötet worden, und er dachte, ich sei noch klein genug, um sein Adoptivsohn werden zu können. Also nahmen sie mich als Gefangenen mit, statt mich zu töten."

„Meine Ma hat mir erzählt, daß die Commanchen grausam waren, besonders mit Gefangenen."

„Das stimmt, aber mehr zu Frauen. Natürlich machen sie keine erwachsenen Männer zu Gefangenen — sie töten sie. Aber kleine Jungs hatten da mehr Glück. Sie schlugen mich oft, aber auch nicht mehr als mein eigener Pa es getan hatte. Ich brauchte lange, bis ich sie nicht mehr haßte für das, was sie mit meiner Familie getan hatten, aber schließlich fügte ich mich in mein Los. Ich hätte nicht überleben können, wenn ich versucht hätte zu fliehen, und einige von ihnen, auch der Häuptling, waren freundlich zu mir. Ich hatte keine Familie mehr und keinen Ort, an den ich gehen konnte, also machte ich das Beste aus der Lage. Und für einen Jungen ist das Indianerleben ziemlich idyllisch. Reiten, jagen, Kriegszüge. Ich lernte in diesen drei Jahren sehr viel, und das war gut, denn mit dreizehn rückte ich aus. Das war vierundsiebzig, als sich der letzte Stamm schließlich den Weißen ergab. Ich konnte mich entweder den Abtrünnigen anschließen oder in ein Reservat gehen, wenn ich bei den Indianern bleiben wollte. Aber meine Bindungen waren nicht so stark — sie hatten immerhin meine Familie getötet. Also machte ich mich allein auf den Weg."

„Mit dreizehn? Das muß hart gewesen sein."

„Ich konnte auf mich selber aufpassen. Am schlimmsten war die Einsamkeit — ohne Familie, ohne irgendwen."

„Gab es keine Familien, die Sie aufgenommen hätten?"

„Wahrscheinlich schon, aber ich war inzwischen zu sehr an das freie Leben gewöhnt. Aus Einsamkeit habe ich mich schließlich einem üblen Haufen angeschlossen — Outlaws, wissen Sie. Sie gaben mir eine Art Sicherheit, ohne daß ich meine Freiheit aufgeben mußte." Er schwieg so lange, daß Carolyn dachte, er wollte nicht mehr weitersprechen. Dann fuhr er mit deutlichem Widerwillen fort: „Ich bin nicht stolz auf den Rest. Aber ich kann Ihnen jetzt auch gleich die ganze Geschichte erzählen. Vor etwa drei Jahren habe ich einen Mann getötet. In all den Jahren, die ich mit den Gesetzesbrechern unterwegs war, habe ich nie einen Menschen umgebracht. Es erschütterte mich, und zwar vor allem, weil es so leicht war, viel leichter, als ich es mir vorgestellt hatte. Das ist schwer zu erklären, aber ich genoß und haßte das Gefühl zur selben Zeit.

Außerdem landete ich im Gefängnis. Es war ein faires, offenes Duell gewesen, also konnten sie mir nichts anhängen, aber sie hatten mich in Verdacht wegen der Viehdiebereien in der Gegend und wollten mich im Gefängnis behalten, bis sie einen Beweis gegen mich fanden. Nun, ich lernte . . . einige Leute kennen, denen der Junge in Schwierigkeiten wohl leid tat. Einer von ihnen überredete den Sheriff, mich in seine Obhut zu entlassen. Er bot an, selber ins Gefängnis zu gehen, wenn es Ärger wegen mir geben würde. Ich hatte noch nie so jemanden gesehen, der sich für einen völlig Fremden so einsetzte. Verwirrt, wie ich war, schloß ich mich diesen beiden Männern an. Ich war sowieso kurz davor gewesen, mich von den Outlaws zu trennen, und jemand von der Stoner Ranch hatte mir sogar einen Job versprochen. Was ich von diesem Mann — ich meine den, der mich aus dem Gefängnis geholt hat — in einer Woche gelernt habe, hat mich mehr verändert als irgend etwas sonst. Ich kann das nicht genau erklären. Es gab mir Mut, ein anderer zu werden, ich mußte niemandem mehr beweisen, wie stark und unabhängig ich bin." Er hielt inne und grinste selbstbewußt. „Heiliger Bimbam! So viel habe ich wer weiß wie lange nicht mehr geredet."

Auch Carolyn lächelte. „Das macht es mir umso wertvoller." Um die Stimmung aufzuhellen, fügte sie hinzu: „Was ich nicht verstehe ist, wo ein Kerl mit ihrer Geschichte so gut tanzen gelernt hat."

Er kicherte. „Kurz nachdem ich hierher auf die Ranch kam und mich an das ‚zivilisierte' Leben des Cowboys gewöhnt hatte, habe ich es mir beigebracht."

„Aber weshalb? Nicht einmal ich mußte je tanzen lernen."

„Das ist ganz klar eine Untertreibung!" Er sah sie aus dem Augenwinkel schüchtern an, und als er sie lächeln sah, lächelte er auch. Dann brachen sie beide in Lachen aus.

„Also, warum haben Sie's gelernt?", fragte Carolyn hartnäckig.

„Naja, bei solchen Tanzabenden wie letzten Samstag lernt man eben Mädchen kennen — Sie wissen schon, nette Mädchen, die man . . . vielleicht heiraten möchte." Er sagte das nur mit Zögern, und Carolyn fragte sich, ob seine Wangen sich etwas röteten oder ob das nur am Herdfeuer lag.

„Suchen Sie eine Frau, Matt Gentry?"

„Klar, warum auch nicht. So wie ich aufgewachsen bin, ich schätze, da brauche ich eine Familie und ein eigenes Zuhause."

„Wirklich?" Sein Ernst beschämte sie ein wenig. „Aber Sie sind jetzt schon einige Jahre auf der Ranch. Wieso sind Sie nicht längst schon gebunden?"

„Junge, Junge! Sie können einem wirklich Löcher in den Bauch fragen." Als Carolyn entschuldigend die Achseln zuckte, fuhr er fort: „Ich habe noch nicht das richtige Mädchen gefunden, darum."

„Sie sind also wählerisch?"

„Nur weil ich heiraten will, muß ich doch nichts überstürzen."

„Was suchen Sie also?" Carolyns Frage war völlig arglos. Sie betrachtete Matt jetzt als Freund; sie hatte keinerlei weitergehende Gedanken gehabt.

Er schien dasselbe zu empfinden, denn er legte nicht die gewöhnliche Scheu an den Tag, die zwischen Mann und Frau bei solchen Themen herrscht.

„Ich weiß nicht", sagte er. „Ich glaube, ich darf mir keine zu genaue Vorstellung machen. Ich werde es wissen, wenn ich sie treffe. Ich vermute, hier kommt Gottvertrauen nicht ungelegen."

„Nun, ich wünsche Ihnen alles Gute, Matt. Sagen Sie, kennen Sie die Tochter des Bankiers? Sie ist ein feines Mädchen, und sehr häuslich. Sie hat dieses wunderbare Huhn gemacht, das es beim Tanzabend gab, ich habe ihre Stickereien gesehen, wirklich schön."

„Sie wollen hier doch nicht den Heiratsvermittler spielen, Carolyn? Das könnte unserer Freundschaft ernsthaft schaden. Ich möchte die Dinge lieber einfach nehmen, wie sie kommen, ohne allzusehr nachzuhelfen."

„Okay, ich nehme alles zurück. Aber sie ist ein nettes Mädchen."

Er lächelte. „Gut, beim nächsten Tanzabend werde ich sie mir genauer ansehen. Und was ist mit Ihnen?"

„Und der Bankierstochter?", alberte Carolyn.

„Sie wissen, was ich meine. Wollen Sie je heiraten?"

„Das soll doch kein Antrag sein, oder?" Carolyn kam sich dumm vor und wußte nicht warum.

„Seien Sie mal ernst."

„Um die Wahrheit zu sagen, ich habe noch nicht viel darüber nachgedacht — nun, bis vor kurzem."

„Sie meinen, bis Sie Toliver trafen?"

„Er weiß, wie man einem Mädchen den Kopf verdreht", sagte Carolyn ausweichend. „Aber ich habe viel Zeit. Außerdem sagte Griff, er bedauert den Kerl, der mich heiratet, weil ich ihn sehr wahrscheinlich in den Suff treiben werde. Ich kann manchmal ein wenig dickköpfig sein — sagt man mir jedenfalls."

Matt antwortete mit einem herzlichen Lachen. Dann sagte er ernst: „Ich glaube, es gibt dort draußen für jeden genau den einen Menschen

— selbst für Sie, Carolyn", fügte er neckend hinzu, „obwohl er die Geduld eines Hiob brauchte, die Sanftheit des Johannes und die Stärke des Apostels Paulus."

„Ach Sie!" Carolyn stieß ihn an und kicherte, als er den Stupser zurückgab.

Als ihre Heiterkeit sich gelegt hatte, sagte Matt plötzlich: „Hey, hören Sie! Der Regen hat aufgehört."

Sie sprangen beide auf und sahen aus dem Fenster. Tatsächlich hatte das Gewitter sich verzogen, und der vorherige Aufruhr war einer tiefen Stille gewichen. Keiner hatte es bemerkt, aber beide fühlten mehr Enttäuschung als Erleichterung. Sie waren so entspannt gewesen, und es hatte ihnen beiden so gut getan zu reden. Carolyn hatte sich schon lange nicht mehr so wohl gefühlt, besonders nicht, seit sie auf die Stoner Ranch gekommen war.

„Wir sollten uns wohl auf den Rückweg machen", sagte Carolyn.

„Es hat keinen Sinn, die Nacht hier zu verbringen, wenn es nicht sein muß."

Carolyn hatte bei ihrer Ankunft in der Hütte gar nicht daran denken wollen. Jetzt . . . es war ebenso gut, daß der Regen aufgehört hatte. Aber mit Sean hätte sie mehr zu fürchten gehabt; Matt war bis jetzt der perfekte Gentleman gewesen. Tatsächlich war das alles, ein freundliches, ernstes Gespräch, und sie war sicher, daß auch Matt keinerlei Hintergedanken hatte. Dennoch tat es ihr leid, daß der Abend zu Ende gehen mußte.

„Yeah", sagte sie, „besser, wir reiten zurück."

46

Sie kamen lange nach Mitternacht zur Ranch zurück. Carolyn stahl sich leise in ihr Zimmer, ohne jemandem zu begegnen.

Sie war so müde, daß sie sofort einschlief. Am nächsten Morgen brauchte sie sich an Labans Schläge gar nicht erst zu erinnern. Ihr ganzer Körper schmerzte, und die Verletzungen in ihrem Gesicht hatten über Nacht geblutet und waren jetzt verkrustet und schmerzhaft. Irgendwie mußte sie vermeiden, gesehen zu werden.

Als sie zum Frühstück nicht hinunterging, kam Juana zu ihr.

Carolyn blieb unter der Decke, das Gesicht abgewandt. „Herein."

„Alles in Ordnung, Senorita?"

„Ich fühle mich nicht gut, das ist alles."

„Vielleicht ist die Krankheit des Patrons ansteckend?"

„Oh, nein, das ist sie sicher nicht." Das letzte, was Carolyn wollte, war ein Arzt, der das Haus unter Quarantäne stellte. „Es ist ... nur eine Frauensache, weißt du."

„Oh." Juana schien erleichtert. „Kann ich etwas für Sie tun?"

„Könntest du mir ein Becken heißes Wasser, Seife und Handtücher bringen? Ich werde mich hier waschen. Und hast du vielleicht Salbe? Ich bin vom Pferd gefallen und habe mir ein paar Kratzer geholt."

„Ja, Senorita, ich finde schon etwas."

„Ach, Juana, wie geht es meinem Großvater heute?"

„Schon viel besser. Er hat gut gefrühstückt und will vielleicht später aufstehen."

„Das ist gut. Würdest du ihm erklären, daß ich heute lieber niemanden sehen will? Ich werde einfach hier zu Mittag und zu Abend essen, wenn das geht."

„Ja, Senorita Carolyn."

Zufrieden mit ihrer Geschichte legte Carolyn sich wieder zurück und entspannte sich. Dann dämmerte ihr, daß sie nun den ganzen Tag in ihrem Zimmer eingesperrt war. Ein ganzer Tag verloren! Aber sie wußte, es ging nicht anders. Wenn Caleb herausfand, was Laban getan hatte, dann würde es eine Menge Ärger geben.

Am nächsten Morgen waren die Schrammen in Carolyns Gesicht beinahe nicht mehr zu sehen. Ein wenig Puder, das Juana ihr lieh, tat den Rest. Auch ihre Lippe war abgeschwollen, obwohl sie nicht unvermittelt lächeln durfte, damit sie nicht wieder zu bluten anfing. Der Riß über ihrem Auge war gereinigt und mit Hilfe der Salbe besser geworden, aber er war noch immer häßlich und würde vielleicht sogar eine Narbe zurücklassen. Sie war jedoch zuversichtlich, daß ihre Geschichte mit dem Sturz das erklären würde.

Als sie Caleb beim Frühstück traf, sah auch er besser aus.

„Wir hatten einen merkwürdigen Krankheitsanfall, nicht wahr?", sagte er.

„Yeah, hoffen wir, daß das nicht noch einmal passiert."

„Ja." Er schwieg, trank seinen Kaffee und fügte dann hinzu: „Carolyn, ich will, daß du dir ein anderes Pferd aussuchst. Was du gewählt hast, ist ziemlich jung und lebhaft."

„Wegen des Sturzes? Das lag nicht am Pferd." Sie zögerte einen Moment und suchte nach einer plausiblen Erklärung. Sam und ihre Mutter wären erleichtert, wenn sie sehen könnten, wie schwer ihr das Lügen fiel. „Ich habe mich nur vor einem der Jungs etwas aufgespielt. Du kannst ihn fragen, es war meine eigene Dummheit."

„Wer war das?"

„Matt Gentry."

„Ich sehe es nicht gern, wenn du dich unter die Arbeiter mischst. Du bist meine Enkeltochter und solltest dich entsprechend benehmen."

„Wenn ich dein Enkelsohn wäre, ich wette, es würde dich nicht stören."

„Aber das bist du nicht, oder?"

„Mein Pech!" brummte Carolyn.

Caleb erwiderte nichts, und sie aßen schweigend zu Ende. Als sie jedoch fertig waren und das Eßzimmer verlassen wollten, zögerte Caleb an der Tür und sagte plötzlich: „Ich vergaß, gestern, als du krank warst, kam Post für dich."

„Für mich?" Carolyn hatte nichts erwartet, aber der Gedanke an Nachrichten von ihrer Familie freute sie.

„Nein, aber es wird dich trotzdem interessieren. Mein Anwalt hat mir eine Nachricht geschickt und mich informiert, daß deiner Mutter ein neues Gerichtsverfahren zugebilligt wurde, weil sie beim erstenmal keinen Rechtsbeistand hatte und in einer ihr feindseligen Stadt vor Gericht stand. Die Verhandlung soll am Montag beginnen." Er gab sich keine Mühe, sein Unbehagen zu verbergen.

Hätte jemand anderes ihr das gesagt, wäre sie vor Freude in die Luft gesprungen. Ihre Mutter hatte eine zweite Chance bekommen, und es würde bis dahin weniger als eine Woche dauern. Um ihres Großvaters willen zeigte sie ihre Freude nicht übermäßig. Sie lächelte, aber selbst damit mußte sie wegen ihrer Lippe vorsichtig sein.

„Sie ist meine Mutter, Großvater", sagte Carolyn wie zur Verteidigung, „und ich will, daß sie freikommt."

„Das ist verständlich; nicht einmal ich kann dir diesen Wunsch übelnehmen. Aber, Carolyn, eine neue Verhandlung bedeutet noch nicht notwendig Freiheit. Um zu gewinnen, muß ihr Anwalt neue Beweise vorlegen."

„Und weshalb bist du so sicher, daß es keine geben wird?"

„Weil alle Beweise in der ersten Verhandlung offengelegt wurden und deine Mutter daraufhin verurteilt wurde."

„Aber darum gerade geht es bei der neuen Verhandlung", widersprach Carolyn. „Selbst das Gericht hält die erste Verhandlung nicht für fair."

„Versprich dir nicht zu viel", sagte Caleb tonlos.

„Und du auch nicht, Großvater", sagte Carolyn mit viel mehr Gefühl. Dann fügte sie flehend hinzu: „Großvater, was ist, wenn ... wenn meine Mutter freigesprochen wird. Was wirst du dann tun?"

„Das wird nicht geschehen, darüber brauchen wir gar nicht zu sprechen."

„Aber *wenn doch*? Wenn der wahre Mörder gefunden wird, wirst du sie dann immer noch hassen?"

„Es wird nie geschehen."

„Oh, Großvater!" Carolyn stampfte mit dem Fuß auf den Boden.

„Ist das so wichtig für dich, Carolyn?"

„Ganz gleich, was du sagst, Großvater, ich will euch beide lieben. Und ich glaube immer noch, das ist möglich."

„Ich möchte dir eine schwierige Frage stellen, Carolyn", sagte Caleb, und sein Blick verdunkelte sich. „Was wirst du tun, wenn deine Mutter, über jeden Zweifel erhaben, endgültig des Mordes an deinem Vater für schuldig befunden wird?"

Carolyn befeuchtete sich die Lippen. Sie mochte diese Frage gar nicht, und sie hatte sie immer zu meiden gesucht. „Ich weiß es einfach nicht." Es war die einzige ehrliche Antwort, die sie geben konnte.

„Ich gebe dir die gleiche Antwort. Aber ich füge hinzu, ganz gleich, ob deine Mutter wirklich den Abzug durchgedrückt hat, sie hat dennoch meinen Sohn und mein Haus zerstört. Das werde ich ihr niemals vergeben."

„Großvater, ich glaube, du haßt meine Mutter schon so lange, du hast Angst, deinen Haß aufzugeben. Und vielleicht hast du, genau wie ich, auch Angst, dir einzugestehen, was für ein Mensch mein Vater wirklich gewesen ist."

„Werd nicht frech, junge Frau."

„Das bin ich nicht. Ich will nur Frieden zwischen uns, aber das ist nicht möglich, wenn wir uns der Vergangenheit nicht stellen."

„Rede mir nicht davon, was es heißt, sich der Vergangenheit zu stellen. Ich tue das beinahe jeden Tag, seit ich den Verlust meines lieben Sohnes betrauere. Und jeden Tag sehe ich deine Mutter über ihn gebeugt stehen, mit der Waffe in der Hand über meinem toten Sohn, der eine sinnlose Kugel im Rücken hat."

Carolyn dachte an das Gespräch zurück, das sie mit ihrem Großvater im hinteren Salon geführt hatte, wo der Mord geschehen war. Es wiederholte sich nun, und sie hatte Angst davor. Ein Unterschied wurde ihr jedoch plötzlich bewußt. „Im *Rücken*, Großvater? Bis jetzt hast du gesagt, er hatte eine Wunde in der Brust."

„Rücken, Brust, was macht das für einen Unterschied."

„Aber", beharrte Carolyn, „ein Widerspruch wie dieser könnte sehr wohl einen Unterschied machen, nicht?"

„Du klammerst dich an Strohhalme, Carolyn, und das wird deine Enttäuschung nur vergrößern."

Carolyn wollte die Gefühle nicht noch weiter aufheizen und wechselte das Thema. „Wirst du zur Verhandlung gehen?"

„Sie werden mich zweifellos vorladen."

„Können wir zusammen gehen?"

„Wenn du willst."

Trotz der Unversöhnlichkeit ihres Großvaters hatte Carolyn ein gutes Gefühl, als sie das Haus verließ und zum Stall ging. Sie mußte einfach glauben, daß alles gut werden würde. Caleb war ein starrköpfiger alter Mann, aber sie hatte nur wenige Wochen gebraucht, und er akzeptierte sie. Es mochte länger dauern, aber es gab keinen Grund, weshalb er nicht auch ihrer Mutter gegenüber weicher wurde.

Caleb wunderte sich zurecht, weshalb ihr das so wichtig war. Sie konnte eine Beziehung zu beiden haben, auch wenn sie einander entfremdet blieben. Sie wußte, ihre Mutter würde sie nicht zurückhalten, und Caleb hatte sie aufgenommen, obwohl die Frage von Deborahs Schuld noch immer offen war. Aber wenn sie es genau bedachte, dann wollte sie die Versöhnung zwischen Caleb und Deborah nicht um ihretwillen. Auch nicht für Deborah. In Wahrheit wollte sie sie vor allem für Caleb. Sie hatte genug von Sams Predigten gehört, um zu wissen, daß Vergebung eines von Gottes größten Heilmitteln ist. Und Caleb brauchte verzweifelt Heilung von dem Haß und der Bitterkeit, die er all die Jahre in sich herumgetragen hatte. Keine körperliche Heilung — obwohl Sam sagte, Vergebung könne manchmal auch den Körper heilen. Eher eine Linderung für sein Herz und seine Seele. Es gab keinen Grund, weshalb Caleb Stoner seine letzten Jahre nicht als glücklicher Mann verleben sollte. Er war zum Glücklichsein nicht unfähig. Nach dem, was Carolyn über seine erste Ehe gehört hatte, war er mit seiner ersten Frau Elizabeth glücklich gewesen.

Beim Gedanken an Elizabeth Stoner, ihre Großmutter, wurde Carolyn klar, daß Caleb ein verbitterter Mann gewesen sein mußte, lange bevor Deborah in sein Leben getreten war. Deborah hatte gesagt, seine zweite Ehe sei eine Katastrophe gewesen. Über Calebs zwei Söhne aus dieser Ehe hatte sie nicht viel gesprochen, nicht einmal ihre Namen erwähnt, aber sie hatte gesagt, daß sie ihren Vater haßten, nicht nur, weil er sie gemein behandelte, sondern auch, weil er ihre Mutter zur Verzweiflung getrieben hatte.

Vielleicht bin ich zu idealistisch anzunehmen, daß mein Großvater sich wohler fühlen würde, wenn er meiner Mutter verzeiht, dachte Carolyn bei sich. *Wahrscheinlich hat er einen viel älteren und tieferreichenden Kummer, der an ihm nagt.*

Was sollte das sein? Und konnte Gott nicht auch das heilen? Ihr Glaube war stark genug. Aber es war Caleb, der verzeihen mußte, der es wollen mußte, darum bitten mußte — und hier schwankte Carolyns Glaube ein wenig. Sie konnte sich Caleb nicht reuig vorstellen, auf den Knien Gott anflehend. *Alles war möglich,* ja — aber Caleb, gebeugten Hauptes, Hände gefaltet, zerknirscht zu Gott flehend? Das konnte Carolyn sich einfach nicht vorstellen.

47

In Stall begegnete sie den beiden Männern, die sie am wenigsten sehen wollte. Sean und Laban unterhielten sich nahe bei der Tür. Sie konnte ihnen nicht mehr aus dem Weg gehen.

Seans breites, hübsches Grinsen ließ sie ohnehin zweifeln, ob sie ihm aus dem Weg gehen wollte. „Hallo Carolyn!" sagte er aufgeräumt. „So sieht der Morgen schon viel schöner aus!"

„Hallo Sean." Ihr Lächeln verschwand, als sie ihren Onkel sah. „Hallo Laban."

„Was ist mit Ihnen passiert?", fragte Sean, als er den Riß über ihrem Auge bemerkte.

Sie konnte sich einen Seitenblick auf Laban nicht verkneifen. „Ich bin vom Pferd gefallen."

„Sie?"

„Kann jedem mal passieren."

Laban brummte. „Du solltest vorsichtiger sein", sagte er obenhin. „Auf einer Ranch passieren alle möglichen Unfälle."

„Das habe ich am eigenen Leib erfahren. Sei sicher, das wird mir nicht noch einmal passieren."

„Was haben Sie heute vor, Carolyn?", fragte Sean, dem der Hintersinn des Wortwechsels offensichtlich entging.

„Ich wollte ein wenig ausreiten. Wollen Sie mich begleiten?" Sie hatte die Einladung völlig gedankenlos ausgesprochen. Wenn Sean in der Nähe war, schien sie nicht mehr klar denken zu können.

Sean wollte gerade antworten, als Laban ihm das Wort abschnitt. „Denken Sie daran, was ich Ihnen gesagt habe, Toliver. Sie haben heute etwas Wichtiges zu tun. Ich will nicht, daß Sie sich ablenken lassen."

„All right. Aber Sie verderben einem ganz schön den Spaß."

Laban starrte Sean einen Augenblick an und entfernte sich dann.

Nachdem er den Stall verlassen hatte, schüttelte Toliver den Kopf. „Eines Tages geht dieser Mann noch zu weit. Er hält sich für was Besseres, weil er der Sohn des Patrons ist."

„Ich würde mich vor ihm in Acht nehmen, Sean", sagte Carolyn. „Ich glaube, er ist gefährlich."

„Nun, Carolyn, du kennst nur meine charmante Seite, aber ich kann auch recht ungemütlich werden, wenn's drauf ankommt. Ich bin es nicht gewohnt zu kuschen."

„Warum bleibst du dann hier, Sean? Du findest doch auf jeder anderen Ranch einen guten Job."

„Wird nicht mehr lange dauern, und ich muß für überhaupt niemanden mehr arbeiten. Ich kann mir noch ein Weilchen Geduld erlauben."

„Was meinst du damit?"

„Laß das meine Sorge sein", sagte er geheimnisvoll. Er grinste und entblößte seine strahlend weißen Zähne. Er legte Carolyn einen Arm um die Taille und zog sie zu sich heran. „Nutzen wir die kurze Zeit, die wir heute haben." Er beugte sich nieder und küßte sie leidenschaftlich, wenn auch nicht mehr so ungestüm wie zuvor.

Carolyn schmolz in diesem Kuß dahin und gab ihn kurz zurück. Nach einem Augenblick faßte sie sich wieder und löste sich ein wenig von ihm.

„Sean ..."

„Nicht schon wieder, Liebes." Seine Stimme verriet mehr als nur eine leichte Enttäuschung.

Carolyn bemühte sich um Festigkeit in der Stimme. „Sean, ich bin einfach noch nicht soweit. Was erwartest du ...? Nun, ich glaube, das sollte man sich für die Ehe aufsparen."

„Ehe?", sagte er amüsiert.

„Ja, und ich glaube wirklich nicht, daß wir beide schon so weit sind
— jedenfalls ich bin es nicht. Ist es das, was du willst, Sean?"

Sie klang so unschuldig, so naiv, daß sie es sogar selbst wahrnahm.
Sie haßte es, sich vor einem Mann wie Sean diese Blöße zu geben, und
doch ... war sie eben so. Etwas tief in ihrem Inneren, das langsam zu
erwachen begann, sagte ihr, wenn Sean der richtige Mann für sie sein
sollte, dann müßte und würde er das respektieren. Vielleicht hatte der
Abend mit Matt Gentry sie noch darin bestärkt, mit dem sie andere
Männer nun vergleichen konnte. Matt hatte sie tatsächlich so akzeptiert, wie sie war und hatte nicht versucht, die Situation auszunutzen.
Und so hatten sich die meisten Männer ihr gegenüber bislang verhalten. Sam, Griff, ihr Bruder, Longjim und die meisten Arbeiter auf der
Windreiter Ranch.

Vielleicht hatte sie an Sean gerade so angezogen, daß er anders war.
Ein Mädchen liebt Romanzen, und Sean Toliver war die Erfüllung
jedes romantischen Mädchentraums, so sehr, daß Carolyn seine Cha-
raterschwächen nicht immer wahrnahm — seine Überheblichkeit,
seine fordernde Natur, seine Fühllosigkeit. Es fiel ihr schwer, hinter
dem bezaubernden Lächeln etwas zu sehen, hinter seinem hübschen
Äußeren, seinen sanften Worten. Sie hatte nicht bemerkt, daß seine
Augen oft nicht lächelten, wenn sein Mund es tat, oder daß etwas Kaltes in seinen Worten und Blicken lag. Sie hatte nicht gesehen oder
wollte nicht sehen, daß seine Anziehungskraft nicht tiefer reichte als
die Oberfläche seiner Haut.

Bis jetzt.

Ihr Blick klärte sich langsam. Ihre körperliche Sehnsucht mochte
noch immer ihre Wahrnehmung trüben, aber ihre sorgfältige Erzie-
hung und ihr langer Umgang mit Männern taten dennoch ihre Wirkung. Wenigstens sah sie ein, daß sie das Wertvollste ihres Herzens
und ihrer Seele nur ihrem Ehemann geben konnte und durfte.

„Du willst also heiraten, kleine Carolyn?" Selbst Carolyn hörte den
Sarkasmus in seiner Stimme.

„Nicht in nächster Zukunft", brachte sie hervor.

Er nahm ihr Kinn in die Hand und sah ihr lange und tief in die
Augen. Zum erstenmal sah sie in seinen Augen mehr als kühlen Zynis-
mus. Konnte das echte Zuneigung sein? Oder *wollte* sie das nur in seinen Augen sehen? Weshalb verwirrte sie das so?

„Wer weiß, Carolyn, ich bin vielleicht immer noch frei, wenn du
ganz erwachsen und bereit bist." Er küßte sie noch einmal und sagte
dann brüsk: „Die Arbeit ruft. Bis später — und das meine ich ernst."

Bevor sie antworten konnte, hatte er sich umgedreht und den Stall verlassen.

48

Am folgenden Tag blieb Carolyn in der Nähe des Hauses, teils um Sean zu meiden, aber hauptsächlich, weil sie an diesem Morgen mit dem starken Gefühl aufgewacht war, wie dringend sie jetzt versuchen mußte, etwas für ihre Mutter zu tun. Sie hatte erst so wenig in Erfahrung gebracht, und es blieb ihr nun nur noch weniger als eine Woche, um das herauszufinden, was ihrer Mutter vielleicht das Leben retten konnte.

Als ihr Großvater nach dem Frühstück das Haus verließ, zwang sich Carolyn, in sein Zimmer zu gehen. Ihr Herz schlug wild und ihr Magen krampfte sich zusammen, als sie den Raum betrat, der ihr wie das Allerheiligste eines Schreins vorkam. Calebs ganz privates Reich. Er würde ihr bei lebendigem Leibe die Haut abziehen, wenn er sie erwischte. Aber nach kurzer Suche wurde ihr klar, daß ihre ganze Aufregung umsonst war. Es gab überhaupt keine sichtbaren Zeichen ganz persönlicher Dinge. Zu den zwei oder drei verschlossenen Schubladen und Truhen war ihr der Zugang verwehrt, aber da mußte sie sich etwas einfallen lassen.

Sie glitt aus dem Zimmer und schloß lautlos die Tür. Sie wandte sich gerade ab, als eine Stimme sie erstarren ließ. Sie dachte, ihr Herz würde zu schlagen aufhören.

„Da bist du, Carolyn."

Sie wandte sich um, und die Schuld stand ihr deutlich ins Gesicht geschrieben. Sie zitterte so sehr, daß sie kaum die Erleichterung spürte, als sie sah, daß es Ramon war.

„Was tust du hier oben, Ramon? Ich wäre fast gestorben vor Schreck."

„Juana hatte viel zu tun und bat mich, dich zu suchen. Vielleicht komme ich in einem schlechten Moment."

Carolyn senkte die Stimme, als sie sprach. „Ich habe gerade das Zimmer meines Großvaters durchsucht."

„Und? Glück gehabt?"

„Nichts. Warum suchst du mich?"

„Jemand aus der Stadt kam gerade mit einer Nachricht für dich. Er sagte, es ist sehr wichtig, und du solltest ihm gleich eine Antwort mitgeben." Er gab Carolyn einen gefalteten Zettel.

Carolyn öffnete ihn rasch und las: *Hielt es für besser, nicht selbst zu kommen, will dich aber unbedingt sehen. Wann würde es passen? Sam.*

„Hol mein Pferd, Ramon."

„Was ist mit der Antwort?"

„Das ist meine Antwort. Ich reite in die Stadt."

* * *

Sam saß mit einem anderen Mann an einem Tisch der Hotelhalle, als Carolyn hereinkam. Er konnte kaum aufstehen, da war Carolyn schon bei ihm und umarmte ihn. Welche Freude, ein vertrautes Gesicht zu sehen!

„Deine Ma und ich haben uns Sorgen gemacht, Carolyn."

„Oh, Sam, ich bin so froh, dich zu sehen!" Beinahe hätte sie ihn Pa genannt. Wie sehr sie sich wünschte, daß er ihr Vater wäre. Der gute, warmherzige Sam, der sie auf eine Art liebte, die ihrem Vater, wie ihr langsam klar wurde, nie möglich gewesen wäre.

„Ich möchte dir jemanden vorstellen", sagte Sam.

Jonathan lächelte. „Meine Güte, Sam! Die hübschesten Frauen fallen Ihnen um den Hals." Er streckte Carolyn die Hand hin. „Ich habe das Gefühl, Sie schon zu kennen, Carolyn. Mein Name ist Jonathan Barnum."

„Das hier ist der Anwalt deiner Mutter", fügte Sam hinzu.

„Es freut mich sehr, Sie kennenzulernen, Sir", sagte Carolyn. Die gutmütigen Züge eines alten Hundes reizten sie zum Kichern. Und sie machten ihn ihr sofort sympathisch.

„Setzen wir uns", sagte Sam. „Hast du Zeit zum Reden, Carolyn?"

„Natürlich, aber erst sag mir, wie es Ma geht."

„Den Umständen entsprechend ganz gut. Sie hat es dort nicht leicht, aber du kennst ja deine Ma! Sie ist stark, und der Herr stützt sie. Aber wir tun alles, um sie bald freizubekommen."

„Sieht es gut aus?"

Jonathan antwortete. „Wir haben gute Gründe für ein neues Verfahren vorbringen können. Es bleibt uns aber noch eine Menge Arbeit zu tun, um das Beste aus dieser Chance zu machen. Ich glaube, wir werden siegen, aber das wird nicht einfach sein. Wir haben einen wichtigen Trumpf, und das ist die eindeutige Unschuld Ihrer Mutter."

„Ich hoffe, Sie haben recht, Mr. Barnum", sagte Carolyn.

„Carolyn!" Sams Stimme klang schockiert.

„Es tut mir leid, Sam. Ich glaube auch an ihre Unschuld, aber ... nun, ich bin immer noch nicht sicher, ob es nicht doch Notwehr war."

„Nein, Carolyn!" Es war einer der seltenen Augenblicke, in denen sie Sam aufgebracht sah. „Deine Mutter hat deinen Vater nicht getötet, weder in Notwehr noch aus Versehen oder sonstwie. Wenn du das nicht glaubst, Carolyn, dann —" Sam verstummte, als er den Groll in seiner Stimme hörte. Er atmete tief ein, und die Falten auf seiner Stirn glätteten sich. „Verzeih mir, für dich muß das alles sehr schwer sein, und du tust dein Bestes, damit fertig zu werden."

„Ich will glauben, Sam. Aber seit ich hierhergekommen bin, habe ich so viele verwirrende Dinge gehört." Auch Carolyn atmete tief ein, um ihre Gefühle unter Kontrolle zu behalten.

Jonathan ergriff das Wort, um die Spannung zu lösen. „Wir haben zu arbeiten, Kinder, und sehr wenig Zeit. Statt über die Wahrheit zu debattieren, laßt sie uns herausfinden. Dazu sind wir hier, Sam." Als Sam nickte, fuhr Jonathan fort: „Ich weiß, ich bin ein Fremder für Sie, Carolyn, aber ich hoffe, Sie vertrauen mir. Ich brauche Ihre Hilfe, genau wie Ihre Mutter. Sind Sie bereit, mir zu helfen?"

„Natürlich! Was wollen Sie tun?"

„Wenn ich recht verstehe, sind Sie jetzt seit mehreren Wochen hier. Können Sie mir erzählen, was Sie herausgefunden haben?"

Carolyns Eifer schwand. „Sehr wenig, Mr. Barnum. Und nichts Neues oder Entscheidendes. Mein Großvater sagt nicht viel zu der Sache, außer daß meine Mutter schuldig ist und verdient ... zu hängen für das, was sie getan hat. Ich hatte eine vielversprechende Unterhaltung mit der Haushälterin. Sie deutete an, daß es versteckte Geheimnisse geben könnte. Aber sie verließ die Ranch und die Stadt, ohne mir mehr zu sagen. Ich habe fast das ganze Haus durchsucht, aber nichts Hilfreiches gefunden. Ich denke immer noch darüber nach, wie ich einige der verschlossenen Schränke und Schubladen öffnen kann, ohne erwischt zu werden."

„Das ist alles?"

Carolyn strich sich über das Kinn, während sie im Geist alles noch einmal Revue passieren ließ, was sie auf der Stoner Ranch erlebt hatte. Sie fühlte sich ein wenig schuldig, daß sie sich von Sean hatte ablenken lassen, aber sie konnte sich nicht vorstellen, daß das etwas geändert hätte. Niemand sagte ihr etwas, ganz gleich, wie sie es anstellte.

„Ich habe mit einigen Leuten gesprochen", sagte sie ohne große Hoffnung, daß das weiterhelfen konnte. „Aber sie haben mir eigentlich nur gesagt, was ich schon wußte. Die Ehe meiner Mutter und meines Vaters war unglücklich; es gab Auseinandersetzungen, und es ist nicht ausgeschlossen, daß er sie geschlagen hat. Einige sagen, mein Vater war ein aufrechter Mann; einige sagen, er war hart und skrupellos. Aber niemand will offen etwas Schlechtes sagen, weil Caleb noch immer die ganze Stadt unter Kontrolle hat." Sie zögerte und versuchte, sich an etwas, *irgend etwas* Wichtiges zu erinnern. Dann fiel ihr das Gespräch mit Caleb am Morgen zuvor wieder ein. „Da ist etwas — nichts Wichtiges wahrscheinlich, aber —"

„Kleinigkeiten können entscheidend sein", ermutigte Jonathan sie.

„Nun, ich habe gestern mit meinem Großvater gesprochen, und er sagte etwas davon, daß meine Ma meinen Vater *in den Rücken* geschossen hat. Vorher hatte er von einer Wunde in der Brust gesprochen. Ich sprach ihn darauf an, aber er sagte, das sei egal und er hätte das gleiche gemeint. Das wäre doch ein Unterschied, nicht, ob er von hinten oder von vorn erschossen wurde?"

„Ganz bestimmt, ja", sagte der Anwalt. „Wir könnten viel leichter auf Selbstverteidigung plädieren, wenn die Wunde vorn war. Wäre das in der ersten Verhandlung zur Sprache gekommen, wäre Ihre Mutter wahrscheinlich nicht verurteilt worden. Jemanden in den Rücken zu schießen, das bedeutet, daß dieser Jemand keine Möglichkeit hatte, sich zu verteidigen und daß der Verdächtige nicht in Notwehr gehandelt haben kann. Aber, Carolyn, Ihre Mutter will von der Schuld am Tod Ihres Vaters *ganz* freigesprochen werden."

„Das weiß ich", seufzte Carolyn. Auch sie wollte das natürlich, aber sie hatte Angst, auf zu viel zu hoffen, und sachte bereitete sie sich auf die andere Möglichkeit vor.

Jonathan ergriff wieder das Wort. „Sam und ich werden versuchen, mit allen zu sprechen, die damals ausgesagt haben. Vielleicht können Sie uns da ein wenig helfen."

„Das will ich versuchen. Haben Sie schon Namen?"

„Ihre Mutter hat mir eine Liste gegeben, so vollständig es ihr möglich war. Lassen Sie mich sehen . . ." Barnum nahm einige Papiere aus seiner Aktentasche. „Caleb Stoner . . . nun, wir wissen, wo er zu finden ist, auch wenn es nicht viel helfen wird. Laban Stoner —"

„Den können Sie auch vergessen", sagte Carolyn. „Er ist noch feindseliger als Caleb. Aber was mich betrifft, ich glaube, er hat meinen Vater getötet, und das will ich beweisen."

„Carolyn, du darfst dich nicht in Gefahr bringen", sagte Sam.

An ihrer Stelle antwortete Jonathan: „Ich freue mich darauf, beide im Zeugenstand zu haben. Was ist mit William Vernon?"

„Das ist der Bankier. Ich wußte nicht, daß er auch ausgesagt hat. Ich habe mit seiner Frau Mabel gesprochen."

„Ah ja, hier ist ihr Name."

„Sie hat wirklich nichts gegen Ma und wird tun, was sie kann, um zu helfen. Und sie ist die einzige in der Stadt, die keine Angst vor Caleb hat. Unglücklicherweise hat sie nichts Neues zu sagen."

Jonathan las noch mehrere weitere Namen von der Liste ab, bei denen Carolyn helfen konnte. Sheriff Pollard, Dr. Barrows und zwei oder drei Nachbarrancher. „Da ist auch ein Ladenbesitzer, aber Sam fand heraus, daß er vor ein paar Jahren gestorben ist. Da ist auch die Haushälterin der Stoners, Maria — Ihre Mutter wußte ihren Nachnamen nicht. Aber sie war damals schon ziemlich alt —"

„Sie lebt noch", sagte Carolyn. „Sie ist es, die mir etwas von Geheimnissen angedeutet hat. Aber wie ich schon sagte, sie ist in Waco, um ihre Schwester zu besuchen. Sie verschwand plötzlich, und ich glaube, sie will nichts mit der Sache zu tun haben. Sie ist sehr loyal den Stoners gegenüber, aber ich glaube, ich tat ihr leid, und deshalb war es besser für sie, daß sie wegging."

„Wir können sie vorladen", sagte Jonathan.

„Sie ist eine gute alte Frau, und ich glaube nicht, daß sie absichtlich lügt."

Jonathan lächelte verständnisvoll. „Ich werde freundlich zu ihr sein, Carolyn, falls wir sie vorladen müssen." Er sah wieder auf die Liste. „Der letzte Name ist eigentlich gar kein Name. Aber Ihre Mutter erinnert sich an eine Frau aus einer Bar. Selbst damals konnte Ihre Mutter nicht verstehen, was diese Frau mit der ganzen Geschichte zu tun hatte, sie hatten sich nie gesehen."

„Ich frage mich . . ." Carolyn dachte an Ramons Mutter, an ihre großen dunklen Augen voller Schmerz und Bitterkeit. Sie haßte die Stoners, das war offensichtlich. „Hat meine Ma gesagt, ob sie gegen sie ausgesagt hat?"

„*Alle* Zeugen sagten gegen sie aus, Carolyn."

„Nun, ich meinte nur, die Frau aus der Bar —" Sie schwieg, als sie Sams erstaunten Gesichtsausdruck sah. „Sie ist die Mutter eines Freundes von der Ranch", beeilte sie sich zu erklären. „Jedenfalls gehört die Bar inzwischen ihr, aber damals muß sie wohl ein Barmädchen gewesen sein. Ich habe mit ihr gesprochen, aber sie hat nichts davon gesagt, daß sie im Prozeß ausgesagt hat, und sie hatte reichlich Gelegenheit, davon zu erzählen. Sie haßt die Stoners. Vielleicht war sie aus Angst vor Caleb gegen meine Mutter."

„Wie heißt sie?"

„Eufemia Mendez."

„Wir werden mit ihr sprechen. Dann ist da nur noch eine Person, an die Ihre Mutter sich erinnern konnte. Unglücklicherweise ist er vor neunzehn Jahren verschwunden."

„Wer?"

„Jacob Stoner."

Carolyn wurde blaß, als ihr wieder einfiel, was Laban über Jacob und ihre Mutter gesagt hatte. „Niemand auf der Ranch hat je von ihm gesprochen, außer einmal. Ich versuchte, Laban auszufragen, und er sagte ..." Sie sah unsicher zu Sam.

„Was sagte er, Carolyn?", drängte Jonathan.

„Es ist etwas delikat."

„Wir werden alle ein ziemlich dickes Fell brauchen", sagte Jonathan. „Dies wird nicht das einzige Mal sein, wo wir delikate Themen berühren müssen. Um Ihrer Mutter willen dürfen wir darauf keine Rücksicht nehmen."

„Nun, er behauptete, daß meine Ma und Jacob ... daß sie —"

Sam kam ihr gnädig zur Hilfe. „Deine Ma hat uns alles darüber erzählt, Carolyn. Nichts davon ist wahr. Deine Ma und Jacob waren Freunde und sonst nichts. Nicht, daß deine Ma nicht vielleicht mehr gewünscht hätte, aber sie ist ihrem Ehemann nicht untreu geworden."

„Ich wußte, es stimmt nicht, aber Sam, weshalb hat sie mir nie ein Wort davon gesagt?"

„Sie hatte dir so viel zu erzählen, Carolyn. Ich bin sicher, sie hielt es im Moment einfach für nicht so wichtig."

„Laban sagt, er hat darüber im ersten Prozeß ausgesagt. Wird es Ma nicht schaden, wenn er wieder aussagt?"

Jonathan erwiderte: „Wir müssen den Charakter Ihrer Mutter so deutlich machen, daß niemand ihm glauben wird. Das wird nicht schwer sein."

Plötzlich kam Carolyn ein schrecklicher Gedanke. „Was ist, wenn Jacob meinen Pa getötet hat? Was ist, wenn er nicht mehr lebt und der wahre Mörder nie gefunden werden kann?"

„Hab Vertrauen, Kind", sagte Sam. „Die Wahrheit wird siegen."

Jonathan nickte. „Selbst wenn es so sein sollte, Carolyn, sollten wir in der Lage sein, die Unschuld Ihrer Mutter auch ohne diesen Jacob zu beweisen. Wir müssen nur beweisen, daß sie es nicht getan hat, wir müssen den wahren Mörder nicht finden."

Trotz der ermutigenden Worte schwiegen sie alle eine Weile. Es war doch ein unangenehmer Gedanke, und auch wenn Jonathan Barnum das nicht aussprechen wollte, wäre es doch viel einfacher, Deborahs Unschuld zu beweisen, indem sie den wirklichen Mörder überführten. Wenn dieser Mörder nicht mehr lebte, würde ihr Fall sehr viel schwieriger, besonders da alle Indizien schon seit neunzehn Jahren begraben waren. Carolyn hatte manchmal auf der Ranch die Hoffnung verloren, aber nun, da sie sah, wie wenig sie in den vergangenen Wochen zusammengetragen hatte, fühlte sie ihre Niederlage. Caleb sagte, sie brauchten *neue* Beweise, um ihre Mutter freizubekommen, und genau die fehlten ihnen.

Trotz ihrer Mutlosigkeit konnte Carolyn nicht aufgeben, das wußte sie. Sie mußte weiter suchen und Fragen stellen. Sie würde nicht aufgeben, bis —

Sie konnte einfach nicht aufgeben, das war ganz klar.

Als ob dieser Gedanke sie antrieb, stand sie auf. „Ich reite am besten zurück, es bleibt noch viel zu tun."

„Du wirst doch nicht auf die Stoner Ranch zurückkehren?", fragte Sam ungläubig.

„Natürlich tue ich das. Was soll ich denn sonst tun?"

„Ich weiß nicht. Aber —"

„Sam", unterbrach ihn Jonathan, „wenn Carolyn bereit dazu ist, ich glaube, das ist im Moment der beste Ort für sie. Wenn ihr bis jetzt nichts geschehen ist, dann wird ihr auch weiterhin nichts geschehen."

Carolyn wußte, sie sollte Labans Angriff und die Schüsse nicht verschweigen, sie würde es wahrscheinlich bereuen, aber sie wußte auch, wenn sie etwas sagte, würde Sam sie eher einsperren als auf die Ranch zurückkehren lassen. Wenigstens hatte sie Matt, der ihr half. Sie konnte die Ranch noch nicht verlassen. Bis jetzt mochte sie noch nicht viel erreicht haben, aber sie glaubte fest, daß sie wahrscheinlich die einzige war, die die Geheimnisse der Stoner Ranch lüften konnte.

„Ich muß zurück, Sam. Aber ich werde bei der Verhandlung sein. Vielleicht finde ich bis dahin etwas, wer weiß?" Dann wandte sie sich an den Anwalt. „Mr. Barnum, ich bin so froh, Sie kennengelernt zu haben. Sie wissen, wir zählen alle auf Sie."

„Ja, das weiß ich, und ich hoffe aufrichtig, daß ich Ihres Vertrauens würdig bin", sagte Jonathan mit ungekünstelter Bescheidenheit.

„Wenn irgendwer es schaffen kann, dann Sie, Jonathan", sagte Sam. „Carolyn, du hättest sehen sollen, wie er neulich mit dem Richter sprach. Als dieser Kerl herausfand, daß Jonathan beinahe einmal die republikanische Präsidentschaftskandidatur gewonnen hätte, wäre er durch brennende Reifen gesprungen, um Gerechtigkeit für deine Ma zu erreichen."

„Am Ende", sagte Jonathan, „kommt es auf meine Vorstellung im Gerichtssaal an."

„Ich bin sicher, die wird großartig." Carolyn kam sich ein wenig albern vor, einem so bedeutenden Mann wie Jonathan Mut zuzusprechen, aber Joanthan dankte bescheiden.

„Und Sie werden auch Erfolg haben, Carolyn!" Er nahm ihre Hände in seine und sah ihr tief in die Augen, als ob er all die Verwirrung und all den Schmerz nur zu gut verstand. „Ja . . . alles wird gut."

Teil XI

Vor Gericht

49

Carolyn war froh, daß sie bei der Verhandlung dabei sein konnte. Wenigstens für eine Weile vergaß sie so ihre Hilflosigkeit.

Der Prozeßbeginn war für Montagmorgen angesetzt. Carolyn erwachte noch vor Sonnenaufgang, zog sich eine weiße Bluse und einen einfachen dunkelblauen Rock an, den sie mit einem Ledergürtel trug. Ganz gleich, was geschah, sie würde für ihre Mutter da sein, auch wenn sie nichts anderes tun konnte.

Auch Caleb war fertig, als sie ihn zum Frühstück traf. Obwohl er an diesem Morgen nicht ganz wohl aussah, blitzten seine Augen, und sein Schritt war federnd. Er aß mit Appetit, während Carolyn kaum etwas anrührte. Seine Bereitschaft für das Kommende und seine Zuversicht, daß alles nach seinen Vorstellungen ablaufen würde, verdarben Carolyn vollends die Laune. Während der Fahrt von fünfzehn Meilen bis zu der kleinen Stadt Leander, wo der Prozeß stattfinden sollte, sagte sie fast nichts. Beinahe drei Stunden blieben sie und Caleb stumm.

Wie in vielen kleinen Städtchen im Westen, wo es keine größeren Versammlungsorte gab, diente der Saloon als Gerichtssaal. Der Tisch des Richters stand an der entgegengesetzten Wand zur Bar, um den Eindruck eines Saloons möglichst nicht zu deutlich werden zu lassen. Links neben dem Richtertisch standen zwölf Stühle für die Geschworenen. Zwei weitere Tische standen dem Richtertisch gegenüber — einer für die Anklage, einer für die Verteidigung. Dahinter standen sechs Reihen Stühle. Es sah wie ein richtiger Gerichtssaal aus ... wenn man nicht auf den Whiskygeruch oder die lange Eichentheke der Bar achtete, auf die Regale voller Flaschen dahinter und auf ein Gemälde, das eine sinnliche Frau in knappem rotem Kleid darstellte.

Als Caleb und Carolyn kurz vor neun den Raum betraten, standen schon zwei Dutzend Menschen herum. Die meisten waren Männer, aber es waren auch fünf oder sechs Frauen da. Mehr und mehr Zuschauer kamen, und Carolyn war erstaunt, daß so viele kamen. Sie nahm an, einige waren vom Gericht als Geschworene verpflichtet worden, aber am Ende war der Raum so voll, daß die Stühle nicht ausreichten.

„Warum, glaubst du, sind so viele Leute gekommen, Großvater?", fragte Carolyn besorgt.

Caleb zuckte nur die Achseln und brummte, das Blitzen verschwand aus seinen Augen. Carolyn dachte, wenn die Menge ihrem Großvater nicht gefiel, mußte das ein gutes Zeichen für ihre Mutter sein.

Nach zehn oder fünfzehn Minuten wurde es still. Ein Mann betrat durch den Hintereingang den Saloon, so daß er sich nicht durch die Menge drängen mußte, um nach vorn zu gelangen. Er war groß und gepflegt und trug einen dunkelbraunen Anzug. Carolyn war noch nie bei einer Gerichtsverhandlung gewesen und dachte, er könnte der Richter sein. Vornehm genug sah er aus. Aber er nahm am rechten Tisch vor dem Richterpult Platz.

Kurz darauf betraten mehrere weitere Personen den Raum durch den Hintereingang. Zuerst kamen Sam und Mr. Barnum herein, dann Deborah und der Sheriff.

Carolyn zuckte zusammen, als sie ihre Mutter sah, blaß und abgemagert in ihrem formlosen Gefangenenkleid. Ihre Hände waren in Handschellen gelegt, als ob sie eine gefährliche Verbrecherin war. Carolyn wollte aufspringen und den Sheriff wegen seiner Grausamkeit beschimpfen. Am meisten aber wollte sie zu ihrer Mutter laufen, sie umarmen und das Gefühl haben, daß in Wahrheit alles in Ordnung war, daß der ruhige Gesichtsausdruck Deborahs wirklich ihr Inneres spiegelte.

Carolyn regte sich nicht, aber sie sah ihre Mutter an, bis sich ihre Augen trafen und Deborah sie aufmunternd anlächelte. Carolyn wollte auch lächeln, aber sie mußte sich zwingen. Ihr Herz sank noch weiter, als Deborahs Blick sich flüchtig auf ihren Begleiter richtete. Deborahs Lächeln verschwand, und das Leuchten ihrer Augen verdunkelte sich.

Carolyn konnte nicht anders, sie sah zu Caleb. Seine Augen waren fest auf Deborah gerichtet, selbst als Deborah den Blick abgewandt hatte und sich an den anderen Tisch gesetzt hatte. Carolyn konnte nicht glauben, was sie in diesem kurzen Moment beobachtete. Calebs sonst schon strenge Züge erstarrten zu undurchdringlichem Granit, und seine Augen waren kalt wie Eis. Sie hatte immer gewußt, daß ihr Großvater ihre Mutter haßte, aber in diesem Augenblick sah Carolyn, was wirklicher Haß war. Es machte sie sehr traurig, daß der Mann, den sie liebgewonnen hatte, dazu fähig war.

Sie zwang sich, die Augen abzuwenden, aber es kostete sie Mühe, sich auf die anderen Vorgänge im Raum zu konzentrieren.

Der Sheriff ging in den vorderen Teil des Saloons, nachdem er

Deborah zu ihrem Tisch gebracht und ihr die Handschellen abgenommen hatte.

„Okay, Leute", sagte er, unbehaglich vor der großen Menschenmenge, „dies hier ist eine Gerichtsverhandlung mit dem ehrenwerten Richter Claude R. Wilcox als Vorsitzender. Wer seine Waffe nicht bei meinem Deputy abgegeben hat, der tut das besser jetzt. Waffen sind hier nicht zugelassen, während das Gericht tagt. Und jetzt erheben Sie sich alle für den Richter."

Alle gehorchten, und Carolyn nutzte die allgemeine Bewegung und Unruhe, um sich umzuschauen. Sie erblickte nur noch ein bekanntes Gesicht, das von Sheriff Pollard. Mit stoppligem Kinn und geröteten Augen lehnte er an der Wand. Carolyn hatte ihn zuletzt gesehen, als er mit der Waffe in der Hand ihre Mutter weggebracht hatte.

Die Stunden nach den dramatischen ersten Momenten waren sterbenslangweilig für Carolyn. Sie merkte schnell, daß ihre Hoffnung auf eine rasche Entscheidung vergeblich war. Bis zur Mittagspause waren erst zwei Geschworene ausgewählt — ein Vorgang, wie Barnum erklärte, der oft der zeitraubendste des ganzen Verfahrens war.

Caleb war nach der Verkündigung der Unterbrechung sofort aus dem Saloon gegangen, so daß Carolyn ein paar Minuten zu ihrer Mutter gehen konnte.

„Ist alles in Ordnung?", fragte Deborah und nahm die Hände ihrer Tochter fest in ihre.

Carolyn war gerührt über die Besorgnis über Mutter; schließlich hatte sie jetzt wirklich an Wichtigeres zu denken.

„Ja, mach dir keine Sorgen", sagte Carolyn. „Ich komme gut zurecht. Aber ich fürchte, ich habe noch nicht viel aus Caleb herausbekommen."

„Das konnte ich sehen."

„Aber ich glaube nicht, daß es aussichtslos ist, Ma, ich glaube wirklich, er . . . nun, er ist nicht völlig aus Stein. Er hat seine Gefühle nur so tief in sich vergraben, daß es Zeit braucht, sie zu befreien."

„Vielleicht hast du recht, Carolyn." Sehr überzeugt klang Deborah nicht.

Carolyn wollte etwas Positives sagen, um zu zeigen, daß ihre Zeit auf der Ranch nicht völlig umsonst gewesen war. Aber welche Hoffnung konnte sie anbieten?

„Noch habe ich nicht alles auf der Ranch untersuchen können", sagte sie forsch. „Da sind immer noch ein paar Steine, unter die ich schauen muß."

„Sei nur vorsichtig." Sam sah Carolyn streng und väterlich besorgt an. „Manchmal sind Schlangen unter den Steinen."

Carolyn bedauerte, daß sie überhaupt etwas gesagt hatte. „Ich werde schon aufpassen."

„Nun, wir können alles brauchen, was du findest, Carolyn", sagte Deborah mit einem Seufzer. „Bis jetzt haben wir nichts Neues auftreiben können, aber das brauchen wir, sagt Jonathan, um zu gewinnen."

„Das stimmt nicht ganz", sagte Jonathan Barnum. Er hatte mit dem Staatsanwalt gesprochen und kam jetzt zu ihnen herüber. „Neue Beweise – zu unseren Gunsten natürlich! – würden die Sache einfach machen. Aber wir haben andere Möglichkeiten. Nicht die geringste davon ist eine wohlwollende öffentliche Meinung. Die Leute interessieren sich für Sie. Sie haben es vielleicht nicht bemerkt, aber es waren Vertreter mehrerer Zeitungen da – außer drei texanischen Reportern ist ein Freund von mir aus Philadelphia hier. Über diese Verhandlung wird im ganzen Land berichtet werden, und glauben Sie mir, Deborah, unter diesen wachsamen Augen halten die Beschuldigungen gegen Sie nicht stand."

„So viel Publizität ist mir gar nicht geheuer", sagte Deborah. „Aber ich nehme an, vor neunzehn Jahren wäre alles anders gekommen, wenn es mehr Öffentlichkeit gegeben hätte."

„Verstehen Sie mich nicht falsch. Die öffentliche Aufmerksamkeit wird uns nicht den Prozeß gewinnen lassen, aber sie wird uns auch nicht schaden. Wir brauchen eine starke Verteidigung. Gut für uns ist, daß die Anklage fast nur auf Hörensagen beruht."

Der Verhandlungstag endete um drei Uhr nachmittags. Drei weitere Geschworene waren vereidigt worden. Es war ermüdend für Carolyn, aber sie wußte, je länger diese Vorbereitungen dauerten, desto mehr Zeit blieb ihr, doch noch etwas zu finden, das ihrer Mutter wirklich helfen konnte.

50

Der ganze zweite und dritte Tag verging mit der Auswahl von Geschworenen. Das war eine so schleppende, langweilige Prozedur, daß Carolyn kaum stillsitzen konnte. Immer wenn Barnum einen akzeptablen Kandidaten fand, hatte die andere Seite irgend einen

Grund, ihn abzulehnen; und mehrmals lehnte auch die Verteidigung einen Vorschlag des Staatsanwalts ab. Carolyn verstand das, denn das erste Urteil war wegen Voreingenommenheit suspendiert worden. Die Anwälte suchten deshalb die Geschworenen mit besonderer Sorgfalt aus. Aber mußten sie denn derart vorsichtig sein?

Am Donnerstag schien es, als könne das Verfahren nun wirklich beginnen. James Fuller hielt sein Eröffnungsplädoyer.

„Meine Herren Geschworenen, wir sind heute hier, um über ein neunzehn Jahre zurückliegendes Verbrechen zu beraten. Sie mögen sich fragen, was das nach so langer Zeit noch für eine Bedeutung haben kann. Sollten wir nicht die Vergangenheit hinter uns lassen und den Blick nach vorn richten? Aber ich erinnere Sie daran, daß in unserem großen Land Mord nicht verjährt, und das aus gutem Grund. Wir achten das Leben so sehr, daß der Verlust eines einzigen Menschenlebens uns alle betrifft. Wir haben deshalb die Pflicht, jeden Akt des Mordes unermüdlich zu verfolgen und zu sühnen, auch wenn es zwanzig Jahre dauert."

Er redete weitere zehn Minuten, er sprach über das amerikanische Justizsystem und strich dessen Vorzüge heraus. Dabei schien er völlig zu vergessen, daß das Gericht hatte zugeben müssen, daß genau dieses System neunzehn Jahre zuvor kläglich versagt hatte. Seine Voraussetzung dagegen war, daß das System so gut war, daß es gar nicht versagt haben konnte. Er hielt sich dabei lange auf, bevor er die Geschworenen erneut an den Wert des menschlichen Lebens gemahnte. Er schloß leidenschaftlich: „Die Angeklagte Deborah Killion hat die Jahre nach dem verachtenswerten Verbrechen in Freiheit und Glück verbracht. Wir müssen nun die frühere Verhandlung vergessen, denn das Gericht hat Unregelmäßigkeiten festgestellt und es annulliert. Aber vergessen wir nicht, daß ein Menschenleben verloren ging. Ein junger Mann wurde in der Blüte seines Lebens ermordet. Er hatte keine Zeit des Glücks; diese Möglichkeit wurde ihm eines Abends von einer Kugel in den Rücken geraubt.

Auch nach zwanzig Jahren gibt es nur eine Verdächtige für dieses Verbrechen — die Frau, die wir hier vor Gericht sehen. Das Volk von Texas hat nun über jeden Zweifel erhaben festzustellen, ob sie tatsächlich am Abend des 2. Juli 1865 in bösartiger Absicht mit eigener Hand ihren eigenen Ehemann Leonhard Stoner ermordet hat.

Und Sie, verehrte Geschworene, haben die Entscheidung über ihre Schuld zu treffen. Auf diese Weise wird die Gerechtigkeit schließlich siegen."

Der Staatsanwalt setzte sich wieder. Seine Worte schwirrten Carolyn im Kopf herum, so daß sie an nichts anderes mehr denken konnte. *In bösartiger Absicht . . . mit eigener Hand . . . ermordet.*

Carolyn sah zu ihrer Mutter. *Oh, Ma, laß es bitte nicht wahr sein!*, schrie sie in ihrem Herzen. Dann wies sie sich schnell selber zurecht: *es ist nicht wahr!* Sie mußte ihrer Mutter glauben.

Als nächstes sprach Jonathan Barnum. „Ja meine Herren Geschworenen, Ihre vornehmste Aufgabe ist es, der Gerechtigkeit zu dienen. Das ist alles, was die Verteidigung verlangt, denn wenn diese Aufgabe erfüllt wird, wird Deborah Killion von jeder Schuld an diesem schrecklichen Verbrechen freigesprochen werden. Danke."

Carolyn schluckte, als Barnum sich setzte. Der Ankläger hatte zwanzig Minuten gesprochen, und es wollte ihr scheinen, daß Barnum mit seiner ungewöhnlich kurzen Ansprache Deborah schadete. Carolyn mochte Barnum, und er schien es ernst zu meinen. Aber tat er wirklich alles, was er konnte?

Dann sah sie Sam, der mit Barnum und Deborah am Tisch saß; er beugte sich zum Anwalt und flüsterte ihm etwas zu.

* * *

Sam war verwirrt über die Kürze von Barnums Worten. Er fragte sich, was das zu bedeuten hatte.

„Ist das alles, Jonathan?", fragte er Barnum.

„Ich weiß aus langer Erfahrung, daß eine Jury lange Ansprachen nicht mag. Sie wollen es so schnell wie möglich hinter sich bringen. Ich habe das Gefühl, sie sympathisieren jetzt schon viel mehr mit unserer Sache als noch vor einer halben Stunde.

Sam lächelte, sein Respekt vor Jonathan Barnum wuchs noch weiter.

* * *

Carolyn sah ihn lächeln und fragte sich, was da vorging. Hatte sie etwas nicht verstanden?

Aber die Anklage rief den ersten Zeugen auf. „Ich möchte Mr. Markus Pollard, den früheren Sheriff von Stoner's Crossing, in den Zeugenstand bitten."

Pollard kam nach vorn, und Carolyn glaubte, ihn leicht schwanken zu sehen. Ob er getrunken hatte? Griff hatte ihr gesagt, er war zum Säufer geworden. So sah er jedenfalls aus.

Der Sheriff von Leander, der als Gerichtsdiener fungierte, hob eine Bibel und nahm Pollard den Eid ab. „Schwören Sie, die Wahrheit zu sagen, die ganze Wahrheit und nichts als die Wahrheit, so wahr Ihnen Gott helfe?"

„Yeah", sagte Pollard, aber er sah dem Mann dabei nicht in die Augen.

Fuller, der Ankläger, trat vor. „Mr. Pollard, es stimmt doch, daß sie in Stoner's Crossing Sheriff waren, als das Verbrechen geschah, im Juli 1865?"

„Ja, das stimmt."

„Wie lange waren Sie das zu der Zeit schon?"

„Etwa fünf Jahre."

„Betrachteten Sie sich als einen erfahrenen Vertreter des Gesetzes?"

„Das war ich, und das bin ich noch. Ich habe viele Verbrecher hinter Gitter gebracht und weiß, was ich tue. Ich hatte die Straßen von Stoner's Crossing sauber und sicher zu halten."

Naben Carolyn brummte Caleb verächtlich und rollte die Augen. Nur seine Enkeltochter nahm es wahr.

„Können Sie sich genau an die Ereignisse von damals erinnern?"

„Einspruch, Euer Ehren!" unterbrach ihn Barnum. „Der Zeuge wird nach einem ganz subjektiven Eindruck befragt."

„Einspruch abgelehnt", sagte der Richter. „Das Gericht wird entscheiden, ob die Erinnerung des Zeugen korrekt ist."

„Ich muß sagen", fuhr Pollard fort, „daß man all das nicht leicht vergißt, wenn es um eine Frau geht."

„Mr. Pollard", sagte der Richter streng, „Sie sollen nur auf direkte Fragen der Anwälte oder von mir antworten. Unerbetene Kommentare sind nicht erwünscht und nicht erlaubt." Er wandte sich an den Stenographen. „Streichen Sie bitte Mr. Pollards Bemerkung."

Als der Richter dem Ankläger bedeutete fortzufahren, spitzte Fuller einen Moment nachdenklich die Lippen und sagte dann: „Mr. Pollard, Sie haben am Abend von Leonhard Stoners Tod die Verhaftung vorgenommen, korrekt?"

„Yeah", antwortete Pollard mit einem Seitenblick auf den Richter.

„Erinnern Sie sich, wie Sie am Schauplatz des Verbrechens ankamen? Und wie lange nach dem Mord war das nach Ihrer Einschätzung?"

„Nun, der Arzt, der den Totenschein ausstellte, schätzte den Eintritt des Todes auf Mitternacht, und um diese Zeit wurden auch die ersten Schüsse gehört. Caleb Stoner fand kurz darauf die Angeklagte über der Leiche stehend, und er schickte nach mir. Ich brauchte etwa eine Stunde bis zur Ranch."

„Was fanden Sie vor, als Sie ankamen?"

„Nun, Mr. Stoner sagte, es sei nichts angerührt worden, nur Mrs. Stoner hatte die Waffe fallenlassen, die sie in der Hand gehalten hatte, und sie lag auf ihrem Bett, vermutlich mit Schock."

„Würden Sie die Szene bitte beschreiben?"

„Mal sehn . . ." Pollard rieb sich das stopplige Kinn. „Der Körper lag auf dem Boden in der Nähe der Glastüren, die auf eine Art Hof führen. Er lag auf der Seite, mit dem Rücken zu den Türen. Wenn man den Raum betrat, konnte man also nicht gleich sehen, daß er eine Schußwunde hatte."

„Warum nicht, Mr. Pollard?"

„Weil die Wunde am Rücken war, darum. Er hat eine Kugel in den Rücken bekommen, das hat er."

„Gab es sonst irgendwelche Anzeichen von Unordnung im Raum, vielleicht von einem Kampf oder einem Einbruch?"

„Nö. Das Zimmer war aufgeräumt — warten Sie, Moment mal, ich erinnere mich an einen umgestürzten Stuhl gleich neben dem Körper, als ob er versucht hätte, sich daran festzuhalten, als er fiel —"

„Einspruch", sagte Barnum. „Der Zeuge zieht hier eine Schlußfolgerung aus diesem Stuhl. Ich beantrage, daß seine letzte Bemerkung gestrichen wird."

„Euer Ehren", wandte der Ankläger ein, „der Zeuge zieht auf einem Gebiet Schlüsse, für das sein Sachverstand schon festgestellt wurde."

„*Erwähnt* wurde", sagte Barnum, „aber nicht *festgestellt.*"

„Sie spielen bloß mit Worten."

„Nur weil der Mann einmal Sheriff war und einige Leute verhaftet hat, ist er noch lange kein Kriminologe, Mr. Fuller."

„Hier draußen", sagte der Richter, „ist das oftmals alles, was wir haben. Wir sind nicht in Philadelphia oder Washington."

„Ich verstehe sehr wohl die Einschränkungen hier draußen, Sir", sagte Barnum, „aber ich erhalte meinen Einspruch dennoch aufrecht. Wenn es nicht weiter wichtig wäre, bestünde ich nicht darauf, aber dies ist ein wichtiger Aspekt für meine Klientin, denn sie sagt, es sei tatsächlich an jenem Abend jemand in das Haus der Stoners eingedrungen."

„Ich weise Ihren Einspruch zurück, Mr. Barnum. Bedenken Sie, daß

Sie ausgiebig Gelegenheit haben werden, den Zeugen zu vernehmen und seine Aussagen in Frage zu stellen."

Jonathan nickte und paßte sich damit dem vorgeschlagenen Verfahren an. Es stimmte, der Zeuge würde bald ihm gehören.

Aber der Wortwechsel schien den Ankläger auf eine andere Idee zu bringen. Fuller erklärte, zum Besten des Gerichts und um mögliche Zweifel auszuschließen, würde er Pollard gern als Sachverständigen anerkennen lassen. Die nächsten beiden Stunden wurden damit verbracht. Fuller befragte Pollard über andere Ermittlungen in Mordfällen, und Pollard nutzte die Gelegenheit, ausgiebigst von seinen Erfahrungen als Sheriff zu berichten. Er hörte sich an wie der Held eines Groschenromans.

Schließlich machte der Richter dem ein Ende. „Sie haben Ihren Standpunkt nun klargemacht, Mr. Fuller. Ich denke, selbst der geschätzte Verteidiger wird nun den Sachverstand des Zeugen anerkennen."

„Mit Vergnügen!" nickte Barnum.

„Wir unterbrechen die Sitzung zum Mittagessen", sagte der Richter. „Wenn wir wieder zusammenkommen, hoffe ich, daß wir mit konzentrierteren Fragen fortfahren können."

Nach der Mittagspause verhörte der Ankläger Pollard weitere zwei Stunden. Woher er die vielen Fragen nahm, blieb Carolyn ein Rätsel. Nicht einmal sie hatte so viele Fragen. Er hielt sich ewig bei den unbedeutendsten Punkten auf, so daß Carolyn beinahe ganz das Interesse verlor.

Um drei Uhr wurde die Verhandlung für den Tag beendet. Der Besitzer des Saloons mußte noch saubermachen und für den Abend alles wieder in Ordnung bringen.

51

Jonathan Barnum nahm Pollard am nächsten Tag ins Kreuzverhör. Sein Ziel war, die früheren Aussagen des Sheriffs zu erschüttern, indem er ihn als unsicheren Zeugen bloßstellte. Pollard sah aus, als hätte er seit dem Tag zuvor den Saloon gar nicht erst verlassen, und das machte Jonathan die Sache sehr viel einfacher.

„Mr. Pollard", sagte er, „in Ihrer früheren Aussage behaupteten Sie, eine deutliche Erinnerung zu haben an —"

„Einspruch", sagte Fuller. „Diese Bemerkungen sind gestrichen worden." Der Ankläger verschränkte die Arme vor der Brust.

„Mein Fehler", sagte Jonathan. „Lassen Sie mich die Frage anders stellen. Ihre frühere Aussage machte deutlich, daß Sie eine klare Erinnerung an die Ereignisse vor neunzehn Jahren bewahren, bis in kleinste Einzelheiten, zum Beispiel was die genaue Lage der Leiche betrifft. Wenn nun Ihre Erinnerung an damals so klar ist, dann wird wohl Ihre Erinnerung an das, was Sie seit gestern nachmittag getan haben, auch klar sein?"

„Einspruch", sagte Fuller erneut. „Ich sehe nicht, was das mit dem Fall zu tun haben soll."

„Ich denke, das wird gleich klarer, wenn ich fortfahre."

„Ich bin selber neugierig", sagte der Richter. „Einspruch abgelehnt."

„Nun, Mr. Pollard, erzählen Sie uns, was Sie gestern abend getan haben." Barnum verschränkte die Arme und wartete.

„Naja ... hm ... mal sehn. Ich habe vermutlich ein paar Stunden hier im Saloon verbracht. Ich bin hier nicht zu Hause, sehen Sie, und ich habe keinen anderen Platz, wo ich hingehen kann."

„Was haben Sie hier getan — Karten gespielt, getrunken?"

„Ein bißchen von allem, nehme ich an."

„Wieviel Geld haben Sie beim Kartenspiel gewonnen?"

„Ist das nicht meine Sache?"

„Ja, ich verstehe Sie. Lassen Sie mich anders fragen: Haben Sie mehr als zehn Dollar gewonnen?"

„Ich glaube nicht."

„Sie *glauben* nicht? Das ist erst ein paar Stunden her, Mr. Pollard. Sie haben keine Ahnung über Ihre finanziellen Verhältnisse nach dem Kartenspiel?"

„Ähm ..." Pollard kratzte sich am Kopf und verzog das Gesicht. Schließlich holte er seine Brieftasche hervor.

„Ist schon gut, Mr. Pollard, vergessen wir das für den Moment und denken wir über etwas anderes nach. Vielleicht können Sie dem Gericht sagen, wieviele ‚Erfrischungen' Sie zu sich genommen haben?"

„Ein paar Gläser Whisky vielleicht."

„Ich erinnere Sie daran, Mr. Pollard, daß Sie noch immer unter Eid stehen."

„Naja, wenn ich so darüber nachdenke, vielleicht ein paar mehr."

„Fünf Gläser? Sechs? Zehn?"

„Was spielt denn das für eine Rolle!" rief der frustierte Pollard wütend. „Wer weiß denn schon, was er trinkt?"

„Ich kann Ihnen sagen, ich hatte gestern beim Abendessen drei Tassen Kaffee und ein Glas Milch zu einem ausgezeichneten Apfelstrudel."

„Okay, ich weiß nicht mehr, wieviel ich getrunken habe, und ich weiß auch nicht mehr, wieviel ich beim Kartenspielen gewonnen habe."

„Nur um Sie zu beruhigen, Mr. Pollard, der Barkeeper sagt mir, Sie haben eine halbe Flasche Roggenwhisky getrunken, und Sie haben gar nicht Karten gespielt."

„Das hat trotzdem überhaupt nichts mit dem Mord zu tun", brummte Pollard verteidigend. „Damals habe ich nicht so viel getrunken."

„Sie haben manchmal getrunken?"

„Natürlich! Ich war nie Abstinenzler."

„Euer Ehren", sagte der Ankläger, „die Verteidigung zieht den Charakter des Zeugen in Zweifel, und ich beantrage, daß diese Vorstellung nun beendet wird. Wenn der Verteidiger zeigen will, daß der Zeuge zur Tatzeit nicht im Vollbesitz seiner geistigen Kräfte war, dann soll er das klar sagen und beweisen."

„Da ist was dran, Mr. Fuller", sagte der Richter. „Mr. Barnum, was sagen Sie dazu?"

„Meine Absicht ist nicht, den Charakter des Zeugen in Zweifel zu ziehen. Ich will sagen, daß ein Mann, der sich regelmäßig oder jedenfalls oft dem Alkohol ergibt, einen Teil seiner Gedächtnisfähigkeit einbüßt. Und aus diesem Grund muß ich Mr. Pollards detaillierte Erinnerung an die fraglichen Ereignisse bezweifeln. Es ist wichtig, zwischen wirklicher Erinnerung und Hörensagen streng zu trennen." Barnum sah zu Fuller hinüber. „Was den Beweis angeht, so habe ich Aussagen von mehreren Personen, die Mr. Pollard im Lauf der letzten zwanzig Jahre kannten." Er ging zu seinem Tisch und holte einige Papiere aus seiner Aktentasche, die er dem Richter übergab. „Ich stelle sie dem Gericht zur Verfügung. Im Kern besagen sie, daß Mr. Pollard die letzten zwanzig Jahre mehr betrunken als nüchtern verbracht hat. Zwei dieser Aussagen stammten von Gesetzeshütern, die Mr. Pollard wegen Trunksucht entlassen mußten. Seine Erinnerung an die Ermordung Leonhard Stoners mag klar sein, aber solange daran auch nur der Schatten eines Zweifels besteht, muß ich seine Aussage zurückweisen."

„Dieses ganze Verfahren basiert auf nichts anderem als auf Erinnerung!" protestierte Fuller. „Wie sollen wir zwischen dem unterscheiden, was Sie wirkliches Gedächtnis und Hörensagen nennen?"

„Meiner Ansicht nach ist der erste Schritt, Zeugen zu laden, deren Gedächtnis im allgemeinen zuverlässig und nicht zweifelhaft ist."

„Euer Ehren, das ist rein subjektiv!" beschwerte sich Fuller.

„Mr. Barnum, Sie werfen ein interessantes Problem auf", sagte der Richter, „aber die Anklage stellt Ihre Argumentation zu Recht in Frage. Dieses Gericht hat Tatsachen festzustellen. Als Anwälte können Sie den Wahrheitsgehalt von Aussagen in Zweifel ziehen, indem sie das Gedächtnis eines Zeugen für unglaubwürdig erklären. Wir kommen hier jedoch nicht weiter, wenn wir nicht in jedem Einzelfall prüfen. Das Gericht wird also die Erinnerungen jedes Zeugen akzeptieren, solange die Herren Anwälte ihre Zweifel an dieser oder jener einzelnen Aussage nicht überzeugend begründen. Nun, Mr. Barnum, fahren Sie bitte fort."

Jonathan sah Fuller an, der Barnum zunickte.

„Keine weiteren Fragen", sagte Jonathan sehr zur Überraschung sowohl des Staatsanwalts wie des Richters.

„Dann rufen Sie Ihren nächsten Zeugen auf, Mr. Fuller", sagte der Richter.

So ging es bis nach dem Wochenende weiter. Der Staatsanwalt lud noch mehrere Zeugen vor — Dr. Barrows, Mr. Vernon, den Bankier und mehrere andere Einwohner von Stoner's Crossing.

Für Jonathan wurde es immer schwerer, die Erinnerungen dieser anerkannten Bürger in Zweifel zu ziehen. Stunden über Stunden mußte er sich Aussagen über den guten Charakter von Leonhard Stoner und seine Schwierigkeiten mit seiner Ehefrau anhören. Im Fall der Eheprobleme beschrieben die Zeugen, was sie gesehen hatten — nicht einmal Deborah konnte die Wahrheit ihrer Aussagen bestreiten. Und wie im Prozeß neunzehn Jahre zuvor sah Deborah mehr und mehr wie eine schlechte Person aus.

Nach Tagen solcher Zeugenaussagen war selbst Jonathan hilflos, obwohl er allem doch noch etwas abzugewinnen suchte. „Dieser Teil gehört der Anklage. Vergessen wir nicht, daß auch wir zum Zuge kommen und unsere eigenen Zeugen haben werden."

Aber nichts konnte darüber hinwegtäuschen, daß sie nun nicht viel besser dastanden, als Deborah vor neunzehn Jahren dagestanden hatte. Mabel Vernon hatte sich bereit erklärt, für die Verteidigung auszusagen, gegen den Widerstand ihres Mannes. Aber außer einigen

Zeugen zum Charakter Deborahs hatten sie wenig aufzubieten. Täglich wurde die verfahrene Lage offensichtlicher.

Einen besonders schweren Rückschlag mußten sie einstecken, als die Anklage die nächsten beiden Zeugen aufrief. Der erste Zeuge war eine ältere Frau namens Betty Jenkins, die als Witwe von Bob Jenkins vorgestellt wurde. Mr. Jenkins war vor zwanzig Jahren der Eigentümer des Gemischtwarenladens in Stoner's Crossing gewesen. Er war zehn Jahre zuvor verstorben, und seine Frau war in ihre Heimatstadt Houston zurückgegangen. Jonathan war über sich selbst verärgert, daß er die Familie Jenkins nicht genauer unter die Lupe genommen hatte, nachdem er vom Tod von Bob Jenkins erfahren hatte.

Er mußte zugeben, daß die Anklage saubere Arbeit geleistet hatte, nach all diesen Jahren die Frau des Ladenbesitzers aufzuspüren. Aber dann kam die niederschmetternde Aussage der Frau — sie hatte eine Quittung über die Derringer bei sich, die Deborah damals im Laden gekauft hatte. Ihr Mann, sagte sie, habe nie etwas weggeworfen. Sie besaß ganze Kartons voller alter Listen und Rechnungen. Sie bezeugte auch, dabei gewesen zu sein, als ‚Mrs. Stoner' die Waffe gekauft hatte. Ihr Mann hatte ihr damals eingeschärft, niemandem davon zu erzählen, weil der Revolver ein Weihnachtsgeschenk für Mrs. Stoners Mann sein sollte.

Einige Tage nach Weihnachten hatte Mrs. Jenkins Leonhard gesehen und ihn gefragt, wie ihm das Weihnachtsgeschenk seiner Frau gefiele. Als Leonhard nicht wußte, wovon sie redete, dachte sie, sie hätte etwas falsch verstanden und sagte nichts weiter.

Im Kreuzverhör versuchte Jonathan, ihre Aussage zu erschüttern.

„Zu Ihnen kamen sicher sehr viele Leute in den Laden, Mrs. Jenkins?"

„Oh ja, es war immer viel Betrieb."

„Es war sicher nicht einfach, alles und alle genau auseinanderzuhalten."

„Genau das ist es", sagte die Frau. „Die meisten Leute staunten über mein gutes Gedächtnis. Ich habe nie einen Namen oder eine Bestellung oder ein Gespräch vergessen. Mein Mann fand das manchmal richtig unheimlich."

Jonathan gelang es trotz seiner Bemühungen nicht, den klaren Verstand und das wirklich erstaunliche Gedächtnis der Frau in Frage zu stellen. Schließlich entließ er sie und die Quittung über den Kauf der Waffe wurde zu den Beweisen genommen.

Der letzte Zeuge der Anklage war Laban Stoner.

Carolyn war schockiert, als er im Gerichtssaal erschien, denn er war nicht mit ihr und ihrem Großvater in die Stadt gekommen. Caleb schien gar nicht überrascht und sah seinen Sohn mit einem selten anerkennenden Blick an.

„In welcher Beziehung standen Sie zur Angeklagten?", fragte der Staatsanwalt.

Laban zuckte die Achseln. „Sie war die Frau meines Halbbruders. Ich habe sie selten gesehen, denn ich wohnte nicht im Haupthaus."

„Weshalb nicht, Mr. Stoner?"

„Ich mochte die Gesellschaft meines Bruders Leonhard und meines Vaters nicht. Um des Friedens willen war es am besten, wenn ich mich fernhielt."

„Aber diese Abneigung hat sich nicht auf die Frau Ihres Bruders übertragen?"

„Nein, sie war mir völlig gleichgültig — das heißt, bis mein Bruder Jacob verschwand."

„Hatte sie etwas mit seinem Verschwinden zu tun?"

„Sie hatte ein Verhältnis mit ihm, und als Leonhard sie erwischte, mußte Jacob fliehen, oder —"

„Einspruch!" sagte Jonathan. „Die Aussage des Zeugen ist reine Vermutung. Es liegt kein Beweis vor."

„Einspruch stattgegeben", entschied der Richter.

„Woher wußten Sie denn, daß sie ein Verhältnis hatten?", fragte Fuller mit einem Seitenblick zu Jonathan.

„Ich habe sie oft zusammen gesehen, an abgeschiedenen Orten. Sie ritten zusammen aus."

„Sind Sie ihnen gefolgt?"

„Ein paar Mal, ich machte mir Sorgen darüber, daß Deborah Stoner meinem Bruder schadete — beiden Brüdern."

Jonathan verhörte Laban unerbittlich, aber er konnte ihn nicht von seinen Aussagen abbringen. Er befragte ihn auch nach seinem Aufenthalt während der Mordnacht. Laban sagte, er könne sich nicht mehr erinnern. Jonathan nagelte ihn buchstäblich auf diesen Punkt fest, aber Laban ging keinen Millimeter von seiner Erklärung ab. Auch konnte der Verteidiger keine anderen Risse in Labans Schutzwall aufspüren. Schließlich sagte der Staatsanwalt, daß Jonathan den Zeugen unzulässig bedränge. Er wies darauf hin, daß Laban Stoner nicht der Angeklagte war, und der Richter stimmte dem zu. Entmutigt ließ Jonathan von Laban ab.

Jonathan machte einige Ungereimtheiten deutlich, was die behauptete Affäre zwischen Deborah und Jacob anging, denn Laban hatte die beiden niemals selber bei irgend etwas Verfänglichem gesehen. Aber dennoch verfehlte diese Aussage bei den Zuschauern nicht ihre Wirkung.

Seit ihrem ersten Gespräch mit Laban hatte Carolyn über diese Sache mit ihrer Mutter sprechen wollen. Aber nach der Sitzung mußten Sam und Jonathan mit ihr reden, und dann brachte der Sheriff sie ins Gefängnis zurück. Carolyn verlor langsam die Fassung, und Caleb wollte gleich zur Ranch zurückkehren. Wieder fühlte sie sich wie als kleines Mädchen. Sie wußte, etwas stimmte nicht, aber sie wollte der Sache nicht wirklich auf den Grund gehen, weil sie Angst vor der Wahrheit hatte.

Es war Donnerstag, und die Verhandlung war auf die folgende Woche vertagt, weil der Richter zu seiner Familie in einem anderen Teil des Staates fahren wollte. Carolyn haßte diese Verzögerungen, aber weshalb sollte man sich beeilen, solange die Verteidigung nichts Wirksames in der Hand hatte? Die Zeit konnte nur für Deborah arbeiten.

52

Zeit . . . davon hatte Griff McCulloch in den letzten Wochen mehr als genug gehabt, und es machte ihn fast wahnsinnig. Von der armen Yolanda gar nicht zu reden, die jeden Tag mit ihm fertig werden mußte. Sky und Longjim jedenfalls konnten der Zeit bei der Rancharbeit entkommen.

Sobald der Doktor Griff aufzustehen erlaubte, schleppte er sich zur Koppel, sattelte eins der Pferde und versuchte zu reiten. Die Wunde brach auf, und er mußte wieder für mehrere Tage ins Bett. Niemand war darüber sehr erbaut. Yolanda hatte ihm gedroht, ihn mit Handschellen am Bett festzuketten, wenn er so etwas noch einmal versuchte. Und seit diesem Rückschlag war er vernünftiger geworden. Wie ein braver Patient suchte er mit kleinen Gängen seine Stärke wiederzugewinnen, jeden Tag ein bißchen mehr. Zu Yolandas großer Erleichterung verbrachte er schließlich den ganzen Tag außerhalb des Bettes und trieb sich an der Koppel und in den Ställen herum. Er konnte noch nicht reiten, aber die Pferde striegeln und füttern, ausmisten, Sättel einfetten — all die kleinen Arbeiten, über die er immer geschimpft hatte. Nun war er dankbar, daß er etwas — ganz gleich was — tun konnte.

Aber es paßte ihm nicht, so gebunden zu sein. Er war froh um die kleinen Aufgaben, aber ein Pferd striegeln, das war nicht eben aufregend für einen Mann wie Griff. Es gab eine ganze Ranch und eine ganze Menge richtiger Arbeit! Auch wenn es Sommer war und das Vieh längst zusammengetrieben und aussortiert, gab es auf der Ranch doch Interessanteres zu tun als im Stall.

Niemanden überraschte es, als Griff sein Pferd lange vor dem Zeitpunkt sattelte, den der Arzt genannt hatte. Aber er hatte aus seinem früheren Mißgeschick gelernt und ging es nun langsam an. Tag für Tag ritt er ein Stück weiter, und bald konnte er einige seiner Pflichten wieder aufnehmen.

Griff war zurück in die Unterkunft gezogen, und dort fand ihn Sky eines Nachmittags, als er aus der Stadt zurückkehrte.

„Wie geht's, Sky. Alles in Ordnung in der Stadt?" Griff lag auf seiner Pritsche und ruhte sich von anstrengender Arbeit aus.

Sky setzte sich mit grimmigem Blick auf den Rand der gegenüberliegenden Pritsche. „Griff, ich habe ein paar Zeitungen mitgebracht." Er gab sie ihm. „Ma's Prozeß hat angefangen."

„Yeah, Sam hat das geschrieben."

„Lies diese Zeitung aus Austin", sagte Sky. „Es steht nicht gut."

Griff las und schüttelte den Kopf.

„Nach diesem Artikel hier ist sie schon so gut wie verurteilt", sagte Griff. „Aber bis jetzt hat nur die Anklage das Wort gehabt. Deine Ma hat ihre Chance noch nicht gehabt."

„Glaubst du, sie haben etwas Neues gefunden, das uns hilft?"

„Das hätte Sam uns wissen lassen."

„Das glaube ich auch." Skys Lippen waren zusammengepreßt, und seine blauen Augen sahen dunkler aus als sonst.

Griff sah, daß Sky seit dem Weggang seiner Mutter gereift war. Die Ranch zu führen — die Arbeit eines Mannes zu tun, und sie gut zu tun — hatte dem Jungen Selbstbewußtsein gegeben. Aber was seine Mutter anging, da war er in vieler Hinsicht noch immer ein kleiner Junge. Auch wenn er wie ein Erwachsener aussah, war er erst sechzehn, und ob er es zugeben wollte oder nicht, er brauchte sie noch immer und hatte Angst, sie zu verlieren.

Auch Griff sorgte sich um Deborah. Nicht ein Tag verging, ohne daß er sich fragte, wie die Dinge sich entwickelten, und an vielen Tagen mußte er sich zurückhalten, nicht hinzureiten. Er wußte nicht genau, was er für sie tun konnte, aber er haßte es, so hilflos und so weit weg zu sein. Jetzt, wo es ihm besser ging, war es nur noch schlimmer.

Griff sah zu Sky auf. „Was geht dir im Kopf herum, Sky? Du hast diese Zeitungen doch nicht einfach so mitgebracht?"

„Auf der Ranch gibt es im Moment nicht so viel zu tun", erwiderte Sky. „Du bist wieder auf den Beinen, und — naja, ich glaube, es geht jetzt ohne mich."

„Du willst zur Verhandlung?"

„Yeah. Ich weiß nicht, was ich tun könnte, aber ich will wenigstens nicht so weit weg von ihr sein."

„Das klingt vernünftig, Sky."

„Wirklich?" Aus irgendeinem Grund hatte er Widerspruch erwartet.

„Wirklich. Ich glaube sogar, ich komme mit."

„Du, Griff? Es ist ein langer Ritt."

„Ich schaffe es schon."

Sky sah Griff eindringlich an. „Du hast noch etwas anderes im Sinn, Griff, nicht wahr?"

„Ich sage dir, Sky, ich habe eine Menge darüber nachgedacht, und diese Zeitung bestätigt alles. Ich denke, du bist alt genug und weißt, was ich gedacht habe, und auch alt genug, um Sam und deiner Ma kein Wort zu sagen."

„Ich bin alt genug, Griff. Und ich will dabei sein, was auch immer du vorhast." Sky wußte, daß Griff etwas unternehmen wollte.

„Ich denke schon, daß du dazu alt genug bist, Sky. Es ist nur, Sky — ich habe vor langer Zeit geschworen, daß ich nie zulassen würde, daß deiner Ma etwas geschieht. Ich bin bereit, dem Gericht seine Chance zu lassen, denn das ist es, was deine Mutter will. Aber wenn diese Verhandlung gegen sie ausgeht, werde ich nicht zusehen, wie sie gehängt oder ins Gefängnis geworfen wird. Sie verdient es nicht, und es wird nicht geschehen."

„Was würdest du dagegen tun, Griff?"

„Ich glaube, das weißt du, Sky. Wenn ich muß, tue ich dasselbe wie vor neunzehn Jahren."

„Gut, ich bin dabei, Griff", sagte Sky ohne Zögern. „Wir sollten gleich aufbrechen, nicht? Niemand weiß, wann diese Sache fertig ist."

„Laß uns morgen früh aufbrechen. Slim und Longjim können sich um die Ranch kümmern und vielleicht noch ein paar Hilfen anheuern."

„Das habe ich getan, als ich in der Stadt war", sagte Sky.

Griff kicherte. „Du traust dir eine Menge zu, junger Mann, hab' ich recht?"

„Ich hätte kein Nein akzeptiert."

„Ich habe so eine Ahnung, daß Slim und Longjim das auch nicht tun werden."

Damit hatte Griff recht. Schließlich hatten Slim und Longjim damals an Deborahs Befreiung teilgenommen, und es schien nur richtig, wie sie beide mit Nachdruck betonten, daß sie auch diesmal dabei waren. Griff mußte ihnen klarmachen, daß sie vielleicht gar nicht gebraucht wurden, daß der Prozeß gut ausgehen konnte, und daß sie den ganzen Weg dann nur zum Feiern machen würden.

„Das klingt auch nicht schlecht", sagte Slim.

„Ihr gehört alle zur Familie", sagte Sky, „es ist nur richtig, wenn ihr alle da seid, zur Befreiung oder zum Feiern."

Griff gab nach, obwohl ihm nicht wohl bei dem Gedanken war, daß kein erfahrener Mann und kein Familienmitglied auf der Ranch blieb. Aber Gip McCarthy war immerhin ein guter, verläßlicher Cowboy. Er war seit zwei Jahren bei der Mannschaft der Windreiter Ranch und würde schon zurechtkommen. Es war ja nur für höchstens ein paar Wochen, und es war wirklich jetzt nicht viel zu tun.

Am nächsten Morgen bei Sonnenaufgang verließen vier Reiter, eingehüllt in eine große Staubwolke, die Windreiter Ranch. Drei von ihnen dachten an die Zeit vor zwei Jahrzehnten zurück, als sie zu einer ähnlichen Mission aufgebrochen waren. Aber damals hatten sie Caleb Stoner eins auswischen wollen; jetzt waren sie unterwegs, um einem lieben Freund zur Hilfe zu kommen.

53

Am Morgen nach der Unterbrechung des Verfahrens ritt Carolyn aus. Nach der steifen Atmosphäre im provisorischen Gerichtssaal war es wunderbar, auf dem Rücken von Tres Zapatos an der frischen Luft zu sein, den Geruch des Pferdes und des Sattelleders in der Nase und aufgewirbelten Staub in den Augen.

Als Carolyn kurz vor Mittag auf die Ranch zurückkehrte und zum

Stall ritt, sah sie eine Gruppe von fünf oder sechs der Männer an der Koppel stehen und sich unterhalten. An ihren aufgeregten Gesten konnte sie sehen, daß sie nicht bloß plauderten. Etwas war geschehen.

Sie stieg ab, und Ramon kam und nahm die Zügel. „Was ist los?", fragte Carolyn.

„Ungefähr hundert Stück Vieh fehlen", sagte er, „alle aus der gleichen Herde. Senor Laban spricht gerade mit dem Patron. Er hat den Männern befohlen, sich zu bewaffnen und sich bereitzuhalten."

„Wozu?"

„Um zur Bonnell Ranch zu reiten. Es wird Ärger geben, Carolyn."

„Sind Sie sicher, daß es die Bonnells waren?"

Bevor Carolyn antworten konnte, kam Matt Gentry aus dem Stall auf sie zu. Die Männer sahen zu ihm hin, und Carolyn bemerkte sofort, daß sie ihn merkwürdig ansahen. Auch Matt hatte einen merkwürdigen Gesichtsausdruck — angespannt, ernst und ein klein wenig nervös. Er ging zu der Gruppe Männer, obwohl es offensichtlich war, daß er jetzt lieber anderswo gewesen wäre. Aber er schien entschlossen.

„Weshalb starrt ihr mich so an", sagte er. „Ich habe nichts getan."

„Natürlich nicht, Gentry", sagte ein Mann namens Pete sarkastisch.

Ein anderer sagte mir ernsterer Stimme: „Das hätte ich nicht erwartet, Matt, aber Tatsache ist, das zweite Mal sind Tiere von einer Herde verschwunden, die du zu beaufsichtigen hattest."

„Das heißt gar nichts, Andy", sagte Matt.

„Wir wissen alle, was du warst, bevor du hierher gekommen bist", sagte Pete mit rauher, anklagender Stimme. „Mir scheint, du tust einfach, was in deiner Natur liegt."

„Du wagst —" Matt tat einen drohenden Schritt auf den Mann zu, aber Andy trat rasch zwischen die beiden und legte Matt eine Hand auf den Arm.

„Mach dir nicht noch mehr Scherereien, Matt", sagte er, „solange wir keine Beweise haben, bist du unschuldig."

„So sieht mir das aber gar nicht aus", sagte Matt hitzig. Er riß seinen Arm los und drehte sich um.

Er ging an Carolyn vorbei, ohne sie anzusehen. Sie lief ihm nach. Seit der Gewitternacht betrachtete sie ihn als Freund. Sie hoffte, sie könnte ihm nun helfen, wie er ihr geholfen hatte. Wenigstens konnte sie ihm zuhören.

Er ging schnell, und sie mußte laufen, um ihn einzuholen, aber als sie an seiner Seite war, ignorierte er sie weiter. Seine Augen blickten starr geradeaus, seine Lippen waren zusammengepreßt. Sie gingen mehrere Minuten schweigend nebeneinender her, obwohl Carolyn Mühe hatte, Schritt zu halten.

Er ging hinter dem Stall ein ganzes Stück weiter, bis zum Zaun einer Weide. Ein Dutzend Pferde und drei oder vier Fohlen grasten und trotteten umher. Matt hielt an, aber nur, weil der Zaun ihn dazu zwang.

Noch immer sah er Carolyn nicht an. „Was wollen Sie?", stieß er hervor.

„Ich weiß nicht, ich dachte nur . . ." Plötzlich kam sie sich ziemlich kindisch vor. Wahrscheinlich wollte er allein sein und sie störte ihn nur.

„Es ist nicht wahr, was sie denken!" rief er.

„Was genau denken sie?"

„Sie haben es gehört."

„Ich weiß, es hat mit fehlenden Rindern zu tun, aber ich weiß auch, daß noch mehr im Spiel ist."

Den Blick weiter auf die Pferde gerichtet sagte er: „Vor etwa einem Monat war ich mit einer kleinen Herde draußen am Stony Creek. Ich bereitete die Auslese vor, und da wir knapp mit Männern waren, war ich allein. Es waren nur etwa fünfundsiebzig Tiere, damit konnte ich für den einen Tag allein fertig werden. Aber nachts überfiel mich jemand, schlug mich nieder, und als ich wieder zu Bewußtsein kam, war die Herde verschwunden. Ohne die geringste Spur. Einige Männer, unter ihnen Laban Stoner, waren mißtrauisch; sie sagten, ich konnte nicht so lange ohne Bewußtsein gewesen sein, daß die Diebe mit der ganzen Herde verschwinden konnten. Aber niemand hörte weiter auf sie — damals. Aber letzte Nacht ist es wieder passiert, und selbst Toliver ist jetzt auf ihrer Seite."

„Sie meinen, letzte Nacht hat Sie jemand überfallen und das Vieh gestohlen?"

„Diesmal war es anders. Ich war nördlich von hier unterwegs, wo die Stoners offene Weiden haben. Ich bin gleich nach dem Tanz hinausgeritten — das war, als ich Sie bei dem Gewitter fand. Ich wußte, ich hätte gleich zur Ranch zurückreiten und Bescheid sagen sollen, daß etwas nicht stimmte. Ich hätte es Ihnen erzählen können, aber ich wollte Beweise. Und jetzt stehe ich noch mehr in Verdacht als damals."

„Was ist geschehen?"

„Ich verbrachte etwa anderthalb Wochen dort oben, um die Tiere nach Bandwürmern zu untersuchen und zu behandeln, falls nötig, um verlaufene Kälber zurückzuholen, den Zaun auszubessern — nun, Sie wissen ja, was so zu tun ist. Ich sah einige Fremde in der Nähe —"

„Am Hügelkamm, nicht wahr?", fragte Carolyn dazwischen.

„Yeah, und nicht weit davon habe ich die Fremden zuletzt gesehen. Deshalb wollte ich nicht, daß Sie allein dort hinaufritten, abgesehen davon, daß der Pfad gefährlich ist. Die Hütte, in der wir waren, ist zwei oder drei Meilen von dort entfernt und etwa zehn Meilen von der Hütte, die ich benutzt habe. Mr. Stoner hat insgesamt vier Hütten an den Grenzen seines Besitzes, alle etwa zehn Meilen voneinander entfernt. Ich suchte die Spuren der Fremden, aber sie sind mir entgangen. Ich ritt einige Male nachts hinaus, um zu sehen, ob ich etwas finden konnte. In der vorletzten Nacht war ich ziemlich erschöpft, also patrouillierte ich nicht — das war sowieso nicht meine Aufgabe, ich tat es nur aus Neugier.

Als ich dann am Morgen wieder hinausritt, fehlte Vieh — hundert Stück oder mehr. Ich habe gestern fast den ganzen Tag gesucht, falls die Tiere sich einfach verlaufen hatten, aber ich wußte, es mußte mehr dahinter stecken. Apachen konnten es nicht gewesen sein."

„Und sie sind einfach verschwunden?"

„Das sage ich ja, aber niemand glaubt mir. Sie denken, ich stecke mit der Bonnell Ranch unter einer Decke, und ich kann nichts beweisen. Zweimal ist Vieh unter meiner Aufsicht verschwunden, und wer immer es war, ist ziemlich geschickt vorgegangen."

„Glauben Sie, jemand hat es auf Sie abgesehen?"

„Natürlich!" kam es wie aus der Pistole geschossen, als ob auch sie ihm nicht glaubte.

„Aber ohne Beweise sieht es ziemlich schlecht für Sie aus, Matt."

„Yeah, und ich werde wahrscheinlich meinen Job verlieren, und dazu wird es sich herumsprechen. Ich werde nie mehr Arbeit finden."

„Es tut mir leid, Matt."

„Glauben Sie mir, Carolyn?" Seine Stimme verriet, daß es ihm wichtig war.

Sie zögerte einen Moment zu lang.

„Warum sollten Sie auch?", sagte er. „Schließlich habe ich zugegeben, daß ich früher Vieh gestohlen habe. Warum sollte ich auch nur versuchen, das endgültig loszuwerden?"

„Nicht daß ich Ihnen nicht glauben will —"

„Vergessen Sie's", sagte er scharf. „Ich war dort draußen, um Vieh zu stehlen."

„Kommen Sie, Matt. Ich bin wenigstens willig, Sie für unschuldig zu halten. Was sonst soll ich denn tun?"

„Vielen Dank", gab er bissig zurück. „Ich erwarte nicht, daß Sie mir glauben; Sie kennen mich kaum. Glauben Sie nur Sean Toliver — den kennen Sie ja wirklich gut."

„Was fällt Ihnen ein!" Carolyn drehte sich um und ließ ihn wütend stehen. „Carolyn, es tut mir leid!" rief er ihr nach.

Aber sie hörte nicht mehr hin. Sie hatte ihm nur helfen wollen wie ein Freund, und er hatte es mit Grobheit vergolten. Vielleicht war er tatsächlich ein Viehdieb. Wie sollte sie das wissen? Sie kannte ihn wirklich nicht. Wenn er unschuldig war, dann sollte er einen Beweis dafür bringen.

Dann dachte sie plötzlich an ihre Mutter, die fälschlich eines Verbrechens angeklagt war und, wie es schien, keine Möglichkeit hatte, ihre Unschuld zu beweisen. Manchmal war die Wahrheit nicht so, wie es schien, ganz gleich, was andere sagten. Vielleicht war sie Matt gegenüber nicht fair gewesen. Es stimmte, sie kannte ihn kaum, aber in jener Gewitternacht war er ihr als wirklich guter Mensch erschienen.

Vielleicht sollte sie Matt noch eine Chance geben. Wahrscheinlich sagte er die Wahrheit, weshalb er an jenem Abend dort draußen gewesen war. Und er war aufrichtig über seine Vergangenheit gewesen, über seinen Konflikt mit dem Gesetz. Wenigstens anhören konnte sie ihn.

Sie ging zurück, aber Matt war verschwunden.

54

Carolyn kehrte ins Haus zurück. Als sie eintrat, begegnete sie Caleb, Laban und Sean, die aus Calebs Arbeitszimmer kamen. Sehr zu ihrer Überraschung sollten Laban und Sean an ihrem gemeinsamen Mittagessen mit Caleb teilnehmen. Es war die erste Mahlzeit, die einer von ihnen im Haus einnahm, seit sie auf der Ranch war. Offensichtlich hatten die Männer das Problem mit dem Viehdiebstahl noch nicht zu Ende besprochen.

Am Tisch kam das Gespräch auf Matt Gentry. Sean war bereit, ihm noch eine Chance zu geben, aber Laban wollte den Mann sofort entlassen.

„Ich glaube nicht, daß er es getan hat", sagte Carolyn plötzlich und wünschte, sie hätte Matt gegenüber denselben Glauben gezeigt.

„Was weißt du von so etwas?", fragte Caleb, der seinen Unwillen über ihre Einmischung in Männersachen kaum verbarg.

„Nur, was ich hier und da so gehört habe", sagte sie. „Und ich habe mehrmals mit Matt gesprochen, und er schien mir ein netter, ehrlicher Kerl."

„Vielleicht weißt du nicht, daß er früher an Viehdiebstählen beteiligt war, bevor er hierher kam", sagte Sean, der plötzlich die Seiten zu wechseln schien. „Ich habe ihm schon mit der Einstellung eine Chance gegeben."

„Ohne mein Wissen oder das Wissen meines Vaters, möchte ich betonen", sagte Laban beißend. „Wir sollten Sie gleich mit hinauswerfen."

„Moment mal!" protestierte Toliver.

Aber Caleb unterbrach mit kühler, ruhiger Stimme. „Was geschehen ist, ist geschehen, und es gibt keinen Beweis gegen den Mann."

„Seit wann kümmern dich Beweise?", zischte Laban.

„Paß auf, was du sagst, Junge." Caleb sah seinen Sohn an.

„Hat deine Enkeltochter jetzt hier das Sagen?", gab Laban zurück.

„Beruhige dich, Laban", warnte Caleb. „Ich will, daß dieser Mann — Gentry, nicht? — hier weiter arbeitet. Wir werden ihn im Auge behalten. Er darf nicht allein arbeiten —" Dann fügte er mit einem Blick zu Carolyn hinzu: „Falls er etwas damit zu tun hat, kann er uns zum Rest der Bande führen, möglicherweise zu Bonnell."

„Soll das heißen, Boss", fragte Toliver, „daß wir nicht zur Bonnell Ranch hinüberreiten und ihnen einen ordentlichen Schrecken einjagen sollen? Ich habe den Jungs gesagt, sie sollen sich bereithalten."

„Es ist nicht mehr so wie früher, Toliver." Caleb schien selbst darüber enttäuscht. „Wir können nicht einfach herumballern oder jemanden am nächsten Baum aufhängen, nur weil wir eine Vermutung haben. Bonnell hat eine Menge der kleinen Rancher hinter sich. Für sie ist er ein Held, wahrscheinlich eine Art Robin Hood."

„Fordere die Schuldscheine ein", sagte Laban. „Sie stehen alle bei dir in der Kreide. Wirf sie aus dem Geschäft."

Caleb schüttelte den Kopf. „Sei nicht dumm, Laban! Ich will dieses Land nicht in ein Schlachtfeld verwandeln, und genau das würde geschehen — ein ausgewachsener Ranchkrieg. Wir müssen die Diebe auf frischer Tat erwischen. Dann sind die anderen Rancher gezwungen, sich von Bonnell loszusagen, denn einen überführten Viehdieb werden sie nicht zu unterstützen wagen. Ich will die Diebe fangen und aufknüpfen, aber nicht, wenn dabei der Friede der ganzen Gegend hier zerstört wird."

„Wann dann?", fragte Laban. „In den letzten sechs Monaten haben wir schon fünfhundert Stück Vieh verloren. Ich würde sagen, es ist höchste Zeit, Bonnell zu stoppen, bevor *er uns* aus dem Geschäft wirft!"

„Halt deinen Hitzkopf unter Kontrolle. Wir werden die Schurken auf meine Art kriegen, hörst du?" Caleb wandte sich an Sean. „Lassen Sie Gentry etwas Luft, lassen Sie ihm genug Zügel, daß er sich daran aufhängt, verstehen Sie?"

„Okay, Boss."

„Ist es nicht Zeit, daß die Herde im Süden hinaufgetrieben wird zu den Weiden am Buck Canyon?", fragte Caleb.

„Nun, Boss, Laban und ich haben schon darüber gesprochen, und wir waren nicht gerade begeistert vom Gras dort oben. Es ist diese Saison nicht besonders. Wir dachten, Duff's Valley östlich davon wäre besser."

„Gut. Schicken Sie Gentry mit. Lassen Sie ihm genug Zeit allein mit der Herde. Nehmen Sie weniger Männer mit, wenn's sein muß. Wir werden ja sehen, was passiert."

Nach dem Essen versuchte Sean, einen Augenblick mit Carolyn allein zu sein, als Caleb und Laban vor ihnen das Eßzimmer verließen. Obwohl er sie wie immer begehrlich ansah, war da noch etwas anderes in seinen Augen, das sie nicht ganz verstand — Ernst vielleicht — *tödlicher Ernst*. Und er war begleitet von einer gewissen Härte in seiner Stimme.

„Weshalb hast du plötzlich so ein Interesse für Matt Gentry?", fragte er.

„Ich sagte schon, er macht einfach keinen unehrlichen Eindruck —"

„Er hat etliche Unehrlichkeiten seiner Vergangenheit zugegeben."

„Kann ein Mann sich nicht ändern?"

„Sicher, aber damit ist meine erste Frage nicht beantwortet — warum dich das so interessiert."

„Ich mag ihn einfach und möchte nicht, daß er in Schwierigkeiten gerät, das ist alles."

„Bist du sicher?"

„Sean, ich glaube, du bist eifersüchtig!"

„Vielleicht bin ich das. Ich kann es nur nicht leiden, wenn mir jemand ins Gehege kommt."

Carolyn wurmte es, sich als ‚Gehege' betrachtet zu sehen, aber zugleich war sie erstaunt darüber, daß Sean ihretwegen eifersüchtig sein konnte. Ein anderes Mädchen hätte diese Lage vielleicht ausgenutzt und ihn noch etwas mehr provoziert, aber dieser Gedanke kam Carolyn gar nicht. Und selbst wenn, hätte sie nicht gewußt, wie sie das anstellen sollte, denn mit diesen weiblichen Waffen hatte sie nie umgehen gelernt.

„Sean, es gibt absolut überhaupt nichts zwischen mir und Matt. Ich bin ja nicht einmal sicher, ob es etwas zwischen dir und mir gibt."

„Darüber haben wir doch schon geredet."

„Nichts hat sich geändert."

Er tätschelte ihre Wange. „Du bist ganz anders, Carolyn. Ich muß sogar sagen, ich habe noch nie jemanden wie dich kennengelernt."

Sie hätte nicht sagen können, ob das ein Kompliment sein sollte. Und Sean gab ihr nicht die Möglichkeit zu fragen, denn er stand plötzlich auf und verließ das Eßzimmer. Und wie üblich blieb Carolyn mit offenem Mund und wirren Gedanken zurück.

55

Das Gericht trat am Montag Morgen wieder zusammen, und Doc Barrows wurde in den Zeugenstand zurückgerufen und von Jonathan zu Leonhards Schußwunde befragt. Das ging eine ganze Weile, bis die Anklage Einspruch erhob, weil das Kreuzverhör zu nichts führe. Jonathan erklärte, er wollte den Geschworenen klar machen, daß die Annahme, Leonhard sei von hinten erschossen worden, nichts als das war — eine bloße Annahme.

„Das ist in der früheren Verhandlung als Tatsache anerkannt worden", argumentierte der Staatsanwalt.

„Diese Verhandlung ist ungültig", unterstrich Jonathan. „Der Zweck des gegenwärtigen Verfahrens ist doch gerade, die Fehler des früheren gutzumachen. Es hat in diesem Punkt nie einen Beweis gegeben außer dem Wort des guten Doktors hier und die Aussage des feindseligsten aller Zeugen, Caleb Stoner. Wir können die Art der Wunde nicht als Tatsache anerkennen, ohne daß uns der geringste Beweis vorgelegt wurde."

„Da ist auch die Zeugenaussage von Sheriff Pollard", sagte Fuller.

„Ja, der Sheriff ... dessen Stellung von Caleb Stoners Gnade abhing."

„Nun machen Sie aber mal 'nen Punkt!" rief Pollard von seinem Platz unter den Zuschauern aus. „Wollen Sie mich einen Lügner nennen?"

Der Richter schlug mit seinem Hammer auf den Tisch. „Wir werden diesen Prozeß der Ordnung nach führen", sagte er. „Ich dulde keine Zwischenrufe von den Zuschauern."

Jonathan sprach ruhig weiter und ignorierte Pollard. „Wir wollen das üble Schauspiel von vor neunzehn Jahren hier nicht wiederholen. Die Grundlage dieser Verhandlung müssen Fakten sein, nicht bloße Aussagen von Zeugen, deren Objektivität wegen der engen Verbindung zu den betroffenen Personen in Frage gestellt werden muß."

„Haben Sie solche Fakten?", fragte der Richter.

„Ich muß das Gericht daran erinnern, daß die Beweislast bei der Anklage liegt", erwiderte Jonathan mit übertriebenem Respekt.

„Dann lassen Sie uns weitermachen", sagte der Staatsanwalt schneidend.

Ohne neue Beweise mußte Jonathan einfach versuchen, die sogenannten Fakten des ersten Prozesses als zweifelhaft zu erschüttern.

Am Dienstag schloß die Anklage ihre Präsentation des Falles mit zwei Überraschungen ab. Der Staatsanwalt rief seinen letzten Zeugen auf und sagte dabei selbstgefällig: „Sie steht in keinerlei enger Verbindung mit einer der betroffenen Personen."

Es war Eufemia Mendez.

„Senora Mendez", fragte Fuller, „können Sie dem Gericht bitte sagen, was Sie in Stoner's Crossing tun und was Sie dort vor neunzehn Jahren getan haben?"

„Ich bin die Besitzerin der La Rosa Bar. Vor neunzehn Jahren war ich dort angestellt."

„Als Angestellte ... das würde heißen, als Saloonmädchen?"

„Ja."

„Kannten Sie den verstorbenen Leonhard Stoner?"

„Er war ein Kunde."

„Ein häufiger Gast?"

„Nicht häufiger als die meisten Männer der Stadt. Die meisten unse-

266

rer Kunden sind Mexikaner, aber auch die Gringos kommen zu uns, um mal etwas anderes zu sehen."

„Sie unterhielten also lediglich eine geschäftliche Beziehung mit ihm?"

„Ja, natürlich."

„Er hat Ihnen nie von persönlichen Angelegenheiten erzählt?"

„Manchmal tat er das, wie alle Männer. Wissen Sie, ein starkes Getränk löst die Zungen. Senor Stoner war da keine Ausnahme."

„Erinnern Sie sich an ein solches persönliches Gespräch mit Mr. Stoner?"

„Ich erinnere mich wegen der späteren Geschichte und weil ich im ersten Verfahren aussagen mußte. Meistens beklagte er sich über seine unglückliche Ehe. Er sagte, er könnte nie genau wissen, ob ihr Kind von ihm war. Das beunruhigte ihn natürlich sehr. Ich erinnere mich an alle Einzelheiten des Gesprächs, aber ich hatte wenig Zweifel, daß der arme Mann betrogen worden war."

„Danke, Senora Mendez."

Selbst Carolyn fiel die Taktik des Staatsanwalts auf, einen Zeugen genau dann zu entlassen, wenn ein solches Wort in den Ohren der Geschworenen nachhallte: *betrogen.*

Und wegen Eufemias kühlen, zurückhaltenden Auftreten konnte Jonathan wenig tun, um ihrer Aussage den Nachdruck zu nehmen. Er entschied sich für ein anderes Vorgehen.

„Senora Mendez, Sie sagten, Sie waren zur Zeit von Leonhard Stoners Tod eine Angestellte der Bar. Wer war der damalige Besitzer?"

„Alvarez Domingo."

„Er hat Sie für Ihre Dienste bezahlt?"

„Ja."

„Sie scheinen intimes Wissen über die Eheprobleme eines bloßen Kunden zu haben, aber Sie sagten, Sie hatten keine Ahnung, daß Mr. Domingo damals kurz vor dem Bankrott stand?"

„Oh ja, jetzt, wo Sie es erwähnen, es gab damals Gerüchte."

Jonathan lächelte. „Muß ihrem untadeligen Gedächtnis entfallen sein."

Eufemia errötete flüchtig, und der Staatsanwalt brummte mürrisch.

Jonathan fuhr fort: „Ich habe hier schriftliche Beweise über Mr. Domingos finanzielle Lage, die ich zwischen alten Bankunterlagen fand." Mangels eines besseren Beweises hatten Jonathan und Sam eine Menge Zeit damit verbracht, den Hintergrund der damaligen Zeugen aufzuhellen. „Tatsache ist, daß die Bar kurz davor stand, an den Besitzer einer Schuldverschreibung zu fallen — Caleb Stoner. Das wußten Sie nicht, Senora Mendez?"

„Jeder weiß, daß Caleb Stoner alles in und um Stoner's Crossing kontrolliert."

„Wer ist gegenwärtig im Besitz des Schuldscheins?"

Sie zögerte, bevor sie antwortete: „Caleb Stoner."

„Keine weiteren Fragen", sagte Jonathan und setzte sich.

Die letzte Überraschung des Tages bestand darin, daß der Staatsanwalt seine Einvernahme der Zeugen abschloß, ohne Caleb Stoner aufgerufen zu haben. Wenigstens für Carolyn war das eine Überraschung. Jonathan sagte, er hatte das erwartet, weil Caleb zu sehr mit den Ereignissen verflochten war, um als objektiv anerkannt zu werden, und Fuller war klar, daß Jonathan das gegen Caleb benutzen würde. Jonathan selbst hatte sich noch nicht entschieden, ob er Caleb als Zeugen aufrufen sollte. Für die Verteidigung war es immer ein Risiko, einen feindseligen Zeugen vorzuladen.

Obwohl es erst Dienstag war, vertagte der Richter die Verhandlung auf die folgende Woche, weil er sich um andere Fälle in seinem Arbeitsgebiet kümmern mußte.

Als Sam vorschlug, gegen die Vertagung zu protestieren, erinnerte Jonathan daran, daß eine Vertagung nur zu ihren Gunsten war.

„Das ist nichts Ungewöhnliches", sagte Jonathan, „besonders, wenn man mit einem herumreisenden Richter arbeitet. Selbst in den Städten kommen bei Gericht immer wieder Unterbrechungen vor. Wir müssen nur geduldig sein und stets daran denken: Die Gerechtigkeit kommt gewiß, auch wenn sie langsam kommt."

„Schätze, in solchen Situationen lernt man Geduld", sagte Sam, „und ich habe das am allernötigsten."

Carolyn wollte das im Gedächtnis behalten, als sie ihre Mutter zum Abschied küßte und zusah, wie der Sheriff sie abführte. Ein Aufschub mochte der Sache helfen, aber ihrer armen Mutter konnte er nicht gut tun. Sie mußte Nacht für Nacht in einer Gefängniszelle verbringen. Und Geduld gehörte nun einmal nicht zu Carolyns Tugenden.

Teil XII

Ein geheimnisvoller Ankömmling

56

Carolyn wußte, sie durfte sich nicht ablenken lassen. Matt Gentry konnte nicht nur für sich selber sorgen, er würde auch die Hilfe eines Mädchens gar nicht annehmen. Als sie jedoch an diesem Tag von Leander zurückkam und hörte, daß Vieh nach Duff's Valley getrieben werden sollte, wäre sie am liebsten mitgeritten. Und da sie im Moment absolut nichts für ihre Mutter tun konnte, sprach eigentlich auch nichts dagegen.

Sam und Mr. Barnum hatten mit allen in der Stadt gesprochen, die auch nur im entferntesten etwas mit dem Mord zu tun gehabt hatten, und Carolyn traute den beiden dabei mehr zu als sich selber. Sie hatte wieder und wieder versucht, Caleb zu einem Gespräch mit ihnen zu bewegen, aber er hatte sich hartnäckig geweigert. Diese Verzögerungen machten sie vor Hilflosigkeit und Langeweile ganz verrückt; sie mußte sich irgendwie beschäftigen.

Also entschloß sich Carolyn, am nächsten Tag am Viehtrieb teilzunehmen. Natürlich verbot es Caleb und drohte ihr sogar, sie auf ihrem Zimmer einzuschließen. Aber Carolyn bewies ihre Herkunft aus der Stonerfamilie einmal mehr, indem sie nicht nachgab.

„Erst redest du davon, mir die Ranch zu hinterlassen, Großvater, und dann wirst du wütend, wenn ich mich wie ein Rancher verhalte. Einen Enkelsohn wirst du nicht mehr haben, also nimm mich so, wie ich bin und verlaß dich drauf, wenn ich jemals diese Ranch führen sollte, dann werde ich mich auch selber um sie kümmern."

Ihr Argument verschlug Caleb die Sprache. Er schüttelte den Kopf, warf die Hände in die Luft und schwieg. Aber er bestand schließlich darauf, sie zu begleiten.

„Ich glaube wirklich nicht, daß das nötig ist", sagte Carolyn.

„Erzähl mir nicht, daß deine Mutter dich nachts mit den Cowboys allein gelassen hat!" Er sprach, als sei das ein beinahe ebenso verabscheuungswürdiges Verbrechen wie dasjenige, für das Deborah im Gefängnis saß.

„Nein", gab Carolyn zu. „Es war wohl immer jemand dabei, sie selber oder Griff. Aber Großvater, ist das nicht zu anstrengend für dich? Du warst erst vor kurzem krank."

„Ich bin noch bein zittriger Greis, junge Dame."

Den Männern, Gentry und zwei anderen, war nicht wohl bei dem

Gedanken, ihren Patron und seine Enkelin bei sich zu haben. Nie hatten sie bei einem Viehtrieb eine Frau dabei gehabt, aber Carolyn machte sich nützlich, indem sie sich um die zwanzig Pferde kümmerte, die ebenfalls weggebracht wurden. Die Männer konnten sich ganz auf die Viehherde konzentrieren.

Das Vieh hatte in der Nähe des ausgetrockneten Flußbetts geweidet, genau dort, wo Sam vor Wochen versucht hatte, auf die Ranch zu gelangen. Nicht nur war das Gras fast aufgebraucht, auch die einzige Wasserquelle der Gegend, ein kleiner Teich, war inzwischen beinahe ausgetrocknet. Das Gewitter vor kurzem hatte den ersten Regen seit Monaten gebracht, und der hatte nicht genügt, den Teich wieder zu füllen. Duff's Valley etwa dreißig Meilen nordwestlich war die ganze Saison über ungenutzt geblieben, die Weiden waren fett und Wasser gab es reichlich. Es dauerte drei Tage, das Vieh dorthin zu treiben, und Caleb und Carolyn schlossen sich dem Viehtrieb am zweiten Tag an.

In dieser Nacht ruhte die Herde nicht weit vom Lager auf einem kleinen Hügel. Die Wache war in drei Schichten eingeteilt. Gewöhnlich waren mehr Leute dabei, aber für eine kleine Herde von nur fünfhundert Tieren und einen Weg von bloß dreißig Meilen ging es auch so. Carolyn erbot sich, die Wache zu übernehmen, während die Männer vor der ersten Nachtschicht zu Abend aßen. Das war etwa um acht Uhr.

Die Männer wußten nicht recht, was sie sagen sollten, aber sie erlaubten es ihr, als Caleb die Augen rollte und sagte: „Streitet nicht mit ihr, Jungs, sie hat den Kopf eines Maultieres."

„Zu viel Stonerblut, meinst du!" zog sie ihn auf; dann ritt sie zur Herde.

Die Männer waren froh um die Pause. Mit dieser kleinen Besatzung mußte sonst immer einer der Männer auf die Mahlzeit mit den anderen verzichten und eine längere Schicht schieben. Auf diesem kurzen Trieb wurde kein Verpflegungswagen mitgenommen. Jeder hatte sein getrocknetes Rindfleisch und seinen harten Zwieback dabei. Nur Kaffee wurde frisch über dem Lagerfeuer gekocht.

Gerade als die Sonne hinter dem Hügelkamm verschwand, an dem Carolyn in der Gewitternacht gewesen war, wurde sie von einem der Männer abgelöst und konnte selber zu Abend essen. Matt begrüßte sie im Camp mit einer Tasse heißem Kaffee, und sie machte es sich mit den anderen am Feuer bequem. Es war eine warme Nacht, und das Feuer verbreitete eine heimelige Atmosphäre.

Die Männer verfielen in leises Geplauder, erzählten Geschichten, und Carolyn fühlte sich sicher und geborgen. Selbst Caleb beteiligte sich am Gespräch und erzählte von seinen Erlebnissen während der großen Viehtriebe in den 70er Jahren. Und sogar die erfahrenen Cowboys lauschten andächtig seinen Geschichten von außer Kontrolle geratenen Herden und Indianerüberfällen.

„Ich werde euch mein schrecklichstes Erlebnis erzählen", sagte Caleb, „und es war kein Indianerüberfall — es war nicht einmal während eines Viehtriebs. Es geschah vor vielen Jahren, als ich noch sehr viel jünger war. Ich ritt im Winter zum Buck Canyon und mußte Löcher ins Eis schlagen, so daß das Vieh trinken konnte. Einer der schlimmsten Wirbelstürme meines Lebens tobte, und ich konnte mich nicht zur Hütte durchschlagen. Mein Pferd erfror praktisch unter mir, und ich wußte, wenn ich nicht schnell etwas unternahm, würde ich auch sterben. Ich nahm also mein langes Messer, schlitzte das Pferd damit auf, glücklich, daß sein Inneres noch vor Wärme dampfte. Ich nahm die Eingeweide heraus, so gut ich konnte, schlüpfte hinein und wartete auf das Ende des Sturms, das Gott sei Dank schon eine oder zwei Stunden später kam. Ich war blutig wie ein Baby bei der Geburt. Nein, es gibt nichts Schrecklicheres als das texanische Wetter, wenn man es gegen sich hat."

„Das war eine kluge Idee, Boss", kommentierte Gentry.

„Darum geht es immer, wenn man überleben will", sagte Caleb.

„Genau", sagte Gentry, „und wenn ich diesen Viehtrieb überleben will, schlafe ich jetzt besser eine Runde, bis ich mit der Wache dran bin."

Schließlich legten sich die Cowboys an einem Ende des Lagers nieder und Carolyn am anderen, mit Caleb irgendwo in der Mitte wie eine pflichtbewußte Anstandsperson. Carolyn döste sofort ein, aber sie erwachte mitten in der Nacht und konnte nicht wieder einschlafen. Bevor sie einfach auf dem harten Boden herumlag, wollte sie lieber aufstehen. Sie sattelte ihr Pferd, während Caleb und die beiden Cowboys schliefen, und ritt hinaus zur Herde, langsam und sachte, um die Tiere nicht zu erschrecken.

Der Mond war viertel voll, er warf eben genug Licht, um die friedliche Herde sichtbar zu machen, während in der Ferne eine leise, traurige Melodie gepfiffen wurde.

Carolyn kannte das Lied, sie hatte es auf der Windreiter Ranch oft singen hören.

Oh das Leben des Cowboys ist wie das Leben des Winds,
Wenn er reitet über die weite Prärie,
Und ein Lied auf den Lippen den Regen anlacht.

Dann nahm die Stimme Matt Gentrys das Lied auf, das die Cowboys sangen, um die Herde zu beruhigen.

Oh das Leben des Cowboys ist wie das Leben der Flamme,
Wenn er reitet über die weite Prärie,
Wenn der Coyote heult und er vergeblich träumt.
Oh das Leben des Cowboys ist ein Leben des Staubs,
Und wenn er auch lacht über jede Gefahr,
Weint denn niemand eine Träne ihm nach
Auf dem letzten, langen Ritt?

Niemand konnte mehr Selbstmitleid haben als ein Cowboy, und vielleicht hatte auch niemand mehr Grund dazu. Das Leben eines Cowboys war wirklich ein Leben härtester Mühen. Aber die meisten Cowboys würden es gegen nichts tauschen, auch wenn sie mehr klagten und schimpften als alle anderen Männer.

Carolyn lächelte, als sie an all die Cowboys dachte, die sie kannte: Griff, Longjim, Slim, Matt, Sean und viele andere. Selbst Caleb hatte heute Abend mit seinen Geschichten am Lagerfeuer gezeigt, daß er im Herzen ein Cowboy war. Und Carolyn konnte sich nicht helfen, sie beneidete sie alle. Wie sehr sie sich auch anstrengen mochte, dieses besondere und gefährliche Leben würde einer Frau wahrscheinlich niemals möglich sein.

Carolyn seufzte. Wie oft hatte ihre Mutter sie zu überzeugen versucht, daß das Leben einer Frau auch seine Vorzüge hatte. „Die Männer scheinen den ganzen Spaß für sich zu haben, Carolyn", sagte sie dann, „und dazu noch den ganzen Ruhm. Aber die Frauen sind das Herz und die Seele des Lebens hier draußen. Der Hahn mag noch so viel krähen", fügte sie dann grinsend hinzu, „die Eier werden doch von der Henne gelegt. Vielleicht sind die Frauen die unbesungenen Helden, aber das ganze Leben im Westen würde ohne sie in Sekundenschnelle zusammenbrechen."

Tief in Gedanken versunken merkte Carolyn nicht, daß die Melodie näher kam. Als sie sich schlißlich wieder ihrer Umgebung zuwandte, stand Matt Gentry schon fast vor ihr.

„Hallo Matt", sagte sie leise, so daß nur er es hören konnte, aber die Herde nicht erschreckt wurde.

„Was machen Sie um diese Zeit hier draußen?" Matt ritt neben sie.

„Konnte nicht schlafen."

„Ich werde nicht nur wegen Viehdiebstahls angeklagt werden, sondern auch, weil ich den Ruf einer jungen Lady ruiniert habe!"

„Seien Sie nicht dumm!" sagte Carolyn. „Außerdem schnarcht mein Großvater wie ein Braunbär. Ich glaube, nichts könnte ihn jetzt wekken."

„Weshalb sind Sie hier, Carolyn?"

„Konnte nicht schlafen, hab' ich doch schon gesagt."

„Ich meine, warum Sie bei diesem Viehtrieb dabei sind."

Carolyn blickte auf die Herde. Sie wollte ihm nicht die Wahrheit sagen, weil sie so überheblich klang, so aufdringlich. Aber da er seit ihrer letzten Begegnung ohnehin eine ziemlich schlechte Meinung über sie haben mußte, hatte sie mit Ehrlichkeit nichts zu verlieren.

„Es tut mir leid wegen neulich, Matt. Ich dachte, ich könnte es wieder gut machen, Ihnen irgendwie helfen."

„Hier draußen?"

„Vielleicht ist Ihnen das nicht klar, aber es gibt einen Grund, weshalb Sie nicht entlassen wurden."

„Ich dachte mir, sie warten darauf, daß ich sie zu den anderen Viehdieben führe."

Carolyn nickte. „Und das beunruhigt Sie nicht?"

„Vielleicht *kann* ich sie ja zu ihnen führen — zu den wirklichen Dieben. Jedenfalls, wenn die Schurken noch einmal versuchen, mir was anzuhängen, werde ich vorbereitet sein."

„Nun, vielleicht ist es gut, jemanden auf Ihrer Seite zu haben, falls etwas passiert, damit er Ihre Version bezeugen kann."

„Sie?"

„Würde es denn sonst jemand tun?"

Gentry kicherte und sah Carolyn dann offen an. „Ich habe noch nie jemanden wie Sie getroffen, Carolyn."

Sean hatte neulich fast das gleiche zu ihr gesagt. Irgendwie klang es aus Matts Mund anders, mehr wie ein Kompliment.

„Also wollen Sie mein Kindermädchen spielen, wo immer ich auch hingehe?", fragte er nach kurzem Schweigen. Dann lächelte er. „Wenn ich es so bedenke, es ist schon ironisch."

„Weil ich nur ein Mädchen bin?"

„Nein! Nicht deswegen. Es ist nur, daß ... nichts. Vergessen Sie's. Ich bin dankbar für Ihre Hilfe, aber ich will Sie nicht von Ihrer eigentlichen Aufgabe abhalten. Ihre Mutter hat Vorrang."

„Ich weiß, und ich weiß in beiden Fällen nicht, wie ich helfen soll. Um die Wahrheit zu sagen, ich weiß nicht mehr, was ich für meine Mutter tun kann. Jetzt, wo sie diesen berühmten Anwalt aus dem Osten hat."

„Ich kann gerade jetzt etwas Hilfe gebrauchen. Haben Sie schon mal auf eine Herde aufgepaßt?"

„Yeah, wir reiten in entgegengesetzten Richtungen um die Herde herum, um Ausreißer einzufangen und sicher zu sein, daß die Tiere ruhig bleiben."

„Okay, reiten wir." Er hob die Zügel, hielt aber inne und fügte hinzu: „Es kann auch nicht schaden, auf ... irgend etwas Ungewöhnliches hier draußen zu achten."

„Das habe ich auch gedacht."

Nichts ,Ungewöhnliches' geschah in dieser Nacht. Vielleicht wußten die Viehdiebe, daß Matt nun besonders wachsam sein würde. Carolyn war enttäuscht, denn sie hatte gehofft, den Verdacht gegen Matt ein für allemal aus dem Weg räumen zu können. Aber der Viehtrieb sollte noch einen Tag und eine Nacht länger dauern.

57

Carolyn schlüpfte wieder in ihren Schlafsack, als alle noch schliefen. Matt und sie waren sich einig, daß besser niemand erfahren sollte, daß sie draußen bei ihm gewesen war. Die Viehdiebe würden nie etwas unternehmen, wenn sie nicht davon ausgingen, daß er allein war. Gar nicht zu reden von Calebs Reaktion, wenn er es erführe.

Der nächste Tag wurde sehr schön. Eine steife Brise vertrieb die Sommerhitze ein wenig, und da sie von Nordwesten kam, trug sie auch die Staubwolken davon. Sie hielten etwa eine halbe Meile vor dem Hügelkamm, an den Carolyn in jener Gewitternacht gelangt war. Es war in diesem flachen Land eine beachtenswerte Erhebung, aber sie hatte erfahren, daß hier auch das texanische Hügelland begann.

„Wir benutzen Buck's Canyon da oben nur ab und zu", kommentierte Matt, der ihrem Blick gefolgt war. Gewöhnlich gibt es dort genug gutes Gras. Eigentlich weiß ich gar nicht, warum wir die Herde nicht dort oben weiden lassen. Seit zwei Jahren hat dort keine Herde mehr geweidet, und das Gras muß viel besser sein als am Duff's. Auch das Wasser. Und es ist nicht so weit."

„Sean sagte, das Gras sei dort nicht gut", sagte Carolyn.

„Das ist komisch. Aber gut, er ist der Vorarbeiter."

An diesem letzten der drei Tage waren die Männer hundemüde. Keiner hatte eine Nacht durchgeschlafen, seit sie aufgebrochen waren. Auch Caleb war erschöpft, denn er war seit Jahren nicht mehr so lang an einem Stück im Sattel gesessen. Als Carolyn von ihrer Wache während des Abendessens zurück in das kleine Camp ritt, waren die Männer ziemlich still. Einer der Jungs spielte ein Weilchen auf seiner Mundharmonika, aber niemand mochte singen, und bald gab er es auf. Es dauerte nicht lange, und Matt stand auf, streckte sich, und sagte, er gehe schlafen. Er hatte die letzte Wache der Nacht und konnte sich jetzt sechs Stunden lang hinlegen.

Auch Caleb sah aus, als wollte er schlafen gehen, aber er wartete, bis der andere Cowboy sich in seinen Schlafsack gewickelt hatte. Caleb war entschlossen, auf Carolyn aufzupassen. Aber Carolyn war überhaupt nicht müde. Im Gegenteil fühlte sie eine merkwürdige innere Aufregung, als ob sie etwas erwartete. Sollten die Viehdiebe diese Nacht auftauchen? Oder würde etwas anderes geschehen? Sie mußte sich eingestehen, daß dieses komische Gefühl den ganzen Tag über immer stärker geworden war. Vielleicht wollte sie auch nur, daß etwas geschah.

Carolyn sagte Caleb brav Gute Nacht und legte sich hin.

Aber sie konnte nicht einschlafen, und das Schnarchen der Männer hielt sie erst recht wach. Schließlich stand sie leise auf. Sie wünschte, daß Matt jetzt Wache hätte. Wenn er dran war, würde sie wahrscheinlich doch noch schläfrig sein.

Sie sattelte ihr Pferd und führte es leise vom Lager weg, bevor sie aufstieg. Sie ritt auf die ruhende Herde zu und wollte die Zeit mit dem Cowboy verbringen, der gerade Wache hatte. Dann zog der Hügelkamm, der im silbernen Mondlicht leuchtete, ihre Aufmerksamkeit auf sich. Der Himmel war in dieser Nacht sehr klar, und das Mondlicht war ziemlich hell. Was war mit diesem Ort, der sie anzog? War es nur die Ehrfurcht der Texaner vor hochgelegenen Orten und vor Bäumen, die in diesem Land so selten vorkamen? Oder steckte mehr dahinter?

Der Pfad, der den Hügel hinaufführte, war nicht schwer zu finden. Sie hatte dichtes Gestrüpp und Unterholz erwartet, aber der Pfad war kaum zugewachsen. Vielleicht gab es weiter oben mehr Hindernisse. Jedenfalls ritt sie vorsichtig weiter. Ihre Mühe würde belohnt werden, dachte sie, wenn sie oben wäre und das ganze Tal überblicken konnte.

Etwas begann sie zu beunruhigen. Matt sagte, sie hätten das Tal seit zwei Jahren nicht mehr als Weide genutzt ... aber warum war der Pfad dann nicht mehr überwuchert? Er war sogar ziemlich ausgetreten, fast als ob –

Carolyn stieg rasch ab. Sie kniete nieder und sah sich den Pfad genauer an. Mit Sicherheit war er erst vor kurzem benutzt worden. Und zwar nicht nur von Pferden. Vieh war hier entlang getrieben worden, und zwar in der Woche nach dem Gewitter. Der Pfad war von Viehmist übersät.

Sie sprang wieder aufs Pferd. Wenn ihr Verdacht begründet war, hätte ihr gesunder Menschenverstand Carolyn sagen müssen, daß sie zurück zum Camp reiten und die Männer holen mußte. Aber sie war zu aufgeregt, um nachzudenken. Außerdem, falls die Diebe diesen Weg benutzten, um Vieh wegzutreiben, wäre es dumm von ihr, sie zu warnen, indem sie gleich mehrere Cowboys hierher führte. Besser sie vergewisserte sich allein und in aller Ruhe, bevor sie die anderen alarmierte. Wenn nur Matt da wäre!

Sie ritt entschlossen weiter. Waren die Diebe jetzt in der Nähe? Hatten sie hier irgendwo ein Versteck? Warum hatte niemand daran gedacht, hier einmal nachzusehen?

Als sie weiterritt, konnte sie sehen, wie hervorragend geeignet dieser Ort für Viehdiebe war. Das Gelände war weitläufiger als es schien und schwerer zu überschauen. Es waren mehrere Hügelketten mit Wiesen dazwischen, die hinter Anhöhen verborgen lagen. Das wäre nicht der naheliegendste Ort, an dem man suchen würde, besonders wenn man die Gegend nicht kannte. Aber die Stoners kannten diese Gegend mit Sicherheit sehr gut.

Vielleicht irrte sie sich also, vielleich gab es hier doch kein Versteck. Die Hügelketten mochten noch eine Meile weit reichen, vielleicht weiter, das konnte sie in der Dunkelheit nicht sehen. Aber warum sollte jemand gestohlenes Vieh hier hereintreiben, wenn er es doch auf dem gleichen Weg wieder heraustreiben mußte? Wenn Bonnell das Vieh stahl, konnte er hier die Brandzeichen ändern. Dann konnte er die Tiere als seine eigenen wieder auf die offenen Weiden führen.

Aber damit war die bohrendste Frage noch nicht beantwortet: Wie konnten sie glauben, damit praktisch unter Caleb Stoners Augen durchzukommen? Natürlich mußten diese Hügel abgesucht worden sein.

Carolyns Gedanken wurden plötzlich von einem scharfen Geräusch unterbrochen. Auch Tres Zapatos hörte es und schnaubte nervös.

„Ruhig, Mädchen."

Carolyn schluckte, ihr Puls flog. Dort draußen war jemand. Und wer immer es war, mußte sie gesehen haben, denn sie hatte sich nicht versteckt. Die Viehdiebe? Oder derjenige, der schon einmal auf sie geschossen hatte? Wo war sie hier nur hineingeraten? Beinahe konnte sie Griff die Hände über dem Kopf zusammenschlagen sehen über ihre ‚verdammte Neugier'. Es war zu spät, auf diesem Pfad zu fliehen, aber sie lenkte ihr Pferd trotzdem um. Vielleicht wollte der Jemand dort draußen so wenig erkannt werden wie sie. Vielleicht konnte sie einfach umkehren und —

„Keine Bewegung!" Die Stimme kam wie ein dumpfer Schuß aus der Dunkelheit.

„Okay!" antwortete sie. „Nicht nervös werden, ich rühre mich nicht." Vorsichtig und geräuschlos faßte sie in ihre Satteltasche, um ihre Waffe hervorzuholen.

„Sie können wohl nicht hören!" Ein Colt wurde gespannt, und Carolyn erstarrte mit der Hand in der Satteltasche.

Eine Gestalt trat näher, blieb aber im Schatten eines Busches verborgen. Carolyn versuchte, das Gesicht des Fremden zu erkennen, aber es war unter einem großen Sombrero versteckt.

„Ich bin nicht bewaffnet", sagte Carolyn und hielt ihre leeren Hände in die Höhe. „Warum stecken Sie Ihre Waffe nicht ein, dann können wir uns friedlich unterhalten."

„Steigen Sie ab — und schön langsam."

Carolyn gehorchte.

„Ja", sagte der Mann, „ich möchte auch mit Ihnen reden — wie ein Freund. Der Colt hier sollte Sie nur vor Dummheiten bewahren. Ich habe Sie für jemand anderen gehalten."

„Für wen denn?"

„Das spielt keine Rolle."

Carolyn sah die Waffe an. „Werden Sie das Ding nun wegstecken?"

Er steckte sie ins Halfter und trat einige Schritte aus dem Schatten. Carolyn konnte ihn noch immer nicht deutlich sehen, nur daß er dunkle Haut hatte, schwarzes Haar und einen großen Schnurrbart, der beinahe ganz seinen Mund verbarg. Wahrscheinlich war er Mexikaner oder Mulatte, das konnte sie nicht sagen. Aber sein Aussehen war weniger wichtig als etwas anderes: War er einer der Viehdiebe?

„Wer sind Sie?", fragte Carolyn.

„Ich habe viele Namen. Santiago ist einer davon."

„Was tun Sie hier oben?"

„Das könnte ich Sie auch fragen."

„Ich suche Viehdiebe."

Er sah sie mißtrauisch an und warf den Kopf zurück, so daß sie sein Gesicht besser sehen konnte. Er war ein dunkler, gutaussehender Mann um die Vierzig und sehr wahrscheinlich Mexikaner. Sein Bart hinderte sie daran, seinen Gesichtsausdruck zu deuten, aber seine Augen, die im Mondlicht dunkel strahlten, waren weder hart noch kalt. Sie waren nicht gerade freundlich, aber sie ängstigten sie auch nicht. Was auch immer er sonst war, dieser Mann schien vernünftig.

„Komisches Land, wo ein Mädchen Viehdiebe jagt", sagte er.

„Mich hat niemand geschickt, ich bin nur — ach, vergessen Sie's, es ist nicht wichtig. Wichtig ist: habe ich gefunden, wonach ich suchte?"

„Aha, Sie fragen sich, ob ich ein Viehdieb bin?" Der Schnurrbart bewegte sich, als ob er lächelte. „Meine Antwort überrascht Sie vielleicht."

„Und?"

„Sie sind ein mutiges Mädchen, hier draußen so mit einem fremden Mann zu reden."

„Welche Wahl habe ich denn? Außerdem hat man mir nie beigebracht zu zittern und in Ohnmacht zu fallen wie eine zarte Lady. Meine Ma hat mir eine Menge beigebracht, aber das nicht."

„Ihre Mutter . . . ah."

Carolyn wußte nicht, was sie von dieser Reaktion halten sollte, und da seine Augen wieder im Schatten lagen, konnte sie nichts darin lesen. „Was führt Sie in diese Gegend, Mister?"

„Kommen Sie mit, ich erkläre Ihnen alles." Er drehte sich um und ging ein paar Schritte, als ob er erwartete, daß sie ihm folgte. Als sie sich nicht rührte, sagte er: „Wenn ich Ihnen etwas tun wollte, hätte ich dazu in der letzten Stunde viele Gelegenheiten gehabt. Auf Ihrem Pferd gaben Sie ein ziemlich gutes Ziel ab."

Das stimmte. Außerdem war Carolyn überaus neugierig auf diesen Fremden geworden, der aus dem Nichts erschien, sie nicht weiter bedrohte und, besonders merkwürdig, nicht einmal gefragt hatte, wer sie war. Sie konnte nicht glauben, daß er ein Viehdieb war, der sie in eine Falle locken wollte. Als Tras Zapatos auf den Fremden zuging, dachte sie dennoch mit Bedauern an die Waffe, die nutzlos in ihrer Satteltasche steckte.

58

Der Pfad war schmal, und ihr Pferd streifte das dichte Buschwerk. Sie gingen etwa einen halben Kilometer zu Fuß. Der Mond schien noch immer, aber hier standen so viele hohe Bäume, überwiegend Eichen, und fast baumhohe Büsche, daß kaum etwas zu sehen war. Carolyn bezweifelte, ob sie diesen Pfad selbst bei Tageslicht gefunden hätte.

Nach etwa fünfzehn Minuten kamen sie auf eine kleine Lichtung. In deren Mitte mußte ein Lagerfeuer gebrannt haben, aber es gab noch weitere Anzeichen, daß jemand hier campierte — ein Schlafsack, ein Sattel auf dem Boden und ein Pferd, ein Brauner mit schwarzer Mähne und schwarzem Schweif, der an einem Ast festgebunden war.

„In einigen Minuten", sagte der Fremde, „können wir zurückkommen, frischen Kaffee kochen und uns unterhalten. Aber zuerst will ich Ihnen etwas zeigen."

„Ich habe nicht die ganze Nacht Zeit, Mister", sagte Carolyn. „Ich bin mit ein paar Cowboys auf einem kleinen Viehtrieb hier, und die werden mich bald vermissen."

„Ich werde versuchen, dir keine Schwierigkeiten zu verursachen, Carolyn, aber es wäre in deinem eigenen Interesse, mich anzuhören."

„Woher wissen Sie meinen Namen?"

„Das wirst du auch gleich verstehen. Laß dein Pferd bei meinem, wir sind schneller ohne."

„Wer sind Sie?"

„Komm."

Es schien ziemlich verrückt, aber Carolyn spürte keine Gefahr und folgte dem Mann.

Sie gingen eine weitere Viertelstunde, meistens hügelaufwärts. Matts Wache mußte etwa jetzt beginnen. Würde er ihren leeren Schlafsack bemerken und die anderen wecken? Ihr Großvater würde wütend auf sie sein. Er würde sie vielleicht nie mehr aus den Augen lassen. Dennoch fühlte Carolyn sich gezwungen, das Risiko einzugehen. Dieser Fremde war einfach zu interessant, um ihm nicht zu folgen. Sie hatte den deutlichen Eindruck, daß sich hinter seinen verschatteten Zügen viele Geheimnisse verbargen. Sie mußte einfach herausfinden, worum es hier ging.

Er hielt so plötzlich an, daß sie fast gegen ihn gestoßen wäre. Als sie neben ihm stand, schob er das Buschwerk auseinander.

„Sieh dort hinunter."

Carolyn schluckte. Sie standen auf einem Hügel der etwa sechzig Meter in ein Tal hinabreichte, das etwa doppelt so breit war und auf der anderen Seite von einem steilen Abhang von noch größerer Höhe begrenzt wurde. Es war ein langes Tal, mehrere Meilen lang, mit Gras bedeckt. Etwa hundert Rinder grasten dort friedlich, bewacht von zwei berittenen Cowboys.

„Die Viehdiebe", murmelte sie. „Soll das heißen, man kann durch diese Täler hindurchreiten und Vieh auf die andere Seite treiben?"

„Ja, aber es ist gefährlich, der Pfad ist sehr schmal. Die Herde darf nicht viel größer sein als diese dort."

Wie zu sich selbst sagte sie: „Ich frage mich, ob mein Großvater davon weiß."

„Natürlich weiß er es. Er hat hier selber schon Vieh geweidet. Der Pfad, auf dem du hier heraufgekommen bist, führt in dieses Tal, und er ist gar nicht so schlecht. Nur der Pfad auf der Nordseite, der aus dem Tal hinausführt, ist gefährlich."

„Woher wissen Sie das alles?"

„Ich glaube, es ist Zeit für einen Kaffee in meinem Lager."

„Und was ist mit denen da?" Carolyn deutete mit dem Kopf zur Herde und den Wächtern.

„Ich bin schon seit zwei Tagen hier. Glaub mir, ich weiß, wie man sich versteckt."

„Sie müssen mir schon eine gute Geschichte erzählen!"

„Ich glaube, du wirst nicht enttäuscht sein."

Zurück auf der Lichtung machte der Fremde, der sich Santiago nannte, ein kleines Feuer, das fast keinen Rauch freigab, füllte einen Kaffeekessel mit Wasser und Kaffeepulver und stellte ihn auf die Flamme. Nach weiteren zehn Minuten, die in Schweigen vergingen, war der Kaffee fertig, und er reichte Carolyn einen Zinnbecher voll. Carolyn hatte mit Mühe ihre Neugier bezähmt. Sie dachte sich, dieser Santiago wollte ihre ganze Aufmerksamkeit, wenn er seine Geschichte erzählte, also übte sie sich in Geduld. Aber sobald sie die dampfende Tasse in Händen hielt, bombardierte sie den Fremden mit Fragen.

„Woher wissen Sie von diesem Tal, Mr. Santiago? Welches Interesse haben Sie an den Viehdieben? Und woher kennen Sie meinen Namen? Ich weiß, ich habe Sie noch nie gesehen. Woher kommen Sie überhaupt?"

„Wir sind uns nie begegnet, Carolyn Stoner", sagte Santiago. „Aber sieh mich genau an. Kommt dir nicht etwas vertraut vor?"

Er schob seinen Sombrero zurück und wandte sein Gesicht dem Feuer zu. Er war ein völlig Fremder. Wie sollte sie ihn —?"

Dann sah sie es. Sie konnte nicht genau sagen, was es war. Es waren nicht wirklich die Augen, die weicher waren und größeren Abstand hatten; auch die Gesichtsform und die leicht gebogene Nase waren es nicht, das runde Kinn und die vollen Lippen unter dem Bart. Aber irgendwie war es all das zusammen, ein bißchen hier, ein wenig dort, wie Puzzlestücke, die sich zusammenfügen.

Als ihre Augen sich mit Erkenntnis — und Angst — weiteten, verzogen Santiagos Lippen sich zu einem Grinsen. Und dies schien den Bann zu brechen, die Vertrautheit des Gesichts zum Verschwinden zu bringen.

Sie runzelte verwirrt die Stirn.

„Ich habe das gleiche Gefühl, wenn ich dich anschaue", sagte Santiago. „Sicher — und dann wieder nicht sicher, glücklich, und dann . . . ein wenig besorgt. Wir sind uns sehr ähnlich, du und ich. Wir bestehen sozusagen aus zwei streitenden Hälften, gut und böse. Und immer kämpft die eine gegen die andere."

„So . . . so ist das bei allen Menschen, glaube ich", sagte Carolyn mit unsicherer, leiser Stimme.

„Bei einigen mehr als bei anderen." Er schwieg und sah Carolyn an, bevor er fortfuhr: „Aber du interessierst dich nicht für Philosophie oder Ratespiele, nehme ich an. Deine Mutter war auch so. Sie war nie gut in Mehrdeutigkeiten. Vielleicht ging es ihr deshalb auf der Stoner Ranch so elend —"

„Wer sind Sie?", brach es in scharfem Ton aus Carolyn, und ebenso wie ihr Ton überraschten sie ihre plötzlich zitternden Hände. „Was wissen Sie von meiner Mutter?"

„Sie und ich waren einmal sehr gut befreundet; nur Freunde, aber sehr gute Freunde. Sie war zu stolz, um mit mir zu fliehen und meine Geliebte zu werden. Ich liebte sie, und ich begehrte sie, obwohl sie die Frau meines Bruders war —"

Carolyn rang nach Luft. Das konnte nicht sein!

„Ah, jetzt hast du verstanden, nicht wahr? Sie hat dir von mir erzählt."

Carolyn nickte. „Du bist Jacob Stoner, mein Onkel."

„Ja."

„Alle glauben, du bist tot. Wo bist du all die Jahre gewesen? Wenn dir meine Mutter so nahe war, warum bist du nie zurückgekehrt, um ihr zu helfen?"

„Ich bin jetzt zurückgekehrt", sagte er ernst. „Ob ich ihr helfen kann, weiß ich nicht, aber ich will es versuchen."

„Aber wo warst du?"

„Möchtest du noch Kaffee, meine liebe Nichte? Ich habe eine lange Geschichte zu erzählen."

Carolyn vergaß, daß sie im Camp vermißt werden könnte, und hielt ihre Tasse hin.

Was sie in der nächsten halben Stunde zu hören bekam, war eine Abenteuergeschichte, wie sie sie sich nie vorgestellt hätte. Sie begann einige Tage, nachdem Jacob Stoner von der Stoner Ranch geflohen war, um dem mörderischen Haß seines Bruders Leonhard zu entgehen. Er war nach Westen gegangen, denn er hatte immer davon geträumt, ein ganz neues Leben in Kalifornien anzufangen. Er war entschlossen, eines Tages zurückzukehren, um Deborah zu holen, aber er mußte erst einige Zeit verstreichen lassen. Alle seine Hoffnungen und Träume wurden jedoch in der Prärie zerstört. Er war verrückt gewesen, die Prärie ganz allein durchqueren zu wollen, aber er hatte keine Freunde, niemanden, dem er trauen konnte, und sein Bruder durfte auf keinen Fall erfahren, wo er war. Apachen griffen ihn an und ließen ihn halbtot liegen, als eine Gruppe anderer Indianer sie vertrieb. Er wurde am folgenden Tag von Büffeljägern gefunden, die ihn pflegten. Als er transportfähig war, brachten sie ihn nach Fort Belknap an der Nordwestgrenze von Texas, wo er sich den Winter über erholte. Im Frühjahr, als er wieder reiten konnte, dachte er oft daran, Deborah von der Stoner Ranch zu befreien. Aber konnte er denn wissen, ob sie überhaupt mit ihm kommen wollte? Monate waren seit seiner Flucht vergangen, und in dieser Zeit konnte viel geschehen sein. Er nahm an, sie hätte ihr Kind bekommen, denn vor seiner Flucht hatte sie ihm enthüllt, daß sie von Leonhard schwanger war. Das allein schon würde sie an ihren Ehemann binden. So verzichtete er auf den Versuch, Deborah zu holen.

Statt dessen ging er nach Kalifornien. Von Leonhards Tod oder Deborahs Verurteilung hörte er nichts. Jacob war selber nach all den Jahren der Mißachtung und Scheinheiligkeit auf der Stoner Ranch voller Bitterkeit und Haß. In Kalifornien schloß er sich einer Gruppe mexikanischer Nationalisten an — Männern, die die Vereinigten Staaten dafür haßten, daß sie Mexiko so viel Land gestohlen hatten, wie sie es sahen.

Jacob verdiente in Mexiko seinen Lebensunterhalt, in einem Land, in dem er zum ersten Mal in seinem Leben mit Respekt behandelt wurde. Bald war er der Anführer einer Gruppe von Nationalisten — so wurden sie südlich der Grenze genannt, während man sie nördlich des Rio Grande Banditen schimpfte. Auf jeden von ihnen war ein Kopfgeld ausgesetzt. Der Name Santiago wurde rasch bekannt, und selbst die Texas Ranger fürchteten ihn. Hätte Carolyn weiter südlich gelebt, hätte sie zweifellos von ihm gehört.

„Erst nach mehreren Jahren erfuhr ich vom Tod meines Bruders und von Deborahs Verhaftung. Zu der Zeit war sie natürlich lange schon geflohen, und ich hoffte, sie war in Sicherheit. Aber sie war verschwunden und niemand wußte, wo sie war. Ich wurde selber gesucht und mußte vorsichtig sein. Ich wußte, für uns beide war es besser, wenn alles blieb, wie es nun einmal gekommen war."

„Warum bist du dann zurückgekommen?", fragte Carolyn.

„Ich habe versucht, Kontakt zur Ranch meines Vaters zu halten, obwohl ich wußte, daß es besser war, für tot zu gelten, besonders für meinen Bruder Laban. Sie würden staunen, wie viele Mexikaner hier mit den Banditos sympathisieren. Mehrere Freunde hielten mich auf dem laufenden über die Geschehnisse in dieser Gegend. Ich habe von der Krankheit meines Vaters erfahren —"

„Krankheit? Du meinst, als er neulich einige Tage im Bett lag?"

„Er hat im vergangenen Jahr mehrmals einen Arzt in Austin aufgesucht."

„Weshalb? Weißt du es? Ist es etwas Ernstes?"

Jacob zuckte die Achseln. „Im Westen geht kein Mann zum Arzt, wenn es nicht ernst ist — sehr ernst."

Carolyn erinnerte sich an ihr Gespräch mit Caleb an dem Tag, als er im Bett lag. Sie dachte daran, wie eindringlich er gesprochen hatte. Hatte er Angst zu sterben? War er so schwer krank? Carolyns Kehle schnürte sich bei diesem Gedanken plötzlich zusammen. Sollte sie ihren Großvater so schnell wieder verlieren? Aber wenn er einen Arzt aufsuchte, mußte das doch nicht gleich heißen, daß er bald sterben würde. Er konnte eine ernste Krankheit haben, die nicht tödlich sein mußte.

Sie versuchte, sich auf ihren neu gefundenen Onkel zu konzentrieren. „Du bist also zurückgekehrt, um dein Erbe einzufordern?"

„Das könnte ich gar nicht, ohne mich den Behörden zu stellen. Nein, deshalb bin ich nicht zurückgekommen. Ich dachte daran, meinen Vater zu treffen und zwischen uns alles zu klären. Aber ich schob die Entscheidung darüber immer wieder hinaus, bis ich hörte, daß deine Mutter wieder verhaftet wurde. Da wußte ich, daß ich herkommen mußte."

„Sie hat wieder geheiratet, weißt du das?", sagte Carolyn plötzlich.

Jacob lächelte. „Das überrascht mich nicht. Eine Frau wie deine Mutter konnte unter vielen Verehrern auswählen. Ich bin auch verheiratet; meine Frau und meine fünf Kinder leben in Mexiko. Damals liebte ich deine Mutter wirklich, aber wichtiger war noch, daß wir Freunde waren. Die Liebe ist über die Jahre verblaßt, aber die Freundschaft nicht. Wir waren einander sehr wichtig damals, als wir beide verzweifelt einen Freund brauchten."

„Die meisten Leute glauben, daß du und meine Ma ... nun, daß ihr mehr als nur Freunde wart."

„Und wem glaubst du, Carolyn?"

Das war eine gute Frage, und eine Frage, mit der Carolyn jetzt andauernd konfrontiert wurde. Aber sie wußte, es gab nur eine einzige Antwort.

„Meiner Mutter", sagte sie bestimmt.

Jacobs Schnurrbart bewegte sich, und seine Augen lächelten mit. „Eine gute Antwort, Carolyn, denk immer daran."

Diese Worte vermittelten ihr mehr als alles andere ein Gefühl der Nähe zu Jacob. Er war der einzige Stoner, der auf der Seite ihrer Mutter stand, und das ermutigte sie. „Aber wie willst du ihr nun helfen, Jacob? Sie freut sich sicher sehr, dich zu sehen, aber sie hat jetzt eine Menge Freunde und steckt dennoch tief in Schwierigkeiten."

„Ich würde Deborah auch gern sehen, aber nicht einmal das kann ich im Moment, wenigstens nicht, solange sie im Gefängnis ist. Wie ich schon sagte, ich werde gesucht."

„Ich dachte, Santiago wird gesucht", sagte Carolyn hoffnungsvoll. „Könnte Jacob Stoner nicht vor Gericht erscheinen und aussagen?"

„Es ist nicht *unmöglich*, nehme ich an. Selbst für Gesetzeshüter dürfte es nicht einfach sein, mich zu erkennen. Aber ein Risiko bleibt es, besonders in ein Gefängnis oder ein Gericht zu spazieren, wo die Aufmerksamkeit besonders groß ist."

Carolyns Enttäuschung mußte ihr deutlich ins Gesicht geschrieben stehen, denn Jacob sprach mit tiefem Gefühl weiter.

„Ich bin deiner Mutter so viel schuldig geblieben", sagte er, „und vielleicht bleibe ich ihr auch jetzt etwas schuldig. Laß mich darüber nachdenken. Ich würde fast alles für deine Mutter tun, aber ich habe auch eine eigene Familie, an die ich denken muß. Aber Carolyn, es könnte andere Wege geben, wie ich helfen kann. Ich weiß vieles, und ich kann es dir erzählen —"

„Was soll das nützen? Der Richter will Zeugenaussagen aus erster Hand — alles andere, sagt Mr. Barnum, ist bloßes Hörensagen und zählt nicht."

Jacob schüttelte den Kopf. „Es muß etwas geben, was ich tun kann."

„Weißt du, was wirklich zwischen meiner Ma und meinem Pa geschehen ist?"

„Wenn ich das wüßte, wenn ich Beweise hätte, die deine Mutter mit Sicherheit befreien würden, dann wäre ich viel eher bereit, meine eigene Freiheit aufs Spiel zu setzen, um ihr zu helfen."

„Würdest du das tun, Onkel Jacob? Ich möchte es gern glauben —"

„Aber es ist offensichtlich, daß ich einen ebenso guten Grund hatte, meinen Bruder zu töten."

„Ja, das stimmt wohl."

„Glaubst du, ich bin damals zurückgekommen und habe meinen Bruder erschossen?"

„Ich müßte lügen, wenn ich sage, ich hätte nicht daran gedacht. Kannst du denn die Geschichte mit dem Apachenüberfall, der Verwundung und das alles beweisen?"

„Wahrscheinlich nicht. Die Männer, die mir damals halfen, sind längst nicht mehr da."

„Es tut mir leid, Onkel Jacob. Ich möchte dir glauben. Wenn du nur mehr in der Hand hättest."

„Ich hätte niemals zugelassen, daß deine Mutter für ein Verbrechen bestraft wird, das ich begangen habe", sagte Jacob ernst, „aber auch hier hast du keinen Grund, mir zu glauben." Er seufzte entmutigt. „Es wird Zeit, daß wir uns trennen. Ich habe dich schon viel zu lange aufgehalten. Es wäre nicht gut, wenn deine Gefährten dich hier mit mir fänden. Wir werden uns bald wiedersehen und weiterreden."

„Wann?", fragte Carolyn ungeduldig.

„Ist es schwer für dich, allein wegzukommen?"

„Ich kann gehen, wann und wohin ich will — meistens jedenfalls. Zu mir ist mein Großvater anders, als er zu meiner Ma gewesen sein muß."

Jacob war darüber ehrlich erstaunt. „Aber du bist auch Leonhards

Tochter, nicht?", sagte er wie zu sich selbst. Er sah sie nochmals genau an.

„All right", sagte Jacob nach kurzem Schweigen. „Treffen wir uns morgen Abend. Nicht hier, das wäre zu gefährlich. Es gibt eine Blockhütte etwa fünf Meilen südöstlich von diesem Hügelkamm. Zu dieser Jahreszeit sollte sie leerstehen. Ich werde eine Stunde nach Sonnenuntergang dort sein."

„Okay."

„Carolyn, es ist sehr wichtig, daß niemand erfährt, daß ich hier bin. Auch Caleb nicht, und nicht einmal deine Mutter."

„Ich verstehe."

Carolyn stand auf und ging zu ihrem Pferd, aber Jacob eilte ihr nach.

„Ich bin froh, heimgekommen zu sein, Carolyn, und eine Nichte wie dich gefunden zu haben", sagte er, seine schwarzen Augen ernst auf sie gerichtet. „Diese Ranch braucht schon lange jemanden wie dich. Du bringst Hoffnung an diesen Ort, Carolyn."

Sie sah ihn verwirrt an und wußte nicht, wie sie seine Worte verstehen sollte. Sie lächelte nur, als sie davonritt.

59

Als Carolyn in dieser Nacht in ihren Schlafsack schlüpfte, war es noch immer stockdunkel. Nur die Geräusche der Herde und das Schnarchen der Männer waren zu hören. Sie war froh, daß niemand sie vermißt hatte; Matt schlief noch, aber seine Wache würde bald beginnen.

Carolyn war müde und schlief sofort ein. Und obwohl erst zehn oder fünfzehn Minuten vergangen waren, war sie tief in Schlaf versunken, als sie plötzlich von einem scharfen Geräusch geweckt wurde. Sie fuhr aus dem Schlaf und sah eine dunkle Gestalt über sich gebeugt. Ihre Augen sahen das fahle Aufblitzen von Stahl. Sie wollte schreien, als eine große, starke Hand sich auf ihren Mund preßte.

Der schimmernde Stahl, jetzt klar erkennbar als großes Bowiemesser, hatte fast ihre Kehle erreicht, als ein Schuß die Stille der Nacht zerriß. Das Messer sank auf Carolyns Brust, und einen Moment später spürte sie auch das volle Gewicht der dunklen Gestalt.

„Carolyn, bist du okay?", rief Matt, der wie wild an dem Mann zerrte, um sie von ihm zu befreien.

„Yeah ... bin ich. Wer —?"

„Wer immer er war, er ist tot." In Matts Stimme schwang tiefes Bedauern mit.

Im nächsten Moment schon schrie eine andere Stimme: „Die Herde! Sie laufen weg!"

Carolyn hatte nicht einmal Zeit, Matt zu danken oder zu sehen, wer der Angreifer war. Alle stürzten zu den Pferden, warfen ihnen in aller Eile die Sättel über und eilten zu der völlig außer Kontrolle dahinrasenden Viehherde. Carolyn achtete nicht einmal auf Calebs Proteste, sie solle im Camp bleiben. Alles geschah viel zu schnell, um darüber nachzudenken. Alles war einfach Reaktion, und auch Carolyn reagierte, ohne zu denken.

Die Cowboys hatten ihre Hüte und Decken ergriffen und winkten damit, um die Herde abzulenken, die in alle Richtungen auseinanderstob. Carolyn, Caleb und zwei der Cowboys suchten die wilde Bewegung in eine gleichmäßige Richtung zu lenken, während Matt an der Spitze vor dem Leittier ritt, um das gleiche Ziel zu erreichen. Als die Herde schließlich mehr einem reißenden Fluß als einem Wirbelsturm ähnelte, ritt Matt mitten in sie hinein und feuerte seinen Revolver mehrmals ab, so daß die Herde sich teilte und eine U—Form bildete. Nachdem sie die Tiere in gleichmäßige Bewegung gebracht hatten, mußten sie nun erreichen, daß die beiden Gruppen parallel liefen. Dann sollten die anderen Cowboys die Herde ‚angreifen', mit Decken und Hüten winken und rufen, in der Hoffnung, daß die Tiere dann zusammenströmten, sich gegenseitig behinderten und schließlich zum Stillstand kamen.

All dies gelang nach Plan, und Carolyn war beeindruckt, wie gut ausgebildet die Cowboys der Stoner Ranch waren. Das Land war rauh und an vielen Stellen uneben, und es war so schon halsbrecherisch, auf diesem Territorium so schnell zu reiten. Als die Flanken der Herde ziemlich unter Kontrolle waren, sollte Carolyn Matt an der Spitze unterstützen. Ihre Augen waren auf ihn gerichtet, während sie auf ihn zu ritt. Eben noch schüttelte er seinen Hut wild in der Luft, im nächsten Moment war er verschwunden.

„Matt!" schrie sie und grub ihrem Pferd die Knie in die Flanken.

* * *

Matts Pferd war an einem Erdloch gestürzt. Matt gelang es, sich von dem stürzenden Tier wegzurollen, aber er geriet direkt in den Fluchtweg der Rinder. Er wagte nicht aufzustehen und zu laufen, denn dann gab er nur ein noch besseres Ziel ab. Er rollte sich zusammen und benutzte den Körper seines Pferdes als Schutz. Ein Stier, dann noch einer sprang über ihn hinweg, aber sein Glück konnte nicht mehr lange dauern. Er wollte beten, brachte aber nur ein heiseres ‚Gott, hilf mir!' hervor, bevor ein Stierhuf ihn am Kopf streifte. Das letzte, was er hörte, bevor alles schwarz wurde, waren Revolverschüsse.

* * *

Carolyn galoppierte vorwärts, der rasenden Herde nur wenige Fuß voran. Zuerst sah sie Matts Pferd und fürchtete, sie käme zu spät. Sie konnte Matt nicht einmal sofort sehen. Aber selbst wenn er tot war, durfte sie nicht zusehen, wie sein Körper zertrampelt wurde. Schon hatte sie ihre Remington in der Hand. Vier Kugeln, und sie würde keine Zeit zum Nachladen haben. Aber sie schoß zweimal rasch hintereinander in die Luft, dann noch zweimal. Die Herde schien sich unter dem verhaßten Geräusch förmlich zu krümmen, geriet durcheinander und änderte schließlich die Richtung, als ein anderer Cowboy Carolyns Taktik mit neuen Schüssen weiterführte.

Weniger als zwei Minuten waren seit Matts Sturz vergangen. Die Umgebung rings um das gestürzte Pferd war jetzt frei. Carolyns ängstlicher Blick wanderte zu der Unglücksstelle, und sie war der Verzweiflung nahe, als sie hinter dem Körper des Pferdes einen Stiefel hervorragen sah.

* * *

Als Matt zu sich kam, lag er einen Steinwurf von der wieder zur Ruhe gekommenen Herde entfernt außer Gefahr. Der Kadaver seines Pferdes lag in einer Bodensenke in einiger Entfernung, und Matt ahnte, wieviel Glück er gehabt hatte.

Er wollte zum Camp, sich ein frisches Pferd holen und dann zurückkehren. Aber der Weg zum Lager hatte ihn so angestrengt, daß er zusammenbrach. Nach einer Stunde fühlte er sich etwas besser. Er stand auf, machte Feuer, kochte Kaffee und machte Bohnen warm. Das war das wenigste, was er für seine Kameraden tun konnte, die die ganze Nacht mit den wildgewordenen Tieren beschäftigt waren.

Die erschöpften Reiter freuten sich tatsächlich über den Geruch frischen, heißen Kaffees, als sie nicht viel später ins Lager zurückkehrten. Ein Mann blieb bei der Herde, und seine Stimme, die beruhigend auf das Vieh einwirken sollte, drang leise bis zu ihnen. Caleb, Carolyn und der andere Cowboy namens Rusty sanken vor dem Feuer nieder und protestierten nicht, als Matt jedem eine Tasse Kaffee brachte.

„Wem von euch habe ich jetzt zu danken, daß er mir das Fell gerettet hat?", fragte Matt, als alle saßen. Sein fröhlicher Ton konnte nicht über seinen Ernst hinwegtäuschen.

Caleb schüttelte als Antwort den Kopf.

Rusty sagte mit einem leichten Grinsen: „Sieh nicht mich an."

Carolyn sagte nichts und starrte nur in ihren Kaffee.

„War es Potter?"

Rusty lachte und sagte: „Falsch."

„Ich schätze, ich war es", sagte Carolyn verlegen.

Matt lachte, bis der Kopf ihm weh tat und er aufhören mußte. „Nun, ich weiß nicht, wie ich mich bei Ihnen bedanken soll."

Carolyn zuckte die Achseln: „Wir sind jetzt bloß wieder quitt — nicht ganz, Sie sind mir noch einen Punkt voraus. Aber ich habe noch nicht einmal danke gesagt für das, was Sie heute morgen taten."

In der ganzen Aufregung hatten sie den fremden Eindringling völlig vergessen.

Matt schüttelte traurig den Kopf. Er hatte den toten Körper nicht vergessen, wünschte aber, er müßte nicht ständig an ihn denken. „Ich wollte ihn nicht töten." Matt fühlte das Bedürfnis, etwas zu erklären. „Aber es war so verdammt dunkel."

„Niemand macht Ihnen einen Vorwurf, Junge", sagte Caleb. „Sie haben das Leben meiner Enkeltochter gerettet, und dafür stehe ich in Ihrer Schuld."

Alle Köpfe wandten sich dem Toten zu. Es war jetzt heller Tag, und das Gesicht des Mannes war deutlich zu sehen.

„Nie gesehen", sagte Matt. „Und Sie, Carolyn?"

Carolyn schüttelte den Kopf.

„Sicher nicht?", fragte Matt.

„Weshalb sollte ein Fremder meiner Enkelin etwas antun wollen?", fragte Caleb.

Statt gleich zu antworten, kniete Matt neben dem Körper nieder. Besonders genau besah er sich die beiden Revolver, die der Mann links und rechts trug. Es waren teure, gut gearbeitete Waffen, wie sie sich ein gewöhnlicher Cowboy nie leisten konnte. Matt durchsuchte die Taschen des Toten und fand ein dickes Bündel Scheine.

„Das müssen zweihundert Dollar sein", sagte Matt und steckte das Geld zurück. Und seine Colts sind keine gewöhnlichen."

„Yeah", fügte Rusty hinzu, „hab noch nie solche gesehen außer bei dem Revolverhelden, den ich einmal in Dodge City traf."

Matt stand auf und sah Caleb und Carolyn an: „Ich wette einen Monatslohn, das ist ein gekaufter Killer. Und ich wette, er hatte bei diesem anderen Überfall die Hand im Spiel."

„Überfall? Gekaufter Killer? — was soll das alles bedeuten?", fragte Caleb mit scharfer Stimme.

Carolyn senkte den Blick. Sie fürchtete, die nächsten Worte würden Caleb aus der Haut fahren lassen, und sie wollte nicht daran schuld sein. Aber weshalb sollte sie Laban schützen? Wenn er wirklich ihren Vater getötet hatte, dann verdiente er für all die Leiden, die er heraufbeschworen hatte, keine Schonung.

Sie sah ihren Großvater mit festem Blick an. „Ich glaube, Laban ist für diesen Angriff auf mich verantwortlich, und auch für einen Feuerüberfall vor einigen Tagen. Vor ein paar Wochen, als ich erzählte, daß ich vom Pferd gefallen bin — nun, die Wahrheit ist, daß er mich geschlagen hat, Großvater. Er haßt mich fast so sehr, wie er meinen Vater gehaßt hat."

„Er hat dich geschlagen?"

„Ja."

„Dafür werde ich ihn töten."

„Großvater, nein!"

„Weshalb verteidigst du ihn noch?"

„Ich verteidige ihn nicht. Es geht bloß um Wichtigeres als zu rächen, was er mir angetan hat. Ich glaube, Laban hat auch meinen Vater umgebracht. Wenn ihm jetzt etwas geschieht, wird die Wahrheit vielleicht nie ans Licht kommen."

„Carolyn, sei nicht dumm", sagte Caleb. „Du willst verzweifelt, daß deine Mutter freikommt, und deshalb willst du die Wahrheit nicht sehen. Sie war es, nicht Laban, die mit der Mordwaffe in der Hand über seinem toten Körper stand. Laban war damals erst ein Junge — fünfzehn Jahre alt! Er mag jetzt zu einem Mord imstande sein, aber nicht einmal ich glaube, daß er es damals gewesen ist. Und zu alledem war er in jener Nacht in der Stadt. Du siehst also, es ist ganz ausgeschlossen. Er kann nicht deinen Vater erschossen haben, dann in die Stadt geritten und mit Pollard zurückgekommen sein."

„Du bist ganz sicher? Laban sagte in der Verhandlung, er könnte sich nicht erinnern, wo er in der Mordnacht gewesen ist."

„Ich erinnere mich an jede kleine Einzelheit jenes Abends, Carolyn, als ob alles erst vor einer Stunde geschehen wäre. Ich werde es niemals vergessen."

„Ich glaube dennoch, du irrst dich, Großvater, und ich werde es beweisen."

Caleb antwortete nicht gleich. Dann sagte er: „Ich reite nach Hause zurück, und ich möchte, daß du mich begleitest, Carolyn." Ohne eine Antwort abzuwarten ging er hinüber zu den Pferden.

Carolyn wollte schon protestieren. Aber sie sah, wie erschöpft ihr Großvater war. Seine Krankheit und die Aufregung des Morgens, es war zu viel für ihn, aber er war wahrscheinlich zu stolz, seine Müdigkeit einzugestehen und seinen Wunsch, Carolyn für alle Fälle bei sich zu haben.

„Ja, Großvater."

Matt lächelte. „Wenn ich je gezweifelt habe, daß ihr beiden verwandt seid, jetzt glaube ich es. Habe noch nie zwei sturere Maultiere gesehen."

Teil XIII

Schuldig oder unschuldig?

60

Griff und seine Begleiter kamen Sonntag abend in Leander an. Griff hatte daran gedacht, nach Stoner's Crossing zu reiten, aber er hatte sich dann doch entschieden, sich so weit wie möglich von Caleb Stoner fernzuhalten. Griff fürchtete das Gesetz nicht besonders, was seine früheren Taten anging — jedenfalls nicht, solange Caleb Stoner nicht die ganze Sache wieder aufrührte. Natürlich hatte Stoner keine Beweise gegen Griff, aber er konnte dafür sorgen, daß die Gesetzeshüter sich mit seiner Vergangenheit befaßten. Dann war da noch Pollard, und der konnte Griff identifizieren.

Aus diesen Gründen wollten sich Griff, Longjim und Slim auch von der Verhandlung fernhalten. Sky würde sie auf dem laufenden halten, während sie in der Stadt möglichst unauffällig bleiben wollten.

Sie nahmen jedoch das Risiko auf sich, Deborah an diesem Abend im Gefängnis zu besuchen. Auch Sam war da, und es war ein ausgelassenes Wiedersehen. Deborah war so gerührt und glücklich, daß sie zu ihrer Hilfe hergekommen waren, daß sie ihre Besorgnis um die Ranch nicht einmal aussprach. Niemand hatte eine Ahnung, daß Griff noch einen anderen Grund hatte, weshalb er gekommen war, und er beließ es dabei. Sie würden sich alle nur umsonst aufregen, denn es konnte ja sein, daß der Prozeß gut ausging.

Während Sky mit Sam und Jonathan Barnum ins Hotel ging, zogen die drei ehemaligen Outlaws in einen von Leanders vier Saloons. Sam hatte Griff vor Pollard gewarnt, der sich meistens in dem Saloon aufhielt, der tagsüber auch als Gericht diente. Griff und seine Freunde gingen in einen anderen, einen lebhaften kleinen Raum, der ‚Dancing Tumbleweed' hieß.

Sie bestellten Bier und setzten sich an den letzten freien Tisch. Nach dem langen Ritt tat es gut, die Beine auszustrecken und sich zu entspannen. Besonders Griff hatte der Ritt angestrengt.

„Kann's nicht glauben, warum ich unbedingt wieder auf einen Pferderücken wollte", sagte Griff.

„Du hast es ja geschafft", sagte Longjim. „Ich hatte schon befürchtet, daß ich unterwegs Blut aufwischen muß."

„Alles bestens."

„Ist auch gut so", fügte Slim hinzu, „denn gut im Verarzten waren wir nie."

Griff lächelte. „Erinnert mich an die Zeit, als Deborah bei uns war und sie Angst hatte, wir müßten ihr Baby zur Welt bringen."

„Als ob Carolyn nicht bockig genug geworden ist!" lachte Slim. „Stellt euch vor, was aus ihr geworden wäre, wenn drei Unruhestifter wie wir sie auf die Welt geholt hätten."

„Wenn Deborah eine zarte kleine Lady wollte, dann wurde sie ganz schön enttäuscht."

„Sie ist kein bißchen von Lynnie enttäuscht", sagte Griff mit fast väterlichem Stolz. „Sie hat Caleb Stoner fast um ihren kleinen Finger gewickelt."

„Glaubst du, Stoner hat sich so sehr geändert?", fragte Slim.

Aber Griff sah in eine andere Richtung und hörte die Frage kaum. Eine attraktive Frau, die an einem Nachbartisch gesessen hatte, war aufgestanden und kam auf sie zu. Ihr feuerrotes Haar war ihm zuerst aufgefallen, aber dann sah er auch den hübschen Rest. Sie hatte blasse, reine Haut. Mit einer dünnen Schicht Make-up versuchte sie, ein paar Sommersprossen zu überdecken. Ihre grünen Augen leuchteten, als ob sie immerzu lautlos lachte. Sie war wie ein Saloonmädchen gekleidet — smaragdgrün wie ihre Augen, leuchtend und flitterig, knapp — und war tatsächlich im Saloon angestellt.

Griff grinste sie breit an.

„Hallo, Miss", sagte er, sprang auf, schnappte sich einen freien Stuhl und schob ihn zwischen seinen und Slims an den Tisch. „Nehmen Sie doch Platz."

„Danke", sagte sie. „Ihr Leutchen seid neu in der Stadt, stimmt's?"

„Das stimmt genau", sagte Griff. „Es ist sehr nett von Ihnen, uns einsame Cowboys hier zu begrüßen."

„Ihr seid hier willkommen, aber ich glaube nicht, daß ihr einfach ein paar einsame Cowboys seid."

Longjim hüstelte. „Was soll das heißen?"

„Versteht mich nicht falsch, ich will keinen Ärger."

„Was wollen Sie also?" Griff dachte, sie hätte vielleicht andere Absichten, als einfach ein wenig bei ihnen zu sitzen.

„Ich habe notgedrungen ihr Gespräch mit angehört. Ich hörte einen Namen, den ich kenne, und ich fragte mich, ob wir vielleicht eine gemeinsame Freundin haben. Sie sprachen über eine Frau namens Deborah, und ich kenne auch eine Deborah. Ob es wohl dieselbe ist?"

Griff hielt es für besser, vorsichtig zu sein, wenigstens bis er herausgefunden hatte, wer diese Fremde war. Er hoffte, sie würde sich als

Freundin erweisen. „Könnte sein. Erzählen Sie mir von dieser Deborah, die Sie kennen."

„Nun, Deborah Killion ist meine Freundin. Sie ist jetzt drüben im Stadtgefängnis und steht wegen Mordes vor Gericht. Sie und ich waren zusammen im Landesgefängnis. Ich wurde vor ein paar Wochen entlassen."

„Tatsächlich?" Griff sah sich die Frau genauer an.

„Weshalb saßen Sie denn im Gefängnis?", fragte Longjim ohne Umschweife.

„Nun", fuhr Griff dazwischen, „das geht uns wirklich nichts an."

„Es macht mir nichts aus, es Ihnen zu erzählen. Ich meine, es ist kein Geheimnis, auch wenn ich es nicht gerade überall herumposaune. Ich wurde beschuldigt, meinem früheren Boss Geld gestohlen zu haben. Aber ich habe mir wirklich nur genommen, was mir zustand, Geld, das ich ehrlich verdient hatte. Er war ein bedeutender Mann in der Stadt, und niemand glaubte mir, daß er mich und die anderen Mädchen jahrelang um Lohn betrog. Ich hatte schließlich genug und entschloß mich, mir meinen gerechten Anteil zu holen und die Stadt zu verlassen. Ich wurde erwischt und für zwei Jahre ins Gefängnis geworfen."

„Das muß hart gewesen sein. Wie viel haben Sie gestohlen?"

„Fünfzig Dollar."

Griff schüttelte den Kopf über eine solche Ungerechtigkeit und fragte sich, weshalb Deborah dem Gesetz so vertraute. Aber im Moment wollte er mehr über diese hübsche Frau erfahren, die vorgab, Deborah zu kennen. „Sie und Deborah waren also befreundet?"

„Yeah. Erstaunlich, nicht wahr? Ich meine, daß eine feine Lady wie Deborah sich mit einem Menschen wie mir anfreundet, der wirklich nicht viel hat, worauf er stolz sein könnte. Es ist also dieselbe Deborah?"

Griff, Slim und Longjim nickten alle mit breitem Grinsen.

„Hört sich ganz nach Deborah an", sagte Griff. „Sie scheint die merkwürdigsten Freunde anzuziehen. Aber ich denke, sie sieht etwas Gutes in ihnen, das die meisten Leute nicht sehen können oder wollen. Verstehen Sie mich nicht falsch, Miss — ähm, ich habe Ihren Namen nicht verstanden."

„Lucy Reeves."

„Nun, Miss Reeves, ich weiß, wovon ich rede, weil ich zufällig auch einer ihrer merkwürdigen Freunde bin."

Lucy kicherte herzlich. „Ich wette, dann sind Sie Griff McCulloch."

Sie grinste über Griffs aufgerissene Augen. Sie sah Slim an. „Sie müssen Slim sein, und Sie müssen Longjim sein."

„Woher wissen Sie das?"

„Im Gefängnis hat man viel Zeit zum Erzählen. Ich schätze, Deborah und ich wissen so viel voneinander wie kaum jemand, ihr eingeschlossen."

„Ich nehme an, dann ist es kein Zufall, daß Sie hier in Leander arbeiten?"

„Nein, ich konnte nicht fort, bevor ich nicht weiß, wie Deborahs Verfahren endet." Einen Moment lang trat Ernst an die Stelle ihrer vorherigen Leichtherzigkeit. „Sie hat mir im Gefängnis das Leben gerettet. Eine der Frauen dort hatte es auf mich abgesehen und wollte mir etwas anhängen, so daß meine Entlassung ausgesetzt worden wäre. Deborah nahm die Schuld auf sich und büßte mit sieben Tagen Einzelhaft, und ich wurde entlassen. Ich bin ihr etwas schuldig. Ich weiß, es hilft nicht viel, daß ich einfach hier bin, aber ich konnte einfach noch nicht weg. Und wenn sich alles gegen sie wendet ... nun, dann weiß ich nicht, was ich tun werde."

„Deborah hat Glück, eine Freundin wie Sie zu haben, Miss Reeves", sagte Griff.

„Warum nennt ihr mich nicht einfach Lucy? Ich habe das Gefühl, euch schon lange zu kennen."

„Klingt gut. Wie wär's mit einem Bier?"

„Danke, aber ich gehe besser wieder an die Arbeit. Der Boss mag es nicht, wenn wir uns zu lange mit einem Gast unterhalten." Sie stand auf. „Wenn ich irgendwie nützlich sein kann, sagen Sie einfach Bescheid. Ich würde fast alles für Deborah tun."

„Ich weiß auch nicht, was wir im Moment für sie tun könnten."

Lucy stützte eine Hand auf den Tisch und beugte sich nieder. Sie flüsterte: „Wenn das so ist, dann seid ihr drei vielleicht gar nicht die Kerle, von denen Deborah mir erzählt hat."

„Das verstehe ich nicht ganz, Lucy", sagte Griff unschuldig. Er verstand sie sehr wohl, aber er wollte sicher sein, daß sie auch das meinte, was er verstanden hatte.

„Nach allem, was Deborah mir erzählt hat, sollt ihr nicht die Art Männer sein, die einfach Schläge einstecken, ohne sich zu wehren. Nun, ich habe den Gerichten und den Anwälten nie getraut, und ich habe meine Zweifel, ob Deborah dort fair behandelt wird."

„Und ...?"

„Ihr drei habt sie vor neunzehn Jahren herausgehauen, nicht wahr?"

Griff lächelte und nickte.

„Nun", sagte Lucy mit einer Entschlossenheit, die Griff Achtung einflößte, „ich jedenfalls bin hier, um ihr zu helfen."

„Danke, Lucy." Bevor sie sich umwandte, nahm Griff ihre Hand. „Ich hoffe, wir sehen uns wieder."

„Das hoffe ich auch."

Als die drei wieder allein waren, sagte Griff: „Was für eine Frau!"

„Deborah weiß schon, wen sie sich aussucht", sagte Slim bewundernd.

„Glaubst du, daß es dazu kommen wird — Deborah aus dem Gefängnis zu holen?", fragte Longjim.

„Deshalb sind wir hier, Jungs", sagte Griff. „Ich suche keinen Ärger, aber ich werde ihm auch nicht ausweichen."

61

Im Hotel in Leander hielten Sam, Sky und Jonathan Barnum, was Barnum gern einen ‚Kriegsrat' nannte. Es wurde Zeit, sagte er, letzte Hand an ihren Schlachtplan zu legen. Sie saßen in Jonathans Zimmer, das er mit einem Tisch und mehreren Stühlen aus der Eingangshalle in ein provisorisches Büro verwandelt hatte.

„Ich weiß, wir haben das schon einmal besprochen", sagte Jonathan, „aber ich habe mich entschieden, Deborah in den Zeugenstand zu rufen. Ich wollte erst abwarten, ob die Anklage sie aufruft. Das hat sie nicht, und ich glaube, der Grund ist, daß der Staatsanwalt fürchtet, sie wird einen zu guten Eindruck auf die Geschworenen hinterlassen. Deborah sieht einfach nicht aus wie eine Mörderin, und das müssen wir zu unserem Vorteil nutzen."

„Aber wenn sie erst einmal im Zeugenstand ist", sagte Sam, „wird die Anklage sich auf sie einschießen."

„Sie sagten doch selbst, Sam, sie ist eine starke Frau. Ich glaube, sie wird das überstehen. Und sie selbst glaubt das auch. Ich habe mit ihr gesprochen, und sie will aussagen. Und falls der Staatsanwalt versuchen sollte, sie über glühenden Kohlen zu rösten, wird das nur für die Anklage schlecht aussehen und Deborah die Sympathie der Geschworenen gewinnen."

„Vielleicht habe ich nur selber Angst", gab Sam zu.

Jonathan lächelte verständnisvoll und klopfte Sam auf die Schulter. „Tut mir leid, mein Freund. Und wir können nichts tun, außer uns gut vorbereiten." Jonathan sah zu Sky hinüber. „Auch für dich wird es nicht leicht sein, junger Mann. Es wird eine heikle Angelegenheit."

„Ich weiß, Sir."

„Ich glaube, es wäre vielleicht leichter für deine Mutter, wenn du bei der Aussage nicht im Gerichtssaal wärst."

„Ich bin von weither gekommen, um bei ihr zu sein", sagte Sky etwas enttäuscht. Dann zwang er sich, weniger selbstbezogen und nüchterner zu antworten. „Okay, ich glaube, ich verstehe."

„Ich werde deine Mutter morgen aufrufen, und es gibt da etwas, was du während dieser Zeit tun kannst, Sky." Sky nickte. „Ich möchte, daß du zur Bank in Stoner's Crossing gehst und etwas für mich herausfindest."

„Woran denken Sie, Jonathan?", fragte Sam.

„Die Aussage dieser Senora Mendez hat mich sehr beunruhigt. Ich glaube, die Geschworenen werden darauf großen Wert legen, weil sie in der ganzen Sache ziemlich neutral ist. Sie hat offenbar keinen Grund, Deborah gegenüber feindselig zu sein."

„Aber wenn ich mich recht erinnere, sagte Carolyn, daß sie gegenüber den Stoners sehr feindselig sei."

„Ja, und hier paßt einfach etwas nicht zusammen."

„Was glauben Sie wird Sky in der Bank finden?"

„Der Saloon gehört jetzt ihr, und ich möchte wissen, wann sie ihn erworben hat. Wir wissen, daß dieser Domingo, der vorherige Besitzer, kurz nach Leonhards Tod Bankrott gegangen ist. Danach fiel die Bar an Caleb zurück. Wie lange danach gelangte Mrs. Mendez in den Besitz der Bar? Es würde ihre Aussage schwer erschüttern, wenn wir die Möglichkeit plausibel machen könnten, daß ihre Übernahme der Bar mit ihrer Aussage im ersten Prozeß zu tun hat."

„Sie meinen, Caleb könnte sie mit der Bar für eine Aussage belohnt haben?"

„Und das möchten Sie in der Bank herausfinden?", fragte Sky.

„Genau."

„Ich werde gleich morgen früh hinreiten."

„Gut, ich werde dir einen Einführungsbrief schreiben. Mrs. Vernon hat ihren Mann dazu gebracht, uns zu helfen. Ich glaube nicht, daß es Schwierigkeiten geben wird." Jonathan verschränkte die Hände und lehnte sich nachdenklich in seinem Stuhl zurück. „Da ist noch eine

Sache, über die wir sprechen müssen — ob wir Caleb Stoner als Zeugen aufrufen sollen oder nicht. Die Anklage hat das geschickt vermieden, und wir müssen uns genau überlegen, welche Vorteile und welche Nachteile es für uns haben kann. Es ist schon spät, aber denkt einmal darüber nach. Wir haben noch einen oder zwei Tage, bevor wir uns entscheiden müssen."

„Ich habe da auch noch etwas", sagte Sam. Er zog ein Papier aus der Tasche. „Gerade ein Telegramm von Carolyn bekommen. Sie sagt, wir sollen Pollard zum Aufenthalt Laban Stoners am Abend des Mordes befragen. Caleb sagt, Laban war in der Stadt und sei mit Pollard zur Ranch zurückgekommen."

„Glauben Sie, Pollard wird hilfreich sein?"

„Vielleicht, wenn wir geschickt vorgehen. Ich werde ihn noch heute Abend suchen und ihn fragen."

„Es könnte sein, daß damit nur die Unschuld unseres offensichtlichsten Verdächtigen stärker bewiesen wird. Egal, nach dem Stand der Dinge ist er sowieso so gut wie sicher unschuldig."

„Es ist das Risiko wert", beharrte Sam. „Aber Jonathan, ich glaube, Sie sollten besser mit ihm reden, Sie haben in diesen Dingen mehr Übung als ich."

„Führen Sie mich zu ihm."

Sie ließen Sky zurück, denn er war zu jung, um in die Saloons mitzukommen, wo Pollard seine Zeit verbrachte. Pollard war in seiner Lieblingstränke leicht zu finden, und es war noch früh genug, um ihn halbwegs nüchtern anzutreffen.

„Was wollt ihr beiden Stinktiere von mir?", fragte er feindselig. „Hab' ich nicht schon genug geredet?"

Sam und Pollard zogen sich zwei Stühle an den Tisch, an dem Pollard mit einem Glas Whisky für sich allein saß.

Sam lehnte sich zurück und sah zu, wie Jonathan mit seiner sanftesten Kandidatenstimme sagte: „Ich hoffe, Sie nehmen nichts von dem persönlich, was im Gerichtssaal unvermeidlich ist, Mr. Pollard. Es ist alles nur Geschäft, und ich habe gar nichts gegen Sie."

„So sah es aber gar nicht aus." Pollard goß seinen Drink hinunter.

„Ich habe mir sagen lassen, Anwälte sind nichts als hochbezahlte Schauspieler. Nun, manchmal verliere ich mich etwas in meiner Rolle."

„Hey, stimmt es, daß Sie oben in Washington Senator waren und beinahe Präsident geworden wären?"

„Ich bin bescheiden, aber auch so stolz darauf, daß ich offen mit ‚ja‘ antworte."

„Und wollen Sie sich etwa bei mir entschuldigen?"

„Wenn eine Entschuldigung nötig ist, ja tatsächlich! Ich möchte sehr gern, daß wir weiter zusammen reden."

„Reden? Was soll das heißen?"

„Einfach nur reden, Mr. Pollard, nichts weiter. Sie wären erstaunt, wie gut wir außerhalb der Grenzen eines Gerichtssaales vorankämen."

„Ist das legal?"

Jonathan lächelte. „Das Gesetz ist mein Leben, Mr. Pollard. Ich halte es sehr hoch. Und da ist mir eine kleine Sache zu Ohren gekommen, für die es sich nicht lohnt, in der Verhandlung Zeit zu verschwenden. Würde es Ihnen viel ausmachen, mir hier vielleicht ein wenig zu helfen?"

„Wenn ich kann."

„Sehr schön. Es handelt sich um folgendes: Mir ist nicht ganz klar, wann genau Sie am fraglichen Abend zur Stoner Ranch kamen. Sie ritten doch nicht ganz allein zur Ranch, oder? Ich glaube kaum, daß selbst ein erfahrener Gesetzeshüter wie Sie sich ganz allein ins Unbekannte begeben würde."

„Hab’ ich aber, außer der Cowboy von der Ranch, der mich geholt hat, der ritt natürlich mit mir zurück."

„Das war mutig von Ihnen."

„Und meine Pflicht."

„Ich hätte sicher mehr Männer mit dort hinaus genommen."

„Nun, ich nicht."

„Niemand sonst hat Sie begleitet? Calebs Sohn vielleicht?"

„Sie meinen Laban? Der war doch gar nicht in der Stadt."

„Oh, irgendwie hatte ich den Eindruck, er war mit Ihnen am Schauplatz des Verbrechens."

„Ich habe ihn bei den Stoners getroffen. Als ich durchs Tor ritt, kam er mir entgegen. Wir ritten zusammen zum Haus."

„Sind Sie da sicher?"

„Yeah, ist das wichtig oder was?"

„Nur merkwürdig", sagte Jonathan.

Sam konnte kaum ein Grinsen unterdrücken. Er hatte das Gefühl, gerade gesehen zu haben, wie ein gewiefter Fischer einen großen Fisch gefangen hatte.

62

Als Carolyn am verabredeten Abend zu der Blockhütte hinausritt, um
Jacob zu treffen, fragte sie sich, ob sie nicht in Wahrheit auf dem Weg
zum Mörder ihres Vaters war. Wenn das so war, begab sie sich in nicht
unbeträchtliche Gefahr. Aber etwas an Jacob war vertrauenerweckend
gewesen.

Sie war enttäuscht, als Jacob nicht kam. Sie wartete über eine
Stunde, bevor sie wieder nach Hause ritt. Am nächsten Abend versuchte sie es noch einmal. Ihre Unruhe war um so größer, als Mr. Barnum am Montag mit der Verteidigung beginnen sollte, und sie hatte
gehofft, Jacob würde die Antworten geben können, die ihrer Mutter
die Freiheit brachten.

Der Montag kam, und Carolyn fühlte sich hilfloser als je zuvor.
Jonathan begann seine Verteidigung mit der Aussage von Mabel Vernon. Sie fühlte sich nach ihrer Aussage erheblich besser und erleichtert, aber sie hatte keinen Beweis, daß Leonhard seine Frau Deborah
geschlagen hatte, und deshalb erklärte die Anklage ihre gesamte Aussage für ziemlich wertlos. Dann rief Jonathan Sheriff Pollard noch einmal auf.

Er brachte ihn zu der Aussage, daß die Lage auf der Stoner Ranch
schon gespannt war, als Deborah dort ankam. Und er lenkte ihn so
geschickt, daß er sagte, er hätte bei der ersten Verhandlung Notwehr
angenommen. Dann warf er noch einmal die Frage von Labans Aufenthalt auf. Als die Anklage protestierte, weil Laban nicht vor Gericht
stand und sein Aufenthalt am fraglichen Abend irrelevant sei, argumentierte Jonathan gegen besseres Wissen, daß das Fehlen eines Alibis
aus Laban sehr wohl einen Verdächtigen machen konnte. Der Mann
hatte ein eindeutiges Motiv und konnte vom Tod des Opfers nur profi-
tieren. Aber wieder war das reine Vermutung, wie der Staatsanwalt
sich zu erklären beeilte. Jonathan konnte seinen Verdacht nicht weiter
verfolgen, ohne Laban vorzuladen. Unglücklicherweise war Laban
verschwunden. Offensichtlich hatte er von Calebs Drohungen gehört
und sich verzogen.

Sky kam während Pollards Befragung, und als Jonathan fertig war,
bat er um eine kleine Pause. Sky informierte ihn über das Ergebnis seiner Nachforschung. Jonathan wollte Eufemia Mendez befragen, bevor
er Deborah aufrief, aber Eufemia war nicht benachrichtigt worden,

daß sie noch einmal befragt werden sollte und war nicht anwesend. Er beantragte eine Vertagung des Verfahrens auf Dienstag.

Diesmal war Eufemia benachrichtigt worden und gekommen. Jonathan kam gleich zur Sache.

„Mrs. Mendez, wie lange gehört Ihnen La Rosa Cantina schon?"

Sie zögerte, als ob sie im Geist nachrechnete. „Achtzehn Jahre, Senor."

„Sie erwarben die Bar also ziemlich genau ein Jahr nach Leonhard Stoners Tod?"

„Ja, ungefähr."

„Ich möchte das Gericht daran erinnern, daß bei der letzten Aussage von Mrs. Mendez festgestellt wurde, daß Caleb Stoner eine Schuldverschreibung über diese Bar besaß." Jonathan wandte sich wieder der Zeugin zu. „Sie müssen lange gespart haben, um vom Saloonmädchen zur Saloonbesitzerin zu werden?"

„Ich muß Sie enttäuschen, Senor, ich habe eine Erbschaft gemacht."

„Von wem?"

„Verwandtschaft in Mexiko."

„Können Sie das beweisen?"

„Ich bin sicher, es gibt Dokumente darüber in Mexiko."

„Sie selbst besitzen keines?"

„Nein."

„Ich würde annehmen, man bemüht sich in einem solchen Fall zur eigenen Sicherheit um etwas Schriftliches, falls irgendwer den plötzlichen — wie soll ich sagen? — Schicksalswandel merkwürdig findet."

„Einspruch!" sagte Fuller. „Unzulässige Schlußfolgerung."

„Einspruch abgelehnt", sagte der Richter. Als Fuller protestieren wollte, fügte der Richter hinzu: „Ich denke, es ist im Interesse des Gerichts, diese Frage zu verfolgen. Fahren Sie fort, Mr. Barnum."

„Ich habe hier ein Dokument aus der Bank von Stoner's Crossing. Darauf sind mehrere Einzahlungen für Mrs. Eufemia Mendez in der Zeit vom Juni 1865 bis Mai 1886 verzeichnet. Zwei Einzahlungen von je einhundert Dollar im Juni 1865, und im Juli 1865 eine über fünfhundert Dollar. Dann gibt es keine Kontobewegung mehr bis zum Mai des folgenden Jahres, als fünftausend Dollar hinterlegt wurden. Sollen wir annehmen, Sie haben dieses Geld durch Ihre Arbeit im Saloon verdient?"

„Warum nicht?"

„Kommen Sie, Mrs. Mendez, selbst ich, ein Greenhorn aus dem Osten, weiß, daß ein Saloonmädchen nicht solche Summen verdient."

„Das ist meine Privatsache."

„Und es tut mir leid, daß ich hier nicht nachgeben kann, aber das Leben meiner Klientin könnte auf dem Spiel stehen, und das muß Vorrang vor Diskretion haben. Wie sind Sie zu diesem Geld gekommen, Mrs. Mendez?"

„Es stammte aus einem Nebengeschäft."

„Was für ein Nebengeschäft?"

Für einen Augenblick erbleichte Eufemia, ihre Züge versteinerten, und sie nahm einen verwegenen Gesichtsausdruck von beinahe tödlicher Entschlossenheit an. Jonathan sah sie unablässig an, obwohl ihr sichtlich unbehaglich zumute war.

„Manche Leuten nennen es das älteste Gewerbe der Welt", sagte sie eisig. „Ich hatte Kunden, die für diese Dienste sehr gut bezahlten ... und für die Diskretion, auf die sie sich verlassen konnten."

„Ich sehe." Jonathan schwankte nicht, obwohl er nicht erwartet hatte, auf einen so delikaten Punkt zu stoßen. „Was ist mit der Einzahlung von fünfhundert Dollar, die weniger als eine Woche nach Leonhards Tod datiert ist?"

„Das Leben geht weiter, Senor. Die Stoners bedeuteten mir gar nichts, ich habe für sie keine Trauerzeit eingelegt."

„Und die fünftausend?"

„Das war die Erbschaft."

„Hat sich damals niemand darüber gewundert, daß Sie so kurz nach Leonhards Tod diese Erbschaft machten?"

„Nein, weshalb auch?"

„Eine sehr gute Frage, Mrs. Mendez, aber wenn Sie sie nicht beantworten können, kann auch ich es nicht."

„Ich kann sie nicht beantworten."

Jonathan schwieg und sah auf das Bankpapier; dann fragte er wie beiläufig: „Zwischen Juli 1865 und Mai 1866, über eine Zeit von zehn Monaten, gibt es überhaupt keine Einzahlungen. Ging das Geschäft ... ähm ... in dieser Zeit nicht gut?"

„Ich bin gereist", sagte Eufemia kühl. „Ich ging nach Mexiko, ich habe dort geheiratet, hatte ein Kind und habe auch die Erbschaft erhalten."

„Ereignisreicher Ausflug, würde ich sagen."

„Vermutlich."

„Wann genau sind Sie in die Vereinigten Staaten zurückgekehrt?"

„Im Mai 1866."

„Und Sie haben sofort Ihre Erbschaft einbezahlt?"

„Ja."

„Sie sind verwitwet, Mrs. Mendez?"

„Mein Mann starb, kurz bevor unser Sohn geboren wurde. Deshalb entschloß ich mich, in die Staaten zurückzukehren."

„Tut mir leid. Das ist sehr tragisch."

„Ich brauche kein Mitgefühl."

„Danke, Mrs. Mendez. Keine weiteren Fragen."

Es gab kein Kreuzverhör, und Eufemia Mendez verließ den Zeugenstand.

Carolyn war enttäuscht. Sie hatte nach der gestrigen Sitzung kurz mit Sky gesprochen und hatte gehofft, daß Barnum aus der Geschichte mit dem Geld mehr machen konnte. Selbst als er gesagt hatte, er würde wahrscheinlich lediglich ihre Aussage etwas zweifelhaft machen können, hatte Carolyn mehr erwartet. Der Zeitpunkt der Einzahlungen konnte einfach kein bloßer Zufall sein. Aber die Tatsache, daß einiges Geld schon vor Leonhards Tod eingegangen war, sprach für sie. Weshalb sollte Caleb ihr vor Leonhards Ermordung Geld gegegeben haben? Das hatte keinen Sinn. Und es war unmöglich, die fünftausend Dollar mit Caleb in Verbindung zu bringen. Eine Reise nach Mexiko, um Eufemias Aussage nachzuprüfen, lohnte den Aufwand nicht. Hatte die Befragung die Geschworenen wenigstens nachdenklich gemacht? Carolyn konnte auf den zwölf ausdruckslosen Gesichtern nichts lesen.

Aber sie konnte nicht lange darüber nachsinnen. Ihre Mutter betrat den Zeugenstand.

63

Deborah hatte sich oft gesagt, daß diesmal alles anders war. Die Lage war mit der vor neunzehn Jahren praktisch gar nicht zu vergleichen. In ihrer ersten Verhandlung hatte sie überhaupt keine Verteidigung gehabt, keine Hoffnung. Es war ihr sogar gleichgültig gewesen, ob sie lebte oder sterben mußte. Als sie gefragt wurde, ob sie unschuldig war, hatte sie nicht einmal mit fester Stimme geantwortet, weil sie sich im Inneren wie eine Mörderin fühlte, voller Schmutz und voller Schuld.

Nun war sie eine völlig andere Frau, voller Hoffnung und ihrer

Unschuld sicher. Aber ihre Verletzbarkeit blieb ihr bewußt, als Jonathan Barnum sie bat, in den Zeugenstand zu treten. War ihr ein kleiner Rest von Ungewißheit geblieben? Sie hatte diesen winzigen inneren Zweifel vor allen verborgen gehalten. Sie hatte gehofft, wenn sie ihm keine Beachtung schenkte, würde er von ganz allein verschwinden.

Die Nacht von Leonhards Tod war gespenstisch gewesen, wie ein wacher Alptraum. Einiges war noch immer verschwommen, je nachdem, wie sie sich gerade fühlte. Aber gewöhnlich war sie sicher, daß der Bericht, den sie Jonathan gegeben hatte, absolut der Wahrheit entsprach.

„Ich erwachte aus einem Alptraum und war erschüttert. Ich ging hinunter; ich wollte mir etwas warme Milch machen, um meine Nerven zu beruhigen. Ich hörte einen Schuß und ging in das Zimmer, aus dem das Geräusch gekommen war. Leonhard lag auf dem Boden. Aber fast im selben Moment, in dem ich ihn sah, nahm ich wahr, wie die Flügeltüren einschnappten. Ich glaubte, Leonhards Mörder floh und ging zu den Glastüren. Dabei stolperte ich über die Waffe. Ohne nachzudenken hob ich sie auf, weil ich dachte, ich würde sie vielleicht brauchen, und dann öffnete ich die Türen. Ich sah einen Schatten an der Hausecke verschwinden. Bevor ich daran denken konnte, ihm zu folgen, hörte ich Calebs Stimme. „Was in Gottes Namen hast du getan? Du mörderisches Weib, du hast meinen Sohn getötet!"

Diese Geschichte erzählte sie auch jetzt im Zeugenstand. Aber der alte, verräterische Zweifel verschwand auch jetzt nicht aus ihren Gedanken. Der Alptraum, von dem sie erwacht war, war so wirklich gewesen! In ihm hatte sie eine Auseinandersetzung mit Leonhard, und mit großer Befriedigung hatte sie ihn darin erschossen. Sie hatte von vorübergehenden Gedächtnisverlusten gehört, während derer Leute die außergewöhnlichsten Dinge taten, ohne es auch nur zu wissen. Sie war so entsetzt von ihrem Traum, daß erst die scharfe Stimme Calebs sie wirklich aufgeweckt hatte.

Weshalb konnte sie nicht sicher sein? Besonders jetzt, da diese zwölf Gesichter sie so eindringlich ansahen und in ihren Augen nach irgendeinem Anzeichen des Zweifels oder der Unaufrichtigkeit suchten.

„Mrs. Killion", fragte Jonathan freundlich. „Wir haben Beweise, daß Sie etwa sechs Monate vor dem Tod Ihres Mannes eine kleine Handfeuerwaffe kauften. Können Sie uns Ihre Gründe dafür erklären?"

„Ich dachte daran, ihn zu erschießen, wenn er mich wieder schlug. Ich ... ich dachte auch daran, mich selbst zu töten."

„Sie müssen also sehr verzweifelt gewesen sein?"

„Ich hätte nicht mehr lange so weiter leben können."

„Sie haben die Waffe in jenen sechs Monaten nicht benutzt; heißt das, Leonhard hat Sie nicht wieder geschlagen?"

„Nein, er ... hat mich danach noch mehrmals mißhandelt. Ich konnte einfach die Waffe nicht benutzen."

Jonathan ließ sie von ihrem Leben mit Leonhard Stoner berichten, und es fiel ihr jetzt nicht leichter als damals, von diesen Dingen zu erzählen. Obwohl Sky den Gerichtssaal verlassen hatte, war Carolyn doch da. Deborah hatte es nicht fertiggebracht, das Mädchen hinausschicken zu lassen. Sie hatte das gleiche Recht wie alle anderen, Deborahs Antworten zu hören.

Und ihre Aussage schien auf einen ganz klaren Fall von Selbstverteidigung hinauszulaufen. Vielleicht war das alles, was sie erreichen konnte. Vielleicht sollte sie sich damit abfinden. Aber zwei Dinge ließen sie nicht los und versperrten ihr diesen Weg. Zum einen war da Carolyn und ihre Beziehung zu ihr. Carolyn müßte mit der Gewißheit leben, daß ihr Vater von ihrer Mutter getötet worden war. Das war schrecklich für ein Kind — nicht nur, daß ihre Mutter dann für sie eine Mörderin wäre, sondern auch, daß ihr Vater ein so schlechter Mensch gewesen war, daß er eine solche Tat provoziert hatte.

Aber noch etwas viel Persönlicheres nagte an Deborahs Gewissen. In ihrem Alptraum — oder wovon sie verzweifelt hoffte, daß es ein Traum gewesen war —, hatte sie solche Befriedigung empfunden, solche Freude, Leonhard leblos auf den Boden sinken zu sehen. Und das hatte sie immer beunruhigt. Notwehr war eine Möglichkeit, aber konnte es denn Notwehr gewesen sein, wenn sie den Abzug mit solch böser Freude durchgedrückt hatte?

Auch am folgenden Tag plagten sie diese Gedanken. Der Staatsanwalt begann mit dem Kreuzverhör.

„Deborah Killion, würden Sie von sich sagen, Sie sind in der Ehe mit Leonhard Stoner eine folgsame Ehefrau gewesen?"

„Ich weiß nicht genau, was Sie mit ‚folgsam' meinen?"

„Haben Sie versucht, ihm gerecht zu werden, seine, ähm, Wünsche zu erfüllen?"

„Das wollte ich, aber seine Wünsche gingen oft über das hinaus, was ich tun konnte."

„Zum Beispiel?"

Deborah beschrieb mehrere Vorfälle, und Fuller befragte sie zu jedem noch detaillierter.

„Erzählen Sie uns sie Sache mit den Pferden noch einmal."

„Er verbat mir, zu den Ställen zu gehen. Ich bin mit Pferden aufgewachsen und liebe sie. Ich hatte große Freude daran, mit ihnen zu
arbeiten, und es fiel mir sehr schwer, das aufzugeben."

„Aber Sie gaben es auf seinen Wunsch hin doch auf?"

„Nein. Ich bin trotzdem zu den Ställen gegangen. Als er wütend
wurde, sagte ich ihm, ich würde alles andere tun, wenn er mir nur dies
erlaubte."

„Und haben Sie dieses Versprechen gehalten?"

„Sie verstehen nicht, Mr. Fuller. Niemand sollte darum bitten müssen —"

„Bitte beantworten Sie nur die Frage."

„Nein."

„Was haben Sie getan?"

„Ich versuchte, ihm die Frau zu sein, die er sich wünschte, aber er
fuhr fort, mich zu mißhandeln, auch wenn er mir schließlich erlaubte,
zu den Ställen zu gehen und auszureiten, wann ich wollte."

„Er hat Ihrem Wunsch nachgegeben, und Sie nutzten Ihre Freiheit,
um eine Affäre zu beginnen —"

„Einspruch!" rief Jonathan und sprang von seinem Stuhl auf.

„Einspruch stattgegeben", sagte der Richter. „Mr. Fuller, Sie ziehen
Schlüsse und benutzen sie, die Zeugin einzuschüchtern. Bitte halten
Sie sich an die Frageform."

Der Staatsanwalt war von diesem Einwand nicht sonderlich beeindruckt, denn er hatte ihn erwartet. Er hatte den Geschworenen auch
so seinen Standpunkt klargemacht.

„Mrs. Killion, haben Sie Ihrem Mann einmal die Ausübung seiner
ehelichen Rechte verwehrt?"

„Ja."

„Haben Sie ihn aus Ihrem Schlafzimmer ausgeschlossen?"

„Ja, aber nur, weil —"

„Wenn Sie so mißhandelt wurden, weshalb haben Sie niemandem
davon erzählt?", unterbrach sie der Staatsanwalt rasch.

„Sie müssen mich erst Ihre erste Frage beantworten lassen", bat
Deborah. „Ich wollte ihm wirklich eine gute Ehefrau sein. Aber er
zwang mich —"

„Ich muß darauf bestehen, daß Sie nur meine Fragen beantworten.
Wenn ich weitere Erklärungen wünsche, werde ich Sie darum bitten."

„Aber —"

„Weshalb haben Sie niemandem erzählt, was vorging?"

Deborah atmete schwer ein. Jonathan hatte sie gewarnt. Der Staatsanwalt würde sie nur sagen lassen, was zu ihrer Verurteilung beitragen konnte. Er würde alles tun, um die Wahrheit zu verbiegen und zu entstellen. Wenigstens hatte sie ihre Version schon vorher ausführlich erzählen können, als Jonathan sie befragte. Sie konnte nur hoffen, daß diese erste Aussage und nicht die zweite den Geschworenen im Gedächtnis bleiben würde.

„Ich habe versucht, mit der Frau des Bankiers darüber zu sprechen, aber —"

„Sie hat Ihnen nicht geglaubt, Mrs. Killion?"

„Das weiß ich nicht. Mit anderen war Leonhard ein solcher Gentleman."

Fuller stellte ihr Fragen zu ihrer beider Beziehungen zu Freunden und Nachbarn.

Schließlich sagte Deborah: „Aber es waren alles seine Freunde. Sie waren alle loyal ihm gegenüber und sahen nur, was sie sehen wollten."

„Sie meinen, nur Sie allein kannten den wahren Leonhard Stoner?"

„Ich nehme es an."

„Wie passend, Mrs. Stoner. Aber das ist kaum ein Fundament für Ihre Verteidigung."

„Da waren noch seine Halbbrüder", sagte Deborah. „Er behandelte sie wie den letzten Dreck, und sie haßten ihn."

„Ach ja, seine Halbbrüder", sagte Fuller blasiert. „Von Laban haben wir ja bereits gehört."

„Er hat nicht alles gesagt."

„Mrs. Killion, wollen Sie damit sagen, daß er gelogen hat — meineidig geworden ist?"

„Nein, was er sagte, war nur nicht alles. Jacob hat mir Dinge aus der Vergangenheit erzählt, grausame Dinge, die Leonhard ihnen als Kinder angetan hat."

„Unglücklicherweise können wir Gerüchte aus dritter Hand nicht akzeptieren."

„Auch ich habe einiges gesehen."

„Mrs. Killion, weshalb erzählen Sie uns nichts von Jacob Stoner?"

„Jacob und ich wurden Freunde", antwortete Deborah so ruhig sie konnte, aber ihre Nerven waren zum Zerreißen gespannt. „Wir ritten oft zusammen aus. Nach dem Elend, das ich bei Leonhard durchmachte, war es tröstend, von jemandem wie ein menschliches Wesen behandelt zu werden."

„Sie waren bloß Freunde?"

„Natürlich."

„Weshalb trafen Sie sich heimlich?"

„Leonhard hätte eine solche Freundschaft niemals verstanden."

„Haben Sie über dieses Thema je mit Ihrem Mann gesprochen?"

„Nein, ich —"

„Woher wissen Sie dann, daß er es nicht verstanden hätte?"

„Er war einfach nicht die Art Mensch."

„Fürchteten Sie nicht in Wahrheit, daß er nur allzu gut verstehen, seine eigenen Schlüsse ziehen würde, wenn eine junge Frau und ein junger Mann sich heimlich an abgeschiedenen Orten trafen?"

„Ich …" Deborah war so verwirrt, daß sie nicht wußte, wie sie die Frage beantworten sollte.

„Beantworten Sie meine Frage, Mrs. Killion", beharrte Fuller.

„Ja, aber das ist es ja, was —"

„Danke, Mrs. Killion. Würden Sie mir jetzt bitte von der Derringer berichten, die Sie kauften?"

„Aber Sie haben nicht verstanden, was ich eben sagen wollte — Ihre Frage traf genau den Punkt. Er hätte Schlüsse gezogen —"

„Die Pistole, Mrs. Killion."

„Nein! Ich werde nicht zulassen, daß Sie mir das Wort im Munde verdrehen. Wir haben nicht —"

„Euer Ehren", unterbrach sie der Ankläger sanft, „es ist spät geworden, und Mrs. Killion ist ganz offensichtlich nicht mehr konzentriert. Ich beantrage daher, die Verhandlung für heute zu schließen."

„Ein sehr guter Vorschlag", sagte der Richter.

„Das können Sie nicht tun!" protestierte Deborah.

„Euer Ehren", warf Jonathan ein, „ist es nicht offensichtlich, daß die Anklage versucht, meine Klientin zu diskreditieren?" Jonathan merkte sofort, daß er sich unglücklich ausgedrückt hatte.

„Mr. Barnum, wollen Sie die Entscheidung des Gerichts in Frage stellen?"

„Nein, aber —"

„Dann sage ich es noch einmal, ich halte den Vorschlag von Mr. Fuller für sehr angebracht." Der Richter klopfte mit seinem Hammer auf den Tisch und wollte gerade weitersprechen, aber das Geräusch schien den ganzen Gerichtssaal in Bewegung versetzt zu haben.

Deborah brach in Tränen aus, und Carolyn sprang von ihrem Platz auf und lief nach vorn. Sam sprang ebenfalls protestierend auf, und Jonathan mußte ihn zurückhalten.

„Sam, es lohnt nicht", sagte Jonathan. „Ich will nicht, daß Sie auch noch ins Gefängnis kommen."

Sam wand seinen Arm los. „Ich gehe nur zu Deborah!"
Jonathan ließ ihn gehen.

„Ruhe im Gerichtssaal!" befahl der Richter.

Aber niemand schien mehr zuzuhören. Zeitungsreporter drängten sich nach vorn, andere Zuschauer unterhielten sich laut über Fairneß und Unfairneß des Gerichts, und viele Zuschauer begannen, Privatgespräche zu führen, weil sie die Verhandlung für beendet hielten.

Deborah bemerkte nur, daß Carolyn mit Tränen in den Augen vor ihr kniete und sie umarmte.

„Carolyn, es ist nicht so, wie es aussieht, du mußt mir glauben."

„Oh, Ma, ich weiß doch", schluchzte Carolyn.

„Danke, mein Liebes."

„Ich wünschte, das hier wäre dir erspart geblieben. Wenn nur Jacob aussagen könnte."

„Jacob?" Deborah sah ihre Tochter an und wußte instinktiv, daß mehr hinter dieser flüchtigen Bemerkung steckte. „Was weißt du über Jacob, Carolyn?"

„Er ist zurückgekommen, Ma. Ich habe nichts gesagt, weil . . . nun, aus vielen Gründen. Wir können hier nicht darüber reden."

Sam und Jonathan waren jetzt bei ihnen, und Deborah sah zu ihnen auf. „Hast du das gehört, Sam?"

„Nun, zum Teil."

„Ich habe genug gehört, um zu wissen, daß wir mehr Zeit brauchen", sagte Jonathan. Er drehte sich zum Richter um, der wieder mit seinem Hammer auf den Tisch klopfte.

„Ruhe! Die Verhandlung ist noch nicht beendet."

„Euer Ehren", sagte Jonathan, „ich stimme mit der Anklage überein. Eine Unterbrechung ist eine gute Idee. Und wegen der extremen Anspannung meiner Klientin bitte ich um eine zweitägige Prozeßpause."

Carolyn wollte ihn unterbrechen. Sie hatte nichts oder fast nichts in der Hand. Sie wußte nicht einmal, ob sie Jacob wiedersehen würde. Aber der Hammer schlug auf den Tisch und der Richter setzte die Verhandlung bis zum folgenden Montag aus.

64

Carolyn berichtete Jonathan von ihrer Begegnung mit Jacob. Sie brach damit ihr Wort gegenüber Jacob, aber schließlich hatte auch er sein Wort gebrochen, als er nicht zu ihrer Verabredung erschien. Was sollte sie nach ihrer unvorsichtigen Bemerkung im Gerichtssaal auch anderes tun?

Aber sie fürchtete, Jonathan und nicht einmal Sam konnten mit ihrer Enthüllung etwas anfangen. Selbst wenn Jacob das Risiko auf sich nahm und aussagte, konnte seine Aussage ebenso leicht in Zweifel gezogen werden wie die von Mabel Vernon oder Deborah selbst.

„Wir brauchen handfeste Beweise", sagte Jonathan. „Ich glaube, wir bringen die Dinge wenigstens so durcheinander, daß die Geschworenen Deborah nicht über jeden Zweifel schuldig sprechen können. Aber es kann sein, daß wir doch auf Notwehr plädieren müssen."

Da Carolyn einige Zeit mit ihrer Familie verbringen wollte, war Caleb allein nach Hause zurückgekehrt. Nachdem sie Griff, Slim und Longjim begrüßt hatte, war sie bereit aufzubrechen und lieh sich im Mietstall ein Pferd. Sky begleitete sie zur Ranch.

Es war schon spät, als sie nach dem langen Ritt von Leander ankamen, aber Sky wollte die Nacht nicht auf der Ranch verbringen.

„Ich werde heute in der Stadt übernachten, aber wenn du willst, komme ich morgen hinaus, falls ich dir irgendwie helfen kann."

„Du hast mir sehr gefehlt, Sky. Aber es würde wahrscheinlich alles nur noch schwerer machen. Da wäre etwas — aber nein, es würde doch nichts nützen."

„Was? Wir können jetzt keine Möglichkeit mehr ungenutzt lassen."

„Mir gefällt es nicht, daß Laban verschwunden ist. Wie sollen wir je beweisen, daß er es getan hat, wenn er nicht da ist? Ich glaube, wir sollten ihn aufspüren und herausfinden, was er im Sinn hat. Ich dachte auch daran, daß du einfach ein bißchen herumschnüffeln und vielleicht mit einigen der Mexikaner hier reden könntest, um herauszufinden, wo Jacob ist. Er hat mir gesagt, daß sie ihm manchmal helfen und ihm Informationen weitergeben, und sie reden vielleicht eher mit dir als mit einem Weißen."

„Ich werde sehen, was ich tun kann. Du kommst allein zurecht?"

„Natürlich."

*   *   *

Caleb war nach dem langen Tag erschöpft. Es erstaunte ihn, daß das Verfahren ihn so anstrengte, aber die Aufwallung der Gefühle setzte ihm wahrscheinlich hart zu. Dennoch konnte er nach seiner Rückkehr an diesem Tag keine Ruhe finden.

Nach der Verhandlung hatte er mit einem befreundeten Anwalt gesprochen, der an der Verhandlung teilnahm, um den großen Jonathan Barnum zu sehen. Caleb wollte ein fachmännisches Urteil über den Prozeß hören, und in diesem Gespräch wurde ihm klar, daß wenig Aussicht bestand, daß die frühere Anklage aufrecht erhalten werden konnte. Und erst recht galt das für das frühere Urteil.

„Es wird nahezu unmöglich sein, in diesem Staat eine Frau zum Tode zu verurteilen, Caleb. Früher war das nur möglich, weil diese Gegend praktisch außerhalb der Zivilisation lag. In einer Stadt wäre das nie geschehen."

„Was könnte die Höchststrafe für sie sein?", wollte Caleb wissen.

„Lebenslänglich für Mord ersten Grades. Aber ich sehe nicht, wie Mord ersten Grades hier bewiesen werden sollte. Vielleicht Totschlag; das würde eine kürzere Strafe bedeuten, vielleicht zehn Jahre. Aber seien wir ehrlich, Caleb, wahrscheinlich wird auf Notwehr erkannt."

„Das kann nicht sein!" Caleb schlug mit der Faust auf den Tisch.

„Ich weiß, es wird Ihnen schwerfallen, das hinzunehmen, Caleb, weil Ihr Sohn dann in einem bestimmten Licht dastehen wird. Aber die Beweislast liegt bei der Anklage, und die hat keinen wirklichen Beweis, daß Mrs. Killion nicht mißhandelt wurde, und auch nicht dafür, daß sie eine Affäre hatte."

„Ich werde nicht dulden, daß das Andenken meines Sohnes so in den Schmutz gezogen wird."

„Was wollen Sie tun?"

Diese Frage ließ ihn schon lange nicht mehr los. Er wurde sich bewußt, daß er machtlos war. Im ersten Prozeß war das anders gewesen. Damals hatte er die Leute bestechen und einschüchtern können, um für Leonhard auszusagen. Es war nicht sehr schwer gewesen, weil die meisten ohnehin auf Leonhards Seite standen — weil sie wußten, was gut für sie war!

Aber die Zeit hatte diesen Aussagen viel von ihrer Wirkung genommen. Und Jonathan Barnum war gerissen. Er wußte, wie er die Dinge zu Deborahs Gunsten manipulieren konnte.

Aber es wäre ein harter Schlag für Caleb, sollte Deborah freigesprochen werden. Und noch schlimmer war es, wenn das auf Leonhards Kosten geschah. Er weigerte sich einfach, das zu akzeptieren. Vor neunzehn Jahren hatte man ihn seiner Rache beraubt. Beinahe hätte er sie für den Tod seines Sohnes büßen sehen. Sie verdiente die Strafe, denn sie hatte seinen Sohn getötet, und sie verdiente die Strafe noch immer, denn nun versuchte sie, sein Andenken zu zerstören. Es war nicht recht, daß sein Kind dieser Dinge beschuldigt wurde. Was würde seine Mutter darüber denken? Sie hatte Leonhard so sehr geliebt. Und Caleb würde das Andenken ihres Sohnes schützen. Das schuldete er Elizabeth.

Er ging unruhig in seinem Arbeitszimmer auf und ab und blieb an seinem Schreibtisch stehen. Er warf einen Blick auf das alte Foto von Leonhard und setzte sich in seinen Sessel. Aus einer Schublade, die er aufschloß, holte er eine andere Fotografie. Sie zeigte eine dunkelhaarige Frau mit dunklen Augen und einer Haut so blaß und rein wie frischgefallener Schnee. Aus ihrer Kleidung konnte man schließen, daß das Bild sehr alt war. Ein hochgeschlossenes dunkles Kleid mit bauschigen Armen und sehr schmaler Taille, das weit fiel. Es war fast vierundvierzig Jahre alt. Es war das letzte Bild, das von Elizabeth Stoner, Calebs erster Frau, gemacht worden war.

„Ich werde dich nicht noch einmal enttäuschen, Elizabeth", murmelte Caleb. „Es ist zu spät, um alles wieder gutzumachen, aber dieses eine wenigstens verspreche ich dir. Auch in seinem Tod wird unser Sohn von Deborah nicht in den Schmutz gezogen werden."

Sein Freund, der Anwalt, hatte ihn gefragt, was er tun wolle, und die Antwort war einfach. Die Farce von einer Verhandlung dauerte nun lang genug. Von niemandem konnte man erwarten, daß er dieses Schauspiel länger mit ansah. Niemand sollte mit ansehen, wie man aus seinem Sohn ein Ungeheuer machte. Vielleicht würden sie ihn selber anklagen für das, was er tun wollte, aber was spielte das noch für eine Rolle? Sein Leben war vor neunzehn Jahren zu Ende gegangen, als das unaussprechliche Verbrechen dieser Frau ihm seinen Sohn genommen und ihm nur noch einen gierigen Bastard gelassen hatte, der seinen Namen weitertragen würde.

Ganz gleich, was sie mit ihm taten, niemand konnte Caleb Stoner mehr weh tun.

Teil XIV

Enthüllungen

65

Den ganzen folgenden Tag blieb Caleb verschwunden. Als er nach dem Abendessen zurückkam, war er erschöpft, aber er ging auf Carolyns Fragen nicht ein und zog sich in sein Zimmer zurück.

Nach ihrem kurzen Gespräch mit Caleb ging auch Carolyn auf ihr Zimmer. Sie war müde, enttäuscht und hilflos, aber sie war zu unruhig, um schlafen zu gehen. Sie entschloß sich zu einem neuen Versuch, mit Jacob Kontakt aufzunehmen.

Sie trat gerade auf die Veranda hinaus, als sich ein Reiter näherte. Es war Sean Toliver. Er sah sie, ritt zum Haus und stieg ab.

„Sieh an", sagte er. „Ich dachte schon, ich werde dich gar nicht mehr zu Gesicht bekommen."

„Ich war die ganze Zeit bei der Verhandlung."

„Ich glaube, das kann ich verstehen. Ich war sowieso fort."

„Tut mir leid, Sean, das habe ich nicht einmal bemerkt."

Er lachte. „Ich bin erschüttert. Ich hatte erwartet, daß du dir die Augen nach mir ausweinst."

Sie spürte seinen Sarkasmus; und ihr wurde auch klar, daß sie ihn kein bißchen vermißt hatte. Ja, der Prozeß beschäftigte sie sehr, aber sie hatte nicht einmal abends nach ihm gesucht.

Was hatte sie an ihm eigentlich angezogen? Seine Küsse? Sein hübsches Aussehen? Wenn es mehr als das gewesen wäre, hätte sie sicher versucht, jede freie Minute mit ihm zu verbringen. Aber bedeutete ihr Sean Toliver überhaupt etwas? Worüber hatten sie denn schon gesprochen, was zusammen unternommen? Das einzige, was ihn zu interessieren schien war, sie zu küssen und all das. Aber hatte sie denn überhaupt versucht, eine tiefere Beziehung zu ihm aufzubauen? Sie wußte viel mehr über Matt Gentry, und er hatte sie nicht geküßt, nicht einmal angefaßt.

Carolyn wußte genug über die Liebe. Es ging dabei um mehr als nur um Küsse. Sie hatte ihre Mutter und Sam als Beispiele vor Augen. Sie fühlten sich miteinander einfach wohl, und sie redeten immer und taten Dinge gemeinsam. Sie hatten viel gemein.

Hatte sie irgend etwas mit Sean gemein? Sie hatte sich das nie gefragt, und vielleicht schuldete sie ihm wenigstens das.

Sie entschloß sich, ein andermal nach Jacob zu suchen. „Sean, ich wollte gerade ein wenig ausreiten, die Sterne sind heute so schön. Willst du mitkommen?"

„Nun, Liebes, ich habe gerade einen langen Ritt hinter mir, und ich bin nicht gerade scharf darauf, mich gleich wieder in den Sattel zu schwingen."

„Wir können auch einfach ein Weilchen hier sitzen und uns unterhalten."

„Uns unterhalten, ja?"

„Klar. Wir kennen uns eigentlich kaum."

„Ich weiß alles über dich, was ich wissen will." Er ging auf sie zu, legte ihr einen Arm um die Taille und fuhr mit einer Hand ihren Rükken auf und ab. „Zum Beispiel, wie gut du dich anfühlst, Carolyn, wie weich und einladend." Er zog sie an sich und preßte seine Lippen auf ihre.

Sie wollte sich losmachen. „Sean, nicht jetzt."

„Du hast recht. Das ist kaum der richtige Ort." Den Arm noch immer um sie geschlungen, wollte er sie mit sich an einen abgelegeneren Platz außer Sichtweite der Eingangstür ziehen.

„Ich will nur einfach reden, Sean", protestierte Carolyn. Aber sie stolperte neben ihm her und konnte sich aus seinem harten Griff nicht freimachen.

„Reden, yeah ..." Aber er hörte gar nicht zu. Als sie im Schatten ankamen, näherte er sich ihr von neuem. Reden war so ziemlich das letzte, was er jetzt wollte.

Dann wurde Carolyn wütend. Sie interessierte ihn kein bißchen, außer als irgendeine Frau, die er verführen konnte. Er wollte gar nicht wissen, wer sie war, was sie mochte, welchen Schmerz ihr der Prozeß gegen ihre Mutter bereitete. Sean hatte an der Verhandlung gegen ihre Mutter nicht das geringste Interesse gezeigt, und ebenso wenig an irgend etwas anderem aus ihrem Leben. Er war völlig von sich selbst eingenommen.

„Sean, ich will dich nicht küssen." Sie stieß ihn etwas zurück, aber er hörte nicht auf.

„Du weißt nicht, was du willst, Carolyn."

„Wenn du nicht sofort aufhörst, werde ich schreien."

„Ich habe es dir schon einmal gesagt, Carolyn, ich bin ein Mann, der bekommt, was er haben will."

„Nun, mich bekommst du sicher nicht!" Sie schlug heftig nach ihm, und da er den Schlag nicht erwartet hatte, taumelte er etwas zurück.

Bevor sie weglaufen konnte, griff er nach ihrem Arm, zog sie erneut an sich und wollte sie wieder küssen, genau wie an dem Abend des Tanzes, ohne Rücksicht auf ihren Widerstand. Aber jetzt war Carolyn mehr wütend als hilflos. Als sie ihren Mund wieder frei hatte, schrie sie nicht, sondern fuhr ihn hart an: „Ist das die einzige Art, wie du ein Mädchen gewinnen kannst, Sean, mit Gewalt?"

„Ich kann jedes Mädchen bekommen, das ich will."

„Mich nicht."

„Aber du —!"

Einen kurzen Augenblick lang hatte Carolyn Angst. Seine Stimme hatte wie ein düsteres, böses Grollen geklungen, voller plötzlicher Feindseligkeit. Er konnte ihr weh tun. Er versuchte nicht mehr, sie zu küssen, hielt sie aber noch immer schmerzhaft fest.

Dann ließ er sie los. Mit starrem Blick sagte er: „Du bist es nicht wert." Dann ließ er sie stehen.

Carolyn fühlte sich eher erleichtert als traurig. Sie empfand keinerlei Bedauern, nur eine kurze Enttäuschung, daß Seans Charakter so wenig seinem Aussehen entsprach. Aber was bedeutete es schon, wie jemand aussah? Nun ja, es mochte schon eine gewisse Rolle spielen, aber alles andere war doch viel wichtiger. Sie war einfach froh, daß ihr das rechtzeitig klar geworden war.

Carolyn lachte sich selber aus. „Als ob ich mehr Verstand hätte als Gott mir gegeben hat! Danke, Herr, daß du mir die Augen geöffnet hast. Ich wüßte überhaupt nicht, was ich ohne dich anfangen sollte."

Dann entschloß sie sich plötzlich, ihre Absicht doch auszuführen und sich auf die Suche nach Jacob zu machen.

66

Die Nacht war dunkel, der Mond nicht zu sehen. Zuerst war sie froh gewesen, Sean im Stall nicht noch einmal begegnet zu sein, aber dann wurde ihr klar, wie spät es schon war und wie gern sie jetzt Gesellschaft hätte. Sie dachte kurz an Sean, und ihr war klar, daß sie die Art Gesellschaft, die er bot, jetzt am allerwenigsten brauchen konnte. Zu dumm, daß sie Sky weggeschickt hatte. Selbst Matt oder Ramon hätte sie jetzt gern bei sich gehabt — einfach einen Freund, dem sie nicht gleichgültig war. Sie blickte zurück zur Unterkunft der Rancharbeiter, wo noch Licht brannte. Aber es würde nur Aufsehen erregen, wenn sie jetzt Matt oder Ramon suchte. Außerdem war Sean wahrscheinlich auch da.

Sie fand die Blockhütte leer vor. Eigentlich hatte sie wohl auch nicht erwartet, daß jemand da war, besonders da es schon zwei Stunden nach Sonnenuntergang war, die gleiche Zeit, zu der Jacob sie hier vor zwei Tagen treffen wollte. Sie ritt auf den Hügelkamm zu.

Der Pfad zum Buck's Canyon war schwierig. Sie ritt langsam und vorsichtig, sie hatte es nicht eilig. Der Pfad sah nicht aus, als ob er in letzter Zeit von Rindern benutzt worden war. Sie stieg ab und untersuchte die Umgebung genauer, um sich zu überzeugen. Keine frischen Spuren. Mehr war in der Dunkelheit nicht zu erkennen. Jacob mochte hier entlang geritten sein oder die Viehdiebe, aber Vieh war hier nicht wieder entlang getrieben worden. Sie stieg wieder auf und ritt bis zu der Stelle, an der sie Jacob zum ersten Mal begegnet war. In dieser Nacht wurde sie aber enttäuscht.

Wo konnte Jacob sein? Konnte er einen Zusammenstoß mit den Viehdieben gehabt haben? War er gezwungen gewesen, zurück nach Mexiko zu fliehen oder war gar noch Schlimmeres geschehen? Vielleicht würde sie ihn nie wiedersehen.

Wieder einmal hatte sie sich falsche Hoffnungen gemacht.

Herr, warum tust du mir das an, und meiner Ma? Warum machst du es uns so schwer? Du weißt, meine Ma ist unschuldig, warum kann sie nicht frei sein? Ich verstehe das einfach nicht.

Tief in ihrem Inneren wußte sie, daß es keinen Sinn hatte, auf Gott böse zu werden. Alles, was er tat, tat er mit gutem Grund, auch wenn sie seine Gründe nicht immer verstand.

„Wahrscheinlich wartet er nur, bis ich erwachsen bin und mich mehr auf ihn verlasse", sagte sie zu sich selbst.

Alle sagten ihr immer, wie dickköpfig sie war — nun, vielleicht konnte sie ihren Dickkopf diesmal für etwas Gutes nutzen. Sie würde nicht aufgeben; sie würde weiter bohren und suchen, bis sie Erfolg hatte. Sie wollte sich auf Gott verlassen, ihm trauen. Ihre Ma hatte immer gesagt, das sei der Weg zu wirklicher Stärke und Unabhängigkeit. Aber sie fühlte sich so gedrängt, selbst etwas zu unternehmen — um ihre Mutter zu retten, um den wirklichen Mörder zu finden, um das Herz ihres Großvaters zu erweichen.

Nun schien ihr das lächerlicher als je zuvor. Als ob sie dazu wirklich in der Lage wäre! Sie brauchte Hilfe, und zwar bald. Und Gott würde ihr helfen, wenn sie es ihm nur erlauben würde.

Sie war überrascht, als sie einige Minuten später eine Gestalt auf dem Pfad ausmachte. Statt ihre Entdeckung als Hilfe Gottes zu begrüßen, war ihr erster Impuls, sich zu verstecken, da sie den Reiter für einen der Viehdiebe hielt. Sie dachte gar nicht daran, daß ihr Gebet vielleicht erhört worden war, bis sie beim Näherkommen die Gestalt erkannte. Es war Matt Gentry.

Aber bevor sie ihn rufen konnte, drehte er sich plötzlich scharf um und richtete seinen Revolver genau auf ihr Herz. Sein Schrecken, als er sie erkannte, machte rasch dem Ärger Platz. „Was tun Sie denn hier oben?", fragte er.

Ihre Erleichterung wich der Angst vor der Waffe, die noch immer auf sie zielte. Und sie erinnerte sich an den Gewitterabend, als sie ihn genau am Fuß dieser Hügel angetroffen hatte. War er rein zufällig hier? Was hatte er vor? Hatte sie ihm zu Unrecht vertraut? Bedeutete ihre Freundschaft vielleicht gar nichts? Wenn sie ihm nicht wirklich trauen konnte, bedeutete sie tatsächlich nichts.

„Ich beantworte keine Fragen, bevor Sie nicht Ihre Waffe einstekken", sagte sie.

Gentry sah auf seinen Revolver hinunter, als ob er ihn völlig vergessen hätte und ließ ihn dann mit einer geschickten Bewegung im Halfter verschwinden. Er wußte, daß man mit Carolyn nicht streiten durfte. „Tut mir leid, ich wußte nicht, wer mir nachreitet."

„Ich bin Ihnen nicht gefolgt, aber vielleicht hätte ich das tun sollen."

„Was meinen Sie damit?"

„Kommen Sie schon, Matt, ich habe Ihnen wirklich glauben wollen, aber was soll ich davon halten, Sie hier zu finden —"

„Was wissen Sie über diesen Ort?"

Sie sah keinen Grund zu lügen. „Die Viehdiebe benutzen Buck's Canyon. Ich habe dort unten eine Herde von etwa hundert Tieren gesehen."

„Wann?"

„Als wir auf diesem Viehtrieb waren."

„Und Sie haben nichts gesagt?"

„Ich wurde von etwas anderem abgehalten."

„Das vermute ich auch." Er zögerte, bevor er mehr zu sich selbst hinzufügte: „Dann haben sie sie schon weggetrieben, und ich habe sie verfehlt." Er stemmte eine Faust in die Hüfte.

„Sie haben von der Herde nichts gewußt?"

„Natürlich nicht!" Ein Lächeln huschte über sein Gesicht. „Ich verstehe schon, was Sie denken. Ich sehe sicher ziemlich verdächtig aus."

„Okay Matt, ich glaube, es wird Zeit, daß Sie mir sagen, was los ist —"

Aber bevor sie zu Ende sprechen konnte, brachte ein Knistern im Unterholz sie zum Verstummen. Sie sah Matt an, der wieder nach seiner Waffe griff. Aber ein weiteres Geräusch ließ ihn innehalten — das Klicken eines Colts nur wenige Schritte entfernt.

67

Eine Stimme ertönte, bevor sie jemanden sehen konnten: „Heben Sie die Hände hoch, so daß ich sie sehen kann."

Matt und Carolyn gehorchten. Carolyn erkannte die Stimme und wußte, daß keine Gefahr bestand. Aber im Westen gehorchte man einer vorgehaltenen Waffe auf jeden Fall besser, selbst wenn ein erst kürzlich wieder aufgetauchter Onkel sie in der Hand hielt.

„Onkel Jacob."

Jacob trat auf die Lichtung, wo Matt und Carolyn auf ihren Pferden saßen. Noch immer richtete er seinen Colt auf sie.

„Carolyn." Er nickte in ihre Richtung und sah dann Matt an, auf den er nun zielte.

„Onkel Jacob", fuhr Carolyn fort, als sie sein Zögern bemerkte, „das ist ein Freund von mir."

„Bist du sicher?"

Nach allem, was Carolyn wußte, konnten alle beide Viehdiebe sein. Aber sie war ziemlich sicher, daß diese beiden Männer nicht schießen würden, ohne vorher zu reden.

„Ja, ziemlich sicher", sagte sie. Sie sah Matt an, als ob sie ihn warnen wollte.

„All right, für den Augenblick verlasse ich mich auf Carolyn. Steigt ab."

„Vielleicht traue ich *Ihnen* ja nicht", sagte Matt. „Wer sind Sie überhaupt, und was tun Sie hier?"

„Darüber reden wir gleich."

Carolyn sagte: „Matt, würden Sie bitte einfach absteigen? Ich glaube, wir werden alle zusammen herausfinden, was hier los ist. Ich schütze Sie, falls mein Onkel einen Trick versucht."

„Ha!" sagte Matt. Aber er stieg ab und folgte Carolyn und Jacob.

Jacob führte sie auf dieselbe Lichtung, wo er beim letztenmal kampiert hatte. Es war dunkler in dieser Nacht, und auch das kleine Feuer, das Jacob entzündete, gab nur wenig Licht.

„Wo bist du neulich geblieben?", fragte Carolyn, als sie sich am Feuer niedergelassen hatten.

„Die Viehdiebe haben die Herde weitergetrieben", sagte Jacob, „und ich bin ihnen gefolgt. Sie nahmen den Pfad, von dem ich dir erzählt habe, und auf der anderen Seite des Tals trafen sie mit vier weiteren Männern zusammen, die die Tiere übernommen haben. Sie trieben die Herde zu einem Platz etwa zwei Tage westlich."

„Dann haben wir sie", sagte Carolyn. „Wir müssen nur die Gesetzeshüter zu dieser Ranch führen."

„So einfach ist das nicht", sagte Jacob. „Die Brandzeichen sind alle geändert worden, und ihr Wort wird gegen unseres stehen. Ich bin sicher, wer auch immer verantwortlich für die Aktion ist, hat seine Spuren sorgfältig verwischt."

„Haben Sie herausgefunden, wem die Ranch gehört?", fragte Matt.

„Ich bin nicht in der Lage, solche Erkundigungen einzuholen."

„Haben Sie einen der Leute erkannt?"

„Nein, aber ich habe auch schon viele Jahre nichts mehr mit der Stoner Ranch zu tun gehabt. Ich ritt hin und gab vor, ein Cowboy auf Arbeitssuche zu sein. Ich sprach mit einem Kerl dort über einen Job. Wie schon gesagt, ich kannte ihn nicht. Er war über einsachtzig groß, für einen Gringo recht gutaussehend, braune Augen und braunes Haar, wahrscheinlich ein paar Jahre älter als Sie. Ach, und er hatte einen komischen Akzent."

„Einen komischen Akzent, sagen Sie?"

„Ja, schon wie aus dem Westen, aber zugleich auch fremd."

Carolyn und Matt tauschten bedeutungsvolle Blicke.

„Ich weiß, was Sie denken, Matt", sagte Carolyn, „aber das kann nicht sein."

„Sean Toliver wäre nicht der erste Vorarbeiter, der sich auf Kosten seines Arbeitgebers seine eigene Ranch aufbaut. Außerdem hat mich etwas mißtrauisch gemacht, was Sie vor einiger Zeit einmal gesagt haben. Sie erinnern sich, auf diesem Viehtrieb, als Sean nicht zum Buck's Canyon hinaufreiten wollte?"

„Sean und Laban haben das gesagt", berichtigte Carolyn.

„Nun, ich weiß nicht, was mit Laban ist, aber es sieht ganz so aus, als ob Sean hier die Hände im Spiel hat — es sei denn, Sie halten es für puren Zufall, daß er auf dieser Ranch war."

Carolyn schüttelte den Kopf. Sie konnte es nicht leugnen, und sie erinnerte sich, daß Sean ihr selbst erst vor kurzem gesagt hatte, daß er einen langen Ritt hinter sich hatte. Konnte es ein zweitägiger Ritt gewesen sein? Noch etwas anderes verwirrte sie. „Matt, warum ist Ihnen das so wichtig? Wollen Sie nur den Verdacht gegen sich widerlegen?"

„Ist das nicht genug?"

„Was sollte das mit Laban?", fragte Jacob.

Carolyn antwortete: „Er und Sean Toliver sagten Caleb, sie wollten das Vieh lieber nach Duff's Valley treiben statt zum Buck's Canyon, weil das Gras und das Wasser hier oben nicht gut sind."

„Aber das stimmt offensichtlich nicht", sagte Matt.

„Und wenn der Vormann *und* der Sohn des Besitzers zusammenarbeiten, dann hätten sie so ziemlich freie Hand", sagte Jacob.

„Ist dir klar, was du da sagst, Onkel Jacob?"

„Ja, aber wäre das so unwahrscheinlich?"

„Ich würde nicht mehr für Laban eintreten, nach dem, was er mir angetan hat", erwiderte Carolyn.

Jacob hob fragend eine Augenbraue. Carolyn zuckte nur die Achseln. „Er hat mich einmal geschlagen, und dann hat man mir zweimal nach dem Leben getrachtet. Ich bin fast sicher, daß Laban damit zu tun hatte. Aber weshalb sollte er Calebs Vieh stehlen?"

„Er ist ein verzweifelter Mann, besonders jetzt, da du auf der Ranch aufgetaucht bist, Carolyn. Er wartet schon viele Jahre, um diese Ranch zu bekommen, aber jetzt sieht er seine Zukunft schwinden. Armer Laban! Ganz gleich, was er getan hat, er tut mir noch immer leid."

„Das ändert nichts daran, daß wir ihn und Sean zur Rechenschaft ziehen müssen", sagte Matt.

„Zuerst einmal müssen wir Laban finden", sagte Carolyn. „Als Caleb herausfand, daß Laban mich geschlagen hat, schwor er, ihn zu töten", erklärte sie Jacob. „Seitdem haben wir Laban nicht mehr gesehen."

„Ich werde ihn finden", sagte Jacob bitter. „Matt, werden Sie mich begleiten?"

„Zuerst würde ich gern wissen, mit wem ich es zu tun habe. Ich habe verstanden, daß Sie mit den Stoners verwandt sind, aber niemand hat erwähnt, daß Sie hier sind."

„Ich bin Caleb Stoners Sohn. Ich bin die letzten zwanzig Jahre fort gewesen." Nach kurzem Zögern fügte er hinzu: „Ich denke, wenn Sie mit mir kommen, haben Sie auch ein Recht, die Wahrheit über mich zu wissen. Ich bin auch unter dem Namen Santiago bekannt —"

Matt schluckte. Der Name war ihm offenbar bekannt.

Jacob fuhr fort: „Sie haben es also mit einem Bandito zu tun . . . Was dagegen?"

„Ich war schon mit schlimmeren zusammen", sagte Matt. „Wenn ich recht sehe, kümmern Sie sich im Moment um Carolyn, und das ist es, was für mich zählt."

„Ja." Jacob sah Carolyn mit einem warmherzigen Blick an. „Es ist vieles wieder gutzumachen. Und es wird Zeit, daß der Name Stoner einmal mit etwas anderem verbunden wird als mit Gewalt und Elend. Carolyn ist unsere einzige Hoffnung."

„Ich will Ihnen glauben, da Carolyn es auch zu tun scheint", sagte Matt. „Aber ich werde wachsam sein, falls es Ihnen nichts ausmacht."

„Ich auch", grinste Jacob. „Wir werden uns gegenseitig zur Ehrlichkeit zwingen."

„Hoffen wir es."

„Onkel Jacob", sagte Carolyn ängstlich, „was ist mit meiner Ma?"

Jacob sah Matt an und zögerte. „Du kannst offen vor ihm reden", sagte Carolyn. „Er weiß schon fast alles." Sie wollte Matt nicht wegschicken, denn sie wollte nicht ganz allein zur Ranch zurückreiten. „Sprich bitte weiter, Onkel Jacob. Wir müssen unbedingt etwas Neues vor Gericht präsentieren. Der Prozeß ist festgefahren, und was auch immer ihr Anwalt sagt, ich glaube, es sieht schlecht aus ohne neue Fakten."

„Ich kann dir nur erzählen, wie ich die Dinge damals gesehen habe, Carolyn. Nichts davon, besonders nicht aus dritter Hand, wird das Gericht akzeptieren."

„Mr. Barnum, der Anwalt meiner Mutter sagt, selbst wenn du aussagen würdest —"

„Du hast ihnen von mir erzählt?"

„Das mußte ich, Onkel Jacob! Du warst verschwunden, und ich dachte, ich würde dich nie wiedersehen. Jedenfalls sagt Mr. Barnum, falls du lediglich die Aussage meiner Mutter unterstützen kannst, würde das wahrscheinlich nicht sehr viel helfen. Die Anklage würde deine Aussage als voreingenommen abtun, weil sie glaubt, ihr beiden hattet ein Verhältnis."

„Ich hätte ausgesagt, Carolyn, und ich würde es auch jetzt tun, wenn es wirklich helfen würde."

„Im Moment hat es keinen Sinn, das Risiko einzugehen."

„Weshalb bin ich dann zurückgekommen? Ich dachte, ich könnte etwas tun."

„Du weißt nichts anderes, was nützlich sein könnte?"

Jacob sah Carolyn scharf an. „Zwischen deinem Vater und mir hat es nie Liebe gegeben, Carolyn. Verstehst du das? Ich haßte ihn und habe seinen Tod nicht bedauert. Ich hätte ihn selber getötet, wenn ich noch länger auf der Ranch geblieben wäre. Aber ich war weit weg, was konnte ich also tun?"

Carolyn nickte, aber sie fühlte sich elend. Würde sie sich je an den Gedanken gewöhnen, daß alle ihren Vater haßten? Aber sie mußte dem ins Auge sehen — allem. Sie konnte sich nicht länger schützen.

„Bitte erzähl mir, was du weißt, Onkel Jacob", sagte sie entschlossen. „Schlimmer als das, was ich schon gehört habe, kann es nicht sein. Vielleicht hilft es meiner Mutter nicht, aber ich muß diese Dinge wissen."

„Willst du dir das wirklich zumuten?", fragte er zärtlich.

Als sie nickte, fuhr er fort: „Ich weiß nicht genau, wie ich es sagen soll, aber deine Mutter hatte alles Recht der Welt, Leonhard Stoner zu töten. Ich glaube, ihr Leben war in Gefahr, und ich sagte ihr das, als ich sie überreden wollte, mit mir fortzugehen. Mein Halbbruder war genau wie mein Vater — aus dem gleichen Holz geschnitzt, wie man so sagt. Und was mit deiner Mutter geschah, war die genaue Wiederholung der Leidensgeschichte meiner eigenen Mutter. Leonhard hat deine Mutter mißhandelt, wie Caleb meine Mutter mißhandelt hat. Ich habe mit eigenen Augen den Schmerz meiner Mutter gesehen, den körperlichen Schmerz, den Caleb ihr zufügte. Es gab selten sichtbare Anzeichen, aber ich habe gesehen, wie sie sich krümmte oder humpelte, wenn er sie geschlagen hatte. Aber am deutlichsten steht mir ihr gemartertes Gesicht, ihr verwüsteter Blick vor Augen und eine furchtbare Leere, als ob sie lange schon gestorben wäre. Das Leben war ihr unerträglich geworden. Ich glaube wirklich, daß sie innerlich schon gestorben war, lange bevor sie sich das Leben nahm."

„Deine Mutter hat Selbstmord begangen?" Schock und Entsetzen spiegelten sich auf Carolyns Gesicht.

„Ja, und deine Mutter ging denselben abschüssigen Weg. Ich fürchtete, wenn Leonhards Schläge sie nicht umbrachten, würde sie ihrem Leben selber ein Ende machen."

„Trotzdem hast du sie verlassen?"

„Ich werde mir das nie vergeben, aber es schien keine andere Wahl zu geben. Dein Vater erwischte deine Mutter und mich zusammen — in einer völlig unschuldigen Situation, aber er nahm das Schlimmste an und drohte, mich zu töten, wenn ich nicht ging. Deborah überzeugte mich, daß es am besten so war. Wie gesagt, ich wußte, ich hätte ihn getötet, wäre ich geblieben."

„Du bist nicht später zurückgekehrt, um ihn zu erschießen . . .?" Sie mußte diese Frage stellen, obwohl sie schon sicher war, daß es so nicht gewesen sein konnte.

Jacob schüttelte traurig den Kopf, als ob er wünschte, er *wäre* zurückgekehrt und hätte es getan. „Glaubst du denn, ich hätte sie für ein Verbrechen büßen lassen, das ich begangen hätte?"

„Ich weiß nicht, was ich glauben soll."

„Ich verstehe", sagte er leise, sanft.

Ein langes Schweigen folgte. Carolyn starrte ins Feuer; Jacob seufzte schwer und rieb sich das Gesicht mit den Händen. Matt rutschte unruhig hin und her, offensichtlich sehr unwohl bei diesem persönlichen Austausch, der ihn nichts anging.

Schließlich sprach Jacob weiter. „Wenn die Gefahr für deine Mutter bewiesen werden kann, würde das Gericht wahrscheinlich auf Notwehr erkennen."

„Ich nehme an, das ist möglich", sagte Carolyn. „Aber wir wollen den wirklichen Mörder finden, wir wollen beweisen, daß sie es gar nicht getan hat." Carolyn verstummte und fragte nach kurzem Schweigen: „Gibt es einen Beweis?"

„Meine Mutter hinterließ einen Abschiedsbrief. Caleb hat nie etwas davon erfahren, und ich habe ihn immer versteckt gehalten. Darin erklärte sie Laban und mir, warum sie tun mußte, was sie tat. Wir waren noch jung — ich war erst acht — und sie ging nicht in Einzelheiten, die ein Kind nicht verstehen konnte. Aber es war klar, daß Caleb sie zur Verzweiflung getrieben hatte. Und sie fühlte sich schrecklich schuldig, Laban und mich mit ihm alleinzulassen."

„Hast du diesen Brief noch?"

„Nein. Ich wollte ihn Deborah geben. Ich hoffte, das würde ihr die Augen öffnen. Bevor ich verschwand, ging ich also in die Blockhütte, wo Laban und ich wohnten. Ich wickelte den Brief ein und gab ihn einem unserer mexikanischen Hilfen, um ihn Maria zu bringen. Sie sollte ihn Deborah geben. Es wäre zu verdächtig gewesen, wenn ein Arbeiter, besonders ein Mexikaner, Deborah etwas überreicht hätte, aber Maria sah sie täglich, und für sie bestand keine Gefahr."

„Meine Mutter hat niemals einen Brief erwähnt. Vielleicht hat sie ihn nie bekommen."

„Aber warum —?"

Plötzlich erinnerte sich Carolyn daran, was Maria gesagt hatte, und sie dachte daran, wie ergeben die Haushälterin Caleb und Leonhard Stoner war.

„Jacob, ich glaube, Maria hat meiner Mutter diesen Brief nie gegeben. Vielleicht hat sie ihn vernichtet. Vielleicht . . ." Konnte das das Geheimnis sein, von dem Maria gesagt hatte, es bliebe besser verborgen? „Jacob, weißt du irgendeinen Ort im Haus — einen Schrank, eine Schublade, irgendein Versteck — wo ein Papier wie dieses versteckt sein könnte?" Carolyn erzählte ihm von Marias Bemerkungen. „Ich glaube, Maria fühlt sich schuldig, weil sie diesen Brief zurückgehalten hat. Sie hat lieber die Ranch verlassen, als sich meinen Fragen weiter auszusetzen."

„Sie könnte nicht deine Frage beantworten und zugleich meinem Vater gegenübertreten", sagte Jacob. „Die arme Frau ist hin und her gerissen. Wenn sie tut, was recht ist, wird sie der Familie untreu, der sie so viele Jahre lang gedient hat."

„Ich glaube, ich verstehe sie", sagte Carolyn nachdenklich. „Aber jetzt kommt alles darauf an, daß die Wahrheit ans Licht kommt. Wir müssen finden, was sie verborgen hat."

„Ein solcher Brief ist noch immer kein Beweis", sagte Jacob.

„Und er würde wahrscheinlich nicht einmal helfen, aber was haben wir denn sonst? Ich glaube, wenn ich diesen Brief sehe, kann ich wenigstens eher glauben, was für Menschen mein Vater und mein Großvater damals waren. Ich will endlich Klarheit."

Jacob strich sich nachdenklich den Bart. „Es gibt viele Verstecke im Haus."

„Ich habe überall nachgesehen, sogar in Calebs Zimmer. Einige Schubladen und Schränke sind verschlossen, aber nur Caleb hat Schlüssel dazu, und ich weiß, er wird mir nicht helfen."

„Nun", sagte Matt nüchtern, „wenn Maria diesen Brief hatte, wird sie ihn dann nicht bei sich versteckt haben?"

„Natürlich! Matt, du bist genial!"

„Das wollte ich dir schon lange klarmachen", sagte er mit einem verschmitzten Grinsen, das Carolyn plötzlich wunderbar fand.

„Ich habe mich wohl so in eine Richtung verirrt, daß ich gar nicht auf eine andere Idee kommen konnte." Carolyn vergegenwärtigte sich noch einmal das Gespräch mit Maria, bevor sie dann so unerwartet die

Ranch verließ. Hatte sie in ihrer Loyalität Familiengeheimnisse verborgen — ‚begraben‘ — an einem Ort, von dem sie sicher war, daß niemand dort suchen würde? Bei sich zu Hause?

Bevor sie in dieser Nacht auseinandergingen, hatte Carolyn noch eine weitere Frage an Jacob.

„Onkel Jacob, glaubst du, Laban könnte meinen Vater getötet haben?"

„Er war damals erst fünfzehn Jahre alt."

„Das hat Großvater auch gesagt, aber wäre es denkbar?"

Jacab dachte an seinen launischen, jähzornigen Bruder von damals und nickte. „Vielleicht hätte er es tun können. Ich wußte nie genau, was in seinem Kopf vorging. Er war ein sehr verschlossener Mensch. Ich schätze, nachdem ich fort war, hatte er durch Leonhards Tod eine Menge zu gewinnen. Aber daß ein junger Mensch töten sollte . . . ich weiß nicht."

Jacob und Matt verabredeten für den folgenden Tag einen Treffpunkt. Matt sollte Sean nichts merken lassen, aber er sollte ihm eine Botschaft übermitteln. Jacob hoffte, daß Sean wußte, wo Laban war und ihn und Matt irgendwie zu ihm führen konnte. Sie besprachen Jacobs Plan, und dann begleitete Matt Carolyn zurück.

Carolyn war froh um die Begleitung, ganz besonders um Matts Gegenwart. Er war nicht so hübsch wie Sean, und auch bezaubernde und erregende Worte kamen ihm nur schwer über die Lippen. Aber anders als Sean war Matt aufrichtig und vertrauenswürdig. Sie war noch immer schockiert, daß Sean sie bezaubert und zur gleichen Zeit das Vieh der Stoners gestohlen hatte — *ihren* Besitz in gewisser Weise.

„Glaubst du, deine Mutter wird freigesprochen, wenn du dem Gericht diesen Brief vorlegst?"

„Es wird ihr helfen. Ich wünschte nur, wir fänden den wahren Mörder, so daß sie von der Sache ganz und gar freigesprochen werden kann."

„Wer mag es getan haben? Vielleicht kommt man der Wahrheit näher, wenn man nach und nach alle ausscheidet, die es auf keinen Fall gewesen sein können."

„Da liegt das Problem. Ich habe alle außer Laban ausgeschieden, und ich wüßte nicht, wie ich etwas aus ihm herausbringen sollte, wenn selbst Jonathan Barnum es nicht geschafft hat. Die einzige andere Möglichkeit wäre, daß in jener Nacht ein Dieb eingebrochen und von meinem Vater überrascht worden ist. Aber dann ist der Dieb nie mehr zu finden, und für meine Mutter ist jede Hoffnung vergeblich."

„Ich hoffe, es macht dich nicht böse, Carolyn, wenn ich sage, daß dein Vater sehr viele Feinde gehabt haben muß. Eine Menge Leute dürften Grund gehabt haben, ihn zu töten, von gierigen Ranchern bis zu aufgebrachten Pächtern."

„Es ist hoffnungslos, solche Leute von damals auftreiben zu wollen."

„Vielleicht, vielleicht auch nicht. Ich rate dir, einmal in Ruhe darüber nachzudenken."

Carolyn lächelte. Ruhiges Nachdenken war nicht gerade ihre Stärke, aber genau das hatte sie bis jetzt eigentlich noch nicht getan. Wenn der Mörder nicht irgendein Dieb war, der unmöglich noch zu finden sein würde, dann sollte es irgendeine Möglichkeit geben, dem wahren Mörder auf die Spur zu kommen. Diesen Weg mußte sie finden."

„Matt, würdest du mir helfen?"

„Klar. Zwei Köpfe sind besser als einer."

„Zuerst will ich bei Maria nachschauen."

„Ich wünschte, ich müßte jetzt nicht fort — genau jetzt, wo du meine Hilfe wirklich brauchen könntest. Aber ich werde tun, was ich kann, sobald ich zurück bin."

„Mach dir nichts draus. Laban zu finden und diese Viehdiebstähle aufzuklären ist genauso wichtig."

„Ich habe versprochen, mich um dich zu kümmern."

Carolyn war mehr gerührt als verärgert über diese Sorge um sie. Sie wußte, er respektierte sie, wie sie war, und wollte sie nicht hilflos sehen, um sich selber stärker zu fühlen. Sie hatte Matt das Leben gerettet, und er wußte sehr gut, daß er nicht unfehlbar war. „Ich werde vorsichtig sein."

„Ich komme so schnell wie möglich zurück", sagte er.

„Ich freue mich darauf." Und Carolyn wurde klar, daß sie diese Worte in mehr als einer Bedeutung meinte.

68

Gleich am nächsten Morgen ging Carolyn zu Marias kleinem Haus, das etwa eine Meile vom Ranchhaus entfernt auf dem Weg zur Stadt lag. Juana wohnte nun dort, aber um diese Zeit hatte sie im Haupthaus zu tun, und Carolyn konnte in aller Ruhe suchen.

In dem Einzimmerhaus fiel direkt unter dem Fenster gleich eine alte Truhe ins Auge, wo die Suche beginnen konnte. Carolyn schüttelte den Kopf darüber, wie einfach alles war und wieviel Zeit sie verschwendet hatte, weil sie einfach nicht in Ruhe über alles nachgedacht hatte. Matt hatte recht, der Mörder war vielleicht einfach durch ruhiges Nachdenken zu finden.

Zuerst mußte sie nun sehen, welche Geheimnisse Marias Truhe barg.

Es waren die Art Erinnerungsstücke darin versammelt, die man im Besitz einer alten Frau erwarten konnte. Ein altes Hochzeitskleid, das Carolyn sehr vorsichtig zur Seite schieben mußte, weil es schon so brüchig war; ein paar Briefe aus Mexiko; zwei schöne Rosenkränze; ein altes, handgeschnitztes Kreuz.

Dann fand Carolyn eine Mappe aus Wildleder. Sie faltete sorgfältig das vergilbte Papier darin auseinander und las:

Meine lieben Söhne Jacob und Laban,
dieser Brief wird das letzte sein, was ihr von eurer Mama hört. Es tut mir leid, daß ich nicht die Kraft hatte, weiter zu leben, wenn auch nur euch zuliebe. Wenn ihr älter seid und solche Dinge verstehen könnt, werdet ihr mich als den Feigling erkennen, der ich bin. Wenn ich nur den Glauben hätte, der mich am Leben halten könnte, aber euer Vater hat mir selbst meinen Glauben genommen. Er ist gegen den katholischen Glauben. Einmal ließ ich meinen Rosenkranz liegen, und dafür hatte ich später zu büßen. Ich muß euch beide allein zurücklassen, und das bricht mir das Herz, aber ich kann in diesem Haus nicht einen Tag länger mehr leben. Ich muß dieses Leben verlassen und kann nur auf Gottes Vergebung hoffen. Ich hoffe auch auf eure Vergebung.
Ich weiß nicht, weshalb euer Vater mich so haßt. Ich habe versucht, ihm eine gute Frau zu sein. Und nun kann ich nicht einmal eine gute Mutter sein. Oh Gott! Erbarme dich meiner armen Seele, und erbarme dich meiner lieben kleinen Söhne! Ihre einzige Schuld ist, daß sie einem gewalttätigen, haßerfüllten Vater geboren wurden.
Im Namen eines gnädigen Gottes,
Manuela Stoner.

Carolyn faltete den Brief wieder zusammen und steckte ihn in die Mappe zurück. Einen kurzen Augenblick lang wollte sie ihn in die Truhe zurücklegen und ihn noch einmal begraben. Konnte dieser Brief ihrer Mutter wirklich helfen? Es stand kein Wort von Leonhard Stoner darin. Er hatte mit Deborahs Leben auf der Ranch überhaupt nichts zu tun.

Carolyn wußte, weshalb sie zögerte, und sie machte sich selbst Vorwürfe. Tief in ihrem Inneren wollte sie noch immer beide schützen, ihren Vater und ihren Großvater, besonders aber ihren Großvater, den sie liebgewonnen hatte. Es würde ihn zerstören, wenn solche Geheimnisse über ihn an die Öffentlichkeit kämen, und Carolyn hatte das Gefühl, ebenso verheerend für ihn würde es sein, wenn Leonhards Andenken öffentlich in Frage gestellt wurde.

Aber wie sollte sie Caleb schützen, wenn er besser als alle anderen wußte, was Deborah in ihrer Ehe durchgemacht hatte? Er hatte sich entschieden, diese Wahrheiten zu verbergen und zuzusehen, wie Deborah für ein Verbrechen verurteilt wurde, das sie entweder gar nicht begangen hatte oder das sie begehen mußte, weil ihr gar keine andere Wahl blieb.

Wenn nur Caleb grausam zu Carolyn gewesen wäre, dann könnte sie ihn vielleicht hassen. Aber er war ihr gegenüber zurückhaltend gewesen — streng, aber nicht gewalttätig.

Dennoch war Caleb ein grausamer Mann. Die Wahrheit hielt sie hier in Händen, selbst wenn sie ihrer Mutter nicht hätte glauben wollen. Er hatte seine zweite Frau in den Selbstmord getrieben, und er hatte sich nie um seine beiden Söhne gekümmert. Was, wenn er einen Rest von Liebe für Carolyn empfand? Sie wollte gar nicht daran denken, wie er sie behandelt hätte, wäre sie nicht die Tochter seines geliebten Leonhard.

Carolyn legte die anderen Dinge in die Truhe zurück, als ihr Blick ein altes Buch mit der Aufschrift ‚Tagebuch' streifte. Maria schien ihr nicht die Frau, die Tagebuch führte. Neugierig nahm Carolyn es heraus. Auf der ersten Seite fand sie zu ihrer großen Überraschung die Worte: ‚Tagebuch von Elizabeth Stoner, begonnen Mai 1841 beim Aufbruch nach Texas'.

Sie begann zu lesen. Die Tinte war schon stark verblichen, aber die Handschrift ihrer Großmutter war sehr gut lesbar. Elizabeth Stoner beschrieb die Reise von Virginia, ihr ‚großes Abenteuer'. Aber sie schien mehr resigniert als begeistert. Sie hatte ihr Zuhause und ihre Familie nicht verlassen wollen, aber sie fühlte sich ihrem Mann ver-

pflichtet und mußte ihm folgen. Die Reise, großenteils durch unbe-
wohntes Gebiet, war für eine Frau eine Strapaze, besonders für eine
Frau, die in ihrem Leben an Luxus und Wohlstand gewöhnt war, wie
sie für die einzige Tochter eines reichen Plantagenbesitzers selbstverständlich waren. Und am Ende dieser Reise wartete keine Belohnung
auf sie, denn Texas war ein rauher und gefährlicher Ort. Indianer und
Banditen waren eine ständige Bedrohung. Und das schwer erträgliche
Klima von Texas hatte schon viele andere wieder vertrieben.

Seite um Seite beschrieb sie ihr Elend in Texas. Oft bat sie Caleb, sie
und ihren Sohn wieder nach Hause zu bringen, aber er hörte nicht auf
sie. Er war begeistert, er gewann dem jungfräulichen Land seine Existenz ab. Sie erwähnte nichts von Mißhandlungen durch Caleb. Im
Gegenteil tat Caleb für sie und Leonhard offenbar, was er konnte. Er
baute ihnen ein wohnliches Haus und ließ viele Dinge, die das Leben
angenehmer machen, zu hohen Preisen von weither aus dem Osten
kommen. Aber Caleb selbst schien selten in diesem Haus gewesen zu
sein. Manchmal verschwand er für mehrere Tage, erforschte das Land,
jagte und tat, wie Elizabeth sich ausdrückte, ,was immer einem Mann
gefällt und ihn von seiner Familie fernhält'.

Elizabeth schrieb oft von ihrer Einsamkeit. Die nächste weiße Familie war viele Meilen entfernt. Und obwohl Caleb einen Nachbarn
gebeten hatte, regelmäßig vorbeizukommen, wenn er fort war, half
Elizabeth das wenig. Er war ein alter, zahnloser Mann, mit dem sie
nicht viel zu reden hatte. Sie hatte keine Ahnung, ob es in diesem ganzen Land überhaupt andere Frauen gab. Fast jeden Tag weinte sie, und
sie schrieb, daß sie nicht wisse, weshalb sie das Tagebuch überhaupt
weiterführte. Aber oft war dieses Tagebuch ihr einziger Gesprächs-
partner, auch wenn sie darin mit sich selber redete. Leonhard war
noch zu klein, um ihr Gesellschaft zu sein.

Gegen Ende des Tagebuchs schien der Ton sich zu ändern, weniger
deprimiert zu sein. Ein Fremder kam vorbei. Caleb war auf einer seiner ,Expeditionen', aber Elizabeth nahm den Reisenden gern auf. Sie
hatte seit einer Woche mit keinem erwachsenen Menschen mehr
gesprochen und sehnte sich nach Gesellschaft. Sie erwähnte den
Namen des Mannes nicht, aber sie beschrieb ihn als jungen Mann von
guter Herkunft, etwa in ihrem Alter und gutaussehend. Es war offensichtlich, daß sie sich rasch sehr nahe kamen. Sie überlegte in ihrem
Tagebuch, daß Caleb tot sein könnte, so daß sie gar keine Sünde
beging. Sie war glücklich und ausgelassen und schrieb sogar, wie viel
schöner Texas war, wenn man verliebt war.

Das Tagebuch brach unvermittelt ab. Sie schrieb, daß sie an diesem Tag mit ihrem Freund hinausgehen und einen Strauß der schönen wilden Blumen pflücken wollte. Dann nichts mehr. Der letzte Eintrag stammte vom 11. April 1843 — dem Jahr ihres Todes. Konnte das Tagebuch deshalb abgebrochen sein? Mit ihrem Tod? Aber dann mußte ihr Tod plötzlich gekommen sein, denn sie hatte nie eine Krankheit erwähnt. Caleb hatte ihr das Schießen beigebracht und ihr einige Gewehre und reichlich Munition dagelassen. Sollte ihr Haus überfallen worden sein? Ein Indianerangriff vielleicht? Oder ein Feuer, wilde Tiere, Banditen?

Carolyn klappte das Tagebuch zu und begann von neuem, die Truhe zu durchsuchen. Sie fand Elizabeth Stoners Totenschein, aber der war am 15. Mai ausgestellt. Vielleicht war sie plötzlich krank geworden und konnte nichts mehr in ihr Tagebuch schreiben. Dann sah Carolyn das andere Datum auf dem Totenschein: 11. April 1843. Sie sah sich das Dokument genauer an. Es war handschriftlich verfaßt von einem Reverend A. Partain mit Datum vom 15. Mai und bezeugte offiziell Elizabeths Tod im Monat zuvor. Carolyn wußte, daß draußen in der Prärie solche Ungenauigkeiten oft vorkamen. Ein Beamter oder Arzt war so selten erreichbar, daß man einfach ohne offizielles Dokument tun mußte, was eben getan werden mußte. Ehen wurden oft erst Monate oder gar Jahre später von einem Standesbeamten oder Pfarrer abgesegnet. Tote mußten ohne offiziellen Totenschein begraben werden. Bis heute kam das vor, wie Sam manchmal erzählte. Weit weniger ungewöhnlich war es im Texas der 40er Jahre.

Elizabeth Stoner war also am selben Tag gestorben, an dem auch ihr Tagebuch abbrach. Was war der Grund ihres plötzlichen Todes? Wenn der Totenschein nur darüber Auskunft gäbe! Ein Satz darin kam ihr sehr merkwürdig vor: *Ich beglaubige hiermit, die Gräber besucht zu haben und bezeuge das Wort von Mr. Stoner, daß seine Frau darin begraben liegt.*

Gräber? War das ein Fehler? Carolyn hielt das Dokument ins Licht. Es hieß wirklich ‚Gräber‘ und nicht ‚Grab‘.

Was war mit Elizabeth Stoner, Carolyns Großmutter, geschehen? Sie war sicher, die Frau mußte ein gewaltsames Ende gefunden haben. Die Plötzlichkeit konnte nichts anderes bedeuten. Carolyn seufzte. Weshalb sollte sie das überraschen? War nicht die ganze Geschichte dieser Familie von Gewalt und Tragik begleitet?

Die Entdeckungen in Marias Truhe waren wichtig. Aber Carolyn wußte nicht, wie sie ihrer Mutter helfen sollten. Sie hatte genug vom

Verfahren gesehen, um zu wissen, wie diese sogenannten Beweise aufgenommen würden. Keiner davon betraf Deborah oder Leonhard direkt.

Was immer Caleb in der Vergangenheit getan hatte, es gehörte nicht in diese Verhandlung, obwohl Carolyn wußte, sie würde früher oder später mit ihm darüber sprechen müssen.

Maria wußte wahrscheinlich weniger als Carolyn, wie eine Gerichtsverhandlung vor sich ging, und sie hatte deshalb vielleicht angenommen, diese Dinge könnten dafür wichtig sein. Kein Wunder, daß sie nicht dabei sein wollte, wenn der Brief und das Tagebuch ans Licht kamen. Aber das half Carolyn und Deborah nicht weiter. Carolyn war schrecklich enttäuscht. Sie hatte solche Hoffnungen in Marias ‚Geheimnisse‘ gesetzt und konnte jetzt nichts damit anfangen.

Ohne große Aufmerksamkeit sah sie noch einmal in die Truhe und nahm den restlichen Krimskrams heraus. Dann legte sie jedes Stück einzeln zurück und sah es sich noch einmal genau an. Es blieben ihr nur die Dokumente — der Brief, das Tagebuch, der Totenschein, Marias Briefe.

Carolyn hatte diese Briefe aus Mexiko zuerst nicht beachtet, weil sie an Maria gerichtet und offensichtlich ganz privater Natur waren. Mit den Stoners schienen sie nichts zu tun zu haben. Aber es dämmerte ihr, daß Maria ihren Verwandten vielleicht von den Geschehnissen um Leonhard Stoners Tod geschrieben haben könnte. Diese Briefe hier wären zwar nur die Antworten darauf, aber Carolyn hatte keine anderen Quellen, und außerdem hatte sie nichts Besseres zu tun. Es waren auch nur ein halbes Dutzend Briefe.

„Doggone!" sagte sie, als sie sie aus den Umschlägen nahm. Sie waren natürlich in Spanisch geschrieben.

Yolanda hatte ihr beigebracht, sich halbwegs mündlich in Spanisch zu verständigen, aber mit dem Lesen war es noch eine andere Sache. Sie verstand nur wenige Worte von dem, was sie auf der ersten Seite las.

Enttäuscht sprang sie auf, sammelte alles ein, was sie mitnehmen wollte und verließ Marias Haus.

69

Ramon war dabei, den Stall auszumisten. Er hatte nichts dagegen, als Carolyn ihm vorschlug, seine Arbeit zu unterbrechen. Er wusch sich die Hände, dann stiegen sie eine Leiter zum Heuboden hinauf, wo sie ungestört waren und wo es hell genug zum Lesen war.

Sie erzählte ihm von Matts Idee, Marias Haus zu durchsuchen, und sie zeigte ihm die Briefe.

„Ist das alles, was du gefunden hast, ein paar Briefe aus Mexiko?", fragte er.

„Noch ein paar andere Sachen, aber nichts, was meiner Ma helfen könnte. Diese Briefe sind die einzige Möglichkeit."

„Von Marias Verwandten? Weshalb?"

„Ich dachte, sie hat ihnen vielleicht vom Tod meines Vaters berichtet, vielleicht auch über die Ehe meiner Eltern. Ich weiß, es klingt nicht sehr vielversprechend, aber es ist alles, was ich habe."

Ramon überflog die Briefe. „Sie sind alle vom selben Ort und nach der Handschrift zu urteilen auch von derselben Person."

„Könntest du sie lesen?"

„Klar." Er nahm einen aus dem Umschlag und las ihn flüchtig. „In diesem hier steht nichts Interessantes."

„Könntest du bitte vorlesen? Nicht, daß ich dir nicht glaube, aber ich bin zu ungeduldig, einfach zu warten."

Ramon lächelte, dann las er diesen und zwei weitere Briefe vor. Sie waren von Marias Bruder, und es ging in ihnen meist um Gesundheit und das Wohl seiner Familie, dazu hier und da ein wenig Geschwätz aus der Nachbarschaft. Es schien, jeder Brief sollte Maria über eine Geburt oder einen Todesfall auf dem laufenden halten. Carolyn fiel auf, daß die Daten jeweils mehrere Jahre auseinander lagen. Bei den restlichen drei Briefen war es genauso. Der letzte stammte von 1874. Aber es war der vierte Brief, der Carolyns Aufmerksamkeit erregte — geschrieben 1866.

„Die Zeit stimmt nicht überein", sagte Ramon, bevor er vorzulesen begann.

„Ich weiß, ich weiß, warum verschwende ich damit überhaupt meine Zeit?"

„Besser als Pferdeställe ausmisten." Ramon hielt den Brief ins Licht und las:

Meine liebe Schwester Maria,
ich bin froh, daß wir in Verbindung bleiben, wenn auch nur
brieflich. Ich möchte nicht, daß wir uns ganz aus den Augen ver-
lieren und nicht einmal wissen, ob der andere noch lebt oder
schon gestorben ist. Das geschieht schon unseren Nachbarn zu oft,
die Verwandte in Amerika haben. Ich danke Gott jedesmal,
wenn ich von dir höre, daß wir in der Sonntagsschule schreiben
gelernt haben. Du hättest die Aufregung im Dorf sehen sollen, als
ich kurz nacheinander zwei Briefe von dir bekam. Es tut mir leid
wegen der Tragödie in der Familie, für die du arbeitest. Ach, es ist
ein hartes Land, nicht wahr? Dein nächster Brief kurz danach
mit der komischen Bitte darin machte mich sehr neugierig. Zu
dumm, daß wir uns nicht mündlich unterhalten können wie frü-
her. Ich hatte noch nie etwas von der Familie Mendez gehört,
aber da es dir so wichtig zu sein schien, habe ich mich erkundigt.
Was soll ein Mann auch sonst schon machen, wenn er zu alt zum
Arbeiten ist? Wie du gesagt hast, sind viele Leute aus unserer
Gegend in diesen Teil von Texas gegangen, unter ihnen diese
Frau Mendez —

Ramon hörte auf zu lesen und sah Carolyn an. Sie schüttelte den Kopf
und zuckte die Achseln, ebenso erstaunt wie er, daß sein Familien-
name plötzlich auftauchte. Er fuhr mit wachsender Spannung fort:

Die Familie lebt in einem anderen Dorf, aber sie waren nicht
sehr schwer zu finden. Sie sind Ladenbesitzer und daher etwas
besser dran als wir anderen, die wir in Staub und Schmutz arbei-
ten müssen. Sie hatten es nicht gern, daß ich sie nach ihrer Toch-
ter Eufemia fragte, und es war schwer, etwas herauszufinden.
Dann fand ich einen Cousin, der mit der Familie nicht sehr gut
auskommt und bereit war, mit mir zu reden. Es scheint, Eufemia
Mendez ist letztes Jahr ins Dorf gekommen und fast ein Jahr
geblieben. Sie hat nicht geheiratet, aber ein Kind zur Welt
gebracht. Der Cousin schwört, sie sei schon schwanger gewesen,
als sie ins Dorf kam, und er sagt, das Kind, ein Junge, wurde im
Januar dieses Jahres geboren. Du kannst dir auf diese Dinge
wahrscheinlich eher einen Reim machen als ich. Ich habe es in
der Kirche überprüft, und keine Heirat war registriert. Das Baby
wurde am dritten Februar getauft.

Ramon konnte den Brief kaum zu Ende lesen, und als er schließlich fertig war, sah er Carolyn an, als ob sie ihm versichern sollte, daß all das nichts mit ihm zu tun hatte. Aber als Carolyn still blieb, sagte er: „Das kann nicht meine Mutter sein. Wie soll sie denn im Februar ein Kind gehabt haben, und dann noch eins im April, als ich geboren wurde?"

„Ich weiß es nicht, Ramon. Aber du hast die Aussage deiner Mutter vor Gericht nicht gehört. Sie sagte, sie hat in Mexiko ein Kind bekommen, aber sie sagte auch, daß sie dort geheiratet hätte."

„Dann ist das hier ein Irrtum!" sagte Ramon. „Ich werde eher meiner Mutter glauben als irgend einem Fremden."

„Weshalb sollte er lügen?"

„Er hat einfach eine falsche Auskunft bekommen, das ist alles."

„Er hat diese Auskunft von der Kirche bekommen – und die ist in solchen Dingen sehr sorgfältig." Carolyn seufzte. Sie hatte Ramon nicht aufregen wollen. Sie wußte aus eigener Erfahrung, wie ihr Freund sich nun fühlen mußte, und ihr war schrecklich zumute, daß sie es war, durch die er das erfahren mußte, was in dem Brief stand. „Ramon, ich weiß nicht, was das alles zu bedeuten hat. Ich will nicht, daß du oder deine Mutter verletzt werden. Aber kannst du versuchen zu verstehen, daß dies für mich vielleicht sehr wichtig sein könnte?"

„Warum?"

„Deine Mutter hat vor Gericht gelogen. Sie sagte, sie hätte in Mexiko geheiratet. Das ist nur eine Kleinigkeit, aber eine einzige Lüge kann ihre ganze Aussage erschüttern."

„Warum sollte ihre Aussage so wichtig sein?"

„Sie war eine Zeugin, die nicht beteiligt war und einen sehr objektiven Eindruck machte. Das werden die Geschworenen nicht vergessen, es wird für ihre Entscheidung wichtig sein." Carolyn schwieg einen Moment und sah Ramon neugierig an. „Aber abgesehen davon, Ramon, interessiert es dich nicht, weshalb deine Mutter in diesem Punkt gelogen hat? Willst du nicht die Wahrheit über dich selber erfahren?"

„Ich bin nicht wie du, Carolyn. Ich glaube, die Wahrheit bleibt manchmal besser verborgen, versteckt, wie Maria es wollte."

„Ich muß diesen Brief Mr. Barnum zeigen. Vielleicht ist es nichts, aber –" Carolyn verstummte plötzlich und hielt sich vor Schreck eine Hand vor den Mund. Ein ganz neuer Gedanke war ihr plötzlich gekommen. „Ramon, wenn deine Mutter schwanger war, als sie Stoner's Crossing verließ, willst du dann nicht wissen, wer der Vater gewesen sein könnte? Dein Vater, Ramon! Vielleicht war es jemand von hier."

„Das ist mir egal. Das ist vergangen und hat nichts mit mir und der Gegenwart zu tun."

„Vielleicht muß davon gar nichts herauskommen. Aber hier unterscheiden wir uns, du und ich. Ich muß alles wissen." Sie dachte an das Tagebuch ihrer Großmutter und an den Abschiedsbrief. „Ich habe die Geheimnisse satt."

„Was wirst du tun, Carolyn?"

„Ich werde Mr. Barnum davon erzählen, und ich nehme an, er wird deine Mutter noch einmal vorladen. Ich bin ganz sicher, er wird rücksichtsvoll sein, denn er ist ein guter Mann. Aber zuerst muß ich mit meinem Großvater reden."

„Was hat er denn mit diesem Brief zu tun?"

„Ich habe bei Maria noch einige andere Dinge gefunden, und darüber will ich mit ihm sprechen."

Ramon schüttelte den Kopf. „Manchmal glaube ich, du weißt nicht, was gut für dich ist, Carolyn."

„Wahrscheinlich hast du recht."

70

Carolyn fand ihren Großvater in seinem Arbeitszimmer. Er saß in einem der Ledersessel und rauchte eine Zigarre. Er bat Carolyn herein und bot ihr den Sessel gegenüber an.

Er hielt ein fast leeres Glas Whisky in der Hand und sah blaß und müde aus. Warum sah er nicht wie das Ungeheuer aus, auf das alles hindeutete? Warum mußte er so verletzlich aussehen?

„Großvater, ich habe einige Dinge gefunden, zu denen ich dich etwas fragen muß", begann sie mit sanfter Stimme.

„Du mußt immer etwas fragen, Carolyn, nicht wahr? Das ist dein größter Fehler, größer als deine Dickköpfigkeit." In seiner Stimme lag Zuneigung, und Carolyn fühlte sich noch elender.

Sie hielt ihm Elizabeth Stoners Tagebuch vor. „Weißt du, was das ist?"

Er nickte. „Wo ... wo hast du es gefunden?"

„Maria hatte es. Ich glaube, sie wollte es zusammen mit einigen anderen Dingen verbergen."

„Ich erinnere mich, vor vielen Jahren kurz nach Elizabeths Tod sagte ich ihr, sie sollte alles vernichten. Ich weiß nicht, warum sie es nicht getan hat."

„Sie ist eine komische Frau", sagte Carolyn. „Sie ist dir ergeben, aber ich glaube, sie fühlt sich irgendwie auch der Wahrheit verpflichtet."

„Welcher Wahrheit?"

„Was ist mit meiner Großmutter geschehen? Was versucht Maria zu verbergen?"

„Deine Fragen, Carolyn . . . werden uns noch alle umbringen." Er trank sein Glas aus und füllte es mit zitternder Hand von neuem. „Hast du das Tagebuch gelesen?" Sie nickte, und er fuhr fort: „Ich liebte sie sehr, aber das Leben in der Wildnis erlaubte einem Mann nicht oft, seine Liebe zu zeigen. Sie war ein selbstbezogenes Mädchen — oh, ich werfe ihr das nicht vor. Sie stammte aus einer sehr reichen Familie und war verwöhnt. Die Härten des Lebens hier draußen waren zuviel für sie, und immerzu beklagte sie sich. Kein Tag verging ohne die eine oder andere Beschwerde. Das hat mich zu immer härterer Arbeit getrieben, damit wir mehr Geld hätten. Ich mußte immer weiter weg, um zu jagen und Fallen zu stellen. Ich wollte ihr alles geben, was sie sich wünschte. Als ich an jenem Tag zurückkehrte und sie mit einem anderen Mann erwischte — in seinen Armen! — verlor ich den Verstand. Ich wollte sie niemals verletzen. Verstehst du, Carolyn? Es war ein Unfall. Ich schoß auf ihn, den Fremden in ihrem Bett, aber sie warf sich schützend vor ihn."

„Oh, Großvater!"

„Ich liebte sie, und ich hätte alles für sie getan. Aber ich haßte sie auch für das, was sie mir und meinem Sohn angetan hatte. Er hat alles gesehen, Carolyn."

„Und deshalb habt ihr alle beide die Frauen immer gehaßt?"

„Nicht alle Frauen —"

„Nur die, die euch lieben wollten", sagte Carolyn bitter.

„Deine Mutter hat deinem Vater das gleiche angetan, was Elizabeth mir antat."

„Das wolltest du immer glauben. Mein Vater hat ihr nie eine Chance gegeben, so wenig wie du deiner zweiten Frau je eine Chance gegeben hast. Ihr habt beide von vornherein angenommen, daß sie treulos waren, und in eurer furchtbaren Eifersucht habt ihr sie wie Gefangene gehalten. Als ob ihr wieder und wieder beweisen wolltet, daß alle Frauen wie Elizabeth sind."

„Nein! Sie sind alle treulose Geschöpfe; es gibt nur einen Weg, mit ihnen fertig zu werden."

„Sie zu schlagen, sie in die Unterwerfung zu prügeln?"

„Wir hatten keine andere Wahl."

„Und was ist mit mir, Großvater? Ich bin auch eine Frau. Warum schlägst du mich nicht?"

Caleb sah tief in sein Glas. Dann, als ob die Antwort, die er dort fand, zu viel für ihn war, setzte er das Glas an die Lippen und trank es in einem Zug aus. Danach erst schien er den Mut zu finden, seiner Enkeltochter in die Augen zu sehen.

„Du warst anders", sagte er sanft. „Du warst Leonhards Kind. Wie konnte ich dich verletzen, ohne auch ihn zu treffen? Alles drehte sich für mich immer um Leonhard, weißt du . . . ich wollte ihn beschützen, ihm helfen und ihn schließlich rächen. Niemals werde ich das kleine Kind vergessen, das seine eigene Mutter an einer Kugel sterben sah."

Tränen quollen Carolyn aus den Augen, und sie nahm Calebs zitternde Hände in ihre. „Hat das alles jetzt nicht lang genug gedauert?", sagte sie leise.

Er schüttelte den Kopf. „Erst wenn ich im Grab liege, wird es zu Ende sein."

„Großvater, hast du dich je gefragt, weshalb Leonhards einziges Kind ein Mädchen war?"

„Eine grausame Ironie des Schicksals, nehme ich an."

„Nein, das glaube ich nicht. Ich glaube, es war die gnädige Hand Gottes. Siehst du denn nicht? Nur eine Tochter, nur eine Frau konnte den furchtbaren Bann der Vergangenheit brechen. Ein Sohn hätte vielleicht nur dieselben Fehler wiederholt, aber eine Tochter? Du kannst nicht dein eigen Fleisch und Blut hassen."

„Da hast du recht. Ich hasse dich nicht. Ich hoffe, du glaubst mir das, ganz gleich, was geschieht."

„Das tue ich, Großvater."

Ein langes Schweigen folgte. Caleb paffte seine Zigarre; Carolyn wischte sich mit dem Handrücken die Tränen von den Wangen. Sie wollte glauben, daß das Eis jetzt gebrochen war, aber sie fühlte, daß sich die Spannung nicht gelöst hatte. Sie wußte, es gab noch mehr zu sagen, und sie fürchtete, es war nicht, was sie gern hören wollte.

Caleb brach das Schweigen. „Du hast von mehreren Dingen gesprochen. Was hast du noch gefunden?"

Carolyn zeigte ihm den Brief. „Das ist ein Abschiedsbrief deiner zweiten Frau an Jacob und Laban."

„Davon habe ich nie gehört."

„Sie hinterließ ihn Jacob heimlich, und er hat ihn verborgen."

„Woher weißt du von diesen Dingen?"

„Jacob ist zurückgekommen, Großvater. Ich habe mit ihm gesprochen."

„Also ist er doch nicht tot." Carolyn traute ihren Ohren nicht. Seine Stimme verriet nicht die geringste Freude. „Und was willst du jetzt tun, Carolyn?"

Einen Augenblick lang empfand Carolyn für diesen Mann überhaupt nichts mehr. Ganz offensichtlich war er einfach kalt und herzlos. „Ich werde all dies dem Anwalt meiner Mutter geben", sagte sie so grob sie konnte, „und er wird es so gut wie möglich einsetzen, um ihren Freispruch zu erreichen."

„Es ist dir gleich, was das für das Andenken deines Vaters bedeutet?"

„Weshalb sollte mich das kümmern? Was hat er je für mich getan?", gab sie zornig zurück.

„Nichts davon wird vom Gericht als Beweismaterial zugelassen werden."

„Dann hast du ja nichts zu befürchten."

„Du wirst deinen eigenen Namen zerstören, Carolyn Stoner."

„Das ist mir nicht mehr wichtig. Ich bin nicht sehr stolz auf diesen Namen. Alles, was für mich noch zählt, ist meine Ma."

„Nichts davon wird ihr helfen."

„Wie kannst du noch immer so blind sein?"

Caleb goß sich noch einen Drink ein. „Hast du geglaubt, eine dieser Entdeckungen kann etwas an der Wahrheit ändern? Deine Mutter hat Leonhard getötet. Daran hat sich nichts geändert. Und selbst auf die Gefahr hin, dich zu verlieren, Carolyn, ich kann um diese Tatsache nicht herum. Und ich werde nicht ruhen, bevor sie für ihr Verbrechen nicht bestraft wurde. Das schulde ich meinem Sohn."

„Dann habe ich dir nichts mehr zu sagen, Großvater. Ich werde meine Sachen packen und gehen."

„Es tut mir leid, das zu hören."

Wieder stiegen ihr Tränen in die Augen. „Ich wollte es nicht so. Ich wollte deine Enkeltochter sein."

Fast besinnungslos verließ sie Calebs Arbeitszimmer. In kaum einer Viertelstunde hatte sie gepackt und sattelte Tres Zapatos.

Teil XV

Gerechtigkeit

71

Sie versammelten sich in Deborahs Gefängniszelle. Normalerweise ließ der Sheriff nicht so viele Besucher gleichzeitig zu, aber Mrs. Killion und ihre Familie schienen gute Leute zu sein, auch wenn sie des Mordes angeklagt war.

Jonathan, Sky, Sam und Deborah hörten gespannt zu, als Carolyn ihnen alles erzählte, was seit ihrer letzten Begegnung geschehen war. Sam war aufgebracht, daß sie so viele Risiken eingegangen war und die Gefahr, in der sie schwebte, verheimlicht hatte. Aber Deborah nahm seine Hand, zuckte die Achseln und lächelte.

„Sie ist eine erwachsene Frau, Sam. Und Gott war mit ihr."

Die Worte ihrer Mutter gingen Carolyn zu Herzen. Trotz all der frustrierenden und entmutigenden Dinge, die geschehen waren, hatte sie doch viel gelernt und war, das wollte ihre Mutter sagen, dabei gereift. Das half ihr, über die Trauer wegen Caleb hinwegzukommen.

In der Zwischenzeit untersuchte Jonathan die Sachen aus Marias Truhe. Er gab sie Deborah zurück, die sie den anderen weitergab. Dann eröffnete Jonathan die Diskussion.

„Ich werde zu jedem dieser Gegenstände etwas sagen, wenn es euch nichts ausmacht", begann Jonathan. „Sie sind alle bedeutsam, jedes auf seine Weise, aber sie stellen keine letzten Beweise dar. Ich bezweifle, ob eines dieser Stücke in der Verhandlung überhaupt als Beweis anerkannt würde. Sie werfen jedoch Fragen auf und erlauben mir, einige neue Aspekte zu verfolgen. Das Tagebuch wird natürlich überhaupt nichts nützen, aber ich bin sicher, deshalb haben Sie es nicht mitgebracht, Carolyn. Der Abschiedsbrief ist außerordentlich interessant — er deutet auf eine Geschichte der Gewalt und der Gefahr im Hause Stoner, aber das Gericht wird ihn dennoch nicht akzeptieren. Ich jedoch werde mir das Gehirn zermartern, um einen Weg zu finden, ihn zumindest den Geschworenen zur Kenntnis zu bringen, auch wenn die Anklage wahnsinnig wird und ihn aus dem Fenster wirft."

Er schwieg einen Moment und fuhr dann, Marias Brief in Händen, fort: „Dies hier ist der interessanteste … wenn nicht Beweis, dann wenigstens eine Information. Er stellt Eufemia Mendez' Aussage in Frage. Aber vielleicht können wir damit lediglich zeigen, daß die arme Frau über die Heirat aus Scham gelogen hat. Wenn wir zu sehr darauf herumreiten, bringen wir eventuell nur die Geschworenen gegen uns auf."

„Sie meinen, nicht einmal dazu wollen Sie den Brief benutzen?", fragte Carolyn enttäuscht.

„Ich glaube wirklich nicht, daß es uns helfen würde", erwiderte Jonathan. „Es scheint so, als habe sie nur gelogen, um ihr uneheliches Kind zu schützen. Aber ein anderer Punkt in diesem Brief verdient eine Nachforschung."

„Und welcher?", fragte Sam.

„Ganz einfach: Weshalb hat Maria den Brief überhaupt geschrieben, in dem sie Erkundigungen einziehen wollte?"

„Daran habe ich noch gar nicht gedacht", sagte Carolyn.

„Ah, und das ist die Schlüsselfrage!"

„Wie meinen Sie das?"

„Erzählen Sie mir von Maria", sagte Jonathan zu Carolyn und Deborah gleichzeitig, die als einzige die Haushälterin kannten.

Sie sagten beide, daß Maria eine freundliche und ernste Frau sei, aber beide kannten sie nicht gut.

„Sie macht ihre Arbeit im Haus", sagte Carolyn, „aber unauffällig. Die meiste Zeit habe ich gar nicht gemerkt, daß sie dort war. Sie kümmert sich wohl nur um ihre eigenen Angelegenheiten."

„Ja", sagte Deborah. „In all der Zeit, die ich dort war, kann ich mich an kein einziges persönliches Gespräch mit ihr erinnern. Sie tat ihre Arbeit und mischte sich nicht ein."

„Klingt nicht nach einer Frau, die die Nase in anderer Leute Angelegenheiten steckt und auf Tratsch aus ist", sagte Jonathan.

„Den Eindruck hatte ich auch nie", sagte Deborah.

„Sehen Sie, worauf ich hinaus will?", fragte Jonathan. „Nehmen Sie diese Briefe — keiner ist voller Antworten auf Nachfragen nach diesem und jenem aus dem Dorf. Zugegeben, es sind Antwortbriefe, und ein Mann hat sie geschrieben, dem der Tratsch vielleicht gleichgültig ist. Aber diese Erwähnung von Eufemia Mendez ist außergewöhnlich. Der Bruder nimmt das ernst, es ist nicht einfach die Antwort auf eine neugierige Frage.

Beachten Sie auch das Datum des Briefes: September 1866. Wir wissen, daß Mrs. Mendez im Mai in die Vereinigten Staaten zurückgekehrt ist, vier Monate zuvor. Nehmen wir einmal an, Maria erkundigte sich nach Senora Mendez, nachdem diese nach Stoner's Crossing zurückgekehrt war. Irgend etwas bei oder nach ihrer Rückkehr muß der Grund dafür gewesen sein."

„Vielleicht hat es mit dem Baby zu tun", gab Deborah zu bedenken.

„Wie kommen Sie darauf?"

„Außer dem Geld, ihrer sogenannten Erbschaft, wäre das die bedeutendste Veränderung nach ihrer Rückkehr. Und eine Frau wie Maria kann ein viermonatiges und ein einmonatiges Baby sehr wohl auseinanderhalten."

„Also vermutete Maria, daß an Eufemias Geschichte etwas nicht stimmte. Maria glaubte nicht, daß Eufemia tatsächlich in Mexiko geheiratet, ein Kind bekommen und dann ihren Mann verloren hatte." Jonathans Augen blitzten, ganz offensichtlich genoß er die Detektivarbeit. „Aber Maria ist kein Klatschweib. Sie würde sich nicht die Mühe machen, Erkundigungen einzuholen, wenn nicht mehr dahinter steckte."

„Aber was?", fragten alle auf einmal.

„Das müssen wir herausfinden", antwortete Jonathan. „Wir könnten endlos spekulieren, aber es gibt nur einen Weg, Gewißheit zu erlangen, und der ist: Maria fragen."

„Dann holen wir sie her", sagte Sam eifrig.

„Wir könnten ein Telegramm schicken und sie vorladen, aber das könnte mehrere Tage dauern, und dann ist sie inzwischen auch eine alte Frau —"

„Ich könnte dorthin und zurück in weniger als zwei Tagen reiten", warf Sky ein.

„Das wäre der beste Weg", stimmte Jonathan zu. „Du könntest eine schriftliche Aussage mitbringen. Natürlich wäre das auch nicht vor Gericht zulässig, es sei denn, der Staatsanwalt wäre zugegen. Aber ich habe das Gefühl, ihre Auskunft könnte den ganzen Prozeß beeinflussen. Ich werde eine längere Unterbrechung beantragen, so daß Maria anreisen kann. Die schriftliche Aussage wird meinem Antrag mehr Gewicht verleihen, und wir müssen die Frau nicht umsonst so hetzen. Aber Sky, ich hielte es für das Beste, wenn deine Schwester dich begleitet." Barnum sah Carolyn an. „Sie kennen die Frau, Carolyn, und wie Sie schon gesagt haben, steht sie Ihnen nicht unfreundlich gegenüber. Ich würde ein behutsames Vorgehen empfehlen."

„Ja, ich glaube, Sie haben recht", sagte Carolyn. „Vielleicht gelingt es mir diesmal besser. Beim letzten Mal habe ich sie vergrault."

„Ich habe völliges Vertrauen in Sie, Carolyn, und es ist besser, Sie sprechen mit ihr als jemand, den sie kennt."

Es war inzwischen spät am Abend, und sie brschlossen, am folgenden Morgen nach Waco aufzubrechen. Carolyn wußte, sie war nicht die einzige, die um Erfolg betete. Es war ihre letzte Hoffnung, und an dieser Stelle, wenn überhaupt, schien sich das Geheimnis von Leonhard Stoners Tod lüften zu lassen.

72

Matt Gentry wollte Sean nicht mit Samthandschuhen anfassen. Der Mann war ein Schurke, ein Viehdieb und, am schlimmsten von allem, ein Schürzenjäger. Matt konnte die ersten beiden Verbrechen vergeben, aber beim letzten reichte seine christliche Tugend nicht mehr. Es kam Matt nicht einmal in den Sinn, daß Sean Carolyn vielleicht tatsächlich mochte. Er hatte den Vorarbeiter mit anderen Frauen gesehen und wußte, daß er es nicht im mindesten ernst meinte.

Als er ihn schließlich zu Gesicht bekam, war Matts erster Impuls, sein öliges Grinsen mit einem Faustschlag zu beantworten. Aber er hatte sich inzwischen doch schon etwas beruhigt, und darüber hinaus durfte er Jacobs Plan nicht gefährden, der vorsah, Sean nichts wissen zu lassen, bis er sie zu Laban führte.

Matt kratzte sich am Kopf und sah verwirrt drein, als er sich an diesem Nachmittag dem Vorarbeiter näherte, der im Stall sein Pferd absattelte.

„Wie geht's, Boss? Schön, daß Sie wieder da sind."

„Kann ich nicht gerade sagen", erwiderte Sean, „ganz besonders nicht, wenn dieser Gesichtsausdruck von Ihnen noch mehr Ärger bedeutet."

„Nein, glaube ich nicht — ist nur etwas merkwürdig. Mir ist was Komisches passiert auf dem Weg zur Ranch. Ein Fremder — ein mexikanischer Kerl, kam zu mir geritten und hat mich gefragt, ob ich zur Stonermannschaft gehöre. Er hat mir eine Botschaft mitgegeben."

„Yeah? Für wen?"

„Für Laban Stoner. Der Kerl wollte, daß ich Laban sage, wenn er seinen Bruder sehen will, soll er zum Buck's Canyon raufkommen, morgen bei Sonnenuntergang. Ist sein Bruder nicht tot, Boss?"

„Dachte ich auch."

„Was soll ich tun? Ich kann die Nachricht ja schlecht an Mr. Stoner weitergeben, er ist seit der Sache mit seinem Vater vergangene Woche verschwunden."

„Sagen Sie's seinem Vater."

„Dieser Kerl wollte unbedingt, daß ich es niemand anderem sage, besonders nicht seinem Pa."

„Dann vergessen Sie's."

„Mr. Stoner wird nicht gerade glücklich sein, wenn er wieder-kommt und erfährt, daß niemand ihn benachrichtigt hat."

„Das ist sein Problem." Sean hob den Sattel vom Rücken seines Pferdes, hängte ihn über den Sattelbalken und schlenderte davon, ohne Matt noch einmal anzusehen.

* * *

Toliver wartete noch einige Stunden, nachdem die Sonne untergegan-gen war, bevor er etwas unternahm. Matt und Jacob waren bereit.

Es sah ganz so aus, als hätte Jacob richtig vermutet. Bevor Laban verschwunden war, mußte er Toliver gesagt haben, wie er zu erreichen war. Sie hatten schließlich ein gemeinsames Geschäft, und das konnte Laban nicht einfach so im Stich lassen. Natürlich war noch nicht erwiesen, ob Laban wirklich an den Viehdiebstählen beteiligt war. Das hatte Jacob nur angenommen. In diesem Fall würde Sean sie nicht zu Laban führen. Aber ganz egal, Matt war entschlossen, Sean heute nacht noch das Handwerk zu legen.

Sean nahm den Weg südlich des Hauses, der dem ausgetrockneten Flußbett folgte. Wo der Weg zur Stadt hin einbog, verließ er ihn und wandte sich nach Norden. Es war nicht einfach, auf so offenem Land einen Mann ungesehen zu verfolgen. Matt und Jacob mußten weit zurückbleiben und konnten nur hoffen, daß sie ihn nicht verloren. Aber es gab auch nicht viele Orte, an die Sean nun reiten konnte. Nach zwei Stunden hatte Jacob das Gefühl, genau zu wissen, wo Seans Ziel lag.

„Ich erinnere mich", sagte er leise zu Matt. „Es gibt etwa zehn Mei-len nordöstlich von hier eine hübsche Schlucht. Als Jungs ritten mein Bruder und ich manchmal dorthin, um wilde Pferde einzufangen. Nie-mand außer uns kannte die Stelle, nicht einmal mein Vater. Wir liebten es, ein Geheimnis vor ihm zu haben. Einmal schlug er uns, um heraus-zufinden, wo wir die schönen Tiere fanden, die wir heimbrachten. Aber Laban und ich hatten uns geschworen, daß wir lieber sterben würden, als unser Geheimnis zu verraten."

„Und ihr habt es nie jemandem erzählt?"

„Nein, und wir leben noch. Mein Vater gab es schließlich auf. Es war einer unserer wenigen Siege über ihn."

„Kennen Sie einen anderen Weg dorthin?"

„Ja, aber wenn ich mich irre, werden wir Toliver und meinen Bruder verlieren."

„In dem Tempo, zu dem wir jetzt gezwungen sind, werden wir ihn so oder so verlieren. Ich finde, es ist das Risiko wert."

Danach kamen sie besser voran. Sie mußten nicht mehr aufpassen, daß Toliver sie nicht hörte oder sah, aber der Weg, den Jacob kannte, war wesentlich schwieriger. Er war auch länger und kostete sie etwa eine Stunde mehr. Das flache, offene Land am Flußbett wurde hügelig, sie erreichten den östlichen Ausläufer des Hügelkamms beim Buck's Canyon. In der Schlucht lag einmal die Quelle des seit Ewigkeiten ausgetrockneten Flusses. Die Abhänge waren steil, und nur eine kleine Grasfläche bildete die Talsohle.

Hier gab es keine wilden Pferde mehr. Sie hatten entweder neue Weideflächen gefunden oder, was wahrscheinlicher war, jemand hatte die Schlucht entdeckt und schon vor langer Zeit alle Tiere eingefangen. Jacob, der an glückliche Tage in der Jugendzeit dachte, erschien der Platz unheimlich und beunruhigend.

„Dort unten ist eine Höhle", sagte Jacob leise, „wo mein Bruder und ich campiert haben, machmal zwei oder drei Tage. Auf der Ranch hat uns nie jemand vermißt", fügte er mit einem Anflug von Trauer hinzu. „Es kümmerte sie nicht, was wir taten."

„Ich sehe zwei Pferde da unten, und eins davon scheint mir Tolivers zu sein. Bis Sonnenaufgang sind es noch ein paar Stunden. Vielleicht sollten wir bis dahin warten."

„Lassen wir unsere Pferde hier und gehen wir näher zur Höhle. Dort können wir uns verbergen und sehen, was geschieht. Wenn sie nicht vorher etwas unternehmen, warten wir bis zur Morgendämmerung und versuchen dann, mit ihnen zu reden."

„Glauben Sie, das wird einfach sein?", fragte Matt skeptisch.

„Ich hoffe es. Das ist mein Bruder dort unten."

Sie banden ihre Pferde an einem starken Busch fest, wo sie nicht zu sehen waren, und dann kletterten sie vorsichtig den steilen Hang der Schlucht hinunter.

* * *

Sean Toliver hatte sich lange überlegt, ob er Gentrys Botschaft an Laban überbringen sollte. Es war ein langer Ritt hinaus zur Schlucht. Und der noch längere Ritt von der Ranch, wo er und Laban das gestohlene Vieh versteckten, saß ihm immer noch in den Knochen. Später würden sie die Tiere an einen Mann in Dodge City verkaufen, der nicht so genau wissen wollte, wo sie herkamen. Das plötzliche Auftauchen dieses Fremden war aber zu wichtig und konnte nicht einfach ignoriert werden. Sehr wahrscheinlich war es Labans Bruder, den alle in den vergangenen zwanzig Jahren für tot gehalten hatten. Auf der einen Seite stand dieser Bruder Laban bei der Erbschaft im Wege. Natürlich war sich Laban der Erschaft nie wirklich sicher gewesen. Deshalb hatte er vor einigen Jahren auch mit den Viehdiebstählen angefangen. Trotzdem war es nicht gut, ihm diese Information zu verschweigen.

Auf dem Weg zur Schlucht überlegte Sean, wie er die Neuigkeit am besten zu seinem Vorteil einsetzen konnte. Er hatte nie die Absicht gehabt, mit Laban zu teilen. Er wollte alles, ganz besonders die Ranch, die Laban gekauft hatte. Er brauchte Laban nicht. Sean wartete nur auf den richtigen Moment, um seinen Partner loszuwerden; sobald er ihm nicht mehr von Nutzen war.

Sean war kein Killer, wenigstens nicht in dem Sinn, daß er gern tötete. Aber er war ein Mann, der sich nahm, was er haben wollte, gleich, was es kostete. Als Calebs hübsche kleine Enkeltochter aufgetaucht war, sah Sean sofort, welche Möglichkeiten sich ihm damit eröffnen könnten. Er konnte den Gewinn aus den Viehdiebstählen für sich haben, und er konnte sie vielleicht heiraten und eines Tages den ganzen Besitz der Stoners in seine Hand bringen. Das war ein weiterer sehr guter Grund, Laban auszuschalten. Und das Mädchen bot ihm dazu eine sehr passende Gelegenheit. Wenn man Laban den Mord an seinem Halbbruder anhängen könnte, würde er von der Bildfläche verschwinden, ohne daß Sean unerfreulichere Methoden anwenden mußte.

Dann wurde die Lage komplizierter. Zuerst waren da die Anschläge auf Carolyns Leben gewesen. Sean könnte nie beweisen, daß Laban etwas damit zu tun hatte, aber es lag nahe, und das war noch ein Grund, ihn loszuwerden. Dann mußte Sean am Buck's Canyon die Überführung der Rinder überwachen, und als er zurückkam, war Laban verschwunden, so daß er zunächst nichts weiter unternehmen konnte. Laban hatte ihm eine Nachricht über sein Versteck hinterlassen. Aber Sean wollte nichts überstürzen, besonders da das Mädchen plötzlich begann, ihm die kalte Schulter zu zeigen. Wenn er nur mehr Zeit gehabt hätte, sie einzuwickeln ... aber ein Mann hatte schließlich auch seine Arbeit.

Und nun mußte auch noch dieser Bruder auftauchen. Selbst wenn Sean Laban tötete und Carolyn heiratete, war seine Chance, die Stoner Ranch zu bekommen, damit erneut gefährdet. Bevor Carolyn gekommen war, hatte er nie daran gedacht, das Anwesen zu übernehmen. Aber in den letzten paar Wochen war diese Idee ihm immer anziehender vorgekommen. Er mochte sie wirklich.

Er mußte eben nun beide Brüder töten und Carolyn heiraten.

Für jemanden mit einer so unklaren Vorstellung von sich selber wie Sean waren das keine unüberwindlichen Hindernisse. Und mit diesen Gedanken im Kopf hatte er sich entschlossen, Laban von der Rückkehr seines Bruders zu berichten. Er bedachte auch die Möglichkeit, daß Labans Bruder dem Überbringer der Neuigkeit folgen konnte, um Labans Versteck zu finden. Er war also nicht überrascht, als er die beiden Reiter weit hinter sich bemerkte. Beunruhigt war er erst, als sie ihn nach einigen Stunden offenbar verloren hatten. Es wäre nicht schlecht gewesen, beide Brüder zusammen an diesem abgelegenen Ort zu erledigen.

Laban war in der Höhle am Boden der Schlucht, als Sean kam. Ein Topf Kaffee dampfte über dem kleinen Feuer am Eingang der Höhle. Der Kaffee war einladender als Laban.

„Was ist los?", fragte Laban sofort, als er Sean erblickte.

„Ich habe eine Nachricht für Sie. Aber zuerst hätte ich gern etwas von diesem Kaffee." Er mußte seine eigene Tasse aus der Satteltasche holen, und bis er abgestiegen, sich hingesetzt und seinen Kaffee eingegossen hatte, kochte Laban. „Regen Sie sich nicht so auf, Laban, wir brauchen klare Köpfe, um keine Fehler zu machen."

„Dann fangen wir mal an. Was für eine Nachricht?"

„Von einem Kerl, der behauptet, Ihr Bruder zu sein. Und wenn Sie ihn sehen wollen, müssen Sie morgen bei Sonnenuntergang beim Buck's Canyon sein."

„Wie sah er aus?"

„Ich habe ihn nicht selbst gesehen, aber der Mann, der mit ihm sprach, sagt, er ist Mexikaner."

„Und das soll mir reichen?"

„Ich überbringe die Nachricht bloß. Ich dachte, das könnte wichtig sein, da Ihr Bruder als tot gilt oder wenigstens seit zwanzig Jahren verschwunden ist."

„Das gefällt mir nicht."

„Ich dachte, Sie würden sich freuen, Ihren Bruder nach all den Jahren wiederzusehen."

„Weshalb sollte ich? Ich habe vor zwanzig Jahren um ihn getrauert, und es wäre besser, wenn er bei den Toten bliebe. Wenn er all die Jahre gelebt hat, ohne je Kontakt zu mir aufzunehmen, weshalb sollte er mich noch interessieren?"

„War nicht sehr klug von ihm, nicht wahr? Wäre nicht eben leichter für Sie, wenn Sie die Ranch nun mit ihm teilen müßten."

Laban brummte verärgert vor sich hin. „Warum glauben Sie, ich würde teilen?"

Nun, das war interessant. Sean war sicher, Laban meinte damit nicht nur seinen Bruder, sondern auch ihn.

„Ich würde auch nicht mit dieser Nichte teilen, die aus dem Nichts aufgetaucht ist", fuhr Laban fort. „Warum sollte ich mit einem Bruder teilen, der mich im Stich gelassen hat?"

„Sie waren es also, der einen Revolverhelden angeheuert hat, um das Mädchen loszuwerden?"

„Überrascht Sie das?"

„Gar nicht." Es war ganz offensichtlich, daß Laban selber nicht den Mumm zum Töten hatte. Wie konnte irgend jemand glauben, daß er vor neunzehn Jahren seinen Halbbruder ermordet hatte? Und noch wichtiger, wie konnte Sean sicher sein, daß Laban seinen Bruder Jacob töten würde? Sean mußte das allein erledigen.

Die wenigen Stunden bis Sonnenaufgang schlief Sean mit einer Hand auf dem Colt und einem offenen Auge. Ein Schuß weckte ihn bei den ersten Sonnenstrahlen. Der Schuß riß ein Stück Fels am Eingang der Höhle ab. Sean rührte sich nicht, und Laban, der Wache gehalten hatte, lag flach auf dem Boden ausgestreckt.

„Sie Idiot!" zischte er. „Jemand ist Ihnen gefolgt."

„Welcher Ort wäre auch schöner als diese verlassene Schlucht, um Ihren lang vermißten Bruder wieder zu treffen?", schnaubte Sean verächtlich. „Ich glaube, ich habe Ihnen einen Gefallen getan."

73

Seinen Bruder auf diese Weise wieder zu treffen, das hätte Laban sicher nicht erwartet — mit gezogenen Waffen. Aber es war Jacob dort draußen. Laban würde sich nicht durch alte Gefühle täuschen lassen.

Er zog seinen Colt und kroch vorsichtig zum Höhleneingang, um hinauszusehen. Er sah nichts als Felsen, Schotter und Büsche. Wer auch immer geschossen hatte, er war gut versteckt, wahrscheinlich hinter diesen Felsblöcken dort drüben. Und im Augenblick waren sie im Vorteil, weil sie Laban und Sean in der Höhle festhalten konnten, solange sie wollten, wenn es sein mußte, bis sie verdurstet waren.

„Was für einen Gefallen haben Sie mir getan, Toliver, uns hier in die Falle zu bringen?", fragte Laban beißend.

„Ich glaube, wir sollten mit ihnen reden. Wenn das Ihr geliebter Bruder ist, wird er Sie nicht umbringen wollen."

Das klang vernünftig. Jacob hatte keinen Grund, Laban zu töten. Dieser erste Schuß war wahrscheinlich bloß ein Signal, daß sie da waren. Laban atmete tief durch. Er mußte nachdenken. Zu viel stand jetzt auf dem Spiel. Er hatte schon Fehler bei Carolyn gemacht. Und nun tauchte ein neues Hindernis auf seinem Weg auf. Aber konnte er seinen eigenen Bruder töten? Er hatte jemanden beauftragt, das Mädchen umzulegen, und das hatte ihm nicht das mindeste ausgemacht. Aber mit Jacob war es etwas anderes. Er hatte Laban einmal etwas bedeutet.

„Wer ist da draußen?", rief Laban.

„Laban, bist du das?", ließ sich eine Stimme aus der Richtung hören, die Laban vermutet hatte. „Ich bin es, dein Bruder Jacob. Ich bin heimgekommen."

„Wie kann ich sicher sein, daß das stimmt?" Aber er hatte die Stimme erkannt. Es war Jacobs Stimme, nur rauher und dunkler als Laban sie in Erinnerung hatte.

„Ich erkenne deine Stimme, Laban, obwohl es zwanzig Jahre her ist. Was für einen Beweis willst du?" Schweigen folgte, dann: „Ich könnte dir sagen, wie du zu der Narbe über deinem linken Auge gekommen bist. Du hast Leonhards Lieblingspferd geritten — ich glaube es hieß Donner — und unser Halbbruder hat dich heruntergerissen. Du hast dir den Kopf an einem Stein angeschlagen. Du warst damals acht Jahre alt."

„Was willst du?"

„Nach zwanzig Jahren, Laban, ist das doch nicht schwer zu erraten. Ich will dich sehen."

„Warum hast du plötzlich diesen Wunsch? All die Jahre hast du mich glauben lassen, daß du tot bist — du hättest mich besser in diesem Glauben gelassen."

„Es tut mir leid, Laban. Mein Leben war nicht so, daß ich tun konnte, was ich wollte. Ich war ein Outlaw, und ich habe in Mexiko gelebt. Das ist keine sehr gute Entschuldigung, ich weiß. Ich glaube, als ich von der Ranch fort war, wollte ich einfach alles vergessen. Vergib mir, daß ich dir das angetan habe."

„Weshalb schießt du?", fragte Laban, ohne auf Jacobs Bitte nach Vergebung einzugehen.

„Nur um dich wissen zu lassen, daß wir hier sind. Keine Schüsse mehr, ich verspreche es."

„Du bist nicht allein."

„Nein, jemand von der Ranch ist bei mir, sein Name ist Gentry. Er will etwas über die Viehdiebstähle herausfinden."

Sean fluchte und flüsterte: „Sie sind hinter uns her."

Aber Laban sagte zu seinem Bruder: „Was hat das mit mir zu tun?"

Gentry antwortete. „Ich weiß, daß Toliver auf einer Ranch nördlich von hier Vieh hat. Und ich glaube nicht, daß er rein zufällig wußte, wo Sie zu finden sind, Mr. Stoner."

„Das müssen Sie erst einmal beweisen", gab Laban zurück.

„Laban", sagte Jacob, der sich nicht klar machte, was seine Worte bedeuteten, „im Moment wissen nur Gentry und ich davon. Du kannst mit dem Viehdiebstahl aufhören, der Ranch die Verluste erstatten und die Bestrafung vermeiden."

Sean lächelte und flüsterte Laban zu: „Wir müssen nur diese beiden erledigen, dann droht uns keine Gefahr."

Laban hatte keine große Wahl. Er konnte seinem Bruder trauen, der immer Wort gehalten hatte, tun, was er gesagt hatte und abwarten, was sein Vater ihm hinterlassen würde. Oder er konnte Seans Rat folgen und die einzigen beiden Männer erschießen, die zwischen ihm und seinen Zielen standen.

Nun, er hatte lange genug gewartet. Wie oft hätte er in den vergangenen zwanzig Jahren seinen Vater töten und sein Erbe übernehmen können? Aber er hatte gewartet, in der Hoffnung, daß alles gut gehen würde. Und nun war Jacob zurück, und Leonhards Kind war aufgetaucht. Er mußte seine Hoffnungen begraben. Caleb würde ihn wahrscheinlich für das töten, was er Carolyn angetan hatte. Was die Erbschaft betraf … es war verrückt, auch nur eine Minute länger daran zu denken.

„Jacob", rief Laban böse, „du bist schon immer ein gutgläubiger Dummkopf gewesen. Ich habe keine Hoffnung mehr auf die Gnade unseres Vaters oder auf die Ranch."

Sean wisperte Laban zu: „Halten Sie ihn am Reden. Ich werde versuchen, mich hinauszustehlen und hinter sie zu gelangen." Er überprüfte seinen Colt und seinen Patronenvorrat, stopfte sich auch die Taschen mit Munition voll und nahm seine Winchester unter den Arm.

Laban gefiel der Gedanke nicht, daß er in der Höhle festsaß, während Sean dort draußen war, aber er wußte, Sean hatte ebenso viel vom Tod der beiden zu gewinnen wie er.

„Ich habe erfahren, daß Caleb erst vor ein paar Tagen mit seinem Anwalt gesprochen hat", fuhr er fort, „und ich habe mit eigenen Ohren gehört, daß er Leonhards Brut die Ranch hinterlassen will."

Sean hatte den Höhlenausgang erreicht und kroch auf dem Bauch weiter. Einige Büsche und kleinere Felsen in der Nähe konnten etwas Deckung bieten, aber danach wäre er ziemlich ungeschützt. Es wurde auch langsam hell. Die beiden mußten besser abgelenkt werden als durch bloßes Reden.

„Du brauchst diese Ranch nicht, Laban. Du kannst auf eigenen Füßen stehen. Das wäre auch das Beste für dich. Verlaß die Stoner Ranch, bevor es zu spät ist."

„Es ist bereits zu spät. Ich habe zu viel von meinem Leben in diese Ranch gesteckt, um sie einfach aufzugeben."

„Und was willst du mit denen tun, die dir im Weg stehen?"

Als Antwort feuerte Laban in Richtung der Felsen.

„Laban, tu das nicht", flehte Jacob ihn an.

„Ich habe genug vom Warten. Ich habe genug vom Reden. Wenn du mir im Wege stehst, Jacob, dann weiß ich, was ich zu tun habe." Laban schoß erneut, und ein Splitter sprang vom Rand des Felsblocks ab.

* * *

Matt wußte, Jacob wollte nicht auf seinen Bruder schießen. Er verstand sein Zögern, aber er wußte auch, daß ihr eigenes Leben in Gefahr war, wenn sie nicht zurückschossen. Er fragte sich auch langsam, wo Sean Toliver war. Sein Pferd bewies, daß er in der Nähe sein mußte. Aber wo?

Matt versuchte, über den Rand des Felsens zu spähen, aber sofort zischte eine Kugel dicht an seinem Kopf vorbei. Eine zweite folgte, als Matt sich wieder in die Deckung zurückzog. Dann trat eine kurze Pause ein. Vielleicht war Labans Waffe nicht durchgeladen, und er mußte bereits jetzt nachladen. Matt zögerte nicht lange. Er steckte seinen Kopf aus der Deckung wie ein wachsames Kaninchen und sah sich rasch um. In dem Moment, als er einige Dutzend Meter links Bewegung im Buschwerk sah, zog er sich wieder hinter den Felsen zurück, nicht ohne knapp einer weiteren Kugel entgangen zu sein.

Er stieß Jacob an und zeigte nach links. „Die wollen uns in die Zange nehmen", sagte er, als er auf Sean schoß. Er war zu weit weg, um ihn zu treffen, aber er hoffte, ihn hervorzulocken.

Toliver erwiderte das Feuer mit seiner Winchester. Die Kugel schlug weniger als einen halben Meter vor Matt ein, der Staub flog ihm ins Gesicht. Matt schoß mit seiner eigenen Winchester zurück. Mehrere Minuten lang wechselten er und Sean, Jacob und sein Bruder in der Höhle Schüsse.

Bald mußte Matt sein Gewehr nachladen. In den wenigen Momenten, die er so beschäftigt war, mußte Sean die Position gewechselt haben, denn Matt konnte ihn nicht mehr sehen, als er wieder aufblickte. Er sah sich vorsichtig um, konnte aber keine Bewegung ausmachen. Toliver plante wahrscheinlich, sie von hinten zu überraschen. Matt war auf der Hut.

Er sah eine kaum merkliche Bewegung im Gras etwa dreißig Meter entfernt, aber es konnte auch bloß der Wind gewesen sein. Dann sah er die Mündung eines Gewehrs, die auf ihn gerichtet war. Matt schoß. Die Waffe flog in die Luft, begleitet von einem Schmerzensschrei ihres Besitzers.

Aber Toliver ließ sich von einem Streifschuß nicht außer Gefecht setzen. Er fing sich rasch und kroch nach links, um sein Gewehr zu holen. Matt sprang auf und rannte in Sekundenschnelle auf ihn zu. Er warf Toliver hart auf den Boden zurück, bevor er seine Waffe ergreifen konnte. Toliver war völlig verdutzt, und Matt versetzte ihm einen wirkungsvollen Kinnhaken.

Toliver kam sofort wieder zu sich und wehrte sich mit einigen schmerzhaften Stößen. Die beiden waren etwa gleich stark, und wenn Toliver über mehr Muskelkraft verfügte, war Matt dafür flinker. Sie wälzten sich einige Minuten lang auf dem Boden, bis Sean auf die Füße kam, aber er machte den Fehler, Matt einen Tritt ins Gesicht versetzen zu wollen. Matt bekam Seans Bein zu fassen, und während Toliver taumelte, sprang er selber auf. Sie kämpften wie zwei verzweifelte Boxer mit ihren Fäusten.

In der Zwischenzeit hielt auch die Schießerei zwischen Laban und Jacob an. Die beiden nahmen von dem anderen Kampf in ihrer Nähe offenbar nichts wahr. Labans Kugel mußte ein Querschläger gewesen sein; sie fuhr über Jacobs Kopf hinweg in Matts Richtung. Der Cowboy hatte gerade die Faust gehoben, um Toliver, der fast erledigt war, den vielleicht entscheidenden Schlag zu versetzen. Aber er kam nicht mehr dazu. Labans Kugel traf ihn über dem linken Ohr, und er stürzte bewußtlos zu Boden.

* * *

Schwankend griff Toliver nach seinem Gewehr und schoß, bevor Jacob sich überhaupt einer Gefahr aus dieser Richtung bewußt wurde. Aber Toliver hatte zu rasch geschossen, und sein Schuß riß Jacob nur den Revolver aus der Hand. Sean zielte noch einmal, diesmal mit tödlicher Genauigkeit und schoß auf den wehrlosen Jacob.

Der Abzug klemmte.

Bevor Jacob seine Waffe aufheben konnte, kam Laban aus der Höhle, noch immer mit gezogener Pistole. Der Kampf schien vorüber. Jacob sah, daß sein Partner getroffen war. Er hatte wenig Aussicht, die nächsten Minuten zu überleben.

„Töten Sie ihn, Laban!" rief Sean. „Es gibt keinen anderen Weg mehr."

Laban kam seinem Bruder bis auf wenige Fuß nahe, seine Waffe noch immer auf ihn gerichtet, aber in seinen harten Zügen war Unentschlossenheit zu lesen. Sean sah mit einem Blick, daß Laban nicht in der Lage war zu tun, was getan werden mußte. Langsam bewegte er sich zu Matts Gewehr hinüber.

„Warum mußtest du zurückkommen?", fragte Laban seinen Bruder. „Ich hatte alles so gut geplant."

„Das Vieh unseres Vaters zu stehlen — das war dein Plan?"

„Der Viehdiebstahl zählte nicht — ich dachte an das Resultat. Die ganze Gegend stand wegen der Diebstähle kurz vor einem Rancherkrieg. Die kleinen Rancher wollten sich rächen für all die Ungerechtigkeiten, die die großen ihnen angetan haben, ganz besonders unser Vater. Früher oder später hätte er sich eine Kugel eingefangen —"

„Und du hast geplant, daß das eher früher als später geschieht? Mit einem Rancherkrieg als perfekte Ablenkung?"

„Warum nicht? Was hat unser Vater je für mich getan?"

„Du konntest nicht noch ein wenig warten?"

„Das war mein schlimmster Fehler — warten. Jetzt habe ich zu lange gewartet."

„Es ist immer noch nicht zu spät, alles in Ordnung zu bringen, Laban."

„Und es ist nicht zu spät für dich, mitzumachen. Wir können alles teilen."

„Dazu müssen wir bloß unseren Vater und unsere Nichte umbringen. Nein, Laban. Ich habe viele Jahre außerhalb des Gesetzes gelebt, aber ich habe meine Ehre nicht verloren."

„Dann bleibt mir keine Wahl", sagte Laban. Er hob seine Waffe, aber der Finger schien ihm am Abzug zu erstarren.

„Du kannst mich nicht töten", sagte Jacob.

Es stimmte. Labans Vater hatte ihm immer gesagt, er hätte keinen Mumm dazu, und das hier war der Beweis.

Der nächste Schuß schien aus dem Nichts zu kommen. Jacob sah verdutzt zu, wie sein Bruder langsam zu Boden sank. Dann fiel ein zweiter Schuß, diesmal auf Jacob gerichtet.

* * *

Matt kam gerade wieder zu Bewußtsein, als Sean sein Gewehr aufhob. Er schüttelte seine Benommenheit ab und versuchte aufzustehen, aber der Boden schien sich mit ihm zu erheben, jedes Gleichgewichtsgefühl war außer Kraft gesetzt. Er schaffte es nur, sich auf Hände und Knie zu stützen. Verschwommen sah er Sean seine Waffe auf Jacob richten, und er wußte, er mußte sofort handeln.

Aber er war nicht schnell genug, und er war sicher, daneben zu schießen, wenn er nicht sorgfältig zielte. In seiner ohnmächtigen Wut fletschte er die Zähne und versuchte, sich auf Toliver zu stürzen. Er traf ihn in Hüfthöhe und brachte ihn zu Fall. Erneut wurde er bewußtlos, und als er wieder zu sich kam, sah er Jacob, sehr lebendig, über Toliver stehen und seinen Colt auf dessen Kopf richten.

74

Während Jacob und Matt an diesem Sonntag abend Sean folgten, saß Caleb in seinem Arbeitszimmer und brütete über die sich rasch beschleunigenden Ereignisse. Er bereute nicht, was er getan hatte. Er hielt Carolyn für verrückt, ihn auf diese Weise zu verlassen, um der Illusion von der Unschuld ihrer Mutter nachzuhängen.

Er hatte genug von ihnen allen, und besonders hatte er von dieser Farce einer Gerichtsverhandlung genug. Wenn sie am Montag morgen fortgesetzt würde, dann würden nur das Andenken seines Sohnes und sein eigenes Ansehen in den Schmutz gezogen. Wenn auch keines der Papiere, die Carolyn gefunden hatte, als Beweis anerkannt würden, selbst vom nachlässigsten Richter nicht, so würde Deborahs Anwalt doch aus reiner Rachsucht alles ans Licht zerren.

Aber niemand kannte die Rachsucht besser als Caleb. Und er hatte schon zu lange ruhig zugesehen, wie diese Frau — zwei Frauen auf einmal! — ihn auszutricksen versuchten.

In den alten Zeiten hatte ein Mann das Gesetz noch in die eigene Hand nehmen können. Caleb selbst hatte mehrmals diese sogenannte Gerechtigkeit geübt, und zwar am Ast eines Baumes mit Hilfe eines Stricks. Er war vor neunzehn Jahren einfach dumm gewesen, sich auf eine Gerichtsverhandlung einzulassen. Es war schwach von ihm gewesen — genau die Schwäche, die er Laban immer vorhielt. Es gab nur eine Gerechtigkeit — die Gerechtigkeit, die er dem Schurken gezeigt hatte, der ihm Elizabeth weggenommen hatte.

Es war nun Zeit, höchste Zeit, daß Leonhards Tod endlich gerächt wurde!

Caleb eilte auf der Suche nach Toliver aus seinem Arbeitszimmer. In der Unterkunft erfuhr er, daß der Vorarbeiter die Ranch vor einiger Zeit verlassen hatte. Am Morgen wollte er zurück sein. Caleb wollte Tolivers Hilfe, denn er war ein fähiger, zuverlässiger Verbündeter. Aber andere konnten mit entsprechender Entlohnung diese Aufgabe auch übernehmen.

Binnen einer Stunde hatte er drei Männer beisammen, alles Arbeiter der Ranch. In Leander wollte er sich den früheren Sheriff Pollard dazu holen. Caleb mochte den heruntergekommenen alten Trunkenbold nicht, aber die Anwesenheit eines Gesetzeshüters würde Calebs Plan einen Anstrich von Legalität verleihen.

Pollard war im Saloon Dancing Tumbleweed. Er hatte kein Geld mehr, und die beiden anderen Saloons des Ortes wollten ihm keinen Kredit mehr einräumen. Das war der einzige Grund, aus dem er froh war, an diesem Abend Caleb Stoner zu sehen. Caleb schuldete ihm noch immer die Belohnung für Deborah.

„Wir haben da noch eine Rechnung offen, Stoner", sagte Pollard.

„Reden wir nicht hier darüber", antwortete Caleb und hieß Pollard, ihm in das Hinterzimmer zu folgen, das der Barkeeper ihnen gezeigt hatte.

Sobald sie die Tür hinter sich schlossen, forderte Pollard: „Ich möchte meine Belohnung."

„Glauben Sie, ich gebe Ihnen auch nur einen Cent, bevor diese Frau nicht gerecht bestraft ist?"

„Die Belohnung war auf ihre Ergreifung ausgesetzt, auf sonst gar nichts."

„Wenn Sie Ihr Geld wollen, brauchen Sie nur als Vertreter des Gesetzes ihrer Hinrichtung beizuwohnen."

„Wie meinen Sie das? Sie wird nicht hängen — besser, Sie gewöhnen sich endlich an diesen Gedanken."

Caleb schüttelte den Kopf. „Sie wird hängen, wie sie schon vor neunzehn Jahren hängen sollte, und Sie werden mir dabei helfen."

„Sie wollen sie lynchen? Sie sind ja wahnsinnig, Stoner!"

„Nein, das bin ich nicht."

„Wozu brauchen Sie mich?"

„Ich will einen Vertreter des Gesetzes dabei haben."

„Glauben Sie, das schützt Sie vor Ärger?"

„Das lassen Sie meine Sorge sein. Ihre einzige Sorge sollten Ihre fünftausend Dollar sein. Wenn sie freikommt, gehen Sie leer aus. Mit fünftausend können Sie sich eine Menge Whisky kaufen, Pollard, wahrscheinlich genug für den Rest Ihres Lebens."

* * *

Als Lucy Reeves Caleb und Pollard im Hinterzimmer verschwinden sah, ahnte sie Böses. Diese beiden Schurken könnten nur Ärger für Deborah bedeuten, und die Tatsache, daß sie zusammen redeten, machte alles noch schlimmer. Sie bat eins der anderen Mädchen, sie zu vertreten und schlich sich vorsichtig an die geschlossene Tür, die durch einen kleinen Flur vom Saloon getrennt war. Sie lauschte.

Die beiden Männer redeten nicht einmal leise, und sie konnte den größten Teil ihrer Unterhaltung verstehen. Sie hörte, wie Caleb Pollard mit dem Kopfgeld köderte. Sie hatte gar nicht daran gedacht, daß vielleicht noch andere Männer im Spiel sein konnten und hörte nicht, wie sich ihr jemand von hinten näherte.

„Hey, Sie!"

Lucy fuhr herum.

„Was machen Sie da, Lady?"

„Ich . . . ich habe bloß einen Ohrring verloren", sagte sie halbherzig, und sie kniete sich rasch nieder, um den Boden abzusuchen.

Der Mann gehörte zu Caleb, und er kaufte ihr die Geschichte mit dem Ohrring nicht ab. Er ergriff ihren Arm und zog sie hoch, dann öffnete er die Tür.

„Hey, Boss", sagte er, als er mit seiner Beute fest im Griff den Raum betrat, „sehen Sie mal, was ich da vor der Tür gefunden habe. Sie hat gelauscht."

„Tatsächlich?" Caleb sah Lucy an. Er erkannte sie aus dem Gerichtssaal; sie hatte unter den Zuschauern gesessen, und als eine der wenigen Frauen, noch dazu hübsch, war sie kaum zu übersehen gewesen. „Und wer sind Sie?"

„Ich heiße Lucy, und ich arbeite hier. Ich dachte, das Zimmer wäre frei. Ich suchte einen stillen Flecken für mich und meinen Freund. Sie wissen ja, wie das ist —"

Aber Pollard unterbrach sie. „Ich habe sie mehrmals mit Deborah Killion reden sehen, Stoner. Ich wette, die stecken unter einer Decke."

„Stimmt das?"

Lucy zögerte, sie war nicht sicher, ob es noch Sinn hatte, weiter zu lügen. Sie war wütend, daß sie sich so hatte überraschen lassen und enttäuscht, daß sie von Calebs Plan, Deborah hinzurichten, nicht mehr Einzelheiten gehört hatte. Lucy wußte, irgendwie mußte sie sich hier herausreden, so daß sie Deborah und Sam warnen konnte. Aber wie sollte sie den Verdacht zerstreuen?

„Ja, ich kenne sie ein wenig. Aber ich hoffte eigentlich, daß hier ein paar Dollar für mich drin liegen könnten. Vielleicht können Sie mich brauchen, da ich die Frau ja kenne."

„Glauben Sie ihr nicht", sagte Pollard.

„Ich bin kein Dummkopf", sagte Stoner, „und außerdem brauche ich keine Hilfe mehr."

„Okay", sagte Lucy obenhin und wollte sich umdrehen, um den Raum zu verlassen.

„Leider kann ich Sie nicht gehen lassen", sagte Caleb.

„Aber ich —"

„Steve", sagte Caleb, „fessle sie hier und kneble sie, ich werde dafür sorgen, daß heute niemand mehr diesen Raum betritt."

„Das wird Ihnen noch leid tun, Mister!" drohte Lucy. „Sie werden damit nicht so einfach durchkommen."

„Wer soll mich schon aufhalten?"

Lucy wehrte sich verzweifelt, als sich die Stricke immer enger um ihre Hände und Füße legten. Aber sie wußte, Caleb Stoner hatte recht. Niemand konnte ihn aufhalten, und er plante seine schreckliche Tat auch schon für diese Nacht. Niemand außer ihr wußte etwas davon, und sie konnte nichts mehr tun.

Als sie allein im Zimmer zurückblieb, versuchte sie, sich von ihren Fesseln zu befreien. Dann dachte sie an ihre Gespräche mit Deborah im Gefängnis zurück.

Hör mich an, Gott, betete sie still, *wenn es stimmt, was Deborah von dir erzählt hat — wenn auch nur die Hälfte davon stimmt —, dann mußt du in der Lage sein, Deborah zu helfen. Es liegt an dir. Hilf mir, diese Stricke loszuwerden, so daß ich sie warnen kann, oder hilf Deborah auf andere Weise. Aber, Gott, so oder so, hilf ihr!*

75

Es war nicht schwer für Caleb und Pollard, ins Gefängnis von Leander gelassen zu werden. Der Sheriff kannte die Männer und begrüßte sie, auch wenn es schon so spät war. Er legte sich nicht einmal seinen Revolvergürtel um.

Calebs Plan war einfach. Er war entschlossen zu tun, was getan werden mußte, koste es, was es wolle.

Nach zwei Minuten belanglosem Gespräch mit dem Sheriff steckte sich Pollard zum Zeichen für die drei Komplizen draußen eine Zigarette an. Nun wußten sie, daß der Sheriff allein wahr und sie wie geplant weitermachen konnten. Sie stürmten mit gezogenen Colts in den Raum. Sie taten, als ob sie Caleb und Pollard als Geiseln nahmen, schlugen den Sheriff bewußtlos und sperrten ihn in die zweite Zelle. Es war ein offensichtlicher Versuch, Calebs Beteiligung zu verschleiern, und Caleb würde sich später mit den Konsequenzen befassen.

Caleb selbst schloß Deborahs Zelle auf.

* * *

Deborah hatte dösend auf ihrer Pritsche gelegen, als sie hörte, wie die Nachbarzelle geöffnet wurde. Sie sah auf und dachte, sie träumte, als Caleb in ihrer Zelle vor ihr stand, einen Schlüsselbund in der Hand. Sie hatte seit neunzehn Jahren kein Wort mit dem Mann gewechselt, und ihre Stimme versagte, als sie ihn entgeistert ansah.

„Es ist Zeit zu gehen, Deborah", sagte er mit genau der gleichen Stimme wie neunzehn Jahre zuvor, als er sie des Mordes an seinem Sohn bezichtigt hatte.

„Wohin?", brachte Deborah mühsam hervor.

Wie oft hatte sie sich vorgestellt, was sie zu Caleb sagen würde, wenn sie ihm je wieder Auge in Auge gegenüberstehen würde? Zuerst hatte sie ihn mit Vorwürfen und Haß überschüttet, ihn beschuldigt, aus seinem Sohn ein Ungeheuer gemacht, ihr Leben zerstört zu haben, und sie hatte ihm jede seiner grausamen Ungerechtigkeiten vorgehalten. Später, als Gott in ihr Leben getreten war, fragte sie sich, ob sie ihm vergeben konnte und dachte an großherzige Reden, die ihn bereuend in die Knie zwingen und sein Herz für Christus öffnen würden.

Und nun, als sie in seine eiskalten Augen starrte, war ihr Kopf leer.

„Du konntest nicht glauben, daß du davonkommst", sagte er.

„Nein ... ich weiß nicht, was du meinst."

„Es ist Zeit, daß du für das bezahlst, was du meinem Sohn angetan hast."

Deborah schüttelte den Kopf. „Das kannst du nicht tun, Caleb."

Als Antwort öffnete Caleb die Zellentür und ließ Pollard mit einem Strick in der Hand eintreten. Er band ihr die Hände auf dem Rücken zusammen und steckte ihr einen Knebel in den Mund. Dann führten sie sie hinaus und gingen zu den Pferden, die hinter dem Gefängnis versteckt standen. Sie verließen schweigend die Stadt.

Deborah dachte an ihre Flucht aus Stoner's Crossing vor neunzehn

Jahren. Wie anders war damals alles gewesen, mit galoppierenden Pferden und einer riesigen Staubwolke. Würde es diesmal eine Rettung geben? Wie sollte irgend jemand herausfinden, was geschah, bevor es zu spät war? Der Sheriff konnte stundenlang bewußtlos bleiben, und Caleb brauchte nicht lange nach einem passenden Baum zu suchen.

Sie betete um Gnade und Stärke, aber tief in ihrem Innersten war sie sicher, daß der Tod am Strang nicht ihr vorbestimmtes Ende war. Das machte sie ruhig und half ihr, mit dem Schock des Geschehens fertig zu werden. Auch wurde ihr Geist wieder klarer, und während sie ritten, dachte sie an ihre Familie. Wenn Calebs Plan gelang, was sollte aus Carolyn werden? Über die anderen machte sie sich nicht solche Sorgen — Sky und Sam waren stark und würden den Schmerz überwinden. Aber Carolyn war nie so stark gewesen, wie sie alle glauben machen wollte. Für sie wäre es am schwersten, ihre Mutter zu verlieren, und noch schwerer wäre es für sie, diesen grausamen Haß von einem Mann zu ertragen, in den sie solche Hoffnungen gesetzt hatte.

Wie konnte Caleb so besessen von seinem Rachedurst, so unsagbar bösartig sein? Wußte er denn nicht, wie gern Carolyn ihn lieben wollte? War die Rache wichtiger als das? Deborah machte sich Vorwürfe, daß sie Caleb all das nicht gesagt hatte, als es noch Zeit dazu war. Jetzt konnte sie wegen des Knebels kein Wort mehr sagen. Hilflos begann sie zu beten. Sie wollte für Carolyn, Sky und Sam beten, aber statt dessen betete sie für Caleb allein.

* * *

Caleb wußte, welches Risiko er einging. Es gab einen mächtigen Baum nahe Leonhards Grab, und es schien ihm richtig, daß die Mörderin seines Sohnes nahe seinem Grab für ihre Tat büßte. In symbolischer Weise würde Leonhard die Bestrafung seiner Mörderin mit ansehen können. Ein eher praktischer Grund war die Entfernung von Leander. Es sollte nicht einfach sein, ihnen so auf die Spur zu kommen.

Aber es war ein anstrengender Ritt zurück zur Stoner Ranch — anderthalb Stunden, und das nach dem langen Ritt nach Leander am frühen Abend. Caleb war erschöpft, und sie mußten seinetwegen langsam reiten. Er versuchte, den Schmerz in seiner Brust zu ignorieren, aber sie mußten mehrmals anhalten, um ihm eine Pause zu gönnen.

Bei der zweiten Rast drängte Pollard, daß sie die Sache hinter sich bringen sollten.

„Kommen Sie, Stoner! Das geht jetzt schon lange genug so." Immer wieder hatte Pollard sich während des Ritts ängstlich umgeblickt, und Caleb wußte, der alte Säufer verlor die Nerven.

Schon um ihn zu ärgern ritt er weiter. Schließlich war Pollard dafür verantwortlich, daß Deborah damals nicht gehängt wurde. Das würde nicht noch einmal geschehen. Sie hatten einen Vorsprung, den so leicht niemand aufholen würde.

„Ich bestimme, wann wir am Ziel sind", sagte Caleb. „Die Frau hat mehr Mut als Sie, Pollard. Und jetzt schweigen Sie und steigen Sie wieder auf!"

Caleb bemerkte, daß Deborah ihn beobachtete. War das Mitleid in ihren Augen oder Angst?

Er schnaubte in ihre Richtung: „Du hältst es nicht aus, nicht reden zu können, nicht wahr? Nun, du wirst reden, und es werden deine letzten Worte sein."

Deborah schloß kurz die Augen, und als sie sie wieder öffnete, wußte Caleb, es war Mitleid, was er in ihnen gesehen hatte. Das machte ihn wütend. Er wollte sie vor Angst zittern sehen. Er hatte daran gedacht, ihr den Knebel aus dem Mund nehmen zu lassen, um sie um Gnade winseln zu hören, aber er wußte, sie war zu starrköpfig, um das zu tun.

Selbst jetzt, da ihr Ende so nahe war, raubte diese verfluchte Frau ihm die Genugtuung, von der er all die Jahre geträumt hatte. Weshalb konnte er nun seinen Sieg nicht genießen?

Aber selbst Caleb war klar, daß sein Sieg niemals vollkommen sein konnte. Wenn er Deborah hängte, verlor er den einzigen Menschen, der seit vielen, vielen Jahren Anzeichen von Liebe für ihn gezeigt hatte. Er wollte sich einreden, daß Carolyn ihm gleichgültig war. Sie hatte ihn im Stich gelassen, sie hatte sich geweigert, der Wahrheit ins Gesicht zu sehen. Sie hatte sich für Deborah entschieden — für die Mörderin ihres Vaters. Weshalb sollte er noch länger an sie denken?

Aber er konnte den Schmerz nicht aus seiner Erinnerung löschen, den er in den Augen seiner Enkeltochter gesehen hatte, als sie die Ranch verließ. Sie hatte verzweifelt gewünscht, daß ihr ein Großvater sein möge, den sie lieben konnte.

Rache ist stärker als Liebe, Carolyn, sagte Caleb zu sich selbst, als er wieder aufstieg und sein Pferd antrieb.

76

Lucy hatte sich schon die Handgelenke wund gescheuert, aber die Fesseln waren zu fest gebunden. Sie hatte keine Hoffnung mehr, daß jemand nach ihr suchen würde. Stoner hatte dem Barkeeper mit Sicherheit gesagt, daß sie für eine Weile fortgegangen war.

Etwa fünfzehn Minuten mußten vergangen sein, Lucy hatte ihr Zeitgefühl verloren. Sie mußte freikommen. Aber ein neues Zerren an ihren Fesseln trieb ihr nur vor Schmerz die Tränen in die Augen. Sie versuchte noch einmal, den Knebel auszuspucken. Wenn sie nur rufen konnte! Sie bewegte verzweifelt Zunge und Kiefer, bis ihr der ganze Mund weh tat. Aber sie gab nicht auf. Sie mußte Deborah helfen.

Plötzlich fühlte sie, daß ihre Oberlippe frei war. Sie strengte sich weiter an, bis sie den Knebel schließlich aus dem Mund hatte.

„Ja!"

Dann rollte sie sich auf dem Boden zur Tür. In der nächsten Sekunde hörten die Leute im Saloon einen Schrei, den sie nicht ignorieren konnten. Lucy schrie, bis sie heiser war.

Eins der anderen Saloonmädchen fand sie schließlich im Hinterzimmer. „Was um Himmels willen ist denn passiert?"

„Keine Zeit jetzt, binde mich los, schnell!"

Lucy mußte fünf unendliche Minuten warten, bis jemand mit einem Messer kam, um ihre Fesseln durchzuschneiden. Dann stürmte sie aus dem Saloon, die Straße hinunter zum Gefängnis. Aber sie kam zu spät. Deborahs Zellentür stand weit offen, und der Sheriff lag bewußtlos in der anderen Zelle.

Sie fühlte jede kostbare Minute vergehen, als sie sich auf die Suche nach Griff machte. Seit Pollard öfter in ihren Saloon gekommen war, war Griff fortgeblieben. Sie verlor noch mehr Zeit, weil sie nicht an die naheliegendste Möglichkeit dachte — sein Hotel. In einem der anderen Saloons fand sie Longjim.

„Er hat sich heute früh hingehauen, ziemlich erledigt", erklärte Longjim. „Wissen Sie, noch vor wenigen Wochen lag er praktisch im Sterben", fügte er hinzu, als ob er seinen Freund entschuldigen mußte.

„Wir müssen ihn holen. Caleb Stoner hat Deborah."

Longjim verlor keine Zeit mit Fragen, sie liefen zum Hotel.

Bis sie Griff geweckt hatten, wußten Sam, Jonathan und alle Bescheid. Zehn weitere Minuten waren vergangen. Sie brauchten noch mehr Zeit, um ins Gefängnis zu gehen, den Sheriff wieder zu Bewußtsein zu bringen und zu befragen in der Hoffnung, daß er Calebs Ziel kannte. Der Sheriff kam kaum zu sich, und er wußte nichts weiter. Es wurde beschlossen, daß Lucy und Jonathan sich um ärztliche Hilfe für den Sheriff kümmern und Sky und Carolyn am folgenden Morgen das Gericht informieren sollten, falls sie bis dahin nicht wieder zurück waren.

Griff schlug vor, auf Verdacht zur Stoner Ranch zu reiten; Caleb wäre in diesem Fall nach seiner Tat schneller zu Hause. Als sie schließlich in vollem Galopp aus dem Ort ritten, hatte Caleb fast eine Stunde Vorsprung, aber als sie sicher zu sein glaubten, daß Caleb wirklich zur Ranch unterwegs war, ritten Sam und die drei früheren Outlaws, als ob der Teufel hinter ihnen her war.

Als sie sich langsam der Ranch näherten, mußten sie jedoch erheblich langsamer reiten, um die Spuren zu lesen und herauszufinden, wohin genau auf dem weitläufigen Besitz Caleb geritten war. Spurenlesen bei schwachem Mondlicht verschlang Zeit. Selbst für einen früheren Texas Ranger wie Sam war es nicht einfach, und auch für Longjim nicht, der in seiner Zeit bei den Crow Indianern das Spurenlesen gelernt hatte.

Sam konnte nur eins denken: alles mochte inzwischen geschehen sein. Wenn Caleb Stoner vorhatte, das Urteil von vor neunzehn Jahren zu vollstrecken, dann kamen sie vielleicht schon zu spät. Er dankte Gott dafür, daß es in diesem Land so wenige Bäume gab, aber bei jedem, den er sah, zog sich sein Herz zusammen und sein Magen verkrampfte sich aus Angst vor dem furchtbaren Anblick, auf den sie jede Minute stoßen konnten.

*　　*　　*

Caleb sah blaß und ausgemergelt aus, ein blauer Schatten umgab seine schmalen Lippen. Deborah hatte ihn noch nie so verletzlich gesehen. Sie fragte sich, wie sie je Angst vor ihm haben konnte. Er tat ihr nur noch leid.

Aber etwas von ihrer Angst kehrte zurück, als sie einen Blick in seine Augen tun konnte. Sie sahen sich einen Moment lang im selben alten Machtkampf an, den sie damals so oft ausgetragen hatten, und Deborah sah, daß dieser Mann gefährlich war und entschlossen, sie zu töten.

372

Trotzdem wollte sie unbedingt mit ihm reden, ihm sagen, daß sie ihn nicht mehr haßte. Sie wollte ihm sagen, daß sie ihn nicht als Feind betrachtete, und daß sie sich um Carolyns willen ehrlich mit ihm versöhnen wollte. Aber der Knebel machte sie stumm. Sie fragte sich, ob Caleb ihre Worte vielleicht ebenso fürchtete, wie sie den Tod fürchtete, den er für sie vorgesehen hatte.

Bald erkannte sie undeutlich die Umgebung als Stoners Land. Wenigstens nahm sie das an, denn in diese Richtung waren sie lange genug geritten, um die Ranch zu erreichen. Als sie von einer Anhöhe aus ein Stück in die Ferne sehen konnten, konnte sie in etwa einer halben Meile Entfernung das Ranchhaus sehen, dunkel und im Schatten liegend. Sie ritten in einem weiten Bogen um das Haus herum.

Deborah fragte sich, ob ihr jemand von der Ranch zu Hilfe kommen konnte. Sie konnte nicht darauf zählen; wie es aussah, lag alles in tiefem Schlaf. Nicht einmal der Koch war schon wach, um das Frühstück vorzubereiten. Die Morgendämmerung war noch zwei Stunden entfernt.

Sie ritten weitere zwanzig Minuten, bis sie an einen grünen Flecken mit einigen Baumwollsträuchern kamen. Am Ufer eines kleinen Teichs oder einer Büffeltränke stand eine hohe Eiche. Drei Kühe lagen in der Nähe des Wassers, aber sie hatten sich offenbar verlaufen, denn es war keine Herde in der Nähe. Das Wasser war viel zu spärlich, um eine ganze Herde zu tränken, aber es mußte hier eine unterirdische Quelle geben, denn die Bäume waren trotz des späten Sommers grün und frisch. Deborah wunderte sich, daß sie diesen ruhigen Ort nie entdeckt hatte, als sie auf der Ranch lebte. Dann sah sie, weshalb Jacob sie nie hierher gebracht hatte.

Auf einem Erdwall nahe der Eiche waren zwei Grabsteine zu sehen. Die Inschriften waren in der Dunkelheit schwer zu entziffern, aber Caleb führte Deborahs Pferd nahe genug heran, so daß sie sie lesen konnte. Auf dem ersten stand: *Leonhard Stoner, Geliebter Sohn. Möge er in Frieden ruhen. Geboren 1839, Gestorben 1865.*

Wie ungenügend diese dürren Worte ausdrückten, was in einem Leben alles geschehen war. Der Schmerz, die Enttäuschung, die Angst einer getäuschten und mißbrauchten Ehefrau, die verzehrende Trauer seines Vaters auch, die Leonhards ganzes Leben begleitet hatte. Aber was Deborah noch mehr erstaunte, als sie den Grabstein betrachtete war, daß sie nichts empfand als ein tiefes Gefühl der Ironie diesem Mann gegenüber, der einmal ihr Gatte gewesen war. Keine Zunei-

gung, kein Schmerz, keine Trauer. Sie hatte Leonhard Stoner nie
betrauert, und das war am beschämendsten, am ironischsten.

Auf dem zweiten Grabstein stand: *Elizabeth Stoner, Geliebte Frau
und Mutter. Geboren 1821, Gestorben 1843.*

Deborah dachte an das Tagebuch, das Carolyn ihr gezeigt hatte und
in dem Elizabeth ihre Mühen und Enttäuschungen aufgezeichnet
hatte. Die Frau war erst zweiundzwanzig Jahre alt gewesen, als sie auf
so tragische Weise starb. War es Zufall, daß auf ihrem Stein nicht
stand, sie möge in Frieden ruhen?

Es überraschte Deborah nicht, daß sie keinen Grabstein für Calebs
zweite Frau sah, Jacobs und Labans Mutter. Sie fragte sich, wo die
arme Frau wohl begraben lag.

Caleb machte Pollard ein Zeichen, Deborahs Zügel zu nehmen und
ihr Pferd unter die Eiche zu führen. Deborah hatte es nicht gesehen,
aber der Baum hatte einen starken Ast, der ihr Gewicht würde tragen
können.

Pollard nahm ihr den Knebel aus dem Mund. „Okay", sagte Caleb,
„du hast fünf Minuten für deine letzten Worte." Ihr erster Satz mochte
ihn überraschen.

„Es tut mir leid, Caleb, daß ich dir Schmerz zugefügt habe. Ich
wünschte, es wäre anders gewesen. Aber wir können das Vergangene
nicht mehr ändern."

„Sag mir nicht, daß wir uns nur um die Zukunft kümmern sollen",
sagte Caleb bissig. „Und halt mir keine Predigt, Deborah."

Deborah mußte lächeln, denn genau das hatte sie tun wollen. Statt
dessen sagte sie, nun ebenfalls mit Sarkasmus in der Stimme: „Wenn
ich mir nicht einmal meine letzten Worte frei aussuchen darf, dann sag
mir, was du hören willst, Caleb. Soll ich die Ermordung deines Sohnes
gestehen? Würde das dein Gewissen erleichtern?"

Caleb zuckte die Achseln. „Es wäre an der Zeit, nicht?"

„Oh, Caleb! Ganz gleich, was ich sage, du glaubst doch nur, was du
willst. Du hast mich so sehr gehaßt, daß du nie sehen wolltest, wie
viele Feinde Leonhard hatte, die nichts mehr als seinen Tod wünsch-
ten. Aber darüber will ich jetzt nicht reden. Wenn dies meine letzten
Worte sind, dann will ich über Carolyn reden. Ich will dir sagen, was
du opferst, indem du auf deiner wahnsinnigen Rache bestehst. Sie
wollte deine Enkeltochter sein, Caleb. Sie wollte dich lieben, dich
sogar pflegen. Sie brauchte dich, wie ein Kind einen älteren Menschen
braucht, zu dem es aufsehen kann. Sie hätte alles für dich getan, bis du
sie zu einer Entscheidung gezwungen hast, die keinem Kind je abver-

langt werden sollte. Es hat ihr das Herz gebrochen, dich zu verlassen. Aber noch ist es Zeit, sie zurückzugewinnen, wenn du nur einsehen wolltest, wie verrückt das ist, was du hier tust. Geh einmal in deinem Leben in dich, Caleb! Frag dich, ob dein Haß und deine Bitterkeit es wirklich wert sind. Versuch, den Menschen in dir zu finden, den Carolyn lieben will. Ich weiß, er ist da, Caleb. Du hättest Leonhard nicht so sehr lieben können, wenn dein Herz ganz und gar aus Stein wäre."

„Ist das alles?", sagte Caleb, als sie schwieg, Seine Stimme war vor Anspannung kaum hörbar.

Deborah nickte. Sie konnte diesem Mann eine Stunde predigen, aber es würde nichts helfen, wenn er nicht bereit dazu war.

„All right, Pollard", sagte Caleb. „Haben Sie den Strick bereit?"

Während sie gesprochen hatte, hatten Pollard und ein anderer Mann einen Srick um den starken Ast des Baumes geworfen.

„Machen Sie es diesmal richtig", sagte Caleb, als Pollard Deborah die Schlinge um den Hals legte.

* * *

„Sieht aus, als hätten sie hier angehalten", sagte Sam, der sich niedergekniet hatte.

„Yeah", sagte Longjim, „aber auf diesem steinigen Grund kann man die Richtung nicht erkennen, die sie dann genommen haben."

Griff starrte in die Nacht. „Der Steinpfad ist noch etwa eine halbe Meile lang."

„Wir würden eine Menge Zeit verlieren, wenn wir jetzt in die falsche Richtung reiten und umkehren müssen", sagte Sam.

„Zu dumm, daß wir diese Ranch nicht besser kennen", sagte Slim. „Wir wüßten vielleicht, wohin sie geritten sind, wenn wir wüßten, wo hier die besten Bäume stehen —" Er verstummte, als er merkte, was er da gesagt hatte, und sah betroffen zu Sam hinüber.

„Weshalb ternnen wir uns hier nicht?", schlug Longjim vor. „So viele Möglichkeiten gibt es von hier aus nicht. Wer ihre Spur findet, kann einen Warnschuß abfeuern."

Longjim und Slim ritten nordöstlich, während Sam und Griff die südöstliche Richtung nahmen. Nach einer halben Stunde angestrengten Suchens auf dem steinigen Weg fand Sam die Spur wieder. Griff schoß in die Luft, und nach kurzer Zeit waren sie wieder beisammen.

Longjim ritt voraus, Slim neben ihm. Griff blieb mit Sam etwas zurück und ritt dicht neben ihn, weil er mit ihm reden wollte. Die Spuren waren jetzt deutlich sichtbar, und Sam konnte sich auf Longjim verlassen.

„Sam", sagte Griff, „da ist etwas, über das wir besser reden, bevor wir Caleb finden."

„Was?"

„Ich möchte nur wissen, was Sie denken. Sie haben nichts gesagt, und Sie sind nicht bewaffnet. Ich bezweifle, daß Caleb kampflos aufgibt."

„Ich hoffe bloß, daß wir dazu noch rechtzeitig kommen." Sam fühlte sich offensichtlich unwohl. Er wollte Gott vertrauen, aber was, wenn es Gottes Wille war, Deborah in dieser Nacht zu sich zu holen?

„Heißt das, Sie sind bereit zu kämpfen?", fragte Griff.

„Ich weiß es nicht, Griff." Dieses moralische Dilemma hatte Sam schon die ganze Zeit beschäftigt. Es machte ihm Angst, verwirrte ihn. „Manchmal habe ich das Gefühl, ich könnte jeden töten, der Deborah etwas antun will. Aber wie soll ich Gottvertrauen haben, wenn mein Vertrauen begrenzt ist. Ich habe vor vielen Jahren versprochen, niemals mehr auf einen Menschen zu schießen."

„Ich verstehe Ihr Problem, Sam. Wenigstens ich habe Gott nichts versprochen. Ich kann töten, um einen Freund zu retten, und ich werde töten."

„Irgendwie beneide ich Sie dafür, Griff, aber auf der anderen Seite bete ich, daß sich für mich die Sache nie so einfach darstellt. Ich nehme an, Sie sind ein besserer Mensch als ich, und deshalb hat Gott mir diese Prüfungen auferlegt. Ich weiß noch, wie es ist, wenn ich den Verstand verliere, wie es war, als ich es genoß zu töten. Ich will das nie wieder erleben."

„Ach, Sam, ich werde nie ein besserer Mensch sein als Sie, und das wissen Sie auch. Ich bin einfach mit einem Verstand gesegnet, der die Dinge entweder schwarz oder weiß sieht, heiß oder kalt. Die schwierigen Zwischenräume bedeuten mir nichts."

„Also, Griff, was heißt das in unserem Fall?"

„Ich schätze, wir müssen beide tun, was wir tun müssen. Ich frage nur, damit Sie nicht versuchen, mich von etwas abzuhalten."

Sam schüttelte den Kopf. „Ich wäre sehr scheinheilig, wenn ich Sie an meiner Stelle töten ließe, Griff."

„Verdammt nochmal! Da stecken Sie mit Ihrer ganzen Philosophie fest! Vielleicht sollten Sie besser zurückbleiben."

„Das kann ich auch nicht."

„Dann warten wir einfach ab, was geschieht."

„Vielleicht mit einem kleinen Gebet dazu."

„Das ist Ihre Abteilung, Sam, aber ich werde Ihnen dabei nicht im Wege stehen."

Sie ritten einige Augenblicke weiter, dann fügte Griff düster hinzu: „Nur eins noch, Sam. Falls wir zu spät kommen, werde ich Caleb Stoner töten."

Sam sagte nichts, aber in Geist und Herz schrie er laut: *Oh, Gott, laß uns nicht zu spät kommen!*

77

Der Ritt nach Waco hatte Carolyn und Sky bis an die Grenze der Erschöpfung gebracht. Sie hatten in zwölf Stunden über einhundert Meilen zurückgelegt und dabei einmal die Pferde gewechselt. Das war eine bessere Zeit, als sie die Ponykuriere vor zwanzig Jahren geschafft hatten, und die waren zur Legende geworden.

Sie erreichten Waco nach Mitternacht am Sonntag, verstaubt, hungrig und müde. Es war zu spät, um noch irgendwo etwas zu essen, also mußten sie mit dem harten Zwieback vorlieb nehmen, den sie bei sich hatten. Sie mußten den Angestellten des Hotels wecken, um für die Nacht Zimmer zu bekommen. So ungeduldig sie auch waren, ihre Aufgabe zu erfüllen, sie mußten doch warten. Sie dachten, wenn sie die Haushälterin rasch fänden und sie bereit war, ihnen zu helfen, dann konnten sie mit ihrer Aussage am nächsten Morgen nach Leander zurückreiten, und am Montag morgen bei der Wiederaufnahme des Verfahrens im Gerichtssaal sein. Vielleicht bliebe ihnen sogar noch Zeit für ein paar Stunden Schlaf.

Am folgenden Morgen frühstückten sie eilig und fanden schnell heraus, wo Marias Schwester wohnte. Unglücklicherweise war Maria gerade bei der Frühmesse in der Kirche.

Sie hatten ganz vergessen, daß Sonntag war, aber sie wollten nicht in die Kirche gehen und die Messe stören, und in der Protestantischen Kirche würde es erst einen Gottesdienst geben, wenn Carolyn und

Sky längst auf dem Rückweg waren — sie hofften jedenfalls, daß sie Waco bis dahin wieder verlassen hätten.

Sie gingen zurück ins Hotel, frühstückten noch einmal ausgiebiger und versuchten ohne großen Erfolg, sich etwas zu entspannen. Um halb zehn gingen sie zur Katholischen Kirche, um auf Maria zu warten.

Die alte Haushälterin erkannte Carolyn sofort. „Oh, nein!" rief Maria aus und eilte zu ihr. „Was ist passiert? Der Patron?"

„Nein, Maria, mein Großvater ist in Ordnung, so weit ich weiß", sagte Carolyn. „Ich bin wegen der Verhandlung meiner Mutter hier. Ich habe Ihr Versteck gefunden, Maria. Ich weiß, ich bin in Ihre Privatsphäre eingedrungen, aber ich mußte etwas finden, was meiner Mutter helfen kann. Sie hatten etwas von verborgenen Geheimnissen gesagt. Als ich Ihre Truhe durchsuchte, fand ich den Abschiedsbrief und das Tagebuch, und auch Ihre Briefe. Aber ich habe immer noch Fragen."

Maria schlug die Augen nieder, sie schämte sich. „Kommt mit zu meiner Schwester, dort können wir reden."

Eine Viertelstunde später saßen sie im einfachen Wohnzimmer eines kleinen Hauses am Rand des Ortes. Marias Schwester brachte ihnen Kaffee, während sie sprachen.

„Die Sachen in der Truhe, Maria, haben mir viele Fragen über meine Familie beantwortet", sagte Carolyn, „aber sie nützen meiner Mutter nicht viel. Außer eins — ein Brief von Ihrem Bruder in Mexiko, der Auskunft über Fragen enthält, die Sie ihm gestellt haben. Fragen nach Eufemia Mendez."

„Ah ja, das."

Sky schrieb das Gespräch so gut er konnte mit, damit sie es, von Maria unterschrieben, dem Gericht vorlegen konnten.

„Sie erinnern sich daran?"

„Natürlich."

„Ich wünschte, Sie hätten mir von diesen Dingen einfach erzählt. Das hätte uns viel Ärger erspart."

„Es tut mir leid, Senorita, ich bin eine alte Frau. Ich bin nicht sehr mutig. Ich wollte mich nicht gegen den Patron stellen. Er ist immer gut zu mir gewesen. Aber Sie —"

„Ist schon gut, Maria", unterbrach Carolyn sie, vielleicht etwas unhöflich. „Reden wir nur darüber, was dieser Brief bedeutet. Es sieht aus, als hätte Senora Mendez im Zeugenstand gelogen. Sie hat nicht den wahren Grund genannt, weshalb sie damals nach Mexiko ging.

Aber warum hat Sie interessiert, was Eufemia damals tat? Sie scheinen mir nicht die Frau zu sein, die sich in anderer Leute Angelegenheiten mischt, und dennoch scheint Sie Eufemias Reise nach Mexiko interessiert zu haben. Hat es mit den Stoners zu tun?"

Maria seufzte und schüttelte langsam den Kopf. „Sie haben es nicht erraten? Ich dachte, es müßte Ihnen klar werden, wenn Sie den Brief lesen. Ja, ich hätte den Mut aufbringen müssen, Ihnen mehr zu erzählen. Sie waren vor achtzehn Jahren nicht dabei, und Sie haben dem kleinen Bambino nicht in die Augen gesehen und die Ähnlichkeit bemerkt. Mit jemandem, den ich kenne, jemandem, von dem ich selber ein Kind großgezogen habe."

„Was wollen Sie damit sagen, Maria?"

„Eufemias Baby natürlich. Ich habe den Kleinen gesehen, als sie aus Mexiko zurückkam. Sie sagte, es sei für sein Alter ein großes Baby, und andere konnte sie damit vielleicht täuschen, die Männer, die in den Saloon kamen und es nicht besser wissen konnten. Vielleicht interessierte es auch keinen, daß das Baby nicht nur groß war, sondern auch in anderer Weise über sein angegebenes Alter hinaus. Es ging mich auch nichts an, was das arme Mädchen tat und daß sie nach Mexiko ging, um ihre Schande zu verbergen. Das ist nicht der Grund, weshalb ich meinem Bruder geschrieben habe."

„Weshalb dann, Maria?"

„Haben Sie Ramon nicht einmal genauer angesehen, Carolyn? Haben Sie es nicht gesehen? Ich habe es gleich gesehen, vielleicht weil ich schon drei Stoners großgezogen hatte —"

„Was sagen Sie da, Maria?" Carolyn fühlte, wie sie blaß wurde und sich ihr der Magen verkrampfte.

„Ramon ist Leonhards Sohn — Ihr eigener Halbbruder!"

„Sind — sind Sie da ganz sicher?"

„Ich habe keinen Beweis, wie sie ihn vor Gericht vielleicht verlangen, aber meine Augen täuschen mich nicht. Wenn Sie genau hinsehen, werden Sie es auch bemerken."

Carolyn schwieg lange Zeit. Sie versuchte, sich über die Bedeutung dieser Enthüllung klar zu werden, aber ihre Gedanken waren in zu großer Unordnung. Also fragte sie weiter.

„Weiß noch irgend jemand anderes davon? Mein Großvater? Weiß es Ramon?"

„Ich weiß nicht, aber mir hat nie jemand etwas gesagt", erwiderte Maria. „Ramon arbeitet seit Jahren auf der Ranch, ich kenne ihn, und ich glaube nicht, daß er etwas weiß."

Carolyn erinnerte sich an Ramons Schock, als er den Brief gelesen hatte; das konnte nicht gespielt gewesen sein.

Carolyn fragte Maria noch weiter aus. Einige weitere Fragen, die den Abend des Mordes betrafen, hatte ihr Jonathan Barnum mit auf den Weg gegeben. Aber nach einer halben Stunde hatte sie sich überzeugt, daß Maria über diesen Abend wirklich nichts Neues wußte. Sie hatte in ihrem Häuschen geschlafen, sagte sie. Carolyn schimpfte sich heimlich, daß sie daran dachte, daß dann auch die Haushälterin kein Alibi hatte; aber sie war schon so weit, daß sie alle und jeden verdächtigte. Maria jedenfalls erfuhr von Leonhards Tod erst am folgenden Morgen, als sie zur Arbeit erschien.

Es war fast elf Uhr morgens, als Maria unterschrieb, was Sky von dem Gespräch mitgeschrieben hatte. Carolyn und Sky verabschiedeten sich und gingen zum Mietstall, wo ihre Pferde auf sie warteten — gestriegelt, gefüttert und ausgeruht. Auf dem Weg dorthin fragte Sky: „Carolyn . . . diese Sache mit Senora Mendez — hast du darüber nachgedacht, was das alles zu bedeuten hat?"

„Es bedeutet, daß ich einen zweiten Halbbruder habe", sagte Carolyn. „Und so sehr mich das zuerst schockiert hat, eigentlich habe ich nichts dagegen — ich habe nur gute Erfahrungen mit Halbbrüdern gemacht, Sky. Ramon ist fast so nett wie du; ich glaube, du wirst ihn mögen."

„Es steckt noch mehr dahinter." Sky schwieg und sah sie an. Als sie etwas verständnislos zurückblickte, fuhr er fort: „Siehst du denn nicht? Was mit dieser Senora Mendez geschehen ist — in diese Lage zu kommen und dann keinerlei Hilfe vom Vater zu bekommen. Ich glaube, das könnte ein Motiv für den Mord sein."

Carolyn blieb abrupt stehen und starrte Sky an. „Nicht Eufemia Mendez!" sagte sie schließlich, als sie die Sprache wiederfand. „Frauen töten deswegen nicht. Sie gehen in aller Stille fort, wie sie es getan hat, tragen ihr Kind aus und versuchen, irgendwie zurechtzukommen."

„Ja, normalerweise. Aber du hast selbst gesagt, wie sehr sie die Stoners haßt. Kann es nicht sein, daß Leonhard sie verachtet hat, daß er sie fortgejagt hat, daß er nichts mit seinem Kind zu tun haben wollte, daß er genug von einer Frau hatte — deiner Mutter —, die Ärger machte? Könnte es nicht sein, daß sie ihn in einem Anfall von Verzweiflung erschossen hat?"

Wieder einmal wurde Carolyn mit dem unerträglichen Charakter ihres Vaters konfrontiert; und wieder hatte sie dem nichts entgegenzusetzen. Es war sehr wohl vorstellbar, daß dieser Mann Dinge getan hatte, wie Sky sie gerade beschrieben hatte. Aber hätte Eufemia ihn deshalb gleich umgebracht? Carolyn schüttelte den Kopf.

„Sie ist Ramons Mutter, Sky. Ich weiß es einfach nicht, aber ich glaube immer noch, es war Laban."

„Carolyn, du kannst manchmal so engstirnig wie dein Großvater sein", sagte Sky. „Du hast gesagt, er ist so besessen von der Idee, daß unsere Mutter seinen Sohn ermordet hat, daß er sich einfach weigert, irgend eine andere Möglichkeit in Betracht zu ziehen. Du tust genau dasselbe mit Laban."

„Aber Laban hat wegen seines Alibis gelogen — jedenfalls wollte er alle glauben machen, daß er sich nicht mehr erinnerte. Und er hatte vom Tod meines Vaters am meisten zu gewinnen."

„Was hat er denn gewonnen? Er hat die Ranch immer noch nicht geerbt."

„Sky, wenn das stimmt, was du sagst ... du sprichst über Ramons *Mutter*. Und wir wissen beide, wie entsetzlich das für ihn wäre."

78

Nach dem elfstündigen Ritt zurück nach Stoner's Crossing waren Carolyn und Sky erschöpft. Aber Carolyn konnte nicht nach Leander zurückkehren, bevor sie mit Eufemia Mendez gesprochen hatte. Es wäre vielleicht besser gewesen, einen Vertreter des Gesetzes dabeizu-haben, aber Carolyn war von Skys Verdacht zu sehr beunruhigt. Die Bar war bis spät geöffnet, und sehr wahrscheinlich war Ramons Mutter dort noch anzutreffen.

„Was willst du ihr sagen?", fragte Sky.

„Ich habe noch nicht darüber nachgedacht. Ich wäre dir aber dankbar, wenn du mich begleiten könntest."

„Nun, Sam und Mr. Barnum schlafen sicher tief und fest, also können wir mit Marias Aussage vor morgen früh sowieso nichts machen."

Carolyn und Sky betraten den Saloon. Obwohl es spät am Sonntag abend war, war noch immer viel Betrieb. Jemand spielte Klavier, einen Gassenhauer, aber es war nicht Eufemia. Sky ging zum Bartresen.

„Weiß deine Mamma, daß du dich an Orten wie diesem herum-treibst?", fragte ihn einer der Cowboys an der Bar.

Sky beachtete ihn nicht und fragte den Barkeeper nach Senora Mendez.

„Was willst du von ihr?"

„Wir müssen mit ihr reden."

Der Barkeeper kratzte sich das Kinn und sah die beiden Jugendlichen an. Er erkannte das Mädchen, aber er hatte seine Anweisungen.

„Ich weiß nicht, wo sie ist."

Carolyn trat auf ihn zu. „Es ist wirklich wichtig."

Der Barkeeper zuckte die Achseln und goß einen Drink für einen Gast ein.

„Hören Sie!" beharrte Carolyn.

„Carolyn?", ließ sich eine Stimme von hinten vernehmen.

Sie wirbelte herum. „Ramon!"

„Was machst du hier?"

„Ramon, wir haben etwas zu besprechen. Und wo ist deine Mutter?"

„Ja, wir müssen reden, Kommt hier herein."

Er führte sie ins Hinterzimmer, wo sie schon einmal mit Eufemia gesessen hatten. Sie war nirgends zu sehen. Sie saßen alle drei angespannt auf ihren Stühlen.

„Carolyn", begann Ramon, „bevor ich irgend etwas anderes sage, mußt du mir glauben, daß ich bis gestern nichts wußte. Und was ich getan habe, habe ich getan, weil ich keine andere Wahl hatte."

„Ich verstehe nicht, Ramon. Sprichst du davon, daß du mein Bruder bist? Ich habe das heute durch Maria herausgefunden. Vielleicht hätten wir das merken müssen, irgendein Gefühl dafür haben müssen, oder? Aber ich kann schon lange nicht mehr klar denken, und du vielleicht auch nicht."

„Es geht noch um mehr. Mehr als darum, daß wir Bruder und Schwester sind. Ich wünschte, das wäre alles, denn ich wäre stolz darauf, dich als Schwester zu haben. Aber jetzt stehe ich vor dem gleichen schrecklichen Problem, mit dem du schon die ganze Zeit kämpfst. Ich hatte mich entschlossen, nichts zu sagen, die Verhandlung einfach ihren Lauf nehmen zu lassen. Vielleicht wäre deine Mutter freigesprochen worden, vielleicht wäre sie wegen Notwehr freigelassen worden und niemand hätte leiden müssen. Vielleicht —"

„Was willst du damit sagen, Ramon? Stimmt das mit deiner Mutter? Hat sie —?"

Ramon senkte den Kopf. Tränen flossen aus seinen fest geschlossenen Augen. Carolyn ging zu ihm und legte den Arm um ihn. Sie verstand nur zu gut, wie er litt. Sie verstand auch seine Versuchung, seine eigene Mutter um jeden Preis zu schützen, selbst auf Kosten eines anderen.

Ramon sah sie verzweifelt an. „Als ich dich vorhin sah und in deine Augen schaute, wußte ich, ich konnte dieses Geheimnis nicht für mich behalten, obwohl ich es meiner Mutter versprechen mußte."

„Wo ist sie?"

„Sie hat die Stadt gestern verlassen. Sie dachte, wenn es deiner Mutter gelungen ist, so viele Jahre lang unbehelligt zu bleiben, würde ihr das vielleicht auch gelingen. Sie hat mir die Bar überschrieben, als ob mir das etwas bedeuten könnte."

„Hat sie dir erzählt, was mit meinem Vater ... geschehen ist?"

Er nickte widerwillig. „Es war ganz einfach. Sie war in Schwierigkeiten, mit mir. Mein Vater gab ihr etwas Geld und sagte, sie sollte ihn in Ruhe lassen. Meine Mutter wollte sein Geld nicht; sie wollte, daß er sein Kind anerkannte. Sie wußte natürlich, daß er schon verheiratet war, und vielleicht würde niemand sonst erfahren, daß ich sein Sohn war. Aber er weigerte sich. Er sagte, er würde nicht den gleichen Fehler machen, den sein Vater gemacht hatte, Bastarde anzuerkennen. Sie versuchte es noch einmal, und als er sie abwies, ging sie zu Caleb —"

„Er weiß es?"

„Ja, aber Caleb sagte ihr nur, sie sollte sie beide zufrieden lassen oder die Stadt verlassen. Er schlug auch eine Abtreibung vor, aber für meine Mutter wäre das eine Todsünde gewesen. Vielleicht ist Caleb doch nicht ganz herzlos, denn als sie beharrte und ihm sagte, sie wisse nicht mehr, was sie tun sollte und daß sie kein Kind ernähren konnte — da gab er nach und fragte sie, was sie wollte. Sie sagte ihm, sie wollte, daß ihr Kind als Leonhards Kind anerkannt wurde. Caleb bot ihr die Bar an, wenn sie schwieg. Sie nahm sein Angebot nicht an. Statt dessen versuchte sie noch ein weiteres Mal, meinen Vater zu überzeugen. Sie hoffte, wenn das Kind erst da war, würde sein Herz weich werden, ihr und dem Baby gegenüber." Er schwieg und schüttelte zu dieser noch immer erschütternden Enthüllung den Kopf. „Sie wußte, daß seine Ehe eine Katastrophe war, und deshalb blieb ihr eine kleine Hoffnung. Sie liebte Leonhard Stoner selbst dann noch. Als sie zu ihm ging, gab er ihr nur noch mehr Geld — fünfhundert Dollar."

„Das erklärt die Summe auf ihrem Konto", sagte Carolyn.

„Ja, aber wie schon gesagt, wollte sie das Geld nicht nehmen. Sie flehte ihn an, bat ihn, seine Mätresse sein zu dürfen und daß er das Kind anerkannte, selbst wenn niemand davon erfuhr. Er lachte sie aus,

Carolyn. Und dann zog er seinen Revolver." Ramon verstummte und schluckte. „Er sagte ihr, daß er sie töten könnte, daß das alle Probleme lösen würde. Er spannte den Hahn, und da verlor meine Mutter den Kopf. Mit einer Wut, die nur ein Liebender empfinden kann, wie sie sagt, stürzte sie sich auf ihn, und die Waffe ging los."

„Dann konnte er also gar keine Wunde im Rücken haben?", fragte Carolyn.

„Meine Mutter nimmt an, daß Caleb einfach log, um ganz sicher zu gehen, daß deine Mutter schuldig gesprochen wurde. Er zwang den Doc und Pollard, seine Version zu unterstützen."

Es überraschte Carolyn nicht, daß Caleb aus Rachedurst so weit ging.

Ramon fuhr fort. „Als meine Mutter sah, daß er tot war, floh sie. Als sie wieder in ihrem Zimmer hier war, wurde ihr klar, daß sie nicht weglaufen durfte, um nicht in Verdacht zu geraten. Am nächsten Morgen kam dann die Nachricht, daß deine Mutter verhaftet worden war. Meine Mutter schwieg. Es fiel ihr nicht leicht, deine Mutter für ihr Verbrechen büßen zu lassen, aber sie mußte an ihr Baby denken, und natürlich wußte damals niemand, daß auch deine Mutter schwanger war.

Als alles vorüber und deine Mutter entkommen war, dachte meine Mutter, sie könnte weiterleben wie zuvor. Sie ging nach Mexiko, und dort wurde ich geboren. Aber ihre Familie verstieß sie. Sie wollte lieber in den Staaten verhungern als in Mexiko, und sie erinnerte sich daran, daß Caleb ihr die Bar angeboten hatte. Das war Grund genug für sie, zurückzukehren. Was sollte eine arme junge Frau mit einem Kind und ohne Ehemann schon anderes tun? Wenn Caleb sie abwies, wollte sie sich irgendwie durchschlagen. Und es bestand immer noch die Möglichkeit, daß Caleb mich eines Tages als sein eigen Fleisch und Blut anerkennen würde."

„Ich kann nicht glauben, daß Caleb nie Verdacht geschöpft hat, was wirklich geschehen ist", sagte Carolyn. Dann huschte ein Lächeln über ihre Lippen. „Doch, ich glaube es. Wir sind uns zu ähnlich. Er hat sich in den Kopf gesetzt, daß meine Ma es getan hat, und er hat von nichts anderem mehr etwas wissen wollen."

Ramon sprach aus, was Carolyn und er selber dachten. „Ich frage mich, was geschehen wäre, wenn ich nicht dagewesen wäre."

„Daran habe ich auch schon gedacht", sagte Carolyn. „Aber ich bin froh, daß ich lebe, und du solltest auch froh sein, daß du lebst. Was wäre gewesen, wenn unser Vater nicht getötet worden wäre? Ich sage das nicht gern, aber unsere beiden Mütter hätten dann ein elendes

Leben führen müssen. Aber selbst in diesem Fall hätten unsere Mütter Trost an uns gefunden. Ich glaube nicht, daß meine Ma je bedauert hat, daß sie mich bekommen hat. Und ich bin sicher, das hat auch deine Mutter nicht. Stell dir vor, wie leer und öde ihr Leben ohne dich gewesen wäre."

„Es hat keinen Sinn, über solche Dinge weiter zu reden, nicht? Wir leben, und tief innen will ich es auch nicht anders." Ramon schwieg einen Moment. „Mein Leben ist nicht schlecht gewesen. Aber meine Mutter ist jetzt ein Flüchtling. Wenn das, was ich dir gerade erzählt habe, herauskommt, werden sie meine Mutter suchen. Und sie hat vielleicht nicht so viel Glück wie deine Ma. Sie werden sie fassen, und sie wird für viele Jahre ins Gefängnis ... wenn sie sie nicht —"

„Warte!" Sky, der mit klarerem Kopf alles mit angehört hatte, unterbrach ihn. „Ich habe genug von dieser Verhandlung mitbekommen, um zu wissen, daß deine Ma in Notwehr gehandelt hat, Ramon. Kein ehrliches Gericht wird das anders sehen. Du kannst Mr. Barnum fragen, aber ich glaube nicht, daß deine Mutter bestraft werden kann."

„Das stimmt!" Carolyns Stimmung hellte sich auf. „Weißt du, wo sie ist, Ramon? Du könntest ihr das sagen."

Einen Moment lang sah Ramon mißtrauisch drein.

„Komm schon!" sagte Carolyn. „Du glaubst doch nicht, daß wir dich hereinlegen wollen?"

„Das Gesetz ist für Gringos und Mexikaner nicht immer dasselbe", erwiderte er.

„Wenn es das Gesetz ist, was dir Sorgen macht, ich zweifle nicht, daß Mr. Barnum sofort die Verteidigung deiner Mutter übernehmen würde. Er ist der beste Anwalt des Landes. Er würde schon dafür sorgen, daß das Verfahren fair ist."

„Vielleicht ist es das Risiko wert. Besser, als wenn sie sich für den Rest ihres Lebens verstecken muß", gab Ramon zu.

Diese erstaunlichen Enthüllungen waren zu wichtig, um bis zum Morgen zu warten. Sam und Deborah mußten es so schnell wie möglich erfahren. Niemand konnte etwas dagegen haben, wegen solcher Neuigkeiten aus dem Schlaf gerissen zu werden. Ihre Ma konnte noch heute das Gefängnis verlassen! Das überzeugte die drei, und sie sattelten im Mietstall frische Pferde und galoppierten nach Leander. Zuerst ritten sie zum Hotel, um Sam zu holen.

Sie fanden Jonathan Barnum in der Eingangshalle unruhig auf und ab schreiten. Er hatte noch schockierendere Neuigkeiten für sie. Sie hatten Sam und Griff um weniger als eine halbe Stunde verpaßt.

79

Selbst Carolyn stöhnte innerlich beim Gedanken an einen weiteren erschöpfenden Ritt. Von den vergangenen sechsunddreißig Stunden hatte sie vierundzwanzig im Sattel verbracht. Aber diesmal hing das Leben ihrer Mutter wirklich von ihr ab, und sie war entschlossen, bis zum letzten Augenblick zu kämpfen.

Alle drei jungen Leute kamen zum selben Schluß, was die Richtung anging, die Caleb wahrscheinlich eingeschlagen hatte. Sie kamen gut voran und holten beinahe Sam ein, weil sie auf dem steinigen Wegabschnitt keine Zeit verloren. Sie erinnerte sich an eine Baumgruppe einige Meilen vom Ranchhaus entfernt und dachte mit Schaudern, daß dies der Ort sein könnte. Sie hatte den Hain nie betreten, aber da keine Zeit zu verlieren war, schlug sie diese Richtung ein und betete, daß sie sich nicht irrte. Bald sah sie die Spuren und atmete erleichtert auf.

Carolyn hatte Angst um ihre Mutter, und dennoch fühlte sie auch einen gewissen inneren Frieden. Zu rasch nach der Entführung hatte Sam alles entdeckt; das konnte kein Zufall sein. Gott konnte es nicht so eingerichtet haben, nur um ihnen dann Deborah zu nehmen. Aber neben dem Glauben an Gott, an dem sie festzuhalten suchte, machte ihre angeborene Sturheit es ihr unmöglich anzunehmen, daß sie vielleicht zu spät kommen könnte.

* * *

Es war etwa zwei Stunden vor Sonnenaufgang. Die Nacht war kühl, der Mond war noch nicht untergegangen. Zu dieser Stunde täuschten Eindrücke oft; ein umgestürzter Baum konnte vage einem verirrten Rind ähnlin, einen Felsen konnte man für einen Baumstumpf halten. Ein Schatten im Mondlicht mochte eine vorüberziehende Wolke sein oder —

Bäume!

Sam hatte die Landschaft mit den Augen abgesucht. Er zögerte einen Moment, als er den dunklen Fleck in der Ferne sah. Das waren keine Wolken, das mußten Bäume sein. Er ritt zu Griff hinüber, der ein wenig voraus war. Wortlos deutete er in die Richtung, und Griff nickte. Dies war das erste mögliche Ziel für Caleb. Slim und Longjim kamen heran.

„Wir machen jetzt besser keinen Lärm", sagte Griff, „haltet eure Waffen bereit. Wir wollen sie nicht vertreiben."

„Ich glaube, wir sollten sie einkreisen", sagte Longjim.

„Okay Longjim, du und Slim da lang, Sam und ich nehmen diese Richtung. Fertig?" Er sah Sam an.

Sam nickte düster bei dem Gedanken, was sie in dem Hain zu sehen bekommen könnten.

Aber es gab kein Zurück mehr. Er dachte an den Revolver, den er stets in seiner Satteltasche bei sich trug. Was für ein Mann war er, daß er andere die Schmutzarbeit für sich tun ließ? War das wirklich, was Gott wollte? Er konnte doch nicht einfach zusehen, wie seine Freunde sich in Gefahr begaben und seine Frau zu retten suchten, während er nichtstuend dabeistand. Sam griff in seine Satteltasche.

„Tun Sie es nicht, Sam", sagte Griff.

„Ich sehe nicht, was ich sonst tun könnte."

„Wissen Sie, es braucht mehr Mumm, unbewaffnet dort hinüber zu reiten als Slim, Longjim und ich je aufbrächten. Außerdem würde Deborah mir nie verzeihen, wenn ich zusehe, wie Sie alles über Bord werfen, was Ihnen je wichtig war. Wenn die Lage verzweifelt werden sollte, dann vielleicht ... aber so weit sind wir noch nicht."

Sam spähte voraus. „Lieber Gott, ich hoffe, das stimmt."

* * *

Deborah sah die herankommenden Reiter zuerst auf der Anhöhe über dem Teich und dem Eichenhain. Pollard legte ihr in diesem Moment die Schlinge um den Hals. Er folgte ihrem Blick und hielt inne.

„Nicht noch einmal!" murmelte er.

Dann sahen auch Caleb und seine Cowboys die Reiter und zogen ihre Waffen. Aber einer der Herannahenden gab einen Schuß ab, der unmittelbar vor Calebs Pferd der Staub aufwirbelte. Ein weiterer Schuß wurde aus etwa fünfzig Meter Entfernung abgegeben. Das Pferd, auf dem Deborah saß, schnaubte unruhig. Deborah bemerkte, daß Pollard seine Zügel ergriff, um es still zu halten.

„Wenn Sie ein Blutbad wollen, wir sind bereit!" rief Griff, als sie näherkamen. „Und Sie sind der erste, der stirbt, Caleb."

„Was kümmert mich das noch?", sagte Caleb.

„Kann sein, daß es diese anderen Kerle kümmert, ob sie ins Gras beißen", sagte Sam.

Slim und Longjim hatten sich inzwischen mit erhobenen Waffen von der anderen Seite genähert. Die drei Cowboys von der Ranch sahen unsicher zu Caleb, und er starrte sie drohend an.

Caleb sagte: „Jungs, wenn sie noch eine falsche Bewegung machen, dann erschießt ihr das Pferd unter der Frau." Für alle Fälle richtete er selber seine Waffe auf das Tier. „Sie können mich erschießen, aber ich werde sie mit mir nehmen."

„Caleb, geben Sie auf", sagte Sam. „Niemand will hier draußen sterben. Und Sie wollen einer unschuldigen Frau nichts antun."

„Unschuldig? Das werde ich niemals glauben!" rief Caleb zurück, aber die Anstrengung war schon so groß, daß er in einen Hustenanfall ausbrach. Sein Revolver sank für einen Moment.

Griff nutzte diesen Augenblick, um seine eigene Waffe auf Caleb zu richten.

„Halt!" rief eine neue Stimme.

Alle waren so angespannt gewesen, daß sie den Neuankömmling nicht hatten kommen hören. Es war Carolyn. Sie hatte die ganze Szene mit angesehen und war laut rufend weitergaloppiert, als sie sah, was Griff vorhatte.

Zwei weitere Reiter donnerten in vollem Galopp hinter ihr her, aber alle drei Jugendlichen waren unbewaffnet. Keiner der anderen rührte sich. Calebs Cowboys würden tun, was ihr Boss ihnen befahl, aber sie waren nicht gerade darauf aus, eine Frau zu hängen, also waren sie bereit, eine andere Entwicklung abzuwarten.

Caleb erholte sich. Ihm war vollkommen bewußt, daß die Neuankömmlinge ihm das Leben gerettet hatten. Er stöhnte innerlich, als er Carolyn sah. Sie war der allerletzte Mensch, den er jetzt hierhaben wollte. Er rieb sich das fahle, stoppelige Gesicht, aber er sah sie an, als sie dicht an ihn heran ritt.

„Verschwinde von hier, Carolyn!"

„Warum?", rief sie anklagend. „Damit ich nicht sehe, was für ein Mensch du in Wahrheit bist? Du bist ein böses Ungeheuer, genau wie mein Vater! Ich weiß nicht, warum ich je etwas für dich empfunden habe, warum ich versucht habe —" Ihre Stimme versagte.

Ramon kam heran. „Senor Stoner, Sie haben sich in allem geirrt." Das waren die härtesten Worte, die er je ausgesprochen hatte. Caleb war sein Boss gewesen, der Patron, und er hatte immer Angst vor ihm gehabt. Er konnte den Gedanken noch immer nicht fassen, daß dieser Mann sein Großvater sein sollte. Aber er sprach so fest er konnte. „Carolyns Mutter ist unschuldig."

„Was geht dich das an?", zischte Caleb.

„Ich glaube, Sie wissen ganz genau, was mich das angeht", sagte Ramon, der all seinen Mut zusammennahm. Caleb sah schuldbewußt weg, während Ramon weitersprach. „Sie werden mich akzeptieren müssen, Senor Stoner. Ich bin Ihr Enkelsohn, und ich werde nicht fortgehen. Aber seien Sie unbesorgt; ich bin die ganzen Jahre ohne Sie zurechtgekommen, und so soll es auch bleiben. Alles, was ich von Ihnen will, ist meine Anerkennung. Das ist alles, was meine Mutter je gewollt hat. Sie hätten so viel Leid verhindern können, wenn Sie dieses wenige für ein armes mexikanisches Mädchen getan hätten."

„Das ist es immer, was ihr wollt, ein paar Krümel vom Tisch des Patron", sagte Caleb, „aber wenn man euch dann den kleinen Finger gibt, dann nehmt ihr die ganze Hand."

„Darum geht es hier überhaupt nicht, und das weißt du ganz genau", sagte Carolyn. „Du hast nur Angst, daß irgend jemand dich lieben könnte. Du bist einmal verletzt worden, und nun müssen alle dafür büßen. Und was am schlimmsten ist — du hast diese Krankheit an deinen Sohn weitergegeben."

„Leonhards Mutter hat uns betrogen!" rief Caleb. „Sie ist schuld, daß Leonhard alles mit angesehen hat."

„Und jede Frau, die in deine Nähe kommt, muß dafür büßen? Und ihre Kinder auch?"

„Deine Mutter verdient es nicht besser."

„Auch darin irrst du dich, Großvater", sagte Carolyn. Sie sah zu Ramon hinüber.

„Meine Mutter ist es gewesen!" sagte Ramon. „Sie hat Leonhard Stoner getötet! Er hat ihr keine Wahl gelassen, sie liebte ihn."

Einen Augenblick lang versuchte Caleb, Ramons Enthüllung nicht zu glauben. Er starrte Deborah an, und die Hand, die seinen Colt hielt, zitterte, als ob er auf jeden Fall schießen wollte. Aber dann sah Caleb zurück zu Carolyn.

In diesem Moment begriff er seine Niederlage. Er hatte Jahre, viele Jahre mit Haß vergeudet, mit Bitterkeit und Schmerz, während der wahre Mörder seines Sohnes vor seiner Nase gelebt hatte, in Sicherheit und Wohlstand, vielleicht sogar glücklich. Ein großer Teil seines Lebens war umsonst gewesen, und er dachte an die Worte, die Deborah vor einigen Minuten gesagt hatte:

Geh in dich, frag dich, ob dein Haß und deine Bitterkeit es wert sind.
Aber nun, da sein Leben fast zu Ende war, konnte er noch damit fertig werden, daß alles umsonst gewesen war? Caleb Stoner war ein stolzer, eigenwilliger Mann. Sein verdammter Stolz hatte zum Tod Elizabeths und ihres Liebhabers geführt. Und war es nicht auch der Stolz gewesen, der ihn aus Virginia fortgetrieben hatte, fort von seinen neuen Verwandten, die sich für etwas Besseres hielten?

Wollte er mit diesem Stolz sterben?

Seine Augen wanderten scheu von Carolyn zu Ramon. Du lieber Gott! Waren das wirklich die Kinder seines geliebten Sohnes? War das wirklich Leonhards *Sohn*? Wie sehr Caleb sich einen männlichen Erben mit Leonhards Blut in den Adern gewünscht hatte. Aber ein halber Mexikaner, der ihn genau wie Laban und Jacob immer hassen würde? Aber er mußte sich fragen, ob er etwas anderes verdient hatte. Sein Stolz hatte sein ganzes Leben beherrscht, und nun sah er, daß er es auch zerstört hatte.

Leonhards Kinder!

Er war bereit gewesen, das Mädchen zu akzeptieren. Konnte er nicht auch den Jungen akzeptieren? Er sah Ramon an, und er sah nicht das Kind einer Mörderin — sondern Leonhard. Zum ersten Mal seit achtzehn Jahren sah er wieder ... sah er, was wirklich war, nicht was sein Haß ihn hatte sehen lassen.

Die Waffe fiel ihm aus der Hand und schlug auf dem staubigen Boden auf. Dann ritt er langsam zu Deborah hinüber und nahm ihr mit eigener Hand die Schlinge vom Hals.

Teil XVI

Wahrheit und Frieden

80

Stoner's Crossing lag in hellem Tageslicht, als die Gruppe Reiter langsam die Hauptstraße entlang ritt. Die Bewohner hatten ihr Tagwerk
begonnen. Viele sahen auf und erkannten den Patron inmitten der
Gruppe. Sie hatten ihn noch nie so ... gebrochen gesehen.

Deborah mußte an die Zeit denken, als sie diese Straße oft entlang
geritten war. Als junges Mädchen, das auf ein neues Leben hoffte; als
Gefangene, die zu Tode verzweifelt war; als Flüchtling, der gerade
dem Galgen entkommen war: wieder als Gefangene und schließlich
als eine Frau, die verstanden hatte, worum es im Leben wirklich ging.

Ihr kam diese Straße nun vor wie eine Bühne im Theater, auf der ihr
gesamtes Leben aufgeführt worden war, wo sie aufgewachsen und
gereift war, bis sie die Gestalt angenommen hatte, die Gott wollte. Sie
sah mit großer Klarheit, wie jedes einzelne Ereignis in jedem einzelnen
Menschenleben von Gott bestimmt wird, wenn ein Mensch Gottes
Hilfe vertraut.

Deborah sah zu ihrer Tochter und betete, daß auch ihr diese Einsicht
zuteil werden möge. Wenigstens einen festen Schritt auf Gottes Weg
hatte Carolyn schon getan.

Die Reiter hielten vor dem Büro des Sheriffs. Es waren keine Verhaf-
tungen vorzunehmen, aber es schien richtig, daß ein Vertreter des
Gesetzes über das Geschehene unterrichtet wurde.

Es war beschlossen worden, daß Calebs drei Cowboys und Pollard
verschwinden durften.

Aber Sam sagte zu ihnen: „Wenn einer von euch sich jemals hier
oder in der Nähe meiner Familie oder meiner Freunde wieder blicken
läßt, dann übernehme ich keine Verantwortung für Griff McCullochs
Reaktion."

Griff blickte die Männer finster an, um Sams Warnung zu unterstrei-
chen.

Niemand wollte, daß aus den Ereignissen der Vergangenheit noch
mehr Leid entsprang. Aber als sie abstiegen und das Büro betraten,
waren sie auf eine letzte Szene nicht gefaßt.

Matt Gentry und Jacob Stoner tranken eine Tasse Kaffee mit dem
Sheriff. Caleb blieb stehen. Er erkannte Jacob sofort. Ihre Augen
begegneten sich, dann sah Caleb zur Seite. Er hatte nicht mehr die
Kraft zu hassen.

Sam ergriff als erster das Wort, und was er sagte, überraschte alle, besonders Carolyn. „Matt Gentry, was machen Sie denn hier?"

Matt sah verlegen Carolyn an, dann stand er auf und schüttelte Sams Hand. Griff kam näher und schlug Matt auf die Schulter.

„Hallo Sam — Griff", sagte Matt mit einem weiteren Blick auf Carolyn.

„Was geht hier vor?", wollte Carolyn wissen.

„Matt ist ein guter Freund von uns", sagte Griff.

„Davon hast du mir nie etwas erzählt", sagte Carolyn zu Matt.

„Naja, ich —"

„Das sind doch nicht die, die du einmal erwähnt hast, die dir damals geholfen haben?"

Matt nickte.

„Und es hat sich gelohnt, Junge", sagte Griff. „Ich wußte, ich kann mich auf dich verlassen."

„Was willst du damit sagen?", fragte Carolyn.

„Ich habe Matt gebeten, ein wenig auf dich aufzupassen, das ist alles", erklärte Griff, „und nach allem, was ich höre, hat er seinen Job sehr gut gemacht —"

„Du hast was —?" Sie wandte sich zu Matt und starrte ihn an. „Wie kannst du es wagen! Du glaubst immer noch, daß ich ein hilfloses kleines Mädchen bin, ein weibliches Wesen, das einen Mann zu seinem Schutz braucht, um keinen Ärger zu bekommen? Und ich dachte, du bist mein Freund, aber —"

„Ach Lynnie", sagte Griff, „nun mach mal 'nen Punkt. Hast du vielleicht nicht ein ganz kleines bißchen Hilfe brauchen können?"

Carolyn sah ihn an. „Du hättest mir etwas sagen können."

Matt grinste. „Tut mir leid, Carolyn", sagte er versöhnlich. „Stimmt, Griff hat mich gebeten, etwas auf dich aufzupassen, aber als ich dich erst einmal kennenlernte, da ... nun, er hätte mich gar nicht zu bitten brauchen. Ich schätze, ich mochte dich einfach, das ist alles. Außerdem —" Er wurde rot und zuckte die Achseln. „Du hast mir auch das Fell gerettet, also dürften wir ungefähr quitt sein."

„Wahrscheinlich", gab Carolyn nach. Dann erklärte sie Griff und Jacob rasch, was geschehen war.

Schließlich stand Jacob auf und nahm all seinen Mut zusammen. Er ging zu Caleb. „Vater, es ist eine Menge Zeit vergangen."

„Ja ... das ist wahr", sagte Caleb mit schwacher, leiser Stimme.

„Ich fürchte, ich habe schlechte Nachricht für dich. Laban ist tot." Er erzählte in wenigen Worten, was in der Schlucht geschehen war.

„Es tut mir leid", sagte Caleb.

„Meinst du das wirklich?"

Caleb nickte nur. Er begann, leicht zu schwanken, und als Carolyn an seine Seite eilte, um ihn zu stützen, lächelte Deborah innerlich — ja, für Carolyn wenigstens würde alles gut gehen.

„Ich setze mich besser ein wenig", sagte Caleb. Er fiel auf den Stuhl nieder, den Jacob gebracht hatte.

Details über all die Geschehnisse wurden nun ausgetauscht, aber es gab keinen Jubel und keinen Triumph. denn zu vieles war für die Entdeckung der Wahrheit geopfert worden. Selbst Deborah, die ein zweites Mal in letzter Sekunde dem Tod entkommen war, fühlte sich leer und traurig trotz ihres Vertrauens in Gottes Gegenwart. Die Nachricht von Labans Tod verstärkte ihre Trauer nur noch. Er war bloß ein Opfer und verdiente keine Verurteilung für das, was er getan und zu tun versucht hatte. Schon seine frühesten Kindheitserinnerungen waren von Tragik, Zurückweisung und Trauer überschattet, genau wie Leonhards.

Armer Leonhard! Er war grausam, haßerfüllt und gewalttätig gewesen, aber nun fühlte Deborah, daß sie ihm wirklich vergeben konnte. Denn wenn sie jetzt an ihn dachte, dann sah sie kein Ungeheuer mehr, sondern ein hilfloses, unschuldiges vierjähriges Kind, das zusehen mußte, wie seine Mutter von seinem eigenen Vater erschossen wurde.

Ja, diese Menschen waren alle Ergebnisse der gemarterten Seele eines einzigen Mannes. Aber Deborah konnte auch Caleb nicht verurteilen. Er tat ihr leid. Sie betete, daß die Kette der Gewalt nun ein für allemal abreißen würde. Sie sah Ramon an. Vielleicht war es ein Segen, daß Caleb ihn nie als sein eigen Fleisch und Blut angenommen hatte. Die Zurückweisung seines Großvaters hatte dem Jungen erspart, in einer Atmosphäre der Verachtung und Gewalt aufzuwachsen. Und auch Carolyn war der böse Fluch erspart geblieben.

Carolyn lernte die Stoners erst kennen, als sie stark genug war, ihnen zu widerstehen. Und nach allem, was Caleb getan hatte, war Carolyn noch immer imstande, ihm zu helfen, ihm ein Glas Wasser zu reichen und ihn besorgt anzuschauen.

* * *

Carolyn folgte einfach ihren Gefühlen. Wenn sie darüber nachgedacht hätte, hätte sie vielleicht Empörung und Widerwillen empfunden. Hatte Caleb nicht gerade noch ihre Mutter töten wollen?

Aber er war ihr Großvater, ganz gleich, was er getan hatte, trotz all der Menschen, denen er auf seinem Weg Schaden zugefügt hatte. Und er war krank, hilflos, einsam. Er brauchte sie, er brauchte jemanden, der sich um ihn kümmerte, der ihn liebte, auch wenn er nicht in der Lage war, diese Liebe zu erwidern. Sie dachte an die Aussätzigen, die schmutzigen Bettler, die Besessenen, denen sich Christus zugeneigt hatte, die er geliebt, die er berührt hatte. Sie erinnerte sich, wie sie als Kind Sam oder ihrer Mutter lauschte, wenn sie diese Stellen vorlasen und vor Ekel die Nase rümpfte. Wie konnte Jesus das nur tun, wo er selber doch so sauber und rein war?

Sie verstand ihren Herrn jetzt ein wenig besser. Er liebte jene Menschen, jene Ausgestoßenen, gleich, wer sie waren, was sie getan hatten, wie sie aussahen. Seine Liebe durchdrang ihre Häßlichkeit. Und erstaunt stellte sie fest, daß auch sie das bei ihrem Großvater konnte, wenigstens bis zu einem gewissen Grad. Sie konnte ihn trotz allem lieben. Sie konnte einen Arm um ihn legen und ihm sanft den Rücken klopfen, als ein neuer Hustenanfall kam.

Sie hoffte, daß er, vielleicht zum ersten Mal in seinem ganzen Leben, die Liebe eines weiblichen Wesens akzeptieren konnte. Aber auch, wenn er das nicht konnte, würde sie ihm weiter ihre Liebe geben können. Es war der einzige Weg, den Haß zu überwinden.

* * *

Carolyn hatte noch eine weitere Aufgabe zu erfüllen, bevor sie ihren Großvater nach Hause begleiten konnte. Matt ging mit ihr hinüber zu den Zellen, wo Sean Toliver auf einer Pritsche düster vor sich hin brütete.

„Sieh an", sagte er säuerlich, „Besuch."

„Hallo Sean", sagte Carolyn. Dann sah sie Matt an, der den Hinweis verstand und ging. „Wirklich zu dumm, daß alles so gekommen ist", sagte Carolyn, als Matt den Raum verlassen hatte.

„Es muß nicht alles vorbei sein, Carolyn. Selbst ein alter Viehdieb könnte die Gefühle einer Frau für sich brauchen."

„Nicht dieser Frau, Sean", sagte Carolyn mit fester Stimme. „Du hast mich für kurze Zeit bezaubert, aber ich kann mir schon nicht mehr vorstellen, wie ich so einfältig sein konnte."

„Soll das heißen, du mochtest mich überhaupt nicht?"

„Doch, ein bißchen, nehme ich an. Jedenfalls hätte ich dich mögen können, wenn du es ernst gemeint hättest. Aber das kannst du nicht, Sean. Du denkst nur an dich."

Er kicherte. „Ich schätze, du ziehst die weichherzigen, zerknirschten Matt Gentrys vor?"

Carolyn lächelte. „Weißt du was? Genau das tue ich."

Matt war noch vorn im Büro. Alle anderen waren gegangen, um zu frühstücken.

„Matt, was wird nun mit Sean geschehen?", fragte Carolyn und fügte rasch hinzu: „Nicht, daß es mir etwas bedeutet, ich bin nur neugierig."

„Jacob sagt, Toliver hat Laban getötet — hat direkt auf ihn gezielt und geschossen. Toliver bestreitet das und behauptet, er hätte auf Jacob gezielt, und zwar zur Selbstverteidigung. Der Sheriff sagt, wenn Jacob aussagt, und wenn sein Wort vor Gericht akzeptiert wird, dann könnte Toliver am Galgen landen. Aber Jacob kann das nicht tun. Irgendwer würde ihn sicher erkennen."

„Also wird Sean einfach freigelassen werden?"

„Sieht so aus. Er wird wegen der Viehdiebstähle vor Gericht kommen — dort werde ich gegen ihn aussagen —, aber du weißt ja, was man hier mit Viehdieben macht. Sie werden ihn aus der Gegend verbannen, vielleicht sogar aus dem Staat, und er wird auf keiner anständigen Ranch mehr einen Job bekommen. Niemand wird ihn außerhalb des Gesetzes hängen. Es sei denn, Caleb wollte dafür sorgen."

„Das wird Großvater nicht tun."

„Dann wird Toliver nichts geschehen."

„Auf eine Weise freut es mich", seufzte Carolyn. „Ich habe einfach genug von der Gewalt."

„Komm", sagte Matt und nahm beiläufig ihre Hand. „Suchen wir die anderen und essen wir auch einen Happen."

81

Der Wind über der Prärie war jetzt kälter als noch vor einem Monat. Die wenigen Bäume hatten begonnen, ihre Blätter abzuwerfen, und es war offensichtlich, daß der Sommer zu Ende war. Carolyn war mitten in einem glühenden texanischen Sommer nach Stoner's Crossing gekommen, und sie mußte langsam daran denken, diesen Ort zu verlassen.

Sie würde nicht für immer fort gehen, das hatte sie schon beschlossen. Sie würde zurückkommen, aber im Moment fehlte ihr ihr Zuhause, die Windreiter Ranch. Sie wollte einige Zeit mit ihrer Mutter, Sky und Sam verbringen — entspannt und normal, ohne die Wolken aufgewühlter Gefühle, die diese vergangenen Monate immer über ihnen geschwebt hatten. Aber sie würde zur Stoner Ranch zurückkehren. Das mußte sie auch, denn sie gehörte jetzt ihr, jedenfalls zum Teil.

Als all der Staub sich gelegt und sie sich in aller Ruhe umgesehen hatte, hatte sie Gefallen am Stonerbesitz gefunden. Zwei Monate waren vergangen, seit ihre Mutter offiziell von allen Anklagen freigesprochen wurde, und sie, Sky, Sam und die Jungs waren zur Windreiter Ranch zurückgekehrt. Lucy Reeves hatten sie davon überzeugt, mit ihnen zu kommen, und Carolyn war sicher, sie hatte Griffs Augen leuchten sehen.

Jonathan Barnum hatte erst vor kurzem Stoner's Crossing verlassen. Er war geblieben, um Eufemia Mendez zu verteidigen, und wie sie erwartet hatten, wurde ihr Notwehr zuerkannt. Der Richter redete ihr scharf ins Gewissen, weil sie andere für ihre Tat hatte leiden lassen, aber er zeigte auch Verständnis für ihr damaliges Dilemma, weil sie an ihr ungeborenes Kind hatte denken müssen.

Calebs und Leonhards Ansehen konnten nicht geschont werden, aber die Wahrheit überraschte niemanden im Ort, der sie kannte. Es traf Caleb, daß das Andenken seines Sohnes so beschädigt wurde. Nie würde er wirklich akzeptieren, daß Leonhard anders war als das Bild, das er sich von ihm gemacht hatte. Beinahe ebenso schwer war es für Carolyn, ihre Kindheitsphantasien loszulassen, die sich um einen guten, ehrenhaften Vater gedreht hatten. Aber sie hatte gesehen, daß das schlechte Beispiel nicht ihren Charakter beeinträchtigte. Sie hatte gesehen, daß Jacob, obwohl er ein Sohn von Caleb war, dennoch ein guter Mensch war.

Auch Carolyn war nun frei. Was sie tun, wohin sie gehen würde, mochte ihr noch nicht klar sein, aber wenigstens wurde sie nicht mehr von düsteren Schatten verfolgt.

Auf einem Hügel, von wo aus sie das Land der Stoners mehrere Meilen weit überblicken konnte, hielt sie an. Es war gutes Land, wahrscheinlich besser — und jedenfalls schöner — als das Land der Windreiter Ranch. Aber es würde niemals ihr Zuhause sein. Sie war vor Monaten hierher gekommen auf der Suche nach einer Familie, die sie nicht kannte, und diese Suche hatte ihr ihre eigene Familie noch viel lieber gemacht.

Ihre Gedanken wanderten zu ihrem Großvater. Er war nun tot, er lag seit einer Woche unter der Erde.

In jenen zwei Monaten seit der Enthüllung der wahren Ereignisse hatte er körperlich furchtbar gelitten. Er hatte schließlich Carolyns Liebe akzeptiert, und Carolyn hoffte, daß ihm der Schmerz so etwas erträglicher wurde. Aber sein mit Bitterkeit und Haß verschwendetes Leben tat ihr noch immer leid. Einige Tage der Liebe schienen dagegen so ohnmächtig. Aber Caleb allein trug die Schuld für sein leeres Leben.

Carolyn wollte sich nicht weiter damit beschäftigen. Sie wollte sich an den letzten Tag vor seinem Tod erinnern.

„Du bist noch hier, Carolyn?", hatte er mit schwacher Stimme von seinem Bett aus gesagt.

„Ich lasse dich nicht allein, Großvater."

„Das ist mehr als ich verdiene."

„Ich urteile nicht darüber."

„Du bist immer ein gutes Mädchen gewesen. Ich gebe es nicht gern zu, aber dieser Teil von dir stammt nicht von den Stoners. Wir waren eine niederträchtige Bande. Wenn du glaubst, ich war ein schlechter Mensch, dann hättest du erst meinen Vater sehen sollen. Ich habe als Kind keinen Tag ohne Schläge verbracht. Und mein Großvater war Kapitän auf einem Sklavenschiff — der härteste, gemeinste Mensch, den ich je kannte."

„Und es gab keine Stoners, die anders waren?"

„Die Frauen — einige von ihnen waren anders. Ich hatte eine Schwester. Sie war einige Jahre älter als ich. Sie ist schon lange tot, aber damals kümmerte sie sich um mich, verarztete mich, wenn mein Vater mich blutig geschlagen hatte und gab mir heimlich zu essen. Versteh mich nicht falsch, Carolyn, ich verdiente die Schläge meist, ich war ein unausstehliches Kind." Er schwieg eine Weile, um Atem zu schöpfen. Als er weitersprach, entspannten sich seine Züge. „Ich erinnere mich an einen Onkel. Ich habe seit Jahren nicht mehr an ihn gedacht. Er hieß Thomas Stoner, der jüngere Bruder meines Vaters. Er war ein netter Mann. Er brachte mir Geschenke mit und redete mit mir, redete wirklich mit mir, erzählte mir Geschichten und solche Dinge. Als er einmal zu Besuch war, nahm er meinem Vater die Rute aus der Hand, mit der er mich schlagen wollte. Onkel Thomas schlug meinen Vater damit."

„Und wie gefällt dir das, he?", schrie er ihn an und verdrosch ihn gar nicht schlecht. „Du wirst aus diesem Jungen einen Teufel machen, wenn du nicht zur Vernunft kommst."

Caleb lächelte bitter. „Der gute Onkel Thomas, er hat recht behalten, nicht wahr, Carolyn?"

Carolyn wußte nicht, was sie sagen sollte. Eine Lüge kam ihr in den Sinn, aber sie klang so falsch, so durchsichtig, sie konnte Caleb nicht trösten. Bevor sie antworten konnte, fuhr Caleb fort: „Keine Angst, Carolyn, du mußt eine solche Frage nicht beantworten. Es ist nicht wichtig, was du wirklich denkst. Was du tust, das zählt, das werde ich mit ins Grab nehmen. Niemand außer meiner Schwester vor vielen, vielen Jahren hat sich je so um mich gekümmert."

Er nahm Carolyns Hand. Seine eigene Hand war dünn und knochig, kalt, bläulich. Sie war froh, daß sie nicht sprechen mußte. Vielleicht war er ein verbitterter, irregeleiteter alter Mann, aber er war ihr Großvater.

„Wenigstens kannst du nicht sagen, alle Stoners waren schlecht", sagte sie schließlich.

„Wir scheinen uns zu bessern, so viel kann ich sagen", sagte Caleb. „Ramon ist ein guter Kerl. Ich hoffe nur, er kann eine Ranch führen. Er wird dich brauchen."

Caleb hatte in seinem Testament niedergelegt, daß Carolyn und Ramon die Ranch zu gleichen Teilen erben sollten. Jacob wollte die Ranch nicht. Caleb hinterließ ihm Bargeld, und er akzeptierte es. Carolyn hatte sich entschlossen, Ramon die Ranch führen zu helfen, bis er allein zurecht kam. Was sie danach tun wollte, wußte sie noch nicht.

Sie war noch nicht so weit, große Pläne zu machen. Es gab noch so vieles, was sie tun mußte, solange ihr Großvater noch am Leben war. Seine Haltung zum Glauben hatte sie tief beunruhigt. Und an jenem letzten Tag mit ihm quälte sie diese Frage besonders. Sie wünschte sich nichts sehnlicher, als daß er in Frieden sterben möge — soweit ein Mann wie er überhaupt inneren Frieden finden konnte. Er behauptete,

‚seinen Schöpfer' zu kennen, wie er Gott nannte. Aber er wollte keine Sterbeszene, keine Bekehrung in der letzten Stunde. Gott sollte über ihn nach dem Leben urteilen, das er geführt hatte, nicht nach einigen Momenten der ‚Schwäche' kurz vor dem Ende.

Carolyn las ihm aus der Bibel die Geschichte von den Arbeitern vor, die denselben Lohn erhielten, gleich, ob sie den ganzen Tag oder nur die letzte Stunde gearbeitet hatten.

„Ich würde zu viele Menschen übers Ohr hauen, wenn ich jetzt auch noch in den Himmel komme", sagte er mit einem trockenen Lachen.

„Du hast dich sonst nie darum geschert, was die Leute denken", gab Carolyn mit gespielter Schärfe zurück. „Warum willst du jetzt damit anfangen?"

Er lachte und brach sofort in Husten aus, der beinahe zehn Minuten anhielt.

„Ich werde darüber nachdenken", sagte er schließlich.

Caleb war gestorben, bevor Carolyn noch einmal mit ihm sprechen konnte. Sie würde nie erfahren, ob er wirklich seinen Frieden mit Gott gemacht hatte. Aber es fiel ihr nicht allzu schwer, ihn den Händen eines gnädigen Gottes zu überlassen.

Sie jedenfalls hatte Frieden gefunden, sie wußte, sie hatte alles für ihn getan, was sie hatte tun können. Aber Carolyns Frieden reichte tiefer. Er hatte mit den Kämpfen zu tun, die sie ihr ganzes Leben mit sich ausgefochten hatte. Die Dinge aus ihrer undeutlichen Vergangenheit, vor denen sie sich gefürchtet hatte, sie waren ans Licht gekommen. Es hätte nicht schlimmer sein können, nahm sie an, wenn sie einen schrecklichen Alptraum gehabt hätte. Dennoch hatte sie es durch Gottes Gnade überstanden, und sie hatte es nicht nur überstanden, sie war gereift und gewachsen. Immer würde sie die Worte ihrer Mutter im Gedächtnis behalten, die sie ihr gesagt hatte, bevor sie und Sam aufgebrochen waren:

„Ich bin so stolz auf dich, Carolyn! Wenn ich daran denke, daß ich vor deiner Geburt Angst hatte, ein Ungeheuer zur Welt zu bringen. Aber Gott hat mich gesegnet. Er hat mir dich gegeben, ein lebensprühendes, liebes Mädchen . . . eine Frau jetzt! Du bist wirklich erwachsen geworden."

Carolyn grub die Fersen in Tres Zapatos' Flanken und stürmte den Hügel hinunter. Nach fünfzehn Minuten erreichte sie das Tor der Stoner Ranch. Maria würde das Essen bereit haben, und Carolyn war hungrig. Es würde nicht mit Bohnen und Kaffee vom Verpflegungswagen konkurrieren können, aber die alte Haushälterin war eine ziemlich gute Köchin. Carolyn war froh, daß Maria bleiben wollte, um sich um eine weitere Generation der Stoners zu kümmern. Mit Gottes Hilfe würden die letzten Jahre, die sie bei der Familie verbrachte, ruhiger und glücklicher sein als die früheren.

Am Stall begrüßte sie Ramon.

„Du willst mir doch nicht das Pferd abnehmen, Ramon?" schimpfte sie im Spaß. „Du bist jetzt ein Rancher, kein Stallbursche mehr."

„Alte Gewohnheiten, weißt du." Er grinste scheu. Carolyn stieg ab, und Ramon fuhr fort: „Ich kümmere mich trotzdem um dein Pferd. Der Vorarbeiter will dich sprechen. Es gibt ein Problem mit der Herde, die er für den Markt vorbereitet, und ich wußte nicht, was ich ihm sagen soll."

„Wo ist er?"

„Hinten."

Carolyn reichte ihrem Halbbruder die Zügel ihres Pferdes und schlenderte fort. Sie war in den vergangenen Monaten oft mit ihren Schwächen konfrontiert worden, aber an ihrem Wissen über Ranches zweifelte sie keinen Augenblick.

Matt Gentry war in der Koppel und arbeitete mit einem frisch zugerittenen Pferd. Ein junges, sehr hübsches Tier, etwas wackelig, aber voller Vitalität. Es würde einmal ein gutes Reitpferd werden. Carolyn hatte schon daran gedacht, es für sich selbst zu nehmen, aber sie sah, daß Matt von der jungen Schönheit hingerissen war.

„Matt", rief Carolyn, nachdem sie ihn ein paar Minuten beobachtet hatte.

Er schlenderte auf sie zu. „Hallo, Carolyn."

„Ramon sagt, du willst mich sprechen."

„Ich dachte nur, du solltest wissen, daß ich in letzter Zeit mehrere tote Kälber gefunden habe. Ich fürchte, wir haben ein Problem."

„Ein großes Rudel?"

„Könnte sein."

„Gibt es denn noch gute Wolfsjäger?"

„Da ist jemand, der früher für die Stoner Ranch auf Wolfsjagd gegangen ist. Ich sah ihn einmal seinen Tabak aus einem Beutel holen, in dem er auch Gift aufbewahrte, Strichnin glaube ich. Er ist nicht dran gestorben."

„Ja, solche Aufschneider kenne ich. Wenn du glaubst, sie sind wirklich eine Gefahr, dann kümmern wir uns besser darum." Sie schwieg einen Moment. „Das hätte dir aber auch Ramon sagen können."

„Er ist kein alter Hase wie du, Carolyn. Laß ihm Zeit."

Carolyn kicherte. „Und wie gefällt es dir, Matt, als Vorarbeiter?"

„Ist ganz schön was zu tun. Mehr Arbeit als ich erwartet habe. Sie kennen uns Cowboys ja. Wir beschweren uns immer, was für ein leichtes Leben der Boss hat."

„Nun, ich glaube, wir sind ein gutes Team", sagte Carolyn. „Ich hoffe, du bleibst bei uns."

„Ich gehe so schnell nirgendwo hin." Matt rieb sich das Kinn und sah Carolyn einen Augenblick lang an. Er hatte nicht denselben beunruhigenden Blick wie Sean, aber es lag dennoch etwas darin, was Carolyn ein Kribbeln verursachte. „Ich dachte immer, hier würde ich es sehr lange aushalten."

„Hey, bevor ich's vergesse", sagte Carolyn obenhin und schüttelte das komische Gefühl ab, das sie ergriffen hatte. „Hast du je die Bankierstochter kennengelernt?"

„Hab' ich tatsächlich."

„Und magst du sie?"

„Sie war sehr nett."

„Wirklich?"

„Klingt, als ob dich das überrascht, Carolyn. Du hast mir selbst gesagt, daß sie nett ist."

„Das habe ich wohl", erwiderte sie langsam mit einem Bedauern, das sie sich nicht recht erklären konnte.

„Jawohl!" fuhr Matt begeistert fort. „Sie hat mir Hühnchen gekocht, das einem nur so auf der Zunge zerging, und tanzen kann sie! Mit ihr schwebt man wie auf Wolken."

„Gut. Das freut mich." Carolyns Ton sagte etwas anderes.

„Da ist nur ein Problem ..."

„Was?"

„Sie ist nicht annähernd so nett wie ein gewisses Mädchen, das nicht einmal eine Dose Bohnen öffnen könnte, wenn ihr ein Revolver vorgehalten würde, und das tanzt wie ein lahmendes Pferd."

„Du —", wollte Carolyn losschimpfen, als sie merkte, daß Matts Worte in Wahrheit ein verstecktes Kompliment waren. „Meinst du das im Ernst, Matt?"

„Wort für Wort!" antwortete er mit ernstem Gesicht, dann lächelte er.

Sie lachten, bis sie nicht mehr konnten. Schließlich sagte Carolyn, so ernst sie konnte: „Ich bin froh, daß du hierbleibst, Matt."

„Nun, Carolyn, ich weiß, wer mir im Zweifelsfall das Leben retten kann."

Band 1 der Reihe »Texas Lady« von Judith Pella liegt ebenfalls vor:

Ritt in die Freiheit
Texas Lady – Band 1
422 Seiten, Paperback
ISBN 3-86122-150-0

Deborah Graham flieht aus den Wirren des amerikanischen Bürgerkrieges in die Prärie von Texas. Dort hofft sie auf einen Neuanfang. Sie heiratet einen jungen Mann, der Wohlstand und Einfluß von seinem Vater, einem Viehbaron, erben wird.

Aber eine tödliche Kugel verändert alles . . .

Von der texanischen Prärie in die Indianergebiete von Kansas gelangt, erfährt Deborah die ganze Schönheit und Wildheit des Alten Westens.

Und ein winziger Same des Glaubens keimt und wächst in ihr – des Glaubens an einen Gott, der größer ist als das unermeßliche Land . . .

Das fesselnde erste Buch in einer neuen Reihe historischer Romane der bekannten Autorin Judith Pella.

FRANCKE
Verlag der Francke-Buchhandlung GmbH

Ein weiterer historischer Roman

Julia Shuken
Als der Ostwind kam
308 Seiten, Paperback
ISBN 3-86122-151-9

Sie war in seinem Blut, in seiner Muttermilch – die Geschichte seines Volkes und die Liebe des Bauern zu der tiefen, reichen Erde mit all ihren Launen und Jahreszeiten. Nichts konnte Peter diese Liebe aus dem Herzen reißen.

1905 rollt eine Welle gewaltsamer Veränderungen über Südrußland hinweg und wird zum Vorboten der kommenden Umwälzungen. Peters Volk steht ihr direkt im Weg – religiöse Abtrünnige in einer Zeit der Orthodoxie, Pazifisten in einer Zeit des Krieges.

Eine Kette schrecklicher Umstände macht Peter zu einem unfreiwilligen Pilger, der sein Leben nur durch Flucht ins Gebirge und später auf ein Schiff mit Ziel Amerika retten kann. Eine Tragödie bricht über Peters Familie herein, aber ein Mädchen aus seinem Heimatdorf teilt mit ihm den Schmerz in ihrer Seele.

Für Peter findet die Suche nach einer Zuflucht sowohl in seinem Inneren als auch äußerlich statt. Es ist die Suche nach der Antwort auf das ruhelose Sehnen seines Herzens.

Diese schöne Geschichte behandelt mit einfühlsamem Geschick einige der tiefsten Fragen des menschlichen Lebens.

FRANCKE
Verlag der Francke-Buchhandlung GmbH